Die Puppenspieler von Flore

Lilli Thal

Die Puppen-spieler von Flore

GERSTENBERG

Erster Teil
Camp Mi

1

Am 25. März, an meinem letzten Schultag, holten sie mich ab.

Immer noch wünsche ich mir, ich hätte vorher Bescheid gewusst. Das Fest, das meine Eltern anlässlich des Schulabschlusses ihres ältesten Sohnes vorbereitet hatten – wir hätten es am Abend vorher feiern können, als Abschiedsfest, ganz für uns. So aber konnte ich weder meinem Vater noch meiner Mutter oder meinen kleinen Brüdern Lebewohl sagen, bis heute nicht.

Vielleicht hatte ich so etwas wie eine Vorahnung. Jedenfalls kann ich mich mit erstaunlicher Klarheit an den Abend zuvor erinnern. Mein Schulabschluss war ein wichtiges Datum in meinem Leben, für das Fest am nächsten Tag waren alle meine Onkel und Tanten und unsere Nachbarn eingeladen. Ganz gegen seine Gewohnheit hatte mein Vater unseren Musikalienladen in der Geschäftsgasse meiner Mutter allein überlassen. Am Vormittag hatte er eingekauft, was der Markt unserer Stadt im Vorfrühling hergab: Lauch und Winterkohl, Nüsse und Äpfel, Honig, Speck, sogar einen kleinen silbrigen Barsch und ein Kaninchen. Den restlichen Tag war er damit beschäftigt, Teig mit gehacktem Gemüse und Fisch zu füllen, das Kaninchenfleisch in Speck zu wickeln und zu braten, Nüsse zu glasieren und Brot und kleine Apfeltörtchen zu backen. Was immer sich mein Vater in der Küche vornahm, er tat es meisterlich und mit Leidenschaft.

Als dann am Abend nach Ladenschluss meine Mutter zu uns stieß, war schon so gut wie alles fertig. Wir halfen Vater nur noch, die verschiedenen Gerichte auf Tontellern zu arrangieren und mit der ersten Kresse vom nahe gelegenen Flussufer zu verzieren. Als ich meine Eltern so nebeneinander am Küchentisch stehen sah, mit gebeugten Rücken und hochgekrempelten Ärmeln, spürte ich zu meiner Überraschung plötzlich eine tiefe Zärtlichkeit für die beiden. Es war ein zwiespältiges Gefühl, peinlich und fast schmerzhaft in seiner Intensität. Natürlich ließ ich mir nichts anmerken und verschanzte mich hinter den üblichen Höflichkeitsfloskeln, mit denen ein fast erwachsener Sohn den Eltern begegnet. Jetzt wünsche ich mir oft, ich hätte sie in diesem Moment einfach unbefangen an mich gedrückt, so wie ich es als kleiner Junge getan habe. Vielleicht hätte die Überraschung ihnen die Zungen gelöst und sie hätten mir die Wahrheit sagen können, wenigstens an diesem allerletzten Abend.

Wie Schauspieler vor dem großen Auftritt warteten die Speisen im kühlen Lehmkeller, während mein letzter Schultag begann. Für uns Absolventen war eine Abschlussfeier angesetzt, mit Konzert und Reden der Schuldirektorin und des allseits beliebten Zeichenlehrers, den wir uns als Sprecher gewünscht hatten. Von alledem habe ich nichts mehr mitbekommen, sie haben mich schon vorher abgeholt. Übrigens nicht nur mich, sondern neunzehn weitere Jungen und Mädchen aus allen möglichen Schulen, über ganz Parman verstreut. Keiner von uns hat an dem Tag seine Abschlussfeier miterlebt.

Aber davon ahnte ich nichts, als wenige Minuten nach dem Morgenläuten die Tür zu unserem Klassenzimmer aufging und drei Männer hereinkamen. Unsere Lehrerin Frau Jong war in ihre Organisationsliste vertieft; erst als wir Schüler uns zögernd von unseren Stühlen erhoben, blickte sie auf, und ihre Augen wurden rund.

»Ehrenwerte Fremde, kann ich etwas für Sie tun?«, fragte sie, dabei ruckte sie mit dem Kopf wie ein aufgeschreckter Vogel. Unsere Lehrerin war vom Auftritt und dem Aussehen der Männer ebenso überrascht wie wir. Mit ihren braunen, kantigen Mänteln erinnerten mich die Fremden an Möbelstücke, an Schränke oder Truhen. Auch ihre Köpfe mit den kurz geschnittenen hellen Haaren wirkten quadratisch. Sie sahen anders aus als alle Menschen, die ich kannte. Aber erst als sie den Mund aufmachten und redeten, merkte ich, dass sie Coroner waren.

Corona ist groß, die stärkste Nation der Welt, und Parmans allmächtige Schutzherrin. Ohne Corona wären wir und die anderen kleinen Nachbarländer leichte Beute für Flore, den gefürchteten Aggressor hinter der Mauer. Und uns erginge es nicht besser als den Einwohnern der vielen florischen Vasallenstaaten, die ein elendes Sklavendasein von Flores Gnaden fristen. Doch mit Coronas militärischer Übermacht vor Augen beschränken sich die Florer auf verbales Säbelrasseln und Parman behält seine Eigenständigkeit.

So stand es in Büchern und Zeitungen, so sagten es unsere Eltern, so hatten wir es in der Schule gelernt: Wir hatten allen Grund, Corona dankbar zu sein. Selbstverständlich war Coronisch unter den sechs Fremdsprachen, die wir perfekt beherrschen mussten, die erste und wichtigste. Doch diese Männer hier betonten ganz anders als unsere Lehrer, sie verschliffen und dehnten die Wörter, und ich musste höllisch aufpassen, um sie zu verstehen.

»Setzt euch auf eure Plätze, alle miteinander. Wer von euch ist Tämäiso Käbäin?« Die Männer ließen Frau Jong stehen, als sei sie nicht wichtiger als der Kartenständer, und blickten forschend die Schülerreihen entlang. Als keine Reaktion kam, wiederholte einer hörbar ungeduldig: »Tämäiso Käbäin? Wer ist er?«

Der Groschen fiel bei mir und einigen anderen gleichzeitig. »Tamaso Kabun«, flüsterte es von hinten. »Sie meinen dich, Tamaso.«

Mit einem merkwürdigen Flattern im Bauch stand ich wieder auf. »Ehrenwerte Fremde, das bin ich.«

Die drei Männer warfen mir einen flüchtigen Blick zu. Dann zogen zwei von ihnen Frau Jong in eine Ecke des Klassenzimmers;

der dritte stand vor mir, stützte die Hände auf mein Pult und ließ mich nicht aus den Augen, als hätte er Angst, ich könnte mich mithilfe irgendeines Tricks verflüchtigen. Ich roch seinen Körpergeruch nach Schweiß und Rasierwasser, während die beiden anderen Frau Jong offiziell aussehende Papiere zeigten und mit gedämpften Stimmen auf sie einredeten.

»Tämäiso Käbäin, du musst mit uns kommen, jetzt gleich«, erklärte mir mein Bewacher. Ich merkte, wie meine Mitschüler ringsum die Luft anhielten.

»Sofort? Aber warum denn?« In meiner Angst und Verwirrung vergaß ich die höfliche Anrede und holte sie schnell nach. »Ehrenwerter Fremder, warum muss ich mitgehen?«

Mein Bewacher schüttelte nur den Kopf. »Verabschiede dich jetzt von deiner Lehrerin. Komm schon.«

In Frau Jongs Augen schimmerten Tränen, sie war sichtlich aufgewühlt. Als ich mich vor ihr verneigte, tätschelte sie mir die Schulter: »Du bist ein guter Junge, Tamaso. Dir wird nichts Schlimmes geschehen. Doch du musst wissen: Manchmal geschehen Dinge, die wichtiger sind als unser persönliches Schicksal. Dinge, mit denen wir uns abfinden müssen.«

»Was sind das für Dinge, Lehrerin?«, fragte ich. Aber sie hob nur leicht die Schultern und presste die Lippen zusammen.

Die drei Coroner räumten mein Pult ab und warfen meine Habseligkeiten in einen Seesack. Jetzt sah es aus, als wäre ich nie in dieser Klasse gewesen.

»Wir brauchen sein Abschlusszeugnis«, sagte einer zur Lehrerin. »Haben Sie es zur Hand?«

Während Frau Jong an den Aktenschrank trat, starrte ich auf die Wand neben ihr. Anlässlich unseres letzten Schultags war sie mit Gemälden dekoriert, die wir vor zehn Jahren in der ersten Klasse angefertigt hatten. Von mir hing ein Bild mit einem Flugzeug da, das ich mit stolzen Krakelbuchstaben signiert hatte: *TAMSO*. Damals, mit sechs Jahren, war ich besessen von Flugzeugen, wenn ich auch noch nie eines aus der Nähe gesehen hatte, sondern nur als silberne Fata Morgana am Himmel. Folgerichtig ähnelte das Ergebnis an der Wand eher einem übergewichtigen Engel als einem Flugzeug.

Ich hielt meinen Blick weiter auf die Kinderbilder gerichtet. Trotzdem konnte ich die Fassungslosigkeit der anderen um mich herum fast körperlich spüren. Zehn Jahre lang waren wir in allen Fächern gemeinsam unterrichtet worden, wir kannten uns so gut wie Geschwister. Es war schwer vorstellbar, dass wir uns ab morgen nicht mehr täglich in der Schule sehen würden. Dabei hatte unsere Abschlussklasse noch Glück: Nur etwa ein Drittel von uns würde Parman im Herbst nach einer halbjährigen Ausbildung endgültig verlassen müssen, um im Ausland als Hauslehrer, Dolmetscher oder Sekretäre zu arbeiten. Und lediglich ein Mädchen, dessen Eltern bettelarme Tagelöhner waren und sich die Vermittlungsgebühren für bessere Länder nicht leisten konnten, hatte das Pech, sich direkt in Flore verdingen zu müssen, dem gefürchteten Land hinter der Mauer. Die restlichen von uns hatten entweder exzellente Noten oder waren familiär gut genug gestellt, um in Parman bleiben zu können. Es war eine außergewöhnlich günstige Quote, wie unsere Lehrerin immer wieder betonte.

Frau Jong schloss die Schranktür und reichte den Männern mein Zeugnis. Ich wusste, dass es bestenfalls mittelmäßig war: Ein »Exzellent« hatte ich nur in Handwerk und Geschicklichkeit. Das war zu wenig für eine der heiß begehrten Ausbildungen in den Ämtern oder Handelshäusern von Parman. Aber es war gut genug, um im kleinen Musikalienladen meiner Eltern einzusteigen. Und genau das hatte ich nach der Schule vor. Auch wenn ich nur leidlich Geige und Flöte spielen konnte, bei zerrissenen Saiten oder einem zerbrochenen Mundstück wussten meine Finger wie von selbst, was zu tun war. Alles passte, meine Zukunft war wohlgeplant, doch da standen jetzt diese drei Coroner mit meinen Sachen und meinem Zeugnis und warteten darauf, mich mitzunehmen.

Ich glaube, ich hoffte bis zuletzt auf den Einspruch unserer Lehrerin. Frau Jong hatte so viel Willenskraft, sie konnte zornfunkelnd fast erwachsene Schüler zur Tür hinauswerfen – warum tat sie es nicht mit diesen Männern? Wenn sie ihr in ihrer viereckigen Kantigkeit zu viel Respekt einflößten, warum holte sie nicht die Direktorin und die anderen Lehrer zur Verstärkung?

Doch Frau Jong wirkte zwar betrübt, sonst aber ganz und gar einverstanden mit den Fremden und ihrem Vorhaben. Viel zu spät, erinnere ich mich, habe ich dann noch an Flucht gedacht, wobei mir der Lehmkeller unter unserem Haus als Versteck durch den Kopf gaukelte. Aber da hatten mich zwei der schrankförmigen Männer schon untergehakt und zur Tür gedreht, der dritte mit dem Seesack machte die Nachhut, und ich wurde abgeführt wie ein Verbrecher.

Vor dem Schultor wartete ein bulliger brauner Geländewagen. Ich kannte die Marke nicht, doch der Wagen passte genau zu den Männern aus Corona, die mir die Tür aufhielten: »Steig ein, Tämäiso Käbäin!«

Das Wageninnere roch nach Kaugummi und den Ausdünstungen der Männer. Die Sitze starrten vor Dreck. Für die Abschlussfeier in der Schule hatte ich meine besten Sachen angezogen: eine schwarze Wollhose, dazu ein rotes Hemd und eine dunkelblaue Wolljacke mit Goldknöpfen. Jetzt setzte ich mich auf die äußerste Kante der Rückbank und zog meine Beine möglichst dicht an mich heran.

»Mach es dir besser bequem, Junge«, meinte der Coroner, der neben mir auf der Rückbank saß. »Wir werden eine Zeit lang unterwegs sein.«

Der Motor röhrte auf. Gleich darauf rumpelte der Geländewagen durch die Straßen unserer Stadt. Mit brennenden Augen starrte ich aus dem staubigen Autofenster: Ich kannte jedes Haus, jede Tür, jede Auslage. Da, jetzt waren wir in der Geschäftsgasse, und da, jetzt fuhren wir am Musikladen meiner Eltern vorbei. Das Schaufenster hatte ich selbst dekoriert, es hing so voller Geigen und Gitarren, dass ich meine Eltern dahinter nicht erkennen konnte. Dennoch verdrehte ich den Kopf und behielt den Laden im Blick, so lange es nur ging.

Nach den Geschäften kamen Wohnstraßen, Gärten und Bäume; schließlich verloren sich die letzten Häuser und wir fuhren durch offenes Land, Wiesen und Felder. Jetzt im März war alles noch winterlich braun, aber schon in zwei oder drei Wochen würde es neu grünen. Plötzlich wusste ich, dass ich das alles nicht mehr sehen würde, die grünenden Wiesen, die Stadt, meine Eltern, niemals mehr.

Während der Geländewagen dröhnend beschleunigte, spielte mein Kopf das Wort Entführung in den sechs Sprachen durch, die ich kannte: *Napinho, Raptu, Enlefizion …* Aber es war ja keine Entführung, sonst hätte Frau Jong nicht so bereitwillig zugestimmt. Und die Coroner wirkten auch nicht wie Kidnapper, sondern eher wie drei joviale Onkel, die ihren Neffen auf eine Spritztour mitnehmen und nur vergessen haben zu fragen, ob dieser Neffe überhaupt Lust dazu hat.

Ich merkte, dass meine rechte Hand den Türgriff umklammerte, und ließ schnell los. »Ehrenwerte Fremde, wohin fahren wir?«

Der Mann auf dem Vordersitz drehte sich zu mir um. »Woher könnt ihr Parman-Wiesel eigentlich unsere Sprache so verflixt gut?«

So lernte ich die Bezeichnung kennen, die ganz Corona für uns bereithält: *Wiesel. Parman-Wiesel.*

Ich erklärte dem Coroner, dass jeder von uns am Ende der Schulzeit sechs Sprachen mehr oder weniger fließend spricht, darunter selbstverständlich Coronisch, aber auch Florisch.

»Wer nicht gut lernt, kann nur Tagelöhner oder Bauer werden. Oder er muss sich eine Stellung in Flore suchen«, wiederholte ich die Botschaft, die uns von der ersten Klasse an eingeschärft worden war. »Deshalb strengen wir uns in der Schule sehr an, besonders bei den Sprachen.«

»Und nach der Schule schnürt ihr Parman-Wiesel euer Bündel und wandert in die weite Welt hinaus«, sagte der Coroner. »Weil es in eurem kleinen Land für so viele gescheite Kinder nicht genug zu beißen gibt. Aber in deinem Fall ist es gerade recht, dass du ein Wiesel geworden bist.«

»Hey, Miller, red du nicht so viel mit dem Jungen«, warnte der Fahrer. »Alles, was du zu ihm sagst, fällt unter Geheimnisverrat.«

Daraufhin wurden alle drei Coroner ziemlich schweigsam. Der auf dem Vordersitz lehnte sich zurück und döste, der neben mir zog eine Pistole heraus und reinigte sie. Es war das erste Mal, dass ich eine echte Waffe sah: Sie war schwarz und klobig und sah völlig anders aus als die Spielzeugpistole, die ich als Junge herumgetragen hatte und die nun meinen kleinen Brüdern gehörte.

Als ich noch einmal fragte, wohin wir denn fuhren, schüttelten die Männer nur die Köpfe.

Fast zehn Stunden dauerte die Autofahrt. Bis dahin hatte ich die Sorge um meine Kleider längst aufgegeben. Die meiste Zeit lehnte ich den Kopf gegen das Autofenster und sah der Landschaft beim Zurückbleiben zu. Den ausgedehnten Feldern, durch die sich Wassergräben wie grüne Bänder zogen. Den Zedernwäldern mit den Opfersteinen und den heiligen Hainen. Den Flusstälern, in denen die ersten Märzenbecher blühten, weiß wie vergessener Schnee.

Der Geländewagen röhrte und pflügte über die kurvigen Straßen wie ein schweres Tier. Ein einziges Mal hielten wir auf einem Feldweg neben der Straße an. Die Coroner erlaubten mir zu pinkeln, holten mich aber anschließend sofort ins Auto zurück. Mein Nebenmann auf der Rückbank kramte in einer Kühltasche und reichte allen im Auto, auch mir, ein zerdrücktes Sandwich. Es war eiskalt und mit einer süßen gelben Fruchtcreme bestrichen. Ich hatte Hunger, deshalb aß ich alles auf, obwohl mir die Zähne dabei wehtaten.

Als die Dämmerung einsetzte, begann mich die Sorge um meine Familie zu quälen. Spätestens jetzt kehrten meine Eltern nach Hause zurück, zusammen mit meinen beiden kleinen Brüdern, die am Nachmittag im Büro des Ladens ihre Hausaufgaben gemacht und danach im Hof gespielt hatten, genau wie ich früher. Meine Eltern rechneten damit, dass ich das Wohnzimmer geheizt und den Tisch für das Fest gedeckt hätte und sie jetzt voller Vorfreude erwartete. Bestimmt hatten sie ein Geschenk zu meinem Schulabschlussfest für mich mitgebracht, vielleicht sogar, nachdem die Geschäfte in den letzten Monaten gut gelaufen waren, meine erste Armbanduhr.

Ich sah sie im Flur stehen und nach mir rufen. Wenn sie mich im Haus nicht finden konnten, würden sie mich am Fluss und in der Nachbarschaft suchen, während die Gewissheit, dass etwas nicht stimmte, in ihnen anwuchs wie ein Schmerz, den man nicht wahrhaben will.

Es war komisch, aber am meisten belastete mich die Vorstellung, dass die schönen Speisen im Keller vergammeln würden, weil keiner sie anrühren würde, solange ich nicht nach Hause kam. Ich sah schon die Mäuse daran knabbern und die Kakerlaken darüberhuschen. Über diesen Gedanken muss ich irgendwann eingeschlafen sein, jedenfalls wachte ich erst wieder auf, als der Geländewagen mit einem mächtigen Ruck anhielt.

2

Die drei Coroner stiegen aus, einer holte den Seesack mit meinen Sachen aus dem Kofferraum. »Komm, Tämäiso Käbäin.«

Neben der Fahrspur versanken meine Schuhe tief im Sand. Wo waren wir – in der Wüste? Auf jeden Fall nicht mehr in Parman, nach zehn Stunden Fahrt ohne Pause.

Um uns herum war es gespenstisch still und über uns funkelten mehr Sterne, als ich je zuvor gesehen hatte. Es war ein Himmel wie aus einem Märchen, doch ich war viel zu mutlos, um den Anblick genießen zu können. Während die Coroner mich zielstrebig durch die Dunkelheit führten, versuchte ich, meine Arme und Beine zu lockern. Nach der langen Autofahrt fühlte ich mich wie eingerostet.

Den Bus erkannte ich erst, als ich fast dagegenstieß. Er war vollkommen schwarz und verschmolz mit der Nacht. Sogar die Fensterscheiben waren geschwärzt. Es gab zwei Türen, vorne und hinten, die beide geschlossen waren. Erst als einer meiner Bewacher an die Vordertür klopfte, öffnete sie sich mit einem leisen Zischen.

Ich starrte auf die viereckige Öffnung, die Stufen, die ein blasses, grünliches Licht von innen beleuchtete. Alles in mir sträubte sich, in diesen dunklen Bus zu steigen und damit weiter ins Ungewisse zu fahren. Am liebsten hätte ich meine drei Bewacher angefleht, den Geländewagen zu wenden und mich wieder zurückzufahren. Doch ich wusste, dass Bitten sinnlos war. Ich war schon sehr weit weg von zu Hause.

In der offenen Bustür erschien jetzt ein Mann mit einem Gewehr über der Schulter. »Ihr seid spät«, sagte er halblaut.

»Wir haben fünfhundert Kilometer verdammter parmanischer Schlaglochpisten hinter uns«, erwiderte der Coroner, der den

Geländewagen gefahren hatte. »Uns reicht es, das könnt ihr glauben.«

Mein Sitznachbar von der Rückbank reichte den Seesack an den Mann mit dem Gewehr weiter. Dann schob er mich die Stufen hinauf. »Auf Wiedersehen, Tämäiso Kabäin. Und viel Glück.«

Instinktiv drehte ich mich um und verneigte mich: »Auch Ihnen, ehrenwerter Fremder.« Der Coroner verzog sein Gesicht zu einem breiten, anerkennenden Grinsen: »Bist doch ein nettes, höfliches Parman-Wiesel.«

Zischend schloss sich die Tür hinter mir und sofort startete der Fahrer den Motor. Offensichtlich hatten sie nur noch auf mich gewartet.

Der mit dem Gewehr legte mir die Hand auf die Schulter: »Geh jetzt auf deinen Platz. Dort in der Mitte, siehst du?«

Im Bus gab es nur Einzelsitze, zwölf links, zwölf rechts. Ein einziger davon war noch frei, der siebte in der linken Sitzreihe. Jeweils zwei Wächter saßen ganz vorne und ganz hinten, ihre Gewehre über den Knien, sonst war der Bus voll besetzt mit Jungen und Mädchen. Alle waren in meinem Alter, fünfzehn oder sechzehn, und alle trugen ihre guten Sachen: die Mädchen Faltenröcke, die Jungen Wollhosen und geknöpfte Jacken wie ich. Ganz sicher hatten sie sich heute alle auf ihr Schulabschlussfest gefreut. Hier im Bus wirkten sie, als würden sie zusammen einen Feiertagsausflug machen, zu einem der berühmten Schreine vielleicht oder zu einem Picknickplatz an einer heiligen Quelle. Nur ihre blassen, verstörten Gesichter passten nicht dazu.

Sie sahen genauso aus, wie ich mich fühlte.

Niemand sagte ein Wort, während ich durch den Gang zu meinem Platz ging. Als ich mich hinsetzte, drehte sich das Mädchen auf meiner linken Seite zu mir und lächelte mich an. Es war kein besonders frohes Lächeln, aber es brachte für einen Augenblick Normalität in mein Leben und wärmte mich wie ein Sonnenstrahl.

Dankbar lächelte ich zurück. »Kannst du mir bitte sagen, was das alles zu bedeuten hat?«

Das Mädchen presste die Lippen zusammen und schüttelte den Kopf. Im selben Augenblick rief einer der Bewacher vom Rücksitz: »Keine Gespräche im Bus, Tamaso Kabun! Es ist Nacht, also schlaft ihr. Reden könnt ihr später noch genug.«

Der Bus fuhr an. Automatisch wandte ich mich zum Fenster, doch da gab es nur schwarze Folie, dunkler und endgültiger als die Nacht.

Ich fragte mich, was uns wohl verband. Auf den ersten Blick saßen hier im Bus zwanzig völlig durchschnittliche parmanische Jugendliche, die alle heute ihren Schulabschluss gefeiert hätten. Zu welchem Zweck hatten die Coroner uns zusammengeholt? Und warum die merkwürdigen Umstände, die verklebten Scheiben, die Gewehre? Warum erklärte uns niemand etwas?

Unauffällig musterte ich das Mädchen neben mir. Sie hatte ein regelmäßiges, ovales Gesicht, mit einem auffallenden Muttermal neben dem linken Nasenflügel. Ihre Haut war sehr hell, fast wie Porzellan, gut möglich, dass der Schreck sie blasser machte. Ich fand sie sehr hübsch, aber nicht auf die quirlige, fröhliche Art anderer hübscher Mädchen. Vielmehr wirkte sie ernst, wie jemand, der sich über alles viele Gedanken macht. Auch ihr Mund war schmal und ernst. Ihre langen braunen Haare hatte sie zu einem Zopf geflochten, und an ihren Ohrläppchen trug sie schmale, goldene Ringe, die nagelneu funkelten. Ob die Ohrringe ein Geschenk zu ihrem Schulabschluss waren?

Ich drehte den Kopf. Hinter dem hübschen Mädchen mit dem Zopf saß ein Junge in einer grünen Jacke mit Perlmuttknöpfen und zwinkerte mir zu. Und hinter dem Jungen mit der grünen Jacke, ich stutzte verblüfft, saß abermals ein Junge in einer grünen Jacke mit Perlmuttknöpfen und zwinkerte mir zu. Es war, als würde man im Theater dieselbe Szene zweimal sehen. Verunsichert blickte ich von einem zum anderen, suchte nach irgendeinem Unterschied, aber falls es ihn gab, verbarg ihn die schwache Deckenbeleuchtung.

Wie aufs Kommando zogen die beiden Jungen dieselbe Grimasse: *Mach nur weiter, wir sind es gewohnt, angestarrt zu werden.* Einigermaßen verlegen grinste ich ihnen zu, dann drehte ich mich auf meinen Sitz zurück.

Der Bus fuhr ruhig und gleichmäßig durch die Nacht, kein Vergleich mit der Kurverei im Geländewagen. Alles sprach dafür, dass sie uns tatsächlich nach Corona schafften. In Länderkunde hatten wir von den vier- und sechsspurigen Autobahnen Coronas erfahren, die das riesige Land wie ein pulsierendes Adernetz durchziehen. Kein Wunder, wenn die Coroner über unsere Straßen schimpften. Sie mussten ihnen wie Ziegenpfade vorkommen.

Unter den Blicken der vier Wächter gab es nichts zu tun, nichts zu reden. In meiner Erinnerung setzt sich die Nacht im Bus aus den monotonen Reifengeräuschen, dem Streifenmuster der Sitzbezüge und quälenden Rückenschmerzen zusammen. Zwischendurch schlief ich ein und träumte sogar.

Ich sehe mich selbst rennen, durch Wälder, über Brücken, durch Ortschaften, deren Bewohner stehenbleiben und mir hinterherstarren. Ich renne, so schnell ich nur kann, um mein Fest doch noch pünktlich zu erleben. Meine Beine schmerzen, meine Kräfte lassen schon nach, doch da erkenne ich unseren Fluss, endlich, den Steg, der zu unserem Haus hinüberführt. Ich habe es geschafft!

Als ich atemlos in unser Wohnzimmer stürme, ist die Festgesellschaft bereits am Tisch versammelt: meine Eltern, meine kleinen Brüder, meine Onkel und Tanten und alle Nachbarn. Nur mein Stuhl ist noch leer.

Mein Vater steht am Tischende. Er hält ein Messer in der Hand und ist dabei, einem Fisch den Kopf abzuschneiden. Es ist ein großer, platter Fisch mit riesigen Augen, er liegt auf der Tischplatte und zappelt verzweifelt, selbst als mein Vater ihm den Kopf bereits abgetrennt hat, hüpfen Fischleib und Kopf weiter aufeinander zu, als wollten sie sich wieder vereinigen. Es ist ein grausiger und zugleich furchtbar trauriger Anblick.

Ich frage meinen Vater: »Die Speisen für das Fest waren doch alle schon fertig. Warum muss dieser Fisch sterben?«

Da heben alle am Tisch die Köpfe und sehen mich böse an. Mein Vater sagt: »Wir brauchen den Fisch für das richtige Fest, für unseren richtigen großen Sohn.« Er zeigt auf den leeren Stuhl. »Er wird bald kommen.«

»Aber ich bin doch hier, Vater«, sage ich. »Hier bin ich doch.« Meine Worte gehen unter in den klatschenden Geräuschen des Fisches, der noch immer auf dem Tisch zappelt und einfach nicht sterben will, zerstückelt und abgetrennt von jeder Hoffnung.

Irgendwann hielten wir an. Als die vordere Bustür zischend aufging, merkte ich, dass es draußen bereits dämmerte.

»Kurze Pause«, rief der vordere Wächter. »Immer zwei gehen raus. Die ersten Sitze zuerst.«

Ein Junge in der vierten Reihe bewies Nervenstärke. Noch ehe sich die beiden Mädchen auf den vordersten Sitzen bewegt hatten, war er schon aufgesprungen, an den beiden Wächtern vorbei und zur Bustür hinausgestürmt.

»Verdammter Bengel!« Die beiden vorderen Wächter stürzten ihm hinterher und brachten damit den ganzen Bus ins Schwanken. Hinter ihnen schloss der Fahrer schnell die Bustür, und wir anderen saßen fest wie die Kaninchen in der Falle.

Als die beiden hinteren Wächter durch den Bus nach vorne

gingen, schlugen ihre Gewehre gegen die Metallstangen. *Klong. Klong. Klong.*

»Schön sitzen bleiben!«, rief einer von ihnen. »Keiner von euch rührt sich! Keiner spricht!«

Der vordere Zwilling beugte sich gespannt nach vorne. Sein Bruder hinter ihm grinste und reckte den Daumen nach oben. Alle hielten wir die Luft an. Ich wette, jeder von uns hoffte, dass sie den Flüchtling nicht erwischen würden.

Drei Minuten später klopfte es an der Vordertür. Der Fahrer öffnete, und die beiden Wächter beförderten den Jungen mit einem Rempler und einem Fluch ins Businnere. Er hatte eine blutende Schramme auf der Wange und sah mürrisch und feindselig in die Runde. Als würde er uns alle für Feiglinge halten.

Die Wächter drückten ihn auf seinen Sitz nieder. »Das war sehr dumm von dir, Isao Nuno.« Mit Handschellen fixierten sie die Hände des Jungen an die Metallstangen des Sitzes, links und rechts neben seinem Kopf. Er sah jetzt aus, als ob er im Räuber-und-Polizist-Spiel die Hände hochhalten würde, während ein Polizist auf ihn zielt.

Danach durften wir anderen immer zu zweit den Bus verlassen und am Wegrand pinkeln, die Mädchen etwas weiter entfernt hinter einem Busch. Während ich so dastand, hörte ich eine Amsel ihr Morgenlied anstimmen. Sie sang genau wie die Amseln am Ufer unseres Flusses und ich dachte an meinen Traum und fühlte mich elend.

Beim Einsteigen drückten uns die Wächter ein großes Sandwich und eine Flasche Limonade in die Hand. Es war ein ähnlich süßer Fruchtaufstrich wie gestern, falls die Fahrt im Geländewagen gestern gewesen war. Allmählich verlor ich jedes Zeitgefühl.

Einmal hielten wir, um zu tanken, und einer der Wächter löste den Fahrer ab, der sich auf dem Mittelgang ausstreckte und sofort einschlief. So fuhren wir weiter, Stunde um Stunde, monoton und schnurgerade. Irgendwann musste doch auch Corona ein Ende haben. Aber nein, Corona war riesig, in Länge und Breite das Zwanzigfache von Parman – unvorstellbar groß. Und wir, zwanzig Käfer in einer schwarzen Blechbüchse, sahen nicht das geringste Fitzelchen davon.

Ich war wieder eingeschlafen und schreckte hoch, als sich das Motorengeräusch änderte. Der Bus bremste ab, gleichzeitig begannen die Wächter, die schwarze Folie von den Fenstern herunterzureißen. Draußen war jetzt helllichter Tag, das Licht flutete durch die Scheiben und ich schloss geblendet die Augen.

»Schaut jetzt alle hinaus!«, rief einer der Wächter. »Das ist sehr wichtig!«

Sehr langsam, fast im Schritttempo, rollte der Bus an einem See vorbei, auf dessen Oberfläche die Frühlingssonne glitzerte. Wasservögel zogen ihre Kreise, weiße Schwäne und eine Schar hübscher bunter Enten. Der vordere Teil des Sees lag eingebettet in Wiesen, die bereits jetzt im März frisch und grün aussahen, als hätten die Coroner sogar die Jahreszeiten im Griff. Vom jenseitigen Ufer leuchteten weiße Häuser herüber, mit Säulen und geschwungenen Freitreppen. Sie schienen gerade erst gebaut worden zu sein, von Bewohnern konnte ich keine Spur entdecken. Alles zusammen – See, Wiesen und Häuser – wirkte makellos schön und unwirklich, wie eine Theaterkulisse oder ein Gemälde. Was konnte das sein, und warum führten sie es uns extra vor?

Nach weniger als einer Minute war es vorüber. Der sonnenglitzernde See blieb hinter uns zurück, der Fahrer drückte aufs Gaspedal, und die Wächter holten einen frischen Satz schwarzer Folien unter dem Sitz hervor und verklebten damit die Scheiben neu.

»Jetzt wird es wieder Nacht bei euch Wieseln. Aber vergesst nicht, was ihr gesehen habt!«

Das Mädchen neben mir zog die Stirn kraus und schüttelte den Kopf. Hinter ihr tippten sich die Zwillinge in einer perfekt synchronen Geste gegen die Stirn. Keiner im Bus wagte zu reden, doch die Luft vibrierte fast vor unausgesprochenen Fragen. *Was hatte das alles zu bedeuten?*

Drei Reihen vor uns saß der Junge, der Isao Nuno hieß, noch immer in der »Hände-hoch«-Stellung gefesselt da. Es musste scheußlich unbequem sein, doch die Wächter dachten nicht daran, ihn wieder loszumachen.

Das Mädchen neben Isao Nuno meldete sich. »Bitte sehr, ehrenwerte Fremde.« Mit ihren kurzen Locken und den runden, braunen Augen hatte sie etwas Übermütiges, Koboldhaftes an sich und war damit so ziemlich das Gegenteil des ernsten Mädchens neben mir. Als einer der Wächter sich über sie beugte, sprach sie leise und eindringlich auf ihn ein. Das einzige Wort, das ich verstand, war das coronische Wort für »bitte«: »pläis«. Sie sagte es immer wieder: »pläis«.

Der Wächter sah sie an, dann grinste er und verstrubbelte ihre Locken. Zu dem gefesselten Jungen sagte er: »Nicht weglaufen, Isao. Brav sein wie das Mädchen Kairi hier, und immer schön bitte sagen, so geht's.« Mit diesen Worten langte er in seine Hosentasche und schloss die Handschellen auf.

Isao Nuno rieb sich die Handgelenke. Als der Wächter weiterging, nickte er dem Mädchen mit den Locken kurz zu und starrte dann geradeaus, ohne jemanden im Bus anzusehen.

Drei oder vier Stunden später hielt der Bus wieder an, dieses Mal endgültig. Ein letztes Mal röhrte der Motor auf, dann öffnete sich zischend die Vordertür. »Alle aussteigen! Der Reihe nach, einer bleibt hinter dem anderen!«

Der Bus spuckte uns aus, zwanzig parmanische Sechzehnjährige, durch die schier endlose Fahrt austauschbar geworden, alle blass und übernächtigt, mit wirren Haaren und hoffnungslos zerknitterter Festtagskleidung. Wir stellten uns in einer Reihe auf, wie die Wächter es anordneten, schützten mit den Händen unsere Augen gegen die Sonne und sahen uns um.

Einen größeren Kontrast zum See von vorhin mit seinen grünen Wiesen und den weißen Häusern konnte es nicht geben. Wir waren im Niemandsland angekommen, einer schier endlosen Ebene aus grauer Erde, gleichförmig bewachsen mit dürren Grasbüscheln und dornigem Gestrüpp. Erst in weiter Entfernung erhoben sich Hügelrücken, dunstig unwirkliche Umrisse, die vor dem Horizont zu flimmern schienen.

Nirgendwo Bäume oder Häuser, ringsum nur ödes graues Land – genauso stellte ich mir die unbewohnte Wüste vor, die wir in der Schule als Heimat von Schlangen und Skorpionen kennengelernt hatten, ein Ort größter Verlassenheit. Doch irgendjemand hatte sich die Mühe gemacht, eine Straße hierher zu teeren und ein Areal mit einem Zaun abzugrenzen. Und was das für ein Zaun war: Bestimmt sechs Meter hoch, aus massivem Metall und so eng vergittert, dass er jedes Klettern verhinderte, hätte er zu einem Gefängnis oder einem Raubtiergehege gehören können. Die Stacheldrahtschlingen ganz oben waren mit einem grau-grün gefleckten Tarngewebe bedeckt.

»Hier geht's lang, Freunde.« Die Wächter dirigierten uns durch ein offenes Tor. Einige Soldaten in beigen Uniformen standen vor einem verglasten Wächterhaus; als wir an ihnen vorbeiliefen, strahlten sie und legten grüßend die Hände an die Mützen, als seien wir lang erwartete und willkommene Gäste.

Hinter uns krachten Metallbolzen, rasselten Schlüssel. Das Tor wurde zugeschoben und verriegelt.

Der Weg führte auf einige flache Holzbaracken zu. Sie waren

offensichtlich neu und noch ganz sauber, mit einem pastellrosa Anstrich und weißen Fenstergittern versehen, was ihnen irgendwie einen südlichen Charakter verlieh. Zwischen den Baracken gab es tatsächlich sattgrünen Rasen, Büsche und sogar einige größere Bäume wie Eichen, Akazien und Platanen. Ich fragte mich, wie sie hier in der Ödnis wachsen konnten, aber vielleicht waren sie wie die Straße und die Baracken erst vor Kurzem hergeschafft worden.

Während die Wächter uns durch einen überdachten, schattigen Gang führten, kam mir eine Fotografie in den Sinn, die Frau Jong uns im Geschichtsunterricht gezeigt hatte: Eine Gruppe von Jugendlichen steht splitternackt mit erhobenen Händen vor bewaffneten Soldaten. Es war die Aufnahme eines Kriegsgräuels, und natürlich waren die Soldaten auf dem Foto Florer. Die Coroner waren unsere Beschützer, unser Land verdankte ihnen seine Freiheit. Nur sahen der sechs Meter hohe Zaun mit seinen tödlichen Stacheldrahtschlingen und das verrammelte, bewachte Tor verflixt wenig nach Freiheit aus.

Aber die Soldaten am Tor hatten uns lächelnd begrüßt. Niemand würde uns etwas tun, natürlich nicht. Alles würde sich aufklären.

Die pastellrosa Baracken gruppierten sich um einen gepflasterten Innenhof. Und genau in der Mitte dieses Hofes erwartete uns ein einzelner Mann in weißer Uniform auf einem Klappstuhl.

Wir mussten uns in zwei Reihen vor ihm aufstellen: Vorne die Mädchen, dahinter die Jungen. Im Schatten der Gebäude sah ich noch mehr Uniformierte stehen, Männer und Frauen. Aber keiner von ihnen hatte eine weiße Uniform, und keiner hatte auch nur annähernd so viele Orden und Embleme an der Jacke wie der Mann auf dem Klappstuhl.

»Ich bin General Elias, kommandierender Offizier in Camp Mi, und ich heiße euch herzlich willkommen.« Der General war schon älter, bestimmt über sechzig, und hatte unter seiner Schirmmütze grau melierte Haare und ein tief gebräuntes Altmännergesicht. »Ich weiß, meine lieben Kinder«, seine Stimme klang freundlich und sonor, ich konnte mir gut vorstellen, wie er seinen Enkeln Gute-Nacht-Geschichten vorlas. »Ich weiß, euch brennen jetzt viele Fragen auf der Seele. Ich werde sie euch alle beantworten. Und ich verspreche euch, ihr werdet gleich eine unglaubliche, fantastische Wahrheit von mir erfahren. Eine Wahrheit, die euer Leben für immer verändern wird.«

3

In Camp Mi gibt es drei Mahlzeiten.

Am Morgen weiches Brot, Wurst und Schmelzkäse und süße Frucht- und Schokoladencremes. Mittags Hühnchen, Hackbraten oder Würstchen mit brauner Sauce und Kartoffelbrei. Am Abend dick mit Mayonnaise bestrichene Sandwiches mit Schinken oder Corned Beef.

Es ist nicht so, dass sie uns hier mit schlechtem Essen quälen wollen, ganz im Gegenteil, sie setzen uns sämtliche coronische Leib- und Magenspeisen vor. General Elias und seine Leute an der Offizierstafel bekommen dieselbe Kost wie wir und loben die Küche des Camps in den höchsten Tönen.

Seit vier Wochen revoltiert mein Magen, aber das hilft ihm nichts. Er wird lernen, was mein Kopf schon am ersten Tag lernen musste: Dass ich kein Parmaner bin, sondern Coroner.

»So wie ihr hier vor mir steht, seid ihr alle in Corona geboren, als Kinder coronischer Eltern. Und so heißen wir euch heute willkommen, als heimgekehrte Söhne und Töchter!«

Das war die Botschaft des Generals, die uns alle stumm werden ließ. Dabei war die Sache an sich nicht schwer zu verstehen: Im Rahmen eines geheimen Militärprojekts, das sich Projekt Mimikry nennt, wurden wir schon als Babys ausgewählt, von unseren Eltern getrennt und nach Parman geschafft. Dort, in parmanischen Familien und Schulen, wuchsen wir ahnungslos zu echten Parmanern heran. Nur um pünktlich an unserem letzten Schultag wieder nach Corona zurückgebracht zu werden.

Wir sind die ersten Mimikry-Rekruten, die tapferen Vorkämpfer eines Projektes, das auf Jahrzehnte hin angelegt ist, wie General Elias uns strahlend verkündete. Schon jetzt wachsen vier weitere

Jahrgänge von Rekruten in Parman heran, Schulkinder, ebenso arglos, wie wir es waren.

Natürlich verfolgen die Coroner mit Projekt Mimikry einen anderen Zweck, als zwanzig entwurzelte Teenager in einem vor der Welt verborgenen Wüstencamp herumstolpern zu lassen. In der Biologie ist eine Form der Mimikry bekannt, in der Tiere harmlos aussehen, in Wahrheit aber todbringende Gegner sind. Nach diesem Vorbild wollen General Elias und sein Stab von über vierzig Offizieren, Trainern, Aufsehern und Psychologen uns zu Geheimwaffen schmieden, um uns dann gegen Coronas schlimmsten Feind einzusetzen: Flore.

Nach sechs Monaten Ausbildung im Camp werden wir als vermeintlich harmlose Parmaner nach Flore gehen, genau wie andere Pechvögel unseres Jahrgangs, die sich die Papiere für bessere Länder nicht leisten können. Wie diese anderen Pechvögel werden wir uns als Sekretäre, Übersetzer oder Hausangestellte verdingen. Doch wir Rekruten von Projekt Mimikry werden unsere speziellen Aufträge haben, die nichts mit Dienen und Höflichkeit zu tun haben. Aufträge, für die wir hier in Camp Mi geschliffen und gestählt werden sollen.

All das erzählte uns der General mit seinem harmlosen Großvaterlächeln. Und wir standen aufgereiht vor ihm und glaubten ihm kein Wort. Was der freundliche ältere Herr mit der weißen Schirmmütze da von sich gab, klang wie das Grußwort eines Wahnsinnigen.

»Ich weiß, es ist schwer, über Nacht auserwählt zu sein. Aber ihr seid nun Auserwählte, und so werdet ihr über euch hinauswachsen und Großes leisten, für den Frieden und die Freiheit, für unsere herrliche Nation Corona und für die ganze Welt. Ihr werdet Helden sein, für den Rest eures Lebens!«

Zwischendurch beschlich mich der irritierende Verdacht, Teil eines komischen Theaters zu sein. Verstohlen drehte ich mich nach dem Publikum um, das sich am Stacheldrahtzaun feixend über die naiven Jugendlichen aus Parman amüsierte. Aber natürlich war da niemand.

General Elias war noch lange nicht fertig. »Man hat euch unterwegs Häuser gezeigt. Wunderschöne weiße Häuser an einem herrlichen See, richtig?«

Wir nickten stumm.

»Dann sage ich euch jetzt«, fuhr der General fort, »dass alles, was ihr dort gesehen habt, euch gehört. Ja, ihr könnt es ruhig glauben.« Er lächelte über unsere Gesichter. »Einer der herrlichsten Orte in Corona ist für euch reserviert. Ihr werdet dort frei und glücklich und ohne Sorgen leben können.«

Eine Zeit lang herrschte Stille. Dann hob jemand aus unseren Reihen die Hand: einer der Zwillinge.

»Ja, mein Junge?«, sagte General Elias herzlich.

»Ehrenwerter General, ich muss die ganze Zeit schon an einen Spruch unserer Mutter denken ...«

»Falsch, Bruder«, fiel der zweite Zwilling ihm ins Wort. »Du denkst an einen Spruch der parmanischen Frau, die wir bis vor Kurzem für unsere Mutter gehalten haben.«

»Ach ja, stimmt«, nickte der erste. »Jedenfalls pflegte sie zu sagen: ›Je schillernder die Oberfläche, desto fauliger ist das Wasser.‹ Also entweder sind wir mit diesem Bus geradewegs ins Paradies gefahren, oder das dicke Ende kommt noch nach.«

Ich sah die beiden mit neuem Respekt an: So wie sie hier auftraten, mussten sie extrem nervenstark sein. Die Tatsache, dass ihr gesamtes bisheriges Leben gerade wie ein Kartenhaus zusammengestürzt war, schienen sie einfach wegzustecken.

Das Lächeln des Generals wirkte etwas eingefroren. »Niemand will euch etwas vormachen«, sagte er. »Was wir von euch erwarten, ist weder einfach noch ungefährlich. Wir werden euch als coronische Spione nach Flore schicken, direkt in das Herz der Finsternis. Euer Überleben wird von eurer Tarnung und euren Fähigkeiten abhängen. Unsere Aufgabe hier im Camp besteht darin, euch in einem halben Jahr zu fähigen Soldaten und Kämpfern auszubilden. Ich verspreche euch, wir werden es schaffen. Wir machen euch zu Helden, jeden Einzelnen von euch.«

Wir standen vor ihm, ein Häuflein Sechzehnjähriger, verloren unter dem pechschwarzen Wüstenhimmel. Man würde uns nach Flore schicken, uns Gefahren aussetzen, die ich mir nicht einmal vorstellen konnte. Dennoch spürte ich keine nennenswerte Angst, ich war schlichtweg zu müde dafür. Stattdessen dachte ich darüber nach, wie wenig heldenhaft wir doch wirkten, wie enttäuscht der General von uns sein musste. Erst in den darauffolgenden Tagen und Wochen sollte mir klar werden, dass General Elias in Wirklichkeit niemals uns sah, sondern immer nur seine leuchtende Vision von zwanzig perfekten Mimikry-Rekruten.

An diesem ersten Abend entließ er uns mit den Worten: »Blickt nun nicht mehr zurück. Für euch zählt nur noch die Zukunft. Und die wird leuchtende Farben tragen.«

Ebenso gut hätte er sagen können: *Ihr habt keine Wahl.*

Punkt sieben, gleich nach dem Duschen, stellen wir uns im Eingangsbereich auf, alle gleich gekleidet in schwarzen Trainingsanzügen mit der eingestickten vielzackigen Krone, dem Symbol Coronas. Ich rieche die Vanilleseife, die hier überall aus den Spendern kommt, sehe die Haare der Mädchen vor mir noch vor Nässe glänzen: Die kurzen Locken von Kairi, dem Mädchen, das im Bus so schön bitte sagen konnte. Den dunklen Zopf von Mailin, die auf dem Platz neben mir gesessen und mich angelächelt hatte.

Obwohl es ein vollkommen sinnloses Ritual ist – wir wissen

mittlerweile, dass unter dem Zaun Betonsperren bis in drei Meter Tiefe reichen, wie sollten wir also fliehen, ohne Vögel oder Würmer zu sein –, ruft einer der Wächter unsere Namen auf und hakt sie auf einer Liste ab. Anschließend sprechen die Wächter mit uns ein Gebet zu ihrem Coronergott, von dem ich nicht viel mehr weiß, als dass er den Himmel allein bewohnt und die Coroner ihm ihren Aufstieg zur größten Macht der Welt zuschreiben. Während ich die Worte mitspreche, stelle ich mir den Coronergott in seinen unendlich großen Hallen vor. Bestimmt trägt er eine schneeweiße Uniform.

Nach dem Morgenappell gehen wir hinüber in den Speiseraum. Dort steht ein großer ovaler Tisch, an dem wir alle Platz finden. Die Milchgläser sind bereits gefüllt, das Brot vorgeschnitten.

Wie üblich reihen sich die Wächter entlang der Wand auf. Zwar tun sie unbeteiligt, doch in Wirklichkeit registrieren sie alle unsere Gespräche und geben sie an die Psychotrainer weiter, die wiederum jedes Wort von uns dreimal umwenden, um unseren Charakter bis in den letzten Winkel hinein zu durchleuchten.

Es ist sehr warm im Raum. Obwohl ich gerade erst geduscht habe, schwitze ich schon wieder. Sämtliche Heizungen im Camp sind zu hoch eingestellt, aber es gibt keine Thermostate und die vergitterten Fenster lassen sich nicht öffnen.

Mir gegenüber sitzen die Zwillinge Kester und Silvan, daneben Kairi und Mailin. Ich habe das Gefühl, die vier schon besser zu kennen als sämtliche Mitschüler in Parman. Das ist wohl ein Effekt des Camps und des ständigen Beisammenseins: Wir haben uns untereinander viel schneller zusammengeschlossen, als es unter normalen Umständen passiert wäre. Ich frage mich, ob es denselben Effekt auch in Gefängnissen gibt, eine Art von »Wir-sitzen-alle-in-derselben-Tinte«-Solidarität.

Einer der Zwillinge – es ist Kester – zieht die Schüsseln mit den

Fruchtcremes zu sich heran. »Lust auf eine bunte Schnitte, Tämäiso?« Parmanisch zu sprechen ist uns in Camp Mi kategorisch verboten. Kester äfft das breite Kaugummi-Coronisch unserer Wächter nach. »Grün, gelb, rot? Ich streiche sie dir auch gerne.«

»Hmm«, sage ich wenig begeistert. »Danke, aber …«

»Nicht so höflich, Tamaso«, unterbricht mich Silvan, der andere Zwilling. »Höfliche Wiesel werden von Trainer LeBron aufgespießt und über offenem Feuer geröstet. Sag einfach: Kester, steck dir deine bunte Schnitte in die hübsche Falte deines Hinterteils.«

Die Zwillinge haben ein unnachahmliches Lachen, mit dem sie selbst die Wächter anstecken. Um die beiden unterscheiden zu können, haben die Coroner Silvan kurzerhand eine helle Strähne ins Haar gefärbt. Wir anderen halten das für Körperverletzung und eine Ungeheuerlichkeit, doch die Zwillinge selbst zucken lediglich die Achseln. Überhaupt sind die beiden wie Inseln in stürmischer See, gelassen und schwer zu erschüttern. Wenn es in Camp Mi etwas zu lachen gibt, dann liegt es fast immer an den Zwillingen.

»Wenigstens wissen wir jetzt, wonach wir uns ein Leben lang unbewusst gesehnt haben.« Kester hebt eine Schachtel hoch und schnalzt dabei mit der Zunge. »Nach dem unnachahmlich schleimigen Geschmack von Coroner Schmelzkäse, *Coronicia Sleimca*«, setzt er provozierend laut auf Parmanisch hinzu.

»Ich wette, sie setzen uns dieses Zeug vor, damit wir uns irgendwann auf Flore freuen«, sagt Silvan. »Ich würde sagen, damit sind sie genau auf dem richtigen Weg.«

Wir lästern immer über das Essen, bei jeder Mahlzeit. Den Wächtern müssen die Ohren klingen, aber es ist eines unserer wenigen Ventile angesichts von Stacheldrahtzaun, permanenter Überwachung und der festen Entschlossenheit der Coroner, uns in Zwölf-Stunden-Drill-Tagen zu Helden zu machen.

»Ich kenne eine Frau, die Dienstmädchen in Flore war«, sagt Mailin plötzlich. »Sie wohnt ein paar Häuser weiter in unserer Straße.«

In den zehn Jahren Schule habe ich oft genug miterlebt, dass Schulabgänger nach Flore gegangen sind. Doch ich habe noch nie mit jemandem gesprochen, der von dort zurückgekommen ist. Und auch die anderen am Tisch nicht, nach den gespannten Gesichtern zu urteilen.

Aus Mailins Zopf hat sich eine Strähne gelöst, sie streicht sie hinters Ohr zurück. Dort, wo sie im Bus noch ihre Ohrringe getragen hat, sieht man die kleinen Löcher in ihren Ohrläppchen. »Es gab einen Bergrutsch direkt neben dem Haus, in dem sie angestellt war. Sie hat den einjährigen Sohn ihres Dienstherrn mit bloßen Händen ausgegraben. Zum Dank dafür hat er sie drei Jahre später mit Gold ausbezahlt und nach Parman heimkehren lassen.«

»Und?«, fragt Kairi. »Was hat sie von Flore erzählt?«

»Nicht sehr viel. Dass die Winter dort eisig sind und der Schnee oft sechs Monate lang liegen bleibt. Dass sie jeden einzelnen Tag Heimweh nach Parman hatte.« Nachdenklich dreht Mailin ihr Milchglas. »Und dass sie sich all die Jahre wie eine Art Haustier gefühlt hat.«

»Warum?«, frage ich.

Mailin schüttelt den Kopf. »Das hat sie nicht gesagt.«

»Ein Haustier, das sechs Sprachen spricht und ganz nebenbei ein Kind rettet«, sagt Silvan. »Aber die Florer benutzen ja auch Gefangene als Zugpferde und Pflugochsen. Oder sie haben es jedenfalls früher getan.«

Er spielt auf die Gräuelgeschichten über die Florer an, die jedes Kind in Parman kennt. Genau wie den Spruch: *Wenn du nicht brav lernst, musst du nach Flore.*

Eine Zeit lang sagt niemand etwas. Das Land hinter der Mauer und alles, was uns dort bevorstehen mag, steht wie ein drohender Schatten im Raum.

Ich blicke aus dem Fenster, auf die Welt hinter den Fenstergittern und dem Stacheldrahtzaun. Es ist jeden Tag dieselbe Aussicht auf die einförmige Ebene, über der Milane und Bussarde kreisen, bis hin zu den Hügeln, die wie gigantische Tierrücken in der Ferne lagern. Immerhin treiben seit ein paar Tagen die scheinbar dürren Büsche zögerlich Blätter aus, was mir in der Wüste des Immergleichen wie eine Sensation vorkommt.

Camp Mi ist so sehr Geheimsache, dass die nächste Stadt mehr als hundert Kilometer entfernt liegt. Alan, der jüngste und mit Abstand der netteste der Offiziere, hat uns erzählt, dass die Stadt Charisma heißt und fast zweihunderttausend Einwohner hat, ein Zehntel der Bevölkerung Parmans an einem einzigen Ort. Das erklärt auch den Lichtschimmer, den man nachts über den schwarzen Hügeln erahnen kann.

Die Wächter an der Wand blicken auf ihre Uhren, wir sollen zum Schluss kommen. Doch bevor wir aufstehen, müssen sämtliche von den Camp-Ärzten berechneten Kalorien und zugesetzten Vitamine aufgegessen und ausgetrunken sein.

Kester stapelt die Schüsseln aufeinander. »Bitte zu Zachary durchreichen.« Der Schüsselturm wandert den Tisch entlang. »Zachary, lass uns nicht im Stich. Du bist der wahre Held hier.«

»Na gebt schon her«, sagt Zachary. Gutmütig löffelt er die Reste aus. Sein Fassungsvermögen übersteigt unseres bei Weitem. Dabei ist er spargeldünn und sehnig, und er kann schneller laufen als jeder andere von uns. Vermutlich verwandelt er den vielen Zucker direkt in Energie.

Wenn ich mir die anderen am Tisch ansehe, wird mir klar, dass sie uns schon als Babys sorgfältig selektiert haben müssen. Wir sind alle höchstens mittelgroß und zierlich, haben helle Haut und braune, dichte Haare, genau wie alle Parmaner. Dagegen sind die meisten Coroner hier im Camp blond oder rothaarig, sie haben kantige Köpfe, breite Kreuze und einen viel kräftigeren Körperbau als wir.

Warum betreiben sie diesen gigantischen Aufwand? Sie hätten einfach zwanzig x-beliebige parmanische Jugendliche nach Camp Mi bringen können. Warum müssen wir in Corona geboren sein? Wenn wir ihn danach fragen, erzählt General Elias etwas von Völkerrecht und Protesten der parmanischen Regierung, aber das glaube ich ihm nicht. In Wahrheit denken er und seine Leute, dass Coroner von Natur aus tapfere Kämpfer sind und Parmaner nur feige Wiesel. Das erklärt auch den Feuereifer, mit dem sie uns hier im Camp bearbeiten. Wenn sie uns nur kräftig genug klopfen und stoßen, denken sie, platzt die unerwünschte parmanische Schale ab und unser wahrer Coroner-Kern tritt zutage: ein harter, unerschrockener und vor allen Dingen glühend patriotischer Kern.

Am Tisch sagt jemand laut: »Alles ist erstunken und erlogen. Das wisst ihr doch?« Isao natürlich, der Junge, der schon im Bus fliehen wollte. »Wir sind keine Coroner. Sie behaupten es einfach nur, um uns damit zu ihren Marionetten zu machen.«

Keiner von uns Jungen reagiert darauf. Nacht für Nacht erleben wir in unserem Schlafsaal, wie Isao sich in seinem Bett hin und her wirft. Wie er immer wieder aufsteht und an der Barackenwand entlangstreicht wie ein eingesperrtes Tier. Ich glaube nicht, dass er bisher auch nur eine Nacht hier im Camp richtig geschlafen hat. Etwas quält ihn furchtbar, aber er spricht nicht darüber.

Die Mädchen, die das nicht wissen können, verdrehen die Augen. »Warum redest du so sinnloses Zeug, Isao?«, fragt Kairi. »Er hat uns all diese Papiere gezeigt. Was willst du noch?«

Gleich am Tag nach unserer Ankunft hat General Elias uns in

sein Büro geholt und einen Stapel von Beweisen vorgelegt: Zwanzig Geburtsurkunden, die unsere coronische Staatsangehörigkeit bestätigen. Den Geheimvertrag mit der Regierung von Parman, das Projekt Mimikry betreffend. Die offizielle polizeiliche Erlaubnis, uns am 25. März aus unseren Schulen abzuholen. Zuletzt noch die Urkunden, die uns als künftige Besitzer der weißen Häuser am See ausweisen.

»Alles Fälschungen«, beharrt Isao. »Hier drinnen können sie uns erzählen, was sie wollen. Wie willst du es nachprüfen?«

Silvan lässt einen kleinen komischen Seufzer hören. »Was meinst du, Kester?«, fragt er seinen Bruder. »Wollen wir uns zwischen unseren neuen weißen Häusern ein Schwimmbad bauen?«

»*Wir*, Bruder?« Kester zieht die Augenbrauen hoch. »*Wir* rühren nicht einmal den kleinen Finger. Wir lassen unsere Angestellten bauen.«

Isao schüttelt den Kopf. »Ihr glaubt selbst nicht, was ihr da redet.«

»Nein«, bestätigt Kester trocken. »Aber du solltest es glauben. Nimm's leicht, Isao.«

Unsere Gespräche verstummen, als die Wächter zur Schlusskontrolle an unseren Tisch kommen. Unter ihren Blicken leeren wir unsere Milchgläser. Selbst die Milch schmeckt hier zu süß.

Als wir zum Übungsgelände hinüberlaufen, ist die Luft trotz strahlender Morgensonne noch empfindlich kalt, und ich bin dankbar für die wattierte Trainingsjacke. Zu Hause schicken meine Eltern um diese Uhrzeit meine Brüder zur Schule. Einträchtig laufen die beiden auf dem Gehsteig nebeneinander, der jüngere reicht dem älteren gerade bis zu den Ohren. Auf dem Rücken tragen sie ihre Tornister, mit denen sie mich immer an kleine Taucher erinnern. Vielleicht hat einer von ihnen meine Mütze auf, als Erinnerung an den großen Bruder, der einfach verschwunden ist. Vielleicht streiten sie sich sogar jeden Tag darum.

Nein. Stopp. Darüber nachzudenken bringt nur Schmerz. Das habe ich in den letzten vier Wochen gründlich gelernt.

Auf dem großen Parkplatz hinter den Baracken verlieren sich nur wenige Autos. General Elias und seine Offiziere, die Wächter und Trainer und das gesamte übrige Personal wohnen alle hier auf dem Camp-Areal. Seit unserer Ankunft habe ich das Tor nie mehr offen gesehen. Wenn Lastwagen frische Lebensmittel anliefern, geschieht es mitten in der Nacht, und wir hören in unseren Betten nur die Motorengeräusche.

Das Gelände ist gepflegt und sieht aus, als hätte man ein größeres Stück Landschaft in ein Miniaturformat eingedampft. Im Zentrum liegt ein künstlicher See, der in seiner weißen Kieselumrandung wie ein türkisblaues Auge schimmert. Im weiteren Umkreis gibt es einen Klettergarten mit Bäumen und Felsen, eine Sandpiste, einen Hindernisparcours, ein Hockeyfeld und im hinteren Bereich des Areals ein kleines Wäldchen mit Kiefern und Akazienbäumen.

Alles sieht auf den ersten Blick nach Vergnügen und netter Freizeitunterhaltung aus. Dahinter steckt Absicht: Für eventuelle florische Spähflieger unterscheidet sich Camp Mi durch nichts von einem harmlosen Feriencamp. Der Stacheldrahtzaun ist unter der grau-grünen Tarnabdeckung aus der Himmelsperspektive nicht zu erkennen.

Am Seeufer warten schon die Sporttrainer auf uns. *Sport* ist ein Wort, für das es keine parmanische Entsprechung gibt. Zu Hause treibt niemand Sport, nicht einmal in der Schule. Mit hochrotem Kopf schwitzen müssen nur die Tagelöhner bei der Feldarbeit oder beim Straßenbau. Doch für Coroner ist Rennen und Schwitzen keine Demütigung oder Schande, im Gegenteil. Sport ist für sie eine Art Religion.

Die Sporttrainer sind baumlang und braun gebrannt. »Wir fangen gleich an, Leute. Hopphopp«, ruft einer von ihnen und bläst in seine Trillerpfeife. »Zum Aufwärmen fünf lockere Runden um den Platz, danach auf die Hindernispiste.«

Sie hetzen uns hinauf auf die Hängebrücken und über Baumstämme, lassen uns durch Tunnel robben und über Pfützen und brennende Feuer springen, zwei bis drei Sportstunden an jedem Tag, bei jedem Wetter. Die Trainer bringen uns bei, in jeder Situation und in jedem Gelände fliehen zu können. Nur vor ihnen können wir nicht davonlaufen.

Dass sie während des Trainings dicht an unserer Seite bleiben und uns unablässig ins Ohr brüllen, ist etwas, woran wir uns nicht gewöhnen können. Dabei geht es ihnen nur darum, uns anzufeuern und die letzten Reserven aus uns herauszuholen. Kaum sind die Sportstunden vorbei, geben sich die Trainer wieder freundlich und gelassen.

In Parman gilt Anbrüllen als schlimme Beleidigung, nach der man lange Zeit nicht mehr miteinander spricht. Natürlich können das die Coroner nicht wissen; und wenn doch, wäre es ihnen vermutlich vollkommen egal.

Zachary ist mit Abstand unser bester Läufer, er rennt mit der Energie und der Zähigkeit eines flüchtenden Hasen. Das macht ihn zum Liebling der Trainer. »Verkehrte Welt«, sagt er kopfschüttelnd. »Sie feiern mich dafür, dass ich am schnellsten von allen weglaufen kann.« Ich selbst bin weder besonders langsam noch besonders schnell: Drei oder vier Jungen und Kairi, die schnellste Läuferin bei den Mädchen, überholen mich regelmäßig.

Um unsere Wahrnehmung zu schärfen, haben die Trainer das Gelände heute zusätzlich mit Wasserfallen gespickt. Tritt man auf die im Gras nahezu unsichtbaren Kuppeln, schießt ein Wasserstrahl in die Höhe und durchnässt die Trainingshose bis zum Oberschenkel. Zweimal hat es mich bereits erwischt, es reicht mir gründlich. Daher bin ich heilfroh, als ich General Elias schneeweiße Schirmmütze unter den Bäumen heransegeln sehe und die Trainer den Lauf abpfeifen müssen.

4

Er ist mindestens eine halbe Stunde zu früh, aber er ist der General und sticht damit jeden Sporttrainer aus. Ausgepumpt und keuchend versammeln wir uns um den Fahnenmast, unter dem General Elias seine patriotische Schulung mit uns abhält.

»So ist es recht, Rekruten«, sagt er und strahlt in die Runde. »Nur in gesunden Körpern wohnt ein gesunder Geist.« Seine Zähne schimmern wie quadratische Perlen. Ich glaube nicht, dass sie echt sind.

Die patriotische Schulung beginnt mit dem Hissen der coronischen Fahne. Heute ist Isao an der Reihe. Die Trainingshose klebt ihm klatschnass an den Beinen, anscheinend hatte er ausgiebig Kontakt mit den Wasserfallen. Als der General einen Moment lang nicht hinsieht, spuckt er auf die Fahne. Dann zieht er sie mit unbewegter Miene nach oben, wo sie im kalten Westwind flattert.

Auf der coronischen Fahne ist goldfarben auf indigoblau eine vielzackige Krone zu sehen, wobei jeder Zacken für ein Land des coronischen Staatenbundes steht. Aktuell sind es zweiunddreißig: Alan, der junge Offizier, hat uns erzählt, dass sie die Fahne schon einige Male an die politische Weltlage anpassen mussten. Vor zehn Jahren hatte die Krone noch achtunddreißig Zacken, seither wurden es kontinuierlich weniger. Und schuld daran ist Flore, das Land hinter der Mauer, das aus Coronas Weltreich Länder herausbeißt wie eine hungrige Ratte Stücke aus einem Leib Käse.

General Elias' Stimme ist tief und sonor wie die eines Predigers. Er blickt in die Ferne, während er uns auf unser neues Vaterland Corona einschwört.

»Heimat der Tapferen, Land der Freien und Gerechten«, sagt er.

»Gott der Herr hat uns große Macht in der Welt gegeben, doch wir nutzen sie nicht, um unsere Mitmenschen auszubeuten oder zu unterdrücken. Unsere Mission ist es, der Welt Frieden zu bringen, Wohlstand und Mitbestimmung. Die Herrschaft Coronas bedeutet das Ende jeder Barbarei.«

Mit derselben Begeisterung schildert der General uns Flore als Reich des Bösen. »Sie kämpfen wie die leibhaftigen Teufel, und mit jedem Sieg bringen sie mehr Elend über die Welt. Von den Florern unterworfen zu sein bedeutet ein Leben in Knechtschaft und Unmenschlichkeit. Es ist unsere heilige Aufgabe, ihrem Vormarsch ein Ende zu setzen!«

Zur Veranschaulichung seiner Predigten hält General Elias gerne Schautafeln in die Höhe. Darauf sind alle Coroner freundliche, gut aussehende Menschen, die den coronischen Segen über die Welt ausstreuen: Segen über ein Reitervolk in irgendeiner fernen Steppe, das seine Pferde mit coronischen Wimpeln geschmückt hat. Segen über Kinder im Dschungel, die von einem coronischen Lastwagen herunter mit Süßigkeiten beschenkt werden. Segen über alle Menschen, die coronische Autos fahren, coronische Brause trinken und dabei alle sehr glücklich aussehen.

Auf anderen Schautafeln des Generals sind Florer zu sehen. Ihre Gesichter zeigen keine Gefühlsregung, egal ob sie mit ihren Gewehren vor Gefangenen mit verbundenen Augen posieren oder ein ganzes Dorf in Brand setzen, während sie die verzweifelten Bewohner mit Knüppeln zurückdrängen.

Seit ich denken kann, habe ich Flore für das Reich des Bösen gehalten und Corona als Schutzpolizei für die ganze Welt verehrt. So haben wir es in der Schule gelernt, so erzählten es mir meine Eltern und alle Menschen, die ich kannte. Es ist fast ein Witz – aber seitdem General Elias uns genau dieselbe Botschaft täglich hoch dosiert verabreicht, wachsen die Zweifel in mir, in uns allen.

Ausgerechnet hier im Camp stoßen wir zum ersten Mal darauf, dass die Welt komplizierter sein muss als ein Himmel-und-Hölle-Spiel.

Am Ende jeder patriotischen Stunde spricht der General über uns und unsere Rolle auf der Seite der Guten. Die Botschaft ist dabei immer dieselbe:

Wir sind auserwählt und dürfen stolz darauf sein.

Eine große Aufgabe steht uns bevor.

Unser Mut und Opferwillen wird reich belohnt werden.

Das ist alles. Vier Wochen Camp, und noch immer kennen wir keine Details unserer Mission. Der General beschränkt sich auf Andeutungen und nichtssagende Floskeln.

An manchen Tagen lösen seine Ansprachen eine absurde Lachlust in uns aus. Dann vermeide ich es tunlichst, auch nur in die Nähe der Zwillinge zu blicken. Denn wenn einer von uns lacht, fällt General Elias aus seiner milden Großvaterrolle und verdonnert uns zu weiteren patriotischen Schulungen am Abend, die sich bis weit nach Mitternacht hinziehen können.

Niemals spricht der General über Parman. Er ist der Erfinder, der Vater von Projekt Mimikry, und wir sind die erste Generation von Rekruten, auf die er sechzehn Jahre lang sehnsüchtig gewartet hat. Unser bisheriges Leben existiert nicht für ihn; Erinnerungen oder gar Heimweh sind Schwächen, die er bei seinen Rekruten nicht dulden kann.

Zum Abschluss der Schulung singen wir die coronische Hymne, dann entschwebt der General in seiner weißen Makellosigkeit. Und wir gehen über das Gelände zurück zum Schulungsgebäude und dort in unseren Klassenraum mit den zwanzig nagelneuen Tischen, die extra für uns in die Wüste geschafft wurden, wie alles hier in Camp Mi.

Es folgt die tägliche Stunde »gesellschaftliches Debattieren«, die furchtbar klingt und auf die wir uns trotzdem alle freuen, weil Alan sie leitet.

Obwohl mit zweiundzwanzig schon Offizier, ist Alan ganz anders als die übrigen Coroner in Camp Mi. Beim Reden schneidet er gerne Grimassen, er lacht laut und ausdauernd, und seine blonden Haare verweigern erfolgreich jeden Scheitel. Zu seiner Uniform trägt er leuchtend bunte Schals und statt der Offiziersmütze eine gestrickte Schirmkappe (ein Geschenk seiner Freundin). Wegen »wiederholter Verstöße gegen die Kleiderordnung« hat er bereits einige Rügen von General Elias kassiert, was ihn offensichtlich nur zu mehr anspornt.

Heute sind es signalgelbe Schnürsenkel, mit denen er seine biederen Offiziersschuhe aufgepeppt hat. Alan tut, als sähe er unser Grinsen nicht, stattdessen stellt er uns wie immer sofort eine Frage. »Was ist Freiheit?«

In die Rückwand unseres Klassenraumes ist ein großer Spiegel eingelassen. Das heißt, wie ein Spiegel sieht er nur auf unserer Seite aus, in Wahrheit ist es ein Fenster, durch das General Elias und die Psychotrainer vom Nebenraum aus jederzeit den Unterricht beobachten können. Solche Überwachungsspiegel gibt es gleich mehrfach im Schulungsgebäude, in den Übungsräumen, in der Turnhalle und im Psycholabor. General Elias selbst hat uns auf ihre Funktion aufmerksam gemacht: »Ihr seht, es gibt hier keine geheimen Tricks oder Kniffe. Wir müssen jede wertvolle Minute im Camp nutzen, um euren Charakter und eure Stärken so gut wie möglich kennenzulernen.«

Alan weiß natürlich, dass sie seinen Unterricht überwachen, doch es scheint ihm herzlich gleichgültig zu sein. Gesellschaftliches Debattieren bedeutet bei ihm, dass wir sagen können, was wir wollen.

»Also, fangt schon an. Was ist Freiheit?«

Unsere Antworten kommen Schlag auf Schlag.

»Tun und lassen, was man will.«

»Das Gegenteil von Camp Mi.«

»Das eigene Leben selbst bestimmen.«

»Nach Hause zu können.«

»Trainer LeBron in den Hintern treten.«

»Die Wahl haben.«

»Ein Leben ohne Stacheldrahtzaun.«

»Okay, okay, ich habe verstanden. Ihr seid überzeugt davon, dass ihr hier im Camp vollkommen unfrei seid.« Alan dreht schwungvoll einen Stuhl um, setzt sich rittlings darauf und verschränkt die Arme über der Lehne. »Mein Job ist es, euch vom Gegenteil zu überzeugen.«

»Der Zaun ist Mist. Freiheitsberaubung. Gefängnis«, sagt Isao laut. »Das kannst du nicht schönreden.«

»Das will ich auch gar nicht«, sagt Alan. »Der Zaun ist da, er ist ekelhaft, eine Zumutung. Trotzdem rede ich von Freiheit, eurer Freiheit. Ehe ihr euch umschaut, seid ihr hier wieder draußen. Und dann geht es darum, was ihr von der Freiheit begriffen habt. Ihr könnt in Flore nur bestehen, wenn ihr im Inneren vollkommen frei seid. Also frage ich euch noch einmal: Was ist wirkliche Freiheit?« Erwartungsvoll blickt er von einem zum anderen.

Wir zögern mit der Antwort. Keiner von uns hat sich vor Camp Mi eine solche Frage stellen müssen.

»Wenn die äußeren Dinge ihre Bedeutung verlieren«, sagt Mailin nachdenklich. »Ich kenne das Gefühl vom Geigespielen. So ähnlich stelle ich mir Fliegen vor.«

»Ganz genau. Das ist es.« Alan nickt ihr zu. »Das ist die Freiheit, die ich meine. Die Freiheit, bei der ein Zaun bedeutungslos wird. Du hast es perfekt beschrieben, Mailin.«

Kester schüttelt den Kopf. »Das ist zu billig. Auf diese Weise kannst du auch einem eingesperrten Vogel einreden, er sei frei. Er kann ja vom Fliegen träumen.«

Alan lässt uns überlegen, schimpfen, argumentieren, fluchen, so viel wir nur wollen. Und er hört uns wirklich zu, als Einziger in Camp Mi.

»Habt ihr schon einmal überlegt, dass der Zaun vielleicht zu eurem Schutz da ist?«, fragt er uns irgendwann. »Euer Einsatz in Flore ist eine Sache, vor der auch gestandene Offiziere gehörig Respekt hätten. Der Zaun hilft euch dabei, euch ganz in Ruhe darauf vorzubereiten. Ihr habt ja keine Ahnung, wie viel Zerstreuung es in Corona gibt, wie viel Ablenkung.« Seine Augen leuchten, ich wüsste gerne, woran er jetzt denkt. »Schließlich sind wir nicht umsonst das Land der unendlichen Möglichkeiten.«

Die Zwillinge heben spontan beide die Hand, und Alan grinst. »Ja?«

»Wie wäre es, wenn du uns etwas davon zeigst?«, fragt Kester. »Es müssen nicht gleich alle Möglichkeiten sein. Sagen wir, drei würden uns schon reichen.«

Alan lacht. »Wenn ihr aus Flore zurückkommt, werde ich da sein und euch in Empfang nehmen. Und dann geht die Post ab, das verspreche ich euch.«

Aber in Alans Unterricht geht die Post auch jetzt schon ab, und das ist der Hauptgrund, warum wir diese Stunde vor dem Mittagessen so lieben. Auf einem Tonbandgerät spielt er uns seine Musik vor. Oft ist sie hart und aggressiv und schreit ihre Wut hinaus, aber ebenso oft ist sie voller Sehnsucht und Melancholie. Immer ist es Musik, die ich so noch nie gehört habe und die mir mitten ins Herz fährt. Und die gesungenen Texte klingen so ganz anders als General Elias' patriotische Beschwörungen:

Sie sagen mir, das Leben ist schwer.
Aber sie nehmen es leicht.
Sie haben mein Gold gegen Blech getauscht,
meine Sterne ausgelöscht,
leicht, so leicht.
Sie haben dich mir weggenommen,
mir das Herz aus dem Leib gerissen,
leicht, so leicht …

Zwischendurch liest Alan uns Passagen aus seinen Lieblingsbüchern vor: Überraschende, nie gehörte Geschichten, in denen es um golddäugige Marsmenschen gehen kann, um Flugzeuge voller Seelen oder um Schachspieler auf dem Meeresgrund. Er erzählt von den Segeltouren, die er mit seinen Freunden macht, er schwärmt von Konzerten und von Partys, die bis zum Morgengrauen dauern. Er zeigt Fotos von seiner Freundin, die Mode entwirft, Blumenbänder ins Haar geflochten hat und in die Kamera strahlt, als wäre jeder Tag für sie ein neues Fest.

Irgendwann sagt Silvan zu Alan: »Das begreife ich nicht. Du hockst dich freiwillig hier hinter den Zaun, obwohl du draußen das tollste Leben haben könntest. Warum ist einer wie du bei der Armee?«

»Weil mein Vater mich sonst enterbt«, sagt Alan trocken.

Silvan nickt, ohne groß überrascht zu sein. »Eltern können richtig miese Kotzbrocken sein.«

Da beginnt Alan zu lachen. »Ihr glaubt auch alles«, sagt er. »Meine Eltern himmeln mich an, sie würden mir niemals reinreden. Ich könnte Musiker sein, Architekt, Schriftsteller oder Sportler. Aber ich wollte Offizier werden, es ist meine ureigene Entscheidung. Ich will das verteidigen, was ich für das Wichtigste auf der Welt halte: mein Land, meine Freiheit und die Menschen, die ich liebe.«

Alan wirkt vollkommen im Einklang mit sich, er ist so sichtlich begeistert von seinem Leben als Coroner und den unbegrenzten Möglichkeiten, die er hat, dass es ansteckend wirkt. Wenn ich ihm zuhöre, verblasst mein bisheriges Dasein in Parman, wird mausgrau und beschränkt. Unser Eifer in der Schule, sechs Sprachen, Höflichkeit und Gehorsam, unsere Beflissenheit. Muss ich wirklich einem Leben nachtrauern, das ich in einem kleinen Musikalienladen verbringen wollte? Aber ich weiß auch, wie schnell sich dieses Gefühl verflüchtigen wird, sobald Alan das Klassenzimmer verlässt und Camp Mi wieder die einzige Realität ist.

Doch noch sitzt er da, spielt seine Musik, schwingt auf seine unbekümmerte Art seine Reden und lässt uns glauben, alles sei ein Grund zur Freude.

Wir sind die Vögel, die hoch
über die Berge zu euch fliegen.
Wir bringen euch die Hoffnung,
die ihr längst vergessen habt,
dort unten in eurem dunklen Tal.
Aber jetzt werdet ihr fliegen lernen,
fliegen mit uns …

Mitten in die Musik hinein sagt Alan: »Wir wissen doch genau, dass es euch hier nicht gefällt, nicht gefallen kann. Warum tun wir euch Camp Mi trotzdem an? Weil wir dieselben Ungeheuer wie die Florer sind?«

Isao hebt ruckartig den Kopf. »Ganz einfach: Ihr wollt uns zeigen, dass wir keine Wahl haben«, sagt er. »Dass wir tun müssen, was ihr von uns verlangt.«

Alan quittiert die Anwort mit einem Nicken. »Und wenn ich euch jetzt sage, dass es gerade hier im Camp um die Freiheit geht, mehr als irgendwo sonst? Weil ihr der Welt nur die Freiheit bringen könnt, wenn ihr selbst vollkommen frei seid. Das Gefühl muss in euch wachsen, wie gute Musik es tut, wie Verliebtsein, wie Segeln oder Geigespielen, wie die Vorfreude auf euer erstes Mal, versteht ihr?« Er grinst übermütig und winkt in den Überwachungsspiegel. »Ihr seid frei, immer und überall. Das kann euch niemand nehmen. Sagt mir, was kann ich tun, damit ihr mir glaubt?«

»Du könntest das Tor öffnen«, schlägt Silvan vor. »Das wäre glaubwürdig.«

Alan hebt drei Finger in die Höhe. »Ich öffne das Tor für euch, das schwöre ich. Sobald ich weiß, dass ihr alle verstanden habt. Im Moment würden manche von euch noch weglaufen. Und damit die große, fantastische Möglichkeit ihres Lebens verpassen.«

»Weißt du, Alan«, sagt Mailin auf ihre ruhige, überlegte Art. »Wir hatten schon eine Vorstellung von unserem Leben.«

»Weißt du, Mailin«, ahmt Alan sie nach, »für ein Mädchen wie dich würde ich glatt eine lila Pudelmütze tragen, damit du mir glaubst. Soll ich?«

Er strahlt sie an, er flirtet mit ihr, wie er mit jedem hübschen Mädchen flirtet. Sie lächelt zurück, wird sogar ein wenig rot dabei. Alle Mädchen hier im Camp schwärmen für Alan, Mailin ist keine Ausnahme.

»Dein bisheriges und dein neues Leben. Ich kann dir versprechen, du tauschst Blech gegen Gold«, sagt er zu ihr. »Wir sind jung, wir sind Coroner, uns gehört die Welt. Wenn ich dich nur mit nach draußen nehmen und dir alles zeigen könnte.«

»Der Reihe nach«, sagt Mailin trocken.

»Was?«, fragt Alan lächelnd.

»Fang morgen mit der lila Pudelmütze an.«

Irgendwie freut es mich diebisch, dass Mailin doch keine so leichte Beute für Alan ist.

Beim Mittagessen sehe ich zu, wie Schwärme von kleinen braunen Vögeln über den Zaun fliegen. Hin und her, immer wieder, als wollten auch sie uns erzählen, was sie von der Freiheit begriffen haben.

Das Irritierende am Leben im Camp sind die Widersprüche. Wir sollen uns frei fühlen, sind aber eingesperrt wie im Gefängnis. Wir werden umsorgt wie Hätschelkinder und gleichzeitig gedrillt wie Sträflinge.

Für den Drill steht ein Name: Trainer LeBron.

5

»Der Schleifer«, wie er von allen genannt wird, taucht nie vor dem Mittag auf. Auch dann wirkt er noch, als hätte er tagelang nicht geschlafen, mit blutunterlaufenem Blick und notorisch schlechter Laune. Seinen Zweitnamen fasst Trainer LeBron als Ehre und Verpflichtung auf. Nach vier Wochen hassen wir ihn wie keinen anderen hier im Camp.

Der Schleifer hält seine Stunden nicht wie die Sporttrainer auf dem Übungsgelände am See ab, sondern im hinteren Areal des Camps. Durch ein kleines Wäldchen gelangt man dort zu einem verwilderten Garten, in dem jetzt im Frühling zwischen Brennesseln und Gestrüpp gelbe Narzissen leuchten. In diesem Garten steht ein Haus, eigentlich ist es nicht mehr als eine windschiefe Hütte. Sein Inneres besteht aus zwei Stuben mit Ofenrohren in den Ecken und einem fensterlosen Keller. Offensichtlich hat lange vor Camp Mi schon einmal jemand in dieser verlassenen Gegend gesiedelt, der Garten mit seinem Brunnen und das alte Häuschen zeugen davon. Bestimmt haben sie es nicht verdient, zu Trainer LeBrons Kampf-Arena zu werden.

Als wir das Haus drei Tage nach unserer Ankunft zum ersten Mal betraten, sah es aus, als hätten Wildschweinrotten darin gehaust. Die Wände waren schlammbeschmiert, der Fußboden verborgen unter einer zentimeterdicken Schicht von Kot und Schlick.

Die erste Handlung Trainer LeBrons bestand darin, Zahnbürsten an uns auszuteilen. »Damit werdet ihr Wiesel die Bude auf Vordermann bringen. Egal, wie lange es dauert.«

Wir brauchten zwei volle Nachmittage dafür. Nachdem wir keine Eimer hatten, reichten wir uns das Wasser mit den bloßen Händen weiter. Wie die Sklaven schufteten wir auf den Knien, kratzten mit den winzigen Bürstenköpfen noch die letzten Ecken aus. Und am Ende erwarteten wir selbstverständlich Lob für die Arbeit, so wie unsere Lehrer in der Schule uns gelobt hätten.

Aber es gehört nicht zu Trainer LeBrons Aufgaben, uns zu ermutigen. Ganz im Gegenteil.

»Ihr grinst ja immer noch. Wollt ihr das Ganze gleich noch mal machen?«

»Nein, ehrenwerter Trainer«, sagte Kairi.

Der Schleifer stierte sie an. »Wisst ihr, was mich an euch Wieseln anwidert? Ihr würdet noch höflich bleiben, wenn ihr den Fußboden mit euren Zungen putzen müsstet. Ihr würdet mich noch ehrenwerter Trainer nennen, wenn ich euch in ein Fass voller Scheiße stecken würde. Elende, rückgratlose Duckmäuser, die ihr seid.«

Sechzehn Jahre lang sind wir in Parman zur Höflichkeit erzogen worden. Wir benutzen die gebräuchlichen Anreden und Floskeln instinktiv, selbst im Streit, selbst in unseren Träumen. Das alles weiß der Schleifer sehr genau. Aber sein erklärtes Ziel war und ist es, all das, was uns im Innersten ausmacht, in den Dreck zu stampfen.

Mit zusammengekniffenen Augen wählte er sich nun ein Opfer aus. Es traf Zachary; er versetzte ihm einen Faustschlag vor die Brust, der ihn nach hinten taumeln ließ. »Was ist, Wiesel? Willst du immer noch höflich bleiben? Auch wenn ich dich jetzt vor allen hier fertigmache?«

Zachary bewies, dass er nicht nur den größten Appetit von uns allen hat, sondern auch viel Mut. Mit einer leichten Verbeugung sagte er: »Oh ja, ehrenwerter Trainer.«

Trainer LeBron packte ihn an den Haaren, dass er aufstöhnte. »Wenn du mich noch einmal ehrenwerter Trainer nennst und dich dabei wie ein Affe verneigst, wanderst du dafür fünf Tage in den Bau. Das gilt für euch alle! Habt ihr verstanden?«

Die Antwort kam aus zwanzig gepressten Kehlen. »Ja.«

»Ja – was?«

Als keiner von uns etwas mehr sagte, grinste der Schleifer.

Inzwischen wird das kleine Haus genau wie das restliche Camp von professionellen Putzleuten sauber gehalten und riecht nach dem künstlichen Zitronenaroma, nach dem es hier überall riecht. Und Trainer LeBron hat sich darin eingenistet wie ein böser Geist und lässt sich immer neue Schikanen für uns einfallen.

Im Flur zwischen Treppe und Kellertür stehen wir dicht gedrängt. Ich rieche das Rasierwasser des Schleifers und noch etwas Schärferes in seinem Atem, irgendeine Sorte Alkohol. Das Deckenlicht über unseren Köpfen summt und flackert.

Hinter der geschlossenen Kellertür regt sich etwas. Unwillkürlich halten wir die Luft an und lauschen. Etwas scharrt mit Krallen oder Klauen über den Boden, springt polternd gegen die Tür, knurrt und winselt. Es klingt nach einem sehr großen, schweren Hund.

Keiner von uns sagt ein Wort. Bis wie immer Kairi den Anfang wagt: »Trainer LeBron, was sollen wir tun?«

»Nichts weiter als tapfer sein.« Der Schleifer zieht den rechten Mundwinkel nach oben. »Eine Lektion, die euch Wieseln gar nicht gefallen wird. In eurem Land der Diener und Ducker habt ihr gelernt, euch zu verneigen und allen Schwierigkeiten aus dem Weg zu gehen. Aber ich bin dazu da, euch zu Coronern zu machen. Und ich schwöre euch, ich nehme meinen Job ernst.«

Der Schleifer schlägt mit der flachen Hand gegen die Tür. Als Antwort kommt von der anderen Seite ein heiseres Bellen.

»Eure Aufgabe ist denkbar einfach. An der Rückwand des Kellers steht eine Bank. Darauf setzt ihr euch und wartet, bis alle da sind.«

Mit dem Genuss des Henkers trifft er seine Wahl. »Als erstes geht Sinay.«

Langsam bahnt Sinay sich ihren Weg zur Tür. Sie ist ein stilles, blasses Mädchen und den Psychologen im Camp durch ihr außergewöhnliches Gedächtnis aufgefallen. Von Tag zu Tag lassen sie sie längere Texte auswendig lernen.

Sinay hat die Hand an der Klinke. Das Ding hinter der Tür knurrt und winselt wie verrückt. Hilflos dreht sie sich um. »Ich möchte lieber nicht hinein, Trainer.«

Der Schleifer knurrt wie der Hund. »Oh doch, genau das möchtest du! Warte, ich helfe dir.« Er packt Sinay an der Schulter, öffnet die Tür einen Spaltbreit und stößt sie mit einem Fußtritt in den dunklen Keller.

Wir anderen stehen wie versteinert im Flur und müssen mitanhören, wie Sinay hinter der geschlossenen Tür panisch aufschreit: »Nein! Nein!« Man hört ein Poltern, das Knurren steigert sich zum wilden Crescendo, in dem alle anderen Geräusche untergehen. Dann, sehr schnell, wird es wieder still. Nur noch Sinays Weinen ist zu hören.

»Sinay, bist du noch am Leben?«, höhnt der Schleifer durch die Tür.

Die Antwort kommt tränenerstickt. »Ja, Trainer.«

»Seht ihr, Wiesel? Alles halb so wild.« Trainer LeBron schnalzt mit dem Finger. »Mailin, du bist dran.«

Mailins Augen sind groß und dunkel vor Angst. Trotzdem schafft sie es, den Kopf hochzuhalten, während sie auf die Tür zugeht.

Plötzlich geht mir auf, dass wir zusammen den Keller durchstehen könnten. Zu zweit wäre alles leichter, zu zweit könnten wir das Ding da drin in Schach halten. Hastig dränge ich mich nach vorne, doch da schlägt der Schleifer bereits die Tür hinter Mailin zu.

Meine Bewegung ist ihm nicht entgangen. Mit verschränkten Armen grinst er mich an. »Tamaso, da du es offenbar nicht erwarten kannst, bist du der Nächste.«

Aber zuerst muss ich Mailins Schreie und ihr Schluchzen mitanhören, und mein Herz krampft sich dabei zusammen.

Nun bin ich an der Reihe. Als Trainer LeBron mich durch die Tür schiebt, scheinen im Licht der Flurlampe kurz die verweinten Gesichter von Sinay und Mailin auf. Im selben Moment fällt die Tür hinter mir ins Schloss, und ich stehe in völliger Dunkelheit.

Mein Körper ist in Panik angespannt. Einige qualvolle Sekunden lang geschieht gar nichts, ich höre nur hechelnden Atem dicht neben mir. Dann stürzt sich das Ding knurrend auf mich und reißt mich zu Boden.

Es ist ein Hund, natürlich. Ich kann seine Klauen spüren, seinen stinkenden Atem riechen. Der Hund ist über mir und weiß offenbar genau, was er zu tun hat. Seine scharfen Zähne verbeißen sich in meine Hände und meine Unterarme, sie zerren an meinem Fleisch. »Neiiin!« Vor Schmerz schießen mir Tränen in die Augen. Ich werfe mich herum, versuche ihn abzuschütteln, mit den Füßen nach ihm zu treten, doch da lässt der Hund schon wieder von mir ab. Auf allen vieren krieche ich zur Rückwand und ziehe mich hoch auf die Bank.

»Na, Tamaso, hat er dich in Stücke gerissen?«, spottet der Schleifer vor der Tür. »Sollen wir Nadel und Faden holen?«

»Bestie«, stößt Mailin neben mir hervor. Ich weiß, dass sie nicht den Hund meint.

Noch siebzehn Mal geht die Tür auf und zu, und der Hund wird nicht müde. Siebzehn Mal dürfen wir der nackten Panik zuhören, die jemanden überfällt, wenn er im Dunkeln angefallen wird und sich scharfe Zähne in sein Fleisch schlagen.

Am Ende bleibt die Tür offen stehen, und Trainer LeBron

kommt herein. Das Deckenlicht erhellt den Keller und zeigt uns den großen, struppigen Schäferhund, der sich vor Trainer LeBron duckt. Er wedelt, er jault, er leckt ihm die Hand.

Der Schleifer schiebt dem Hund einen Streifen Trockenfleisch ins Maul, zur Belohnung für treue Pflichterfüllung. Dann klopft er ihm stolz gegen den Brustkorb. »Er war ein Beißer, bevor er zu mir kam, ein echter Killer. Ich habe zwei Jahre gebraucht, um ihn perfekt abzurichten. Na los, ihr könnt ihn ruhig streicheln.«

Ich starre auf die blutigen Bissspuren an meinen Händen und Armen und denke, dass wir einem vollkommen Verrückten ausgeliefert sind.

Aber Trainer LeBron ist noch nicht fertig mit uns. Höhnisch schreitet er unsere Bank ab, stiert uns der Reihe nach ins Gesicht.

»Ihr seid zwanzig. Warum habt ihr mich nicht mitsamt dem Hund in den Keller gesperrt? Aber nein, ehrenwerter Trainer«, flötet er, »wir lassen uns gerne von Ihrem ehrenwerten Köter beißen. Weil wir feige kleine Wieselchen sind.«

Da steht Kester auf. Wir können alle sehen, dass er vor Wut zittert. »Wir wehren uns nicht, weil Sie nur darauf warten«, sagt er. »Damit sie uns anschließend umso mehr schikanieren können. Es ist alles nur Kalkül«, er sagt *Calculà* auf Parmanisch, aufgebracht wie er ist, »ein gemeines Spiel, *Gamlà*. Was wir auch tun, ob für oder gegen Sie, wir haben immer schon verloren. Schlimmer als Sie kann kein Florer sein.«

Aus schmalen Augenschlitzen stiert Trainer LeBron ihn an. Gleich wird er über ihn herfallen, ihn niederbrüllen. Aber dann redet der Schleifer nur, und zwar um einige Dezibel leiser als sonst.

»Sieh einer an«, sagt er. »Das sind die ersten vernünftigen Sätze, die ich von einem von euch höre. Weil da endlich einmal kein feiges, taktierendes Wiesel gesprochen hat, sondern einer, dem alles egal ist und der deshalb jedes Risiko eingeht. Und genau darum geht es!«

Er stemmt die Hände in die Hüften und fixiert uns, einen nach dem anderen. »Was glaubt ihr denn, was wir hier machen? Glaubt ihr, ich fordere euch zum Spaß heraus? Grundgütiger Himmel, wir müssen hier im Eiltempo coronische Rekruten aus euch machen. Ihr braucht Mumm und kaltes Blut und Todesverachtung, sonst habt ihr bei eurem Einsatz in Flore nicht den Hauch einer Chance!«

»Wir haben es uns nicht ausgesucht, nach Flore zu gehen«, sagt Kester noch, bevor er sich mit finsterem Gesicht wieder hinsetzt. Dass Trainer LeBron ihn lobt, ist bestimmt das Letzte, was er gewollt hat.

Der Schleifer blickt von einem Zwilling zum anderen. »Ihr beide seid irgendwie aus der Art geschlagen«, sagt er. »Seid ihr auch bestimmt im Wieselland groß geworden?«

»Und wie«, antwortet Silvan. »Unsere Mutter hatte einen ganzen Wurf von Wieseln.«

»Dann hat sie das Geld für euch Kuckuckskinder sicher gut brauchen können.« Er sieht unsere Gesichter und grinst verschlagen. »Hoppla, da ist mir wohl was rausgerutscht«, sagt er. »Wenn ihr mehr dazu wissen wollt, fragt den großen Häuptling.«

Keiner von uns sagt mehr etwas oder streichelt den Hund, mit abgewandten Gesichtern gehen wir hinaus. Vier Wochen Gehässigkeit und Quälerei genügen. Der Schleifer mag sich einreden, aus gutem Grund so zu handeln, wir hassen ihn deshalb nicht weniger als zuvor.

Vor dem Schlafengehen schwebt noch einmal General Elias unter seiner weißen Schirmmütze herein und hält mit uns eine kurze patriotische Abendbesinnung. Als er die Bissspuren an unseren Händen entdeckt, muss ihm einer der Wächter eine große Salbentube holen. Eigenhändig reibt der General unsere Wunden ein; für unsere wütenden Beschwerden über Trainer LeBron hat er nur ein mildes Lächeln übrig.

»Meine lieben Kinder, ich wünschte, wir könnten euch wie Brot zu Coronern backen«, sagt er. »Aber leider geht es nicht ohne Schweiß und Tränen ab.«

»Ich dachte, wir sind Coroner«, sagt Isao lauernd. »Schon seit unserer Geburt.«

»Das ist richtig, mein Junge. Eure leiblichen Eltern haben euch vor sechzehn Jahren bewusst und willentlich für das Projekt Mimikry zur Verfügung gestellt, weil sie an die große Idee dahinter glaubten.«

Die Zwillinge haben eine Art zu flüstern, dass es noch der Letzte im Raum versteht. »Die waren froh, uns los zu sein, Bruder. Was müssen wir für hässliche kleine Biester gewesen sein.«

Während wir alle grinsen, redet General Elias in feierlichem Ernst weiter. »Eure Eltern verdienen dafür den allerhöchsten Respekt. Sie haben ihr Vaterland und die Freiheit der Welt über ihre Elternliebe gestellt.«

»Was genau werden wir in Flore tun müssen?«, fragt Kairi.

Der General blickt ein wenig ungehalten, wie immer, wenn einer von uns diese Frage stellt. »Eure äußere Rolle bleibt die des typischen Parmaners«, erklärt er. »Sekretäre, Übersetzer, Hausangestellte, was auch immer von den Dienstbotenagenturen angefordert wird. Was eure wahren Aufträge angeht, müssen wir hier im Camp erst einmal mehr über eure individuellen Stärken und Fähigkeiten herausfinden.« Er hat nicht vor, uns Genaueres zu sagen, das merkt man ihm an. »Wenn junge Vögel fliegen wollen, müssen ihnen zuerst Flügel und Federn wachsen. Konzentriert euch auf eure Ausbildung, den Rest werdet ihr früh genug erfahren.«

»Trainer LeBron hat heute behauptet, unsere Eltern wurden bezahlt«, sagt Silvan plötzlich. »Die Zieheltern in Parman, meine ich. Stimmt das?«

Meine erste Reaktion ist blanke Wut, auf Silvan und die scheinbare Arglosigkeit, mit der er die Frage stellt. Seit der Schleifer heute Nachmittag davon geredet hat, geht mir die Sache nicht mehr aus dem Kopf. Die Vorstellung ist so ungeheuerlich, dass ich die Wahrheit unter keinen Umständen wissen will.

»Natürlich«, sagt General Elias fröhlich. »Sie wurden sogar sehr gut dafür entlohnt. Ein Vermögen für parmanische Verhältnisse.«

»Sie lügen!« Der Ausruf kommt von mir, und nicht nur von mir, auch von Mailin, Kairi, Isao, Zachary, von allen, die in Sichtweite sind.

Der General seufzt ein wenig. »Ich kann euch ja verstehen«, sagt er. »Aber es ist an der Zeit, dass ihr euch von euren kindlichen Anhänglichkeiten verabschiedet. Die parmanischen Paare haben euch anständig großgezogen, im Gegenzug habt ihr ihnen zu einem Leben in Wohlstand verholfen, das sie ohne euch nie gehabt hätten. Ein Arrangement zum allseitigen Vorteil also.«

Isao hebt die Hand. »Was ist mit unseren coronischen Eltern?«, fragt er. »Wurden die auch bezahlt, als sie uns weggegeben haben?«

Jetzt wirkt der General entrüstet. »Wo denkt ihr hin?«, sagt er. »Eure Eltern sind wahre Patrioten, die Teilnahme an dem Projekt war und ist ihnen eine Ehre.«

Er erhebt sich von seinem Stuhl. Bevor er hinausgeht, teilt er süße Schokoladen-Nuss-Riegel an uns aus. Er tut das an jedem Abend, zelebriert das Austeilen, als könnten die Süßigkeiten einen magischen Bund herstellen zwischen ihm und uns. Zum Glück inspiziert er niemals unsere Schrankfächer: Sie sind zum Bersten vollgestopft mit Schokoladen-Nuss-Riegeln.

»Jetzt lasst die Vergangenheit ruhen und richtet euer ganzes Sinnen und Trachten auf eure große Zukunft. Gute Nacht, meine Kinder, und Gott segne euch.«

In der Nacht liege ich wach. Durch das Milchglas der Tür fällt Licht herein und beleuchtet unsere zehn Betten. Wenigstens gibt es in unserem Schlafsaal keinen Überwachungsspiegel: Uns beim Schlafen zuzusehen wäre wohl selbst den übereifrigen Aufpassern von Camp Mi zu langweilig.

Draußen im Gang spielen die Wächter der Nachtschicht Karten, sie unterhalten sich mit gedämpften Stimmen. In Camp Mi wird es nie richtig dunkel, nie leise.

Ich ziehe meine Decke höher und denke an meine Eltern. Wieder sehe ich sie nebeneinander am Küchentisch stehen, wie sie sich gemeinsam über die Speisen zu meinem Fest beugen. Jede noch so kleine Geste rufe ich mir ins Gedächtnis: Nichts, absolut nichts gibt mir einen Hinweis darauf, dass sie wussten, was am nächsten Tag geschehen würde.

Kann ich mir das vorstellen: Sie hätten das Fest für sich selbst vorbereitet, weil ihre Arbeit mit mir beendet war?

Ich zermartere mir den Kopf nach möglichen Indizien. Haben die Coroner mich direkt aus der Schule geholt, weil meine Eltern mir dabei nicht ins Gesicht sehen wollten? Oder hätten sie sich womöglich zur Wehr gesetzt?

Mein Vater. Mein stiller Vater, der mir nicht viel mit Worten beigebracht hat, aber alles mit seinen Händen. Der so gut wie nie wütend wird, nur bei Lügen.

Meine Mutter. Nach der wir vier, Vater, großer Sohn und zwei kleine Söhne, unseren Tageslauf richten, und das Haus uns leer vorkommt, wenn sie nicht da ist. Meine Mutter, die mich mein ganzes Leben lang niemals enttäuscht oder angelogen hat.

Sechzehn Jahre sind eine lange Zeit. All die Jahre hindurch habe ich mich geliebt gefühlt. Liebe ist kein Geschäft. Kann man für Geld lieben? Waren meine Eltern die perfekten Schauspieler?

Nein. Diese Gedanken sind schwarzes, galliges Gift. Isao hat Recht: Sie wollen unsere Wurzeln kappen, damit wir uns umso bereitwilliger ihren Forderungen fügen und für ihre Zwecke vereinnahmen lassen.

Wie geht es meinen Eltern, wenn sie jetzt im Laden stehen, umgeben von Erinnerungen an mich? Die Ladenkasse, die ich zum Klingeln gebracht habe. Der uralte Ventilator, den ich regelmäßig im Sommer auf Trab gebracht habe und der nun wohl endgültig stillsteht. Nicht zuletzt die Kunden, die nach mir fragen werden.

Und was erzählen sie meinen kleinen Brüdern?

Um mich herum höre ich Bettdecken rascheln, Fingernägel auf Haut kratzen, unterdrückte Seufzer, Begleitmusik der Schlaflosigkeit. Es ist nicht wie sonst nur Isao, der sich unruhig herumwälzt: Was General Elias heute gesagt hat, lässt keinen kalt. Wir sind fast erwachsen, ja, wir werden irgendwie klarkommen, aber sie stehlen uns alles, was uns bisher lieb und teuer war. Als sei unser bisheriges Leben nur Dreck, der schleunigst ausradiert werden muss, damit die weiße Fläche von den Coronern neu beschrieben werden kann.

Als ich endlich einschlafe, träume ich vom Fluss neben unserem Haus, dessen Rauschen meinen Schlaf sechzehn Jahre lang begleitet hat. Ich träume vom Laden meiner Eltern und höre meinen Vater die Melodie spielen, mit der er den Kunden die Klangfarben der verschiedenen Geigen vorstellt. Viel zu früh wache ich wieder auf und starre auf das helle Viereck der Tür, bis es mir vor den Augen verschwimmt.

Es fühlt sich an, als ob sie mein Herz amputiert hätten, und mir bleibt nur noch der Phantomschmerz.

6

»Gift«, sagt die Trainerin im weißen Labormantel. Auf dem Tisch vor ihr stehen Gefäße mit den verschiedensten Blättern, Wurzeln, Beeren und Pilze. »All diese Pflanzen wachsen in Flore. Im richtigen Verhältnis gemischt haben sie eine tödliche Wirkung.«

Dies ist wieder einmal einer der Momente, in denen ich darauf warte, dass die versteckten Zuschauer endlich hinter der Tür hervorspringen. Tödliches Gift? Wofür, um Himmels willen?

»Nun seht mich doch nicht so erschrocken an«, sagt die Trainerin. Sie hat rotblonde Haare und rote Wangen und sieht eher nach gesundem Essen und viel Bewegung an frischer Luft als nach Spezialistin für tödliche Gifte aus. »Wir haben nicht vor, euch zu Mördern zu machen. Aber es ist unsere Pflicht, euch auf alles vorzubereiten.«

Während sie redet, dreht und wendet sie die Gefäße, als wollte sie uns die tödlichen Zutaten einzeln vorstellen. »Beim Durchgang durch die Mauer werdet ihr durchsucht werden. Die Florer werden jedes Reiskorn finden, das ihr einschmuggeln wollt. Das heißt, ihr könnt nur mit den Dingen arbeiten, die ihr in Flore vor Ort vorfindet. Und damit sind wir bei meinen Schätzchen hier.«

Mehrere Vormittage lang bringt die Trainerin uns bei, aus den Zutaten tödlich giftige Pasten herzustellen. Es gibt verschiedene Sommergifte und ein Wintergift aus Rinde, Wurzeln und getrockneten Beeren. »Das ist mit Abstand die schwerste Rezeptur. Aber nachdem in Flore sechs Monate lang Winter herrscht, werdet ihr unter Umständen darauf angewiesen sein.«

Das fertige Wintergift ähnelt in Farbe und Geruch der coronischen Brause, die wir ab und an im Speisesaal serviert bekommen. Leider entgeht der Trainerin die Ironie.

Doch damit ist die Lektion in Sachen Gifte noch nicht beendet. Am nächsten Tag zwingt uns Trainer LeBron dazu, unsere selbst gebrauten Gifte an lebendigen Meerschweinchen auszuprobieren. »Wer sich ziert, bekommt sein Exemplar gebraten zum Abendessen serviert. Also, worauf wartet ihr?«

Keines der armen kleinen Tiere überlebt den eingetunkten Brotbrocken länger als eine Minute. Aber unser Hass auf Trainer LeBron lebt weiter, stärker und brennender als zuvor.

Am Abend hat keiner Appetit auf die dick belegten Käse- und Schinkensandwiches. Aber da auch keiner Lust darauf hat, sein verweigertes Abendessen in Gesellschaft von Trainer LeBron zu genießen, kauen und schlucken wir widerspruchslos.

Nach dem Essen haben wir Freizeit, die einzige kostbare Stunde am Tag, bevor um neun Uhr General Elias zum Tagesabschluss erscheint. Die Wächter sehen es gerne, wenn wir in dieser freien Stunde coronische Heldencomics lesen oder Brettspiele aus dem Regal holen, Spiele, bei denen man wahlweise Länder erobern oder Geld gewinnen kann. Beides, Comics und Spiele, sind inzwischen so fade wie ein zu häufig aufgebrühter Tee.

Heute allerdings gibt es ein Alternativprogramm: Die Zwillinge fassen den spontanen Entschluss, eine Maultrommel zu bauen. Mithilfe des Besteckkastens und brachialer Gewalt brechen sie die beiden mittleren Zinken einer Gabel und den Stiel eines Löffels ab. Die Wächter an der Wand runzeln die Stirn.

»Nicht doch. Entspannen Sie sich, ehrenwerte Wächter«, sagt Silvan zuvorkommend. »Ist doch bloß ein Löffel weniger. Zachary, du kannst morgen früh deine Milch mit dem Daumen umrühren.«

Die Wächter sagen nichts, aber ich kann ihre widersprüchlichen Gedanken beinahe aufeinanderprallen hören. *Sie dürfen das Inven-*

tar nicht einfach beschädigen. Sie sollen zu mutigen, selbstbewussten Coronern erzogen werden. Die Wächter lernen gerade das dialektische Prinzip von Camp Mi.

Unbeirrt bauen die Zwillinge ihre Maultrommel weiter, dabei stellen sie sich gar nicht ungeschickt an. Mit einem rauen Stein vom Seeufer schleifen sie den Löffelstiel, bis er dünn und biegsam ist. Dann drücken sie die beiden restlichen Zinken der Gabel zusammen, klopfen mit einem Dosenöffner ein Loch in die Gabelbasis und befestigen darin den Löffelstiel als Feder. Doch als Kester die selbst gebastelte Maultrommel erwartungsvoll anschlägt, gibt sie nur ein blechernes Schnarren von sich.

Frustriert wirft er sie auf den Tisch. »Es liegt an Camp Mi«, sagt er. »An den schlechten Vibrationen hier.«

Ich nehme die Maultrommel, schlage sie sachte gegen die Tischkante und lausche dem Ton nach. »Es liegt an eurer Gabel. Die wird nie nach etwas klingen. Genauso gut könntest du auf einer Büroklammer spielen.«

»Bitte, Maestro, such du eine bessere aus.« Kester schiebt mir den Besteckkasten hin.

Die sechste Gabel bringt so etwas wie Klang zustande. Aber erst die elfte klingt richtig vielversprechend. Während die Zwillinge die Zinken herausbrechen, schleife ich mit dem Stein die Löffelstiel-Feder so dünn, dass sie sich beinahe aufrollt. Dann befestige ich sie an der Gabel, spiele die Maultrommel an, und siehe da: Sie klingt, wie sie klingen muss.

»Saubere Arbeit, Maestro«, sagt Kester beeindruckt, als ich ihm die Maultrommel reiche.

Der Chefwächter, ein glatt gebügelter Offizier vom Scheitel bis zur Hosenfalte, schreibt eifrig in sein Notizheft.

»Vergessen Sie die lieben Grüße an Trainer LeBron nicht«, sagt Silvan und entlockt damit sogar dem Chefwächter ein Grinsen.

»Macht ihr mir auch so eine Maultrommel?«, fragt einer der jüngeren Wächter.

»Klar doch«, mischt Isao sich plötzlich ein. Bisher hat er allein am Fenster gestanden und hinausgestarrt. »Sie müssen uns nur einen extragroßen Besteckkasten mitbringen. Und das passende Werkzeug dazu, Feilen und Schraubenzieher, dann macht Tamaso aus dem Besteck ein komplettes Orchester. Das wäre doch was, oder?«

Isao will lustig klingen, doch sein Tonfall ist völlig falsch – und perfekt dazu geeignet, die Wächter misstrauisch zu machen.

Prompt kommt der Chefwächter an unseren Tisch. »Das reicht jetzt«, sagt er und nimmt Kester die Maultrommel ab.

In einer vollendet synchronen Geste, wie sie nur den beiden gelingt, ziehen die Zwillinge einen imaginären Hut vor Isao. »Herzlichen Dank auch, Isao.«

Sein Gesicht wird dunkelrot. »Warum hackt ihr auf mir herum? Die nehmen uns alles weg, die belügen uns und machen mit uns, was sie wollen, und ihr …«, er verschluckt sich, so wütend ist er. »Ihr tut so, als sei ich jetzt daran schuld. Ihr verbrüdert euch mit denen, wisst ihr, wie erbärmlich das ist? Ja, schreiben Sie mit, jedes einzelne Wort«, faucht er den Chefwächter mit seinem Notizbuch an.

»He, Isao, komm wieder runter«, sagt Kester versöhnlich. »Nimm den Wahnsinn locker. Das hilft, glaub mir.«

Isao starrt ihn an. »Was weißt denn du schon?«, fragt er heiser. »Du hast doch überhaupt keine Ahnung.«

Mit einer brüsken Bewegung dreht er uns allen den Rücken zu und kehrt zu seinem Fensterplatz zurück. Einige Zeit später, als wir längst über andere Dinge reden, blicke ich zufällig in seine Richtung: Isaos Schultern zucken, als würde er lachen – oder lautlos vor sich hin weinen.

Unbekümmert von allem Treiben im Camp erobert der Frühling das Land hinter dem Zaun. Binnen weniger Tage wechseln die fernen Hügelrücken ihre Farbe in ein sattes, leuchtendes Grün. Auf der zuvor so kahlen Ebene biegen sich jetzt frische Gräser im Wind, blühen Mohnblumen und Kamille. An den Abenden fallen Schwärme von kleinen Vögeln in den Eichen und Kastanien ein.

Die Zeit der wattierten Jacken ist vorbei, stattdessen geben sie uns jetzt ärmellose Shirts und dazu passende knöchellange Hosen aus einem dehnbaren, glänzenden Material. Keiner von uns würde sich freiwillig so anziehen, dabei sieht es gar nicht so schlecht aus, vor allem an den Mädchen.

Nach seinem Ausbruch neulich abend hat Isao zusätzliche patriotische Stunden aufgebrummt bekommen. Als General Elias ihn vor uns allen prüft, scheint er zum Muster-Coroner mutiert.

Er rasselt die coronische Verfassung herunter, singt die drei Strophen der Hymne und schwört der coronischen Flagge ewige Treue.

General Elias ist entzückt über den reuigen Sünder. »Sehr schön, Isao! Wir wissen bereits, dass du einen mutigen, entschlossenen Charakter besitzt. Aber du musst diesen Mut aus vollem Herzen für Projekt Mimikry einsetzen. Weiter so!«

Kaum dreht der General uns den Rücken zu, da spuckt Isao aus vollem Herzen auf die Fahne, der er eben noch die Treue gelobt hat.

Die Vormittage im Giftlabor sind vorüber, jetzt übernehmen die Psychotrainer einen großen Teil unserer Ausbildung. Ihre Trainingseinheiten haben rätselhafte Bezeichnungen wie *»Vivid-Methode«*, *»Protego-Technik«* oder *»Kollektor-Praxis«*.

In meinem Heft stehen dazu folgende Einträge:

Protego-Technik:

Euer Gesicht ist der Spiegel eurer Gefühle. Um vom Feind nicht sofort durchschaut zu werden, legt ihr euch in Gedanken einen Schutz auf das Gesicht. Das kann eine Eisenmaske sein, ein Schleier oder eine Jalousie. Jeder erforscht sich selbst und findet sein eigenes, für ihn passendes Bild.

Bei mir ist es ein Netz aus Violinsaiten. Dabei stelle ich mir vor, dass meine Eltern es mit mir zusammen in unserem Laden gewebt haben. Doch an der Stabilität müssen wir wohl noch arbeiten: Bis jetzt schaffen es die Psychotrainer spielend, mich bei den Rollenspielen aus der Reserve zu locken. Mein Gesicht scheint ein offenes Buch zu sein, lesbar sogar für Analphabeten. Dagegen sind die Zwillinge die unumstrittenen Könige des Unbeeindruckt-vor-sich-hin-Starrens.

Vivid-Methode:

Wenn ihr euch einen Raum einprägen wollt: hier ein Vorhang, dort ein Tisch, hier eine Lampe, werdet ihr scheitern. Stattdessen müsst ihr den leblosen Dingen im Raum Leben einhauchen.

Was im Klartext bedeutet, dass in unserer Vorstellung leblose Gegenstände zu lebendigen Tieren werden sollen. Jeder Raum wird so zum bevölkerten Zoo, was bei mir verblüffend gut funktioniert. Als wir an der Tafel geprüft werden, kann ich als Einziger mithilfe von Eseln, Schlangen, Schleiereulen und Glühwürmchen ein komplettes Büro mit Tisch, Kabeln, Vorhängen und Lampen möblieren.

Als ich zu meinem Platz zurückgehe, lächelt Mailin mir zu. Den ganzen Tag über muss ich an dieses Lächeln denken.

Kollektor-Praxis:

Untrainierte nehmen maximal ein Drittel des Betrachteten wahr. Ihr werdet eure Wahrnehmung systematisch schärfen, bis ihr am Ende über neunzig Prozent erfassen könnt. Außerdem werdet ihr euer Gedächtnis erweitern, um noch die kleinste Kleinigkeit abzuspeichern.

»Ihr müsst lernen, euch zu hundert Prozent zu konzentrieren«, sagt der leitende Psychotrainer.

Verstohlen betrachte ich Mailin, die dem Trainer aufmerksam zuhört, und beschließe, als *Kollektor-Praxis* noch die kleinste Kleinigkeit an ihr zu erfassen: Die kleine, süße Stirnfalte, wenn sie sich so konzentriert wie jetzt gerade. Die Stelle, an der ihre Schläfe in das Braun ihrer Haare übergeht. Das dunkle Muttermal auf ihrer Wange, das ihr Gesicht auf geheimnisvolle Art und Weise interessanter macht. Ihr Mund, sanft geschwungen und ernst, ohne Frage der hübscheste hier im Klassenzimmer …

»Nichts und niemand darf euch ablenken«, sagt der leitende Psychotrainer streng. »Wenn ihr die *Kollektor-Praxis* erst beherrscht, müsst ihr zusätzlich lernen, euer kostbares Wissen zu schützen. Für den Fall, dass das Schlimmste passiert und die Florer euch erwischen, werdet ihr das *Vomito-Verfahren* anwenden, eine Methode, euren Geist schwallartig zu entleeren.«

Silvan beugt sich nach vorne. »Wie fühlt sich das an?«, fragt er interessiert.

Der leitende Psychotrainer zuckt die Schultern. »Wie Kotzen.«

Jeden Freitag teilt ein junger Psychotrainer mit schwarzer Hornbrille einen Test aus. Er ist das wandelnde Kontrastprogramm zu Alan: Obwohl gerade mal fünf oder sechs Jahre älter als wir, spricht er nie auch nur ein Wort mit uns. Während wir den Test ausfüllen, starrt er uns unaufhörlich durch seine Brille an und macht sich Notizen, als seien wir seine Versuchskaninchen.

Die Zwillinge *lieben* ihn. Speziell zu seinen Ehren haben sie sich ein Spiel ausgedacht, es heißt: »Er muss diese grauenvolle Brille tragen, weil …« Jeder außer Isao beteiligt sich daran, und die Vorschläge reichen mittlerweile von »er muss diese grauenvolle Brille tragen, weil sein Blick töten kann« bis hin zu »er muss diese grauenvolle Brille tragen, weil seine Eltern ihn sonst für einen Frosch halten und ihn im nächsten Teich aussetzen.«

Jeder Test beginnt mit der Frage nach unserem Befinden: ausgezeichnet, sehr gut, gut, zufriedenstellend, nicht gut. Es geht uns immer mindestens zufriedenstellend: Wer den Fehler macht und »nicht gut« ankreuzt, bekommt zusätzliche Psycho-Einzelsitzungen aufgebrummt.

Was gefällt dir in Camp Mi? Sie stellen uns diese Frage allen Ernstes. Seit der ersten Woche kritzle ich dieselben nichtssagenden Antworten aufs Blatt: Der See. Das Wäldchen. Bewegung an der frischen Luft. Die Gemeinschaft. Die Vögel am Himmel. Einmal habe ich variiert und »mein Kopfkissen« geschrieben. Am nächsten Tag hatte ich zwei davon. Zachary hat »der Gummibaum auf dem Fensterbrett« geschrieben, worauf der Gummibaum am nächsten Tag fortgeräumt war.

Das ist eines der großen Probleme in Camp Mi. Wir kommen einfach nicht dahinter, wie die Coronerhirne funktionieren, was genau sie mit diesen Tests herausfinden wollen.

Was tust du beim Anblick eines verletzten Vogels? Träumst du manchmal vom Fallen? Welches Tier verbindest du am ehesten mit deiner Persönlichkeit? Hast du Angst vor lauten Geräuschen? Welche geometrische Form gefällt dir am besten? Bevorzugst du Erdbeeren oder Kirschen?

Hunderte solcher Fragen, jede Woche. Genau wie die anderen

versuche ich, die Tests nicht allzu ernst zu nehmen, doch je öfter ich derartige Fragen beantworten muss, desto mehr beschleicht mich die Angst, dass ich mein Innerstes ausliefere, in einem Code, den ich nicht verstehe, die Psychotrainer aber schon.

Jeder Test endet mit einer simplen Abschreibe-Übung. Vier goldene Leitsätze, die garantiert auf General Elias' Mist gewachsen sind.

Die Freiheit vieler lohnt das Opfer Einzelner.
Die Freiheit vieler lohnt das Opfer Einzelner.

Ich gehe freudig auf meine Aufgaben zu.
Ich gehe freudig auf meine Aufgaben zu.

Widerstände machen mich stark.
Widerstände machen mich stark.

Alles, was die Trainer tun, geschieht zu unserem Besten.
Alles, was die Trainer tun, geschieht zu unserem Besten.

Kester wedelt mit seinem Papierbogen. »Verzeihung, ehrenwerter Trainer?«

Der junge Psychotrainer blinzelt durch seine Hornbrille. Er braucht einen Moment, um sich von der Tatsache zu erholen, dass einer von uns ihn unaufgefordert angesprochen hat. »Ja?«

»Würden Sie sagen, dass man mit diesem Test Mensch und Tier eindeutig unterscheiden kann?«, fragt Kester.

Der mit der Brille starrt ihn misstrauisch an. »Warum fragst du mich das?«

»Weil wir bei manchen Trainern hier im Camp so unsere Zweifel haben. Zum Beispiel sollten Sie diesen Test unbedingt …«

»… Trainer LeBron vorlegen«, ergänzt Silvan. »Nicht dass er doch ein Schwein ist, und es weiß bloß niemand.«

Wir grinsen uns an, und der Psychotrainer sieht aus, als würde er am liebsten durchs Fenster fliehen. Aber da ist ja das Gitter.

»Alles, was die Trainer tun, geschieht zu eurem Besten«, sagt er matt.

»Weiß ich doch. Das habe ich gerade selbst auf das Papier geschrieben«, sagt Kester versöhnlich.

Die Quittung für unseren Spaß bekommen wir am folgenden Nachmittag auf dem Parkplatz hinter den Baracken, in sengender Sonne. Der mit der Hornbrille muss direkt zu Trainer LeBron gelaufen sein.

Hundertachtzig Minuten. Drei Stunden. So lange lässt der Schleifer uns auf Stahldeckeln mit fünfzig Zentimetern Durchmesser kauern. Wer nicht bis zum Ende durchhält, darf dieselbe Übung nach dem Abendessen noch einmal machen, unter Trainer LeBrons Einzelbetreuung.

Nach zwei Stunden sind Zachary und Kairi, die Sportlichsten von uns, schweißüberströmt. Aber sie halten ihre Beine noch einigermaßen ruhig umfasst, während wir anderen zappeln und stöhnen, als wären die Deckel heiße Herdplatten. Ich spüre, wie ein saurer Geschmack meine Kehle hochkriecht. Sinay hinter mir hat sich bereits übergeben.

»Bitte, Trainer LeBron«, fragt Kairi. Sie bringt es sogar jetzt noch fertig, höflich zu sein. »Können wir die Übung jetzt vielleicht beenden?«

»Nein, Süße, das können wir nicht. Noch lange nicht«, raunzt der Schleifer. »Stell dir vor, du kauerst bei deinem Einsatz irgendwo im Versteck, und die florischen Teufel durchbohren jeden Zentimeter, um dich aufzuspüren. Selbst wenn du ihre Klingen schon am Hals spürst, musst du sicher sein, dass du die Sache ohne einen Mucks durchstehen kannst. Ihr bleibt jetzt also verdammt noch mal bis zum Schluss auf diesen Deckeln hocken, sonst werdet ihr erleben, wozu ein Schwein namens LeBron fähig ist!«

Die restliche Stunde feiert der Schleifer eine Orgie aus Gebrüll und wüsten Beschimpfungen. Es funktioniert: Keiner von uns verlässt vorzeitig seinen Deckel. Aber die ganze Zeit über stelle ich mir vor, wie mordlustige Florer Trainer LeBron den Garaus machen, wobei das Durchbohren mit Klingen noch zu den harmlosen Methoden gehört. Wenn es seine Absicht ist, uns zu Mördern zu machen, ist er bei mir auf einem guten Weg.

7

Zwei Tage später bekommt General Elias die eitrige Mandelentzündung, die Trainer LeBron verdient hätte. Das ist ungerecht, hat aber den Vorteil, dass die patriotische Abendbesinnung ausfällt und wir die letzten beiden Stunden des Tages im Freien verbringen dürfen.

Auf dem Spielfeld neben dem See spielen die Sporttrainer mit einigen von uns Hockey. Sobald sie mich sehen, werden sie mich zum Mitspielen auffordern; deshalb mache ich lieber einen Bogen um den See und gehe den Pfad dicht am Zaun entlang, bis ich das Wäldchen erreiche. Unter den Kiefern und Akazien steht die Luft, warm und nach Erde duftend. Kein Windhauch regt sich, auch nicht, als ich den Wald hinter mir lasse und den Garten von Trainer LeBrons Haus betrete.

Zum ersten Mal sehe ich mir die Sträucher und Pflanzen genauer an. Das meiste ist wucherndes Unkraut; doch direkt neben dem Eingang blüht blauer Rittersporn, und am Zaun entdecke ich einen kleinen, verkrüppelten Busch voller roter Johannisbeeren.

Irgendwie erwarte ich, dass die Johannisbeeren so klebrig süß sind wie alles hier in Corona. Tatsächlich schmecken sie genauso sauer und herb wie zu Hause. Ich glaube nicht, dass auch nur ein Coroner sie mag. Aber irgendjemand muss schließlich den Busch gepflanzt haben.

Ich versuche mir vorzustellen, wer sich hier in der Einsamkeit niedergelassen hat, so weit weg von allem. Vielleicht jemand, der die Stille mochte und den ungeheuren Sternenhimmel, so sehr, dass er mühevoll einen Brunnen gegraben und der Einöde einen Garten und sogar ein kleines Wäldchen abgetrotzt hat. Dieser Jemand war vielleicht einmal sehr stolz auf sein Haus, seine selbst gezimmerte Veranda und seine Johannisbeeren. Aber das ist vorbei. Jetzt ist das kleine Haus Trainer LeBron ausgeliefert.

Ich weiß ganz sicher, dass der Schleifer seine Abende und Nächte im Offiziersquartier verbringt. Dennoch sieht die geschlossene Tür aus, als könnte sie jederzeit von ihm aufgestoßen werden. »Wen haben wir denn da? Warte, jetzt fällt es mir wieder ein: Tamaso, das durchschnittlichste aller Durchschnittswiesel! Und das in einem Haufen von Memmen und Waschlappen! Troll dich fort und vermies mir mit deinem dämlichen Arschbackengesicht nicht den Abend!«

Trotz der friedlichen Abendstimmung gefällt es mir nicht länger hier. Als ich mich zum Gehen wenden will, entdecke ich Mailin, die gerade aus dem Wäldchen tritt.

Sie sieht mich gleich, lächelt und winkt mir zu. Und ich bleibe, wo ich bin.

»Ohne Trainer LeBron ist es beinahe ein netter Ort«, sagt sie, als sie neben mir auf der Holzveranda steht.

»Das stimmt.«

»Ich komme so oft hierher, wie es nur geht, manchmal nur für ein paar Minuten. Es gibt im Camp so wenig Möglichkeiten, für sich zu sein.«

Ich lerne gerade eine neue Mailin kennen. Bisher habe ich sie nur im Pulk der Mädchen erlebt. »Sag ruhig Bescheid, wenn ich lieber gehen soll«, sage ich halbherzig.

»Nein, bleib doch. Hier im Camp ist man sowieso nie ganz allein. Auch hier nicht. Pass auf.«

Mailin setzt sich auf die Stufen und schnalzt leise mit der Zunge. In der Krone eines verwilderten Apfelbaumes raschelt es, dann tauchen zwei schwarze Eichhörnchen auf. Ohne jede Scheu kommen sie den Stamm heruntergeturnt und zupfen Mailin Haselnüsse aus der offenen Hand.

»Die Nüsse stammen aus den Schokoriegeln von General Elias«, erklärt Mailin. »Die Eichhörnchen sind ganz wild danach. Setz dich doch auch hin, ich glaube nicht, dass sie das stört.«

Bereitwillig rutscht sie zur Seite, und ich setze mich neben sie. Wir waren noch nie zu zweit allein, und ich weiß nicht recht, was ich sagen soll. Prompt stelle ich die erste dumme Frage, die mir einfällt: »Was isst du denn gerne? Im wirklichen Leben, meine ich.«

Mailin antwortet ganz ernsthaft. »Maisküchlein. Und Omelett. Und Ananaskuchen. Es scheint fast, als würde ich alles mögen, was gelb ist. Und du?«

»Reis mit Safran, Fisch und Zwiebeln. So wie mein Vater ihn kocht.« Ich lächle sie an. »Auch ein gelbes Essen.«

Plötzlich merke ich, dass wir die ganze Zeit über parmanisch reden.

Vorige Woche hat Zachary gedankenlos eine Frage des Schleifers auf Parmanisch beantwortet. Dafür musste er sich eine Viertelstunde lang anbrüllen lassen.

Leise sagt Mailin: »Ich vermisse alles so sehr.«

»Ich auch. Obwohl, nein, nicht alles. Wenn ich noch einmal erleben müsste, wie unsere Lehrerin Frau Jong sich die Haarnadel aus dem Dutt zieht und uns beim Flöten damit dirigiert, würde ich mich freiwillig für Camp Mi melden.«

Das bringt sie zum Lachen. »Was hattest du nach der Schule vor?«, fragt sie und streicht sich dabei eine Haarsträhne hinters Ohr, eine Geste, die zu Mailin gehört wie das Atemholen.

»Ich wollte im Laden meiner Eltern arbeiten. Wir verkaufen Musikinstrumente und Noten.«

»Hast du mir nicht gerade erklärt, dass du Flöten hasst?«

»Die Flöten können ja nichts dafür. Ich kann sie nicht besonders gut spielen, aber reparieren kann ich sie.«

»So wie du Maultrommeln bauen kannst.«

»Und parmanische Riesengongs. Falls du mal Bedarf haben solltest.«

Im Westen leuchtet der Abendhimmel rot und golden. Ob die Pracht allein vom Sonnenuntergang herrührt oder sich die Lichter der Stadt Charisma daruntermischen, kann ich nicht sagen. Durch das Wäldchen hört man die Rufe der Hockeyspieler, angenehm weit entfernt.

Es ist ein schönes Gefühl, mit Mailin hier zu sitzen und parmanisch zu reden. Ein kleines Stück Freiheit.

»Mailin, was hattest du vor?«

»Ich wollte eine Lehre im Distriktamt für Gesundheit anfangen. Vielleicht hätte ich Ärztin werden können.«

»Alle Achtung«, nicke ich beeindruckt. »Dein Zeugnis muss einen Goldrand gehabt haben.«

»Ich war ziemlich gut, ja. Meine Eltern sind ... sie waren stolz auf mich.« Als sie weiterspricht, klingt ihre Stimme kratzig. »Ich habe noch eine kleine Schwester, die genauso gute Noten hat. Vielleicht wird sie ja jetzt die Ärztin in unserer Familie.«

Wir müssen damit aufhören, denn wir bewegen uns auf gefährlichem Terrain. Erinnerung ist eine Blumenwiese, unter der ein Sumpf lauert. Wehe, man beginnt damit, die Blumen zu pflücken.

Wieder spreche ich das Nächstliegende an, das mir einfällt: »Ich fand deine Ohrringe sehr hübsch, die im Bus, meine ich. Hast du sie zum Schulabschluss bekommen?«

»Ja.« Mailin tippt gegen ihr verwaistes Ohrläppchen. »Sie haben sie mit meinen Kleidern zusammen fortgeräumt.«

Sogar unsere Schuhe haben sie weggeschafft. Nichts soll uns mit der Zeit vor Camp Mi verbinden.

»Für Flore werden sie uns wieder als Parmaner ausstaffieren müssen«, sage ich. »Ich denke, spätestens dann werden sie uns die Sachen zurückgeben.«

Die beiden Eichhörnchen huschen das Holzgeländer entlang, bleiben dabei aber ständig in Mailins Nähe. Ich kann sie gut verstehen.

»Noch zwölf Wochen«, sagt Mailin. »Hast du Angst?«

»Klar.«

»Ich kann mir einfach nicht vorstellen, was wir dort tun sollen. Wofür sie uns das alles beibringen.«

Sie findet eine letzte Nuss in ihrer Tasche und legt sie auf das Geländer. Sofort sind die beiden Eichhörnchen zur Stelle, ein fauchendes Knäuel aus Fell mit Pfoten, die abwechselnd versuchen, die Beute zu kapern. Es ist kein Kampf, eher eine ausgelassene Balgerei.

Mailin sieht ihnen eine Zeit lang zu. Dann bückt sie sich und bindet ihren Laufschuh neu. Die der Mädchen haben glänzende rosa Streifen. »Als Kind habe ich fest daran geglaubt, dass die Coroner die Guten sind«, sagt sie. »Ich hatte Angst vor Flore, so sehr, dass ich nachts davon träumte. Und wenn ich dann aufgewacht bin, war ich heilfroh, dass Parman mit Corona verbündet war.«

»Bei mir war es genauso. Bis ich irgendwann gemerkt habe, dass die Coroner parmanische Kinder stehlen.«

»Sag bloß. Hat dir noch keiner gesagt, dass du kein Kind mehr bist? Und außerdem nicht einmal Parmaner, sondern Coroner?«

»Warte, es kommt mir so vor, als hätte General Elias mal etwas in der Art erwähnt, so ganz nebenbei. Aber ja, wir sind Coroner!« Ich klopfe auf die eingestickte Krone meines T-Shirts. »Was kann uns schon passieren? Du und ich, wir sind Helden wie Captain Corona und Luna Lux!« Captain Corona besitzt kein Hirn, dafür Muskeln wie aufgepumpte Schwimmreifen, Luna Lux hat langwimprige Kulleraugen und die Figur einer Sanduhr. Beide sind Figuren aus den coronischen Heldencomics, die im Aufenthaltsraum liegen und Pflichtlektüre sind.

»Ich bin keine Heldin«, sagt Mailin, jetzt wieder ernst. »Ich will nur überleben. Und dann will ich frei sein, wie Alan es uns verspricht, und mein Leben mit den Leuten verbringen, die ich gern habe.«

»Zu denen gehört natürlich keiner von uns im Camp.« Warum sage ich das? Anscheinend bin ich heute Abend nur zu Dummheiten fähig. Und doch merke ich, dass mich die Antwort brennend interessiert.

Mailin ist ein wenig rot geworden, was ihr sehr gut steht. »Das habe ich nicht gesagt.«

Irgendwo hinter dem Wäldchen bläst jemand dreimal auf der Trillerpfeife: Das Signal zur Bettruhe.

Mailin steht auf. »Gehen wir lieber. Nicht dass uns Trainer LeBron persönlich ins Bett bringt.«

Während wir gemeinsam zurückgehen, reden wir kaum mehr. Trotzdem spüre ich Mailins Nähe wie niemals zuvor. Am liebsten würde ich den Arm um sie legen oder wenigstens ihre Hand nehmen. Aber ich bin mir nicht sicher, wie sie reagieren würde, deshalb versuche ich nichts dergleichen.

Mailin ist nicht wie Kairi, die immer alles gleich ganz offen mitteilt. Die lacht und weint, bei Bedarf auch schauspielert und damit schon manche Situation für uns zurechtbiegen konnte.

Dagegen wirkt Mailin zurückhaltend und verschlossen. Aber sie so lebendig zu erleben wie gerade eben auf dieser Veranda ist eine neue Erfahrung, die ich in den Schlafsaal mitnehme wie einen Schatz.

Als wir am Morgen auf dem Übungsgelände stehen, vibriert die Luft vom Gezwitscher der Vögel. Es klingt, als würde in den Baumkronen irgendein sensationelles Gerücht die Runde machen.

Sogar dem Trainer fällt es auf. Stirnrunzelnd blickt er nach oben. »Vielleicht kommt Regen. Das wär' mal 'ne echte Abwechslung.«

Was mich angeht, so haben die Vögel einen ganz anderen Grund, aufgeregt zu sein. Der Trainer verteilt nämlich gerade Schusswaffen an uns.

Zum ersten Mal in meinem Leben bekomme ich eine echte, funktionierende Pistole in die Hand gedrückt – und muss den Impuls unterdrücken, sie gleich wieder von mir zu schleudern. Das Ding ist kalt und heiß zugleich; ich will es nicht in meiner Hand spüren, will nicht einmal daran denken, so etwas jemals benutzen zu müssen.

Der Waffentrainer hat einen blonden Walross-Schnauzbart und interessiert sich nicht im mindesten für unsere Skrupel. »Ihr werdet mit diesen Babys üben, bis euch jede Bewegung in Fleisch und Blut übergegangen ist«, sagt er, während er eine Pistole in ihre Einzelteile zerlegt und wieder zusammensetzt, alles, ohne auch nur hinzusehen. »Zunächst einmal ist wichtig, dass ihr die Waffe als Freund akzeptiert. Ein Freund, der euch das Leben retten kann.«

Mit einem metallischen Ratschen schiebt er das Magazin in die Pistole. Dann zielt er ohne zu zögern auf eine Amsel, die auf der Wiese nach Würmern pickt, und *drückt ab*. Ich schwöre, wir alle hören den Knall und sehen die Amsel in einer Wolke aus Federn und Blut explodieren. Aber in Wahrheit geschieht nichts dergleichen und der Trainer sagt einfach nur »Peng.«

Er sieht unsere Gesichter und schüttelt den Kopf. »Das Magazin ist noch nicht geladen«, erklärt er. »Glaubt ihr wirklich, ich knalle wehrlose Vögel ab?«

Wir glauben alles und nichts. So glauben wir dem Schnauzbart nicht, dass eine Waffe unser Freund werden muss, und glauben es irgendwie doch. Wir lassen uns von ihm beibringen, zu sichern und zu laden, auf Pappfiguren zu zielen und unsere Treffer zu zählen, und schon nach wenigen Tagen gehört das Schießtraining zum ganz normalen, alltäglichen Irrsinn in Camp Mi.

Ausgerechnet die sanfte, ernste Mailin entpuppt sich bei den Waffen als Naturbegabung. Egal, ob sie mit ihrer Pistole zielt oder mit Messern wirft: Sie trifft fast immer ins Zentrum. Während wir anderen vor Anspannung und Nervosität schwitzen, wirkt sie vollkommen versunken, wie in Trance, als ginge sie ihr eigenes Treiben gar nichts an. Es ist fast unheimlich.

Der Waffentrainer schüttelt den Kopf, während er sie beobachtet. »Du setzt die Naturgesetze außer Kraft, Mädchen. Jeder andere, der so langsam wie du abdrückt, schießt meilenweit daneben. Auch deine Messer dürften eigentlich nicht stecken bleiben, du wirfst sie ohne jeden Druck, verstehst du?« Aber sie bleiben immer stecken, und fast immer im Schwarzen.

»An eurer Stelle wäre ich vorsichtig«, sage ich zu den Eichhörnchen. »Ihr habt sie noch nicht schießen gesehen.«

Wir sind wieder im Garten, auf der Veranda von Trainer LeBrons Häuschen. Gesegnet seien die Ärzte von Camp Mi, die General Elias eine Woche striktes Redeverbot auferlegt haben.

»Erzähl ihnen keine Schauergeschichten.« Mailin stellt sich ans Geländer und lockt die Eichhörnchen mit leisen Schnalzlauten an. »Ich hab hier, was ihr wollt. Seht ihr?«

Ich lehne an der Hauswand neben der Tür und sehe ihr zu. Der Moment erscheint mir ganz und gar unwirklich: Der stille Garten, die Sonne über den Baumwipfeln, Mailin, deren Haar im Abendlicht schimmert. Ich erlebe gerade etwas, das es in Camp Mi nicht geben kann.

Irgendwo bellt ein Hund. Eine Männerstimme weist ihn barsch zurecht.

Mailin sieht mich erschrocken an. »Das ist Trainer LeBron. Vielleicht kommt er mit seinem Hund hierher.«

»Um die Zeit tut er das nie.«

»Bisher nicht. Aber das heißt nichts.« Sie greift nach meiner Hand. »Komm.«

Zusammen rennen wir aus dem Garten, dorthin, wo das Wäldchen bis an den Gitterzaun reicht. Hinter stacheligen Wacholderbüschen verborgen, mit dem Rücken an die Metallstäbe gepresst, warten wir darauf, dass Trainer LeBron zwischen den Bäumen auftaucht. Aber nichts geschieht, und als der Hund abermals bellt, ist es viel weiter weg als zuvor.

Hand in Hand kehren wir auf die Veranda zurück. Und während die Eichhörnchen sich um die nächste Nuss balgen, legt Mailin die Arme um meinen Hals. Dann gibt sie mir einen Kuss, nicht auf die Wange, sondern auf den Mund, sanft und kühl.

»Mailin«, sage ich perplex. »Wofür war der?«

Sie lächelt süß. »Dafür, dass uns der Garten hier erhalten bleibt.«

Später liege ich in meinem Bett, und während die Wächter vor der Tür ihre erste Kartenrunde austeilen, schließe ich die Augen und erlebe jeden Augenblick des heutigen Abends noch einmal. Mein Herz schlägt schneller bei der Erinnerung an Mailins Kuss, ihren Lippen auf meinen.

Ich bin drauf und dran, mich zu verlieben, zum ersten Mal richtig. Und doch ganz falsch, zur falschen Zeit, am falschen Ort. Was wird sein, wenn wir beide nach Flore müssen? Die Ungewissheit ist so schon quälend genug, aber mit meiner neuen Liebe im Herzen wird alles endgültig unerträglich. Und doch kann ich nichts tun: Nichts gegen die Angst und nichts gegen die Liebe.

Beim Einschlafen male ich mir aus, wie ich Mailin unter anderen Umständen kennenlerne. Sie steht plötzlich im Laden vor mir und interessiert sich für eine Geige. Oder ich muss mich wegen einer Krankheit bei ihr im Gesundheitsamt melden. Allerdings muss man sich nur bei besonders ekelhaften und ansteckenden Krankheiten melden, also hole ich Mailin lieber wieder in unseren Laden zurück. Da steht sie also vor mir, sie trägt ein gelbes Sommerkleid mit weißen Tupfen und sieht mit ihrem braunen Zopf und ihrem süßen, ernsten Gesicht einfach zum Anbeißen aus. Und ich breche alle Regeln des Verkaufens, indem ich ihr viel zu viele Geigen vorführe, nur um sie möglichst lange in meiner Nähe zu halten. Prompt kann sie sich nicht entscheiden, also kommt sie am nächsten Tag wieder, und dann wieder und wieder. Irgendwann erklärt mein Vater ihr lächelnd, dass sie auch wiederkommen darf, wenn sie ihre Geige gekauft hat. Dabei ahnt er nicht, wie oft wir uns schon im Lagerraum geküsst haben und dass ihm und mir harte Verhandlungen bevorstehen, weil ich Mailin die beste Geige schenken will, die ich unter unseren fünfhundert Geigen finden kann. Er wird erfahren, dass sein ältester Sohn plötzlich Geheimnisse hat, die er wie einen Schatz hütet, dass er quasi über Nacht sein eigenes Leben gefunden hat.

Mein eigenes Leben. Mailins Leben. Unsere Zukunft. Kein Coroner wird danach fragen, und ich wälze mich herum, zerrissen zwischen Glück und Unglück.

Noch immer lassen uns die Trainer jeden Tag rennen, klettern und schießen, als ginge es um unser Leben. Doch zusätzlich zum körperlichen Training werden wir jetzt mit theoretischem Wissen über Flore vollgestopft, Wissen, das der coronische Geheimdienst über Jahrzehnte hinweg zusammengetragen hat.

»Fünfzig Fakten jeden Tag«, doziert der Lehroffizier, dem schon am frühen Morgen der Schweiß von der Stirn rinnt. »Ich verspreche euch, am Ende meines Unterrichts werdet ihr wandelnde Lexika sein.«

»Lernt, meine Kinder, lernt«, sagt General Elias, bedauerlicherweise wieder im Vollbesitz seiner Stimme. »Denkt immer daran: Die Florer wissen nichts über euch, ihr alles über sie. Das kann der entscheidende Vorteil sein.«

Fünfzig Fakten jeden Tag. Die Hauptstadt Flores liegt im Norden. Hier hat die Armee ihre Kommandozentrale und der Oberste Führer seinen Palast. Von der Hauptstadt aus wird das gesamte florische Imperium regiert, bis zu den entferntesten Inselprovinzen. Die Namen der Landesteile und der Provinzen lauten …

Fünfzig Fakten. Jedes Wort des Obersten Führers ist in Flore Gesetz. Dabei ist er umgeben von mächtigen Generälen, die nur auf ein Anzeichen von Schwäche lauern. Das Amt verkürzt die Lebenszeit dramatisch, bisher konnte sich kein Oberster Führer länger als fünf Jahre an der Macht halten. Der aktuelle Machthaber gilt als eher gemäßigter Mann, der die eroberten Gebiete sichern will, statt sich in neue große Angriffskriege zu stürzen. Die Namen der wichtigsten Generäle und Befehlshaber lauten …

Fünfzig Fakten. Ein weiteres wichtiges Machtzentrum liegt im Süden des Landes, in der Stadt Heiman. Der Statthalter dort, Marschall Utuk, ist im Augenblick der zweitwichtigste Mann in Flore. Neben der Polizei und dem Geheimdienst hat er rund hunderttausend Soldaten unter sich, die die südlichen Provinzen kontrollieren. Eine Liste der fünfzig wichtigsten Städte und militärischen Stützpunkte im Süden …

Fünfzig Fakten. Flore ist die Armee, und die Armee ist Flore. Militärgerichte sprechen Recht, Militärschulen übernehmen die Erziehung der Kinder, Kranke werden in Militärkrankenhäusern gepflegt. Jede Form von Kunst und Kultur wird nur geduldet, wenn sie den Krieg verherrlicht. Die Armee zieht die Hälfte der jährlichen Ernte ein; für einen neuen Kriegszug hungert das ganze Land. Das Finanzsystem der Armee ist folgendermaßen aufgebaut …

»Das ist das Wesen einer Militärdiktatur«, sagt der schwitzende Lehroffizier. »Niemand hat die Wahl, ob er dazugehören will. Es gibt keine Alternative, keine zivile Gesellschaft. Die Armee wird zum Moloch, der alles verschlingt.«

»Ihr müsst lernen, wie ein Volk tickt, das nur aus Soldaten besteht«, sagt Alan in seiner Stunde. »Schon die kleinen Kinder werden in Kasernen gesteckt und zu gefühllosen Kampfmaschinen herangezogen. Statt Musik gibt es Militärmärsche, statt Mode Uniformen, statt Partys öffentliche Paraden. Versucht euch vorzustellen, was eine solche Gesellschaft in den Seelen der Menschen anrichtet.«

»Du bist auch Soldat«, sagt Kairi. »Sogar Offizier.«

»Aber ich habe die Wahl«, sagt Alan. »Und ich bin mental stark wie ein Wasserbüffel. Ich kann auf meine Seele aufpassen. Und damit sind wir bei meiner heutigen Frage: Was ist der Unterschied zwischen einer Militärdiktatur und einem freien Land?«

Er spielt uns ein Lied vor. Es handelt von einem jungen Coroner, der nicht recht weiß, was er mit seinem Leben anstellen soll. Also geht er zur Armee, er kämpft an der Front und kehrt schließlich als Krüppel zurück, an Leib und Seele schrecklich verwundet.

»Der Unterschied«, sagt Alan. »In Corona wird der Sänger dieses Liedes reich und berühmt. In Flore wird er hingerichtet.«

»Trotzdem bist du damit einverstanden, dass sie uns dorthin schicken«, sagt Silvan.

Alan nickt. »Oh ja, das bin ich.«

»Du musst auch nicht nach Flore«, sagt Isao.

»Nein, muss ich nicht«, antwortet Alan. »Aber ich würde viel dafür geben, wenn ich könnte.«

Es dauert, bis wir kapieren. Derweil steht Alan vor uns und freut sich über unsere Gesichter.

»Du sprichst Florisch«, sagt Kairi perplex.

»Selbstverständlich«, sagt Alan. »Ich brenne darauf, mich in Flore zu beweisen. Ich warte nur auf meinen Einsatzbefehl.«

»Dann komm doch mit uns«, sagt Silvan sofort. »Mit dir zusammen könnte die Sache ja noch irgendwie Spaß machen.«

»Danke«, sagt Alan lächelnd. »Aber sie lassen mich nicht. Ihr seid die Mimikry-Rekruten, General Elias' Helden. Ich bin nur ein Ausbildungsoffizier, ein kleines Licht. Ich muss warten, bis man mich für Größeres geeignet hält. Ihr könnt mir glauben, ich beneide euch.«

»Das ist doch wieder bloß ein Trick, damit wir besser parieren«, sagt Isao argwöhnisch.

»Ganz und gar nicht, das schwöre ich dir«, sagt Alan ernst zu ihm. »Ich glaube an die Freiheit und an Coronas Mission in der Welt, und ich habe vor, dafür an vorderster Front zu kämpfen. Ich werde nicht als Lehrer hier im Camp versauern, das verspreche ich euch.«

Jeden Morgen wird das Tagespensum »Fünfzig Fakten über Flore« vom schwitzenden Lehroffizier geprüft. Jedes Steckenbleiben kostet zehn Liegestütze. Die Mädchen, allen voran Sinay mit ihrem genialen Gedächtnis, machen fast nie Fehler. Wir Jungen entwickeln Oberarmmuskeln.

Wer am Nachmittag bei Trainer LeBrons Übungen patzt, muss anschließend Steinplatten übers Gelände schleppen oder den alten, verbeulten Geländewagen des Schleifers mit einem Radiergummi polieren.

Hinter all dem steckt Methode. Unseren Körpern wird eingeprägt, was unser Verstand lernen soll. Ganz nebenbei verinnerlichen wir, dass die Macher von Camp Mi vollkommen über uns verfügen können, über unseren Leib, unseren Geist und unsere Seele. Alan mag noch so sehr von der Freiheit in Corona schwärmen, hier im Camp spüren wir nichts davon. Sie stoßen uns nach Belieben um und richten uns wieder auf, wie Kinder ihre Bauklötze.

Alan war drei Tage lang fort. »Drei Tage und Nächte Musik und süßes Nichtstun gegen den Lagerkoller«, hat er uns augenzwinkernd erklärt. »Am Montag bin ich wieder zurück. Dann wird frisch und munter debattiert.«

Als er am Sonntagabend ins Camp zurückkehrt, bekommen wir es nicht gleich mit. Erst als es vor den Fenstern unseres Speisesaals ausdauernd hupt, werden wir aufmerksam.

»Ich glaub es nicht«, sagt Silvan beeindruckt.

Die Wächter halten uns nicht zurück, als wir alle nach draußen laufen. Vor der Tür steht das hübscheste Auto, das man sich denken kann: glänzend rot, mit elegant abgerundeten Kanten und offenem Verdeck. Am Steuer des Prachtstücks sitzt Alan und platzt fast vor Stolz.

»Mein erster eigener«, sagt er. »Na, wie gefällt euch mein Baby?«

Auch die Türen des Offiziersquartiers gehen auf. Trainer und Offiziere kommen heraus, bewundern Alans Wagen.

»Wie wäre es mit einer Wettfahrt? Zwanzig Runden, hier auf dem Gelände«, sagt Alan grinsend.

Die vier Sporttrainer steigen darauf ein. Sie laufen zum Parkplatz und holen ihre Autos.

»Worauf wartet ihr?«, ruft Alan uns zu. »Los, steigt ein. Die Plätze reichen für alle.«

Der Rest des Abends ist nichts als purer Spaß, eine aberwitzige Raserei um die Gebäude, quer übers Gelände und um den See, dass Sand und Kiesel nur so wegspritzen. Wir feuern unsere jeweiligen Fahrer an, jubeln, wenn wir ein gegnerisches Auto überholen, winken dem Publikum aus Offizieren und Trainern zu. Am Ende gewinnt Alan, und wir krönen ihn mit einer seiner roten Strickmützen zum Rennkönig.

An diesem Abend vergessen wir den Einsatz in Flore und die Angst davor. Alles ist nur ein Spiel, *Gamlà*.

8

Wir haben alle Heimweh, aber manche von uns schmettert es regelrecht nieder. Sinay zum Beispiel, das Mädchen mit dem exzellenten Gedächtnis, hat beim Frühstück fast immer verweinte Augen. Von Mailin weiß ich, dass Sinay zu Hause schon einen festen Freund hatte (in ihrem Schlafsaal sprechen die Mädchen über solche Dinge). Sinay wird ihn nicht wiedersehen, aber sie wird sich immer an jedes seiner Worte, jede Geste, jeden Kuss erinnern. Für Sinay ist ihre spezielle Begabung ein Fluch.

Am schwersten von uns allen nimmt es Isao. Er kann mit uns anderen nicht viel anfangen und sondert sich ab, soweit ihm das in Camp Mi möglich ist. In den seltenen Freistunden läuft er am Zaun entlang wie ein gefangenes Tier, das ein Fluchtloch sucht. Immer wieder steht er vor dem Tor und starrt hinaus, bis die Wächter ihn fortscheuchen. Was ihm auf der Seele brennt und ihn nicht zur Ruhe kommen lässt, weiß keiner, nachdem er sich niemandem anvertraut.

Umso mehr verblüfft es mich, als Isao mich bei einem Nachmittags-Training von sich aus anspricht.

Unsere Aufgabe besteht darin, einen Trainer (der zu unserem Glück heute nicht Trainer LeBron ist) um alles zu erleichtern, was er in seinen Taschen mit sich trägt: Brieftasche, Taschentuch, Trillerpfeife … Der Trainer sitzt dabei mit verbundenen Augen unter einem Sonnenschirm; wenn er den Diebstahl bemerkt, wird man von einem zweiten Trainer gleich wieder an das Ende der Schlange zurückgepfiffen. Bisher haben es nur Isao und ich geschafft. Daher können wir im Schatten einer Eiche sitzen, während die anderen weiter in ihrer Reihe auf der heißen Aschenbahn ausharren müssen.

Ich strecke die Beine aus, lege den Kopf in den Nacken und sehe mir die Krone der Eiche über uns an. In den Zweigen entdecke ich ein Vogelnest, eine beinahe perfekte Kugel aus Gras und Moos. Die Jungen sind längst geschlüpft und fortgeflogen, ihr Glück, denn sonst würden sie jetzt in ihren Eiern gekocht. Der stahlblaue Himmel schließt Camp Mi ein wie eine Glocke aus Hitze. Über den Hügeln am Horizont hängen einige Alibi-Wölkchen, die garantiert niemals in unsere Nähe kommen.

»Du bist geschickt«, sagt Isao plötzlich neben mir.

»Du doch auch. Du warst schneller als ich.«

Er dreht sich zu mir. »Ich habe bloß Glück gehabt. Ausnahmsweise mal«, fügt er hinzu. »Ich bin nicht geschickt, aber ich kann die Augen offenhalten. Wir beide zusammen wären das richtige Team.«

»Team wofür?«

»Um zu fliehen.«

Ich merke, wie Ärger in mir aufsteigt. Der tägliche Drill, die patriotischen Stunden, Trainer LeBrons sadistische Gemeinheiten – reicht ihm das nicht? Muss er sich und uns allen noch mehr Schwierigkeiten aufhalsen?

Jeder von uns hat über Flucht nachgedacht. Vor allem in den ersten Tagen, bevor die Gegebenheiten des Camps – der Zaun, der Stacheldraht, die Betonsperren unter der Erdoberfläche, dazu das Tor, das rund um die Uhr aufs Schärfste bewacht wird – endgültig in unser Bewusstein gedrungen waren. Doch auch jetzt noch, wenn ich Mailin beim Schießtraining beobachte, male ich mir aus, wie ich zusammen mit ihr fliehe. In meinem Tagtraum hält sie die Torwächter mit zwei Pistolen gleichzeitig in Schach und droht damit, ihnen die Ohren abzuschießen, während ich in der Geschwindigkeit eines Ausbrecherkönigs ein Torschloss nach dem anderen öffne. Und dann sind wir frei und laufen zusammen auf die schlafenden Bergrücken in der Ferne zu, die uns verbergen und schützen werden …

Die Schusswaffen werden in einem massiven Stahltresor aufbewahrt und nur für das Training herausgeholt. Die Torschlösser sind ohne eine ganze Batterie von Dietrichen nicht zu knacken. Der Befund ist so einfach wie ernüchternd: Wir können von hier nicht fliehen. Und das ist das Ende des Traums.

Schroff sage ich zu Isao: »Du hast es schon einmal versucht.« Mit den Händen über dem Kopf deute ich seine Fesselung an. »Im Bus war es ein Kinderspiel im Vergleich zum Camp hier. Was, glaubst du, machen sie mit uns, wenn sie uns erwischen?«

Isao starrt auf Kairi, die jetzt vor dem Trainer steht und ihre Hand langsam ausstreckt, ihr Gesicht starr vor Konzentration.

»Es kann schiefgehen, aber das ist noch lange kein Grund, es nicht zu versuchen«, beharrt er. »Hör mir zu, ich will …« In diesem Moment beginnen die anderen zu applaudieren: Kairi hat den Trainer erfolgreich ausgeraubt und kommt jetzt auf uns zu.

»Wir reden später weiter«, sagt Isao leise.

»Das brauchen wir nicht. Vergiss es einfach.«

Isao schüttelt den Kopf und wendet sich ab.

Ich rechne damit, dass ich von nun an wieder Luft für ihn bin. Tatsächlich aber nimmt mich Isao schon am nächsten Abend wieder beiseite.

Es ist bereits nach neun Uhr, aber heute bringt die Dämmerung keine Abkühlung. Irgendwann hat sogar General Elias genug patriotischen Schweiß vergossen und bricht die Abendbesinnung ab. Stattdessen dürfen wir die letzte halbe Stunde vor dem Schlafengehen am See verbringen. Im Pulk schlendern wir über den Parkplatz. Ich freue mich schon darauf, mit Mailin zu reden, doch bevor ich zu ihr aufschließen kann, ist Isao an meiner Seite.

Er hält mich zurück, bis die anderen außer Hörweite sind. Dann macht er genau da weiter, wo er gestern aufgehört hat. »Ich habe mir alles genau überlegt«, flüstert er. »Es kann klappen, aber nur, wenn du mitmachst.«

Zuerst will ich ihn loswerden, dann entscheide ich mich anders. Es wird besser sein, ich kläre die Sache ein für alle Mal mit ihm.

Statt wie die anderen zum See hinunterzugehen, nehmen wir die Abzweigung zum Trampelpfad, den Isao auf seinen einsamen Wanderungen am Zaun entlang angelegt hat. Die Wächter sitzen rauchend am Eingang des Schulgebäudes. Sie sehen uns nach, aber keiner steht in der schwülen Abendhitze auf und folgt uns. Niemand hört, was Isao mir zu sagen hat.

»In den Nächten, in denen Vorräte angeliefert werden, helfen die Torwächter beim Abladen mit. Ungefähr zwanzig Minuten lang bleibt das Wächterhaus leer und das Tor unbewacht.«

Woher weiß er das? Vom vergitterten Fenster unseres Schlafsaals aus können wir das Tor nicht sehen. Und vor der Tür sitzen die Wächter und spielen Karten, die ganze Nacht lang. »Bist du irgendwie an den Wächtern vorbeigekommen?«, frage ich ihn. »Waren sie eingeschlafen?«

Grinsend schüttelt er den Kopf. »Glaubst du, ich verlasse mich auf Zufälle?«

»Aber du warst draußen? Wie hast du das gemacht?«

»Später«, wiegelt er ab. »Erst muss ich wissen, ob du mitmachst.« Während Isao läuft und redet, zupft er unaufhörlich an der eingestickten Corona-Krone seines T-Shirts. »Das Tor hat vier Schlösser. Sobald der Lieferwagen hereingefahren ist, verriegelt einer der Wächter die Schlösser wieder. Die Schlüssel verstaut er in seiner Gürteltasche. Aber es gibt einen zweiten Schlüsselsatz im Wächterhaus, in einem Schränkchen an der Wand.«

»Bist du sicher?«

»Hundertprozentig. Ich habe beobachtet, wie ein Wächter sie benutzt hat.«

»Und wir können da einfach so hineinspazieren?«

»Nein, natürlich nicht. Bevor die Wächter beim Abladen helfen, sperren sie das Wächterhaus ab. Aber tagsüber, wenn alle normal auf ihren Posten sind, steckt der Schlüssel meistens an der offenen Tür. Und dann achtet keiner auf ihn.«

Isao bleibt stehen und greift nach meinem Arm. »Ich beschaffe dir den Schlüssel zum Wächterhaus, Tamaso. Du machst einen Nachschlüssel, und bei der nächsten Lieferung stehlen wir die vier Torschlüssel aus dem Schränkchen und fliehen.«

Ich schüttle den Kopf, ertappe mich aber dabei, wie ich bereits über das passende Material nachdenke. Ein Schlüssel besteht aus hartem Stahl, das heißt, Gabel und Löffel scheiden aus, wie alles, was sich leicht verbiegt. Massive Fenstergriffe gingen vielleicht, doch in Camp Mi sind die Fenster fest verschraubt und grifflos. Türklinken dagegen gibt es, aber ihr Fehlen würde sofort auffallen. Außer wir würden sie in einem Raum abschrauben, der fast nie betreten wird. Spontan fällt mir Trainer LeBrons Keller ein. Großartig – wenn der Schleifer Isao und mich erwischt, zieht er uns die Haut ab und lässt die anderen coronische Wimpel daraus nähen.

»Du kannst es schaffen, das weiß ich«, sagt Isao. »In der Nacht sollen sie uns da draußen erst einmal finden. Wir nehmen genügend Wasser und Vorräte mit und suchen uns ein sicheres Versteck. Und dann gehen wir zurück nach Parman, nach Hause.«

Sein Gesicht, sonst so blass und mürrisch, hat sich gerötet. Er wirkt lebendig und zu allem entschlossen. Was treibt ihn an, dass er Kopf und Kragen riskieren will? Ich spreche die Frage nicht aus, aber Isao gibt mir die Antwort von sich aus. Während wir weiter am Zaun entlanglaufen, erzählt er mir von seinem Bruder.

»Raoul hat keine Arme, er kam schon so zur Welt. Seine Hände sitzen hier oben.« Zur Verdeutlichung hält Isao sich die Hände an die Schultern. »Mein ganzes Leben lang hatte ich Angst, dass mein großer Bruder irgendwann am Straßenrand sitzen und betteln muss. Aber dann haben unsere Nachbarn Geld zusammengelegt und ihm einen kleinen Gemüseladen gemietet. Seit drei Jahren schuftet Raoul wie ein Tier, aber er braucht dringend ein zweites Paar kräftige Arme für die Arbeit. *Meine Arme,* Tamaso. Seit drei Jahren wartet er darauf, dass ich mit der Schule fertig werde und ihm helfen kann. Und jetzt bin ich einfach weg.« Er atmet tief durch, bevor er weiterredet. »Ich muss zu ihm zurück, egal wie. Verstehst du das?«

Ich nicke. »Ja.«

»Was ist mit dir? Willst du nicht nach Hause?«

Ein heftiger Widerwille gegen Isao und seine taktlose Art steigt in mir auf. »Nein, Camp Mi ist der Himmel und Flore das Paradies«, sage ich. »Meine Güte, Isao, wer bringt dich auf die Idee, dass du allen Kummer und alles Heimweh allein gepachtet hast?«

»Mein Bruder«, antwortet er schlicht. »Aber wenn du auch heimwillst, warum machst du nicht einfach mit?«

»Weil es nicht funktionieren kann. Selbst wenn sie uns nicht auf der Stelle wieder einfangen, könnten wir nicht nach Hause. Die Coroner würden schon auf uns warten.«

»Lass uns erst einmal draußen sein«, sagt er. »Wir halten uns eine Zeit lang versteckt, ein halbes Jahr oder von mir aus ein ganzes, bis Gras über die Sache gewachsen ist. Was ist schon ein Jahr? Danach kann ich mit Raoul irgendwo hingehen, wo uns keiner kennt.«

»Warum willst du es jetzt schon tun?«, frage ich. »In Flore könnte es leichter gehen, ohne Wächter und Stacheldraht.«

»Das glaube ich nicht«, sagt Isao überzeugt. »Bei dem Aufwand, den sie hier mit uns treiben, werden sie auch dafür sorgen, dass wir in Flore parieren. Sie werden ihre Methoden haben, und die werden nicht zimperlich sein, verlass dich drauf. Aber ganz egal, ich kann sowieso nicht bis Oktober warten. Jetzt oder nie, Tamaso.«

Auf der anderen Seite des Zauns schrillen die Zikaden im staubtrockenen Gelände. Die Zeit des Wachsens und Blühens ist vorüber, die Gräser liegen gelb und vertrocknet auf der Erde, die Büsche sind verdorrt. Niemand kann sich in dieser Ebene verstecken, niemand tagelang überleben. Ich schüttle den Kopf: Isaos Idee ist absurd, aus seiner schieren Verzweiflung geboren.

Er hat mich genau beobachtet. Jetzt schlägt er mit der flachen Hand gegen das Gitter. »Nachher werde ich dir zeigen, was man schaffen kann, wenn man nur will.«

Mitten in der Nacht schrecke ich hoch. Isao steht neben mir, er hält den Finger an den Mund. Während die Wächter vor der Milchglastür Karten spielen und die anderen unter ihren Decken schlafen und träumen, lotst er mich in die Ecke zu seinem Bett und deutet auf die Wand dahinter. Im fahlen Lichtschein kann ich nichts Auffälliges erkennen. Ich befühle die Wandpaneele mit den Händen: nichts. Doch Isao grinst geheimnisvoll und flüstert lautlos: »Probier es weiter.«

Da spüre ich es. Eines der Paneele steht ganz leicht vor, der Unterschied zu den anderen beträgt vielleicht zwei oder drei Millimeter. Als ich mir die Kanten genauer ansehe, kann ich keine Schrauben entdecken, nicht einmal Bohrlöcher. Die Zimmerer müssen das Paneel in die Lücke geklopft haben, ohne es an den tragenden Balken zu befestigen, vielleicht waren ihnen just an dem Tag die Schrauben ausgegangen. Eine harmlose Schlamperei, die nur jemandem auffallen kann, der sich auf der verzweifelten Suche nach einem Fluchtweg die Finger blutig kratzt.

Mit einem Lineal hebelt Isao das Paneel aus der Wand und

stellt es zur Seite. So routiniert und geräuschlos, wie er dabei vorgeht, hat er das schon viele Male getan. Er schiebt sich seitlich in die schmale Lücke, das Dämmmaterial muss er irgendwie beiseitegeschafft haben. Gleich darauf höre ich, kaum wahrnehmbar, das leise Knacken, mit dem er ein zweites Paneel aus der Außenwand hebt. Ich weiß nicht, ob auch das von Anfang an lose war oder ob Isao es erst in endloser mühseliger Kleinarbeit gelockert hat. Als ich näher herantrete, weht mir durch den Spalt frische Nachtluft entgegen. Über Isaos Schulter erkenne ich den nächtlich dunklen Parkplatz, General Elias' weiße Limousine, dahinter Trainer LeBrons verhassten Geländewagen, dessen Rost und Beulen kein Radiergummi der Welt entfernen kann.

Isao hat sich seinen ganz privaten Dreißig-Zentimeter-Ausgang geschaffen. Deshalb kann er wissen, was um drei Uhr morgens während der Lieferungen geschieht. So viele Nächte hat er sich in seiner Ecke zu schaffen gemacht, bis manchmal sogar die Wächter hereinkamen und ihn zurück ins Bett scheuchten – und doch hat niemand mitbekommen, was er wirklich treibt. Mein Respekt vor ihm wächst.

»Tamaso, was machst du da?« Fasziniert sieht Silvan mir zu, wie ich mit zwei Löffeln Muster in die gelbe Fruchtcreme drücke. »Kreative Problemlösung nach Trainer LeBron«, murmle ich abwesend. Die Frühstückscreme allein ist zu weich für einen Abdruck, aber vielleicht kann ich sie mit Weißbrotkrumen stabilisieren …

»Warte, ich mach auch mit.« Silvan beginnt, Kugeln aus dem Brot zu drehen und sie zu einer Pyramide aufzuschichten. »Für General Elias. Handgemachte Bastelgeschenke von seinen lieben Mimikry-Kindern kann er nicht ablehnen.«

»Hört auf damit. Frühstückt anständig«, mahnt der Chefwächter von der Tür her. Aber die drei anderen Wächter grinsen.

Auf dem Weg zum Gelände nimmt Silvan mich beiseite. »Seit Neuestem belagert dich Isao ja geradezu«, sagt er leise. »Was will er von dir?«

Ich werfe einen Blick auf Isao, der mit seiner üblichen mürrischen Miene vor uns herläuft. »Er hat da so eine Idee«, flüstere ich vage.

»Eine Idee von Isao kann eigentlich nur Ärger bedeuten«, urteilt Silvan freimütig. »Solltet ihr aber trotzdem irgendetwas unternehmen, dann macht es um Himmels willen richtig.«

Beim Hinausgehen habe ich bereits die erste Sache richtig gemacht. Keiner hat mitbekommen, dass ich drei Löffel vom Frühstückstisch eingesteckt habe.

Am Ende des Tages haben die Löffel steile Karriere gemacht: Der erste als Vogel, der nächste als Sonne, der dritte als Rose. Drei Geschenke für Mailin.

Zuvor habe ich am Seeufer mögliche Schleifsteine gesucht und ausprobiert. Einer von ihnen hat sich zu meiner Überraschung als nahezu perfekt erwiesen: Unscheinbar grau, etwa handtellergroß, würde er mir auf einem parmanischen Markt eine ordentliche Summe einbringen. Mit ihm kann ich alles schleifen, auch einen komplizierten Türschlüssel.

Ich glaube immer noch nicht an Isaos Plan. Aber die Vorstellung, ich könnte diesen Schlüssel nachmachen, lässt mich nicht mehr los.

»Bei der nächsten Lieferung machen wir's.«

Isao hat beim Lauftraining mühelos zu mir aufgeschlossen. Er, der sonst immer das Schlusslicht bildet, den die Lauftrainer inzwischen aufgegeben haben, weil ihre Anfeuerungsschreie an ihm abprallen wie an einem sturen Esel.

»Ich sag es dir noch einmal, wir können nicht fliehen. Selbst wenn das Tor sperrangelweit offen steht.«

Isao schlägt sich mit der Faust in die Handfläche. »Kannst du den Schlüssel zum Wächterhaus nachmachen oder nicht?«

»Vermutlich kann ich es. Aber es nützt nichts.«

»Ich weiß genau, was mit dir los ist. Du willst mitmachen, gleichzeitig bist du zu feige.«

»Ich kann eins und eins zusammenzählen. Ich weiß, dass wir keine Chance haben.« Und selbst wenn ich seinem wahnwitzigen Plan vertrauen könnte, gibt es da auch noch Mailin, die ich nach einer Flucht niemals wiedersehen würde. Doch darüber spreche ich nicht mit Isao. Er hat etwas von einem Fanatiker an sich, ich traue ihm nicht über den Weg.

Isao knurrt wie ein Hund. »Mach den Schlüssel, Tamaso. Wenn du dann lieber im Käfig sitzen bleibst«, er zuckt die Achseln, »deine Sache.« Damit lässt er mich einfach stehen und rennt mit langen Sätzen weiter, bis er Kairi und die Zwillinge überholt hat und Zweiter hinter Zachary wird.

»Was haben sie dir heute bloß in die Milch getan, Isao?«, ruft einer der Sporttrainer. Die anderen lachen.

9

»Was ist das?«

»Damit könnten wir den Abdruck machen.«

Wir sind dabei, uns abzutrocknen, während die Sporttrainer nebenan das nächste Paar zum Wasserkampf einteilen: »Kairi, Sinay, ihr seid dran. Rein in die Fluten.«

Der Kampf zwischen Isao und mir war von Anfang an entschieden. Körperlich dürften wir etwa gleich stark sein, doch gegen seine eiserne Entschlossenheit habe ich keine Chance. Isao hat gestoßen, getreten und geschlagen, als sei ich kein Partner, sondern ein echter Gegner. Am Ende hat er mich nicht die vorgeschriebenen zehn Sekunden, sondern mindestens eine halbe Minute lang unter Wasser gedrückt.

Genau diese Dinge wollen sie sehen, schätze ich. Deshalb steht auch ein Psychotrainer mit seinem Klemmbrett am Seeufer und macht eifrig Notizen.

Jetzt steht Isao vor mir, ein Handtuch über den Schultern, und starrt gebannt auf den gelben Klumpen in meiner Hand. »Woraus besteht das?«

»Ein Drittel Brot, zwei Drittel Fruchtaufstrich, eine Viertelstunde lang durchgekaut. Widerlich, aber nur so wird die Masse glatt genug und außerdem steinhart in der Sonne. Genau das, was wir brauchen.« Ich werfe den Klumpen in den See. Wie aus dem Nichts tauchen kleine Fische auf und zupfen daran herum.

Gegen meine eigene Überzeugung treibe ich das Spiel weiter und weiter. Und ich ahne auch, was mich dazu anstachelt: Ein offenes Tor wäre eine mächtige Botschaft an General Elias, Trainer LeBron und alle Coroner. *Wir sind nicht euer Material, das ihr nach Belieben zurichten könnt. Wir sind nicht eure Marionetten.*

Wir können es ihnen zeigen, und ich habe es in der Hand. Das ist es, was mich umtreibt und nicht mehr zur Ruhe kommen lässt.

Ich sehe Isao an. »Für den Nachschlüssel selbst brauchen wir ein Stück schweres, stabiles Metall. Keine Ahnung, wo wir das hier im Camp auftreiben wollen, ohne dass es auffällt.«

»Überlass es mir«, sagt Isao sofort. Sein Gesicht drückt pure Genugtuung aus. Er denkt, er hat mich so weit.

Isao verschwendet keine Zeit. Am nächsten Morgen beim Duschen raunt er mir zu: »Problem gelöst. Du wirst staunen.«

Seine Augen glänzen, er steht unter Hochspannung und brennt darauf, mir etwas zu zeigen. Doch der Tag ist mit Unterricht und Drill restlos vollgestopft: Zehn-Kilometer-Ausdauerlauf, Tarnung in Gebäuden, Schusswaffentraining, die Befehlshierarchie der florischen Armee, Übungen zur Protego-Technik: Alles ohne eine Atempause, ohne einen einzigen freien Moment. Erst kurz vor der Bettruhe schickt uns General Elias für zehn Minuten an die frische Luft, »seht euch den Abendstern an und sprecht dabei vielleicht ein kleines Gebet zu Gott dem Herrn«.

Ich bete tatsächlich, aber nur darum, dass kein Wächter uns folgt, als Isao mich zu seinem Geheimnis führt. Im abgelegensten Teil des Camps, im Buschwerk zwischen Wäldchen und Zaun, holt er etwas unter einem Stein hervor und gibt es mir in die Hand. »Rate«, sagt er erwartungsvoll.

Das Teil ist aus Metall. Auf einer Seite hat es eine scharfe Bruchkante, auf den anderen drei Seiten ist es angenehm abgerundet. Es schmiegt sich in die Handfläche, fordert zum Drücken auf.

»Ein Türgriff.« Da bin ich mir ziemlich sicher. »Von einem Auto vielleicht?«

»Volltreffer«, sagt Isao und grinst.

Eine böse Vorahnung steigt in mir auf. »Woher stammt er?«

Isao salutiert spöttisch. »General Elias höchstpersönlich war so freundlich, ihn zur Verfügung zu stellen.«

»Bist du verrückt geworden? Der Wagen steht dort am Parkplatz, jeder kann ihn sehen! Außerdem wird er immer wieder einmal von den Putzleuten gewaschen. Hast du das vergessen?«

Isao kontert völlig ruhig. »Bis jemand etwas merkt, sind wir längst über alle Berge.«

Fassungslos schüttle ich den Kopf. »Isao, weißt du, wie lange ich brauche, um aus dem Griff einen Schlüssel zu machen? Wenn ich es überhaupt schaffe!«

»Jetzt machen wir Ernst.« Er hört mir überhaupt nicht zu. »Das wird die ganz große Sache, Tamaso.«

Am nächsten Abend verbringen wir die letzte Stunde vor dem Schlafengehen unten am See. Fast alle sitzen oder liegen müßig im Gras, nachdem die Sporttrainer heute ausnahmsweise einmal auf ihr Hockey-Spiel verzichten. Mailin ist nicht bei anderen; ich stelle mir vor, wie sie auf den Stufen der Veranda auf mich wartet, am liebsten möchte ich alles stehen und liegen lassen und zu ihr gehen. Doch Isao lässt mich nicht aus den Augen, und ich weiß, dass ich keine Ruhe mehr vor ihm habe, bis er den Schlüssel fertig in den Händen hält.

Ich laufe um den See und lasse mich am gegenüberliegenden Ufer im hohen Gras nieder. Isao ist schlau genug, mir nicht zu folgen. Wir stecken in letzter Zeit oft genug zusammen.

Während ab und zu Gesprächsfetzen der anderen über den See wehen, untersuche ich das Stück Eisen, das gestern noch der Türgriff von General Elias' Limousine war. Isao muss tatsächlich komplett wahnsinnig sein: Trainer LeBrons Geländewagen steht direkt neben dem Wagen des Generals. Ein Blick des Schleifers auf die richtige Stelle, und wir sind tot.

Der Griff liegt schwer in meiner Hand. Er wird sich problemlos mit dem Schleifstein bearbeiten lassen; ihn auf die Größe eines Schlüssels zu bringen wird allerdings zum Geduldsspiel werden, drei bis vier Stunden mindestens, schätze ich. Ich könnte Isaos geheimen Ausgang nutzen und in der Nacht draußen arbeiten, für die grobe Schleifarbeit brauche ich kein nennenswertes Licht. Der Feinschliff nach dem Abdruck wird dagegen eine ganz andere Geschichte …

Ein Windstoß fährt durch die hohen Gräser und kräuselt die Oberfläche des Sees. Ich denke an Mailin: Ob der Wind ihr durch die Haare streicht? Was denkt sie, wenn ich nicht komme?

Statt jetzt bei ihr zu sein, hocke ich hier und lasse mich immer tiefer in Isaos Pläne verstricken. Warum? Meine persönliche Genugtuung ist eine Sache – aber was passiert, wenn ich weiterdenke?

Zum ersten Mal spiele ich die Flucht ernsthaft durch, und ich beginne in dem Moment, da uns das Tor weit offen steht.

Ich will nicht ohne Mailin fortgehen, also werde ich sie in unseren Plan einweihen. Ist sie einverstanden, werden wir die Flucht zu dritt wagen, ob es Isao nun gefällt oder nicht.

Wir werden drei, höchstens vier Stunden Vorsprung haben. Spätestens beim Morgenappell werden die Wächter merken, dass wir fort sind. Wie lange wird es dauern, bis wir das coronische Militär mit schweren Lastwagen und Hubschraubern auf den Fersen haben? Wo in dieser brettflachen Ebene wollen wir uns dann verstecken? In einem Erdloch, hinter einem dürren Busch? Lächerlich.

Die Gräser vor mir biegen sich im Wind. Eine winzige grüne Raupe kriecht einen Halm hinauf, zielgerichtet und unbeirrt, als lauere dort oben nicht der Tod durch scharfe Vogelschnäbel.

Nein. Nein. Nüchtern betrachtet sind unsere Chancen gleich

null. Auf gar keinen Fall darf ich Mailin in diesen Irrsinn mit hineinziehen.

Ich reibe den Autogriff zwischen meinen Händen. Aus einem Impuls heraus würde ich ihn am liebsten ins Wasser werfen.

»Hallo, Tamaso.« Die Stimme klingt fröhlich und unbekümmert. »Störe ich dich?«

Es ist Alan, er winkt mir lachend zu, während er mit hochgekrempelten Hosen im Wasser auf mich zustapft. Hastig stecke ich den Griff in meine Hosentasche zurück und hole dafür den Schleifstein und die Rose heraus, die ich vor ein paar Tagen aus dem Löffel gearbeitet habe. »Nein. Wobei solltest du stören?«, sage ich eine Spur zu schnell.

Alan ist heute Abend nicht in Uniform, sondern barfüßig, mit weiten, hellgrünen Leinenhosen und einem lachsfarbenen Hemd mit geschnürter Passe. So, denke ich, sieht er auf den Partys aus, wenn er die Nächte durchfeiert.

Wie ich ihn mustere lacht er. »Die Klamotten hat meine Freundin für mich entworfen«, sagt er. »Gewagt, hm?«

»Stehen dir jedenfalls gut«, sage ich. »Solange du dafür nicht in den Campknast wanderst.«

Er zieht eine Grimasse. »Zehn Stunden Uniform am Tag müssen genügen«, sagt er und lässt sich neben mir im Gras nieder. »Was machst du da eigentlich?«

»Nichts Besonderes. Ich beschäftige nur meine Hände.« Ich zeige ihm den Schleifstein und die Rose.

Alan nickt. »Was war diese schöne Blume ursprünglich?«

»Ein Löffel. Es ist gegen die Vorschriften, ich weiß.«

»Wen interessiert's?«, sagt er leichthin. Er legt sich meine Rose auf die Handfläche und betrachtet sie genauer. »Die ist große Klasse, Tamaso. Meine Freundin wäre hin und weg. Sie würde dich mit Aufträgen nur so eindecken.«

»Hm.« Ich weiß nicht recht, was ich sagen soll. Nur zu deutlich spüre ich den Autogriff in meiner Hosentasche. Ich schätze, Alan kann mein Unbehagen spüren, doch er macht keine Anstalten, mich wieder allein zu lassen. Stattdessen sieht er mir aufmerksam ins Gesicht. »Du und Isao, ihr scheint plötzlich dicke Freunde zu sein.«

»Isao ist mit niemandem hier im Camp befreundet. Auch mit mir nicht.«

Alan nickt. »Er traut keinem«, sagt er. »Dabei scheint er echte Probleme zu haben.«

»Die hat er.«

»Und du sollst ihm helfen, von hier zu fliehen.«

Ich starre ihn an. »Sagt wer?«

»Jemand, der aus einem simplen Löffel etwas derart Perfektes erschafft, kann auch Dietriche oder Nachschlüssel feilen. Was soll Isao sonst von dir wollen?« Alan gibt mir meine Rose zurück. »Ist euch beiden klar, dass zwischen hier und Charisma hundert Kilometer Wüste liegen? Obwohl, warte, einer wie du schafft es wahrscheinlich auch, ein Auto kurzzuschließen. Nimm bloß nicht meins«, sagt er und lacht.

»Ich habe keine Ahnung von Autos.«

»Mein Glück«, sagt Alan. Im Schneidersitz sitzt er vor mir, lässig und entspannt mit seiner weiten Hose und den nackten Füßen. »Was ist los? Warum wollt ihr unbedingt weg?«, fragt er mich. Und als ich schweige: »Traust du mir nicht zu, dass ich etwas für euch tun könnte?« Es ist ihm ernst mit dieser Frage, das spüre ich.

Noch einmal sehe ich uns in einer blitzartigen Vision über die Ebene rennen: Isao, Mailin und mich, wir werden gejagt von schweren Armeewagen, die uns wie Tiere in die Enge treiben. Mailin reißt die Arme in die Höhe, sie schreit und weint vor Verzweiflung.

Ich entscheide mich für das einzig Mögliche.

»Es geht nicht um mich. Ihr müsst Isao gehen lassen. Er wird hier drinnen verrückt.« Ich erzähle Alan, dass Isao von einem Bekannten zu Hause dringend gebraucht wird, nenne dabei aber keine Details oder Namen. »Deswegen schläft er kaum. Es macht ihn ganz krank.«

Alan sieht sehr nachdenklich aus. »Ich verrate dir jetzt etwas aus dem Führungsstab des Camps«, sagt er. »Isao ist unser großes Sorgenkind. Er schleppt so viele Probleme mit sich herum, dass wir ihn im Moment als ungeeignet für Projekt Mimikry einstufen müssen.«

»Heißt das, er muss nicht nach Flore?« Unwillkürlich beneide ich Isao. »Dann könntet ihr ihn doch ebenso gut nach Hause lassen, zu seinem, ähm, Bekannten.«

»Das könnten wir, ja«, sagt Alan. »Ich weiß nun Bescheid, und ich werde die Sache ausführlich mit dem General besprechen. Wissen die anderen etwas von Isaos Kummer?«

»Nein. Nur ich.«

»So soll es auch bleiben«, sagt Alan ernst. »Isao ist ein besonderer Fall. Was für ihn gilt, muss nicht für die anderen gelten.« Er streckt mir die Hand hin. »Ich verspreche dir, dass ich für ihn tue, was ich kann.«

Am nächsten Morgen ist Isao fort. Wir fragen die Wächter nach ihm, aber niemand will uns Auskunft geben.

Auf dem Weg zum Trainingsgelände nehmen mich die Zwillinge zur Seite. »Hat er es geschafft?«, fragt Silvan leise. »Ist er mit deiner Hilfe getürmt, und sie sagen es uns nicht?«

»Glaubst du, ich wäre dann noch hier?«, flüstere ich zurück.

»Schon möglich«, sagt Kester. »Du bist anders.«

Ich fühle einen Stich. »Ihr meint, zu feige?«

»Nein. Aber Isao hat dieses Flackern im Blick, du nicht. Also, weißt du, wo er steckt?«

Ich zögere kurz. »Ich denke, er hat es geschafft«, sage ich dann. »Ich hoffe es für ihn.«

Den ganzen Tag über muss ich an Isao denken. Ich stelle ihn mir auf dem Rücksitz eines Wagens vor, wie das Misstrauen allmählich aus seinem Gesicht verschwindet und er zu hoffen beginnt, dass er wirklich nach Hause zu seinem Bruder Raoul fährt, dass jetzt alles gut wird. Und vielleicht kann er dann endlich wieder schlafen.

Als ich Alan am Abend im Hof treffe, sage ich leise: »Du hast den General überzeugt, oder?«

»Sagen wir es so: Ich denke, ich habe Isao helfen können«, antwortet er lächelnd.

»Danke«, sage ich und meine es aus vollem Herzen.

Er fährt sich mit beiden Händen durchs Haar. »Nichts zu danken. Alles zu eurem Besten, Tamaso.«

Vier Nächte später geht die Tür zu unserem Schlafsaal auf. Isao kommt herein, sein Gesicht ist zum Fürchten.

»Niemand redet«, befiehlt der Wächter. »Schlaft weiter.«

Mit merkwürdig steifen, eckigen Bewegungen geht Isao zu seinem Bett. Er deckt sich nicht zu, liegt einfach nur reglos da, den Blick zur Decke gerichtet. Und ich muss an Alan denken, der, was immer auch geschehen ist, garantiert den Schlaf des Glücklichen schläft.

Am nächsten Morgen beim Aufstehen und Duschen spricht Isao kein Wort. Als er am Frühstückstisch an meinem Platz vorbeikommt, spuckt er demonstrativ in mein Milchglas.

Ich kann es nicht fassen. »Bist du übergeschnappt, Isao? Was soll der Quatsch?«

»Gewöhn dich daran«, sagt er. »Ab jetzt spucke ich auf alles, was du bist und was dir gehört.«

Die Wächter haben alles genau beobachtet. Jetzt tritt der Chefwächter an unseren Tisch. »Ihr beide geht jetzt hinaus und sprecht euch aus«, sagt er. »Ihr habt fünf Minuten, anschließend frühstückt ihr gesittet, wie es sich gehört.«

Isao rührt sich nicht vom Fleck. »Ich habe Tamaso nichts zu sagen.«

»Wirklich nicht?«, fragt der Chefwächter. »Ich habe angenommen, du wärst seit gestern klüger.«

Isao presst die Lippen zusammen und folgt mir nach draußen. »Was ist passiert?«, frage ich ihn sofort. »Ich habe gedacht, du bist längst zu Hause, bei deinem Bruder.«

»Hast du gedacht.« Isao sieht mich hasserfüllt an. »Ich sag dir, was passiert ist. Du hast Angst bekommen, bist zu ihnen gerannt und hast ihnen alles brühwarm erzählt.«

»Nur Alan. Er hat versprochen, dir zu helfen.«

»Nur Alan«, wiederholt er tonlos. »Du hast ihm von Raoul erzählt.«

»Ich habe den Namen nicht genannt, auch nicht gesagt, dass er dein Bruder ist. Nur dass dich zu Hause jemand dringend braucht. Ich wollte, dass sie dich gehen lassen.«

Sein Blick brennt sich mir ein. »Willst du wissen, was sie wirklich getan haben?«, fragt er. »Sie haben Raoul nach Corona geschafft und in ein Heim für Behinderte gesteckt.«

»Was? Woher weißt du das?«

»Sie sind mit mir dorthin gefahren und haben mir alles gezeigt. Raoul muss dort lernen, mit dem Mund zu malen.« Seine Stimme ist trügerisch ruhig. »Die Postkarten werden an der Pforte verkauft.«

Er sagt die Wahrheit, sein Gesicht ist Beweis genug. »Das können sie nicht tun«, sage ich hilflos.

»Die können noch viel mehr tun. Hör mir jetzt genau zu, Tamaso. Mein Bruder hatte einen eigenen Laden, er hat um fünf Uhr früh das Gemüse vom Großmarkt geholt und um neun Uhr abends die Ladentür zugeschlossen. Er war Geschäftsmann, und sein Geschäft lief richtig gut. Und jetzt trägt er einen Anstaltskittel und muss mit dem Mund malen, und die Schwestern füttern ihn mit einem Löffel und nennen ihn Herzchen!« Ich höre den Hass und den Schmerz in seiner Stimme. Es zerreißt ihn förmlich. »Raoul hat mich die ganze Zeit angelächelt und mir versichert, dass er sich bestimmt eingewöhnen wird. Er glaubt, ich habe das alles eingefädelt.« Isao weint jetzt, die Tränen laufen ihm die Wangen hinunter. »Dabei weiß ich genau, dass es der blanke Horror für ihn ist. Er hatte sein Leben, er war Geschäftsmann – und jetzt wird er behandelt wie ein Baby! Wahrscheinlich ziehen sie ihm noch Windeln an!«

»Es tut mir leid, Isao. Ehrlich.«

»Die Coroner tun so, als hätten sie Raoul und mir einen Gefallen getan. Aber in Wahrheit ist es meine Bestrafung«, stößt er hervor. »Der General sagt, ich bin der Unruhestifter, der das ganze Projekt gefährdet. Der Einzige, der sich nicht von seiner Vergangenheit lösen kann. Aber das ist eine Lüge, Tamaso!«

Mit der Hand schlägt er gegen die rosa Barackenwand. »Ihr alle hasst Camp Mi, und ihr fürchtet euch vor Flore, genau wie ich. Ihr alle wollt nach Hause. Aber ich bin der Einzige, der ehrlich ist.«

»Das stimmt«, sage ich. »Du bist der Ehrlichste von uns.«

Er wendet mir ein rotes, tränenüberströmtes Gesicht zu. »Jetzt werde ich nicht einmal mehr erfahren, wie es mit Raoul weitergeht. Jetzt komme ich ja endgültig nicht mehr weg von hier!«

Er starrt mich an. Seine Augen funkeln vor Hass. »Das ist alles deine Schuld, Tamaso. Du hast Raoul und mich verraten.«

Hilflos schüttle ich den Kopf. »Ich wollte nur, dass sie dich zu deinem Bruder zurückkehren lassen.«

»Hättest du nicht geredet, wäre Raoul jetzt noch zu Hause, sicher und glücklich. Ab jetzt sei auf der Hut, Tamaso. Ab jetzt bin ich dein Feind.«

Pünktlich um Mitternacht kommen die beiden Hausmeister des Camps in unseren Schlafsaal und reißen uns aus dem Schlaf. Geräuschvoll packen sie ihr Werkzeug aus, dann verschließen sie Isaos Ausgang mit neuen Paneelen und massiven Metallriegeln.

Eine volle Stunde lang hämmern und klopfen sie, während wir ihnen stumm von unseren Betten aus zusehen. Die Hausmeister haben ein freundliches, eher schüchternes Naturell. Ihr Auftritt in unserem Schlafsaal ist ihnen sichtlich unangenehm. »Befehl von oben«, murmelt einer von ihnen.

Am Ende räuspern sie sich. »Das war's.« Und im offensichtlichen Bedürfnis, zur späten Stunde etwas Gewichtiges zu sagen: »Das hält jetzt für die Ewigkeit. Versprochen.«

Irgendwie rechne ich damit, dass es ab jetzt keine Stunde »Gesellschaftliches Debattieren« mehr gibt. Weil Alan uns nach diesem ungeheuren Verrat nicht mehr unter die Augen treten kann.

»Das Thema heute lautet: Erkenne dich selbst«, sagt Alan und blickt lächelnd in die Runde. »Also, ich höre.«

»Das ist leicht«, sagt Silvan. »Immer wenn ich Kester anschaue, weiß ich Bescheid.«

»Ja, ihr«, sagt Kairi und verdreht die Augen. »Also, wenn ich mir selbst auf der Straße begegnen würde, ich weiß nicht, ob ich mich erkennen würde.«

»Ich denke mal, das ist nicht, was du meinst, Alan«, sagt Mailin.

Es ärgert mich, wie Mailin so selbstverständlich in das Gespräch einsteigt, wie sie sich alle blendend mit Alan verstehen. Aber natürlich kann keiner von ihnen wissen, was er getan hat. Solange Isao nicht selbst über seine Nöte spricht, werde ich Stillschweigen bewahren.

»Nein, ich rede vom inneren Ich«, sagt Alan, »das man selbst gar nicht so gut kennen will. Viel lieber hätschelt und pflegt man eine Illusion von sich selbst.« Er malt ein kleines, flauschiges Schäfchen an die Tafel und schreibt »mein inneres Ich« darunter, was allgemeines Kichern auslöst. »Bei eurem Einsatz in Flore werdet ihr allerdings Seiten an euch entdecken, von denen ihr jetzt noch keine Ahnung habt.« Jetzt malt er Wölfe rings um das Schäfchen, ganz Rachen und spitze Zähne. »Einige dieser Seiten werden euch Angst einjagen, vielleicht sogar an den Abgrund führen. Aber sie gehören alle zu euch«, sagt er eindringlich. »Wir bestehen nun mal aus Gut und aus Böse, jeder von uns. Der Trick besteht darin, das zu akzeptieren und weitermachen zu können, wie diese Schiffe, die sich nach dem Kentern wieder selbst aufrichten und weiterfahren.«

Ich kann das alles – seine Reden, seine Zeichnungen, die faszinierten Gesichter der anderen – keinen Augenblick länger ertragen. »Ach ja«, sage ich laut. »So einfach ist das also deiner Meinung nach. Ich benehme mich wie ein Dreckskerl, und danach ist alles wieder gut.«

Während die anderen mir erstaunte Blicke zuwerfen, erhebe ich mich so abrupt, dass ich meinen Stuhl umstoße. »Erkenne dich selbst, Alan«, sage ich, bevor ich den Klassenraum verlasse und die Tür hinter mir zuschlage. Soll General Elias alles durch den Spiegel beobachten, es ist mir egal.

Die Tür geht auf. Alan kommt zu mir heraus. »Du scheinst ein Problem mit mir zu haben«, sagt er.

»Du hast mir versprochen, du hilfst Isao.«

»Das habe ich. Sein Bruder ist in einer modernen Einrichtung. Er wird dort rund um die Uhr versorgt, gegen die Langeweile gibt es Kurse in Basteln und Malen. Raoul wird sich schnell eingewöhnen und wohlfühlen.« Alan zieht seinen gelben Schal zurecht. »Wir haben Isao dummerweise ein paar Tage zu früh hingebracht, das ist alles.«

»Nein, das habt ihr nicht. Es war Absicht. Ihr wolltet Isao endgültig brechen.« Ich sehe in Alans argloses, hübsches Gesicht. Am liebsten würde ich zuschlagen, damit er endlich kapiert, was er getan hat. »Niemals hätte ich das von dir geglaubt.«

»Du darfst die Dinge nicht persönlich nehmen«, entgegnet Alan. »Wir können euch alle wirklich gut leiden, auch Isao. Aber wir dürfen keine Schwachstelle im Projekt zulassen. Isaos Bruder war ein Problem, wir haben es gelöst. So einfach ist das.«

Ich nicke langsam. »Ja«, sage ich. »So einfach ist das. Erzähl du mir nie wieder etwas über Freiheit oder Fairness.«

Als er zurück im Klassenraum ist, lehne ich mich gegen die Wand. Meine Wut ist verpufft; es bleibt mir der bittere Nachgeschmack, von einem Freund betrogen worden zu sein.

Wann immer es möglich ist, treffen Mailin und ich uns abends auf der Veranda des kleinen, alten Hauses, das von Trainer LeBron tagsüber als Spielwiese missbraucht wird. Nach wie vor fühlen wir uns fehl am Platz, aber wir haben keine Wahl.

Dort reden wir. Dort halten wir uns an den Händen. Dort küssen wir uns.

»Du bist der Erste, in den ich mich verliebt habe.« Mailin sagt es feierlich und verwundert. Bei ihr klingt es wie: »Das ist der erste Schnee, den ich in meinem Leben sehe.« Oder: »Jetzt habe ich zum ersten Mal die Sonate fehlerfrei gespielt.«

»Du bist auch die Erste, in die ich verliebt bin«, sage ich und muss über ihr ernsthaftes Gesicht lächeln. »Das ist doch kein schlechtes Gefühl, oder?«

»Nein, es ist schön«, sagt sie geradeheraus. »Aber ich wünschte, es wäre nicht hier passiert, nicht jetzt. Es ist alles so schwierig.«

Sanft berührt sie meine Wange, über die sich quer ein Striemen zieht. Der Ast, den Isao heute beim Morgenlauf auf mich zurückschnalzen ließ, hatte die Wirkung eines Peitschenhiebs.

»Was sagst du, Ärztin?«

»Dass Isao ein kompletter Idiot ist. Das hätte dich das Auge kosten können.«

Ich sage ihr nicht, dass Isao es vermutlich genau darauf angelegt hatte, als ausgleichende Gerechtigkeit. Noch immer kennt keiner der anderen seine Geschichte, auch Mailin nicht. Solange Isao nicht selbst darüber spricht, werde ich die Sache für mich behalten. Unter keinen Umständen will ich Isao noch einmal verraten.

»Weißt du was?«, sage ich zu Mailin. »Ich will jetzt nicht an Isao denken.«

»Woran dann?«

»Ich will überhaupt nicht denken«, sage ich und ziehe sie an mich.

Während wir uns küssen, streichle ich mit beiden Händen sanft über ihren Rücken. Die ganze Mailin fühlt sich himmlisch an, ich kann nicht genug von ihr bekommen.

»Ich muss gehen«, murmelt sie. Schnell halte ich sie fester. »Noch nicht.«

»Doch.« Mailin löst sich aus meiner Umarmung. »Stell dir vor, sie bekommen es mit. Trainer LeBron würde keine Gelegenheit auslassen, uns vorzuführen.«

Ich ziehe eine Grimasse. »Er würde mir einen Apfel auf den Kopf legen, und du müsstest ihn herunterschießen.«

Mailin lacht. »Hättest du etwa Angst?«

»Und ob. Auch wenn du die beste Schützin der Welt bist, meine Nase möchte ich gerne behalten.«

»Ist ja auch wirklich eine hübsche Nase.« Mailin küsst mich auf die Nasenspitze. »Dann bis bald, Tamaso.«

»Bis bald, Mailin.« Ich bleibe auf der Veranda sitzen und lasse die letzte halbe Stunde Revue passieren, jeden beglückenden Augenblick. Erst als der Pfiff zur Bettruhe ertönt, mache ich mich auf den Rückweg.

Trainer LeBron und mit ihm sämtliche Trainer und Wächter sind mir egal. Isao darf nichts von unserer Liebe merken. Er wäre imstande, Mailin wehzutun, nur um mich zu treffen.

10

Wir warten aufgereiht in der Augusthitze.

Für den besonderen Anlass haben sie uns neue Kleidung ausgeteilt: Hellblaue Röcke und Hosen, dazu rote Krawatten und dunkelblaue Blazer. So stehen wir da, sauber, diszipliniert und adrett, zwanzig perfekte Musterschüler.

Während sich die Minuten dehnen, zähle ich die Gitterstäbe durch. Ich hasse diesen Zaun seit fast einem halben Jahr, aber noch nie habe ich mich so sehr wie ein Tier in der Falle gefühlt.

»Was für ein wichtiger Tag«, ruft General Elias, als der erste Wagen auf den Parkplatz rollt. »Ein Tag, der sich eurem Gedächtnis einprägen wird, das verspreche ich euch.«

Keiner von uns spricht ein Wort. Wir stehen still in der Reihe und sehen zu, wie ein Wagen nach dem anderen auf den Parkplatz fährt. Bei jedem coronischen Ehepaar, das aussteigt, durchfährt es mich: Sind sie es? Bitte nicht!

Den ankommenden Paaren scheint es nicht viel anders zu gehen. Alle lächeln, aber ihre Blicke flattern unruhig über unsere Gesichter. So lange, bis General Elias Klarheit schafft, indem er einen von uns aus der Reihe holt und dem Paar wie ein Geschenkpaket präsentiert: »Herrschaften, Ihre Tochter.« »Darf ich vorstellen? Ihr Sohn.«

Wieder öffnen sich Autotüren, ein Paar steigt aus. Sie trägt pinkfarbene Rüschen am Ausschnitt und ein winziges Hündchen auf dem Arm. Er ist einen ganzen Kopf größer als seine Frau, mit silberner Weste und Fliege unterm Doppelkinn. Ich kreuze die Finger: *Bitte, ihr guten Götter, nicht sie!* General Elias schüttelt den beiden die Hand und spricht kurz mit ihnen. Dann winkt er Mailin aus der Reihe.

Ich beobachte ihr Gesicht, das ich mittlerweile so gut kenne. Vor Anspannung ist sie noch blasser als sonst, ihr Muttermal hebt sich schwarz von ihrer linken Wange ab. Mailin beißt auf ihre Unterlippe, sie blutet bereits, und ich möchte ihr sagen, dass sie damit aufhören soll, dass es irgendwie vorübergehen wird. Gleichzeitig fühle ich ohnmächtige Wut: Mit welchem Recht tun sie uns das hier an?

Ich blicke Mailin hinterher, wie sie schmal und sehr aufrecht zwischen dem Paar zum See hinunterläuft. Als ich den Griff von General Elias spüre, erstarre ich. »Herrschaften, darf ich vorstellen: Ihr Sohn.«

Für einen Moment bin ich völlig überrumpelt. Ich rieche ein süßes, blumiges Parfüm, starre auf türkisen Seidenstoff und goldene Knöpfe auf einem marineblauen Jackett.

Wie in einer Luftblase, in der die Bilder langsam hereinschweben, erweitert sich mein Blickfeld. Goldknöpfe und Jackett gehören zu einem dunkelhaarigen Mann, das türkise Seidenkleid zu einer Frau mit schulterlangen brünetten Haaren. Sie sehen viel normaler aus als das Ehepaar, das Mailin im Schlepptau hat, doch das tröstet mich im Augenblick wenig.

General Elias verstärkt seinen Griff. »Nun, Tamaso?«

»Guten Tag, ehrenwerte Fremde.« Die höfliche Formel rutscht mir heraus, bevor ich nachdenken kann. »Hatten Sie eine angenehme Fahrt hierher?«

Der Mann greift nach meiner Hand und schüttelt sie. »Mein Junge, du kannst dir nicht vorstellen, was dieser Augenblick für uns bedeutet.« Auch die Frau gibt mir die Hand, ihre Finger sind trotz der Hitze eiskalt. »Guten Tag, Tamaso.«

»Sehr schön.« Zufrieden mit der ersten Kontaktaufnahme klopft General Elias mir auf die Schulter. An das Ehepaar gewandt sagt er: »Lassen Sie sich von Tamaso zum See führen. Dort haben Sie die Möglichkeit, Ihren Sohn ganz in Ruhe kennenzulernen.«

Rund um den See haben sie Sitzgruppen aufgebaut: Zwanzigmal sitzt eine einzelne Gestalt mit blauem Blazer und roter Krawatte einem coronischen Ehepaar gegenüber. Das heißt, die Zwillinge sind natürlich zu zweit, und ich beneide sie glühend darum.

Ich halte nach keinem der anderen Ausschau, nicht einmal nach Mailin. Stattdessen bohre ich die Finger in die Handflächen und bete, dass es schnell vorübergehen möge.

Die Frau beugt sich ein wenig in ihrem Sessel vor. »Es ist für uns alle nicht leicht, glaube ich.« Sie sagt es leise, fast bittend. »Lass es uns einfach versuchen. Wir erzählen dir ein wenig von uns, ja?«

Kurze Zeit später weiß ich, dass der Mann Lüftungsanlagen für Fabriken verkauft und die Frau reiche Coroner beim Einrichten ihrer Häuser berät. Um irgendetwas zu sagen, frage ich den Mann, wie die Lüftungsanlagen aufgebaut sind. »Glaub mir, mein Junge, ich kann stundenlang über Luftfilter, Druckwächter, Ventilatoren und Brandschutzklappen reden. Aber wie das Zeug genau funktioniert, nun, ehrlich gesagt, keine Ahnung.« Der Mann hebt entschuldigend die Hände. »Ich bin nur der Verkäufer. Aber ich weiß natürlich, was für ein begabter Techniker du bist. Das Talent hast du wohl schon als kleines Kind gezeigt.«

Der Blick der Frau bleibt an meinem Oberschenkel hängen. »Als du damals mit dem Messer abgerutscht bist, haben wir uns große Sorgen gemacht.«

Die Narbe an meinem Bein. Ich habe sie mir mit acht Jahren zugezogen, als ich zusammen mit den Nachbarjungen einen Baumstamm am Fluss zu einem Kanu aushöhlen wollte. *Und sie wissen davon.*

»Wir haben immer Anteil an deinem Leben genommen«, sagt der Mann. »Soweit dies eben möglich war. Viel haben sie uns nicht wissen lassen, all die Jahre.«

Wer hat sie über mich informiert? Meine Eltern? Jemand anderes, der mich überwacht hat? Ich kann mich nicht überwinden, danach zu fragen.

»Als du in der ersten Schulklasse warst, haben sie uns eine Zeichnung von dir geschickt«, sagt die Frau. »Ein Flugzeug. Ich hebe es noch immer auf.«

Wir drei sehen uns an. Ich erkenne mich in den grauen Augen des Mannes, in den brünetten Haaren der Frau. Es ist die reine Qual: Diese Fremden haben nichts mit mir zu tun.

»Hast du hier im Camp schon Freunde gefunden?«, fragt der Mann.

Ich kann nur nicken. Meine Kehle ist wie zugeschnürt. *Lass es bitte vorübergehen!*

Der Mann hat die Hand der Frau genommen, als müssten sie sich gegenseitig Mut zusprechen. Beide blicken über den See, zu den bunten Flecken der anderen Gesprächsgruppen.

»General Elias hält dieses Treffen für sehr wichtig«, sagt die Frau. »Damit eure Bindung an Corona noch stärker wird.«

»Und damit du weißt, dass du nicht allein bist«, fährt der Mann fort. »Wir werden nach deinem Einsatz für dich da sein. Und wir werden unglaublich stolz auf dich sein.«

»Wir haben viel nachzuholen«, sagt die Frau. In ihren Augen stehen Tränen. »Sechzehn Jahre sind eine lange Zeit.«

Ich zwinge mich zu reden. »Haben Sie noch mehr Kinder?«

»Nein«, sagt der Mann. »Du bist unser einziger Sohn.« Er wirft seiner Frau einen Blick zu. »Möchtest du vielleicht unseren Familiennamen wissen?«

»Du kannst natürlich selbst entscheiden, wie du dich nennen möchtest«, sagt die Frau schnell. »Du sollst nur wissen, dass wir uns sehr freuen würden, wenn du irgendwann unseren Familiennamen tragen würdest. Und da ist noch etwas …« Mit der Zungenspitze befeuchtet sie sich die Lippen. »Wir hatten ursprünglich einen anderen Namen als Tamaso ausgewählt. Wenn du ihn später einmal annehmen willst, vielleicht als zweiten Namen, wäre das sehr schön.«

Die Veranstaltung ist zu Ende. Auf dem Parkplatz schlagen die Autotüren. Viele Paare sind bereits fort, doch neben einem großen blauen Wagen stehen der Mann und die Frau, die meine Eltern sind, mit einem anderen Ehepaar zusammen. Die Hecke verbirgt mich. Ich will nicht lauschen, dennoch bleibe ich stehen.

»… so sehr Parmaner. General Elias hat versprochen, es würde sich hier im Camp schnell geben.«

»Wir müssen abwarten. Meiner Ansicht nach lässt General Elias die Zügel zu locker, das Camp hier ist noch zu sehr Spielwiese. Nach ihrem Einsatz werden sie andere sein.«

»Ich stimme Ihnen zu. Ein Militäreinsatz bringt mehr als tausend Stunden Theorie.«

»Sie haben gute Anlagen, daran glaube ich felsenfest.«

»Natürlich haben sie das. Sie sind unser Fleisch und Blut, nicht wahr?«

Ich gebe mir keine Mühe, die Stimmen zuzuordnen.

Beim Abendessen stehen wir alle mehr oder weniger unter Schock. Keiner hat Appetit, nur Zachary vertilgt dreifache Portionen, obwohl man ihm ansehen kann, dass er geweint hat. Wo immer sich sein Kummer auswirkt, der Magen ist es nicht.

Wie üblich nehmen es die Zwillinge am leichtesten. »Musstest du unbedingt *damit* anfangen, Bruder?«, fragt Silvan kopfschüttelnd.

»Sie wollten wissen, wo wir nicht gleich sind«, verteidigt sich Kester. »Und es ist nun mal *das* und nichts anderes. Ein Zentimeter Unterschied, mindestens.«

»Ich glaube, das Schlimmste für sie war, dass es uns gleich zweimal gibt.«

»Du hättest ihnen nicht erzählen müssen, dass sie uns zu Hause im Dorf immer nur die doppelte Pest genannt haben.«

»Warum nicht? Diese Pappkameraden sollen ruhig wissen, was sie sich da eingehandelt haben.«

»Schluss jetzt.« Der Chefwächter klopft mit dem Schuhabsatz gegen die Wand. Nach dem halben Jahr ist im Putz eine tiefe Rille zu sehen. »Auf der Stelle unterlasst ihr die beleidigenden Äußerungen.«

»Haben Sie Eltern?«, fragt ihn Kester.

Der Chefwächter kämpft mit sich, ob er eine so persönliche Frage beantworten soll. »Sie sind bereits tot«, sagt er knapp.

»Dann lassen Sie sich von uns neue schenken«, ruft Kester und breitet die Arme aus. »Wir haben zwanzig mal zwei überflüssige Exemplare übrig. Bedienen Sie sich, Sie haben die freie Auswahl!«

In Camp Mi gibt es kein Briefpapier, also blättere ich durch meinen Schulungsblock, bis ich zwischen *Dienstboten in Flore: Verhaltensregeln* und *Grundlagen der Bespitzelung* ein unbeschriebenes Blatt finde.

Ich schreibe auf Parmanisch einen Brief, der niemals ankommen wird.

Liebe Mutter und lieber Vater,

Kein Wort werde ich vom heutigen Tag erzählen, und auch nichts vom Leben im Camp. Mailin möchte ich ihnen irgendwann vorstellen wie einen Schatz, den man aus der Ferne mitbringt. Schon jetzt freue ich mich auf das Lächeln meines Vaters, wenn er sie sieht.

Stattdessen will ich von den Dingen erzählen, an die ich mich erinnere. Das Rauschen unseres Flusses. Die weißen Gardinen vor meinem Fenster, die sich im Wind bauschen. Mein Vater, der bei Sonnenuntergang angelt. Meine Mutter in einem grünen Sommerkleid. Meine kleinen Brüder, die am Flussufer Sandburgen bauen. Der Geruch von Maiskuchen im Ofen: fünf für die Götter, fünf für uns. So viele Szenen, Bilder, Wörter steigen in mir auf, dass ich die Augen schließen muss. Nichts davon ist spektakulär, aber alles zusammen macht unsere Familie aus.

Wenn wir uns wirklich nicht wiedersehen, sollen sie wissen, dass ich mich an all das erinnere, immer erinnern werde. Sie sollen wissen, dass ich gerne ihr Sohn, ihr Bruder war. Ich wünsche mir, dass ich jetzt irgendetwas von ihnen in der Hand halten könnte: ein Tuch. Einen Ring. Eine Murmel.

Liebe Mutter und lieber Vater,

Ich habe kein einziges Wort geschrieben. Stattdessen trete ich ans Fenster und zeichne mit dem Finger unser Ladenschild an den Nachthimmel: eine Geige, und darunter: Familie Kabun, Musikalienhandel.

Im Traum stehe ich vor dem Ladenschild.

Als ich eintrete, klingelt die Glocke, doch mein Vater blickt nicht auf. Er steht am Ladentisch und redet mit einer Frau, deren Gesicht ich nicht erkennen kann. »Immerfort bekommen wir Fälschungen«, beschwert er sich. »Das nimmt wirklich überhand.«

Zum Beweis zeigt er der Frau eine Geige. Sie zerbröselt unter seinen Händen, als wäre sie aus gepresster Pappe. »Wie soll man darauf spielen? Das ist keine Geige, nur Leim und Dreck.« Er hebt den Kopf und wirft mir einen bösen Blick zu. »Sehen Sie ihn da? Auch er ist eine Fälschung, nichts weiter.«

Ich strecke meine Hand nach ihm aus. Meine Fingerspitzen bröckeln ab wie Torf. Wo der Knochen sein müsste, ragt ein Stück verrosteter Draht heraus. »Es stimmt«, sage ich verzweifelt. »Aber hier drinnen bin ich doch echt.« Ich lege meine zerstörte Hand auf mein Herz.

»Lügner«, sagt mein Vater. »Betrüger.«

Und als wäre ich nicht mehr als eine kaputte Pauke, schiebt er seine Hand in mein Innerstes und holt eine Handvoll Sägespäne heraus. Ich warte auf den Schmerz, aber ich fühle nichts, nur unendliche Traurigkeit.

»Vater«, stammle ich und spüre, wie dabei selbst meine Zunge zu Staub zerfällt. »Vater …«

»Psst.« Jemand berührt mich an der Schulter, und ich fahre hoch. Silvan steht an meinem Bett und hält den Finger an den Mund: »Sie sind die schlechten Träume nicht wert, keiner von ihnen.«

»Wie du sie beim Abendessen genannt hast – Pappkameraden, das trifft es genau«, murmle ich, noch halb vom Traum umfangen. »Sie wollen uns Fälschungen als echte Eltern unterjubeln.«

»Und die echten Eltern liebst du.« Silvans Stimme hat einen merkwürdigen Unterton.

»Ja, schon.« Gerade heute habe ich gelernt, wie sehr. »Du nicht?«

Silvan verzieht das Gesicht. »Bestimmt nicht. Unsere Eltern in Parman sind nicht besser als die Bande von heute Nachmittag«, flüstert er. »Doppelte Pest – sie waren es, die uns so genannt haben, nicht die Nachbarn. Als wir kleiner waren und uns nicht wehren konnten, haben sie uns hart rangenommen. Und jetzt, da wir sie endlich am ausgestreckten Arm baumeln lassen könnten, landen wir hier. Pech.« Er zuckt die Schultern. »Wahrscheinlich ist das der Grund, warum wir den Irrsinn hier leichter wegstecken. Wir haben nicht so viel Heimweh wie ihr.«

»Ihr seid zu zweit.«

»Klar.« Silvan wirft einen Blick auf seinen schlafenden Bruder. »Wenn es Kester nicht gäbe, müsste ich ihn mir erfinden. Drück uns die Daumen, dass sie uns nicht einzeln nach Flore schicken.«

Die Idee ist mir bis jetzt nicht gekommen. »Das glaube ich nicht«, flüstere ich. »Sie werden es ausnutzen, dass ihr euch füreinander ausgeben könnt.«

»Dein Wort in den Ohren der Götter.« Silvan gähnt. »Und jetzt, du begnadeter Vivid-Techniker, nutze deine Fähigkeiten und verwandle sämtliche Coroner in Schafsköpfe. Dann kannst du vielleicht besser schlafen.«

Im Innenhof sind Tische zu einer langen Tafel zusammengestellt und mit coronischen Flaggen bedeckt. Zwanzig goldene Kronen auf Indigoblau, hinter denen sämtliche Offiziere und Trainer des Camps versammelt sind, in ihrer Mitte General Elias. Direkt neben dem General sitzt Trainer LeBron; sein Gesicht ist gerötet, als hätte sein Abendessen aus Hochprozentigem bestanden. Alan zwei Plätze weiter winkt uns lächelnd zu und zeigt mit dem Daumen nach oben. Isao und ich sind die Einzigen, die sein Winken nicht erwidern.

Die Wächter haben uns in der üblichen Zweierreihe vor der Tafel Aufstellung nehmen lassen. Jetzt, Ende September, ist die Abendluft schon kühl, der scheinbar unbesiegbare Sommer auf dem Rückzug. Ich sehe, wie Mailin in der Reihe vor mir zusammenschaudert, am liebsten würde ich sie vor aller Augen in den Arm nehmen.

Nach dem Absingen der coronischen Hymne ergreift General Elias das Wort. »Rekruten«, sagt er. »Eure Ausbildung in Camp Mi ist nun beendet. Deshalb will ich euch heute Abend eine Frage stellen, eine wirklich wichtige Frage, und die Antwort darauf wird für eure Zukunft entscheidend sein. Die Frage lautet: Wer seid ihr jetzt?«

Er sieht uns erwartungsvoll an, und wir brauchen keine Fantasie, um zu wissen, was er hören will: dass er es geschafft hat, uns in Coroner zu verwandeln, in glühende Patrioten, in gut ausgebildete Kämpfer und Spione, begierig darauf, uns im Einsatz zu beweisen.

»Ich würde sagen«, antwortet Kester nach einigem Zögern, »wir sind jetzt die perfekten Insassen von Camp Mi.«

Die Gesichtszüge des Generals erschlaffen ein wenig, das ist definitiv nicht die Antwort, die er im Sinn hatte. Aber es trifft die Wahrheit wie nichts anderes. Die täglichen Routinen, das Lernen, den Sport, den Drill, die Zumutungen, den Zaun, Trainer LeBron: wir haben alles verinnerlicht. Wir sind die perfekten Insassen von Camp Mi.

»Dann«, sagt General Elias, »wird es höchste Zeit für euch, über die Grenzen des Camps hinauszublicken. Anfang nächster Woche werdet ihr nach Flore aufbrechen.«

Da ist er, der Moment, den wir fürchten, den wir paradoxerweise auch herbeisehnen, damit das Camp und die Ungewissheit endlich ein Ende finden. Schon lange hören wir General Elias bei den patriotischen Schulungen nicht mehr zu – jetzt hängen wir an seinen Lippen. Und der General badet förmlich in unserer Aufmerksamkeit, während er uns die Details unseres Einsatzes erläutert.

Von Camp Mi aus werden sie uns nach Jamalia schaffen, einem Grenzstaat zu Flore, der zwar offiziell unabhängig, in Wahrheit aber längst ein florischer Vasallenstaat ist. Über eine der Dienstboten-Agenturen, die es dort zu Dutzenden gibt, werden wir mit falschen Papieren nach Flore eingeschleust.

Wir alle kommen in die Häuser hochrangiger florischer Militärs, die bei den Agenturen Dienstboten aus Parman angefordert haben. Kein Parmaner geht freiwillig in das Land hinter der Mauer, wenn ihn die Not nicht dazu zwingt, deshalb übersteigt die Nachfrage aus Flore das Angebot bei Weitem. General Elias und seine Offiziere hatten die freie Auswahl, wohin sie uns schicken.

»Nach außen werdet ihr einfach nur ganz normale Parmaner im Ausland sein: unauffällig, höflich, stets dienstbeflissen«, erklärt der General. »Doch im Inneren brennt ihr wie Fackeln für euren Mimikry-Auftrag.«

Kairi hebt die Hand. »Ich kann mir diesen Auftrag immer noch nicht vorstellen«, sagt sie. »Was genau werden wir tun müssen?«

»An euren Einsatzorten beschafft ihr Informationen, die von höchstem Wert für unseren Geheimdienst sind«, erklärt der General. »Ihr arbeitet direkt in den Häusern der Mächtigen, daher habt ihr fantastische Möglichkeiten. Genau dafür wurde Projekt Mimikry entwickelt.«

»Aber woher wissen wir, welche Informationen wichtig sind?«, hakt Kairi noch einmal nach.

»Langsam, mein Kind«, sagt General Elias und entblößt seine falschen weißen Zähne. »Das letzte Wort haben die Leader vor Ort.«

Diese Leader, erklärt er uns weiter, sind erfahrene coronische Agenten, Männer und Frauen, die über ganz Flore verstreut in sorgfältig aufgebauten Scheinexistenzen leben. Egal, wo wir eingesetzt werden, einer von ihnen wird uns erwarten und anleiten.

»Jeden Befehl eures Leaders werdet ihr blind befolgen. Er oder sie ist eure Lebensversicherung, vergesst das niemals.«

Ein halbes Jahr sind wir in Camp Mi und hören jetzt zum ersten Mal von diesen Leadern. Ich bin unschlüssig, was ich davon halten soll: Einerseits werden wir in Flore froh um jede Hilfe sein, aber wenn wir Pech haben, dreht uns dort ein neuer Schleifer durch die Mühle.

»Ihr habt doch nicht etwa geglaubt, dass wir euch mitten im Feindesland allein aussetzen«, sagt General Elias. »Unsere Aufgabe hier im Camp war es, euch perfekt vorzubereiten, die Sache der Leader ist es nun, euch vor Ort anzuleiten und die konkreten Aufträge zuzuteilen.«

Isao hebt die Hand. »Wenn der Leader einen Fehler macht«, fragt er auf seine übliche mürrische Art, »darf ich den Befehl dann verweigern?«

Bevor General Elias zu einer Antwort ansetzen kann, steht neben ihm Trainer LeBron auf. »Selten so eine dämliche Frage gehört«, raunzt er Isao an. »Dein Leader macht keinen Fehler. Wenn du ihm nicht gehorchst, wird er dich töten. So sind die Regeln an der Front.«

Jetzt hebt Kester die Hand. »Verzeihung, Trainer LeBron, aber waren Sie je dort?«, fragt er höflich. »An der Front, meine ich.«

Trainer LeBron stiert ihn an. »Nein, war ich nicht. Ja, grinst jetzt ruhig, ihr alle«, knurrt er mit einem verächtlichen Blick auf uns. »Aber mein Job hier im Camp war es, euch aufs Überleben zu trimmen. Und diesen Job habe ich ernst genommen, auch ohne Fronteinsatz.«

»Und dafür hat Trainer LeBron einen Sonderapplaus verdient«, ruft General Elias überschwenglich.

Applaus für die Idee, uns Insekten und Würmer essen zu lassen. Applaus für die qualvollen Stunden, in denen wir uns gegenseitig Stromstöße verabreichen mussten. Applaus für die Nacht, die wir hockend in einer Baumkrone verbrachten. Applaus für die unerschöpfliche Fantasie, mit der sich der Schleifer seine sadistischen Spielchen für uns ausdachte.

Keiner von uns rührt einen Finger, lediglich die Offiziere und Trainer an den Tischen klatschen. Der Schleifer grinst schief und setzt sich wieder hin.

Ich atme tief durch, dann hebe ich die Hand. General Elias nickt mir zu. »Ja, Tamaso?«

Doch ich stelle meine Frage nicht ihm, sondern Trainer LeBron.

»Wie viele von uns werden den Einsatz in Flore voraussichtlich überleben?«

»Nun, ihr seid die ersten Rekruten von Projekt Mimikry. Wir haben keinerlei Vergleichswerte«, sagt General Elias.

»Erfahrungsgemäß wird ein Viertel von euch auf der Strecke bleiben«, sagt Trainer LeBron in sein Reden hinein.

Im Hof ist es jetzt so still, dass man die Zikaden in der Wüste schrillen hört. General Elias blinzelt irritiert, wie ein Junge, den man gerade bei einer faustdicken Lüge ertappt hat.

Da steht Alan auf. »Die Zahl, die euch Trainer LeBron gerade genannt hat, bezieht sich auf junge Soldaten, die zum ersten Mal an die Front geschickt werden«, sagt er. »Euer Einsatz hat damit nichts zu tun, ihr seid keine aktiven Kämpfer. Die Leader vor Ort werden alles tun, um euch schützen. Ich bin mir jedenfalls sicher, dass ich jeden von euch auf der großen Heimkehrerparty begrüßen werde, und das schon in ein oder zwei Jahren, spätestens in drei. Hey, Freunde, was ist das schon?« Alan reißt den Arm hoch, er strahlt uns alle an. »Danach geht die Post ab, danach gehört euch die Welt, wie ich es euch versprochen habe!«

Wie er da steht, vor Zuversicht strotzend, kommt mir der Gedanke, wie gut sie als Team funkionieren: Trainer LeBron, Alan und der General. All die Wochen im Camp hat der Schleifer unsere geballte Wut auf sich gelenkt. Alan wiederum war der Freigeist, der Widerständler, und damit quasi automatisch unser Freund und Vertrauter. Hier der Böse, da der Gute, dazwischen unantastbar die weiße Figur des Generals: Ich frage mich ernsthaft, ob die Psychotrainer das so ausgetüftelt haben.

General Elias, glücklich darüber, dass Alan die gefährliche Klippe umschifft hat, kommt nun auf unsere konkreten Einsatzorte zu sprechen.

Allein zehn von uns werden in die Hauptstadt gehen, als Übersetzer, als Armeeschreiber oder als Angestellte in Offiziershaushalte. Vier weitere Rekruten werden in den Norden Flores geschickt, in die Nähe riesiger Fabriken, »ihr werdet helfen herauszufinden, was dort wirklich hergestellt wird.«

»Kommen wir zur nächsten Anforderung«, sagt der General. Plötzlich ist er glänzend aufgelegt, wie einer, der gleich ein fantastisches Geheimnis lüften kann. »Sie kommt aus dem Süden von Flore, aus Heiman. Was fällt euch zu dieser Stadt ein?«

Heiman. Wir alle haben denselben Gedanken, aber Sinay spricht ihn als Erste aus. »Marschall Utuk.«

»Und wenn ich euch jetzt sage, dass wir eine Anfrage direkt aus seinem Haushalt haben?« Der General reibt sich die Hände wie nach einem gelungenen Coup. »Das ist pures Glück, ein Volltreffer für Projekt Mimikry. Der zweitmächtigste Mann in Flore gleich nach dem Obersten Führer hat einen Mechaniker angefordert, und er wird ihn von uns frei Haus geliefert bekommen.«

Erwartungsvoll blickt er in die Runde. Um mich herum wird geflüstert, es ist wieder wie an meinem letzten Schultag, als der Groschen gemeinsam bei mir und bei meinen Mitschülern fiel. »Tamaso.« »Es ist Tamaso.« »Er wird der Mechaniker sein.«

Der General nickt mir gewichtig zu. »In Marschall Utuks Haus wirst du im Zentrum der Macht sein, im Herzen des Bösen. Das ist eine große Aufgabe, Tamaso.« Seine Stimme wird ganz tief und volltönend. »Ich will ganz offen zu dir sein: Die Sporttrainer halten dich bestenfalls für Durchschnitt. Trainer LeBron hat erhebliche Zweifel an deiner mentalen Stärke. Aber deine Geschicklichkeit wiegt in diesem Fall alles auf.«

Er wartet auf meine Reaktion. Soll ich jetzt jubeln? Mich für den Auftrag bedanken, der mich das Leben kosten kann?

»Ich werde mir Mühe geben«, murmle ich verlegen.

»Natürlich wirst du das, mein Junge.« Der General platzt fast vor Wohlwollen. »Nachdem der Auftrag in Heiman von außerordentlicher Wichtigkeit ist, werden die fünf restlichen Rekruten alle in Tamasos Nähe eingesetzt.« Er liest von seiner Liste ab. »Nach Heiman gehen also neben Tamaso die Rekruten Isao, Mailin, Kairi, Kester und Silvan.«

Mailin dreht sich um und nickt mir kurz zu – dann aber fange ich Isaos Blick auf, so wütend und hasserfüllt, dass ich zusammenzucke. Ist er jetzt vielleicht auch noch eifersüchtig, weil ich in das Haus dieses Marschalls komme und er nur zu meiner Unterstützung eingeteilt ist? Er weiß doch genau, dass ich keine Wahl habe, dass keiner von uns eine Wahl hat.

»Was sagst du, Tamaso?«, fragt der General. »Fünf deiner Freunde werden dich nach Heiman begleiten, das muss dir doch gefallen.«

Dann erklärt er uns noch, dass wir auf gar keinen Fall Kontakt zueinander aufnehmen dürfen, ehe unser Leader es anordnet. Und dass dieser Leader, der uns in Heiman anleiten wird, einer der besten coronischen Agenten überhaupt ist, der seine Tarnidentität seit mehr als zwanzig Jahren aufrechterhält.

»Und wo finden wir den Leader?«, fragt Kairi.

»Er findet euch. Ihr dürft unter keinen Umständen selbst aktiv werden und ihn suchen. Der Leader allein weiß, wann der richtige Zeitpunkt gekommen ist.«

Ich kann nur hoffen, dass der General damit Recht hat. Mit etwas anderem irrt er sich jedenfalls: Es werden nicht fünf, sondern nur drei Freunde mit mir nach Heiman gehen. Die beiden anderen sind mein Mädchen, das ich liebe, und mein Feind, der mich hasst.

Die Stunde der Wahrheit ist zu Ende. Wir haben Fragen gestellt und endlich Antworten darauf bekommen. Alles ist besprochen, hinter den Tischen scharren die Offiziere und Trainer bereits unruhig mit den Füßen, da hebt der General noch einmal die Hand.

»Ein letzter Punkt noch, Rekruten.« Er wechselt einen Blick mit Alan, der irgendwie bedrückt wirkt. »Ich weiß, dass ihr alle großartige junge Menschen seid. Aber gerade weil ihr so jung seid, seid ihr auch empfänglich für manche *falschen* Einfälle.« Der General lehnt sich zurück und mustert uns, Gesicht für Gesicht. »Sollte zum Beispiel einer von euch auf die absurde Idee kommen, während des Einsatzes in Flore *davonlaufen* zu wollen, für den wird diese Unvernunft weitreichende Konsequenzen haben. Wir finden euch, wo immer ihr euch verkriechen werdet. Vor allen Dingen aber finden wir die, an denen euch etwas liegt.«

All das tut der General kund, ohne sein mildes Großvaterlächeln zu verlieren. Es ist gespenstisch. »Wenn ihr wissen wollt, wovon ich rede, fragt Isao oder Tamaso. Verlasst euch darauf, wir treffen jeden von euch da, wo es richtig wehtut.«

Er hält kurz inne, dann schüttelt er lächelnd den Kopf. »Aber wer will in diesem wunderbaren Moment an derart hässliche Dinge denken? Ich sende euch nun aus zu eurer Mission, und ganz Corona wird euch zujubeln, wenn ihr siegreich zurückkehrt. Gott segne euch Rekruten und das Projekt Mimikry. Gott segne Corona!«

Zweiter Teil
Flore

11

Die Mauer von Flore ist über tausend Kilometer lang und wird von vierundzwanzig Toren durchbrochen. Jeder, der ins Land möchte, muss eines dieser Tore passieren – es sei denn, er will sich über die himmelhohen Bergketten kämpfen, die Flore nach Westen und Süden begrenzen, mit dem Risiko, jederzeit von florischen Grenztruppen erschossen zu werden.

Die lichte Höhe der Mauer beträgt sechzehn Meter. Der untere Teil, die sogenannte erste Mauer, besteht aus uralten behauenen Granitsteinen und wurde von Heerscharen von Leibeigenen erbaut. Darüber ragen zehn Meter glatte graue Betonwand, errichtet von neuen Zwangsarbeitern, die zu Abertausenden aus den unterworfenen Provinzen zusammengetrieben wurden.

All das habe ich in Camp Mi gelernt. Aber nichts davon hat mich auf den realen Anblick vorbereitet: Als ich jetzt über die schnurgerade Landstraße auf die Mauer zufahre und ihre tatsächliche Größe erkenne, raubt es mir den Atem.

Vorgestern haben zwei Schleuser mich nach tagelanger Autofahrt in Jamalia abgesetzt, einem Land, das in Form einer langgestreckten Erdnuss im Osten an das viel größere Flore angrenzt. Formal noch eigenständig, wird Jamalia in Wahrheit längst von Flore kontrolliert und ausgebeutet – ein Schicksal, das es mit einer ganzen Reihe anderer Länder teilt, von den offiziell unterworfenen florischen Provinzen einmal ganz abgesehen. Kein Wunder, dass die Weltmacht Corona mit ihren zweiunddreißig Zacken zunehmend nervös wird.

Die beiden Schleuser haben mich mit meiner Werkzeugtasche in einem kleinen jamalischen Grenzstädtchen aussteigen lassen, etwa zwanzig Kilometer von der florischen Mauer entfernt. Um keinen Verdacht zu erregen, musste ich wie andere parmanische Gastarbeiter meine Weiterreise nach Flore selbst regeln, was sich als denkbar einfach herausstellte: Die Lastwagenfahrer, die ihre Fracht nach Flore bringen, nehmen nur allzu gerne zahlende Passagiere mit. So sitze ich jetzt auf einer zugigen Ladefläche, den Rücken an Holzfässer gelehnt, das Aroma von eingelegten Gurken und Kohlköpfen in der Nase. Der Lastwagen vor uns transportiert Eisenstäbe, der hinter uns große, weiße Milchziegen. Ihr Meckern übertönt sogar den Krach der Motoren.

Im Moment bewegen wir uns in einer schier endlosen Reihe von Lastwagen auf das Grenztor zu: eine Riesenschlange, die beschlossen hat, sich durch ein Mauseloch zu quetschen.

Während ich eine Frau beobachte, die mit einem Bauchladen voller Äpfel und Zigaretten von Fahrer zu Fahrer wandert, denke ich an die anderen und überlege, ob sie vielleicht schon in Heiman angekommen sind. Jeder von uns wird an einem anderen Tag und über ein anderes Grenztor eingeschmuggelt. Genau wie ich werden auch Mailin, Kairi und Isao in den Häusern hoher Militärs arbeiten, von denen allerdings keiner auch nur annähernd den Rang von Marschall Utuk besitzt. Die Zwillinge dagegen haben eine zivile Anstellung als Sekretäre bei einem Waffenhändler, der bei der Dienstboten-Agentur ausdrücklich männliche Zwillinge angefordert hat. »Bestimmt ist der Kerl ein gefährlicher Irrer«, hat Silvan beim Aufbruch gemeint. »Aber ich könnte ihn trotzdem küssen.«

Ich strecke die Beine aus und sehe den Wolken zu, wie sie völlig unbeeindruckt über die Mauer segeln. Ein halbes Jahr lang war ich hinter dem Gitterzaun von Camp Mi eingesperrt, jetzt könnte ich einfach von der Ladefläche springen, keiner würde mich aufhalten. Es ist nur die verfluchte Angst, die mich verharren lässt. *Wir treffen euch da, wo es richtig wehtut. Wir finden die, an denen euch etwas liegt.*

Innerhalb weniger Tage könnten die Coroner die Existenz meiner Familie zerstören, meine Eltern in den Ruin treiben, meine kleinen Brüder ins Kinderheim stecken.

Als die Schleuser mich abgesetzt hatten, habe ich entgegen meinen Befehlen nicht sofort nach einem Fahrer mit Reiseziel Flore gesucht. Stattdessen bin ich eine Stunde lang kreuz und quer über das riesige Areal gelaufen, auf dem Lastwagen aus aller Herren Länder beladen wurden.

Den Brief hielt ich übergabebereit in der Tasche. Es war nur ein kurzer Gruß an meine Eltern, ein Lebenszeichen, ohne jede verräterische Angabe. Ein kleiner Zettel, den ein Fahrer problemlos nach Parman hätte mitnehmen können.

Viele Fahrer nickten mir freundlich zu, aber ich wagte nicht, sie nach ihrem Fahrtziel zu fragen. Je länger meine unerlaubte Suche dauerte, desto größer wurde meine Angst, an den Falschen zu geraten, an jemanden, der mich umgehend an die Coroner verraten würde, mit katastrophalen Folgen für meine Familie. Am Ende habe ich den Brief in die Müllgrube geworfen, zu verrosteten Autoteilen und fauligen Äpfeln.

General Elias hat ganze Arbeit geleistet. Ich trage mein Gefängnis im Kopf.

Zehn Lastwagen trennen uns noch vom Grenzübergang. Nun erkenne ich auch die florischen Grenzsoldaten in ihren blauen Uniformen, von denen es am Tor nur so wimmelt. Ihre Mienen unter den Helmen sind finster, der Tonfall barsch, ihr Vorgehen gnadenlos gründlich: Zwei Soldaten knöpfen sich den Fahrer vor, vier weitere durchsuchen die jeweilige Ladung.

Automatisch tastet meine Hand nach dem gefälschten Pass in meiner Hemdtasche. Mein neuer Name steht darin: *Tamaso Noti*. Der Name ist gut gewählt, nachdem in Parman Hunderte von

Familien Noti heißen. Unter keinen Umständen darf der Name meiner Eltern in die Sache hineingezogen werden.

Wenn sie mich jetzt sehen könnten, auf diesem Lieferwagen zwischen den Gemüsefässern, unterwegs in das gefürchtete Reich hinter der Mauer! Erkennen würden sie mich jedenfalls gleich, da ich das Hemd und die Hose von meinem Schulabschluss trage. Die Sachen sind mir zu weit, nur an den Schenkeln und Oberarmen liegt der Stoff an. Anscheinend habe ich durch das Training in Camp Mi doch einige Muskeln aufgebaut.

Von der Ladefläche aus beobachte ich, wie die Florer den Lastwagen vor uns auseinandernehmen. Vorne neben dem Führerhaus weist der Fahrer seine Papiere vor und verneigt sich dabei unterwürfig, hinten klettern die Soldaten auf die Ladung mit den Eisenstangen. Noch die kleinsten Hohlräume beleuchten sie mit Taschenlampen und stoßen mit ihren Knüppeln hinein. Vor ihnen könnte sich nicht einmal ein Eichhörnchen verbergen.

Die Eisenstangen dürfen passieren, wir sind an der Reihe. Während mein Fahrer mit den florischen Soldaten redet und dabei auf mich zeigt, klopft mir das Herz bis zum Hals. Ich habe Angst, verdächtig zu wirken – aber wenn ich jetzt schon zittere, wie soll ich dann je im Haus von Marschall Utuk bestehen? Ich denke an die Zwillinge, die ihre Grenzkontrolle garantiert mit einem lässigen Grinsen hinter sich bringen, und atme tief durch.

Vier Soldaten kommen zu mir auf die Ladefläche hoch. Ihre Pistolen tragen sie am Gürtel, die Knüppel in der Hand.

»Papiere!«

»Ehrenwerte Fremde, bitte sehr.« Meine ersten Wörter in florischer Sprache klingen ziemlich abgehackt, kein Wunder nach sechs Monaten Corona-Kaugummi. Aber es tut gut, wieder auf parmanische Art höflich sein zu dürfen.

Ein Soldat studiert meinen falschen Pass und den echten Arbeitsvertrag, der mich als Mechaniker im Haushalt von Marschall Utuk ausweist. Ein zweiter prüft penibel den Inhalt meiner Werkzeugtasche, die von den Coronern extra aus Parman herbeigeschafft wurde. Nichts darf auch nur den leisesten Verdacht erregen.

Inzwischen öffnen die anderen Soldaten der Reihe nach die Fässer der Ladung und rühren den Inhalt mit ihren Knüppeln um. Der Geruch nach saurer Gurkenlake verstärkt sich.

Nach einigen angstvollen Minuten haben wir es überstanden. »Weiterfahren!«

Hinter der Mauer ist das Gelände mit Antennen und Abwehrkanonen förmlich gespickt. In regelmäßigen Abständen stehen blau gekleidete Militärs auf Aussichtsplattformen und suchen den Himmel mit Ferngläsern ab. So wie es aussieht, kommt nicht einmal eine Fliege unbemerkt über die Mauer von Flore.

Zielstrebig und unbeirrt rollt der Lastwagen mit mir in das Reich des Bösen hinein. Als ich mich noch einmal umdrehe, ist die Mauer ein graues Band und das Tor bereits außer Sichtweite.

Obwohl es ein klarer, sonniger Oktobertag ist, kommt mir Flore merkwürdig farb- und konturlos vor. Die abgeernteten Getreidefelder ringsum sind bräunlich fahl, die niedrigen Häuser ebenso grau wie die Arbeitskleidung der Männer und Frauen, die am Straßenrand stehen und uns nachblicken. Nur die herbstlichen Wälder bringen Rot- und Gelbtöne in die Welt, und die Feuer, die überall auf den Feldern abgebrannt werden. Es riecht nach verbranntem Stroh und nach gebratenen Kartoffeln, ein appetitlicher Geruch, der mich in meiner Tasche wühlen lässt.

Nachdem wir bei der Einreise hundertprozentige Parmaner sein mussten, durften wir dem Küchenteam von Camp Mi zum ersten und einzigen Mal Vorschläge machen. Mit dem Ergebnis, dass unsere Proviantdosen mit Aalpasteten, Krabbenomeletts, Reiskroketten und Spinatkuchen gefüllt wurden – und ich mich beherrschen musste, um nicht schon in den ersten Stunden alles aufzuessen.

Jetzt, nach fast zwei Tagen, ist von den ganzen Herrlichkeiten nur noch eine kleine zerdrückte Pastete übrig. Während ich hineinbeiße, taucht am Horizont eine schroff gezackte Hügelreihe auf, ein grün-grauer Drachenkamm vor dem blauen Herbsthimmel. Es ist ein herrlicher Tag, um zu reisen, und mit dem Geschmack von Fisch und Curry auf der Zunge überkommt mich eine trügerische Illusion von Freiheit. Ich stelle mir vor, einfach immer weiter zu fahren, wohin ich nur will, so wie jetzt mit dem Wind um die Nase, ohne Mimikry-Auftrag, ohne Drohung und Gefängnis im Kopf. Und ich gebe mir selbst das Versprechen, dass ich genau das eines Tages tun werde, zusammen mit Mailin.

Als der Lastwagen den ersten größeren Ort erreicht, schwindet mein Hochgefühl. Ich kann nicht einmal entscheiden, ob es sich um eine richtige Stadt oder einen Militärstützpunkt handelt: Viele Menschen in den Straßen tragen blaue Uniformen und bewegen sich mit militärisch-zackigem Selbstbewusstsein. Diejenigen, die es nicht tun, stecken in armseligen grauen Kitteln und verrichten niedrige Arbeiten, sie kehren die Straßen oder ziehen beladene Handkarren hinter sich her. Die Häuser entlang der Straße – oder sind es Kasernen? – wirken trist und gleichförmig mit ihren Fassaden aus grauen Steinquadern und den verrammelten Fenstern. Nirgendwo kann ich eine Spur von sorglosem Leben entdecken; obwohl der Tag doch so schön ist und die Luft so mild, spielen keine Kinder auf der Straße, keine alten Leute sitzen in der Sonne und sehen der Zeit beim Vergehen zu. In den Vorgärten wachsen keine Blumen, dafür Rüben und Kohlköpfe in Reih und Glied.

Auf einem zentralen Platz fallen mir zum ersten Mal die meterhohen pilzförmigen Lautsprecher auf. Blecherne Musik dröhnt aus ihnen, dann plärrt eine Stimme: *»Der Oberste Führer informiert sein* *geliebtes Volk. Das diesjährige Ernte-Soll ist noch nicht erfüllt. Damit hat die florische Bauernschaft ihren Anteil am Wohl der Nation noch zu leisten. In der Provinz Negeno kam es nach der Ernennung des neuen florischen Gouverneurs zu Tumulten. Vierzehn Unruhestifter wurden verhaftet und hingerichtet. Die Vorbereitungen zur Parade ›Flore im Morgenrot‹ sind in vollem Gange. Unsere siegreiche Armee wird …«*

Die Stimme verhallt hinter mir, als der Lastwagen in die nächste Straße einbiegt.

Auf der Weiterfahrt entdecke ich die Lautsprecherpilze überall im Land. Sie beschallen scheinbar wahllos Straßen und Plätze, Barackenhöfe und Fabrikhallen, in den Dörfern sogar die Viehweiden und Misthaufen. Müsste ich sie zählen, ich käme auf Tausende.

Drei Stunden später bin ich müde und frustriert vom Schauen. Alles in Flore erscheint mir grau und gesichtslos: die Städte und Dörfer, die kargen Felder, die Kasernen und Fabriken, die leeren Straßen, auf denen nur selten einmal ein anderer Lastwagen oder ein Transportfahrzeug des Militärs unterwegs ist. Die Frauen und Männer in den Ortschaften sind entweder Soldaten oder ärmliche Tagelöhner, Kinder habe ich noch keine entdecken können. Jeder neue Eindruck passt zu den Fakten über Flore, die wir in Camp Mi auswendig lernen mussten. Dass die Florer schon die kleinen Kinder von zu Hause fortholen und in Militärschulen kasernieren. Dass der Reichtum, der Flore durch seine Provinzen zufällt, nur der Armee zugutekommt und der Rest der Bevölkerung in absurder Armut gehalten wird. Dass die Florer sich mit Haut und Haaren dem Kampf und dem Krieg verschrieben haben.

Vielleicht stimmt sogar General Elias Behauptung, dass sie erst Ruhe geben werden, wenn sie über die ganze Welt herrschen. Oder ein für alle Mal besiegt werden.

In der letzten halben Stunde hat sich die Straße kurvenreich durch hügeliges Land gewunden; jetzt, nach einer letzten Anhöhe, läuft sie in einem lang gestreckten Flusstal aus. Als die ersten Häuser einer größeren Ansiedlung sichtbar werden, streckt der Fahrer seine Hand aus dem Seitenfenster und zeigt mit dem Daumen nach oben: Wir haben Heiman erreicht.

Die Stadt breitet sich im gesamten Tal und noch dazu rechts und links auf den Hängen aus, sie ist größer als alle anderen Städte, die ich unterwegs gesehen habe. Der Fluss, der Heimans zentrale Achse bildet, führt das Wilde und Schroffe der Berge mit sich: Das klare Wasser schäumt über graue Granitblöcke, fällt über ausgewaschene Felsen jäh in die Tiefe. Er ist das Gegenteil von unserem ruhigen, grünen Fluss zu Hause, dennoch gefällt er mir.

An einer Brücke hält der Fahrer an und schiebt seinen Kopf durch das Seitenfenster. Erst redet er Unverständliches auf Jamalisch, dann in gebrochenem Florisch: »Hier Ziel, bitte. Absteigen, bitte.«

Ich nehme meine Tasche und springe von der Ladefläche herunter. »Das Haus von Marschall Utuk?«, frage ich. »Kennen Sie es?«

Der Fahrer klopft gegen sein Lenkrad. »Nicht weiß. Weiterfahren. Liefern. In Flore ist Wissen nicht gut.«

Doch das Haus von Marschall Utuk ist anscheinend kein Geheimnis. Schon der erste Straßenkehrer, den ich frage, zeigt mir bereitwillig den Weg.

Dann stehe ich davor und staune. Das Haus von Marschall Utuk ist eine Residenz, ein Herrschaftsgebäude, wie ich es unterwegs noch nicht gesehen habe. Düster und respekteinflößend erhebt es sich hinter akkurat beschnittenen Hecken und Blumenrabatten. Die Mitte mit dem Eingangsportal wird von einer flachen Kuppel gekrönt, rechts und links schließen sich niedrigere Seitenflügel mit einer beeindruckenden Anzahl von Fenstern an.

Auf einem breiten Balkon direkt über dem Portal steht ein Dutzend blau gekleideter Soldaten, die ihre Gewehre über der Schulter tragen und das Geschehen auf der Straße genau im Auge behalten.

Ein junger Parmaner in verknitterter Festtagskleidung gehört offensichtlich nicht in ihr Feindschema. Keiner ruft mich an, als ich mit meiner Werkzeugtasche über der Schulter den gepflegten Vorplatz überquere und schließlich unschlüssig vor den Stufen des Portals stehenbleibe.

»Nanu? Was für ein Geist weht uns da ins Haus?« Die Stimme kommt aus den Büschen seitlich von mir. Gleich darauf taucht ein alter Mann in einem grauen Arbeitsanzug auf. »Du riechst nach der Ferne. Woher kommst du?«

Für einen Moment schlägt mein Herz höher. Ist der Alte vielleicht der Leader, der mich hier vor der Höhle des Löwen abfängt? Dann sehe ich seine milchigen Augen, den Blick ins Leere: Der Mann ist blind.

»Da ist doch jemand.« Der Blinde wittert meinen Geruch wie ein Hund. »Hast du keinen Mund?«

»Doch, ehrenwerter Fremder. Ich bin der neue Mechaniker, aus Parman.«

»Parman, ach ja.« Die Stimme des Alten klingt so sehnsüchtig, dass ich ihn genauer ansehe. Aber er ist so grau und kahl und so völlig ohne charakteristischen Eigenschaften, dass ich ihn in keinem Land unterbringen kann. »Verzeihung, stammen Sie vielleicht auch aus Parman?«

»Nein.« Der Blinde lächelt zutraulich. »Aber ich bin Gärtner und habe die Angewohnheit, mir von den Pflanzen der fremden Länder erzählen zu lassen. In deinem Land glaubt man noch an die guten Götter. Ihre Statuen stehen in heiligen Hainen, im Schatten hoher Buchen und Zedern. Die Menschen legen bunte Bänder vor sie hin und gelbe Butterblumen, von denen es heißt, sie seien die Nahrung der Götter. Wie gerne würde ich das einmal sehen.« Er wendet den Kopf hierhin und dahin. »Bist du noch da, mein Freund?«

Ich bringe kein Wort heraus. Der blinde Gärtner hat bis ins kleinste Detail den Schrein unserer Stadtgötter geschildert. Er kann mein Gesicht nicht sehen, daher weiß er nicht, was er mir antut.

»Du bist neu, also musst du dich an die Hausdame wenden, Frau Lu«, sagt der Gärtner.

»Und wo finde ich Frau Lu?«

»Höre ich da meinen Namen?« Die Frau erscheint so plötzlich, als habe sie hinter dem Portal auf ihren Einsatz gewartet. »Wer braucht mich?«

Ein blinder Gärtner? Frau Lu? Warum stehen sie alle hier zu meinem Empfang bereit? Jäh und unerwartet steigt Panik in mir auf: »Traut nichts und niemandem! Flore ist der Wohnsitz des Teufels, vergesst das niemals!«

Dann vergeht der Moment, und ich sehe nichts als eine kleine, grau gekleidete Frau, die einen riesigen Schlüsselbund wie eine Trophäe am Gürtel trägt und mich auf eine Weise anblickt, dass ich an unsere Lehrerin Frau Jong denken muss. »Bist du der neue Mechaniker?«

Ich verneige mich. »Ja, ehrenwerte Frau Lu.«

»Er ist noch ein halbes Kind«, sagt die Hausdame kopfschüttelnd zum Gärtner gewandt. »Ich weiß nicht, was diese Dienstbotenvermittler sich denken.«

»Ist er als Mechaniker gut, spielt sein Alter keine Rolle«, meint der Blinde. »Und ist er schlecht, auch nicht.«

Er gluckst in sich hinein, während Frau Lu die Augen verdreht. »Komm mit mir, Junge.«

12

Hinter Frau Lu betrete ich eine hohe Eingangshalle. Das Licht fällt schräg durch die Fenster und malt Streifenmuster auf den dunklen Holzfußboden. An den Wänden stehen geschnitzte Schränke und Truhen mit gusseisernen Beschlägen. Eine breite, herrschaftliche Granittreppe führt hinauf zu den oberen Stockwerken; hinter ihr scheint irgendwo die Küche zu liegen, von dort schlägt mir ein intensiver Geruch nach Holzfeuer und Essen entgegen. Doch Frau Lu führt mich als Erstes nach rechts, einen Korridor entlang und mehrere Stufen hinab zu einem Seitentrakt, »das Dienstbotenquartier«, erklärt sie mir. Hier gibt es eine Reihe von kleinen und kleinsten Zimmerchen, und vor dem allerkleinsten, so kommt es mir vor, macht sie halt. »Das ist deine Kammer, Mechaniker. Zufrieden?«

Der Raum bietet gerade mal Platz für ein handtuchschmales Bett und eine Kommode mit Krug und Waschschüssel. »Ja, danke sehr.«

Frau Lu macht eine einladende Geste. »Stell deine Tasche ruhig hier ab. Im Haus von Marschall Utuk wagt niemand zu stehlen.«

An das Dienstbotenquartier schließen sich weitere Wirtschafts- und Lagerräume an. Frau Lu öffnet die Tür zu einer größeren Kammer, in der auf langen Holzregalen Kleidung gestapelt ist, Kleidung in drei Farben: Grau, blau und rot. »Hier bekommst du deine Diensttracht.«

Nach der Zeit in Camp Mi war es ein Hochgefühl, endlich wieder parmanische Kleidung zu tragen. Ich will nicht, dass das kurze Glück schon vorbei ist. »Verzeihung, kann ich vielleicht meine eigenen Sachen anbehalten?«

»Nein, das ist nicht erlaubt. Du musst dasselbe tragen wie alle

Domestiken.« Frau Lu mustert mich mit zusammengekniffenen Augen, um meine Größe einzuschätzen. Dann holt sie eine graue Garnitur vom Brett: weite Hosen mit Kordelverschluss und einen geknöpften Kittel. »Zieh dich hier gleich um. Und gib mir deine Sachen.«

Während Frau Lu mein Hemd und meine Hose entgegennimmt, erinnert mich ihr Gesichtsausdruck an eine zufriedene Katze. Ich kann mir gut vorstellen, dass sie meine Sachen auf dem nächsten Markt verkauft.

Der zerknitterte graue Stoff sieht aus wie Elefantenhaut. »Frau Lu, könnte ich vielleicht einen blauen oder roten Kittel bekommen?«

»Aber nein«, sagt Frau Lu entschieden. »Die Bediensteten des Hauses müssen Grau tragen. Blau ist für die Armee reserviert. Und Rot …«, Sie zögert, verzieht das Gesicht. Dann sagt sie: »Glaub mir, mein Junge, du willst in diesem Haus kein Rot tragen.«

Frau Lu wirft einen Blick auf ihre Armbanduhr, die ebenso auffällig groß ist wie ihr Schlüsselbund. »Wir gehen jetzt zusammen in den Speisesaal. Dort werde ich dich der Herrschaft vorstellen.« Mein Erschrecken ist mir wohl anzusehen, denn Frau Lu meint tröstend: »Das geht schnell vorüber. Danach gibt es Essen.«

Während sie mich durch die Halle in den linken Seitenflügel des Hauses führt, frage ich: »Frau Lu, sind Sie aus Flore?«

Sie schüttelt den Kopf. »Aus Jamalia. Aber ich bin jetzt schon viele Jahre hier in diesem Haushalt. Inzwischen habe ich eine sehr gute Stellung.« Der Stolz, mit dem sie das sagt, passt nicht zu den Gräuelgeschichten über die Florer. Doch ich darf keine vorschnellen Schlüsse ziehen.

Mit klopfendem Herzen folge ich Frau Lu in einen hohen, weiten Saal. Die Wände sind mit Ranken, Vögeln und Blumen bemalt und strahlen eine Heiterkeit aus, die mir in Flore bisher noch nicht begegnet ist. Gut möglich, dass hier früher einmal ein Ballsaal war, ein Ort voller Lachen, Zauber und Musik. Jetzt ist es ein Ort des florischen Militärs. An drei langen, parallel gestellten Tafeln sitzen Soldaten, Männer und Frauen, alle in denselben blauen Armeejacken mit dem Sternenband auf den Schulterklappen, das sie als Offiziere der florischen Armee auszeichnet.

Frau Lu führt mich an den mittleren Tisch, dem einzigen, an dem neben den ganzen Uniformierten auch zwei Menschen in Zivil sitzen: ein junger, etwas dicklicher Mann in schwarzem Jackett, der mit seinen wirren Haaren und den weichen Gesichtszügen den größtmöglichen Kontrast zu den umsitzenden Offizieren bildet, und – neben ihm – eine dunkelhaarige Frau in einem maisgelben Kleid. Ich denke noch, um wie viel schöner und lebendiger als jede der Armeefrauen sie aussieht; dann aber wird mein Blick wie magisch von dem kleinen Mann in Uniform angezogen, der neben ihr sitzt. Von seiner Schläfe bis zu seinem herrischen Mund zieht sich eine Narbe, die seine rechte Gesichtshälfte wie gespalten wirken lässt. Ich weiß, dass sich diese Narbe unter den Haaren verborgen weit über den halben Kopf fortsetzen muss. Ich weiß auch, dass die grauenvolle Wunde dazu von einer Machete geschlagen wurde, mit der verzweifelte Häftlinge sich bei einer Gefängnisrevolte vor zwölf Jahren die Freiheit erkämpfen wollten. All das habe ich in Camp Mi gelernt.

Noch am selben Tag mussten achthundert Häftlinge die Attacke mit dem Leben bezahlen. Der Verwundete selbst rang monatelang mit dem Tod, bis er ihn am Ende doch besiegen konnte. In den folgenden Jahren stieg er unaufhaltsam in der Militärhierarchie auf, um schließlich vor vier Jahren Chef des Geheimdienstes und der Polizei und damit endgültig zum zweitwichtigsten Mann in Flore zu werden, gleich nach dem Obersten Führer. Vor mir sitzt Marschall Utuk, auf den ich angesetzt bin. Er ist mein Ziel, mein

Opfer, das meiner Mimikry-Tarnung auf den Leim gehen soll. Die Vorstellung ist so absurd und beängstigend, dass mir der Atem stockt.

Neben mir verneigt Frau Lu sich routiniert vor dem Marschall und der Dame im maisgelben Kleid. »Gnädiger Herr Utuk, gnädige Frau Utuk, der neue Domestike aus Parman ist eingetroffen«, sagt sie und schiebt mich dabei nach vorne. »Der Mechaniker.«

Frau Utuk sagt etwas, das ich nicht höre – ich nehme nur Marschall Utuk wahr. Sein Blick nagelt mich fest, er scheint sich in mein Innerstes zu bohren. Während er mich mustert, beginnt mein Herz zu flattern. Hat der Marschall vielleicht einen sechsten Sinn? Kann er spüren, wen er sich da ins Haus holt? In Gedanken rufe ich mein Protego-Netz herbei, kühle Violinsaiten, die meine Miene beruhigen und still halten sollen. Funktioniert es? Vielleicht, aber dafür schwitze ich, und meine Hände bewegen sich ohne mein Zutun. Mein ganzer Körper ist ein einziger großer Verräter.

Nach einer gefühlten Ewigkeit wendet sich Marschall Utuk seiner Frau zu. »Was denkst du, meine Liebe? Wird er für eure Zwecke taugen?«

Frau Utuk ist schätzungsweise so alt wie meine Mutter. Ihr Gesicht ist noch glatt und schön, auch wenn ein bitterer Zug um ihren Mund liegt. Ihre dunklen Haare trägt sie hochgesteckt, mit silbernen Haarklammern, die die Form von Vögeln haben.

»Das kann ich erst in ein paar Tagen sagen«, antwortet sie, dabei sieht sie ihren Ehemann nicht an.

»Dann wollen wir das Beste hoffen«, sagt er lächelnd. »Für euch und für ihn.«

Eine der uniformierten Frauen lehnt sich nach vorne. »Ich wünsche Ihnen von Herzen, Frau Utuk, dass der Junge ein brauchbares Werkzeug abgibt«, sagt sie. »Und unser hoch geschätzter Rix wird sicher dafür sorgen, dass das kleine Werkzeug immer gut geschmiert und geölt ist, habe ich Recht?« Lachend hebt sie ihr Glas und prostet dem jüngeren Mann im schwarzen Jackett zu.

Was immer sie da zu ihm gesagt hat, es macht ihn fuchsteufelswild. Seine Augen blitzen, er hat die Hände zu Fäusten geballt. Doch seine Antwort kommt vollendet höflich und gelassen: »Seien Sie versichert, Majorin Mo, wir werden uns in jeder Hinsicht die größte Mühe geben. Das sind wir unserer Gönnerin, Flores siegreicher Armee, mehr als schuldig.«

Majorin Mo – ich muss mich zusammenreißen, um die Offizierin mit den kurzen, grau melierten Haaren nicht allzu offensichtlich anzustarren. Wenn alles nach Plan verlaufen ist, hat Mailin gerade in ihrem Haus als Dienstmädchen angefangen.

Der junge Mann, den sie Rix genannt hat, ist also definitiv nicht bei der Armee. Und offenbar werde ich es als Mechaniker mit ihm zu tun bekommen, mit ihm und Frau Utuk. Noch kann ich mir keinen Reim auf all das machen.

Zum ersten Mal richtet Marschall Utuk das Wort direkt an mich. »Auch wenn du hauptsächlich meiner Frau zur Verfügung stehen wirst, wird von dir erwartet, dass du auch alle anderen anfallenden Reparaturen im Haus erledigst. Hast du das verstanden?«

Ich verneige mich. »Ja, gnädiger Herr Utuk.«

Damit ist die Audienz beendet. Frau Lu greift nach meinem Arm und führt mich in einen hinteren, etwas tiefer liegenden Teil des Saales, von dem aus mehrere Glastüren auf die Veranda und in den Garten gehen. Auf dem Boden davor sitzen die schätzungsweise zwanzig Domestiken des Hauses auf einer großen, ovalen Strohmatte, wie Hunde neben ihren Herren. Beim Anblick der grauen kauernden Gestalten muss ich plötzlich an Mailins Erzählung denken: *Ich kannte eine Frau, die in Flore Dienst tat. All die Jahre hat sie sich gefühlt wie ein Haustier.* Immerhin kann ich von dem Platz, den Frau Lu mir auf dem Fußboden anweist, hinaus in den Garten sehen. Auf der Wiese verbrennen vier Männer Laub; in einem von ihnen erkenne ich den blinden Gärtner von heute Nachmittag wieder. Rauch steigt von den schwelenden Haufen auf und verliert sich vor dem tintenblauen Abendhimmel, an dem schon eine blasse Mondsichel steht.

Zwei weitere Dienstmädchen bringen das Essen herein. An den Tischen der Offiziere werden die verschiedensten Platten und Schüsseln aufgetragen, auf unsere Matte dagegen kommt nur eine einzige, allerdings sehr große Schüssel, die von den Dienstmädchen nur gemeinsam getragen werden kann. Es ist eine Art Eintopf in gelblicher Soße, ich identifiziere Pilze, Kartoffeln und Fleischstücke. Das Ganze riecht würzig und scharf, auf alle Fälle appetitlich.

Teller gibt es nicht, also nehme ich wie die anderen meinen Löffel zur Hand und bediene mich direkt aus der Schüssel. Kaum habe ich den ersten Bissen im Mund, da wird mein Gaumen förmlich weggesprengt. Meine Kehle lodert, meine Zunge steht in Flammen, verzweifelt ringe ich nach Luft.

Um mich herum grinsen und glucksen die anderen Dienstboten in sich hinein, und mir wird klar, dass sie auf genau diesen Moment gewartet haben.

»Trink von der Stutenmilch«, sagt Frau Lu und reicht mir einen Becher. »Das hilft.«

Stutenmilch? Egal. Ohne nachzudenken leere ich den Becher mit tiefen Zügen. Um mich herum essen alle mit bestem Appetit, es ist mir unerklärlich. Ich warte ab, bis das schlimmste Brennen vorbei ist, dann probiere ich todesmutig noch einen Löffel. Wieder bleibt mir die Luft weg, Tränen laufen mir übers Gesicht. »Es tut mir leid«, krächze ich, »aber ich kann das nicht essen.«

Das Mitleid meiner Essensgenossen hält sich in Grenzen. »Dann musst du dich mit dem Obst begnügen.«

Mein erstes Abendessen in Flore besteht aus einem Becher Stutenmilch und zwei Äpfeln. Später liege ich in meiner winzigen Kammer und denke an Mailin, die jetzt ebenfalls hier in Heiman in einem fremden Bett schläft. Ohne den Leader ist uns jeder Kontakt zueinander streng verboten, dennoch nehme ich es als gutes Zeichen, dass ich mit dieser Majorin eine erste Verbindung zu Mailin habe. Vielleicht ist ihr Haus ganz in der Nähe, überlege ich noch und schicke Mailin einen Kuss, bevor ich endgültig einschlafe.

Als ich am nächsten Morgen aufwache, suche ich instinktiv die Betten der anderen. Doch ich bin allein, und die Erinnerung an den gestrigen Tag kehrt zurück. Ich ziehe die Wolldecke über die Brust und lasse meinen Blick über die kahlen Wände wandern. Die Kammer ist locker doppelt so hoch wie breit, ein Fenster in der Größe eines Schuhkartons ist so weit oben in der Wand eingelassen, dass ich nicht hinausblicken kann. Ein bisschen fühle ich mich wie ein Käfer in einer Schachtel.

Draußen auf dem Korridor höre ich jetzt ein rhythmisches Klopfen und den wiederkehrenden Ruf: »Alle aufstehen. Das Tagwerk beginnt.« Gleich darauf klopft es auch an meine Tür, und ich erkenne die Stimme von Frau Lu. »Aufstehen, Mechaniker! Viel Arbeit wartet auf dich.«

Ich wasche mich mit dem kaltem Wasser aus der Waschschüssel, dabei denke ich sehnsüchtig an die warmen Duschen in Camp Mi. Anschließend schlüpfe ich in die graue Domestikentracht, hänge mir meine Werkzeugtasche über die Schulter und verlasse die Kammer.

Wenn ich nicht bald etwas esse, kann ich meinen eigenen Schraubenzieher nicht mehr halten, also mache ich mich als Erstes auf die Suche nach der Küche. Wie ich es vermutet habe, liegt sie im Trakt hinter der großen Treppe: ein lang gestreckter, düsterer

Raum mit einer riesigen gemauerten Feuerstelle und geschwärzten Kupferkesseln an den Wänden. Obwohl der Strom im Haus von Marschall Utuk offensichtlich funktioniert – gestern Abend haben die Dienstmädchen elektrisches Licht eingeschaltet –, hantiert der Koch über offenem Herdfeuer. Als er mich entdeckt, entblößt er lächelnd große gelbe Zähne und deutet auf eine Bank. »Du willst essen?« Er schöpft aus einem Kessel und stellt eine irdene Schüssel neben mich. »Dann iss.«

In der Schüssel ist Suppe. Sie dampft und riecht nach Pfeffer und Kräutern. Vorsichtig koste ich: brennend scharf, natürlich.

Der Koch hat mich beobachtet. »Mild für uns, scharf für dich«, sagt er freundlich. »Du wirst dich daran gewöhnen.« Er nimmt mir die Schüssel wieder ab und gibt mir stattdessen ein großes Stück Brot und eine Schale Milch.

Hungrig beiße ich vom Brot ab und schnuppere beim Kauen in die Schale. »Ist das Stutenmilch?«

»Eselstute«, nickt der Koch. »Fett und sahnig. Die beste Milch der Welt.«

Ich sehe ihm zu, wie er mit einem Blasebalg die Flammen anfacht. Plötzlich stelle ich mir vor, wie ich hier in der Küche das Essen von Marschall Utuk vergifte. Die Mixturen der rothaarigen Trainerin können wir alle im Schlaf herstellen, die Zutaten finden sich überall in Flore. Vor mir sehe ich wieder die armen Meerschweinchen, wie sie alle innerhalb einer Minute verendeten. Wenn der Leader, dieser große Unbekannte, so etwas von mir verlangt – werde ich es tun?

»Was ist deine Aufgabe?«, fragt der Koch.

Ertappt zucke ich zusammen. »Was?«

Der Koch deutet auf meine Tasche. »Was ist deine Aufgabe?«, wiederholt er.

»Ich bin der neue Mechaniker.«

Seine Augen leuchten auf. »Du reparierst? Alles?«

In den nächsten Minuten durchwühlt er seine Schränke und Schubläden und häuft ein Gebirge aus zerbrochenen Zahnrädern, verhedderten Drähten, verbogenen Quirlen und stumpfen Raspeln vor mir auf. »Das ist alles schon lange, lange kaputt. Du wirst es reparieren, ja?«

Hilfesuchend hebe ich die Hände. »Langsam, bitte. Erst einmal musst du mir die Geräte erklären. Wozu dient zum Beispiel das hier?« Willkürlich greife ich etwas heraus, das wie eine Mischung aus Blumenpresse und Daumenschrauben aussieht.

»Das da? Das ist zum Häuten von Schlangen. Für Schlangensuppe«, erklärt der Koch, als ich ihn ungläubig ansehe. »Hier vorne klemmt man den Kopf ein, hier hinten den Schwanz. Aber die hintere Klemme ist kaputt, siehst du das?«

»Ich sehe es, ja.«

Während ich Holz rundfeile und Eisen geradehämmere, kommen andere Domestiken des Hauses herein. Sie schöpfen sich Suppe aus dem Kessel, setzen sich und sehen mir zu. Ihr Frühstück dauert keine zehn Minuten, dann bedanken sie sich beim Koch und gehen irgendwo in dem riesigen Haus oder im Garten an ihre Arbeit.

Irgendwann steckt Frau Lu den Kopf zur Tür herein. »Hier steckst du, Mechaniker! Die gnädige Frau Utuk hat schon vor einer ganzen Weile nach dir geschickt.«

Der Koch schiebt seinen Vorrat an kaputten Küchengeräten kurzerhand in eine Ecke. »Meine Schätze warten hier auf dich, Mechaniker«, sagt er. »Lass dich bald wieder sehen.«

Hinter Frau Lu steige ich die Treppe hinauf. Im ersten Stockwerk stehen überall blau gekleidete Soldaten vor den Türen. »Hier sind die Arbeitsräume von Marschall Utuk, wir sagen auch ›das Allerheiligste‹ dazu«, flüstert Frau Lu ehrfürchtig.

Das zweite Stockwerk wirkt auf den ersten Blick verlassen. Frau Lu deutet auf eine der dunklen Holztüren: »Geh da hinein. Und melde dich nur gleich bei der gnädigen Frau Utuk«, schärft sie mir ein.

Der Raum, den ich betrete, scheint eine Art Vorzimmer oder Garderobe zu sein. Hier hält sich niemand auf, doch aus einem angrenzenden Raum, dessen Flügeltüren nur angelehnt sind, kann ich Schritte und Stimmen hören. Dort drinnen muss ich mich melden, aber zuerst bleibe ich noch einen Augenblick stehen und bestaune die fantastischen Kostüme, die überall an den Wänden hängen. Ein Kleid scheint aus grünen Schuppen zu bestehen, das nächste aus blauen Wellen. Auf einem schwarzen Umhang lodern Feuerflammen. Mäntel schillern in allen Regenbogenfarben. Es gibt Gewänder aus Federn und Eisen, aus Goldplättchen und Lumpen.

Es könnten Theaterkostüme sein, allerdings für eine sehr merkwürdige Schauspielertruppe gefertigt. Manche können nur Zwergen passen, nicht größer als mein Unterarm, andere zwei Meter hohen Riesen. Ein Mantel ist breit wie ein Ochsengespann, der nächste so schmal und hoch wie eine Fahnenstange. Während ich noch versuche, mir einen Reim auf all die Merkwürdigkeiten zu machen, werden plötzlich die Flügeltüren zum Nebenraum aufgestoßen. Ich bin darauf gefasst, Frau Utuk zu sehen – doch was da jetzt in fließender, schlängelnder Bewegung auf mich zukommt, ist ein Albtraum. Ich kenne Schlangen vom Flussufer bei uns zu Hause, braune, unscheinbare Kreaturen, die blitzschnell im hohen Gras verschwinden. Aber das hier ist die Königin aller Schlangen: Ihr geschuppter Leib scheint aus reinem Silber zu bestehen, sie ist so herrlich, wie sie schrecklich ist. Die glühenden Schlangenaugen mit den senkrechten Pupillen fixieren mich, nageln mich fest.

»Fürchte Jezebel«, zischelt eine Stimme. »Geboren aus den fiebrigen Machtträumen des Alchemisten, geschaffen aus Silber und Hass, für immer in der Welt!«

Mit Püffen treibt die silberne Schlange mich vor sich her und auf die offene Flügeltür zu. Ich weiß, dass sie nicht echt sein kann: Ein Geschöpf wie dieses gibt es im Märchen oder im Traum, aber niemals in Wirklichkeit. Und doch löst ihr Anblick eine tief sitzende, abergläubische Angst in mir aus, die mich Hals über Kopf in den angrenzenden Saal fliehen lässt. Als ich die Zuschauer bemerke, die lachend die Szene beobachten, fühle ich mich endgültig wie ein Idiot.

»Rix, Marja, was soll der Unsinn?« An einem der Fenster steht Frau Utuk. Sie trägt dasselbe maisgelbe Kleid wie gestern Abend. »Der Junge ist unser neuer Mechaniker. Wenn ihr ihn zu Tode erschreckt, wird er uns kaum von Nutzen sein.«

Wie ein glänzender Blitz bäumt sich die Schlange noch einmal auf, dann sinkt sie zu Boden. Hinter ihr tauchen zwei schwarz vermummte Gestalten auf.

»Wenn der Junge uns etwas nutzen soll, müssen wir ihn so schnell wie möglich gegen jede Angst immunisieren«, sagt eine Männerstimme durch die schwarze Maske hindurch. »Außerdem kennst du uns, Mutter: Bei einem Neuling können wir nicht widerstehen.«

Mutter! Der junge Mann, der jetzt die schwarze Kopfbedeckung herunterzieht und sich durch die wirren Haare fährt, derselbe, der gestern Abend an der Tafel der Herrschaft saß und sich von Majorin Mo beleidigen lassen musste, ist der Sohn von Frau Utuk! Demzufolge wohl auch der Sohn von Marschall Utuk, aber warum ist er dann nicht Offizier bei der Armee?

Nun nimmt auch die zweite vermummte Gestalt ihre Kopfbedeckung ab. Sie entpuppt sich als jüngere Frau mit kurzen

Locken und einem recht hübschen Gesicht, das jetzt allerdings von der Anstrengung hochrot ist. »Ich bin nicht zufrieden, Herr Rix«, sagt sie ganz außer Atem, während sie über die silbernen Schuppen der Schlange streicht. »Jezebel bewegt sich noch lange nicht wie aus einem Guss. Ich bin einfach zu langsam.«

»Oder ich zu schnell«, sagt er. »Unser Prachtstück wird uns noch harte Arbeit kosten.«

»Dafür sind wir da«, sagt Frau Utuk ruhig.

Jetzt, da Jezebel gezähmt und harmlos vor mir liegt, kann ich die Führungsgriffe erkennen, den komplizierten Mechanismus, der sich hinter dem beweglichen Leib verbirgt. Die Schlangenkönigin ist eine Puppe, so schön und vollendet gearbeitet wie das kostbarste Musikinstrument.

Als ich mich jetzt zum ersten Mal umsehe, stockt mir der Atem: Der ganze große Saal ist *voller Puppen*. Sie hängen an Pfeilern, lehnen in den Fensternischen, lümmeln auf Bänken und Sofas: eine prächtige, unbekümmerte Gesellschaft, vor der die anwesenden Menschen unscheinbar und blass wirken.

Ich drehe den Kopf, kann mich schier nicht sattsehen. Je länger ich die Puppen betrachte, desto mehr fühle ich mich wie auf einem Fest, auf dem mir die merkwürdigsten Gäste vorgestellt werden: ein Riese mit wildem Blick und Zottelbart, der einen Zwerg auf der Schulter trägt. Ein Narr in Ketten. Ein riesiger Bär neben einem Adler mit ausgebreiteten Schwingen. Kahlköpfige Geier. Zwei junge, schöne Männer in Sternenmänteln, die sich einander ähneln wie Kester und Silvan. Ein Mann ganz in Schwarz, dessen Gesicht zu einer bösartigen Fratze erstarrt ist. Kostbar gekleidete Hofdamen, Bettler in Lumpen, Gaukler und Tänzer. Alle Puppen, ob Mensch oder Tier, scheinen nur darauf zu warten, zum Leben erweckt zu werden. Der hohe Saal mit den rot bespannten Wänden ist ihre Welt, die nur für sie gemacht ist. Hier können sie flanieren und Feste feiern, sich verlieben, sich duellieren, mit silbernen Schlangen kämpfen …

Doch noch sind sie zum Stillhalten gezwungen, im Moment bewegen sich im Raum nur die Menschen. Neben Frau Utuk, ihrem Sohn und seiner Mitspielerin Marja sind es zehn weitere Männer und Frauen, alle in schwarzen Overalls und Strohschuhen, die in einer lockeren Reihe stehen und auf Frau Utuks Befehle zu warten scheinen. Altersmäßig sind sie bunt gemischt, der älteste Mann mit seinem dichten, grauen Haarschopf ist bestimmt über sechzig. Ob sie alle Puppenspieler sind? Puppentheater in Flore, noch dazu im Haus von Marschall Utuk, kommt mir so passend vor wie eine Postkarte mit Grüßen aus Camp Mi.

Als der junge Herr Utuk an meine Seite tritt, beginne ich zu ahnen, warum er nicht zum allgegenwärtigen Militär gehört. Sein Körper im schwarzen Overall wirkt zwar kräftig, aber irgendwie verwachsen, außerdem zieht er den linken Fuß nach.

»Stell deine Tasche ab«, fordert er mich auf. Mit einer geübten Bewegung stemmt er die silberne Schlange wieder in die Höhe. »Jetzt nimm du sie!«

Überrumpelt weiche ich zurück. »Das kann ich nicht, gnädiger Herr Utuk.«

»Der gnädige Herr Utuk ist mein Vater«, sagt er. »Mich sprichst du mit Herr Rix an. Und jetzt nimm Jezebel mit beiden Händen, pack fest zu. Komm, mach schon.«

Gezwungenermaßen übernehme ich die Führungsgriffe von ihm und beginne augenblicklich zu taumeln. Die Schlange ist viel zu schwer für mich, ich habe keine Ahnung, mit welcher Technik man das Gewicht ausbalancieren kann – was denkt er sich nur dabei? Ich kann Jezebel nicht halten, aber auch nicht loslassen, sonst zerbricht womöglich ihr wunderbarer Leib. Mir bleibt keine andere Wahl, als mich nach hinten fallen zu lassen und dabei zu versuchen, den Sturz der Schlange mit meinem Körper abzupuffern. Es tut doppelt weh: zuerst die harte Landung auf dem Fußboden, dann das Gewicht der Schlange auf mir. Doch zum Glück höre ich kein krachendes oder zerberstendes Geräusch.

Mehrere Hände heben die Schlange von mir herunter. Als ich mich beschämt aufrapple, merke ich, dass alle im Raum mich ansehen, sogar Frau Utuk. Nicht spöttisch oder verächtlich – eher abwartend, interessiert. Als hätte irgendeine Art von Prüfung begonnen.

Frau Utuk winkt mich an einen Tisch: »Sieh dir das hier an, Mechaniker.«

Die kleine Holzmarionette, die sie vor mich hinlegt, ist im Vergleich zu den anderen Puppen ein grober Klotz. Ihr Hals ist gebrochen, ihr kugelrunder Kopf hängt schief an den verhedderten Schnüren. Sie sieht erbärmlich aus, wie ein Gehängter. »Kannst du das richten?«

»Ich kann es versuchen.« Aus meiner Werkzeugtasche hole ich Feilen und Zangen, einen Tiegel Leim. »Haben Sie Ersatzteile?«

»Natürlich.« Frau Utuk schiebt die Türen eines riesigen Wandschranks zur Seite, und mir bleibt der Mund offen stehen. Bisher hatte ich das Lager in unserem Musikalienladen für gut bestückt gehalten, die Fächer bis obenhin gefüllt mit Geigensaiten, Mundstücken, Membranen und Trommelhäuten. Doch hier gibt es locker die zehnfache Auswahl, von Schnüren unterschiedlicher Dicke über Holzklötzchen, Stangen, Wirbel, Scharniere und Gelenke bis zu den feinsten Häkchen und Schräubchen.

»Nimm dir, was du brauchst«, sagt Frau Utuk.

Es macht mich nervös, dass alle im Raum mich beobachten.

Als Erstes löse ich jede der zwölf Schnüre einzeln vom Spielkreuz, ziehe sie aus dem verwirrten Knäuel und binde sie sofort wieder an. Zu spät merke ich, dass es im Spielkreuz viel mehr als zwölf Löcher gibt. Meine Hände zittern leicht. Wenn ich die falschen Löcher erwische, wird die kleine Figur hinken wie der junge Herr Utuk, nein, wie *Herr Rix* – was vermutlich kein geglückter Einstand wäre. Nach den Schnüren nehme ich mir den gebrochenen Hals vor. Ein passendes Stück Holz auswählen, feilen und kleben: das Ganze dauert nicht länger als zehn Minuten. Dann richte ich mich auf: »Ich kann sie nicht führen. Aber sie ist heil, hoffe ich.«

Als die junge Frau mit den Locken, die Frau Utuk Marja genannt hat, das Führungskreuz hochnimmt, erwacht die kleine Holzmarionette zum Leben. Prüfend bewegt sie ihre Arme und Beine, springt in die Höhe, geht in die Knie. Am Ende klatscht sie vor Freude in ihre grob gearbeiteten Hände und wirft mir eine Kusshand zu.

Frau Utuk nickt mir zu. »Gut gemacht, Mechaniker.«

Doch meine Prüfung ist noch nicht zu Ende. Denn nun bringen sie mir eine andere Puppe, ungleich feiner und kostbarer: Es ist eine kleine Tänzerin, nicht höher als mein Unterarm. Staunend betrachte ich ihr Gewand aus Brokat und Spitzen, ihre filigranen Finger, ihr Porzellangesicht. Behutsam wird sie auf den Tisch gebettet wie ein menschlicher Patient. Ich denke an den Haufen kaputter Küchengeräte, den der Koch mir hingeschoben hat, und grinse ein wenig. Es ist nur Holz, Porzellan und Metall, das eine wie das andere.

»Kannst du *sie* auch richten?«, fragt Frau Utuk.

Vorsichtig nehme ich die federleichte Tänzerin in die Hand. Im Unterschied zur Holzpuppe besitzt sie weder Führungskreuz noch Schnüre. Dafür verschwinden zwei schlanke Stäbe aus Elfenbein in ihren Gewändern. »Wird sie damit geführt?«

»Ja, sie ist eine Stabpuppe«, bestätigt Frau Utuk. »Wenn sie wieder heil ist, ist sie beweglicher als jede Marionette.«

Ich untersuche die kostbare Puppe sorgfältig von allen Seiten.

Doch ich kann keine Beschädigung entdecken, nur Vollendung. »Was fehlt ihr?«

Frau Utuk schüttelt den Kopf. »Du bist der Arzt.«

Als ich die kleine Tänzerin entkleide, kommt es mir vor wie eine anzügliche Handlung. Die Puppenspieler beobachten mich genau; ich merke, wie ich rot werde, und ärgere mich darüber.

Der Puppenleib ist ein Hauch von Nichts und dabei komplizierter als ein Uhrwerk. Die Impulse der Führungsstangen werden von einem System aus Federn und fein verästelten Stangen weitergegeben, die buchstäblich bis in die Fingerspitzen der Puppe reichen. Auf Höhe ihrer Schultern sind zwei dieser Stangen gebrochen, vielleicht durch einen Sturz.

Ich blicke Frau Utuk an. »Ich glaube, ich weiß, was kaputt ist. Aber so feine Feilen besitze ich nicht.«

Sie nickt. »Besorge dir in der Stadt, was du brauchst.«

»Verzeihung bitte«, sagt jemand unterwürfig von der Tür her. Ein Diener in grauer Tracht steht dort. »Verzeihung«, sagt er noch einmal und verneigt sich. »Der Vorsteher des Kellers schickt nach dem Mechaniker.«

13

Einen Moment lang ist es still im Raum. Dann sagt Frau Utuk: »Das hat Vorrang. Geh.«

Ich will die kleine Tänzerin in ihrer hölzernen Nacktheit nicht so liegen lassen, deshalb breite ich ein Tuch über sie. Während ich meine Tasche zusammenpacke, herrscht eine merkwürdig angespannte Stimmung im Saal: Keiner der Puppenspieler bewegt sich, keiner sagt ein Wort. Und plötzlich weiß ich, woran mich ihr Schweigen, ihre hochgezogenen Schultern erinnern: Genauso haben wir im Camp an manchen Tagen auf Trainer LeBron gewartet. Was ich bei den Menschen hier spüre, ist Angst. Aber wovor fürchten sie sich?

Auf der Treppe frage ich den Diener: »Es gibt einen Keller hier?«

»Ja.«

»Was ist dort unten?«

»Nichts, worüber du und ich sprechen dürften«, antwortet der Diener gemessen. Er ist schon älter und hat seine grauen Haare zu einem dünnen Zopf geflochten.

Ich glaube, seinen Akzent zu erkennen. »Du stammst aus der Jenisei, habe ich Recht?«, frage ich ihn in seiner eigenen Sprache.

»Das hast du erkannt?« Für einen Augenblick strahlt er förmlich. Aber ebenso schnell verschwindet seine Freude wieder. »Mach das nicht wieder«, sagt er ernst. »Nur Florisch ist erlaubt.«

Im Erdgeschoss höre ich Stimmen und Geschirrklappern aus der Küche. Liebend gern würde ich jetzt dort am Herdfeuer sitzen und mich um die Kücheninvaliden des Kochs kümmern, doch der jenisische Diener führt mich nach rechts in den Korridor, an dessen Ende das Dienstbotenquartier liegt. Gleich vor der ersten Tür bleibt er stehen; als er sie öffnet, führt dahinter verborgen eine weitere Treppe in die Tiefe.

Unser Haus in Parman besitzt einen Keller, den einzigen in der gesamten Nachbarschaft. Mein Vater hat ihn gegraben, um die Lebensmittel und die Trommelhäute kühl und feucht zu halten. Als kleiner Junge bin ich dort nicht gerne hinuntergegangen: In jeder Ecke lauerten die Gespenster, die mich in meinen Träumen ängstigten. Später dann habe ich meine Furcht besiegt und zusammen mit den Nachbarjungen einen geheimen Treffpunkt eingerichtet, wo wir an verregneten Nachmittagen bei Kerzenlicht Karten spielten oder aus Zahnrädern und Schrauben merkwürdige Gefährte bastelten, die wir Autos oder Flugzeuge nannten.

Meine Augen brennen verdächtig. Warum tut sogar die Erinnerung an feuchte Lehmwände und verschimmelte Sitzkissen weh?

Der Keller von Marschall Utuk hat mit unserem zu Hause nur den Namen gemein. Als ich am Treppenabsatz ankomme, wird mir klar, dass dieses erste Untergeschoss nur der Anfang ist. Im trüben Licht von Leuchtröhren führen Stufen weiter nach unten, wer weiß, in welche Tiefen hinab. Ein stechender Geruch liegt in der Luft, als hätte man etwas Verdorbenes großzügig mit dem Zitrusaroma von Camp Mi besprüht.

Ich sehe den grauhaarigen Diener an: »Es geht noch weiter hinunter?«

Er darf mir nichts darüber erzählen. Doch er würde nur zu gerne, das merke ich ihm an. »Weiter und tiefer, als du dir vorstellen kannst«, sagt er geheimnisvoll. »Aber der Vorsteher des Kellers hat seinen Raum auf dieser Ebene. Komm hier entlang.«

Er klopft an eine der braun lackierten Türen, wartet mit gesenktem Kopf auf die Aufforderung: »Eintreten.« Dann schiebt er mich hinein.

Der Raum des Vorstehers ist eine merkwürdige Mischung aus Kellerloch und Büro. An den Wänden stapeln sich die Aktenordner bis unter die Decke. Auf einem Ofen dampft eine Blechkanne und verbreitet ein bitteres Aroma nach angebranntem Kaffee.

Der Vorsteher des Kellers sitzt am Tisch und liest. Als ich eintrete, hebt er den Kopf von der Akte und mustert mich durch seine goldfarbene Metallbrille. Er trägt das Blau der Militärs, allerdings keine Uniform, sondern eine Art Arbeitsmantel.

»Es gibt Dinge zu reparieren«, sagt er kurz angebunden, bevor er mit mir sein Büro verlässt und mich den dunklen Korridor weiter nach hinten führt. Wir kommen an mehreren geschlossenen Türen vorbei. Hinter einer höre ich ein Kratzen und Scharren, das mich auf unangenehme Weise an Trainer LeBrons Hund erinnert. Hinter einer anderen Tür wiederholt eine Stimme in einem monotonen Singsang immerzu dieselben zwei Wörter: »Nein, bitte. Nein, bitte. Bitte, nein ...«

Was findet hinter diesen Türen statt? Plötzlich habe ich das Gefühl, keine Luft mehr zu bekommen.

Vor mir öffnet der Vorsteher eine Tür. Wir gehen einige Stufen hinab in einen Raum, den eine einzige Glühbirne schwach ausleuchtet. Der Raum ist groß und bestimmt vier Meter hoch, dabei vollkommen unmöbliert. Etwa einen Meter unterhalb der Decke ragt aus der hinteren Wand ein Holzbalken, an dem vorne eine Kurbel mit Seilzug befestigt ist. Ich kenne solche Balken vom Kornspeicher in unserer Stadt, wo die Gemeindearbeiter die Getreidesäcke mit der Seilwinde nach oben ziehen.

Mit seiner funkelnden Brille starrt der Vorsteher eine Zeit lang auf den Balken. »Wir hätten gedacht, dass er genügt«, sagt er. »Aber er biegt sich zu stark durch. Wir haben es hier mit durchschnittlichen Gewichten von neunzig bis hundertsechzig Pfund zu tun. Ich möchte, dass du den Balken dafür stabilisierst.«

Das kann nicht so schwierig sein. Ich nehme Zettel und Stift aus meiner Tasche und beginne zu zeichnen. »Eine senkrechte Strebe direkt an der Wand hilft, das Gewicht nach unten zu leiten«, erkläre ich dabei. »Zusätzlich kann man oben auch noch eine diagonale Stütze einziehen. Sehen Sie, so in der Art.«

Es trifft mich wie ein Schlag. Hilflos starre ich auf das, was meine Hand gezeichnet hat, dann auf den Vorsteher.

Ein Lächeln umspielt seinen Mund. »Du hast begriffen, worum es geht, Mechaniker«, sagt er. »Holz haben wir hier unten genug gelagert. Besorge, was du sonst noch brauchst.«

Am nächsten Morgen bitte ich Frau Lu um die Erlaubnis, zum Einkaufen in die Stadt zu gehen.

Sie runzelt die Stirn. »Warum?«

»Mir fehlen einige Werkzeuge.« Feilen für eine kleine Tänzerin. Holzbohrer für einen Galgen.

Frau Lu nickt. »Geh zum linken Flussufer. In den Läden dort kannst du kaufen, was du brauchst.«

»Aber Frau Lu, ich habe kein Geld«, sage ich verlegen.

»Das brauchst du nicht. Sag einfach überall, dass du zu Marschall Utuks Haushalt gehörst.«

Ich würde sie gerne fragen, warum im Haushalt von Marschall Utuk ein Galgen steht. Stattdessen frage ich: »Frau Lu, warum wird hier im Haus Puppentheater gespielt?«

Frau Lu scheint erstaunt über meine Frage. »Alle führenden Häuser haben ihre eigenen Puppentheater«, erklärt sie. »Das ist eine große Tradition in Flore. Einmal im Jahr treffen sich alle Puppenspieler bei den Nationalen Spielen und zeigen ihre Stücke. Dann wird das beste Theater des Landes gekürt.«

Fünfzig Fakten über Flore. Ich erinnere mich, dass der Lehroffizier die Nationalen Spiele erwähnt hat, im Zusammenhang mit anderen militärischen Wettbewerben und Paraden. Von Puppenspiel war dabei nicht die Rede; vielleicht wusste der Lehroffizier nichts davon, oder er hielt es für unwichtig – so, wie er uns auch mit keinem Wort auf das scharfe Essen oder das eiskalte Waschwasser vorbereitet hat.

»Die letzten vier Jahre hat die gnädige Frau Utuk gewonnen«, erzählt Frau Lu weiter. »Sie ist eine große Künstlerin.« Aus unerfindlichen Gründen wandert ein Schatten über ihr Gesicht. Sie seufzt leise. »Mögen die Götter geben, dass sie auch in diesem Jahr Siegerin wird.«

»Warum ist das so wichtig? Es ist doch nur ein Puppenspiel.«

»Warum? Es hängt eben viel davon ab, darum«, sagt Frau Lu kurz angebunden. »Und jetzt geh los, damit du bald wieder zurück bist. Einige der Latrinen sind undicht, du wirst dich darum kümmern müssen. Und der Koch hat auch schon mehrfach nach dir gefragt.«

Während ich durch die Straßen von Heiman laufe, habe ich das Gefühl, mit einer unsichtbaren Leine an Marschall Utuks Haus gefesselt zu sein, wie ein Hund, dem man zwischendurch ein wenig Auslauf gönnt. Auch die Stadt selbst kommt mir eher wie ein großes Gefängnis vor: Frei ist in Heiman nur der Fluss, der sich zwischen den grauen Felsen wild und ungezähmt seinen Weg bahnt. Alles andere ist von hohen Mauern und Gittern eingepfercht und reglementiert.

In dieser Hinsicht unterscheiden sich die Florer und Coroner nicht allzusehr voneinander. Obwohl, die Coroner würden den Fluss in ein ordentliches Betonbett zwängen und Schiffe darauf fahren lassen, riesige Schiffe, so sauber und weiß wie General Elias' Schirmkappe.

Ich muss ständig an den Leader denken. Er ist ganz in unserer Nähe, hat General Elias gesagt. Seit zwanzig Jahren lebt er oder sie hier irgendwo in perfekter Tarnung. Es könnte also jeder der Passanten hier sein, der glatt gescheitelte florische Offizier, der sich beim Laufen mit einer Gerte gegen die Stiefel schlägt, genauso wie die Frau im zerlumpten Kittel, die mit einem spitzen Stock Blätter aufspießt und dabei ständig hustet.

Ein Mädchen in grauer Dienstkleidung kommt mir entgegen. Von allen Passanten ist sie die Erste, die mich ansieht, mir sogar zögernd zulächelt. Ich schätze, sie ist auch noch nicht allzu lange in Flore.

Damals, bei unserer allerersten Begegnung im Bus, hat Mailin mich auch so angelächelt, trotz aller Angst und Ungewissheit. *Mailin*, mein Mädchen: Ihr Name klingt in mir wie eine Melodie. Ich will mir nicht zu viele Sorgen um sie machen. Mailin ist stark und klug, sie wird auch im Haus von Majorin Mo wissen, was zu tun ist. Und sie wird in der grauen Domestikentracht wunderhübsch aussehen. Aber irgendwann, das schwöre ich mir, werde ich ihr das gelb getupfte Kleid aus meinen Tagträumen schenken.

Tupfen, was für eine Extravaganz in einem Land wie Flore, in dem es nur Einfarbiges gibt. Das Blau der Armee, das Grau der Bauern, Arbeiter und Dienstboten – und das Rot, von dem ich nicht weiß, zu wem es gehört. In den Straßen Heimans begegnet mir niemand, der Rot trägt. Die wenigen Frauen, die gelbe oder grüne Kleider tragen, stechen heraus wie exotische Blumen. Sie haben Träger und Dienstmädchen bei sich und gehören offensichtlich zur obersten Schicht, genau wie Frau Utuk.

Auf einem zentralen Platz entdecke ich eine ganze Batterie der pilzförmigen Lautsprecher. Im Moment sind sie stumm, vielleicht ist ein gnädiger Stromausfall die Ursache. Dafür höre ich jetzt hinter einer hohen Mauer Kinderstimmen, Rufe, Abzählreime, die Ermahnung eines Erwachsenen – die typischen Geräusche einer Schulpause. »Kadettenschule des florischen Militärs« steht auf einem Schild neben dem Eisentor.

In Camp Mi haben sie uns erzählt, dass florische Kinder im Alter von sechs Jahren ihr Zuhause verlassen müssen, um in Internaten des Militärs aufgezogen zu werden. Ich sehe mir das düstere Gebäude mit den vergitterten Fenstern an und stelle mir zehn Jahre Camp Mi vor. Nein, das will ich mir gar nicht vorstellen.

Das dominierende Gebäude hier am Platz ist viel größer als die Kadettenschule, größer sogar als Marschall Utuks Haus. Mit seinen Fensterschlitzen und den geschwärzten Mauern wirkt es wie ein Fabrikbau oder ein riesiges Silo. Über den verrammelten Türen aus massivem Stahl hängt ein Schild: »Institut für Stickerei«. Neben der Schrift sieht man tatsächlich eine eingefädelte Sticknadel.

Hinter dem Institut für Stickerei verengt sich der Platz und mündet schließlich in eine Wohnstraße. Hier sind die Häuser nüchterne graue Würfel, genau wie ich mir das Haus von Majorin Mo vorstelle. Nirgendwo gibt es ein Namensschild, trotzdem recke ich den Kopf, spähe über Tore und Mauern und wünsche mir, Mailin zu entdecken.

»Du da!« Zwei Florer in blauer Uniform kommen auf mich zu. Beide haben Knüppel an ihren Gürteln hängen. Rasch senke ich den Blick.

»Was reckst du den Hals und spähst in fremde Gärten?«, fragt der eine barsch.

»Es tut mir leid, ehrenwerte Wächter. Ich bin noch nicht lange hier in Heiman. Ich ... ich wollte mich nur ein wenig umsehen.«

»Hast du nichts für deine Herrschaft zu erledigen, dass du Zeit zum Herumlungern hast?«

»Doch, natürlich. Verzeihung.« Ich verneige mich untertänig. »Ich beeile mich schon.«

Im Weitergehen ärgere ich mich über mich selbst: Da laufe ich durch die Stadt wie ein schnüffelnder Hund. Habe ich denn in Camp Mi überhaupt nichts über Körpersprache gelernt? Als parmanischer Hausdiener muss ich meine Pflichten erfüllen, mit gesenktem Kopf und weitgehend unsichtbar – und dann aus dieser Deckung heraus meine geheime Mimikry-Mission in Angriff nehmen.

Allein beim Gedanken daran wird mir flau. Jetzt, da ich wirklich in Flore bin, kommt mir das ganze Projekt Mimikry wie eine Wahnidee von General Elias vor, das reinste Himmelfahrtskommando. Weder kann ich mir vorstellen, wie mein Auftrag beschaffen sein wird, noch, wie ich ihn jemals durchführen soll. Mir reicht es schon voll und ganz, in Marschall Utuks Haus Puppen und Galgen zu reparieren.

Wie Frau Lu gesagt hat, sind am linken Flussufer viele kleine Handwerksläden angesiedelt. Dort werde ich meine Werkzeuge einkaufen – aber einen Moment lang bleibe ich noch am Geländer stehen und sehe dem Fluss zu, wie er schäumend die Felsen umspült. Wenn der Leader wollte, könnte er jetzt Kontakt mit mir aufnehmen. Ob er mich schon im Blick hat? Oder nimmt er sich zuerst die anderen vor? Was gäbe ich darum, jetzt einen von ihnen zu treffen, Mailin, die Zwillinge, Kairi, sogar Isao. Hier in Flore erscheint mir unser Streit plötzlich ganz unbedeutend. Wir werden alle füreinander einstehen müssen, um aus dieser Sache irgendwie heil herauszukommen.

Wie aus meinen Gedanken entstiegen entdecke ich plötzlich Isao am anderen Flussufer. Er trägt wie ich die graue Domestikentracht und läuft rasch mit gesenktem Kopf dahin. Ohne nachzudenken fange ich an zu rennen, steuere die nächstgelegene Brücke an, um auf seine Seite zu gelangen. Doch gerade als ich in der Mitte der Brücke ankomme, biegt Isao vom Flussufer ab und verschwindet zwischen den Häuserzeilen. So schnell ich kann, laufe ich ihm hinterher, dabei bete ich, dass kein Wächter meine Eile verdächtig findet. Auf einem Platz, unter einem großen Maulbeerbaum, hole ich ihn ein – und merke, dass ich mich getäuscht habe. Der Junge ist nicht Isao, vermutlich ist er nicht einmal Parmaner.

Der fremde Junge wirft mir einen gleichgültigen Blick zu. Dann nähert er sich einem Gitter im Boden, wirft eine Münze hinein und geht zügig weiter. Ich kann hören, wie die Münze unten klirrend auftrifft. Während ich noch versuche, mir einen Reim darauf zu machen, entdecke ich in den Ästen des Maulbeerbaumes das nächste Rätsel: Wo andere Bäume Früchte tragen, hängen hier Kleidungsstücke, Socken und Handschuhe, Halstücher, Jacken und Mützen. Manches ist ganz neu, doch die meisten der Anhängsel sind von Wind und Wetter farblos gewordene Fetzen.

»Sie bringen mir ihre Toten«, sagt eine Stimme vom Bodengitter her.

Als ich mich vorsichtig nähere, entdecke ich unter dem Gitter einen Hohlraum, eine Art Grotte. Im Dunkeln dort unten steht ein Mann; ich kann das Weiße seiner Augen blitzen sehen.

»Die Toten wohnen alle in meiner Nähe«, wiederholt er. »Ich helfe ihnen auf ihrem Weg ins Jenseits. Möchtest du, dass ich auch dir deinen Weg weise?«

Ich schlucke. »Danke, das ist nicht nötig, ehrenwerter Fremder.« Hat man ihn dort unten eingesperrt, weil er ein gefährlicher Verrückter ist?

»Ich würde dich gerne ansehen. Siehst du die Treppe dort?« Jetzt entdecke ich die Stufen, die hinter dem Maulbeerbaum nach unten führen. »Komm herunter zu mir.«

»Es tut mir leid, ich habe keine Zeit. Vielleicht ein anderes Mal.«

Der Mann in der Tiefe lacht leise. »Du musst dich nicht fürchten, ich kann dir nichts tun. Meine Grotte ist auf ewig verschlossen. Ich lebe und bin doch begraben. Vielleicht sind die Toten deshalb so gern in meiner Nähe. Willst du nicht doch herunterkommen?«

Plötzlich wird es mir zu viel, und ich kann es nicht erwarten, von hier fortzukommen. Von dem Baum, der statt Früchten Kleider trägt. Von dem Mann, der lebendig begraben ist. »Ich muss jetzt wirklich weiter. Alles Gute für Sie.«

»Komm wieder«, ruft er hinter mir her. »Ich gebe dir den Segen der Tiefe mit. Schätze ihn nicht gering, mein Junge. Er hat Gewicht in Flore.«

»Danke«, sage ich leise, auch wenn er es nicht mehr hören kann. Der Segen der Tiefe, das klingt auf alle Fälle besser als ein Fluch.

In der nächsten halben Stunde lerne ich in den Handwerksläden am linken Flussufer einen wirksamen Zauberspruch kennen. Ich muss nur *»für den Haushalt von Marschall Utuk«* sagen, schon gehört mir alles, worauf ich mit dem Finger zeige. Auf diese Weise kaufe ich ein ganzes Arsenal von Werkzeug: Hauchfeine Stahlfedern, grazile Feilen, winzige Schräubchen – alles, was mir für kranke Puppenpatienten heilsam und nützlich erscheint. Als Letztes besorge ich einen riesigen Holzbohrer, dazu Schrauben und Haken, die zweihundert Pfund Gewicht tragen können.

Schwer beladen kehre ich schließlich zum Haus des Marschalls zurück. Die Wachsoldaten auf der Empore wirken heute nervös; sie halten ihre Gewehre im Anschlag und beobachten die stille Straße so wachsam, als rechneten sie jede Sekunde mit einem Überfall. Mich beachten sie nicht, genau wie beim ersten Mal.

Ich weiß, ich müsste sofort ins Haus gehen, aber mir graut vor dem Keller und dem, was ich dort zu tun habe. Ein wenig will ich meine Freiheit noch ausnützen und einmal durch den Garten spazieren, den ich bei jedem Abendessen durch die Glastüren sehen kann. Kurz entschlossen lege ich mein Bündel neben dem Eingang ab und folge dem mit Steinplatten belegten Weg, der um das Haus herum in den Garten führt.

Hier wohnt der Herbst überall: in der leuchtenden Färbung der

Bäume, in den violetten Astern, im Geruch nach verbranntem Laub. Ich umrunde eine sorgsam beschnittene Eibenhecke und bleibe wie erstarrt stehen.

Mitten im Garten, vor einem hübschen steinernen Brunnen, führen Stufen in die Tiefe hinab, ganz ähnlich wie zur Grotte des verrückten Einsiedlers. Doch diese Stufen hier, das ahne ich instinktiv, führen in Marschall Utuks Keller, der sich womöglich unter dem gesamten Garten ausdehnt. Die Gruppe rot gekleideter Menschen, die gerade vor meinen Augen die Stufen hinabgetrieben wird, werde ich nicht danach fragen können.

Du willst in diesem Haus kein Rot tragen.

Die Frauen und Männer sind kahl geschoren und tragen Hand- und Fußfesseln. Soldaten brüllen sie an, verteilen Fußtritte, schlagen hemmungslos auf ihre Köpfe ein. Kurz bevor sie in der Tiefe verschwindet, entdeckt mich eine der Frauen. Sie reckt ihre gefesselten Hände in meine Richtung, flehend oder segnend, ich kann es nicht entscheiden.

Ich gebe dir den Segen der Tiefe mit. Segen, der hier direkt aus der Hölle kommt.

14

Die Rotgekleideten sind verschwunden wie ein Spuk. Da sagt hinter mir eine Stimme: »Heute ist kein guter Tag für den Garten.«

Es ist der blinde Gärtner, der an einer Stange über den Schultern zwei Kübel voller Pferdemist schleppt. »Nein, wohl nicht«, sage ich benommen.

Der Gärtner stellt bedächtig seine Kübel ab. Dann wendet er mir sein Gesicht mit den blinden Augen zu. »Du bist der Mechaniker, eh? Das halbe Kind?«, fragt er freundlich. »Du darfst nicht einfach so in den Garten gehen. Nur wenn Frau Lu dich schickt. Oder du kommst zu mir. Ich kann dir sagen, ob es ein guter Tag für den Garten ist.«

»Das nächste Mal werde ich fragen, ehrenwerter Gärtner«, sage ich. Er nickt lächelnd und nimmt seine Stange wieder auf, während ich kehrtmache, ohne noch einen Blick auf die herbstliche Schönheit ringsum zu werfen. Der Garten ist mir gründlich verleidet.

Gleich in der Halle kommt mir der grauhaarige Diener entgegen, der mich gestern in den Keller geführt hat. »Gut, dass du da bist«, sagt er und fasst mich besitzergreifend am Arm. »Komm nur gleich mit mir.«

Auch wenn ich schreien möchte, bleibe ich stumm. Natürlich, der Galgen wartet auf mich, und dazu noch andere unausdenkbare Dinge, die dort unten repariert werden müssen.

Aber der jenisische Diener führt mich nicht in den Keller, sondern hinauf in die erste Etage. »Das hier ist das Allerheiligste«, flüstert er ebenso ehrfürchtig wie Frau Lu. Mit einer Geste bedeutet er mir, mein Bündel abzulegen, dann führt er mich an den wachhabenden Soldaten vorbei bis zur letzten Tür des Korridors. »Geh hinein. Du wirst erwartet.«

Marschall Utuk blickt nicht auf, als ich eintrete. Klein und schmal, mit kerzengeradem Rücken, sitzt er an einem mächtigen polierten Schreibtisch und trägt Zahlen in ein ledergebundenes Buch ein. In den Regalen hinter ihm stehen in schnurgeraden Reihen identische Bücher, alle in braunes Leder gebunden und ohne Aufdruck.

Hundert braune Kälberrücken … Instinktiv beginne ich damit, den restlichen Raum nach der Vivid-Methode zu erfassen: Der Schreibtisch: *ein glänzendes Wasserschwein*. Die Stehlampe daneben: ein *Marabu auf einem Bein*. Die beiden Holzkommoden: *ein Ochsengespann …*

Da hebt Marschall Utuk den Kopf und sieht mich an. Wieder dringt sein Blick in mein Innerstes, ich fühle mich erkannt und entlarvt. Von der Vivid-Methode bleibt nur ein aufgespießter Falter übrig: ich.

Wortlos, nur mit dem Finger, dirigiert Marschall Utuk mich in eine Ecke des Raumes. Dort liegt ein zerbrochener Bambuskäfig auf dem Boden. An der Decke darüber hängt noch die Kette, an der er befestigt war.

»Ich hatte zwei Raben«, sagt der Marschall. »Gelehrige Burschen. Jetzt sind sie auf und davon. Die Dienerschaft schwört Stein und Bein, der Käfig habe sich von selbst gelöst. Was glaubst du? Hat das jemand absichtlich getan?«

Ich beuge mich über den zerborstenen Käfig. Die meisten Bambusrohre sind beim Aufprall zersplittert, aber direkt unterhalb des Tragerings entdecke ich einige auffallend glatte Kanten. Genauso sieht es aus, wenn mein Vater eine Bambusflöte zuschneidet. Ich halte den Kopf weiter gesenkt, dabei fahren meine Gedanken Karussell: Wenn ich Ja sage, liefere ich jemanden ans Messer?

Mache ich mich selbst verdächtig, wenn ich Nein sage? Ist es eine einfache Frage, oder stellt er mir eine Falle? Ich spüre, wie mir der Schweiß ausbricht.

»Für eine so einfache Frage zögerst du lange.«

Ich ergreife den nächstbesten Strohhalm. »Gnädiger Herr Utuk, es können die Raben selbst gewesen sein. Rabenschnäbel sind kräftig und scharf.«

»Die Raben«, wiederholt der Marschall. »Warum hätten sie das tun sollen? Sie hatten ein schönes Leben bei mir.«

In dem kleinen Käfig konnten sie vermutlich nicht einmal ihre Flügel ausbreiten. »Ich denke, Vögel träumen immer vom Fliegen.«

»Du hilfst mir nicht wirklich weiter, Mechaniker.« Während er spricht, schabt Marschall Utuk mit dem Zeigefinger über seine Narbe, mechanisch, aufwärts, abwärts. »Das ist bedauerlich. Ich hasse es, auf Vermutungen angewiesen zu sein. Aber gut«, wechselt er abrupt das Thema. »Meine Frau ist zuversichtlich, was deine Fähigkeiten angeht. Ich will hoffen, dass sie Recht behält. Du bist bereits der dritte Mechaniker in diesem Jahr.«

Ich frage nicht, was aus den beiden anderen geworden ist. Stattdessen verneige ich mich. »Ich werde mir Mühe geben.«

»Wo hast du als Nächstes zu tun?«

»Im Saal der Puppen, bei der gnädigen Frau Utuk. Und dann noch im Keller.«

Er hält mit dem Schaben inne und deutet mit dem Finger auf mich. »Was denkst du, ist wichtiger?«

»Die Arbeit für Frau Utuk.«

»Falsch geraten.« Marschall Utuk lacht, als habe er einen umwerfenden Witz gehört. »Die Holzklötze können warten. Aber nicht das lebendige Fleisch. Ab mit dir in den Keller.«

Als ich hinausgehe, lacht er noch immer. Ich beneide die Raben, die ihm jetzt nicht mehr ausgeliefert sind.

Unter den wachsamen Blicken des Vorstehers verankere ich die senkrechte Strebe an der Wand und ziehe den diagonalen Stabilisierungsbalken ein. Die ganze Zeit über höre ich ferne Stimmen, nur knapp über der Wahrnehmungsgrenze, heulende, bettelnde, stöhnende Geisterstimmen. Zwischendurch verschwimmt mein Blick, statt der Balken sehe ich wieder die ausgestreckten Arme der rot gekleideten Frau. Wo ist sie jetzt? Was geschieht gerade in diesem Augenblick mit ihr?

Als ich mit der Arbeit fertig bin, deutet der Vorsteher des Kellers auf einen prall gefüllten Sack. »Hundertsechzig Pfund. Pack mit an!«

Gemeinsam wuchten wir den Sack unter den Galgen. Mit beinahe liebevoller Sorgfalt befestigt der Vorsteher den Seilzug. Dann betätigt er eine Kurbel, und der Mechanismus zieht den Sack langsam nach oben, Zentimeter für Zentimeter.

Der Sack pendelt in der Luft. Hin und her, stabil und endgültig.

»Gut«, sagt der Vorsteher. Seine Brille funkelt im Deckenlicht. »Bei Bedarf werde ich dich wieder rufen lassen.«

Kurze Zeit später stehe ich im Vorraum zum Saal der Puppen. Durch die angelehnten Flügeltüren kann ich hören, wie nebenan durcheinandergeredet wird, irgendjemand lacht. Es sind wunderbar lebendige, menschliche Geräusche. Nach der Stunde im Keller kommt mir der Saal wie ein lichter Zufluchtsort in einem Haus der Finsternis vor.

Als ich eintrete, stehen die Puppenspieler im Halbkreis um Herrn Rix versammelt. Er führt eine Puppe, keine der prächtigen Figuren, sondern die kleine, grobe Holzmarionette, die ich gestern repariert habe.

Sie scheint gerade aus dem Schlaf erwacht und erhebt sich nun, noch halb im Traum gefangen. Allmählich wird sie munterer und läuft auf ihren runden Holzfüßen auf und ab, bis sie aus Versehen gegen Herrn Rix' Bein stößt. Da erstarrt sie. Langsam lässt sie den Blick nach oben wandern, den ganzen berghohen Menschenkörper hinauf. Lange studiert sie das Gesicht des Puppenspielers, dann das Führungskreuz in seiner Hand. Obwohl die Marionette keine Mimik hat, merkt man ihr die heillose Bestürzung an: Sie dreht ihre hölzernen Hände und Füße, beobachtet, wie das Kreuz in der Hand des Puppenspielers jede ihrer Bewegungen mitmacht. Wer bewegt wen, wer ist von wem abhängig? Die kleine Marionette jedenfalls zieht ihre eigenen Schlüsse: Entschlossen beginnt sie damit, ihre Fäden zu zerreißen, einen nach dem anderen.

Zwischendurch begegnet sie Herrn Rix' Blick: Fragend, liebevoll sieht er sie an. Doch die Puppe schüttelt nur den Kopf und fährt fort mit ihrem selbstmörderischen Treiben. Zwölf Fäden zerreißt sie, und mit jedem verliert sie etwas mehr an Haltung und Beweglichkeit. Am Ende liegt sie als zusammengesunkenes Häufchen auf dem Boden – frei, aber vernichtet.

Herr Rix betrachtet sie noch einen Augenblick. Dann lässt er das Führungskreuz achtlos fallen. »Fangen wir an«, sagt er zu den anderen.

Mit dem Gesicht im Staub bleibt die kleine Holzmarionette liegen. Aus einer plötzlichen Anwandlung heraus hebe ich sie auf, putze sie sorgfältig ab und setze ihr ein Krönchen vom Requisitentisch auf.

»Herr Rix, mir scheint, Sie haben gerade eine Eroberung gemacht«, sagt einer der älteren Spieler.

Herr Rix blickt flüchtig zu mir. »Ein Lehrstück für einfache Gemüter, Mechaniker«, sagt er. »Zu viel Freiheit bringt den Tod.«

»Aber das ist nicht alles«, widerspreche ich und spüre, wie ich rot werde. »Die Puppe durfte frei entscheiden. Sie waren so … so freundlich zu ihr.«

Er zuckt lediglich die Achseln. Dafür tritt Marja, die Puppenspielerin mit den Locken, neben mich und legt mir die Hand auf den Arm. »Es ist schon in Ordnung«, sagt sie. »Wir wissen alle, wie unglaublich Herr Rix ist. Die Puppen lieben ihn.«

Die kleine Tänzerin liegt noch zugedeckt auf dem Tisch, wie ich sie zurückgelassen habe. Während ich das neue Werkzeug zurechtlege, versammeln sich die Puppenspieler um Frau Utuk, die auf einem erhöhten Stuhl Platz genommen hat und nun zu erzählen beginnt. Oder singt sie eher? Ich kann mich nicht entscheiden, ob ich einem Vortrag oder einer Melodie lausche. Zuerst schlägt mich ihre Stimme in Bann, dann die Geschichte.

Sie spielt in einem längst vergangenen Flore. Ein König liegt auf dem Sterbebett, die Königin, ihr einziger Sohn und einige Hofleute wachen bei ihm. Während ich behutsam die hauchdünnen Stangen zufeile, spitze ich die Ohren, damit mir kein Wort entgeht.

»Verlass mich nicht! Was soll dann aus mir werden?« Die Königin weint und küsst ihrem Gemahl die Hände.

Die Stimme des sterbenden Königs ist nur noch ein Wispern. »Ich habe dich über alles geliebt, Weib, und du mich. Können wir mehr vom Leben erwarten? Jetzt musst du mir den letzten Liebesdienst erweisen und mich ziehen lassen. Lebe du weiter, sei dem jungen König und dem ganzen Land eine gute Mutter und weise Ratgeberin.«

Mühsam hebt der Sterbende den Kopf. »Ich segne euch alle, aber jetzt geht hinaus. Lasst mich mit meinem Sohn allein.«

Der Prinz beugt sich über den Kranken, richtet ihm liebevoll die Kissen. »Vater, die Hofärzte sagen, es ist nur die Krisis. Morgen schon wird es Euch wieder besser gehen.«

»Kein Morgen mehr für mich. Auch keinen falschen Trost«, flüstert der König. »Noch heute Nacht gehe ich in das Land, aus dem noch keiner wiedergekehrt ist. Deshalb hör du mir jetzt zu:

Schon morgen wirst du König über Flore sein. Die Menschen in unserem Reich lieben dich, sie beten dich an. Doch es gibt *einen* …«

Ein Hustenanfall unterbricht ihn, wirft seinen ausgemergelten Körper hin und her. Immer wieder trocknet der Prinz seinem Vater die Stirn. »Dieser *eine*«, flüstert der Kranke endlich weiter. »Er wird nicht ruhen, bis er dich ausgelöscht hat. Er hat auch mich ermordet.«

»Vater! Was sagt Ihr da?«

»Er hat mich im Schlaf vergiftet. Kein Arzt hat Verdacht geschöpft, und doch weiß ich es.«

»Wer ist *er*?«

»Man nennt ihn den Alchemisten«, flüstert der König. »In Wahrheit ist er das leibhaftige Böse in Menschengestalt. Jetzt muss ich gehen, und er triumphiert.« Der Sterbende tastet nach der Hand seines Sohnes. »Der Alchemist wird alles daransetzen, dich in die Fänge zu bekommen. Er will die Macht, zuerst über Flore, dann über die ganze Welt. Und du bist noch so jung!«

»Wie kann ich ihn erkennen?«

»Wenn du ihn erkennst, ist es bereits zu spät«, lautet die dunkle Antwort. »Du darfst niemals in seine Nähe kommen! Sei auf der Hut! Traue niemandem!« Und dann, fast unhörbar: »Adieu, mein Sohn. Ich muss nun gehen. Bete für mich!«

»Vater?«

Vom König kommt keine Antwort mehr. Dafür hört man den erstickten Ausruf des Prinzen: »Mutter! Kommt alle, schnell! Oh ihr Götter!«

Ein letztes Mal bäumt sich der Sterbende auf. Dann ist es vorüber, und der König liegt still und starr. Eine Flöte setzt mit einem Klagelied ein, und die Königin und der junge Prinz weinen um den Toten.

Während die Spieler ein neues Bühnenbild aufbauen, erinnere ich mich an meine Aufgabe und beuge mich über die kleine Tänzerin. Doch dann beobachte ich wieder fasziniert, wie neben Frau Utuks Stuhl in kürzester Zeit ein mittelalterliches Laboratorium mit allerhand Tiegeln, Krügen und Glasgefäßen entsteht. In einem eiförmigen Ofen brennt sogar ein echtes Feuer. Die Szenerie ist hinreißend, ich kann mich kaum sattsehen.

Ein Mann im schwarzen Samtmantel stolziert im Labor auf und ab. »Er ist tot, tot, tot!« Triumphierend reißt er die Arme in die Höhe. »Das Gift war geruchlos, geschmacklos, aber wahrlich nicht wirkungslos! Es ist durch seine Adern gerauscht wie ein Sturm und hat sein Blut in schwarze Galle verwandelt. Niemand hegt den geringsten Verdacht, und jetzt steht zwischen mir und der Macht nur noch ein junger Erbe, ein halbes Kind! Du wirst ihn zu mir locken, Eustachio, noch in dieser Woche!«

Sein Gesprächspartner trägt dieselben Farben wie die Männer des Königshofes, Blau und Gold. Ein Verräter, denke ich sofort. Einer wie Alan.

Seine nächsten Worte geben mir Recht. »Was bekomme ich zum Lohn?«, fragt Eustachio. »Dafür, dass ich Euch zum schlafenden König vorgelassen habe, damit Ihr ihm das Gift auf die Zunge träufeln konntet? Dafür, dass ich Euch jetzt den jungen König ausliefern werde?«

»Ist es nicht Lohn genug, dem wahren Mächtigen dienen zu dürfen?«, fragt der Alchemist lauernd.

Eustachio schüttelt den Kopf. »Ich will Unsterblichkeit von Euch«, verlangt er. »Und wenn das zu schwierig ist, dann will ich einen dieser Steine, mit denen man Gold machen kann.«

Der Alchemist beginnt zu lachen. »Teufel, Kammerdiener, du verkaufst deine Dienste teuer. Aber sei's drum: Wenn ich erst Herr über Flore bin, wirst du deinen verdienten Lohn erhalten.«

»Was ist mit der Mutter, der Königin?«, fragt der Kammerdiener. »Wollt Ihr sie auch töten?«

»Ganz im Gegenteil. Sobald der Sohn aus dem Weg geräumt ist, halte ich Hochzeit mit der Mutter und werde mit ihr zusammen als legitimer König über das Land regieren.«

»Ihr stellt Euch alles so einfach vor«, sagt Eustachio verdrießlich. »Das florische Volk liebt seinen jungen König. Wenn Ihr ihm etwas antut und Euch an seiner Stelle zum König macht, werden sie Euch in Stücke reißen. Dann wird nichts aus Eurer Weltherrschaft.«

»Das florische Volk wird keinen Grund zur Klage haben«, sagt der Alchemist geheimnisvoll. »Denn der junge König wird fidel und gesund vor ihrer Nase herumspazieren.«

Verwirrt schüttelt Eustachio den Kopf. »Wie soll das gehen?«

Mit einem Fußtritt scheucht der Alchemist seinen Diener auf, der in der Asche vor dem Ofen gelegen hat. »Beeil dich, Minstrual! Hol das Silberelixier aus dem Feuer! Und jammere nicht, hörst du?«

Die graue Dienerkreatur, halb Mensch, halb Tier, winselt, als sie die Klauen in die Flammen stecken muss.

»Sieh her, Eustachio.« Der Alchemist schiebt eine verdeckte Bahre heran. »Jetzt zeige ich dir mein Meisterstück.«

Als er das schwarze Tuch zurückschlägt, liegt auf der Bahre reglos der junge König in seinem Sternenmantel. Erschrocken schlägt der Kammerdiener die Hände vors Gesicht.

»Was erschrickst du, Mondkalb? Er ist nur ein künstlicher Doppelgänger, erschaffen aus Metall und meinem Genie. Mein Geschöpf!« Während er spricht, streicht der Alchemist über die Haare, die Wange, die Schulter des jungen Königs. »So viele Fehlschläge musste ich hinnehmen, so viele Enttäuschungen. Aber jetzt ist es so weit: Dieser hier wird mich zum Herrscher machen, zuerst über Flore, danach über die ganze Welt!«

Der Kammerdiener kann den Blick nicht von der Bahre wenden. »Er ist künstlich, sagt Ihr? Eine mechanische Puppe?«

»Das ist er, aber gleichzeitig viel mehr als das.« Die Stimme des Alchemisten bebt im Triumph. »Niemand wird je den Unterschied zu einem echten Menschen bemerken. Jetzt sei mein Zeuge, wie ich ihn zum Leben erwecke.«

Der Alchemist träufelt das Siberelixier in den Mund des Doppelgängers. Da beginnt er sich zu regen; er richtet sich auf und blickt sich staunend um. »Wo bin ich?«, sagt er. »Wer seid ihr?«

»Sogar die Stimme ist die des jungen Königs«, stellt der Kammerdiener ehrfürchtig fest. »Euer Geschöpf ist vollkommen, und Ihr, Herr Alchemist, seid wahrhaftig ein Genie!«

»Wo hast du deine Augen, Mechaniker?«

Es dauert, bis ich kapiere, dass die Frage nicht zum Stück gehört.

»Ich bitte um Verzeihung, Frau Utuk.« Hastig nehme ich die Feile zur Hand.

Herr Rix lässt die Schnüre des Alchemisten sinken. »Ich würde es ihm übel nehmen, wenn er nicht zugesehen hätte«, sagt er.

Ein kleines Lächeln umspielt die Lippen von Frau Utuk. »Ab jetzt wirst du konzentrierter arbeiten.«

»Ja, Frau Utuk.«

Während ich Stange um Stange zurechtfeile und nur noch ab und zu einen kurzen Blick wage, berichtet der Kammerdiener Eustachio dem echten jungen König von einem Bettler, der den Mord an seinem Vater beobachtet haben will. Begierig, mehr zu erfahren, lässt sich der junge König um Mitternacht in eine dunkle Gasse locken, wo der Bettler auf ihn wartet. Wer hinter der zerlumpten Gestalt steckt, kann ich mir leicht denken. Und als er am Ende hohnlachend die Lumpen von sich wirft und eine Schar von Schergen herbeiwinkt, erkennt auch der junge König, wem er in die Falle gegangen ist.

»Du bist der Mörder meines Vaters.«

»Ja.«

»Der Alchemist.«

»Und abermals ja.«

Die Schergen verschleppen den jungen König in das Schloss des Alchemisten. Und dort, im düsteren Laboratorium, zwischen Brennöfen und Glasballons, begegnet er seinem Doppelgänger. Es ist ein magischer Moment, als die beiden sich umkreisen wie Tänzer oder Kämpfer, wie sie gleichzeitig die Hände heben, um den anderen zu berühren – und es dann doch nicht wagen.

»Du hast *ihn*«, sagt der junge König zum Alchemisten. »Also wirst du *mich* töten.«

Der Alchemist schüttelt lächelnd den Kopf. »Nein, ich lasse dich am Leben. Für dich habe ich ein ganz besonderes Schicksal vorgesehen.«

Wieder bauen die Puppenspieler in fieberhafter Eile um. Unter ihren Händen entstehen Häuserfassaden aus Pappe, Bäume aus Kork, ein Boden aus Kiessplittern. Fertig ist der Marktplatz der Stadt.

Ein Ausrufer steht dort vor einer silberglänzenden Statue und preist ihre Vorzüge an. »Männer, Frauen, Kinder, kommt herbei! Seht hier diesen wundersamen Automaten, den ein weiser Mann den Bürgern der Stadt zum Geschenk macht!«

Mehr und mehr Puppen betreten die Szenerie: Markthändler, rotwangige Bürgersfrauen, Wächter, hagere Greise, Kinder. Sie alle bestaunen die silberne Statue.

»Sie sieht aus wie unser junger König«, rufen sie. »Wie lebendig sie wirkt! Es ist ein Wunder!«

»In der Tat, ein Wunder«, erklärt der Ausrufer. »Handelt es sich doch lediglich um einen mechanischen Automaten. Jedermann, ob Mann oder Frau, Greis oder Kind, kann hier in diesen Schlitz eine

Münze werfen und anschließend diesen Hebel umlegen.« Er zeigt die betreffenden Stellen an der Statue an. »Er erhält dann sogleich ein Täfelchen mit einem weisen Orakelspruch, wie er von unserem echten jungen König selbst nicht treffender erteilt werden könnte. Wer wagt es als Erster? Tretet herbei, nur immer herbei!«

Ein Kaufmann in einem reich verzierten Mantel tritt an den Automaten heran. »Wann wird die Zeit günstig sein, um einen Handelszug auszurüsten und aufzubrechen?« Er wirft die Münze ein und betätigt den Hebel.

In der Statue knackt es, Räder surren. Dann fällt aus dem Schlitz in der Höhe des Herzens ein graviertes Täfelchen heraus.

»Je früher, je besser. Sturm zieht auf in Flore.«

Der Kaufmann wirft einen besorgten Blick zum Himmel. Dann geht er eilig fort.

Die nächste Frage stellt ein Soldat. »Werden wir Florer im Krieg immer siegreich bleiben?« Er wirft die Münze ein, zieht den Hebel. Das Täfelchen fällt. *»Das werden wir. Auch im Krieg gegen uns selbst.«*

»Wie lange habe ich noch zu leben?«, fragt ein alter Mann.

»Zähle ab jetzt jeden Tag. Am Tag, an dem du zu zählen vergisst, stirbst du.«

Die Menschen sind fasziniert. Immer mehr laufen herbei und stellen ihre Fragen. Im Laufe des Nachmittags wirft der Automat Hunderte von Orakeltäfelchen aus.

Irgendwann zwischendurch fragt ein kleines Mädchen die Statue: »Wer bist du?« Aber sie hat keine Münze, um sie einzuwerfen, und kein Erwachsener tut es für sie.

Spät am Abend, als die Menschen in ihre Häuser zurückgekehrt sind, tritt der Ausrufer an die silberne Statue heran.

»Warum nur berichtet das Orakel nichts von seinem eigenen traurigen Schicksal? Warum fleht es nicht um Hilfe?« Der Ausrufer bringt sein Ohr dicht an den silbernen Mund, als warte er auf eine Antwort. »Wie? Der Mechanismus lässt es nicht zu? Das muss aber ein Stück vertrackter Zauberkunst sein.« Er lacht höhnisch. »Pech für dich, dass du an den größten Magier aller Zeiten geraten bist.«

Die Statue steht still und starr.

»Du siehst, ich lasse dich am Leben«, sagt der Ausrufer, der niemand anderes als der Alchemist ist. »Aber du wirst dir tausend und Abertausende Male wünschen, tot zu sein. Niemand wird dich je finden, auch wenn du weithin sichtbar auf dem Marktplatz stehst. Niemand wird dich überhaupt suchen, denn du bist ja da, bei Hofe, vor aller Augen!« Lachend geht er davon.

Noch am selben Tag zieht der Alchemist mit Pomp und Gloria im Königspalast ein. Sein künstliches Geschöpf, der Doppelgänger, schläft im Bett des jungen Königs, er trägt die Kleider des jungen Königs, er küsst die Hand seiner Mutter, tanzt mit seiner Verlobten, reitet mit seinen Freunden. Niemand bei Hofe merkt etwas. Niemand – bis auf fünf spezielle Gesellen.

»Er riecht nicht wie unser junger König«, sagt der Bär.

»Er hat keine Ahnung von der Jagd«, sagt der Adler.

»Er stolpert über meine großen Füße«, sagt der Riese.

»Er lacht über meine kleinen Ohren«, sagt der Zwerg.

»Über mich lacht er nicht mehr«, sagt der Narr. »Er ist nicht unser junger König. Etwas ist faul hier an Flores Hof. Oberfaul.«

Alle fünf nicken gedankenschwer.

»Sollten wir nicht Alarm schlagen?«, fragt der Adler.

»Wozu?«, brummt der Riese. »Auf uns hört sowieso niemand. Ich sage euch, wir müssen auf die Suche gehen. Wer kennt den echten jungen König besser als sein Riese, sein Zwerg, sein Bär und sein Adler?«

»Ich«, sagt der Narr.

»Ja, du schon. Aber dich haben sie wegen deiner Unverschämtheit in Ketten gelegt. Du kannst nicht mitkommen.«

»Das ist wahr«, stimmt der Narr zu. »Also bleibe ich hier und schreibe Loblieder auf diesen gelbzähnigen Alchemisten, der jetzt hier bei Hofe herumstolziert.«

»Das machst du nicht«, sagt der Riese drohend.

»Und ob. Die Lieder singe ich dann auf seiner Hochzeit mit der Königin, die unzweifelhaft stattfinden wird.«

»Das machst du nicht«, knurrt der Bär.

»Wie wollt ihr mich daran hindern?«

Der Riese kratzt sich am Kopf. »Ganz einfach, du kommst mit uns«, sagt er entschlossen. »Dann kann ich dir jederzeit mit diesen Fäusten hier erklären, was du tun und was du lassen sollst.«

»Und wenn ich nicht mitkommen will?«

»Du musst«, grollt der Riese. Und zerreißt im nächsten Augenblick die Ketten des Narren. »So, los geht's!«

»Na also. Warum nicht gleich so?«, sagt der Narr zufrieden.

Die fünf Gefährten brechen zu ihrer Suche auf, und ihr Weg führt sie als Erstes über den Marktplatz.

»Auf Schritt und Tritt begegnet einem ein falscher junger König«, brummt der Bär. »Langsam wird es unheimlich.«

Misstrauisch betrachten die fünf Gefährten den Orakelautomaten: das schöne silberne Antlitz, den Hebel und den Ausgabeschlitz.

»Wir könnten ihn etwas fragen«, schlägt der Narr vor.

»Den Teufel werden wir tun«, sagt der Riese. »Einem künstlichen Automaten, der aus Silber, Zahnrädern und Zauberei besteht, traue ich nicht über den Weg.«

Während sie weiterziehen, bleibt der Narr ein wenig zurück. Keiner der anderen bekommt mit, wie er leise fragt: »Werden wir den jungen König finden?«, blitzschnell die Münze einwirft und den Hebel zieht.

Im Inneren des Automaten surrt es. Das Täfelchen fällt heraus. Halblaut liest der Narr: *»Zuvor müsst ihr einmal die ganze Welt umrunden. Passt auf euch auf, liebe Freunde.«*

Sehr nachdenklich blickt er der silbernen Statue in die Augen. Doch sie bleibt still und leblos.

Von der anderen Seite des Marktplatzes her brüllt jetzt der Riese: »Kommst du jetzt endlich, Narr, oder muss ich dich wieder in Ketten legen?«

Ich habe die kleine Tänzerin fertig angekleidet. Jetzt kann ich nicht widerstehen, ich muss mir die fünf Gefährten einmal genauer ansehen.

Da stehen sie und scheinen ungeduldig an ihren Fäden zu zerren, bereit zum Aufbruch. Der Zwerg hockt auf der Schulter des Riesen und lässt die Beine baumeln, der Adler balanciert waghalsig auf dem Rücken des Bären, und der Narr reißt Arme und Beine hoch, als müsse er seine neue Freiheit testen. Fünf Gefährten unterwegs zu fantastischen Abenteuern: Einen Moment lang spüre ich eine aberwitzige Lust, mit ihnen loszuziehen.

Ich habe mich zu lange nach ihnen umgedreht. »Mechaniker«, ruft Frau Utuk warnend.

»Ich bin fertig«, sage ich schnell.

Herr Rix kommt zu mir herüber, nimmt die Führungsstangen der Tänzerin und lässt sie einen kurzen, wirbelnden Tanz aufführen. Er nickt mir zu: »Gute Arbeit, Puppenarzt.«

»Du kannst jetzt gehen«, sagt Frau Utuk.

Bis zum Abendessen bleibt mir noch eine Stunde – meine erste freie Stunde, seit ich hier angekommen bin. Ich stelle mir vor, gemütlich auf meinem Bett zu liegen und an Mailin zu denken, doch auf dem Weg zu meiner Kammer taucht plötzlich wie aus dem Boden gewachsen der Koch vor mir auf. »Ah, Mechaniker! Jetzt gehörst du mir! Komm, komm!«

Also repariere ich seine Geräte für ihn. Zuerst etwas, das wie eine Mischung aus Trichter und Säge aussieht, dann eine Art eiserne Guillotine, dabei hüte ich mich, nach dem Verwendungszweck zu fragen. Neben mir schuftet der Koch für das Abendessen, als hätte er zehn Hände. Er findet sogar noch Zeit, mir Schälchen mit Kostproben hinzustellen.

»Du gewöhnst dich daran«, versichert er mir unverdrossen, als ich huste, bis mir die Tränen hinunterlaufen. »Hier, probier das.« Er reicht mir eine kleine heiße Pastete.

»Das ist richtig gut«, lobe ich. »Nicht so scharf. Was ist da drin?«

»Krokodil«, sagt der Koch und strahlt mich an.

Beim Abendessen erkundigt sich Frau Lu bei mir: »Was haben die Puppenspieler heute geübt?«

»Ein Stück über einen bösen Alchemisten. Er nimmt einen jungen König gefangen und ersetzt ihn durch eine künstliche Kopie. Den echten König sperrt er in einen silbernen Automaten.«

Sie weiß sofort, wovon ich rede. »Die Legende vom Doppelgänger. Dieses Stück ist schon über dreihundert Jahre alt«, sagt sie ehrfürchtig.

»Wirklich? Mir kam es überhaupt nicht altertümlich vor.«

Frau Lu wirft einen Blick zum Tisch der Herrschaft. »Das liegt allein an Frau Utuk, sie ist die beste Erzählerin im ganzen Land und kann die alten Geschichten wie neu klingen lassen. Aber die Legende vom Doppelgänger ist wirklich schon so alt. Zu dieser Zeit glaubte man noch an die Macht der Alchemisten, daran, dass sie mit ihrem geheimen Wissen künstliches Leben erschaffen könnten. Darüber hinaus erzählt das Stück auch von den Werten, die den Menschen in Flore damals wichtig waren. Warte, ob ich es noch zusammenbekomme«, Frau Lu zählt an den Fingern ab, »der Bär steht für die Tradition der Ahnen, der Zwerg für die Demut vor den Göttern, der Riese für die Macht und der Adler für die Weitsicht der Herrschenden.«

Für mich war es einfach nur eine Geschichte, ein Abenteuer, auf jeden Fall spannender als die immer gleich gestrickten coronischen Heldencomics in Camp Mi. »Und wofür steht der Narr?«

»Für die Freiheit«, sagt Frau Lu.

Perplex sage ich: »Aber sie haben ihn in Ketten gelegt.«

Sie lächelt mich an. »Es sind nur Puppen, Mechaniker, und ein dreihundert Jahre altes Stück. Es hat nichts mit der Wirklichkeit zu tun, nicht wahr?«

Übergangslos wechselt sie das Thema. »Die Gärtner möchten, dass du noch vor dem Winter ein Glashaus für sie baust. Geh in den nächsten Tagen in die Stadt und bestelle das Nötige. Einen guten Glaser findest du ganz in der Nähe des Instituts für Stickerei.«

»Was wird in diesem Institut gemacht?«, frage ich.

»Was denkst du? Gestickt natürlich«, sagt Frau Lu. »Eigentlich ist es eine Schule für schlechte Staatsbürger. Im Institut sticken sie Landesflaggen und Portraits des Obersten Führers und werden so zu guten Staatsbürgern.«

Ich kann ihr nicht recht glauben. »Allein durchs Sticken?«

»Durch *sehr viel* Sticken.« Wieder lächelt Frau Lu mich an und ich frage mich, was sie denkt.

»Heute Morgen habe ich einen Mann gesehen, der in einer Grotte eingesperrt ist. Was hat er verbrochen?«

»Pio Gaumata«, sagt Frau Lu sofort. »Er hat nichts verbrochen.

Im Gegenteil, er ist ein Heiliger. Er beweist auf seine Weise, wozu ein Florer fähig ist, und die Menschen verehren ihn dafür. Hast du die vielen Kleidungsstücke im Baum gesehen?«

Ich nicke.

»Sie gehören Toten«, sagt Frau Lu. »Die Menschen hier in der Stadt glauben, dass Pio Gaumata durch seine Gebete die Verstorbenen schneller ins Paradies bringen kann. Hast du mit ihm gesprochen?«

»Ein wenig, ja. Er hat mir den Segen der Tiefe mitgegeben.«

Jetzt sieht Frau Lu mich merkwürdig an. »Bist du dir ganz sicher?«

»Ja. Warum?«

»Das ist sehr ungewöhnlich. Pio Gaumata segnet nur selten einen Lebenden. Deshalb ist sein Segen in Flore etwas sehr Kostbares.«

»Das hat mir der Pio auch schon gesagt.«

»Wirklich erstaunlich«, sagt sie kopfschüttelnd. »Du solltest ihm zum Dank etwas bringen. Etwas von dir.«

»Aber was? Ich habe doch nichts.«

»Pio Gaumata ist genügsam. Spar einfach ein paar Tage lang die Hälfte deiner Brotration auf und bring sie ihm. Das wird ihm reichen.«

15

Eine Woche später, auf meinem Weg zum heiligen Pio in der Grotte, sehe ich zum ersten Mal junge Florer. Sie sind vielleicht dreizehn oder vierzehn Jahre alt; die Haare hat man ihnen so rigoros geschoren, dass es mir schwerfällt, die Mädchen von den Jungen zu unterscheiden. In ihren blauen Uniformen marschieren sie im Gleichschritt, ohne jemals nach rechts oder links zu blicken. Ich denke an unsere Schulausflüge zu Hause, zum Schrein der Stadtgötter, zur segensreichen Quelle oder weiter weg zum Zentrumsstein, der als Mittelpunkt von ganz Parman gilt. Auch wenn es immer ein frommes oder irgendwie erhabenes Ziel war und unsere Lehrerin Frau Jong uns umkreiste wie ein überbesorgter Hütehund, hatten wir bei den Ausflügen doch auch immer unseren Spaß.

Was haben die Jugendlichen hier in Flore? Wie leben sie, was denken sie? Ob sie die Parolen noch wahrnehmen, mit denen die Lautsprecher jetzt gerade die Stadt beschallen?

»Florische Truppen haben die Grenze zu Miracao von Rebellennestern gesäubert. Als Strafe für die andauernden Unruhen werden die Abgaben Miracaos ab sofort verdoppelt.«

»Die Florische Jugend zeigt ihre Schönheit, ihre Kraft und ihr Können bei der diesjährigen Parade der Kadetten! Der Oberste Führer wird persönlich anwesend sein, um die Besten der Besten auszuzeichnen!«

Dazwischen scheppert Marschmusik. Ich frage mich, ob ich verhaftet werde, wenn ich mir die Ohren zuhalte.

Als ich zum Fluss komme, verschmilzt die blecherne Propaganda mit dem Rauschen des Wassers. Wie beim letzten Mal überquere ich die Brücke und gehe weiter die jenseitigen Straßen entlang. Als ich schon fast davon überzeugt bin, mich verirrt zu haben, entdecke ich doch noch den Maulbeerbaum mit seinen flatternden Stofffetzen.

Kurz vor dem Gitter zögere ich: Ich könnte das Brot einfach hinunterwerfen und schnell wieder weglaufen. Der Gedanke ist verlockend.

»Da bist du ja wieder. Kommst du heute herunter zu mir?«, sagt die sanfte Stimme vom Gitter her. Entweder besitzt der heilige Mann einen sechsten Sinn, oder er hat einen Spiegel dort unten installiert.

Ich atme einmal tief durch, dann steige ich die ausgetretenen Stufen nach unten. Die Grotte des Heiligen ist vergittert wie der Käfig eines Zootiers. Ein wenig riecht es auch so.

Dämmriges Licht fällt von oben herab und zeichnet das Muster des Deckengitters auf den Steinboden. Die Grotte ist praktisch leer, nicht einmal ein Strohbündel oder eine Decke gibt es. Nur ein Krug und eine hölzerne Kiste zeigen an, dass hier unten ein menschliches Wesen lebt.

Der heilige Mann – Pio Gaumata – lehnt an der Wand und sieht mich an. Sein verfilztes Haar reicht ihm bis zu den Hüften, sein Gesicht verschwindet zum größten Teil hinter dem wild wuchernden Bart. Gekleidet ist er mit Lumpen, die aussehen, als hätte er sie vom Maulbeerbaum gepflückt. Ich kann sein Alter unmöglich schätzen, er kann dreiunddreißig oder ebensogut sechsundsechzig sein.

Verlegen räuspere ich mich. »Verehrter Heiliger, ich möchte mich für den Segen von neulich bedanken.« Damit reiche ich meinen Beutel durch das Gitter.

Der Pio nimmt den Beutel und wirft einen Blick hinein. »Du gibst mir dein Brot?« Er lacht leise. »Das muss dir schwerfallen. Für dich als Neuling ist das Essen hier ungenießbar. Oder kochen sie in Marschall Utuks Haus weniger scharf?«

In irgendeinem Winkel meines Kopfes habe ich es gewusst, von der ersten Sekunde an, als ich seine Stimme hörte. Trotzdem kann ich erst einmal keinen klaren Gedanken fassen.

Muss ich auch nicht, denn Pio Gaumata redet gleich weiter. »Du bist der letzte der sechs, deine Mitrekruten sind alle schon aktiviert. In die anderen Häuser kann ich meine Leute schicken, aber keiner setzt freiwillig einen Fuß in Marschall Utuks Haus. Warum, hast du wohl mittlerweile mitbekommen.«

»Der Keller.« Mehr als zwei krächzende Worte bringe ich noch nicht heraus.

Der Pio nickt. »Du schläfst direkt über den Kerkern der Geheimpolizei, die Marschall Utuk praktischerweise unter sein eigenes Haus hat verlegen lassen.« Er klopft gegen die nasse Mauer seiner Grotte. »Im Vergleich dazu ist mein Verlies hier eine gemütliche Bleibe.«

Ich will ihn fragen, warum er hier unten lebt. Wie er es geschafft hat, dass die Florer oder zumindest ihre Dienstboten ihn für einen Heiligen halten. Wie er dieses Leben seit zwanzig Jahren aushält. Wie er uns von einem Käfig unter der Erde aus führen will. Aber viel brennender ist eine andere Frage.

»Was ist mit den anderen? Geht es ihnen gut?« *Mailin?*

»Sie laufen alle auf ihren zwei Füßen herum, spucken Feuer beim Essen und gewöhnen sich allmählich ein, genau wie du.«

»Kann ich sie treffen?«

»Sicher. Wenn ich es für richtig halte.«

»Aber wann wird …«

»Kein Aber«, sagt der heilige Mann, der in Wahrheit unser Leader ist. »Es gibt bei uns kein Aber und kein Nein und auch kein Warum. Haben sie dir das in Camp Mi nicht beigebracht?« All das sagt er mit der sanften, milden Stimme des frommen Pio.

»Doch.«

»Ist deine Herrschaft bisher mit dir zufrieden?«

»Ja, ich denke schon.«

»Sorg dafür, dass es so bleibt. Bis zu den Nationalen Spielen sind es noch gut fünf Monate. Je näher der Termin heranrückt, desto nervöser wird Frau Utuk werden. Wenn du bei ihr in Ungnade fällst, war alles umsonst.«

Ich nicke stumm.

»Während der Ausbildung hast du Schwächen gezeigt«, sagt der Leader. »Besondere Sorge macht mir dein Protego-Schirm. Ein gewiefter Teufel wie Marschall Utuk liest in deinem Gesicht wie in einem offenen Buch. Hattest du schon direkten Kontakt zu ihm?«

»Zweimal.«

»Wie lief es?«

»Er … er verunsichert mich.«

»Sei ehrlich! Du hast Angst vor ihm.«

Es hat keinen Zweck, ihn anzulügen. »Ja.«

Der Pio tritt näher ans Gitter und sieht mich prüfend an. Seine Augen passen nicht zu seinem verwahrlosten Äußeren: Sie sind hell und klar und scharf wie Falkenaugen.

»Du bekommst jetzt einen ersten Auftrag von mir«, sagt er. »Wenn du ins Haus zurückkommst, wirst du dich sofort bei Marschall Utuk melden. Du erzählst ihm, dass du in der Nähe der alten Gipsmühle einen rot gekleideten Flüchtling gesehen hast. Dabei wirst du so überzeugend sein, dass der Marschall Soldaten zur Mühle schicken wird, obwohl du die ganze Zeit über in deinem Hinterkopf weißt, dass die Geschichte erstunken und erlogen ist.«

»Aber warum sollte ich das tun?«, frage ich fassungslos. »So wird Marschall Utuk doch erst recht auf mich aufmerksam. Wir haben gelernt, dass wir möglichst unauffällig …«

Mit einem harten Griff packt der Leader mich am Kittel und zieht mich dicht an das Gitter heran. »Fragt dich deine Feile, warum sie feilen soll? Dein Hammer, ob er auch den richtigen Nagel trifft?« Sein Atem stinkt, seine Finger starren vor Dreck. »Wenn wir beide Freunde werden wollen, gehorchst du besser ohne Widerworte. Und ich rate dir gut, mich zum Freund zu wollen!«

Mit einem Ruck stößt er mich wieder zurück. »Ich merke schon, du bist ein Feigling, Mechaniker. Die Zwillinge würden über diesen Auftrag lachen.«

»Dann bringen Sie Kester und Silvan doch bei, Puppen und Galgen zu reparieren«, entgegne ich wütend. »Ich hätte nichts dagegen.«

»Warte«, zischt der Leader plötzlich. Er hebt den Kopf und lauscht, dann legt er den Finger an den Mund.

Von oben ist eine Frauenstimme zu hören. »Bete für unser Kind, heiliger Pio Gaumata. Bring es sicher hinüber ins Paradies. Ich flehe dich an.« Ein Regen von Münzen fällt herab, landet klingelnd auf dem Steinboden.

Der Pio wendet sein Gesicht dem Deckengitter zu. »Das Kind, wie war sein Name?«

»Loschka. Er war erst sechs Monate alt.«

»Hab keine Furcht«, sagt der Pio sanft und bezwingend. »Ich bringe euren kleinen Loschka auf direktem Wege zu den Engeln.«

Die Frau oben schluchzt, dass es mir ins Herz schneidet. »Geh jetzt nach Hause, arme Frau, und tröste dich und die Deinen«, sagt der heilige Mann.

Schritte entfernen sich und nehmen das Schluchzen mit sich.

»In drei Tagen kommst du wieder zu mir«, sagt der Leader zu mir, als hätte es keine Unterbrechung gegeben. »Bis dahin hast du den Auftrag erledigt. Die Gipsmühle findest du einen Kilometer flussabwärts; geh jetzt gleich dorthin und sieh dir die Gegend genau an, bevor du zu Marschall Utuk gehst. Deine Geschichte muss bis ins letzte Detail stimmig sein.«

Als ich die Stufen hinaufgehe, ruft er mir nach: »Vergiss den Segen der Tiefe nicht. Wohin du auch gehst, was du auch tust, mein Segen begleitet dich wie dein Schatten.« Ich höre ihn lachen.

Oben im Freien bleibe ich stehen und starre auf die Kleiderfetzen, die in den Zweigen des Maulbeerbaumes flattern. Ein gestricktes Babymützchen und gleich daneben winzige Söckchen sind ganz neu, haben bisher weder Wind noch Regen erlebt.

Sie bringen mir ihre Toten. Hat der Leader keine Angst, dass, selbst wenn die lebendigen Florer auf seine Tarnung hereinfallen, sich irgendwann ihre Toten an ihm rächen?

Der Fußweg flussabwärts führt an Lagerhallen und Fabrikbauten vorbei. Arbeiter in grauer Montur schieben Wägen mit metallenen Rohren über den Hof, hinter einem Eisenzaun türmt sich rostiger Schrott. Es riecht nach Ruß und faulen Eiern.

Der Himmel ist heute so bleifarben wie der Fluss, der Herbst hat jeden spätsommerlichen Anstrich verloren. Die Wolken hängen tief, von vorne bläst mir ein scharfer Wind entgegen. Ich wickle mich fester in meinen Kittel, dabei frage ich mich, ob es für die Domestiken warme Winterkleidung gibt. Eine Überlegung, über die der Leader in seiner Grotte wohl hohnlachen würde. Wer ist dieser Mann? Wie besessen muss er von seiner Aufgabe sein, um ein solches Leben durchzuhalten?

Der hölzerne Koloss, der auf Stelzen halb im Wasser steht, muss die Gipsmühle sein. Die drei riesigen Wasserräder drehen sich schon seit langer Zeit nicht mehr: Ihre Speichen sind mit Moos bewachsen und halb verfault.

Wie vom Leader befohlen, sehe ich mich in der Umgebung um. Hinter der Mühle reicht ein Ahornwäldchen bis an das Flussufer heran. Während der Wind die leuchtend gelben Blätter durch die Luft wirbelt, stelle ich mir vor, wie eine rot gekleidete Gestalt geduckt zwischen den Bäumen verschwindet. Ein Mann ist es, barfüßig und schmutzig; in seinem Gesicht malt sich die Panik des gehetzten Tieres.

Genauso werde ich es Marschall Utuk erzählen. Auch wenn ich ein noch so miserabler Lügner bin und mich jetzt schon vor dem durchdringenden Blick des Marschalls fürchte, ich habe keine Wahl. Nicht, wenn ich Mailin und die anderen wiedersehen will. Nicht, wenn ich diesem Albtraum irgendwann entkommen will.

Einen Moment lang überlege ich, ob ich mich nicht Frau Utuk und Herrn Rix anvertrauen könnte. Aber die Idee ist verrückt – und gefährlich dazu: Sie mögen freundlich zu ihren Puppen sein, zu einem coronischen Verräter sind sie es bestimmt nicht.

Auf dem Rückweg, schon fast wieder im Zentrum von Heiman, entdecke ich am Fluss eine Gruppe Kinder. Sie sind vielleicht fünf oder sechs Jahre alt, die ersten kleinen Kinder, die ich in Flore spielen sehe. Einige Soldaten stehen um sie herum; sie haben ein großes Feuer auf den Flusskieseln geschürt, in das die Kinder immer wieder etwas hineinwerfen dürfen. Es sieht aus, als hätten sie alle zusammen großen Spaß.

Erst als ich näher komme, erkenne ich meinen Irrtum. Die Gesichter der Kinder sind tränenüberströmt, während sie ihre Spielsachen ins Feuer werfen: ein Püppchen, einen abgewetzten Teddy, ein Holzauto.

Mit einem Kloß im Hals gehe ich weiter. Gut möglich, dass die kleinen Kinder ab morgen in der Kadettenschule leben müssen, einem Ort, an dem es bestimmt keine Spielsachen gibt.

»Du willst zu Marschall Utuk?« Der Soldat im ersten Stock schüttelt den Kopf. »Das geht nicht. Der Marschall ist auf Reisen. Komm in fünf Tagen wieder.«

Ich starre ihn an und habe das Gefühl, dass mein Kopf sich weit öffnet und all die Lügen, die ich mir für Marschall Utuk zurechtgezimmert habe, wie Vögel davonschwirren.

Mit meiner Werkzeugtasche über der Schulter gehe ich ins zweite Stockwerk hinauf, zum Saal der Puppen. Auch wenn mich keiner gerufen hat, ich muss mich beschäftigen, und hier gibt es genügend Arbeit für mich. Verworrene Schnüre, verdrehte Füße, abgebrochene Nasen: In den Schränken habe ich eine Menge hölzerne Invaliden herumliegen sehen.

Der Saal ist still und leer. Das heißt, die Puppen sind natürlich anwesend, aber keiner der Puppenspieler. Alles läuft heute merkwürdig verquer.

Langsam laufe ich durch den Saal und sehe mir die schweigende Gesellschaft an. Da am Fenster lehnen sie nebeneinander: der echte junge König und sein künstlicher Doppelgänger, beide im Sternenmantel, ihre Führungskreuze sind am Fenstergriff befestigt. Zu meinem Erstaunen kann ich die beiden problemlos auseinanderhalten: wo die Augen des echten jungen Königs offen und strahlend in die Welt blicken, wirkt der Blick des Doppelgängers dunkler, als hätte sich ein Schatten vors Licht geschoben.

»Ich fürchte, für dich wird es nicht gut ausgehen«, sage ich zu dem künstlichen Geschöpf. »Obwohl du ebenso schön bist wie der echte König. Eigentlich ist es unfair.« Vorsichtig greife ich nach dem Führungskreuz, lasse den falschen jungen König mit dem linken Arm zucken, dem rechten – und fahre zusammen, als eine schroffe Stimme sagt: »Finger weg!«

Als ich mich umdrehe, entdecke ich auf einem der Sofas Herrn Rix. Er sitzt neben dem Narren und hält etwas in seiner Hand, das ich im ersten Augenblick für eine rundliche kleine Puppe in Ritterrüstung halte. Erst beim zweiten Hinsehen erkenne ich einen Zinnkrug.

»Mechaniker«, sagt er mürrisch. »Wer hat dich gerufen?«

»Niemand. Verzeihung.« Ich bin schon wieder auf dem Rückzug, Richtung Tür. »Ich wusste nicht, dass die Probe heute ausfällt. Ist die gnädige Frau Utuk nicht da?«

»Die gnädige Frau Utuk begleitet den gnädigen Herrn Utuk auf seiner Reise«, äfft er mich nach. »Und du, Mechaniker, begleitest den gnädigen Herrn Rix jetzt auf seiner Reise in das magische Reich des Weingeistes. Komm her und setz dich.«

Den Narren vom Sofa wegzuräumen wage ich nicht. Also lasse ich mich vor Herrn Rix im Schneidersitz auf dem Boden nieder.

Als er sich zu mir herabbeugt, steigt mir ein scharfer alkoholischer Geruch in die Nase. »Hast du auch einen Namen, Mechaniker?«, fragt er.

»Tamaso. Tamaso Noti.«

»Also Tamaso, probier hiervon.« Er hält mir den Zinnkrug hin, und ich hebe abwehrend die Hände. »Das möchte ich lieber nicht.«

»Du magst nicht? Egal, du musst.« Er grinst boshaft.

Also trinke ich und versuche gleichzeitig, möglichst wenig in den Mund zu bekommen. Trotzdem verätzt mir die Flüssigkeit die Kehle und treibt mir die Tränen in die Augen.

»Das ist scharf«, ächze ich.

»Na und? Bei uns ist alles scharf. Los, trink einen richtig großen Schluck.«

Ich gebe mir Mühe, einen richtig großen Schluck Luft aus dem Becher zu nehmen. Allein der Alkoholdunst genügt, um mir die Lunge aus dem Leib zu husten.

»Schauspieler«, sagt Herr Rix. »Aber sei's drum. Ich habe Lust zu reden, also frag mich etwas.«

Es gibt eine Menge Fragen, die ich ihm gerne stellen würde. Zum Beispiel, wie es ihm als Kind in der Kadettenschule ergangen ist. Oder wie es für ihn ist, als Zivilist jeden Abend mit den Offizieren seines Vaters an einer Tafel zu sitzen, ihren Spott und Hohn aushalten zu müssen. Einen Vater zu haben, der einen offen verachtet. All das findet so unverhohlen statt, dass jeder im Speisesaal es mitbekommt, auch wir Domestiken auf unserer Matte.

Ich zerbreche mir den Kopf nach etwas Unverfänglichem.

»Warum spielen Sie Puppentheater?«

»Weil ich zu nichts anderem tauge. Stell eine bessere Frage.«

»Warum ist das Puppenspiel in Flore so wichtig?«

»Weil wir alle sind wie er.« Herr Rix knufft den Narren an seiner Seite. »Die Puppen zeigen uns, wer wir einmal waren. Und wir lachen über sie, damit wir nicht zu weinen anfangen über das, was wir verloren haben. Denn dann könnten wir nicht mehr aufhören zu weinen.«

»Warum sagen Sie so etwas? Flore ist groß und mächtig wie niemals zuvor. Wenn sogar die Coroner Angst vor euch haben.« Ich erschrecke, aber die Worte sind schon heraus. Es liegt an dem verdammten Zeug aus dem Krug. Während Herr Rix davon trinkt wie Wasser, fühle ich mich schon von einem Schluck benebelt. Wenn ich nicht achtgebe, rede ich mich um Kopf und Kragen.

»Angst, ja«, sagt Herr Rix. »Unsere große Errungenschaft, mit der wir die Welt beglücken. Wahrlich, unser Siegeszug ist nicht aufzuhalten. Prost!« Er nimmt einen tiefen Schluck aus dem Krug. Übergangslos fragt er mich: »Unsere Puppenspieler sind großartig, oder?«

»Das sind sie, ja.«

»Sie sind allesamt Hochverräter. Meine Mutter hat sie aus dem Keller rekrutiert.«

Hat er das gerade wirklich gesagt? Verzweifelt bemühe ich mich, meinen Kopf wieder klar zu kriegen. »Aber hier oben im Saal der Puppen ist es doch nicht wie … wie dort unten«, stammle ich. »Ich dachte, hier oben ist alles gut. Dass Sie alle Kollegen sind, oder sogar Freunde.«

Herr Rix zieht eine hässliche Grimasse. »Unsere *Freunde* werden in ihren Kammern eingesperrt, wenn Mutter außer Haus ist. Und sollten wir bei den nächsten Nationalen Spielen nicht siegen, kommen sie in den Keller zurück. So sind die Regeln, Mechaniker«, sagt er. »Es ist eine Wette zwischen den beiden, und der Einsatz ist aus Fleisch und Blut. Ganz nach dem Geschmack meines Vaters.«

Wieder nimmt er einen tiefen Schluck und wischt sich mit dem Handrücken den Mund ab. »Vier Jahre hintereinander haben wir gewonnen, das bedeutet vier Jahre Leben und Sicherheit für unsere Spieler. Und sie werden immer besser, je mehr sie ihre Angst vergessen.«

»Ich finde, Sie sind der beste Spieler von allen.«

Er lacht kurz und hart auf. »Soll ich dir sagen, was ich bin? Die lebende Schande, die der Marschall nicht tilgen kann. Der Abschaum, mit Buckel und Klumpfuß, schwächlich und pervers, weder zum Kommandieren noch zur Zucht geeignet. Aber weißt du was: Ich pfeif darauf! Sieh her!«

Leicht schwankend erhebt sich Herr Rix vom Sofa und geht die Reihen der Puppen entlang. »Ich habe die freie Auswahl unter den Schönsten der Schönen. Ich kann mit Göttern und Dämonen das Bett teilen, mit Königen und Helden. Und alle, alle lieben mich.«

Vor dem jungen König bleibt er stehen und drückt ihm einen Kuss auf die Lippen. »Nicht wahr, mein schöner Geliebter?«

Herr Rix kehrt zu mir zurück und legt mir die Hände auf die Schultern. »Und wenn uns die Puppen zu kalt und hart sind, holen wir uns einen Domestiken«, sagt er von hinten leise an meinem Ohr. »Keiner von euch darf sich wehren, wenn die Herrschaft ihn ruft. Du verstehst mich doch, mein hübscher Mechaniker mit den geschickten Händen?«

Ich rieche seinen Schnapsatem. Ekel kriecht meine Kehle hoch. »Sie tun so etwas, Herr Rix?«

Abrupt lässt er mich los und kehrt auf das Sofa zurück. »Nein. Nein. Ich rede nur besoffenen Mist daher«, sagt er ernüchtert. »Ich bin eine lebende Schande, aber ich will bestimmt nicht besitzen und vergewaltigen, sondern lieben. Und geliebt werden.«

Es klingt wie ein aufrichtiges Bekenntnis. Plötzlich tut er mir leid. »Ihre Puppen lieben Sie.«

Herr Rix verzieht angewidert das Gesicht. »Bleib mir mit dem hölzernen Pack vom Leib. Irgendwann werde ich das ganze Gesindel auf einen Haufen schichten und anzünden. Dann habe ich endlich Ruhe.«

Er kippt den Rest des Kruges in sich hinein, dann legt er den Kopf auf die Rücklehne und schließt die Augen. Die Reise ins Reich des Weingeistes ist zu Ende. »Kann ich jetzt gehen, Herr Rix?«

»Ja, geh«, murmelt er. »Träum von mir heute Nacht. Damit du die Angst lernst.«

Als ob ich ihn dazu bräuchte. Sein Vater, Marschall Utuk, ist der wahre Meister der Angst.

16

Die Wasserräder der Gipsmühle, die ich mir als Mechaniker unbedingt ansehen wollte. Das Wäldchen mit den fallenden Blättern, wie gelber Regen. Eine rot gekleidete Gestalt, die gehetzt zwischen den Bäumen verschwindet.

Wie ein dilettantischer Maler habe ich meine Lügengeschichte vor Marschall Utuk hingekleckst. Jetzt stehe ich da und warte auf seine Reaktion.

Er sitzt an seinem Schreibtisch, eines der ledergebundenen Bücher liegt aufgeschlagen vor ihm. Wieder sind die Seiten mit endlosen Zahlenkolonnen beschrieben, sonst kann ich nichts erkennen. In der Zimmerecke hängt ein neuer Käfig, diesmal aus funkelndem Messing. Ich glaube nicht, dass der Rabe, der darin gefangen sitzt, seine Freude daran hat.

»Warum kommst du erst heute damit an?«, fragt Marschall Utuk.

»Gnädiger Herr Utuk, ich wollte gleich nach meiner Rückkehr zu Ihnen. Sie waren auf Reisen.«

Er klopft mit seinem Füller auf die Tischplatte. »In diesem Haushalt gibt es Dutzende von Offizieren, denen du deine Geschichte hättest erzählen können.«

»Verzeihung. Ich kenne mich mit den Zuständigkeiten in Ihrem Haus noch nicht aus.«

Der Rabe stößt mit dem Schnabel an das Messing. Plötzlich lächelt Marschall Utuk. »Sieh einer an, Mechaniker«, sagt er. »Du bist also ein kleiner Denunziant. Das gefällt mir. Halt die Augen ruhig weiter offen, vor allem hier im Haus. Überall dort, wo du arbeitest.«

Ich verneige mich. »Ja, gnädiger Herr Utuk.«

Er lässt den Deckel einer kleinen Holzkiste aufspringen. »Greif hinein. Du hast es dir verdient.«

Mit Schokolade in der Kitteltasche verlasse ich sein Büro. Dabei fühle ich mich besudelt, als hätte ich tatsächlich jemanden verraten.

»Die Gärtner wollen mit dir über das Glashaus reden«, sagt Frau Lu am nächsten Morgen. »Geh gleich nach dem Frühstück hinaus zu ihnen.«

Ich finde die vier Gärtner im hinteren Bereich des Gartens, wo sie die Rosenbüsche mit Säcken umwickeln, wohl um sie vor dem kommenden Winter zu schützen. Neben ihnen warten ihre hölzernen Schubkarren wie wohlerzogene Hunde.

Als ich zu ihnen trete und sie begrüße, lächelt der blinde Gärtner in meine Richtung: »Siehst du, Mechaniker, heute ist ein guter Tag für den Garten.« Ich werfe einen Blick zurück auf den verlassenen Treppenabgang vor dem steinernen Brunnen und schlucke meine Beklemmung hinunter.

Die Gärtner führen mich zu der Stelle, an der das künftige Glashaus errichtet werden soll. Jetzt ist dort noch ein Beet voller gelber Chrysanthemen, die um die Wette leuchten, als wollten sie die Sonne hinter dem grauen Wolkenhimmel herausfordern.

Schon in drei Tagen werden sie das Fundament festgestampft haben, erklären mir die Gärtner. Und darauf soll ich dann ein Glashaus errichten: So hoch, dass ein Mann aufrecht darin stehen kann, so geräumig, dass alle vier Gärtner samt ihren Schubkarren auf einmal hineinpassen, so stabil, dass es die schlimmsten Winterstürme übersteht.

Ich habe keine Ahnung, ob ich ein derartiges Bauwerk zustande bringe. »Noch etwas?«

»Ja. Du musst eine Heizung einbauen.«

Jetzt wird die Sache allmählich kompliziert. »Wozu das?«

»Wie sollen wir sonst im März Jasmin zum Blühen bringen? Jasminzweige gehören zu den Nationalen Spielen. Das ist Tradition.«

»Heißt das, die Spiele finden hier in Heiman statt?«

»Hier, ja«, sagt einer der sehenden Gärtner. »Zum allerersten Mal. Der Oberste Führer wird kommen, und mit ihm zehntausend Gäste aus ganz Flore. Und unsere Pflicht ist es, den Jasmin zu liefern. Deshalb brauchen wir ein Glashaus.« Er kratzt sich am Kopf. »Das ist nicht einfach für uns, Mechaniker.«

»Ich fürchte, für mich auch nicht«, sage ich. »Warum werden die Spiele ausgerechnet im März abgehalten? Warum nicht im Sommer?«

Die Gärtner schütteln den Kopf über meine Einfalt. »Im Sommer muss auf den Feldern gesät und geerntet werden. Die Wege sind trocken und fest genug für militärische Unternehmungen. Wer hätte da Zeit für Spiele?«

Während wir über die Stärke des Glases und die Größe des Ofens diskutieren, steht der blinde Gärtner wie unbeteiligt daneben. Irgendwann tippe ich ihn an: »Was meinst du zu alledem?«

»Du fragst mich?« Der alte Mann gluckst in sich hinein. »Weißt du, mein Junge, ein Glashaus und ein Blinder passen zusammen wie, sagen wir, ein Tiger und ein Löwe. Jedes Zusammentreffen kann das Ende sein, für den einen wie für den anderen.«

Die anderen Gärtner lachen, und am Ende verspreche ich ihnen, noch heute einen Glaser und einen Ofensetzer aufzusuchen. Doch zuvor muss ich noch Bericht erstatten, an einem Ort, an dem es weder Wärme noch Licht gibt.

Hoch oben im Maulbeerbaum hängt eine neue blaue Uniformjacke. Der Wind fährt in sie hinein und bläht sie auf, so wie er es von jetzt an noch Tausende Male tun wird. Der heilige Mann unten in der Grotte hat einen Toten mehr zu betreuen.

Als ich vor das Gitter trete, liegt er mit ausgestreckten Armen reglos auf dem Boden. Sein fast nackter Körper bildet ein helles Kreuz auf dem dunklen Stein. Ich bin unschlüssig, ob ich ihn stören darf, aber ich habe so wenig Zeit.

»Pio Gaumata?«

Jemand springt mich von hinten an, ohne Vorwarnung, wild und rücksichtslos wie ein Panther. Ich strauchle, gehe in die Knie; der Angreifer packt mich an den Haaren und reißt meinen Kopf nach hinten, dass ich aufstöhne. »Du bist drei Tage zu spät! Und Marschall Utuk hat keine Soldaten zur Gipsmühle geschickt!«

Der liegende Mann in der Grotte ist ein Doppelgänger. Der echte Pio Gaumata wirft mich zu Boden und schlägt mir brutal ins Gesicht. »Was fällt dir ein, mir nicht zu gehorchen?«

Trainer LeBron ist wieder da. Der Hass, den ich fühle, gibt mir die Kraft, mich loszureißen und auf die Füße zu kommen.

»Marschall Utuk war unterwegs. Ich konnte ihm erst gestern davon erzählen«, erkläre ich keuchend. »Vielleicht denkt er, dass der Entflohene längst über alle Berge ist.«

»Vielleicht hat er dir aber auch kein Wort geglaubt.« Der Leader lässt von mir ab und zieht sich in eine Nische in der Felswand zurück, bis seine zerlumpte Gestalt mit dem Schatten verschmilzt. Niemand, der nicht darauf gefasst ist, wird ihn dort stehen sehen.

»Kann sein. Woher soll ich das wissen?«, sage ich unglücklich. »Ich kann ihn nicht einschätzen, ich bin nur froh, wenn ich möglichst selten in seine Nähe komme.«

»Nun, ich werde dafür sorgen, dass du ganz oft in seine Nähe kommst«, sagt der Leader. »Ich weiß genau, was in dir vorgeht: Du möchtest einfach nur der kleine, tüchtige Mechaniker sein, einer der vielen Domestiken im Haus von Marschall Utuk. Und genau wie sie alle willst auch du nicht wissen, was da unten im Keller vor sich geht, wie viele Folterungen und Morde euer gnädiger Herr Utuk Tag für Tag mit einem einzigen Füllerstrich anordnet. Aber bei meiner Seele, dafür haben wir dich nicht herangezogen. Du bist Coroner und auserwählter Rekrut von Projekt Mimikry, ob du willst oder nicht! Und du wirst deinen Teil dazu beitragen, diesen verfluchten Teufel Utuk zur Strecke bringen!«

Ich möchte ihm gerne von den anderen Dingen erzählen. Vom Saal der Puppen, von Herrn Rix, vom Koch und den Gärtnern, von Frau Lu – davon, dass mir im Haus von Marschall Utuk schon jetzt mehr Menschlichkeit begegnet ist als jemals in Camp Mi. Dass ich dort noch keinen Schinder wie Trainer LeBron, keinen Verräter wie Alan getroffen habe. Doch ich werde mich hüten: Ein Mann, der seit zwanzig Jahren hier in dieser feuchten Grotte seinen Hass gegen Flore nährt, kann mich für solche Gedanken nur verachten. Oder, noch schlimmer, zum Überläufer erklären.

»Es tut mir leid, aber ich bin kein Held«, sage ich. »Und ich bin ein schlechter Lügner, mein Protego-Schirm ist erbärmlich. Aber das wussten Sie ja schon.« Ich greife in meine Kitteltasche. »Hier, möchten Sie Schokolade? Ich habe sie von Marschall Utuk bekommen, als Belohnung dafür, dass ich ein Denunziant bin.«

Der Leader stiert mich an. Dann beginnt er zu lachen. »Her damit«, sagt er.

Mit unverhohlener Gier beißt er die Hälfte des Riegels ab. »Kein Florer kommt auf die Idee, dem heiligen Pio Süßigkeiten zu bringen«, sagt er kauend. »Trockenes Brot und saure Eselsmilch sind anscheinend die passende Kost für Heilige. Hier, nimm du auch davon.« Er teilt mit mir die Schokolade, als seien wir beste Freunde.

Ich werfe einen Blick auf den reglos liegenden Mann hinter dem

Gitter. Er muss jedes Wort mit angehört haben. »Einer meiner Stellvertreter«, erklärt der Leader. »Gib Zeichen, Iduarzo!«

Der Mann in der Grotte wackelt kurz mit dem Hintern, dann liegt er wieder still. »Der heilige Pio liegt oft tagelang in frommer Erstarrung«, erklärt der Leader weiter. »Er kommuniziert dann mit den Toten. Kein Florer würde es wagen, ihn dabei zu stören.«

Während er redet, greift er in seine lange Mähne und seinen Bart und zieht beides herunter – ein Schauspieler, der seine Maske ablegt. So wie er dabei die Zähne zusammenbeißen muss, scheint die Demaskierung ziemlich schmerzhaft zu sein. Unter dem künstlichen Perückenfilz tauchen raspelkurze Haare und ein glatt rasiertes Gesicht auf.

»Du hast mich gerade erwischt, ich bin auf dem Sprung.« Als er weite Domestikenhosen und einen geknöpften Kittel über seine Lumpen zieht, ist die Verwandlung perfekt: Statt des heiligen Pio steht nun ein Land- oder Fabrikarbeiter vor mir, mit einem stumpfen, ausgemergelten Schafsgesicht, allerdings nur, solange er den Blick seiner hellen, scharfen Augen gesenkt hält.

»Komm heute in einer Woche um vier Uhr nachmittags an den Fluss. Hinter der Gipsmühle noch zwei Kilometer flussabwärts«, sagt er zu mir. Und zu seinem Doppelgänger in der Zelle: »Kümmere dich gut um die Toten, mein Freund. Ich will hinterher keine Beschwerden hören.«

Mit einigen schnellen Schritten steht der Leader an der Treppe, lauscht kurz nach oben, dann ist er fort. Der Mann in der Grotte liegt da in seiner Kreuzhaltung und rührt sich nicht.

Hinter fließenden Seidenvorhängen sieht man die Umrisse einer stehenden und einer knienden Gestalt.

»Wer bist du?«, fragt der Aufgerichtete.

»Ich bin der König von ganz Flore«, sagt der Kniende.

»Wem gehorchst du?«

»Euch allein, mein Schöpfer und Herr.«

»So ist es recht.«

Aufgebläht wie ein Gockel stolziert der Alchemist durch den Königspalast. Über Nacht ist er zum mächtigsten Mann im Reich aufgestiegen. Sein Geschöpf, der Doppelgänger, führt willig alle seine Befehle aus. Und der Alchemist will Macht, immer noch mehr Macht: »Ich werde einen Krieg führen, der alles übertrifft. Einen Weltenbrand werde ich entfachen, und alle Florer sollen meine Brandstifter sein. Sie werden mir folgen als meine Armee, ohne eigenen Willen, ohne eigene Träume. Denn über ihren Willen und ihre Träume werde ich bestimmen, ich allein!«

Auf Befehl des Alchemisten lässt der falsche junge König das Land säubern. Alle kritischen Frager und Denker, gelehrte Frauen und Sinnsucher, sogar die Kaminkehrer, die von Haus aus mehr Überblick haben als alle anderen, werden aus ihren Häusern geholt und fortgeschafft. Überall im Land schießen die Gefängnisse wie Pilze aus dem Boden – die Puppenspieler benützen dafür hölzerne Vogelkäfige, ähnlich dem zerstörten Exemplar in Marschall Utuks Arbeitszimmer. Die eingekerkerten Frauen und Männer tragen leuchtendes Rot, damals wie heute. Einer von ihnen ist ein gewisser Eustachio, einst angesehener Kammerdiener bei Hofe, dem man aus unbekannten Gründen die Zunge herausgeschnitten hat.

Aber auch wer nicht im Käfig sitzt, lebt in einem Gefängnis der Angst. Jeder Widerstand, jedes mutige Wort wird den Schergen des Alchemisten zugetragen, die dann bei Nacht und Nebel vor der Tür stehen. Um die eigene Haut zu retten, verrät der Freund den Freund, der Nachbar den Nachbarn. Die Menschen bleiben verstört in ihren Häusern, nirgendwo finden mehr Feste statt, niemand singt, lacht oder musiziert. Nur noch der Gleichschritt der Soldaten hallt durch die Straßen.

Dann kommt der Tag, an dem der Doppelgänger zum Alchemisten sagt: »Ich weiß nicht, wie mir geschieht. Wenn ich bei meiner Verlobten sitze, und sie lacht mich an und gibt mir Küsse, geschieht Merkwürdiges in meinem Inneren. Es ist wie ein Feuer und wie ein sprudelnder Quell, Hitze und Kühle zugleich.«

Während der Alchemist seinen künstlichen Leib aufschraubt und nach einer Störung sucht, fragt der junge König: »Ist es vielleicht das, was die Menschen Gefühle nennen? Liebe, Freude, Hoffnung? Kann ich *fühlen*?«

»Du?« Der Alchemist lacht ihn aus. »Du bist nur eine Maschine, Metall und Zahnräder! Ein mechanisches Ding, das mir gehört! Warte, ich werde dir schnell jede Gefühligkeit austreiben!«

Gewaltsam zieht er Schrauben fest, gießt schwarzes Öl in die Mechanik, bis der künstliche König laut aufstöhnt.

»Stöhn du nur«, sagt der Alchemist. »Das schwarze Öl bereitet dir Schmerzen, und das ist das einzige Gefühl, das ich dir mitgegeben habe. Denn den Schmerz brauche ich, um dich gefügig zu halten. Und jetzt geh und schreibe ein neues Gesetz: Jeder florische Bürger, ob Mann oder Frau, hat die Pflicht, in den Krieg zu ziehen. Wer zu jung oder zu alt oder zu schwach ist, muss den Gegenwert von acht Rindern an die Krone zahlen. Wer das nicht kann, kommt ins Arbeitshaus, sein Besitz fällt an mich.«

Einige Tage später sitzen der Doppelgänger und seine junge Verlobte im Palastgarten.

»Wie ernst du jetzt immer bist, mein junger König, und wie traurig«, sagt sie und küsst ihm die Hand. »Erinnerst du dich nicht mehr, wie wir sonst gelacht haben, im Frühling beim Maientanz, im Sommer auf der Schaukel? Wie glücklich wir waren?«

»Nein«, sagt der junge König. »Ich erinnere mich nicht.«

»Liegt es an mir?«, fragt sie. »Liebst du mich vielleicht nicht mehr?«

Der junge König sieht sie gequält an. »Hör auf, davon zu reden. Ich werde niemals lieben können.«

Seine Verlobte ist tief besorgt. »Etwas verdunkelt dein Gemüt. Ist es die Trauer um deinen armen, lieben Vater?«

»Ich kann mich an keinen Vater erinnern.«

»Was ist nur mit dir, mein Liebster?«, sagt das Mädchen leise. »Wenn ich dir nur helfen könnte.«

Da tritt der Alchemist aus dem Schatten eines Baumes hervor. »Verschwinde«, sagt er grob. »Der König braucht kein dummes Ding, das ihm mit seinen Fragen zusetzt.«

»Nein, ich bleibe«, sagt das Mädchen und greift nach der Hand des Doppelgängers.

»Bei wem? Bei deinem warmen, lebendigen Herzallerliebsten, den du ja so gut kennst?«, höhnt der Alchemist. »Schick sie fort«, befiehlt er dem Doppelgänger.

Gehorsam lässt der falsche junge König die Hand seiner Verlobten los. »Geh fort«, sagt er zu ihr. »Und komm nicht wieder.«

Sie rührt sich nicht vom Fleck. »Bitte, erinnere dich«, sagt sie. »Wir lieben uns doch.«

Der Doppelgänger streckt die Hand nach ihr aus, zieht sie wieder zurück, zerrissen in seinen Widersprüchen. »Wenn ich nur mehr wüsste«, flüstert er.

»Fort mit ihr«, befiehlt der Alchemist.

»Wir lieben uns«, sagt das Mädchen noch einmal.

Da gibt der Doppelgänger einen Laut von sich, so voller Angst und Verlorenheit, dass seine Verlobte zu zittern beginnt.

»Wer bist du, ihn so zu quälen?«, sagt sie zum Alchemisten.

»Du willst wissen, wer ich bin?«, fragt er zurück. »Geh durch Flores Städte und Dörfer. Sieh dir die Marktplätze an, wo jetzt die Galgen stehen. Sieh dir die Schulhäuser an, wo die Kinder zu

Soldaten gedrillt werden. Sieh dir die Gesichter der Menschen an, aus denen jede Hoffnung verschwunden ist. Sieh dir all das genau an, dummes Mädchen, und du weißt, wer ich bin.«

Einige grüne Matten und Kegel, blaue Bänder und weiße Würfel, schon ist die große, weite Welt ausgebreitet, in der Riese und Zwerg, Adler, Bär und Narr nach dem echten jungen König suchen. In jeder Stadt, in jedem Dorf kreist der Adler über Häusern und Gärten, lugt der Riese in die Dachkammern, während der Zwerg durch jedes noch so kleine Kellerloch schlüpft.

In der Zwischenzeit trommeln Bär und Narr die Bewohner zusammen und verhören sie.

»Hört alle her! Wer etwas weiß und es nicht sagt, bekommt es mit mir zu tun!«, grollt der Bär und trommelt mit den Tatzen gegen seine mächtige Brust.

Der Narr schiebt sich vor ihn und lächelt verbindlich. »Wir suchen den jungen König«, sagt er. »Habt ihr ihn vielleicht gesehen?«

Bevor auch nur einer der Bewohner antworten kann, trommelt der Bär sich erneut gegen die Brust und brüllt in markerschütternder Lautstärke: »Wer von euch behauptet, unseren jungen König nicht gesehen zu haben, bekommt es mit mir zu tun! Also, hat ihn jemand gesehen?«

Die Bewohner blicken sich gegenseitig an, bleich und zitternd. Dann nicken sie alle gleichzeitig.

»Und wo habt ihr ihn gesehen?«, fragt der Narr freundlich.

»Hier!« »Da!« »Dort!« »Und dort drüben!« Alle Hände schießen nach oben: Jede zeigt in eine andere Richtung.

»Sie tun immer nur so, als ob sie etwas wüssten«, beschwert sich der Bär beim Verlassen der Stadt. »Überall im Land treffen wir auf dieselben Dummköpfe. Wie sollen wir da jemals unseren jungen

König finden? Ebensogut könnten wir eine Laus in meinem Pelz suchen.«

»Oder einen Geistesblitz in deinem Kopf«, sagt der Narr.

Doch in der nächsten Stadt treffen sie auf einen, der nur leise lacht, als der Bär seine Drohungen ausstößt. Der auf die Frage, ob er den jungen König gesehen hat, antwortet: »Das habe ich nicht, aber ich kann euch trotzdem helfen. Denn ich bin der große Experimentator Baopoli, und ich besitze einen Wunderspiegel, der euch den Aufenthaltsort jedes lebenden Menschen zeigen kann. Auch den eures jungen Königs.«

Also folgen die fünf Gefährten dem Experimentator bereitwillig auf sein Schloss, das verborgen im Wald liegt. Der Wunderspiegel wird in einem Turm aufbewahrt, in einer Kammer, die mit einer schweren Gittertür gesichert ist.

Nachdem Baopoli die Tür aufgeschlossen hat, steckt als Erster der Riese den großen Kopf durch die dunkle Öffnung. »Wo ist dein Wunderspiegel?«

»Noch ist er blind. Aber er erwacht zum Leben, sobald alle Suchenden davor stehen«, versichert Baopoli.

Riese, Bär, Zwerg und Adler zwängen sich nacheinander in die Kammer hinein. Nur der Narr bleibt außen stehen. »Ich mag keine Spiegel. Sie zeigen immer das, was man nicht sehen möchte.«

»Du bist schlau«, sagt Baopoli. Im nächsten Augenblick versetzt er dem Narren einen Stoß, dass er in die Kammer taumelt, und verriegelt die Gittertür. »Schlau, aber nicht schlau genug für den großen Experimentator«, höhnt er. »Den Busenfreund des Alchemisten, dem Bösen so ergeben wie er. Nur dass ich mich nicht der Alchemie verschrieben habe, sondern dem Experiment. Und ihr fünf seid nun wahrlich eine hochinteressante Versuchsanordnung.«

Er mustert sie durch die Gittertür. »Lasst mich raten, wen ich in zwei Wochen hier in meinem Hungerturm noch antreffen werde. Ich glaube, du wirst es sein, Riese. Dein riesenhafter Hunger wird dich dazu bringen, deine Gefährten aufzufressen, einen nach dem anderen.«

»Niemals«, brummt der Riese. »Eher fresse ich mich selbst auf.«

»Warte«, sagt der Narr und kramt in seinen Taschen. »Irgendwo habe ich noch Salz, mit dem du dich würzen kannst.«

17

Hinter der Gipsmühle schlängelt sich der Fußweg auf einem Wiesenstreifen zwischen Wäldchen und Fluss dahin. Es ist windig, fast stürmisch, am Himmel jagen sich die Wolken. Im Uferwasser schaukeln die Ahornblätter wie bunte Drachenboote, so lange, bis sie irgendwann zu weit in die Mitte geraten und jäh von den Stromschnellen mitgerissen werden.

Ich wünschte, ich könnte auf dieselbe rasante Weise flussabwärts reisen. Als ich den Saal der Puppen verlassen habe, war es bereits nach drei Uhr; anschließend musste ich noch im ganzen Haus nach Frau Lu suchen, um mir von ihr den Ausgang genehmigen zu lassen. »Ich will noch einmal zum Ofensetzer, Frau Lu. Er soll mir sagen, wie ich die Brennkammer isolieren kann, damit in der Hitze nicht das ganze Glashaus zerspringt.« Ich hatte den Eindruck, dass mir die Lüge quer über die Stirn geschrieben stand, doch Frau Lu nickte nur lächelnd.

Der Ahornwald geht über in sumpfige Wiesen, über die das Violett der Herbstkrokusse getupft ist. Ich kann mir vorstellen, wie der Leader auf Unpünktlichkeit reagiert, also fange ich an zu rennen, immer um die Wette mit dem reißenden Fluss neben mir. Mein Körper hat das harte Lauftraining verinnerlicht: Tatsächlich bin ich kaum außer Atem, als ich die Brücke entdecke. Es ist eher ein Steg, hoch und schmal, und führt hinüber zu einem kleinen Haus auf der anderen Seite des Flusses.

Die maroden Gitterroste knirschen unter meinen Tritten, das Geländer ist eine Einladung zum Selbstmord. Unter mir tost der Fluss, bricht sich unbeirrt seinen Weg durch die Felsen, so wie schon seit Jahrtausenden.

Dann stehe ich am anderen Ufer, vor dem kleinen Haus. Es ist grau wie die Felsen, zwischen die es gebaut ist. Die Fenster sind vergittert, die Glasscheiben zersplittert. Als ich vorsichtig hineinspähe, entdecke ich außer einem Metallspind und einem zerbrochenen Stuhl nur Dreck und Trostlosigkeit. Das Ganze erinnert fast gespenstisch an das Häuschen von Trainer LeBron. Ich bin mir sicher, den Treffpunkt erreicht zu haben; aber wo steckt der Leader, und was will er hier von mir?

Vorsichtig umrunde ich das Haus – und bleibe wie angewurzelt stehen. Da sind sie, alle fünf, wie vom Himmel gefallen, sie sitzen auf den Felsen, lassen die Beine baumeln und reden.

Ich hätte gewettet, dass sie alle die graue Domestikentracht tragen, doch dem ist nicht so. Die Jacken der Zwillinge sind aus grünem Samt mit goldenen Borten, eine Extravaganz, wie ich sie in Flore bisher nur an den Puppen gesehen habe. Aber sie sind es tatsächlich: Kester und Silvan, ihnen gegenüber sitzen Kairi und Isao, und da, ein wenig abseits, Mailin, so hübsch in ihrer grauen Dienstuniform, wie ich es mir ausgemalt habe. Mailin, bei deren Anblick sich mein Herz erst zusammenzieht und dann weit öffnet und mich warm mit Freude überströmt. Mailin, meine Liebe.

Nicht sie, sondern Isao entdeckt mich als Erster. Und an der Art, wie er die Arme verschränkt und mich kalt ansieht, erkenne ich, dass er unseren Streit nicht vergessen hat. Nicht vergessen will.

Aber was interessiert mich in diesem Moment Isao? Ich laufe auf Mailin zu, schnappe nebenbei die Begrüßungsrufe der Zwillinge auf: »He, Tamaso! Schön, dich heil und in einem Stück zu sehen!«

Mailin ist aufgestanden und sieht mir mit ernster Miene entgegen. Oh, meine süße, allzu ernste Mailin, denke ich, und dann tue ich das, wovon ich jeden Abend träume: Ich nehme sie in meine Arme und drücke sie fest an mich.

»Hurra«, höre ich Silvan oder Kester rufen. »Die Liebenden haben sich wieder. Die Welt, sie läuft wieder rund.«

Aber etwas läuft ganz und gar nicht rund. Mailin reagiert nicht auf mich, steif steht sie da und lässt meine Umarmung über sich ergehen, als wäre auch sie nur eine Platzhalterin, Doppelgängerin, und die echte Mailin irgendwo ganz anders. Erschrocken lasse ich sie wieder los, ich will sie ansehen, vielleicht habe ich sie zu sehr überrumpelt mit meiner Umarmung.

Sie weicht meinem Blick aus. »Tamaso«, sagt sie. Meinen Namen, sonst kein Wort.

Isao lässt uns nicht aus den Augen. Kairi neben ihm wirkt bedrückt, als wüsste sie, dass etwas nicht in Ordnung ist. Nur die Zwillinge in ihrer Zweieinigkeit merken nichts; lachend kommen sie auf mich zu und schütteln mir die Hände. »Erzähl, wie geht es zu im Haus des allmächtigen Marschalls? Hast du ihm schon eine Maultrommel bauen müssen?«

Aber ich muss unbedingt mit Mailin reden, allein, ohne die anderen. Sie würde mich niemals so stehen lassen, nicht die Mailin, die ich kenne. Ich muss erfahren, was geschehen ist – doch da steht plötzlich der Leader vor uns. Heute in einer dritten Verkleidung: Mit blauer Militärjacke und einem bleistiftdünnen Schnurrbart könnte er glatt als Offizier aus der abendlichen Runde um Marschall Utuk durchgehen. Und diesmal passen seine Augen und der arrogante Zug um seinen Mund perfekt zusammen.

Ohne dass er uns dazu auffordert, stellen wir uns in einer Reihe vor ihm auf. Der Drill von Camp Mi sitzt tief.

Der Leader mustert uns schweigend. Wägt er insgeheim ab, wie viele von uns er durchbringen wird? Bemitleidet er sich selbst wegen des Kindergartens, den er ab jetzt zu betreuen hat?

»Ihr könnt euch wieder setzen«, sagt er. »Falls jemand über den

Steg kommt, ziehen wir uns ins Haus zurück. Im Ernstfall lagern im Spind genügend Waffen und Munition.«

»Verzeihung, ehrwürdiger Leader«, sagt Kester. »Aber wie viele Rollen spielen Sie eigentlich?«

»Mehr als eine, und alle gut«, antwortet der Leader. Obwohl das Rauschen des Flusses jedes leise Geräusch übertönt, dreht er den Kopf nach einem Vogel, der hinter ihm in den Felsen aufflattert. Seine Sinne müssen durch das Leben in der Grotte extrem geschärft sein.

»Euch ist hoffentlich klar, dass ein Treffen wie dieses nur äußerst selten stattfinden kann«, sagt er. »Deshalb werden wir gleich zur Sache kommen. Unser Netz hier in Heiman besteht aus mir und drei weiteren Agenten. Ihr Rekruten seid allein mir zugeordnet, doch das heißt nicht, dass meine Männer euch nicht im Blick haben. Ihr kennt sie nicht, aber sie kennen euch. Im Klartext heißt das, wer versucht zu fliehen oder zu den Florern überzulaufen, wird elimiert.«

»Auch Ihnen ein herzliches Willkommen«, sagt Silvan leise.

Der Leader wirft ihm einen Blick zu. »Wir sind hier an der Front. Je schneller ihr begreift, was das bedeutet, desto besser für euch«, sagt er. »Als Erstes wird jeder die anderen über seine persönliche Situation in Kenntnis setzen. Isao, Kairi, die Zwillinge, Mailin, Tamaso – in dieser Reihenfolge.«

Während ich den Berichten der anderen lausche, beglückwünsche ich mich fast dazu, im Haus von Marschall Utuk gelandet zu sein. Isao arbeitet für einen Nachrichtenoffizier in einer Kopierstelle der Armee, er steht von früh bis spät an einem Schreibpult und schreibt Befehle und Bestelllisten ab, bis ihm die Finger starr werden. In Kairis Haushalt zittern alle Dienstboten vor der tyrannischen Hausdame, die selbst vor Ohrfeigen nicht zurückschreckt (dankbar denke ich an unsere Frau Lu). Und die Zwillinge müssen eine Art Vorzimmerdekoration im Haus eines reichen, vollkommen verrückten Waffenhändlers spielen.

»Ruti Util muss alles doppelt haben: zwei Hüte übereinander auf dem Kopf, zwei Ringe an jedem Finger, zwei Tresorräume, zwei Windhunde ...«

»... und uns.«

»Das Militär ist auf ihn und seine Geschäfte angewiesen. Da kann er es sich leisten, in der Welt der Uniformierten den Spinner zu geben.«

»Fast könnte man den guten Ruti dafür lieben – wenn wir nicht den ganzen Tag lang wie die herausgeputzten Affen herumstehen müssten.«

»Du redest von dir, Kester. Ich sehe einfach *toll* aus.«

»In seinem Vorzimmer sind wir beide jedenfalls die große Nummer.«

»Okay, das reicht«, sagt der Leader, doch er lächelt dabei. Die Zwillinge imponieren ihm, das ist unverkennbar. »Mailin, du bist an der Reihe. Erzählst du uns von deiner Stellung im Haus von Majorin Mo?«

Etwas an diesen Worten irritiert mich maßlos. Und plötzlich kapiere ich, dass es gar nicht die Worte sind, sondern die Stimme des Leaders. Der da gerade mit Mailin spricht, ist Pio Gaumata, der sanfte Heilige der Grotte, der die Untröstlichen tröstet. Vor Angst wird mir eiskalt.

Mailin beginnt mit leiser Stimme: »Genau wie Kairi arbeite ich als Dienstmädchen. Wobei Majorin Mo so gut wie nie zu Hause ist.«

Majorin Mo. Die Frau mit den raspelkurzen Haaren, die ein fester Bestandteil von Marschall Utuks Tischgesellschaft ist. Die praktisch nie eine Gelegenheit versäumt, gegen Herrn Rix zu sticheln.

»Dagegen ist ihr Ehemann, Leutnant Mo, fast immer anwesend«, erzählt Mailin weiter. »Er betreibt eine Funkstation für die Armee.«

Sofort werde ich hellhörig. Ist dieser Leutnant Mo der Grund, warum Mailin so verstört wirkt?

»Und da gibt es den Sohn im Haus, für den du zu sorgen hast«, sagt der Leader sanft.

Ein Sohn? Geht es hier um ein Kind? Aber dafür kommt mir Majorin Mo zu alt vor. Ist dieser Sohn ähnlich wie Herr Rix für das Militär untauglich? Was muss Mailin für ihn tun?

Glühend wünsche ich mir eine Antwort auf diese Fragen. Aber Mailin sieht den Leader nur an und schüttelt den Kopf.

»Es ist in Ordnung, du musst nicht darüber reden«, sagt der Leader freundlich. »Tamaso, mach du weiter.«

Mühsam reiße ich mich zusammen und erzähle von Marschall Utuk, von Frau Utuk und Herrn Rix, vom Saal der Puppen, von den Nationalen Spielen und von meinen Aufgaben als Mechaniker. Als ich vom Keller und dem Galgen berichte, sehe ich das Erschrecken in den Gesichtern der anderen.

»Zweihundert unterirdische Zellen«, ergänzt der Leader. »Und sie sind alle belegt, immer.«

Ich habe das Bild der rot gekleideten Frau am Kellerabgang vor Augen, ihre flehentlich ausgestreckten Arme. »Wer sind die Menschen, die dort unten gefangen gehalten werden?«

»Deserteure der florischen Armee. Eltern, die ihre Kinder vor der Militärschule verstecken. Bauern, die die staatlich verordneten Erntequoten nicht erfüllen. Aufständische aus den Provinzen. Angebliche Staatsfeinde. Du kannst die Liste beliebig verlängern.«

»Was geschieht dort im Keller mit ihnen?«

»Man verhört sie unter der Folter, tagelang, manchmal wochenlang, je nach ihrer Widerstandskraft. Danach landet ein Teil der

Gefangenen am Galgen oder unter der Guillotine. Der große Rest verschwindet in Straflager und Arbeitshäuser.«

»Das Institut für Stickerei«, sage ich, einer plötzlichen Eingebung folgend. Der Leader nickt. »Die Anstalten heißen auch ›Paradies der Arbeitswilligen‹ oder ›Teppichknüpfen für reine Gedanken‹. Es gibt in Flore Hunderte davon, und wer einmal dort landet, kommt nie wieder raus.«

»Warum tun sie das alles?«, fragt Kairi. »Sie holen die kleinen Kinder aus den Familien, sie foltern Leute, stecken sie in Arbeitslager – das ist doch kein Leben.«

»Warum? Das weiß keiner außer den Florern selbst«, entgegnet der Leader. »Seit zwanzig Jahren versuche ich dahinterzukommen, was in den Köpfen dieser Teufel vor sich geht. Sie kommen zu meiner Grotte und weinen um ihre Toten, dann gehen sie fort und massakrieren die Lebenden.«

Ich denke an das Stück des Doppelgängers. Es kommt mir vor, als würde es etwas Wichtiges über Flore erzählen, auch wenn ich es nur schwer fassen kann.

Übergangslos fragt der Leader: »Haben sie euch in Camp Mi etwas über die Große Schande erzählt?«

Wir nicken alle, aber Kairi redet für uns. »Wenn ein hochgestellter Florer seinem Land Schaden zufügt, lädt er die Große Schande auf sich«, sagt sie. »Der oder die Verurteilte wird dafür hingerichtet.«

»Das stimmt nicht ganz«, sagt der Leader. »Der Träger der Großen Schande muss sich selbst töten, und zwar auf qualvolle Art und Weise. Seine Familie kommt in ein Straflager, außerdem alle Menschen, die ihm nahestehen. Sein Haus wird dem Erdboden gleichgemacht. Die Existenz dieses Menschen, sein gesamtes Umfeld, wird vollkommen ausgelöscht. Das klingt dramatisch, kommt aber in der Praxis so gut wie nie vor. In meinen zwanzig Jahren in der Grotte wurde die Große Schande gerade mal an vier Florern vollzogen, zwei Männern und zwei Frauen.«

Mit schief gelegtem Kopf lauscht er auf etwas Unhörbares, bevor er fortfährt: »Marschall Utuk wird der fünfte sein, dafür werde ich sorgen.«

Verrückterweise gilt mein erster Gedanke den Puppen. Wenn das Haus von Marschall Utuk zerstört wird, bliebe nichts von ihnen übrig. Dann schüttle ich über mich selbst den Kopf. Um die Menschen muss ich mir Sorgen machen, um Frau Lu, die Puppenspieler, die Gärtner, den Koch. Was würde aus ihnen allen?

»Ich weiß, dass Utuk einen Putsch gegen den Obersten Führer plant«, sagt der Leader. »Im kommenden Juni will er siebzigtausend Soldaten, die ihm sklavisch ergeben sind und jetzt noch in den Provinzen kämpfen, nach Heiman zurückbeordern. Mit ihnen will er im Juli die Hauptstadt stürmen, zu einer Zeit, in der praktisch alle Florer auf den Feldern arbeiten. Er wird dabei auf so gut wie keinen Widerstand treffen.« Der Leader lächelt. »Besser gesagt, er *würde*. Denn all das wird nie geschehen. Im Juli ist die Welt eine andere, und Marschall Utuk hat es nie gegeben.«

Eine Zeit lang sagt niemand etwas. Neben uns schäumt der Fluss über die Felsen; durch das monotone Rauschen hindurch hört man ab und an ein tiefes Rumpeln, wenn große Steinbrocken auf dem Grund zusammenstoßen.

Schließlich bricht Kester das Schweigen: »Ich gehe mal davon aus, dass der Marschall seine Putschpläne nicht über die öffentlichen Lautsprecher verkündet hat. Wie können Sie also davon wissen?«

»So wie die Florer dem heiligen Pio Gaumata ihre Toten anvertrauen, vertrauen sie ihm auch ihre Geheimnisse an.« Der Leader verzieht höhnisch den Mund. »Unter den abergläubischen Dummköpfen, die mich in der Grotte aufsuchen, sind nicht wenige Offiziere. Wenn man sie nur richtig bespielt, werden sie gesprächig wie die Papageien. Glaubt mir, in Heiman geschieht nichts, was Pio Gaumata nicht zu Ohren kommt.«

Ich muss an die Mutter des gestorbenen Kindes denken, daran, wie sehr sie auf die Fürsprache des heiligen Pio vertraut. Die unverhohlene Verachtung, die aus den Worten des Leaders spricht, trifft mich.

»Natürlich würde kein Florer es je wagen, Marschall Utuk offen zu beschuldigen«, redet der Leader weiter. »Zu den Aufgaben eines fähigen Agenten gehört es, jedes Detail zu registrieren, noch die kleinste Andeutung zu verstehen. Und dann im entscheidenden Augenblick eins und eins zusammenzuzählen.« Das klingt sehr selbstzufrieden.

Er sieht uns der Reihe nach an. »Was haben sie euch in Camp Mi über den amtierenden Obersten Führer beigebracht?«

Fünfzig Fakten über Flore. »Dass er ein vergleichsweise moderater Mann ist«, sagt Kairi.

Der Leader nickt. »Sein vorrangiges Ziel ist es, die eroberten Provinzen zu stabilisieren und auszubeuten, dafür verzichtet er im Augenblick auf weitere Angriffskriege. Aber das reicht einem Hardliner wie Marschall Utuk nicht: Einer wie er will die ganze Welt und zuallererst Corona in ein einziges Straflager unter Flores Knute verwandeln. Deshalb muss er eliminiert werden.«

Er starrt intensiv auf den Steg, als könnte er Marschall Utuks Leiche bereits dort baumeln sehen. »Marschall Utuk wird seinen ganz persönlichen Weltuntergang im März erleben, während der Nationalen Spiele. Tamaso hat euch bereits erklärt, worum es bei diesen Spielen geht. Das gefürchtete florische Kriegervolk trifft sich, um mit Puppen zu spielen.«

Der Leader lacht, und ich ärgere mich schon zum zweiten Mal über die Verächtlichkeit, mit der er spricht. Hat er überhaupt jemals eines dieser Theaterstücke gesehen?

»Der Oberste Führer selbst wird zu den Spielen nach Heiman kommen«, fährt er fort. »Er wird seine Generäle und einige Hundertschaften Soldaten aus dem Norden mitbringen, die für einen reibungslosen Ablauf der Spiele sorgen sollen. Marschall Utuk wird lächeln und den großzügigen Gastgeber spielen. Doch seine Maskerade wird ein jähes Ende finden, wenn Pio Gaumata aus seiner Grotte heraus verkündet, dass er ein Putschist und Landesverräter ist. Die Toten selbst werden es dem heiligen Mann erzählt haben, und praktisch alle in Heiman werden seinem Wort glauben.«

Wieder neigt der Leader den Kopf und lauscht auf etwas, das nur er hören kann. »Die Nachricht wird sich wie ein Lauffeuer verbreiten«, fährt er fort. »Wenn der Oberste Führer und seine Generäle den Verdacht überprüfen lassen, werden sie auf erdrückende Beweise für Marschall Utuks Schuld stoßen. Utuk wird sich dafür verfluchen, dass er seine Truppen nicht schon früher aus den Provinzen zurückgeholt hat. Aber es ist zu spät, und der Tag, an dem er sich in seinem eigenen Folterkeller umbringen muss, wird ein Freudentag für die ganze Welt sein!«

Die Augen des Leaders leuchten, er hat die Hände zu Fäusten geballt. Wieviele Tage und Nächte hat er sich in seiner Gruft den Ablauf ausgemalt?

»Das klingt nach einem spannenden Plan«, sagt Silvan trocken. »Aber warum müssen Kester und ich uns dafür in Ruti Utils Vorzimmer die Beine in den Leib stehen?«

»Von euch Zwillingen will ich die Namen aller Kunden, die bei Ruti Util ein und aus gehen. Etliche von ihnen sind Strohmänner, die für Marschall Utuk Waffen einkaufen. Sorgt dafür, dass ihr bei möglichst vielen Gesprächen dabei seid und notiert euch hinterher den Wortlaut.«

»Kein Problem.« Die Zwillinge nicken synchron. »Das haben wir schon die ganze Zeit praktiziert.«

»Aus purer Langeweile«, ergänzt Silvan.

»Außerdem will ich die Abschriften sämtlicher Bestellungen«, verlangt der Leader.

Kester stößt seinen Bruder an. »Das übernimmst du. Du hast die schönere Handschrift.«

»Nur wenn du dafür Ruti Utils stinkende Windhunde bürstest.«

»Irgendwelche Probleme mit den Auftrag?«, fragt der Leader.

Die Antwort kommt unisono. »Nein, keine Probleme.«

Wie immer beneide ich die beiden. Wie die Zwillinge da sitzen, ruhig und selbstgewiss, sind sie das perfekte Team. Ihnen wird nie etwas Schlimmes zustoßen.

»Nun zu dir, Isao«, sagt der Leader. »Marschall Utuk schreibt seine Befehle in einer speziellen Zahlenverschlüsselung. Sie müssen dir beim Kopieren aufgefallen sein.«

Isao weiß offenbar, wovon er redet. »Ich habe jeden Tag drei oder vier davon«, sagt er.

»Du wirst jeden seiner Befehle doppelt abschreiben und die Kopien anschließend an einen Ort bringen, den ich dir noch nennen werde.«

Isaos Miene wird mürrisch. »Wie soll ich meinem Offizier erklären, dass ich auf einmal langsamer arbeite?«

»Schneller schreiben«, sagt der Leader leichthin.

Isao brummelt etwas und knetet demonstrativ seine Finger.

»Kairi, du weißt, dass deine Dienstherrin Frau Ui die Schwester von Frau Utuk ist?« Das höre ich zum ersten Mal, Kairi aber nickt.

»Ich möchte, dass du bei jedem Treffen der Schwestern anwesend bist und alles aufschreibst, was dort gesprochen wird«, fährt der Leader fort. »Darüber hinaus wird man bei Frau Ui nach den Spielen eine größere Anzahl Briefe von Frau Utuk finden. Herzzerreißende Briefe an ihre Schwester, in denen sie von ihrer Angst spricht, dass ihr Mann sie alle in den Untergang reißt.«

Herzzerreißende Briefe von Frau Utuk? Ich frage mich, ob der Leader diese so beherrschte, rätselhafte Frau jemals kennengelernt hat.

»Deine Aufgabe ist es, diese Briefe irgendwo im Haushalt zu verstecken«, sagt der Leader zu Kairi.

Sie zieht eine Grimasse. »Dafür muss wohl zuerst jemand die Hausdame vergiften.«

»Wenn es nötig ist, tun wir das«, sagt der Leader ruhig.

Einen Moment lang sieht er den Wolken nach, die er in seiner Grotte niemals sehen kann. Dann wendet er sich an Mailin. »Bei dir, Mailin, geht es allein um Majorin Mo. Wir wissen, dass sie schon seit längerer Zeit Marschall Utuks Geliebte ist.«

Das erklärt viel. Die Art und Weise, wie Majorin Mo an der Abendtafel auftritt, wie sie Herrn Rix und damit in gewisser Weise auch Frau Utuk herausfordert.

»Auch im Haus von Majorin Mo wird man nach den Spielen belastende Briefe finden. Du wirst sie im Haus deponieren, über die Wochen schön verteilt. Das dürfte nicht allzu schwierig werden.«

Der Leader macht eine Pause; anscheinend soll Mailin sich zu ihrer Aufgabe äußern, doch sie sieht ihn nur unverwandt an.

»Es tut mir leid, Mailin«, sagt er. »Aber deine Anwesenheit im Hause Mo ist unbedingt notwendig.«

Was tun sie ihr dort an?

»Wartet«, sagt der Leader plötzlich. »Kester und Silvan, habt ihr die Abende frei?«

»Nur zwei oder drei in der Woche. Wenn Ruti Util Gäste hat, und er hat fast immer Gäste, gehören wir zur Saaldekoration.«

Der Leader nickt. »An den freien Abenden wird einer von euch beiden Mailin besuchen. Sie können euch nicht unterscheiden, also könnt ihr abwechselnd den Verliebten spielen.« Er nickt Mailin zu. »Sieh zu, dass du auf diese Weise abends möglichst oft hinaus kommst. Liebschaften zwischen Domestiken sind nichts Ungewöhnliches und werden gewöhnlich toleriert.«

»Und was hilft mir das?«, fragt Mailin mit bitterem Unterton.

Der Leader sieht sie an. »Du kommst eine Stunde aus dem Haus«, sagt er. »Und du bist nicht ganz allein. Die Zwillinge werden dich auf andere Gedanken bringen.«

Mein Herz macht einen Satz. Wenn ich noch einen Augenblick länger schweigend zuhöre, platze ich. »Was ist mit mir, Leader? Warum kann ich nichts tun?«

»Ganz einfach, Tamaso: Du bist mein Joker. Ich brauche dich im Haus des Marschalls, nur da und sonst nirgends. Du wirst zu keinem der anderen Kontakt halten können.«

Ich fange einen schadenfrohen Blick von Isao auf.

»Das ist nicht fair«, sage ich. »Ich will wissen, wie es den anderen geht. Wie es Mailin geht.« Ich sehe sie an, noch immer warte ich auf ein Lächeln, auf ein Zeichen, dass alles gut ist. Aber da ist nichts gut.

Kairi hebt die Hand. »Wenn Ihr Plan aufgeht, ehrenwerter Leader«, sagt sie, »wenn Marschall Utuk im März die Große Schande auf sich nehmen muss, wird unser Mimikry-Auftrag dann damit erledigt sein?« Die Hoffnung in ihrer Stimme ist unüberhörbar.

»Nein«, antwortet der Leader knapp. »Utuk ist ein Etappenziel, weiter nichts. Ihr seid hier in Heiman erst fertig, wenn ich es sage.«

Als er auf seine Uhr blickt, entdecke ich das Pistolenhalfter unter seinem linken Oberarm. Ich stelle mir vor, wie er als heiliger Pio Gaumata vergisst, die Waffe abzulegen. Habt keine Angst, ich schieße den Toten den Weg ins Jenseits frei.

»Ihr anderen könnt jetzt zurückgehen«, sagt er. »Tamaso, du bleibst noch hier.«

Ich sehe ihnen hinterher, wie sie über die Felsen klettern und am Haus vorbei zum Steg gehen. Silvan und Kester haben Mailin in die Mitte genommen, als wollten sie jetzt schon zeigen, wie ernst sie die Aufgabe nehmen, ihr beizustehen. Und ich stehe hier, zurückgelassen, nutzlos, und kann nur eines denken: Wenn ich jetzt nichts tue, verliere ich sie.

»Verzeihung, ehrenwerter Leader, aber Sie werden kurz auf mich warten müssen.«

Er hält mich nicht zurück, als ich über die Felsen klettere und Mailin hinterherrenne. Kurz vor dem Steg hole ich sie ein.

»Mailin! Bitte bleib noch«, stoße ich keuchend hervor. Ich sehe die Zwillinge bittend an: »Könnt ihr vielleicht schon vorgehen?«

»Klar doch.« Silvan schiebt Kester weiter Richtung Steg. »Steig du als Erster hinauf, Bruder. Dann kann ich dich auffangen, wenn das Ding unter dir zusammenbricht.«

Als Mailin sich zu mir umdreht, sehe ich, dass sie weint. Es zerreißt mir fast das Herz, aber ich *muss* sie danach fragen. Doch wie soll ich das, was Herr Rix mir betrunken angedroht hat, in Worte fassen? »Mailin, dieser Leutnant Mo und sein Sohn, was tun sie dir an?«

»Nein, bitte«, sagt sie heftig. »Frag nicht mich, frag den Leader. Er hat mich dorthin geschickt, er soll dir davon erzählen.« Hastig redet sie weiter, als wollte sie sich selbst beschwichtigen. »Wir wussten ja, an welchen Ort sie uns schicken. Für dich muss es ebenso schrecklich sein, die ganze Zeit in diesem Haus mit dem Folterkeller unter deinen Füßen. Wenn wir die Zähne zusammenbeißen, geht es irgendwann vorüber. Und dann wird alles wieder anders sein.« Sie legt die Hände vors Gesicht und holt tief Luft. »Bitte, es muss dann anders sein.«

Jede Faser in mir möchte sie umarmen, sie vor allen Schrecken der Welt abschirmen. Doch als ich die Arme nach ihr ausstrecke, weicht sie zurück, und ich fühle mich noch erbärmlicher.

»Mailin, meine liebe, süße Mailin«, sage ich. »Warum kann ich nicht für dich da sein?«

Sie hält ihren Blick an mir vorbei auf den reißenden Fluss gerichtet. Statt sie an mich zu drücken, hebe ich die Hand und wische ihr eine Träne ab – ein armseliger Ersatz. »Haben Sie dir deine Ohrringe nicht zurückgegeben?«

»Doch. Aber mir ist nicht danach, sie zu tragen. Sie liegen in meiner Kammer. Im Haus von Majorin Mo gibt es keine Diebe.«

»Genau wie im Haus von Marschall Utuk«, sage ich. »Niemand wagt zu stehlen, ja, aber dafür geschehen andere, ganz furchtbare Dinge.«

»Das ist wahr«, sagt Mailin leise. »So ist es wohl in allen Häusern hier in Flore.«

Ich will ihr von einem anderem Haus erzählen, einem weißen und wunderschönen, in dem wir zusammen wohnen werden, neben einem See und inmitten von grünen Wiesen. Aber das weiße Haus hat keine Form mehr, die Wiesen sind grau und dürr und im See haust ein Ungeheuer.

Also bleibe ich stumm und sehe ihr nach, wie sie den Steg hinaufklettert und den Fluss überquert: eine zarte, grau gekleidete Gestalt, unterwegs zu einem Ziel, an dem sie nicht ankommen will, in einem Leben, das sie nicht leben will. Wir sind die Marionetten, nur die Fäden und Führungsstangen fehlen.

18

»Du darfst von dir aus keinen Kontakt zu Mailin aufnehmen, unter keinen Umständen«, sagt der Leader hinter mir. »Ich werde dafür sorgen, dass ihr euch wiedersehen könnt. Nicht gleich, aber irgendwann.«

»Was geschieht im Haus von Majorin Mo?«

»Mailin hat dir nichts gesagt?«

»Sie meint, Sie könnten es mir erklären. Muss sie …«, ich schlucke, »muss sie Leutnant Mo oder seinem Sohn zu Diensten sein?«

»Nicht so, wie du glaubst.« Der Leader sieht mich prüfend an. Seine Augen sind irritierend hell, praktisch farblos. »Der Sohn des Ehepaares Mo«, sagt er. »Mailin wurde extra für ihn eingestellt. Sie muss ihm aufwarten, ihn ankleiden, das Essen servieren, ihn unterhalten.«

Im ersten Moment bin ich erleichtert. Das kann so schlimm nicht sein. Aber was verstört Mailin dann so sehr? »Was ist mit dem Sohn? Ist er krank?«

»Nein, Tamaso.« Der Leader lässt mich nicht aus den Augen, als er jetzt weiterspricht. »Dieser Sohn im Hause Mo ist seit zehn Jahren tot. Er ist eine Mumie, sorgsam präpariert.«

Immer noch sieht er mich an. Worauf wartet er? Dass ich zusammenbreche? Ihm vor die Füße kotze?

»In manchen Häusern in Flore wird diese barbarische Sitte praktiziert«, erklärt er. »Man tut so, als sei der Tote noch lebendig, weil man Angst davor hat, dass er sonst als böser Geist zurückkehrt. Ich nehme an, die Eltern Mo haben ihren Sohn zu Lebzeiten nicht besonders gut behandelt.«

»Sie …« Meine Stimme gehorcht mir nicht. »Sie wussten das alles vorher und haben Mailin dorthin geschickt?«

»Ich brauche sie in diesem Haus. Ein Toter tut niemandem etwas zuleide, das weiß keiner so gut wie ich. Mailin wird sich an seine Gegenwart gewöhnen.«

Fassungslos schüttle ich den Kopf. »Sie ist dort ganz allein.«

»Du hast es gehört: Die Zwillinge werden sich um sie kümmern«, sagt der Leader. »Ich warne dich, Tamaso. Wenn du glaubst, etwas auf eigene Faust unternehmen zu müssen, bringst du Mailin und dich selbst in tödliche Gefahr. Was glaubst du, welche Gesellschaft gefällt ihr besser – ein stiller Toter oder Marschall Utuks Folterspezialisten?«

»Die Zwillinge«, ich klammere mich an den Gedanken. »Sie könnten Mailins Stelle übernehmen. Ihnen jagt nicht einmal ein Toter Angst ein. Mailin könnte dann dafür …«

»Schluss damit«, herrscht mich der Leader an. »Erzähl du mir nicht, was ich zu tun habe. Es ist meine Aufgabe, euch heil durch diese Sache zu bringen. Aber wir sind erst am Ziel, wenn Marschall Utuk die Große Schande auslöffeln muss, bis zur bitteren Neige.«

Egal, welche Opfer dieses Ziel kosten wird. Wieder führe ich mir vor Augen, dass der Mann vor mir Tage und Nächte, Sommer wie Winter in der Gruft ausharrt, um seine Ziele zu erreichen. Ein Besessener, ein Wahnsinniger.

Brüsk wende ich mich von ihm ab. »Ehrwürdiger Leader, kann ich jetzt gehen? Frau Lu wird mich schon vermissen.«

»Du gehst, wenn ich es dir sage. Erst reden wir über deinen nächsten Auftrag.«

Was kommt jetzt noch? Schickt er mich wieder zu Marschall Utuk? Soll ich ihm eine neue Lügengeschichte auftischen?

Der Leader liest meine Gedanken. »Nicht zu Marschall Utuk. Ganz im Gegenteil, das verspreche ich dir.« Dann fragt er: »Wie gut warst du bei den Giften?«

Das kommt völlig unerwartet. »Ganz gut, denke ich. Mein Meerschweinchen ist gestorben wie die anderen.«

»Du musst für mich einen Gefangenen vergiften. Unten im Keller.«

Das ist ein Witz. Ich möchte lachen, aber ich kann nicht. »Nein, ehrenwerter Leader«, sage ich und schüttle den Kopf. »Das können Sie nicht von mir wollen. Das ist zu viel.«

Der Leader sieht mich an. »Willkommen in Flore«, sagt er ruhig.

»Ich verweigere den Gehorsam«, sage ich. Soll er mit mir machen, was er will. Ich werde dort nicht hinuntergehen. »Ich bin kein Mörder.«

»Darum geht es nicht, Tamaso.« Wie vorhin Mailin starrt der Leader jetzt auf den Fluss, auf die Wasserkaskaden, die schäumenden Strudel. »Der Gefangene wurde gestern in den Keller gebracht. Er ist nicht irgendjemand, sondern Coroner. Und er ist mein Freund. Er war unterwegs zu mir, wollte mir wichtige Informationen aus dem Norden bringen.« Er zuckt die Schultern. »Er muss irgendeine kapitale Dummheit gemacht haben, sonst hätten sie ihn nicht geschnappt. Sie werden ihn foltern, wochenlang. Er ist gesund und stark, er hält lange durch. Ich will nicht, dass er leiden muss. Verstehst du das, Tamaso?«

Fassungslos schüttle ich den Kopf. »Sie verachten mich doch«, sage ich. »Ich bin nur Mittelmaß. Und jetzt soll ich so etwas tun? Sie wissen, dass ich das nicht kann.«

»Niemand außer dir kann es«, widerspricht mir der Leader. »Du bist der Mechaniker in Marschall Utuks Haus. Nur du kommst dort hinunter.«

Ich weiß, dass ich unrettbar in der Falle sitze. Und doch suche ich verzweifelt nach einem Ausweg. »Ich habe hier in Flore praktisch jedes Werkzeug zur Verfügung. Vielleicht bekomme ich die Zellentür auf.«

»Nein«, sagt der Leader bestimmt. »Die Schlösser dort unten sind nicht zu knacken, und wenn doch, bräuchtest du Stunden dafür. Du hast aber höchstens ein paar Minuten.«

»Es sind zweihundert Zellen, Leader. Wie soll ich da Ihren Freund finden?«

»Er muss im untersten Stockwerk sein, dort landen alle Neuankömmlinge. Du wirst an die Zellentüren klopfen, hör zu, genau so …«

An das Eisengeländer des Steges klopft er einen fröhlichen Rhythmus, der mich an einen unbeschwerten Abend mit Tanz und Musik denken lässt. »Und so wird er dir antworten«, sagt er und klopft eine zweite, ebenso schwungvolle Folge. »Hast du das?«

Mindestens zehnmal lässt er mich Signal und Antwort üben, bevor er zufrieden ist. »Gut. Du wirst ihn finden.«

»Was ist, wenn die Wächter mich erwischen?«

»Du musst vorsichtig sein. Wenn sie dich doch schnappen, wirst du eine gute Ausrede bereit haben.«

»Und wenn ich Ihren Freund gefunden habe?«

»Gibst du ihm das Gift durch die Türklappe. Er wiegt schätzungsweise achtzig Kilo. Du brauchst das Zwanzigfache der Grunddosis, aber das weißt du ja. Die Pflanzen findest du alle hier in Heiman, entweder am Fluss oder in den Gärten. Und Tamaso …«

»Ja?«

»Beeil dich.«

Von den anderen sehe ich keine Spur mehr, als ich allein den Weg am Flussufer zurücklaufe.

Meine Kehle ist trocken, deshalb suche ich mir eine seichte Stelle am Ufer. Eigentlich will ich nur trinken; dann aber, ohne mir über mein Treiben Rechenschaft abzugeben, lasse ich mich in das eiskalte Wasser gleiten. Fast augenblicklich wird meine Haut taub.

Ich begrüße die Fühllosigkeit, ich wünsche mir, dass sie sich überall in mir ausbreitet. Irgendwann wird die Taubheit zum bohrenden Schmerz. Ich keuche, schnappe nach Luft, aber noch immer harre ich im Wasser aus. Ich will mich dem Schmerz stellen, durchhalten, über alle Grenzen hinaus. Bis ich irgendwann am Ende meiner Kräfte die Uferböschung hinaufkrieche.

»Wie hast du es nur geschafft, in den Fluss zu fallen?«, fragt der Koch kopfschüttelnd.

Mit klappernden Zähnen, geradezu magisch angezogen vom Herdfeuer, habe ich als Erstes die Küche angesteuert. Jetzt sitze ich auf der Bank, eingewickelt in eine Wolldecke, die nach Esel stinkt.

Zum Glück erwartet der Koch keine Antwort. »Noch nie habe ich erlebt, dass jemand so dumm war, in den Fluss zu fallen«, redet er weiter und zeigt seine gelben Pferdezähne. »Du solltest besser immer im Haus bleiben. Hier ist es warm und sicher.«

Hier ist es warm und sicher. Weiß er nicht, was sich direkt unter seinen Füßen abspielt? Wer versorgt die Gefangenen eigentlich – oder lässt man sie hungern?

»Für wie viele Leute kochst du jeden Tag?«

»Für die Herrschaft und für alle Domestiken. Und ich koche eine einfache Suppe aus Brot und Wurzeln für arme Leute. Die sonst nichts zu essen haben.«

»Viel Suppe?«

»Oh ja. Jeden Tag viele, viele Schalen.« Mit einer weit ausholenden Geste deutet der Koch die Menge an. »Unser Herr Utuk ist ein sehr großzügiger Herr.«

Ich blicke in sein argloses Gesicht. Der Koch, Frau Lu, die Gärtner, alle haben sie Augen zu sehen und sehen doch nichts.

»Warte«, sagt der Koch plötzlich. »Ich will dir etwas schenken.«

Er huscht nach hinten. Als er zurückkommt, trägt er einen

Schatz auf der offenen Handfläche: eine pflaumengroße Kugel aus Schokolade, die in einem gebackenen Körbchen ruht.

»Das ist normalerweise nur für die Herrschaft.« Er strahlt mich an. »Aber heute auch für dich. Weil du in den Fluss gefallen bist.«

Bilsenkraut. Tollkirsche. Eisenhut. Stechapfel. Rizinus. Alles, was ich brauche, wächst in Marschall Utuks Garten in friedlicher, giftiger Nachbarschaft. Die halbe Nacht sitze ich im Schein einer Kerze in meiner Kammer und hacke, schabe und mörsere die Pflanzen. Bis ich einen Esslöffel voll brauner Paste zusammen habe – die tödliche Ration, die ich brauche.

Ich weiß, dass ich hinuntergehen muss.

Ich gehe hinauf, zu den Puppenspielern.

Als ich eintrete, stecken sie mitten in der Probe. Fast alle Spieler nicken mir lächelnd zu, und wie so oft habe ich das Gefühl, eine Insel inmitten eines dunklen, reißenden Flusses zu erreichen.

Die ersten Minuten sehe ich verständnislos zu. Bis ich mich erinnere: Der Experimentator Baopoli hat die Gefährten gefangen genommen. Sieben Tage schmachten sie jetzt schon im Hungerturm.

Der Bär hockt breitbeinig in einer Ecke und kratzt sich auffällig lange den Kopf.

»Was ist los?«, fragt der Riese. »Hast du dir Läuse eingefangen? Ein Wunder wär's nicht in diesem Drecksloch.«

»Keine Läuse«, knurrt der Bär. »Ich muss nur nachdenken, wen von euch ich als Erstes auffresse. Das ist nicht einfach«, beteuert er und kratzt sich wieder. »Ich denke, ich nehme dich, Narr. Wirst du auch nicht zäh sein? Meine Zähne sind nicht mehr die besten.«

Der Riese baut sich vor dem Bären auf. »Der Narr ist zwar eine Landplage auf zwei Beinen«, knurrt er. »Aber du, Bär, wirst überhaupt keine Zähne mehr haben, wenn du ihm auch nur ein Haar krümmst.«

Alle sinken wieder reglos in sich zusammen. Bis drei Stunden später der Riese plötzlich den Adler mit großer Sympathie ansieht. »Ich habe gar nicht gewusst, wie hübsch du bist«, sagt er. »Sehr appetitlich. Ich meine, ohne Federn natürlich, viel mehr am Spieß, ein wenig Salz und Beifuß, rösch und braun ...«

Mühsam rappelt der Bär sich hoch. »Ein Wort noch, Riese«, brummt er, »und wir beide tragen die Sache unter uns aus. Mittlerweile bin ich hungrig genug, einen Riesen zu fressen!«

»Und ich einen Bären«, faucht der Riese. »In Ordnung, bringen wir es zu Ende. Los, komm schon!«

Grollend und zähnefletschend stehen sie sich gegenüber, da fängt der Narr plötzlich an zu lachen. »Was ist so lustig, Narr?«, knurrt der Riese.

»Ich lache, weil ihr euch lieber gegenseitig die hässlichen Nasen herausreißt, statt die Gittertür herauszureißen.«

»Wir können die Tür nicht herausreißen, du Hornochse«, sagt der Riese. »Erst hat der Bär es probiert. Dann habe ich es probiert. Das Gitter ist zu stark.«

Der Narr hält seine beiden Zeigefinger in die Höhe. »Zwei Dummköpfe zusammen sind blöd wie einer«, sagt er. »Aber stark wie zwei.«

Riese und Bär sehen sich an. Im nächsten Augenblick stemmen sie sich gemeinsam gegen die Gittertür. Beide geben ihr Äußerstes, sie drücken und rütteln und brüllen und fluchen, bis die Tür am Ende krachend aus den Angeln kippt.

»Und warum«, grollt der Bär, »hast du elender Narrenschädel das nicht schon am ersten Tag gesagt?«

»So konnte ich wenigstens mal ausschlafen«, sagt der Narr und gähnt herzhaft.

»Bei den Göttern, hab ich einen Hunger«, stöhnt der Riese und reibt sich den Wanst. »Nichts wie fort von diesem ungastlichen Ort!«

Der Ader fliegt bereits voraus. Doch plötzlich bleibt der Bär wie angewurzelt stehen. Seine Nase bewegt sich witternd nach rechts, nach links. »Ich rieche … rieche Essen! Viel Essen! Gutes Essen!«

Auf der linken Seite der Bühne haben die Spieler ein Schlaraffenland aufgebaut. Diener winken die Gefährten einladend heran. »Das ist das Abendbankett des großen Experimentators Baopoli«, sagen sie. »Aber er wurde plötzlich fortgerufen, in ein fernes Land. Wollt ihr es euch an seiner Stelle wohlergehen lassen?«

Riese, Bär, Adler, Zwerg und Narr sehen sich an.

»Seht ihr das weiße Gebirge da?«, fragt der Riese. »Das ist Milchreis. Mein Leib- und Magengericht.«

»Und die schwarzen Brocken, die keiner von euch mag, das ist Hirschleber«, sagt der Adler und verdreht die Augen.

»Es gibt Honigkuchen«, stöhnt der Bär. »Und Entenkeulen. Und dicke, fette Würste. Was sagt ihr nun?« Er packt den Zwerg und wirbelt ihn durch die Luft. »Vom Hungerturm direkt ins Schlaraffenland!«

»Mit Speck fängt man Mäuse«, sagt der Narr.

Aber er sagt es nur leise, und im nächsten Augenblick sitzen alle fünf Gefährten an der Tafel und binden sich die Servietten um. Und die Diener bringen ihnen Speisen und Wein, so viel ihr Herz begehrt.

Irgendwann viel später fragt der Bär zwischen zwei Bissen: »Wie lange geht das Festmahl?«

Die Diener verneigen sich. »Wir servieren, solange jemand da ist, der essen will.«

»Klasse«, sagt der Riese und strahlt über sein fettglänzendes Gesicht. »Dann gehen wir so schnell nicht weg.«

»Bestimmt nicht«, bekräftigt der Bär und rülpst, dass die Teller klirren.

Schon seit einiger Zeit singt vor dem Fenster des Saales eine Nachtigall. Frau Utuk benutzt dazu eine kleine Metallflöte, die den Vogelgesang nahezu perfekt nachahmt. Ich muss mir unbedingt ihre Bauweise ansehen.

»Was singt dieser aufgeregte kleine Vogel da?«, fragt der Riese den Adler.

»Nachtigallenopern. Die versteht kein vernünftiger Vogel«, behauptet der Adler und würgt den nächsten Brocken Leber hinunter.

Der Narr hat schon vor geraumer Zeit die Gabel weggelegt und stattdessen Knoten in seine Hosenkordel gemacht. »Ich beherrsche die Sprachen aller Vögel«, behauptet er jetzt. »Und diese Nachtigall wiederholt immerzu dasselbe.«

»Dafür braucht sie aber viele Töne«, meint der Riese zweifelnd. »Was sagt sie denn?«

»Sie fragt: »Habt ihr nicht etwas Wichtiges zu erledigen?«

Die fünf Gefährten sehen sich an. Der Bär schluckt geräuschvoll. Dann stehen alle ohne ein Wort vom Tisch auf.

»Gib zu, dass du gelogen hast, Narr«, brummt der Bär beim Hinausgehen. »Du verstehst keine Vogelsprache.«

Der Narr wedelt mit den Armen. »Ziwitt, ziwitt.«

Ich öffne die Tür zum Keller und gehe die Treppen hinab. Kein Adler fliegt mir voraus, keine Gefährten begleiten mich, ich fühle mich so allein wie nie zuvor. Ob sich Sterben so anfühlt – den Weg ins Ungewisse vollkommen allein gehen zu müssen?

Die unterste Etage des Kellers, das ist tiefer, als ich bis jetzt gekommen bin. Ich habe das Gefühl, geradewegs zum Zentrum der Hölle hinabzusteigen. Die ganze Zeit warte ich darauf, ja ich hoffe es geradezu, dass ich von Wachen angehalten werde, aber niemand ist da. Der riesige Keller scheint wie ausgestorben. Ich muss mich zwingen, die Stufen hinunterzusteigen, eine nach der anderen. Der Gestank nimmt zu, es riecht, als würden die Zellen nie gereinigt werden, als hätten sich Schweiß, Blut, Angst und Qual bis zur Unerträglichkeit angesammelt. Fünf Stockwerke hat der Keller, das macht zehn Treppen mal zwölf Stufen hinab in die Tiefe. Ich muss jetzt mindestens zwanzig Meter unter der Erde sein.

Und jetzt? Nach rechts und links gehen Gänge ab, im grünlichen Licht der Leuchtröhren erkenne ich schier endlose Reihen von Metalltüren. Jede Tür ist mit drei schweren Bolzenschlössern versperrt und hat auf Augenhöhe eine von außen verriegelte Klappe, genau wie der Leader es beschrieben hat. Der Abstand von Tür zu Tür beträgt keine zwei Meter; rechnet man die Mauern noch dazu, müssen die Zellen wahre Löcher sein.

Die vorderen Türen unmittelbar neben dem Treppenabsatz sind breiter und haben keine Riegel: Räume für die Wächter und ihre Gerätschaften, nehme ich an. Mit angehaltenem Atem lausche ich, doch im Moment ist alles still.

In meiner Tasche gluckert eine große Flasche Schmieröl. Wenn man mich erwischt, kann ich immer noch behaupten, die Riegel und Scharniere einfetten zu wollen. Doch nachdem mir niemand den Befehl dazu gegeben hat, würde ich mich auf sehr dünnem Eis bewegen.

Von der rechten Seite her höre ich jetzt Stimmen und das Klirren von Schlüsseln. Auch wenn die Geräusche leise und fern sind, beginnt mein Herz zu rasen. Dort rechts muss auch irgendwo der Kellerabgang durch den Garten sein, der garantiert rund um die Uhr bewacht wird.

Also wende ich mich nach links und beginne mit meinem ganz speziellen Marathon. An jede Tür klopfe ich den vom Leader angegebenen Rhythmus. Fast immer klopft jemand von innen zurück, dringlich, verzweifelt, aber nie mit der richtigen Antwort.

Tür neun, zehn, elf. Allmählich steigt Panik in mir auf: Das Klopfen hallt durch den Flur, es muss überall im Keller zu hören sein. Immer wieder drehe ich mich um, aber die Wächter lassen sich nicht blicken. Wahrscheinlich ist es normal, dass die Gefangenen sich die Finger an den Türen wundtrommeln, zumindest am Anfang ihrer Haft.

Tür zwölf, dreizehn, vierzehn. Meine Fingerknöchel schmerzen, mein Herz klopft mir bis zum Hals. Und dann habe ich unglaubliches Glück – denn an der nächsten Tür höre ich sie: die Taktfolge, die nach einer Melodie klingt, nach einem fröhlichen Abend. Als hätten der Leader und der Gefangene hinter der Zellentür sie zu einer Zeit vereinbart, als jede Gefahr weit entfernt schien. In bester Laune, nur für den Fall der Fälle …

Der Gefangene hinter der Tür klopft immer weiter. Ein paar schreckliche Sekunden lang bin ich wie gelähmt, aber ich *muss* handeln. Durch den leeren Gang hallt das Klopfen der anderen Häftlinge, dumpf wie Trommelschläge.

Ich schiebe den Riegel der Klappe zurück. So wie er flutscht, wird er regelmäßig gefettet. Damit wird meine Ausrede vollends absurd; ich kann nur beten, dass niemand mich erwischt.

Es kostet mich Überwindung, mein Gesicht nahe an die schwarze Öffnung zu bringen. Was, wenn plötzlich eine Hand herausschießt und mich packt? »Hallo?«, sage ich unsicher.

Der Raum hinter der Tür ist stockfinster. Ich kann lediglich ein Augenpaar erkennen, das heftig gegen das Licht anblinzeln muss. »Wer bist du? Kannst du mir helfen?« Die Stimme verblüfft mich: Sie klingt kraftvoll und lebendig und so gar nicht nach einem gebrochenen Gefangenen.

»Der Leader schickt mich, ehrenwerter Fremder. Pio Gaumata,

der Mann aus der Grotte.« Was weiß ich, unter welchem Namen er ihn kennt.

»Jehan, ja.« Er nennt ihn beim Vornamen. Natürlich, sie sind Freunde. »Mein Gott, der Teufelskerl hat es wirklich geschafft. Und du, wer bist du?« Er sprudelt fast über vor Erleichterung und Freude. »Du klingst so jung. Bist du einer von diesen Mimikry-Rekruten? Aus dem Projekt von General Elias?«

»Ja, ehrenwerter Fremder.«

»Der alte Haudegen hat es also wirklich durchgezogen. Arbeitest du hier im Haus?«

»Als Mechaniker, ja.«

»Mechaniker, sagst du? Aber das heißt doch … heißt das, du weißt, wie du mich hier rausholen kannst?«

»Nein«, sage ich und fühle mich grauenvoll. »Ich kann Ihnen nur etwas geben. Und ich muss … wir beide müssen uns furchtbar beeilen.« Die anderen Häftlinge haben inzwischen aufgegeben, nur ein einziger klopft noch weiter, etliche Türen entfernt. Ich lausche angestrengt: Im Gang sind keine Schritte zu hören. Aber wie lange noch?

Ich hole die kleine Kugel aus meiner Tasche und reiche sie durch die offene Klappe. »Vorsichtig, bitte. Ich habe nur diese eine.«

Als er sie entgegennimmt, spüre ich die Berührung seiner warmen, lebendigen Hand. »Was ist das?«, fragt er erstaunt.

Ich hätte die Kugel des Kochs so gerne für Mailin aufgehoben. »Eine Süßigkeit«, sage ich. »So schmeckt das Gift nicht so bitter.«

Er keucht erschrocken auf. Nur kurz, dann hat er sich wieder gefangen. »Du meinst es gut mit mir«, sagt er. Und nach einem Moment Schweigen: »Das ist der einzige Ausweg, den Jehan für mich sieht?«

»Ja.«

»Wie heißt du?«

»Tamaso.«

Die Stimme des Gefangenen klingt jetzt ruhiger, ernüchtert. »Weißt du, Tamaso, sie haben mich gerade erst geschnappt. Vor zwei oder vor drei Tagen, hier unten verliert man leicht den Überblick. Sie hatten mich noch nicht in der Mangel. Sonst wäre es jetzt vermutlich einfacher. Oh barmherziger Gott«, sagt er und lacht ungläubig. »Ein Junge mit einer Süßigkeit. So sieht mein Todesengel aus.«

Er tut mir so entsetzlich leid. »Ich muss jetzt gehen«, flüstere ich. »Die Wächter erwischen mich sonst.«

»Warte. Bleib noch einen Moment, bitte.« Ich höre ihn tief durchatmen, dann hastig kauen und schlucken, und weiß, was er getan hat. »Sie schmeckt gut, deine Süßigkeit«, sagt er. Und dann, nach einer kleinen Pause: »Kannst du noch ein wenig bei mir bleiben?«

Unmöglich. In Panik blicke ich nach rechts, nach links. Der Gang liegt im fahlen, flackernden Licht, von den Wänden her scheinen Schatten auf mich zuzuspringen.

Jeden Moment kommen die Wächter. Sie werden mich erwischen, hier vor dieser Zelle, in der gleich jemand sterben wird.

»Gibst du mir deine Hand?«, fragt der Gefangene.

Da stehe ich, den Arm wie ein Idiot durch die Klappe gestreckt, seine warme Hand in meiner. Ich weiß nicht, wie der Mann aussieht, was ihn nach Flore verschlagen hat, warum er in Gefangenschaft geraten ist. Nichts davon weiß ich, aber am verzweifelten Druck seiner Hand spüre ich seine Angst zu sterben.

Wie lange wird es dauern? Achtzig Kilogramm, und er klingt gesund und kräftig.

»Wie alt bist du, Tamaso?«

»Sechzehn.«

»Als ich so alt war wie du, habe ich wahnsinnig gern gelesen. Kennst du vielleicht die Bücher von Vivian Kien oder Matt Oppenberger?«

»Es tut mir leid, aber im Ausbildungscamp hatten wir keine Bücher. Nur Comic-Hefte.«

»Comics, tatsächlich? Was denn? Die Unbeugsamen Fünf? Oder die Stories von Staris Polander?«

»Nein, wir hatten Sergeant Stax und Luna Lux. Oder warten Sie, kennen Sie vielleicht Captain Corona?«

»Captain Corona, aber klar doch.« Auf einmal verfällt er ins Coronische, dabei klingt er eifrig und aufgeregt wie der Junge, der er einmal gewesen sein muss. »Sag bloß, es gibt neue Ausgaben?«

»Mehr als genug.«

»Erzähl mir davon.«

Während er wie ein Ertrinkender meine Hand festhält, berichte ich ihm die neuesten Heldentaten von Captain Corona. Der von florischen Finsterlingen in die Zukunft katapultiert wird, dann aber mit Hilfe einer selbst gebastelten Zeitrakete zurückreist und in Bedrängnis geratene Coroner rettet: Stoff für Hunderte von Episoden, allesamt nach dem gleichen Strickmuster. In Camp Mi haben mich die Geschichten angeödet, doch jetzt spüre ich, dass sie den Mann in der Zelle trösten können.

Irgendwann stöhnt er laut auf, und ich verstumme.

»Jehan, du Fuchs«, sagt er. »Du gerissener Fuchs.« Seine Hand zuckt jetzt unkontrolliert, und seine Stimme wackelt. »Ich hätte ja auch mit den Florern kooperieren können, nicht wahr? Auspacken, damit ich nicht am Galgen, sondern im Lager ende. Weiterlebe, egal wie. Aber du gehst auf Nummer sicher und schickst mir den Jungen.« Er hustet. »Sag du es mir, Tamaso: Wen will er wohl retten? Mich – oder seine eigene Haut?«

»Woher soll ich das wissen?«, sage ich unglücklich. »Ich weiß nur, dass hier im Keller schreckliche Dinge passieren. Ich glaube, der Leader wollte Ihnen das Schlimmste ersparen.«

Außerdem ist es längst zu spät. Zu spät. Und ich muss schnellstens fort, ich bin schon viel zu lange hier unten.

Seine Hand entgleitet mir. »Es ist gut«, höre ich ihn noch sagen. »Fahre ich eben in Captain Coronas Rakete in den Himmel auf. Aber vorher, Jehan, komme ich auf einen Abstecher in deiner Grotte vorbei. Sieh dich vor, mein Freund.«

19

Ich muss fast eine halbe Stunde vor der Zellentür gestanden haben. Es grenzt an ein Wunder, dass mich keiner gesehen hat. Allerdings wünsche ich mir im Nachhinein beinahe, sie hätten mich erwischt. Rechtzeitig, bevor ich dem Gefangenen das Gift geben konnte.

Ihr müsst Helden sein. Das haben sie in Camp Mi gemeint.

Helden können töten und dann einfach zur Tagesordnung übergehen. Helden atmen, essen, schlafen weiter, ohne an das Leben zu denken, das sie vor wenigen Stunden ausgelöscht haben.

Ich kann nicht essen und kaum atmen. Das Gift ist in mir. Der Tote ist in mir und drückt mir die Luft ab.

Nebenan am Tisch der Herrschaft redet Majorin Mo über eine geplante neue Zensurstelle für das Puppentheater. »Die Theater verweichlichen unsere Sitten, immer schön unter dem Deckmantel der Tradition. Kunst, die nicht ausschließlich die große florische Nation, den Krieg und die Armee verherrlicht, ist keine Kunst, sondern Verrat am Volk. Wenn es nach mir ginge, würden die Puppen als Schädlinge des Landes endgültig abgeschafft. Nanu, Rix, Sie machen ein finsteres Gesicht?« Die schrille Stimme der Majorin klingt wie ein Florett, mit dem sie gleich zustechen wird. »Sind Sie etwa nicht dieser Meinung?«

Ich kann seine Antwort nicht verstehen. Aber ich weiß, wie sehr ich diese Frau hasse, die Mailin das Schlimmste zumutet und seelenruhig hier sitzt, als hätte sie nichts damit zu schaffen. Majorin Mo, Marschall Utuk, der Leader: ich hasse sie alle aus tiefster Seele.

»Hass ist gut«, höre ich Trainer LeBron sagen. »Hass schärft euch wie der Schleifstein das Messer.« Selbst mein Hass spielt ihnen noch in die Hände.

Immerfort sehe ich den Toten in seiner Zelle liegen. Ob er sich noch lange quälen musste? Haben sie ihn schon gefunden?

Er könnte noch am Leben sein. Ich hätte es nicht tun müssen.

Der junge Diener neben mir stößt mich an. »Mechaniker, warum isst du nicht? Immer noch zu scharf?«

Frau Lu beugt sich herüber. »Du musst gut essen und gut schlafen«, sagt sie. »Damit du deine vielen Aufgaben gut erledigen kannst.«

»Aber das mache ich doch, Frau Lu«, sage ich. In meiner Kehle steigt etwas hoch, ich kann es nicht hinunterschlucken. »Ich erledige jede Aufgabe. Wirklich jede.«

Frau Lu sieht mich genauer an. »Du weinst ja, Mechaniker. Was ist los mit dir?«

Ich wische mir übers Gesicht. »Nichts«, sage ich. »Es ist nur das scharfe Essen.«

Im flackernden Licht gehe ich einen langen Gang entlang. Eine Tür steht offen, sie führt in das düstere Laboratorium des Alchemisten mit seinen Tiegeln und Glasgefäßen. In einem Kessel brodelt das schwarze Öl, mit dem der Alchemist sich den Doppelgänger gefügig macht. Die stechenden Dämpfe vernebeln mir die Sinne.

Im eiförmigen Eisenofen lodert ein wahres Höllenfeuer. Minstrual, die Dienerkreatur, wimmert wie ein Kind, als sie ihre Klauen hineinstecken und Kohlen nachlegen muss.

Plötzlich steht der Alchemist in seinem schwarzen Samtmantel neben mir. Wortlos zeigt er auf eine verhüllte Bahre an der Wand. Die Gestalt, die sich dort unter den Tüchern abzeichnet, ist definitiv keine Puppe. Sie hat die Umrisse eines Menschen.

Der Anblick jagt mir Angst ein. »Wer ist das?«, frage ich.

»Sieh selbst nach«, sagt der Alchemist. »Oder bist du zu feige dazu?«

»Ich bin nicht feige«, widerspreche ich. »Ich habe einen Mann getötet, damit du keine Macht über ihn hast.«

»Du hast eine Schokoladenkugel an ihn verfüttert. Das ist wahrhaftig eine Heldentat«, höhnt der Alchemist.

»Ist er es, da unter dem Tuch?«

»Nein«, sagt der Alchemist. »Der dort liegt, ist einer der Gefährten.«

»Wie kann das sein? Es ist doch ein Mensch«, sage ich noch verwirrt, bevor ich mit einem Ruck aus dem Schlaf fahre.

Durch das Fenster hoch oben in der Wand sickert grau das Morgenlicht in meine Kammer. In der ersten Verwirrung meine ich, den Tod des Gefangenen nur geträumt zu haben. Ich halte mir meine Hände vor Augen: Die Fingerkuppen sind noch braun vom Pflanzensaft.

Ein Mann ist tot, durch meine Hände gestorben. Jetzt habe ich von einem zweiten Toten geträumt. Die verhüllte Bahre will mir nicht aus dem Kopf gehen: Einer der Gefährten – ist es einer von uns? Oder noch jemand, der durch meine Hand sterben wird?

Mich fröstelt, und ich ziehe die Decke höher, um mir vor dem Aufstehen noch ein wenig Wärme zu holen. Wenn es überhaupt eine Gewissheit gibt, dann ist es die Tatsache, dass ich mich weiter in Schuld verstricken werde, verstricken muss. Meine Existenz hier in Flore ist eine einzige Lüge. Jederzeit kann der Leader von mir verlangen, Frau Utuk oder Herrn Rix gefälschte Dokumente unterzuschieben, Briefe oder Tagebücher, in denen die beiden sich als Mitwisser zu erkennen geben. Wenn der Plan des Leaders wirklich aufgeht, bedeutet das den Untergang für den gesamten Haushalt von Marschall Utuk. Und ich trage aktiv dazu bei, ich, der allen hier den harmlosen, tüchtigen Mechaniker vorspielt.

Wer bin ich? Der Weg zu meinem früheren Ich, dem Jungen aus Parman, ist verschüttet. Ich komme mir vertauscht vor, wie der

Doppelgänger anstelle des echten jungen Königs. Wie er werde ich manipuliert und kontrolliert. Aber ich kann immerhin versuchen, mich zu wehren. Zum Beispiel wird mich niemand davon abhalten können, Mailin zu sehen. Auch der Leader nicht.

»Hat der Glaser die Scheiben geliefert?«, frage ich Frau Lu beim Frühstück.

Sie schüttelt den Kopf. »Sein Gehilfe war heute Morgen da und hat die Lieferung für nächste Woche versprochen«, sagt sie. »Heute sollst du für mich die Schubläden in der Kleiderkammer reparieren. Mindestens fünf von ihnen klemmen.«

Doch ich habe absolut keine Lust auf die roten Wäschestapel und auf die Geister der Gefangenen und der Toten, die aus ihnen aufsteigen werden. Frau Lu ist nicht die Sorte Hausdame, die einen auf Schritt und Tritt bevormundet. Sie wird verstehen, wenn ich mir erst einmal meine Baustelle im Garten ansehen will.

Als ich in den Vorgarten hinaustrete, marschiert gerade ein Trupp Soldaten auf. Der kommandierende Offizier sieht mich scharf an, und mein Herzschlag beschleunigt sich. Sind sie wegen des Toten im Keller in Alarmbereitschaft? Unwillkürlich ducke ich mich, halte meine Werkzeugtasche höher und den Blick gesenkt – ein grauer, gesichtsloser Domestik unterwegs zu seiner Arbeit. Meine Strategie geht auf, der Offizier spricht mich nicht an.

Ich umrunde das Haus und betrete den hinteren Garten. Halb erwarte ich, den Treppenabgang von blauen Uniformen umstellt zu sehen. Doch niemand ist zu sehen, und ich atme auf.

Der Rasen färbt sich allmählich gelblich, die Bäume haben ihr letztes Laub abgeworfen. In ihrem Beet stehen die eingepackten Rosenbüsche zusammen wie eine Gruppe verirrter Bettelmönche. Der Garten bereitet sich auf den Winter vor.

Während ich über den sorgfältig geharkten Weg laufe, steigt mir der Geruch von Feuer in die Nase. Im rückwärtigen Bereich des Gartens gibt es hinter einer Hecke aus jungen Tannen ein gepflastertes Areal, auf dem die Gärtner täglich ihre Abfälle verbrennen. Auch jetzt steigt dort Rauch in einer dicken schwarzen Wolke auf.

Als ich meine Baustelle inspiziere, sind die leuchtenden Chrysanthemen verschwunden. Das Beet haben die Gärtner in eine festgestampfte Lehmfläche verwandelt, daneben liegen die Holzbalken für das Glashaus bereits säuberlich aufgestapelt. Ich untersuche die Balken nach Rissen und Astlöchern, aber das Holz ist von bester Qualität. Ohne Glasscheiben gibt es für mich nichts zu tun, ich habe also keinen Vorwand, mich länger im Garten aufzuhalten. Doch bevor ich ins Haus zurückkehre, will ich die Gärtner noch kurz begrüßen. So wie es dort hinten qualmt und lodert, scheinen sie einen ganzen Baum zu verbrennen.

Als ich vor die Tannenhecke trete, sind die Gärtner damit beschäftigt, mit ihren Harken glühende Brocken ins Feuer zurückzuschieben. Ihr Treiben ist nicht ungefährlich, nachdem die Flammen mannshoch lodern und vom Wind zusätzlich unkontrolliert angefacht werden. Der schwarze Ruß treibt mir Tränen in die Augen. Mein Blick wird vom innersten Kern des Feuers angezogen: Was immer die Gärtner hier verbrennen, ist jetzt nur noch eine dunkle, amorphe Masse. Es kann alles gewesen sein: ein Baum. Säcke voller verwelkter Chrysanthemen. Ein Tierkadaver. Die glühende Masse bäumt sich in den Flammen auf wie etwas Lebendiges, fällt wieder zusammen. Ich wende den Blick ab. »Guten Morgen, ehrenwerte Gärtner.«

Alle vier halten gleichzeitig in der Bewegung inne, erkennbar unwirsch, als störe ich sie bei etwas Wichtigem. Der blinde Gärtner kommt um das Feuer herum auf mich zu. »Du musst besser auf Frau Lu hören, Junge«, sagt er ungewohnt streng. »Heute ist kein guter Tag für den Garten.«

»Warum nicht, ehrenwerter Gärtner?« Ich will es aus seinem Mund hören.

»Du bist nicht blind wie ich, du kannst sehen«, sagt er. »Zu viel sehen und Schaden nehmen.« Seine leeren weißen Augen schimmern im Feuerschein rötlich. »Geh jetzt gleich zurück ins Haus. Komm morgen wieder.«

Ich gehe – doch nach wenigen Schritten drehe ich mich noch einmal zum Feuer um. Was sehe ich? Einen Reisighaufen? Einen Scheiterhaufen? Hat es etwas mit dem Toten zu tun, mit *meinem* Toten? Sehe ich schon überall Gespenster? Wieder höre ich ihn hinter der Zellentür reden, höre die Hoffnung in seiner Stimme: »Wer bist du? Kannst du mir helfen?«

Als ich am Treppenabgang vorbeikomme, erschaudere ich. Nichts ist zu sehen oder zu hören; und doch lauert der Keller im Untergrund wie ein riesiger schwarzer Krake, bereit, die Fangarme nach uns allen auszustrecken und uns ins Verderben zu reißen.

Es zieht mich hinauf in den Saal der Puppen. Ich habe den Fuß schon auf der Treppe, da höre ich plötzlich über mir im ersten Stockwerk Männerstimmen reden und meine, unter ihnen Marschall Utuk zu erkennen. Also beschließe ich, doch lieber Frau Lus Auftrag zu erfüllen, und steuere die Kleiderkammer an.

Hier im Seitentrakt ist alles still. Zwischen den Regalen mit den Wäschestapeln riecht es nach Seife und Chlor. Es gibt schätzungsweise dreißig Schubläden, die ich alle überprüfen muss. Ich ziehe die ersten auf und starre überrascht auf ihren Inhalt: Irgendwie habe ich mit noch mehr Wäsche gerechnet, stattdessen liegen in den Schubläden Schmuckstücke, Ringe, Halsketten und Armreife neben eher wertlosem Krimskrams wie Kämmen, Schlüsseln oder Taschentüchern. Zuerst kann ich mir keinen Reim darauf machen, doch auf den zweiten Blick sind es alles Dinge, die Menschen mitnehmen, wenn sie bei Nacht und Nebel aus ihren Häusern geholt werden.

Viele Schmuckstücke sind aus Gold, bestimmt sind sie wertvoll. Aber nichts hier ist verriegelt oder irgendwie gesichert. Niemand wagt es, im Haus des Marschalls zu stehlen.

An einem der Schlüssel hängt eine kleine bunte Plastikfigur. Als ich sie zur Hand nehme, erkenne ich sie an ihrem roten Umhang und der vielzackigen Krone auf der Brust: Captain Corona.

Meine Finger umklammern das Plastik so fest, dass es schmerzt, dabei mache ich mir klar, dass der Schlüssel und die Figur nicht von dem Toten, von *meinem* Toten, stammen können. Wenn er ein Freund des Leaders war, hat er wie dieser in perfekter Tarnung gelebt und garantiert nichts so Verräterisches besessen. Nur der Himmel weiß, wie Captain Corona in die Schublade gekommen ist. Und doch kommt es mir vor, als sei die kleine Plastikfigur ein letzter Gruß des Toten an mich.

Die Tür der Wäschekammer geht auf, eines der parmanischen Dienstmädchen kommt mit einem Stapel blauer Kleidung herein. Sie ist vielleicht fünf Jahre älter als ich und mit ihren glatten, lieblos abgeschnittenen Haaren ziemlich unscheinbar. Bisher habe ich sie nur als namenlose Serviererin an der Abendtafel erlebt.

Als sie mich entdeckt, lacht sie verlegen. »Oh, der Mechaniker. Was tust du hier?«

»Die ehrenwerte Frau Lu möchte, dass die Schubläden nicht mehr klemmen.«

Sie blickt auf die Schmuckstücke, die ich auf dem Tisch abgelegt habe, und ihre Augen werden groß und rund. »Zum ersten Mal sehe ich, was in diesen Schubläden ist«, sagt sie. »Sieh dir das viele Gold an. Damit könnten wir leicht wieder nach Hause zurückgehen.« So wie sie »nach Hause« sagt, klingt es nach jahrelangem Heimweh.

»Wie lange bist du schon hier?«, frage ich.

»Sieben Jahre. Das Schlimme ist, dass wir nie Parmanisch sprechen dürfen. Glaubst du mir, dass ich schon auf Florisch träume?«

Sie hat ihren Stapel eingeräumt und könnte jetzt wieder gehen. Stattdessen sieht sie mich an: »Darf ich dich etwas fragen?«

»Warum nicht?«

»Als Mechaniker hättest du überall hingehen können. Warum bist du hierhergekommen?«

»Du bist doch auch nach Flore gegangen«, erwidere ich.

»Ich hatte nichts und konnte nichts. Aber du hättest überall hingehen können, sogar nach Corona. Oder sind deine Eltern arme Bettelleute, dass du dir die Papiere für ein gutes Land nicht leisten konntest?«

Neugierig blickt sie mir ins Gesicht. Und ich will mir nicht anmerken lassen, wie sehr sie mich mit ihrer Fragerei erschüttert. Denn plötzlich bin ich wieder zu Hause: Mein Vater zieht Geigensaiten auf und ruft dabei nach meinen kleinen Brüdern, während meine Mutter die Tagesumsätze in das Geschäftsbuch einträgt. Eine alltägliche Abendszene, die mir ins Herz schneidet. Wie lange habe ich nicht mehr an meine Eltern gedacht? An meine *richtigen* Eltern, nicht an die coronischen Doppelgänger.

»Sind sie es?«, fragt das Dienstmädchen ungeduldig. »Arme Bettelleute, die dir keine Papiere bezahlen konnten?«

Ich reiße mich zusammen und nicke. »Ja. Leider.«

»Da hast du Pech«, sagt sie. »Aber wenigstens hast du mit deiner Stellung hier Glück gehabt. Von allen Häusern in Heiman ist das Haus von Marschall Utuk das beste. Glaub mir, ich weiß, wovon ich rede. In anderen Häusern kriegst du nicht einmal genug zu essen oder die Hausdame verteilt Ohrfeigen.«

Ich blicke auf die Stapel roter Kleidung. »Hast du keine Probleme mit der Farbe Rot in diesem Haus?«

Ihr Blick wird für einen Moment lang unruhig. Doch sie schüttelt den Kopf. »Nein. Warum sollte ich? Ich habe meine Aufgaben hier im Erdgeschoss. Der Rest des Hauses geht mich nichts an.«

»Dann kennst du auch den Saal der Puppen nicht?«

»Frau Lu hat ihn mir einmal gezeigt, an meinem allerersten Tag.« Sie zieht die Nase kraus. »Theater und Tradition und so. Davon verstehe ich nichts.«

Abermals geht die Tür auf. Der jenisische Diener mit dem grauen Zopf steckt den Kopf herein. »Hier versteckst du dich, Mechaniker«, sagt er vorwurfsvoll. »Ich habe dich schon überall im Haus gesucht. Du sollst dich sofort bei Marschall Utuk im Büro melden.«

»Uuiih«, macht das Dienstmädchen beeindruckt. »Siehst du, ich war auch noch nie im Allerheiligsten.«

Während ich hinter dem Diener die Treppe hochsteige, rasen meine Gedanken. Niemand hat mich im Keller gesehen. Ich bin nur der Mechaniker, tüchtig und absolut unverdächtig. Aber was will der Marschall dann von mir? Und wie bewahre ich meine Fassung, wenn er mich auf den Toten im Keller anspricht?

Kaum habe ich das Büro von Marschall Utuk betreten, beginnt der Rabe in seinem Käfig zu lärmen. Er kreischt und schlägt mit den Flügeln gegen die Gitterstäbe und zieht meine ganze Aufmerksamkeit auf sich.

»Sehen Sie es ihm nach«, sagt Marschall Utuk. »Er ist frisch eingefangen und muss erst lernen, sich zu benehmen.«

Er spricht nicht etwa mit mir, sondern mit seinem Gast, der ihm gegenübersitzt und mir den Rücken zuwendet. Der Mann trägt die blaue Uniform mit den Schulterklappen der führenden Militärs. Er hat die Beine leger überschlagen, was mir bei einem Offizier der Armee ungewöhnlich vorkommt.

»Da bist du ja endlich, Mechaniker«, sagt Marschall Utuk. »Der Oberste Führer erweist unserem Haus die Ehre, während der Nationalen Spiele hier Gast zu sein. Einer seiner Adjutanten wird dir nun seine Vorlieben und Gewohnheiten mitteilen, damit du das Gastquartier angemessen umgestalten kannst.«

Unwillkürlich habe ich die Luft angehalten, jetzt atme ich vorsichtig aus. Alles ist gut. Niemand verdächtigt mich. Überhaupt, was bedeutet dort unten im Keller ein Toter mehr oder weniger?

»Der Oberste Führer ist bekannt für seine einfache, fast asketische Lebensweise«, sagt der Adjutant. Sein Florisch ist härter und korrekter als hier im Süden, wo vieles verschliffen wird. »Er legt keinen Wert auf Luxus.«

»Aber bestimmt hat der Oberste Führer gewisse Bedürfnisse«, widerspricht der Marschall. »Unser Mechaniker sollte sie kennen, damit wir alles nach seinem Wunsch vorbereiten.«

»Natürlich, Marschall Utuk.« Der Adjutant dreht sich zu mir um.

Im ersten Moment denke ich: Wie kann er so ganz anders klingen? Und im zweiten: Ist er jetzt endgültig wahnsinnig geworden? Was, wenn ich ihn durch meine Reaktion verrate? Er weiß doch genau, wie erbärmlich mein Protego-Schirm ist.

»Wie gesagt, bitte machen Sie sich keine großen Umstände«, sagt der Leader, der heute als Adjutant des Obersten Führers auftritt. »Der Oberste Führer braucht nicht mehr als zwei große, helle Räume. Nach Osten gelegen, wenn möglich, er liebt die Morgensonne. Das Bett hat er gern hart und flach, am besten mit Rosshaar ausgepolstert. Und er bevorzugt heiße Ganzkörper-Bäder vor dem Einschlafen, daher wäre eine Wanne gleich neben dem Bett von Vorteil.«

Für einen asketischen Menschen sind das ganz schöne Ansprüche. Noch dazu trägt der Leader sie auf eine arrogante Art und

Weise vor, die keinen Widerspruch zulässt. »Jeden Morgen pflegt der Oberste Führer ein bis zwei Stunden zu meditieren«, fährt er fort. »Zu dieser Zeit muss in seiner Umgebung absolute Stille herrschen. Das wird in einem so großen Haushalt womöglich schwierig zu organisieren sein.«

»Selbstverständlich werden wir jedes Bedürfnis des Obersten Führers mit Freude erfüllen«, sagt Marschall Utuk. »Sein Wohlergehen ist das Wohlergehen des florischen Volkes.«

Der Leader nickt. »Es scheint fast, als würde der amtierende Oberste Führer Flore mehr durch seine Gedanken als durch seine Taten regieren. Manch einer befürchtet sogar, dass die Coroner die Gedankentiefe des Obersten Führers mit Schwäche verwechseln könnten.« Während er redet, blickt der Leader Marschall Utuk unverwandt an. »Tatsächlich würde es mich nicht wundern, wenn Flores Zukunft demnächst hier im Süden läge. Vielleicht sogar hier in Heiman.«

Marschall Utuk legt die Hände flach auf den Tisch und lehnt sich zurück. Der Raum zwischen den beiden scheint zu knistern. Zwei Spieler treffen aufeinander, zwei gnadenlose Gegner, beide geübt darin, andere Menschen zu kontrollieren und zu manipulieren. Wobei der Marschall nicht ahnen kann, wen er vor sich hat.

Eine Zeit lang sagt niemand etwas, nur der Rabe schlägt mit dem Schnabel ans Gitter. Ich spüre meinen Herzschlag nicht mehr. Weiß der Leader wirklich, was er da tut?

Marschall Utuk lächelt. Unvermittelt erhebt er sich und geht zum Vogelkäfig. »Wussten Sie, dass Raben schlau sind? Der Bursche hier hat seinen ganzen schwarzen Vogelkopf voller Listen, Tricks und Hinterhalte. Aber nichts davon konnte ihn davor bewahren, in meinem Käfig zu landen.«

Der Marschall nimmt ein Stöckchen und schiebt es durch die Gitterstäbe. Während der Rabe zornig darauf herumhackt, sagt er:

»Als Sie sich ankündigten, habe ich routinemäßig Erkundigungen über Sie eingezogen. Sie sind seit vier Jahren im Adjutantenstab des Obersten Führers. Davor haben Sie sich durch diverse Verwaltungsstellen bis zur Kommandozentrale der Armee hochgedient. In all den Jahren haben Sie niemals die Hauptstadt verlassen, sind also ein Mann aus dem Norden, durch und durch. Sie sehen, ich weiß alles über Sie.« *Nur nicht, wie er aussieht.* »Warum sollten ausgerechnet Sie plötzlich Ihre Liebe zum Süden entdecken?«

»Oh, mir geht es nicht um Geografie«, sagt der Leader. »Ich spreche über Veränderungen, die in der Luft liegen. Flore ist allein durch den Krieg groß geworden. Unsere Politik heißt Eroberung, der Kampf ist unser oberstes Gut. Wer das vergisst, verrät die Idee unserer Nation und unsere wahre Stärke.«

Marschall Utuk wendet den Blick nicht von seinem Raben, der wie ein Berserker mit gesträubtem Gefieder das Stöckchen attackiert.

»So schlau dieser Vogel ist, macht er dennoch einen Fehler«, sagt er. »Er sollte seine Energie für den richtigen Moment aufsparen. Den Moment, an dem er statt des Stöckchens meinen Finger vor sich hat.«

»Sie allein entscheiden, wann der richtige Moment gekommen ist«, sagt der Leader. »Und wenn es so weit ist, sollten Sie wie ein Sturmwind durch Flore fegen und keinen Stein auf dem anderen lassen. Viele Offiziere sind dieser Meinung, Marschall Utuk, in der Hauptstadt und überall im Land.«

»Natürlich.« Mit einem Ruck zieht Marschall Utuk das Stöckchen aus dem Käfig. »Aber jetzt hören wir besser auf damit, sonst muss ich uns beide noch wegen Hochverrats anzeigen«, sagt er heiter. »Wir wollen doch nicht enden wie unser schwarz gefiederter Freund hier.«

Er gibt mir einen Wink. »Mechaniker, du hast gehört, was gewünscht wird. Du wirst dich um die Räume und die Badewanne kümmern. Der Oberste Führer soll unvergessliche Spiele bei uns in Heiman erleben.«

Ich ziehe die Tür hinter mir zu und atme tief durch. Der Fuchs in der Höhle des Löwen – niemals hat dieses Bild besser gepasst. Warum geht der Leader dieses Risiko ein? Will er Marschall Utuk darin bestärken, den Putsch auch wirklich durchzuziehen? Oder macht es ihm einfach nur Spaß, seinem verhassten Feind einen Schritt voraus zu sein? Wobei sich Marschall Utuk, soweit ich es beurteilen kann, keinerlei Blöße gegeben hat.

20

Letzte Woche hat Majorin Mo sich über die schlechte Stromversorgung in ihrem Stadtbezirk beschwert. Daher weiß ich, dass ihr Haus im sechsten Bezirk von Heiman liegt.

Meine Werkzeugtasche wiegt schwer. Für das, was ich vorhabe, muss ich in jeder Hinsicht gut ausgerüstet sein. Ich stelle mich meiner eigenen Mutprobe. Eigentlich könnte der Leader stolz auf mich sein.

Ich biege in die erste Straße des sechsten Bezirks ein und werde langsamer. Die Bebauung besteht hier zum größten Teil aus niedrigen Holzhäusern mit teils abenteuerlichen Anbauten, als würde jede neue Generation Bretter und Nägel zur Hand nehmen und zusätzliche Zimmer anfügen. An den Wäscheleinen hängen ausnahmslos graue Hosen und Kittel. In diesen Häusern wohnt bestimmt keine ranghohe Offizierin der Armee, auch nicht in den Reihen trostloser Mietskasernen, an denen ich als Nächstes vorüberkomme. Die Wände sind grau, die Fenster dunkle, blinde Quadrate. Ich habe keine Vorstellung, welche Art Leben sich dahinter abspielt.

Einige Straßen weiter ändert sich das Bild. Hier gibt es Vorgärten mit Bäumen und Büschen, die Häuser dahinter sind zwar schmucklose Klötze, wirken aber dennoch irgendwie herrschaftlich. Genau so stelle ich mir das Haus von Majorin Mo vor.

Auf dem Gehsteig sammelt eine ausgemergelte Frau Abfälle mit einem angespitzten Holzstock auf. Ich bilde mir ein, ich hätte sie schon einmal gesehen, damals bei meinem ersten Gang durch die Stadt. Aber wer weiß, vielleicht laufen Hunderte solcher Frauen durch Heimans Straßen.

»Verzeihung, ehrenwerte Fremde, ich suche das Haus von

Majorin Mo. Kennen Sie es?« Die Frau schlurft erst an mir vorüber, als hätte sie mich nicht gehört. Dann hebt sie doch noch den dürren Arm und zeigt auf ein Haus hinter akkurat beschnittenen Zypressen.

Auf mein Klopfen hin öffnet die Hausdame. Genau wie Frau Lu trägt sie einen Schlüsselbund und eine übergroße Armbanduhr als Insignien ihrer Macht.

Ich schaffe es, meine Lüge glatt herunterzuspulen. »Verzeihung, ehrenwerte Hausdame, ich bin der Mechaniker im Haus von Marschall Utuk. Er schickt mich, um zu fragen, ob es vielleicht anstehende Reparaturen im Haus von Majorin Mo zu erledigen gibt.«

Erfahrunggemäß ist in einem Haus immer etwas kaputt. Und meine Intuition trügt nicht: »Da hat der gnädige Herr Marschall einmal eine richtig gute Idee«, sagt die Hausdame. »Komm nur herein, hier entlang.«

Sie führt mich durch eine weiß und schwarz gekachelte Eingangshalle, anschließend weiter durch einen langen, dunklen Korridor. Im Haus von Majorin Mo riecht es streng, aber vielleicht ist das auch nur meine Einbildung.

Die Hausdame bleibt vor einem geschnitzten Wandschrank stehen. Sämtliche Türen hängen schief in ihren Öffnungen, was ihn trotz seiner Größe jämmerlich erscheinen lässt. »Kannst du das hier richten?«

»Selbstverständlich, ehrwürdige Hausdame.«

»Wie lange wirst du für die Reparatur brauchen?«

»Ein bis zwei Stunden, schätze ich.«

»Gut«, nickt sie. »Wenn du fertig bist, melde dich bei mir.«

Ich brauche genau fünfzehn Minuten. Mein Werkzeug lasse ich auf dem Boden liegen, als hätte ich die Arbeit nur kurz unterbrochen, dann mache ich mich auf die Suche nach Mailin.

Wo im Haus bewahrt man einen Toten auf? So weit abgelegen

von den Wohnräumen wie möglich, nehme ich an. Also entweder ganz unten oder ganz oben.

Während ich auf leisen Sohlen die Treppen hinaufschleiche, muss ich grinsen. Jetzt habe ich den Mut, den sie in Camp Mi so schmerzlich an mir vermisst haben.

Vom zweiten Stockwerk führt eine Holzstiege weiter ins Dachgeschoss. Die Stufen sind dick mit Staub bedeckt, in den Ritzen hängen Spinnweben. Nein, hier ist seit vielen Wochen niemand mehr hinaufgegangen.

Also muss ich doch nach unten. Alles in mir wehrt sich gegen die Vorstellung, Mailin im Keller suchen zu müssen.

Ich denke an das Kind, das der Tote einmal war. Seine Eltern haben Angst vor ihm und wollen ihn versöhnen, sie werden ihn nicht in ein Kellerloch verbannt haben. Es muss in diesem Haus ein Kinderzimmer geben, in dem er seine ersten Jahre in der Familie verbracht hat. Vielleicht ist es hier oben im zweiten Stock.

Obwohl ich so leise wie möglich auftrete, knarren die Dielen des Korridors unter meinen Schritten. Vorsichtig öffne ich die erste Tür, dann die zweite. Die Räume sind möbliert und besitzen sogar Kachelöfen, dennoch machen sie einen unbewohnten Eindruck. Als würde das gesamte zweite Stockwerk gemieden. Meine Vermutung scheint sich zu bewahrheiten.

Der Raum hinter der dritten Tür scheint ebenfalls leer. Aber irgendetwas irritiert mich an der Art und Weise, wie einer der Sessel mit der Rückseite zur Tür steht.

Ich weiß nicht, was ich mir vorgestellt habe. Er sitzt aufrecht da, in ein sauberes weißes Tuch gehüllt. Was ich von ihm sehen kann – Kopf, Arme und Beine – glänzt wie lackiert. Sie müssen ihn mit einer Art Harzschicht konserviert haben. Er wirkt künstlich und menschlich zugleich, kein bedrohlicher, sondern ein unendlich trauriger Anblick.

Auf einem Tischchen vor ihm ist Essen angerichtet. Brot, ein Glas Milch, ein gekochtes Ei.

Ein Geräusch schreckt mich auf, jemand ist an der Tür. Hastig verberge ich mich hinter einem der Vorhänge.

Alle meine Gebete werden erhört: Mailin kommt herein. Sie räumt das unberührte Abendessen auf ein Tablett, anschließend bürstet sie die unbenutzten Sessel der Sitzgruppe ab.

Mir wird klar, dass ich sie einfach ansprechen kann. Es ist niemand hier, und mit großer Wahrscheinlichkeit wird auch niemand freiwillig in die Nähe dieses Zimmers kommen. »Bevor du das Essen wegwirfst, ich nehm es gerne.«

Mit einem erstickten Schrei fährt sie herum. Ihr erster Blick gilt dem Toten, dann erst entdeckt sie mich. »Tamaso, du bist es! Wie kommst du hierher?« Mailins Gesicht ist blass und angespannt, dennoch merke ich ihr an, dass sie sich über mein Auftauchen freut, und mir fällt ein Stein vom Herzen. »Schickt dich der Leader?«, fragt sie.

»Nein. Ich bin hier, weil ich dich sehen will.«

Am liebsten würde ich sie gleich an mich drücken, doch ich denke an unsere letzte Begegnung am Fluss und nehme nur ihre Hand. »Mailin! Geht es dir gut?«

»Du siehst es ja«, sagt sie mit einer kleinen Hinwendung zum Toten hin. »Ich bin immer hier oben, immer allein mit ihm. Er ist meine einzige Aufgabe hier im Haus.« Sie schüttelt den Kopf. »Es ist so falsch. Niemand darf das von einem anderen Menschen verlangen. Ich hasse Majorin Mo und ihren Mann dafür.«

Ich blicke auf den Toten, der so zerbrechlich und irgendwie sogar anmutig in seinem Sessel sitzt. »Er kann dir nichts tun.«

»Das weiß ich«, sagt Mailin ruhig. »Trotzdem ist es schrecklich. Ich wünschte mir, sie würden ihn begraben. Es muss furchtbar sein, zu sterben und trotzdem lebendig bleiben zu müssen.«

»Wie alt ist er?«

»Als er starb, war er sechzehn. Er war gerade von der Militärschule heimgekommen. Majorin Mo hat ihn sofort weiter an die Front geschickt, ihr Sohn sollte sich beweisen. Aber er ist schon in der ersten Woche gefallen.«

Ich betrachte sein Gesicht, das aussieht wie gebeiztes Holz, seine Augen, die auf irritierende Art blau und lebendig wirken. »Er war wahrscheinlich sogar ganz hübsch«, sagt Mailin leise. »Wie verrückt das ist: Majorin Mo ist eine so harte Frau und hat Angst vor ihrem armen toten Sohn.«

»Sie gibt sich die Schuld an seinem Tod. Das muss ein furchtbares Gefühl sein«, sage ich und spüre plötzlich wieder diesen Knoten in meiner Brust. Ich bin drauf und dran, Mailin von dem Toten zu erzählen, den ich auf mein Gewissen geladen habe. Im letzten Moment halte ich mich zurück: Nein. Nicht hier, nicht jetzt. Ich will ihr nicht noch einen Toten aufladen. Irgendwann kommt eine andere Zeit, dann werde ich mit ihr darüber reden können.

»Welche Aufgaben musst du für den Leader erledigen?«, frage ich stattdessen. »Hier im Haus, meine ich.«

»Unter einem Stein im Garten finde ich Briefe«, sagt Mailin. »Von Marschall Utuk an Majorin Mo, alle gefälscht. Meine Aufgabe ist es, sie irgendwo im Haus zu verstecken, wo sie bis März niemand findet. Das ist nicht weiter schwierig.« Sie weist mit einer Kopfbewegung auf den Toten. »Er ist mein Komplize. Ich deponiere die Briefe hauptsächlich hier oben im zweiten Stockwerk. In seine Nähe wagt sich niemand.«

Mailin schiebt ein Tischchen mit einer Waschschüssel heran. »Ich muss ihn jetzt waschen und fertigmachen«, sagt sie entschuldigend. »Um acht Uhr erwarten sie mich unten zum Abendessen. Das ist die einzige Stunde am Tag, die ich mit lebendigen Menschen verbringen kann.«

Ich beobachte, wie sie mit dem Toten umgeht. Mit einem Lappen wäscht sie sein Gesicht, fährt vorsichtig mit einer Zahnbürste in seine Mundhöhle, bringt danach seine entgleisten Gesichtszüge wieder in Ordnung. Jeder ihrer Handgriffe ist beherrscht und geschickt, ich kann sie mir wirklich gut als Ärztin vorstellen.

»So geht es jeden Tag«, sagt sie. »Ich muss ihn waschen, ins Bett bringen, am Morgen frisch anziehen, ihm das Frühstück servieren, und so weiter und so weiter.« Sie lächelt ein wenig. »Es ist so verrückt. An manchen Tagen glaube ich selbst daran, dass er noch lebendig ist, auf irgendeine Weise.«

»Kommen Kester oder Silvan manchmal zu dir?«, frage ich, als sie fertig ist und sich sorgfältig die Hände in einer anderen Schüssel wäscht.

Mailin nickt. »Immer abwechselnd, sooft sie nur können. Die beiden sind toll.«

Ich nicke und versuche dabei, ganz locker zu wirken. Seit ich sie kenne, beneide ich die Zwillinge um ihre Unverwundbarkeit, um die absolute Souveränität, mit der sie der Welt begegnen. Aber die Gefühle, die jetzt in mir aufsteigen, sind stärker und hässlicher als Neid. Eifersucht. Wut. Besitzanspruch. Alles auf einmal. Ich will nicht, dass Mailin sich bei Kester und Silvan geborgen fühlt, nur weil der Leader mich ins Abseits geschoben hat. Unser letztes Treffen am Fluss – noch steht es zwischen uns, noch haben wir uns nicht ausgesprochen. Vielleicht habe ich Mailin längst verloren, an Kester oder an Silvan, an den Toten, an die grässliche Situation hier in Flore, egal.

Eine Hand greift nach meiner. Sie ist vom Waschen noch feucht.

»Sie sind Zwillinge«, sagt Mailin. »Einer zu viel. Ich könnte mich nie und nimmer zwischen ihnen entscheiden. Und ich muss es auch nicht. Du bist derjenige.« Sie erklärt es mit diesem wunderlichen Ernst, mit dem sie schon in Camp Mi über uns beide geredet hat. »Es hat mir so leid getan, dort am Fluss. Ich konnte dich nicht berühren, ich fühlte mich schmutzig, und es kam mir vor, als würde ich dich mit einer widerlichen Krankheit anstecken. Aber das will ich jetzt nicht länger zulassen«, sagt sie energisch. Ihre Augen blitzen. »Egal, was sie uns Schreckliches zumuten, es hat nichts mit uns zu tun.«

Ich hole tief Luft, die Erleichterung wirft mich fast um. Und jetzt, endlich, wage ich es, sie wieder in die Arme zu nehmen. Mailin hält ganz still und sagt meinen Namen. »Tamaso.« Nur meinen Namen, genau wie vor vier Tagen bei den Felsen am Fluss. Doch nun klingt es aus ihrem Mund wie eine Liebkosung, wie Streicheln. Ich ziehe sie noch dichter an mich heran, so dass nicht sie, sondern ich Augenkontakt zu dem Toten habe. Seine Augen sind offen und blau wie von einem Lebenden, aber sie können nicht sehen, wie wir uns jetzt küssen. Ich spüre ihre Lippen auf meinen, zart und willensstark zugleich, die ganze wunderbare Mailin in diesem Kuss. Und jetzt muss ich doch den Blick von dem armen Toten wenden, weil er dieses Glück niemals haben durfte, niemals mehr haben wird. Selbst wenn es im Reich der Toten eine Art von Glück geben sollte, wird es nichts damit zu tun haben, wie ich Mailin jetzt spüre, auf meiner Zunge, auf meiner Haut, überall in mir.

Unser Kuss dauert eine Ewigkeit, und als wir uns voneinander lösen, wende ich mich an den Jungen im Sessel. Irgendwie bin ich es ihm schuldig. »Wir beide sind verliebt, da gehört das Küssen dazu«, sage ich zu ihm. »Ich wünschte mir wirklich, du hättest auch so etwas erleben können. Es tut mir so leid.«

Mailin sieht mich mit großen Augen an. »Du glaubst auch schon, dass er lebendig ist. Er ist tot, Tamaso.«

Ein wenig verlegen frage ich: »Sprichst du nie mit ihm?«

»Nein. Wenn ich damit anfinge, würde ich mich den ganzen Tag mit ihm unterhalten. Das wäre nicht gut.«

Ich überlege kurz, dann sage ich: »Ich glaube, es liegt an den Puppen in unserem Haus. Sie kommen mir so lebendig vor, fast lebendiger als die echten Menschen. Vielleicht denke ich deshalb, ich müsste einem Toten etwas erklären.«

»Du bist nicht der Einzige. Der Leader spricht als heiliger Pio ja auch mit den Toten«, sagt Mailin.

»Ich mag ihn nicht«, sage ich offen heraus. »Es stößt mich ab, wie er sich scheinheilig als frommer Heiliger ausgibt. Die Leute sind ahnungslos und vertrauen ihm.«

»Aber er kann sie auch trösten.«

»Es ist nur eine Lüge. Alles hier in Flore ist eine einzige Lüge.«

»Wir auch«, sagt Mailin.

»Wir auch. Aber wir haben es uns nicht ausgesucht.«

Mailin sieht mich an. »In den vielen stillen Stunden hier oben versuche ich mir auszumalen, was kommen wird«, sagt sie. »Aber ich schaffe es nicht. Ich habe keine Ahnung, was mit uns passieren wird.« Sie streicht sich eine Haarsträhne hinters Ohr. »Jedenfalls glaube ich nicht mehr an diese weißen Häuser am See, und auch nicht an die große Heimkehrfeier, die Alan uns versprochen hat. Du?«

Ich schüttle den Kopf. »Nein.«

»Ich kann an gar nichts mehr glauben«, sagt Mailin.

»Und wir?«, frage ich und streichle ihr dabei über die Wange. »Du und ich, kannst du an uns auch nicht glauben?«

»Doch«, sagt sie. »Aber wenn du in Marschall Utuks Haus bist und ich hier oben, könntest du ebenso gut weit draußen im Universum sein. Dann ist er der König.« Sie weist auf den Toten, aber zu meiner Erleichterung lächelt sie dabei.

»Ab jetzt komme ich, so oft es nur geht«, verspreche ich.

»Der Leader hat es verboten«, sagt Mailin.

»Das ist mir vollkommen egal.«

Sie nickt. »Mir auch. Wenn du willst, kann ich auch zu dir kommen. Ich glaube nicht, dass es jemand hier im Haus mitbekommt, wenn ich manchmal für ein oder zwei Stunden verschwinde.«

Erst will ich abwehren, dann denke ich darüber nach. »Den Winter über können wir uns vielleicht im Garten treffen. Ich baue im Moment ein Glashaus mit Ofen. Wir müssen es uns nur mit Tonnen von Jasminpflanzen teilen.«

Jetzt lacht sie zum ersten Mal. »Das klingt doch richtig einladend.«

Irgendwo im Haus läutet eine Glocke. Mailin blickt zur Tür. »Sie warten auf mich. Ich muss jetzt hinunter«, sagt sie.

Noch einmal umarmen wir uns. Ich spüre ihre Wange an meiner, ihr Haar weich unter meiner Hand. Egal, was geschehen wird: Ich habe sie wieder, nur das zählt.

Sanft löst Mailin sich von mir. Sie streicht sich den Kittel glatt und greift nach dem Tablett. »Hast du Hunger? Ich verspreche dir, er hat es nicht angerührt.« Damit steckt sie mir das Brot und das Ei in die Kitteltasche.

Als ich mich von der Hausdame verabschiede, strahlt sie mich an.

»In diesem Haushalt gibt es noch vieles zu reparieren«, sagt sie. »Komm bald wieder.«

»Ganz bestimmt«, verspreche ich.

Draußen ist es längst dunkel. Ich habe das Abendessen verpasst und muss mir für Frau Lu eine gute Ausrede einfallen lassen.

Über dem Fluss treibt der Nebel in dichten Schwaden, das Brückengeländer glänzt vor Nässe. Ich biege auf den vertrauten Weg am linken Ufer ein; neben mir rauscht das Wasser und verströmt Kälte, als fahre auf ihm der Winter in die Stadt.

Plötzlich stehen sie vor mir: drei Gestalten in grauer Kleidung,

Kapuzen aus Sackstoff über dem Kopf, grob geschnittene Löcher für die Augen. Meine in Camp Mi antrainierten Reflexe funktionieren, ich mache auf der Stelle kehrt und renne in die andere Richtung davon. Aber einer der drei erwischt mich am Kittel und bringt mich zu Fall.

Dann sind sie über mir. Zwei zerren mich in die Höhe und halten mich fest, der Dritte beginnt, mit beiden Fäusten auf mich einzuprügeln. Durch die Löcher der Kapuze kann ich seine Augen sehen: Er zwinkert hektisch, während er zuschlägt, gegen meinen Bauch, meine Brust, meine Oberarme. Jetzt nimmt er sich mein Gesicht vor, schlägt mich auf den Mund, ein harter, gemeiner Hieb, der meine Lippe zum Platzen bringt. Aus purem Überlebensreflex wehre ich mich gegen den Klammergriff der beiden Komplizen, worauf sie mir brutal die Arme hinter meinen Rücken biegen.

»Halt ihn gut fest, aber pass auf seine Hände auf«, zischt einer.

Mein Gesicht ist jetzt einem Hagel von Schlägen ausgeliefert, der Zwinkerer gewährt mir keine Schonung. Das Blut läuft mir warm über das Gesicht, trotzdem kann ich noch denken: Sie wissen, wer ich bin.

Ich weiß nicht, wie lange ich geschlagen werde. Irgendwann zerren sie mich mit sich, weg vom Fluss, durch die dunklen, stillen Straßen. Halb blind stolpere ich zwischen ihnen; wenn ich strauchle, reißen sie mich wieder in die Höhe. Auch wenn mein Kopf sich wie zertrümmert anfühlt, mein Denken funktioniert noch: Ich könnte ihnen sagen, dass ich weiß, wohin sie mich schleppen, wer sie geschickt hat. Aber ich spare mir lieber meine Kräfte.

Jäh reißen sie mich zurück. »Achtung! Da ist jemand bei ihm.«

Die drei Vermummten drängen mich in den Schatten einer Mauer. Und da höre ich sie auch schon, die sanfte, Trost spendende Stimme aus der Tiefe.

»Du kommst spät am Abend zu mir, meine Tochter. Lassen dich die Toten nicht schlafen?«

»Es ist mein Mann.« Die Frau klingt verzweifelt, weit entfernt von jedem Schlaf. »Schon lange haben wir uns nicht mehr gut vertragen, viele Monate nicht mehr miteinander geredet. Vorige Woche wurde er vom Baum erschlagen. Heiliger Pio, ich muss ihm unbedingt noch etwas sagen. Sonst kommt er jetzt jede Nacht und sieht mich an, mit diesen traurigen Augen.« Sie schluchzt.

»Hör auf zu weinen, arme Frau«, sagt der Pio. »Sag mir einfach deine Botschaft, damit ich sie an den Toten weitergeben kann.«

Während ich mit anhöre, wie die Frau mit tränenerstickter Stimme ihren toten Mann um Verzeihung bittet, würde ich am liebsten laut schreien. Du vertraust einem Heuchler! Einem, der über deine Nöte nur lacht!

»Ich werde alles genauso an deinen toten Mann weitergeben«, sagt der Leader am Ende freundlich. »Geh jetzt nach Hause und hab keine Furcht mehr. Er wird sich mit dir versöhnen und dich fortan nie mehr behelligen.«

Als die Frau fort ist, verwandelt sich der fromme Pio Gaumata schlagartig in den Leader. »Bringt den Idioten zu mir herunter«, befiehlt er. »Anschließend haltet oben Wache.«

Meine drei Peiniger stoßen mich die Treppe nach unten. Direkt am Gitter stehen zwei brennende Wachslichter am Boden, der Rest der Grotte liegt im Dunkeln.

»Ich habe dir befohlen, dich von Mailin fernzuhalten. Aber du hast nichts Besseres zu tun, als ins Haus von Majorin Mo zu stolpern. Ohne Tarnung, ohne die kleinste Vorsichtsmaßnahme!« So wie der Leader tobt, bin ich dankbar für die Gitterstäbe zwischen uns. »Du Nichtskönner! Du elender Dilettant! Damit hast du Projekt Mimikry und uns alle in Gefahr gebracht! Weißt du, was darauf steht?«

Mein linkes Auge ist zugeschwollen, in meinen aufgeschlagenen Lippen pocht der Schmerz. Es sind dieselben Lippen, die gerade noch Mailins Kuss gespürt haben. »Ich glaube, ich kann es fühlen, Leader.«

Er mustert mein Gesicht, das von den Schlägen grün und blau sein muss. »Nein«, sagt er. »Die Prügel sind nur eine Warnung. Bei der nächsten Eigenmächtigkeit stirbst du.«

Ich habe diesen Mann so satt: seine Befehle, seine Drohungen, seine scheinheilige Selbstinzenierung als heiliger Pio. »Und – wer tötet mich dann?«, frage ich zurück. »Sie selbst? Oder schicken Sie wieder jemanden vor, der die Sache für Sie erledigen muss?«

Sein Blick flackert kurz nach oben, als höre er das ferne Echo der Toten. »Den Auftrag im Keller hast du gut erledigt«, sagt er dann deutlich ruhiger. »Ich danke dir im Namen meines Freundes.«

Ich will sein Lob nicht hören. »Er war sich nicht sicher, ob er sterben wollte.«

»Jeder hängt am Leben. Hättest du es nicht getan, so hätten die Florer dafür gesorgt, dass er wochenlang darum gebettelt hätte, sterben zu dürfen. Du hast ihm einen großen Dienst erwiesen.«

»Warum fühlt es sich dann so grauenvoll an?« Warum sage ich das? Es geht ihn nichts an, wie ich mich fühle.

»Dein erster Toter«, sagt der Leader. »Und Mailin ist vermutlich deine erste Liebe. In eurem Alter passiert alles zum ersten Mal, alles ist furchtbar groß und furchtbar wichtig. Aber hier an der Front zählt nicht, was du denkst oder fühlst, hier zählt allein dein Gehorsam. Ich werde nicht zulassen, dass du uns alle in Gefahr bringst.«

»Wie konnten Sie wissen, dass ich zu Mailin gehe?«

»Wie kann ich wissen, dass du meinem Freund das Gift wirklich gebracht hast?«, fragt er zurück. »Ich habe meine Männer, Tamaso. Ich lasse dich beobachten. Deine Aufgabe ist die wichtigste, gleichzeitig halte ich dich für den Unzuverlässigsten von euch sechs Rekruten. Eine Kombination, die mir überhaupt nicht gefällt.«

Ich bin ein schlechter Rekrut, aber unersetzbar. Zum ersten Mal kapiere ich, dass mir diese Tatsache Macht verleiht.

»Komm näher ans Gitter.« Der Leader schiebt mir etwas in die Hand. Im Kerzenlicht erkenne ich ein Heft, in blaues Seidenpapier eingebunden.

»Was ist das?«

»Dein nächster Auftrag«, sagt er. »Nach Marschall Utuks Verhaftung wird dieses Heft bei Frau Utuk gefunden werden. Damit wird klar, dass sie von Anfang an in seine Putschpläne eingeweiht war. Denk sorgfältig über das richtige Versteck nach. *Verflucht, Tamaso!*«

Unwillkürlich habe ich zu blättern begonnen. Er faucht mich an: »Ich verbiete dir ausdrücklich, darin zu lesen. Keine Eigenmächtigkeiten, hast du verstanden?«

»Ja, Leader. Aber ich möchte Sie etwas fragen.«

Der Leader zieht sich seine schmutzigen Lumpen über die Schultern. Er scheint in seiner Grotte zu frieren, und ich gönne es ihm. »Frag«, sagt er.

»Was glauben Sie, welcher Rekrut hat mehr Chancen zu überleben? Derjenige, der jedem Befehl blind gehorcht? Oder derjenige, der hier in Flore lernt, selbst zu denken?«

Mit meinem unverletzten Auge halte ich seinem Blick stand. »Ich warne dich, Tamaso«, sagt er. »Du tanzt auf dem Vulkan.«

Oben stehen die drei vermummten Gestalten. Der Schläger droht mir noch einmal mit der Faust, als er mich sieht. Aber sie lassen mich gehen.

Ich sitze am Herdfeuer des Kochs und kann das Stöhnen nicht mehr unterdrücken. Mein zerschundenes Gesicht scheint in der

Wärme der Flammen zu lodern, gleichzeitig schüttelt mich der Frost. Jetzt, da ich in Sicherheit bin, spüre ich die Schmerzen mit voller Wucht.

Der Koch hat sich mit meiner Ausrede, gestürzt zu sein, zufrieden gegeben. Er muss mich für den ungeschicktesten Menschen unter der Sonne halten.

»Hast du vielleicht etwas Quark?«, frage ich ihn. In Camp Mi haben wir von der rothaarigen Trainerin gelernt, Wunden in jeder Lebenslage zu versorgen. »Und Kräuter? Egal welche, Hauptsache viele verschiedene. Und ein sauberes Tuch, bitte.«

»Quark mit Kräutern, eh?« Der Koch sieht mich kopfschüttelnd an. »Was willst du machen, einen Kartoffelauflauf? Nein, warte, ich weiß etwas Besseres für dich.«

Er verschwindet in einem Nebenraum. In höchster Eile, ohne mir Rechenschaft für mein Tun abzulegen, hole ich das in Seidenpapier gebundene Heft aus meiner Tasche und werfe es ins Küchenfeuer. Es lodert hell auf und verbrennt innerhalb weniger Sekunden zu Asche.

Die Hälfte des Befehls habe ich erfüllt. Ich habe das Heft nicht gelesen.

Der Koch kehrt strahlend mit einem großen Klumpen Fleisch zurück. Mit dem Messer schneidet er es ein, sodass es in zwei Hälften auseinanderfällt wie ein Buch.

»Büffelfleisch ist das beste Heilfleisch überhaupt«, erklärt er dabei. »Da leg dein Gesicht hinein. Dann bist du morgen wieder so gut wie heil.«

Ich starre den dunkelroten Klumpen an. An manchen Stellen sickert das Blut heraus, wie aus meiner Lippe. »Aber das sind mindestens drei Kilo gutes Fleisch.«

Der Koch nickt stolz. »Ein Prachtstück. Gut genug, um daraus Lendenschnitten für den Tisch der Herrschaft zu machen.«

»Was? Aber dann darfst du es nicht an mich verschwenden.«

»Wieso verschwenden? Du sollst ja nichts davon abbeißen.« Mit der flachen Hand klatscht der Koch einladend auf das Fleisch. »Komm schon, dadurch wird es nur mürber.«

»Mechaniker! Was ist mit dir passiert?«

Obwohl ich gestern Abend klaglos die Behandlung des Kochs über mich ergehen lassen habe, ist mein linkes Auge nach wie vor verschwollen und meine Lippen ähneln geplatzten Blutegeln.

»Straßenräuber«, sage ich. »Als sie gemerkt haben, dass ich kein Geld habe, haben sie mich am Straßenrand liegen lassen.«

Frau Lu blinzelt ungläubig. »Domestiken haben nie Geld. Diese Straßenräuber müssen unglaublich dumm sein, um einen Domestiken zu überfallen.«

»Sie … sie waren einfach betrunken. Ich habe den Schnaps gerochen.«

Frau Lu stellt sich auf die Zehenspitzen und inspiziert mein Gesicht. »Es sieht schlimmer aus, als es ist«, sage ich.

»Das hoffe ich«, sagt sie und streichelt mir über die Wange. Die Geste ist unerwartet mütterlich, und mir wird klar, dass sie mich wirklich gern hat. »Willst du dich heute lieber ausruhen?«

»Nein. Ich kann arbeiten.«

»Gut«, sagt sie und klimpert geschäftsmäßig mit ihrem Schlüsselbund. »Das Glas für das Glashaus ist heute Morgen geliefert worden. Du kannst gleich mit der Arbeit beginnen. Bald wird es Frostnächte geben, bis dahin musst du fertig sein.«

»Ich werde mir Mühe geben«, verspreche ich. »Aber Frau Lu, ich habe noch nie mit Glas gearbeitet.«

Sie lächelt mich an. »Da ist es gut, dass der Glaser seinen Gehilfen mitgeschickt hat. Er kann dir zeigen, wie es geht.«

Gerade als ich aus dem Haus trete, setzt kalter Nieselregen ein. Vor drei Tagen hat Frau Lu gesteppte Filzjacken an alle Domestiken ausgeteilt, die sie optimistisch als Winterjacken bezeichnet. Tatsächlich halten sie nur mit Müh und Not den Regen ab, an Schnee will ich gar nicht denken.

Die kahlen Bäume glänzen vor Nässe, der Sand bleibt an meinen Schuhsohlen kleben. So fein der Regen ist, er wird alle Spuren fortwaschen, auch die Asche hinter der Tannenhecke.

Als ich zu meiner Baustelle komme, sehe ich den Gehilfen des Glasers mit den Gärtnern zusammenstehen. Die Hände in die Jackentaschen vergraben, starrt er mir entgegen.

Ich lasse mir nichts anmerken, während ich wie üblich die Gärtner begrüße. Die vier scheinen nur auf mich gewartet zu haben: Ungewohnt eilig inspizieren sie mit mir die Glasscheiben, die in Strohmatten eingepackt an einem Baum lehnen. Sie ermahnen mich, dass jede von ihnen den Wert von zwei Monatslöhnen hat, zeigen mir noch einmal auf Zehenspitzen und mit ausgestreckten Armen die gewünschte Höhe des Glashauses, dann verabschieden sie sich auch schon.

»Wohin geht ihr?«, frage ich.

»Der Regen fällt auch ohne uns«, sagt der blinde Gärtner. »Ihr seid jung, ihr wachst in der Feuchtigkeit. Aber wir Alten verschimmeln schnell.«

Mit gesenkten Köpfen trotten sie in Richtung Haus, eine tropfnasse Prozession.

Ich sehe dem Gehilfen des Glasers ins Gesicht. Die feuchten Haare hängen ihm in die Augen, wie ich es in Camp Mi schon so oft erlebt habe.

»Wieso bist du hier?« Ich weiß nicht, ob ich mich darüber freuen soll oder auf der Hut sein muss. »Ich dachte, du arbeitest als Schreiber in der Armeestelle.«

»Ich war meinem Offizier zu langsam, Er hat mich rausgeworfen.«

»Und Marschall Utuks Befehle, die du kopieren solltest?«

»Der Leader hat genügend andere Leute.«

Die Schrammen und Blutergüsse in meinem Gesicht müssen ihm auffallen. Aber Isao lässt sich nichts anmerken.

»Wir fangen besser an, sie können uns vom Haus aus beobachten«, sage ich. »Ich hoffe, du verstehst etwas von Glasarbeit.«

Es soll nur ein Witz sein, aber Isao sieht mich finster an. »Wer von uns beiden ist denn der hoch gelobte Handwerker?«

»Schon gut. Pack einfach mit an, wenn du nicht auffallen willst«, sage ich. »Das Glas kommt erst später. Zuerst müssen wir den Rahmen aus Holz zimmern.«

Gemeinsam wuchten wir die ersten Holzbalken auf die vor Nässe dunkle Erde. »Wieso bist du hier?«, frage ich noch einmal.

»Ich soll dich für den Leader im Auge behalten.«

»Warum ausgerechnet du?«

»Der Leader hält es für nützlich, dass wir Feinde sind.«

»Hör auf damit. Ich will nicht dein Feind sein.«

»Du kannst es dir nicht aussuchen«, sagt er ruhig. »Ich bin und bleibe dein Feind.«

Danach redet keiner von uns beiden mehr ein Wort, weder bei der Arbeit noch während der Essenspause im Gärtnerschuppen. Viele Stunden lang bauen wir am Holzrahmen des Glashauses. Zum Glück haben die Zimmerer die Holzbalken bereits mit Schlitzen und Zapfen versehen; wir müssen sie nur noch ineinanderfügen und die Verbindungen mit Holzleim und Nägeln sichern. Am Anfang sieht Isao mir zu; irgendwann greift er selbst nach Leimtopf und Hammer und macht es mir nach. Er stellt sich dabei so geschickt an, wie ich es aus Camp Mi in Erinnerung habe. Plötzlich bin ich doch froh, dass er hier ist. Vielleicht kann die gemeinsame Arbeit den Bruch zwischen uns kitten.

Der Regen lässt den ganzen Tag nicht nach, längst sind wir beide nass bis auf die Haut. Es dämmert bereits, als wir damit anfangen, die erste Glasscheibe aus ihrer Verschalung zu lösen. Isao schneidet auf seiner Seite das Stroh durch, dann reicht er mir das Messer.

»Danke«, sage ich. Das erste Wort seit heute Morgen.

Isao sieht mich an, schüttelt leicht den Kopf. Übergangslos fragt er: »Wann gehst du wieder zu Mailin?«

»Warum fragst du das?«

»Der Leader will es wissen.«

»Seit wann bist du sein Handlanger?« Im Moment, da ich das frage, rastet etwas bei mir ein. »Isao, hast du dem Leader von deinem Bruder erzählt? Hat er dir versprochen, ihn aus dem Heim zu holen?« Als er nicht antwortet, hake ich nach: »Hat er? Wenn du mich fragst, kannst du ihm ebenso wenig trauen wie Alan.«

Isao streicht sich das nasse Haar aus dem Gesicht. »Der Leader ist wenigstens ehrlich, und außerdem der mutigste Mann, den ich kenne«, sagt er. »Er lebt das, woran er glaubt, mit allen Konsequenzen. Er hält seinen eigenen Kopf hin. Mit ihm hätte es die Verlogenheit in Camp Mi nicht gegeben. Wenn er mir verspricht, dass Raoul aus dem Behindertenheim kommt, sobald Marschall Utuk tot ist, dann glaube ich ihm bedingungslos.«

Das sind ganz neue Töne. »Wann hast du dich so gut mit ihm angefreundet?«, frage ich.

»Der Leader hat begriffen, dass ich ihm ähnlicher bin als ihr alle. Er hat mich in dem Zimmer einquartiert, das er ab und zu als Offizier benutzt. Ich bin jetzt eine Art persönlicher Adjutant für ihn.« Isao klingt stolz, als er das sagt. »Und er denkt, dass du einer bist, den die Florer leicht umdrehen können. Deshalb hat er mich auf dich angesetzt.«

»Merkst du nichts? Er spielt uns nur gegeneinander aus.«

»Das ist gar nicht nötig. Für mich bist du nichts als ein feiger

Wichtigtuer, der die ganze Mission in Gefahr bringt. Aber du wirst Raoul und mir nicht mehr schaden können, dafür sorge ich.«

Was er da sagt, ist so vernagelt, so ungerecht. Aber ich gebe es auf, mich zu verteidigen. In Isaos Welt scheint es nur ein Raster zu geben, simples Schwarz und Weiß, und keine Wahrheit dazwischen.

Er hebt seine Seite der Glasscheibe an. »Jetzt pack an, los!«

Gemeinsam wuchten wir die erste Glasplatte in die Höhe. Ihre Oberfläche ist nass und glitschig, eine Schrecksekunde lang droht sie uns aus den Fingern zu gleiten. »Vorsicht!«

Isao blinzelt hektisch. Während er mit beiden Händen fester zupackt, fallen mir seine Fingerknöchel auf: Sie sind zerschunden, als hätte er gegen eine Wand geboxt.

»Was hast du mit deinen Händen gemacht?«

»Was hast du mit deinem Gesicht gemacht?«, fragt er höhnisch zurück.

»Du warst das.« Ich erkenne die Augen hinter der Kapuze, Isaos Augen, die geblinzelt haben bei jedem neuen Schlag, und will nur noch eins: ihm den Schmerz heimzahlen und den Verrat.

Er beobachtet mich wachsam. »Schön ruhig, Tamaso«, sagt er. »Du hältst Glas in den Händen.«

»Leg die Platte auf den Boden«, sage ich. »Los, sofort.«

»Wie du willst.« Bevor ich etwas unternehmen kann, reißt Isao die Glasplatte nach oben, dann lässt er sie los. Allein kann ich das Gewicht nicht halten, die Platte rutscht mir aus den Händen und zerbirst auf dem Boden zu tausend Scherben.

Das Klirren hallt mir in den Ohren nach. Auf dem nassen Erdboden glitzert es, wie zu Hause am Fluss, wenn wir Jungen das erste Eis im Winter unter unseren Füßen zertreten haben, etwas, was mir immer unmittelbar hinterher leidgetan hat.

»Hoppla, da ist etwas zerbrochen«, sagt Isao. »Jetzt können alle sehen, was für ein genialer Mechaniker du in Wirklichkeit bist.«

Mein Blick flattert nach oben, zur Fensterreihe im ersten Stock. Dort oben ist kein Licht, trotzdem bilde ich mir ein, einen Schatten am mittleren Fenster stehen zu sehen.

»Mach ruhig weiter so«, sage ich. »Marschall Utuk hat dort oben einen Logenplatz. Wenn du willst, mache ich jetzt gleich eine Führung durch den Keller mit dir. Vielleicht kapierst du dann endlich, was klug ist und was unterirdisch dumm. Und jetzt verschwinde von hier, sonst vergesse ich mich.« Vor Wut zittere ich.

»Was denn, Tamaso? Willst du mich etwa verprügeln? Vor aller Augen?«, fragt Isao spöttisch. »Dafür bist du zu feige.«

Auf einmal stehen die Gärtner vor uns, ich habe sie nicht kommen hören. Bestimmt hat sie das Klirren aufmerksam gemacht.

Kopfschüttelnd betrachten sie den scherbenübersäten Boden. Einer von ihnen fragt das Offensichtliche: »Euch ist Glas zerbrochen?«

Ich nicke unwillig. »Gleich die erste Scheibe. Es tut mir leid.«

»Oho.« Die Gärtner ziehen bedenkliche Mienen. »Das ist ein schlechtes Zeichen. Vielleicht wird der Jasmin in diesem Glashaus nicht blühen.«

Ich werfe Isao einen wütenden Blick zu. *Glückwunsch, wirklich gut gemacht.*

Der blinde Gärtner bückt sich und fährt mit den Händen den Holzrahmen nach. »Der Jasmin ist noch nicht einmal als Samen in der Erde«, sagt er zu den anderen. »Wie soll er da im März wissen, dass im November eine Glasscheibe zerbrochen wurde?«

Er dreht den Kopf in Isaos Richtung. »Wer bist du?«

»Der Gehilfe des Glasers.«

Der Blinde hält die Nase in Isaos Richtung, als wolle er Witterung aufnehmen. »Manche Hilfe ist nicht willkommen«, sagt er. »Vielleicht sollte unser Mechaniker das Glashaus allein weiterbauen.«

»Du hast es gehört«, sage ich zu Isao, als die Gärtner in Richtung ihres Geräteschuppens weitergezogen sind. »Verschwinde auf der Stelle und komm nicht wieder her.«

»Das bestimmt weder der blinde alte Mann noch du«, entgegnet Isao. »Ich komme vom Leader, dem du genauso zu gehorchen hast wie ich. Er hat befohlen, dass wir das Glashaus gemeinsam bauen.«

Er greift sich das Messer und beginnt, die nächste Glasscheibe auszupacken. »Und wenn du meinst, dich wegen der Prügel an mir rächen zu müssen, werden noch mehr Glasscheiben zu Bruch gehen. Was denkst du, Mechaniker, wie wird sich das auf deinen guten Ruf im Hause Utuk auswirken?«

»Verschwinde«, sage ich noch einmal.

»Ich denke nicht daran.« Isao wirft mir das Messer zu – spielerisch nur, aber ich muss trotzdem ausweichen.

»Worauf wartest du?«, fragt er. »Arbeiten wir weiter.«

Langsam hebe ich das Messer auf. Dabei denke ich daran, mit welchem Genuss Isao mir das Gesicht zerschlagen hat, als ich keine Chance hatte, mich zu wehren.

»Ich will dich hier nicht haben«, sage ich. »Wieso willst du das nicht verstehen?«

Isao steht breitbeinig da, in unverkennbarer *Ich-bleibe-wie-es-mir-passt*-Haltung. Jetzt aber liest er etwas in meinem Gesicht, das ihn zum Umdenken bringt. Sein Blick wandert zum Messer in meiner Hand; dann zuckt er die Achseln, dreht sich um und geht davon. »Der Leader hat Recht: Du schnappst allmählich über«, sagt er noch. »Wir sehen uns wieder.«

Ich blicke ihm nach, wie er den Gartenweg Richtung Ausgang läuft, die Hände in den Taschen, den Kopf gegen den Regen gesenkt. Auch wenn es mir nicht gefällt: Er ist mein Feind. Und von Mal zu Mal steht es schlimmer zwischen uns.

21

Während die Puppenspieler mit Holzstangen und Stoffbahnen das nächste Bühnenbild aufbauen, werfe ich einen Blick aus dem Fenster. November, und der florische Winter kündigt sich bereits machtvoll an: Seit drei Tagen ist die Temperatur merklich gesunken, der Nieselregen hat sich in Eisregen verwandelt, den der Wind als dichte, graue Schleier über den Garten fegt.

Im Königsschloss, das bald wieder die wichtigste Kulisse sein wird, haben sich die Tapeten von den Wänden gelöst. Somit habe ich heute im Saal der Puppen zu tun und bin froh darüber. Das unfertige Glashaus kann ich in der nassen, grauen Welt draußen nur erahnen. Falls Isao dort auf mich wartet, kümmert es mich nicht.

Das Bühnenbild ist fertig, Frau Utuk nimmt auf ihrem Erzählerstuhl Platz, die Puppen erwachen zum Leben. Während ich an meinem Arbeitstisch goldenen Brokat zuschneide und damit sorgfältig Wände und Decken tapeziere, schleppen sich die fünf Gefährten einen steilen Felssteig hinauf. Ringsum ragen die Berge bis in den Himmel, über ihnen kreisen die Geier. Ihr Krächzen hallt über die Berge.

»Lasst euch von den Kahlköpfen nicht irremachen«, sagt der Adler hochmütig. »Die taugen nur als Ammenmärchen und Kinderschreck.«

Er breitet die Flügel aus und fliegt hinauf zu den Geiern. »Sie sagen, wir sind auf dem richtigen Weg«, berichtet er nach seiner Rückkehr. »Nur noch dieser eine Gipfel, dann kommt eine reiche, fruchtbare Gegend, wo es Essen und weiche Ruhelager in Hülle und Fülle gibt.«

Verbissen kämpfen sich die Gefährten weiter nach oben. Rechts und links poltert Geröll in die Tiefe. Über ihren Köpfen kreisen weiter die Geier, es scheint, als nähme ihre Zahl beständig zu.

»Sie wollen bestimmt sichergehen, dass wir den richtigen Weg finden«, sagt der Narr. »Was für gute, hilfsbereite Seelen.«

Direkt unter dem Gipfel gähnt dunkel der Eingang zu einer Höhle, das Plateau davor ist mit Knochen übersät. Ringsum auf den Felsen hocken die Geier, eine beeindruckende Ansammlung von schwarzen Tuchfetzen und scharfen Metallschnäbeln.

Der Narr sieht sich aufmerksam um. »Was haltet ihr davon, wenn wir jetzt umkehren?«, fragt er.

»Umkehren? *Umkehren?*«, brüllt der Riese. »Auf der anderen Seite des Berges gibt es Essen und Nachtlager, dort gehen wir hin. Die hässlichen Vögel können doch höchstens kleine Kinder erschrecken, nicht wahr, Adler?«

»Und was ist dann *das* eurer Meinung nach?«, fragt der Narr und deutet auf den Höhleneingang.

Ihr Auftritt ist so triumphal wie an meinem ersten Tag im Saal der Puppen. Und genau wie ich erstarren die fünf Gefährten, als die riesige Schlange aus dem Dunkel der Höhle silbern und schrecklich auf sie zugleitet.

»Höre ich da etwas von Umkehren?« Ihre Stimme! In ihr klirrt das Eis, faucht der Wind, sie klingt ganz und gar unmenschlich. Ich kann kaum glauben, dass Marja dahintersteckt. »Seid ihr etwa den ganzen weiten Weg zu mir gekommen, nur um gleich wieder zu gehen?«

»Mit Verlaub, ich glaube, das könnte der Fall sein«, sagt der Narr.

Jezebel dreht den riesigen Kopf von einem Gefährten zum anderen. Ihre Augen glühen. »Aber nein, bitte, bleibt doch, leistet mir Gesellschaft. Ich habe so gerne Gäste, und mehr als alles auf der Welt liebe ich ein gepflegtes Gespräch vor dem Essen.«

Bär und Riese horchen auf. »Essen? Was gibt es?«

»Später«, sagt Jezebel. Mit der Schwanzspitze fegt sie die verstreuten Knochen beiseite, dann klopft sie einladend auf den Boden. »Kommt doch näher, unterhalten wir uns. Meine sonstige Gesellschaft«, sie weist auf die Geier, »ist auf die Dauer geradezu beleidigend fantasielos.«

»Worauf warten die Schwarzröcke eigentlich?«, fragt der Riese.

»Dass ich den Essenstisch für sie decke. Wir sind, wenn ihr so wollt, eine eingespielte Jagdgesellschaft: Sie treiben die Beute zu mir, ich töte sie.«

»Oh ja, sollen sie nur hertreiben«, sagt der Bär. »Am liebsten ein paar saftige Kaninchen. Oder an was hattest du gedacht, Schlange?«

»Später«, sagt Jezebel zum zweiten Mal. »Vor dem Essen wollen wir erst gepflegt plaudern. Worüber möchtet ihr sprechen?«

Der Narr mustert sie nachdenklich. »Über dich«, sagt er. »Du bist ein künstliches Geschöpf, nicht wahr? Wer hat dich erschaffen?«

Die Schlange neigt sich über ihre makellosen silbernen Schuppen, als bewundere sie sich selbst im Spiegel. »Es gibt nur einen im ganzen Land, der so etwas vermag: Mein Schöpfer, den sie auch den Alchemisten nennen.«

»Du bist schön, ja«, sagt der Narr. »Warum lässt dich dein Schöpfer hier oben in der Einöde hausen, wo dich nur die Geier sehen können? Ist er nicht stolz auf dich?«

»Im Laufe der Jahrhunderte hat der Alchemist viele wie mich erschaffen«, erzählt Jezebel. »Künstliche Kreaturen aus Stein, aus Wasser, aus Feuer, aus sämtlichen Metallen der Welt. Jede neue Schöpfung war sein Triumph, mit jeder hoffte er, endgültig die Herrschaft über die Welt zu erringen. Aber jedes seiner Geschöpfe hatte am Ende einen entscheidenden Fehler. Da wurde unser

Schöpfer sehr zornig und hat uns in die tiefsten Felsklüfte und auf die höchsten Gipfel verbannt.«

»Welchen Fehler?«, fragt der Narr.

»Früher oder später werden wir künstlichen Geschöpfe alle wahnsinnig. Wir möchten lebendig werden und können es nicht, daran zerbrechen wir alle. Das Leben lässt sich nicht missbrauchen, es ist tausendmal stärker als der Alchemist. Aber in seinem grenzenlosen Ehrgeiz will unser Meister es nicht begreifen. Er wird es wieder und wieder versuchen.«

»Wie meinst du das: Ihr werdet wahnsinnig?«, mischt der Riese sich ein.

Die Schlange neigt den Kopf und züngelt ein wenig. »Es äußert sich unterschiedlich. Manche von uns fallen in tiefste Schwermut und versuchen, sich selbst zu zerstören. Andere sind stärker und entwickeln *spezielle Gewohnheiten.*«

»Und du?«, fragt der Narr. »Was ist mit dir?«

»Später«, sagt Jezebel zum dritten Mal. Die Geier ringsum machen hungrige Geräusche mit ihren Schnäbeln. »Ich denke, nachdem wir nun eine so interessante Konversation betrieben haben, sollten wir die Geier nicht länger warten lassen.«

»Genau, essen wir«, sagen Bär und Riese gleichzeitig.

Mit der Schwanzspitze weist Jezebel die Plätze an. »Meine lieben Gäste, bitte rückt ein wenig näher zusammen, damit ich auch alles auftragen kann. Noch ein wenig enger bitte ... Ja, so ist es ... *perfekt!*«

Wie ein silberner Blitz schnellt die Schlange nach vorne und schlingt ihren riesigen Leib um die fünf Gefährten.

»*So sieht mein Wahnsinn aus*«, ruft sie laut, und ihre Stimme hallt von den Felswänden wieder. »*Ich töte alle Lebewesen, die das Pech haben, mir zu begegnen. Ich zerquetsche sie, bis ihre Augäpfel aus ihren Köpfen quellen und ihre Eingeweide aus ihren Bäuchen schießen wie*

Lava aus einem Vulkan. Die Geier allerdings verschone ich«, fährt sie fort, jetzt wieder im Plauderton. »Sie müssen die Schweinerei hinterher wieder wegmachen.«

Die fünf Gefährten sitzen im Griff des silbernen Leibes fest wie der Stöpsel im Hals der Flasche. Je mehr sie zappeln, desto enger schnürt Jezebel sie zusammen.

»Zippelt und zappelt nur, meine Schätzchen«, schnurrt sie genießerisch. »Das gefällt mir so gut. Kitzeln ist das einzige Gefühl, das ich durch meine Metallschuppen hindurch spüren kann.«

Die ersten Geier flattern auf und landen auf dem Plateau. Ihre Blicke sind starr auf die hilflosen Gefährten gerichtet. Wären sie Hunde, würden sie sabbern.

»Nun blickt doch nicht so missmutig drein. Ich will, dass es lustig zugeht. So!« Mit ihrer Schwanzspitze zeichnet Jezebel lächelnde Münder in die Gesichter der fünf Gefährten.

Hörbar kurzatmig sagt der Narr: »Du bist also kitzlig.«

»Das bin ich«, bestätigt die Schlange und zieht die Schlinge noch etwas fester. »Aber mach dir keine Gedanken darüber.«

»Adler«, sagt der Narr. »Für das, was ich jetzt gleich tun werde, bitte ich dich um Verzeihung.«

»Wie? Was?«, fragt der Adler misstrauisch. »Nein«, sagt er, als der Narr nach einer seiner Schwanzfedern greift. »Das machst du nicht! Das darfst du nicht! Schuft! Aua!«

Insgesamt fünf Federn reißt ihm der Narr heraus. Jede quittiert der Adler mit einem gellenden Schmerzensschrei: »*Güeck! Güeck!*«
»Was ist das für ein lustiges Spiel?«, fragt Jezebel. »Darf ich mitmachen?«

»Jetzt gilt es«, sagt der Narr und verteilt die Federn unter den Gefährten. »Mit den Federkielen tief unter die Schuppen! Kitzelt dieses Schlangenbiest um euer Leben!«

Am Anfang schnurrt Jezebel noch. »Weiter! Nur weiter!« Bald

aber fängt sie an, sich zu winden, sie bäumt sich auf und peitscht mit dem Schwanz. »Hört auf! Das ist nicht mehr angenehm! Ihr seid nicht nett zu mir!«

»Wir hören auf, wenn du uns freigibst«, keucht der Narr.

»Aber ich *muss* zerquetschen! Bis die Augäpfel und die Eingeweide spritzen! *Ich muss!*«

Noch einmal zieht die Schlange mit aller Kraft ihren Leib enger, dass den Gefährten Hören und Sehen vergeht. Doch plötzlich brüllt sie auf, dass die Felsen beben und die Geier durcheinanderwirbeln wie schwarze Rußflocken. Ein letztes Mal bäumt Jezebel sich auf, dann lässt sie von den Gefährten ab und rauscht in Richtung ihrer Höhle davon.

Im Eingang dreht sie sich noch einmal um.

»Ihr Spielverderber. Verschwindet mir aus den Augen«, sagt sie mit abgrundtiefer Verachtung. Und zu den Geiern: »Bringt mir etwas zum *Zerquetschen!* Etwas Großes, Lebendiges, sofort. Sonst muss ein Dutzend von euch dran glauben! Geierknochen brechen zwar wie dürre Ästchen, aber sie sind besser als nichts!«

Erschrocken schwingen sich hundert Geier in die Lüfte.

»Sie verhaken sich immer. Das ist lästig«, sagt Jakuf, der grauhaarige Puppenspieler. Er bedient die Stangen, mit denen sich sämtliche Geier von einem einzigen Spieler bewegen lassen. »Mechaniker, hast du eine Idee?«

Wie immer, wenn ich aus der Geschichte gerissen werde, reagiere ich wie ein Schlafwandler. »Metall«, sage ich. »An die Flügelspitzen. Aber die Geier klirren dann, wenn sie aneinanderstoßen.«

»Das könnte ein guter Effekt sein. Wir probieren es aus«, sagt Herr Rix etwas außer Atem. Er und Marja haben gerade die große Schlange abgelegt.

»Jezebel war einfach fantastisch«, sage ich.

»Endlich einer, der ein Herz für einsame Riesenschlangen hat. Willst du nicht mit mir in meine Höhle kommen und mir Gesellschaft leisten?«, sagt Marja mit Jezebels Unterweltstimme. Die anderen lachen.

Am Ende ihrer Kräfte schleppen sich die Gefährten den Berg hinab. Der Riese trägt auf seinen starken Schultern den Zwerg, den Narren und den Adler, der dem Narren beleidigt seine gerupfte Kehrseite zuwendet. Hinter ihm trottet der Bär mit blutenden Tatzen und jammert über jedes Stöckchen und Steinchen.

Irgendwann dreht sich der Riese um und streckt die Arme aus. »Spring schon auf! Auf ein Fliegengewicht wie dich kommt es auch nicht mehr an.«

In den Armen des Riesen rollt sich der Bär zu einer dicken Pelzkugel zusammen. »Es sind nur diese verflixten Tatzen«, beteuert er dabei. »Sie sind zu zart für meinen restlichen Körper. Was glaubt ihr, warum Bärentatzen auf den Tafeln von Königen serviert werden?«

»In Honig gesotten«, sagt der Riese versonnen.

»Hör auf, sonst bekomme ich noch Appetit auf mich selbst«, brummt der Bär. »Diese verrückte Riesenschlange hat mir das Maul ordentlich wässrig gemacht. Ich könnte in die Felsen beißen.«

»Glaubt ihr wirklich, wir finden unseren jungen König noch?«, fragt der Zwerg.

»Ich wäre schon froh, wenn wir das Schloss des großen Experimentators Baopoli wiederfinden würden«, brummt der Bär. »Er war zwar ein Erzschurke, aber es gab dort Entenkeulen und Honigkuchen …«

»Und Milchreis«, erinnert sich der Riese.

»Und schöne, schwarze Leber«, seufzt der Adler.

»Was haltet ihr davon, wenn wir uns allmählich auf den Weg nach Hause machen?«, fragt der Narr.

»Was sagst du da? WAS?« In hohem Bogen wirft der Riese den Narren von seiner Schulter. »Mit meinen Fäusten hier werde ich dir zeigen, was ich davon halte. Wir suchen so lange nach unserem jungen König, bis wir ihn gefunden haben. Und wenn wir dabei ans Ende der Welt wandern müssten.«

Die Gefährten ziehen weiter. An jeder Wegkreuzung schlägt der Narr eine Richtung vor. Jedes Mal blicken sich die vier anderen vielsagend an und wählen die Gegenrichtung.

»Du bist ein Narr. Niemals werden wir die Richtung nehmen, die du vorschlägst«, erklärt der Riese.

»Nein«, sagt der Narr. »Natürlich nicht. Ihr tut gut daran.«

Doch nach mehreren Tagen Wanderschaft stehen sie plötzlich vor herrschaftlichen Mauern und einem hohen vergoldeten Tor. Und diese Mauern und dieses Tor kennen alle fünf sehr gut.

»Was ist das? Wie können wir wieder zu Hause sein?«, fragt der Bär vollkommen verdattert. »Sind wir jetzt einmal um die ganze Welt herumgewandert?«

Der Narr wiegt den Kopf. »Vielleicht«, sagt er. »Möglich.«

Die beiden Torwächter vor dem Palast sind Fremde. Mit harten Worten verwehren sie den Gefährten den Eintritt. »Die Königin und der gnädige Herr Alchemist feiern heute Hochzeit. Da hat schmutziges Gesindel wie ihr nichts verloren!«

Die fünf sehen sich an.

»Besonders sauber sind wir nicht«, meint der Zwerg, als sie gleich darauf den Palast betreten. »Und vielleicht sind unsere Sitten durch die lange Reise etwas rauh geworden.«

»Oh ja. Oh ja«, stammeln die Torwächter, die an ihren eigenen Jackenkragen aufgehängt an der Palastmauer baumeln.

»Ab jetzt werden wir immer ganz höflich sein«, beschließt der Riese.

Auf ihrem Weg durch den Palast grüßen sie überschwänglich nach allen Seiten. Aber keiner der Höflinge reagiert. Alle blicken starr geradeaus.

»Was ist los?«, fragt der Bär. »Haben die alle Petersilie in den Ohren?«

Vor ihnen tönt Musik. Man hört Stimmengewirr, die Klänge eines rauschenden Festes.

»Dort ist die Hochzeit«, sagt der Adler, der vorausfliegt.

Gerade als sie auf die offenen Flügeltüren zuhalten, kommt eine Frau in einem kostbaren gelben Seidengewand herausgelaufen. In einer verzweifelten Geste rauft sie sich die Haare. »Was habe ich nur getan«, ruft sie aus, »dass ich die Hölle jetzt schon auf Erden erleben muss?«

»Wer war die arme Frau?«, fragt der Riese verdattert, als sie vorüber ist. »Doch nicht unsere Königin?« Er baut sich vor dem nächststehenden Höfling auf. »Jetzt reicht es mir. Willst du uns wohl sagen, was hier los ist?«

Der Höfling blickt rasch um sich. »Willkommen an Flores Königshof«, sagt er dann leise. »Ihr seid wohl nicht von hier. Sonst wüsstet ihr, dass ein neues Zeitalter angebrochen ist: die Ära des Alchemisten.«

»Was bedeutet das?«, fragt der Narr.

Der Höfling zuckt die Schultern. »Das Zeitalter des Ratsch und Fort, mein Freund. Sag hier am Hof nur ein falsches Wort, schon bist du verschwunden, niemand weiß, wohin. Die Devise heißt schweigen und sich ducken. Und das lernt gerade auch unsere gnädige Frau Königin.«

»Der, den alle für den jungen König halten«, sagt der Narr. »Wo finden wir ihn?«

»Der Schlappschwanz«, sagt der Höfling verächtlich. »Sucht ihn irgendwo im hintersten Winkel. Er versteckt sich ständig.«

Also suchen die Gefährten und finden den falschen jungen König schließlich im Wandschrank einer Schreibstube, zwischen Tintenfässern und Schriftrollen.

»Wer oder was seid ihr?«, fragt der Doppelgänger zu Tode erschrocken.

»Lebendig«, sagt der Narr. »Im Gegensatz zu dir.«

Der Doppelgänger will sich tiefer im Schrank verkriechen, doch die Gefährten ziehen ihn heraus. Da steht er vor ihnen, zitternd und erbarmungswürdig.

»Wenn ich nicht lebendig bin«, sagt er, »warum brennt die Sehnsucht nach Leben wie Feuer in mir? Sie verbrennt mich, ich kann es keinen Augenblick länger ertragen.«

»Ich muss schon sagen«, der Bär kratzt sich den Bauch, »fröhliche Feststimmung herrscht hier am Hof.«

»Ich habe mich vom höchsten Turm gestürzt, mich in den Fluss geworfen, meine Kleider in Brand gesteckt«, sagt der Doppelgänger und lässt den Kopf hängen. »Er holt mich immer wieder zurück. Ich kann nicht einmal sterben.«

»Sag uns, wo der echte junge König ist«, sagt der Narr.

Der Doppelgänger blickt ihn entsetzt an. »Er ist in meinen Träumen«, flüstert er kaum hörbar. »Ich sehe ihn jede Nacht. Wir gehören zusammen, einer tot im Leben, einer lebendig im Tod. Er macht mich verrückt.«

Der Riese tippt sich mit dem dicken Finger gegen die Stirn. »Du erinnerst mich an eine Riesenschlange, die wir oben auf ’nem hohen Berg getroffen haben. Die war auch ganz schön verrückt.«

»Er weint«, redet der Doppelgänger weiter. »Der echte junge König weint silberne Tränen. Er muss damit aufhören. Könnt ihr machen, dass er aufhört?«

Der Narr sieht ihn an. »Ja, das können wir«, sagt er ernst. »Jetzt, da wir wissen, wo der junge König ist.«

Der Riese stutzt. »Das wissen wir jetzt? Wirklich?« Dann strahlt er. »Seht ihr, ich habe es immer gesagt: Man muss nur am richtigen Ort die richtigen Leute befragen. Wie gut, Narr, dass wir an den Kreuzwegen die Richtung bestimmt haben und nicht du.«

»Wie gut, ja«, sagt der Narr.

Das Essen heute Abend ist ein würziges Reisgericht mit Kürbis und Fischwürfeln. Fast wie zu Hause in Parman, nur die Kräuter sind andere.

Der Diener neben mir stößt mich an. »Nicht mehr so scharf, eh? Du hast dich daran gewöhnt.«

Mir geht auf, dass er damit Recht hat. Schon seit geraumer Zeit bediene ich mich aus der Schüssel wie die anderen, und es schmeckt mir alles, was aufgetragen wird. Die Arbeit im Freien macht mich zusätzlich hungrig.

Die Gespräche auf der Matte drehen sich ausnahmslos um den heutigen Arbeitstag, um zu kaltes Waschwasser, um ein Mäusenest in einem Vorratsraum, um meine Fortschritte beim Bau des Glashauses.

»Ist es bald fertig?«, fragt das parmanische Dienstmädchen, das mit mir in der Wäschekammer war.

»Es dauert noch. Ich war heute nachmittag nach der Probe nur zwei Stunden draußen.« Ich habe gerade mal drei Glasscheiben eingesetzt, schlotternd und mit vor Kälte steifen Fingern. Isao hat sich nicht blicken lassen.

»In dem Wetter reichen zwei Stunden, oder?«, fragt der Diener neben mir.

»Um nass zu werden, bestimmt.«

Wir reden alle leise, um Marschall Utuk und seine Tischgäste nicht zu stören, mit dem willkommenen Nebeneffekt, die eine oder andere interessante Information vom Tisch der Herrschaft aufzuschnappen.

»Wie war die Probe heute?«

»Anscheinend hat der Mechaniker Sie nicht gehört, Frau Lu.«

»Tamaso Noti, ich habe dich nach der Probe gefragt. Ist das Essen so gut, dass du nicht mehr zuhören kannst?«

Aber ich höre zu, sogar sehr genau. Am Tisch der Herrschaft wird gerade von einer Festnahme gesprochen.

»Gestern, ja. Er hat eine Uhr zur Reparatur gegeben. Der Uhrmacher hat ihn erkannt.«

»Einer der abergläubischen Dummköpfe, die ihn verehrt haben. Er hat ihn gezeichnet, immer wieder, die Bilder hängen in seiner Werkstatt. Deshalb hat er ihn auch ohne Bart erkannt.«

»Uhrmacher haben scharfe Augen. Pech für ihn.«

»Etwas Besseres konnte nicht passieren. Auf diese Weise wird allen Frömmlern vor Augen geführt, dass sie nur Betrügern und Scharlatanen auf den Leim gehen. Religion gehört endgültig ausgemerzt.«

»Zwanzig Jahre lang hat er das florische Volk betrogen und ausgenutzt. Seine Bestrafung muss gnadenlos sein.«

»Dafür ist bereits gesorgt.«

»Mechaniker!« Ich schrecke zusammen, als der junge Diener unmittelbar vor meinem Gesicht in die Hände klatscht. »Frau Lu hat mit dir geredet.«

»Die Probe, ja«, sage ich geistesabwesend. »Die Gefährten sind kurz vor ihrem Ziel, sie wissen es nur noch nicht. Aber Frau Lu«, ich flüstere fast, »können Sie mir sagen, von wem am Tisch der Herrschaft die Rede ist?«

Frau Lu nickt. »Es geht um den heiligen Pio Gaumata. Sie haben ihn gestern außerhalb seiner Grotte aufgegriffen. Er war angezogen wie ein florischer Offizier.«

»Das ist alles? Sonst hat er nichts getan? Aber es ist doch verständlich, wenn er ab und zu die Sonne sehen will. Keiner kann es ständig in so einem Loch aushalten. Das ist doch kein Verbrechen.« Ich weiß nicht, ob es Sinn ergibt, was ich da rede. Ich kann keinen klaren Gedanken fassen.

»Ein Heiliger wird verehrt, weil er Dinge ertragen kann, die normale Menschen nicht können«, sagt Frau Lu streng. »Für einen Betrüger gibt es keine Entschuldigung. Der falsche Pio hat den frommen Menschen Theater vorgespielt. Sie haben ihm Essen gebracht, Münzen gespendet, sie haben auf seine Fürsprache für die Toten vertraut. Er hat dem florischen Volk sehr geschadet. Derartige Vergehen werden hart bestraft.«

»Warum isst du nicht zu Ende?«, fragt der junge Diener neben mir.

Jetzt erst merke ich, dass ich eine volle Gabel in der Luft balanciere, und zwinge mich dazu, sie zum Mund zu führen. Ich schlucke hinunter, trinke einen großen Schluck Eselsmilch, dann frage ich: »Was geschieht jetzt mit dem Pio?«

Frau Lu spießt energisch ein Stück Fisch auf. »Er hat den Tod verdient, doch das Standgericht hat anders entschieden. Der Betrüger ist gestern Abend in seiner eigenen Grotte eingemauert worden.«

Neben mir gluckst der junge Diener. »Aber dann ändert sich ja nichts für ihn. Er führt dasselbe Leben wie vorher, nur ohne Ausflüge.«

Der alte Diener aus der Jenisei beugt sich vor. »Ist es wahr, dass ein Junge bei dem Pio war?«

»Davon weiß ich nichts«, sagt die allwissende Frau Lu.

»Doch, es stimmt. Ein Junge«, bestätigt eine der Wäscherinnen.

Sie beugt sich vor und sagt leise: »Ich habe gehört, er ist jetzt hier bei uns.« Zur Verdeutlichung deutet sie nach unten. »Sie wollen ihn befragen, was er mit Pio Gaumata zu schaffen hatte.«

Neben dem Portal hängen in einem schwarzen Holzrahmen die Hausregeln, nach denen Domestiken sich nach Einbruch der Dunkelheit nicht draußen aufhalten dürfen. Aber ich kann jetzt weder die Gespräche der anderen noch die Enge meiner Kammer ertragen. Ich muss hinaus, sonst ersticke ich.

Als ich um das Haus biege, um in den Garten zu kommen, fährt mir ein messerscharfer Wind ins Gesicht. Ich begrüße ihn, begrüße die Tränen, die er mir in die Augen treibt. Der Wind heult um die Bäume, er schüttelt die Rosenbüsche in ihren Sackhüllen. Heute Abend ist er der entfesselte Herr des Gartens.

Vor meiner Baustelle kauere ich nieder, den Rücken gegen den Wind gedreht. In den drei Glasscheiben, die ich heute eingesetzt habe, spiegelt sich der Mond. Ich blicke hinauf zum Himmel: Die erleuchteten Wolken jagen darüber wie eine Meute wilder Hunde.

Der Leader sitzt eingemauert in seiner Grotte. Damit ist Projekt Mimikry hier in Heiman gestorben. Und wir sind verloren.

Oder? Was wird jetzt geschehen? Umsonst bemühe ich mich, die Tragweite des Ganzen zu erfassen.

Der verhaftete Junge, von dem die Wäscherin gesprochen hat. *Isao*, hämmert es in meinem Kopf, *es kann nur Isao sein.* Gleichzeitig bete ich darum, dass es ein Fremder ist. Ein Junge aus Heiman, der zufällig in der Nähe von Pio Gaumata war, vielleicht, um ihm ein Stück Brot zuzustecken oder eine Münze. Wenn dem so ist, wird diesem Jungen nichts Schlimmes zustoßen. Ich klammere mich an die Möglichkeit.

Der Wind rüttelt an den frisch eingesetzten Glasplatten. Sie halten ihm stand, aber werden sie auch die kommenden Schneestürme überstehen, von denen die Gärtner gesprochen haben? Spielt es überhaupt noch eine Rolle?

Plötzlich schießt mir durch den Kopf, dass sie nicht den Leader erwischt haben, sondern einen seiner Stellvertreter, vielleicht diesen Iduarzo. Dass der echte Leader wie üblich seinen Kopf aus der Schlinge gezogen hat und sich nun ins Fäustchen lacht.

In welche Richtung ich auch denke, nichts kann mich beruhigen. Ich habe das Gefühl, das kommende Unheil mit den Händen greifen zu können. Wenn ich nur wüsste, was genau Frau Lu mit Einmauern gemeint hat.

Etwas abseits der Baustelle glänzen die Glasscherben, die ich vor drei Tagen zu einem Haufen zusammengefegt habe. Aus einem Impuls heraus fange ich an, sie zu zertreten, in immer kleinere Teile, dabei lausche ich auf das befriedigende Knirschen unter meinen Sohlen.

»Was tust du, Mechaniker? Zerstörst du jetzt selbst dein Werk?«

Der blinde Gärtner tritt neben mich. Seine Augen schimmern im Mondlicht wie mit Milch gefüllt.

»Du bist blind, alter Mann«, sage ich ruppig. »Warum weißt du immer, dass ich es bin?«

Der alte Gärtner schnuppert demonstrativ. Seine Nase wackelt dabei wie die eines Hundes. »Holz, Leim, Schmieröl. Nur der Mechaniker riecht so.«

»Ich zerstöre nichts. Es sind nur Scherben.«

»Die Scherben unter deinen Füßen erzählen mir von deiner Wut«, sagt der Gärtner. »Du bist der Mechaniker, du brauchst ein ruhiges Herz und ruhige Hände. Wie kannst du der gnädigen Frau Utuk ein Helfer sein, wenn du wütend bist?«

Ich trete einen Schritt von den Scherben zurück. Im Mondlicht glitzern sie wie weggeworfene Edelsteine. »Manchmal gibt es Wichtigeres als Puppenspiel.«

»Nein.« Er schüttelt den Kopf. »Nicht in Flore, nicht hier in diesem Haus.«

»Hast du überhaupt jemals ein Puppenspiel gesehen?«

»Wie könnte ich? Ich bin blind«, sagt er, als teile er mir eine Neuigkeit mit. »Trotzdem kenne ich den Unterschied zwischen Licht und Finsternis. So wie ihn eine Pflanze spürt, ganz ohne Augen. Ich weiß, dass Frau Utuk und Herr Rix und ihre Puppen zum Licht gehören.«

»Wenn du so viel spüren kannst, blinder Mann«, sage ich, »was spürst du, wenn du am Kellerabgang vorbeikommst? Was, wenn du jeden Tag das Flehen und Schreien von dort unten hörst?« Ich will nicht so unhöflich sein, will ihm diese Fragen nicht stellen, aber ich habe mich nicht mehr im Griff. »Was spürst du, wenn ihr Gärtner dort hinter der Hecke tote Menschen verbrennt? Das tut ihr doch, oder?«

»Manchmal. Immer dann, wenn die Toten überhandnehmen.« Er spricht jetzt so leise, dass der Wind seine Stimme beinahe übertönt. »Was ich dabei spüre? Dasselbe wie die Blätter der Hecke oder die Wolken am Himmel oder die Götter hinter den Wolken: Erbarmen.« Er zieht fröstelnd die Schultern hoch und nickt in meine Richtung. »Du fragst, ich antworte. Beides ist Hochverrat in diesem Haus. Aber das weißt du sicherlich. Und es ist nicht das Entscheidende.«

Damit geht er, mit seinen leisen, trippelnden Schritten. Der Narr, denke ich.

Langsam gehe ich zum Haus zurück. Mir graut vor meiner Kammer, vor einer langen, schlaflosen Nacht.

An der Hausecke, dort, wo zwei Birken in den hinteren Garten überleiten, steht mit einem Mal einer der Zwillinge vor mir. In grüner Samtjacke und weißem Rüschenhemd, als käme er direkt von Ruti Utils Abendgesellschaft.

Es ist Silvan, er muss über die Mauer geklettert sein, und ich kann nicht sagen, wie erleichtert ich bei seinem Anblick bin. Die Zwillinge werden die Dinge geraderücken, wie sie es immer tun.

»Ihr habt die Sache schon erfahren, nicht wahr? Was machen wir jetzt?«

Silvan schiebt mich weg, er starrt in die Dunkelheit des Gartens. Sein Gesicht ist zum Fürchten, wie zerrissen von Angst und Schmerz. Ich habe keinen der Zwillinge je so gesehen.

»Silvan, wo ist Kester?«

»Er ist hier im Keller. Sie haben ihn zusammen mit dem Leader verhaftet. Ruti Util hat es mir gesagt.«

Silvan redet ganz ruhig, aber die Zuckungen, die über sein Gesicht und durch seinen ganzen Körper laufen, verraten ihn. »Einer von uns beiden sollte gestern den Leader in der Stadt treffen und Bericht erstatten«, sagt er. »Wir haben Stöckchen gezogen, wer gehen kann. Kester hat gewonnen.«

Er dreht sich um zu mir. »Ich war heute nachmittag schon hier im Garten«, sagt er, immer noch mit derselben unheimlichen Ruhe. »Es gibt eine Treppe, die in die Tiefe führt. Du musst mich dort hinunterbringen, jetzt gleich.«

Als er in Richtung des Kellerabgangs losgehen will, packe ich ihn am Arm. »Nein, Silvan.« Er stößt mich beiseite. »Wenn du hier jetzt hinuntergehst, bringst du Kester um«, sage ich. »Die Treppe wird bewacht. Sie sehen sofort, dass du sein Bruder bist. Dann bringen sie euch beide um.«

Versteht er, was ich sage? Ich rede weiter, ohne Atem zu holen. »Überlass es mir, etwas zu tun. Du weißt nicht Bescheid, aber ich kenne mich hier im Haus aus, auch im Keller. Kester kommt frei, ich kümmere mich darum.«

Was verspreche ich ihm da? Egal, Silvan darf in diesem Zustand auf keinen Fall nach seinem Bruder suchen. Ich zeige auf die

Mauer, über die er gekommen sein muss. »Geh jetzt zurück zu Ruti Util. Versuch, ruhig zu bleiben, warte auf meine Nachricht. Im Moment geschieht Kester noch nichts, und gleich morgen früh gehe ich in den Keller. Ich schwöre es dir.«

Silvan bewegt den Kopf, als müsse er das Gehörte erst sortieren, um es zu verstehen. Plötzlich duckt er sich und rennt auf die Mauer zu. Ich höre es noch rascheln, dann ist er fort.

22

Ich bin mir sicher, dass Kester als Neuankömmling im untersten Kellergeschoss festgehalten wird, genau wie der arme tote Freund des Leaders. Dass ich vor seiner Zelle nicht entdeckt wurde, war schlicht ein Wunder. Ein zweites Mal darf ich das Schicksal nicht herausfordern, das spüre ich. Ich muss eine andere Taktik anwenden.

Meine Hände zittern, als ich an die Tür des Vorstehers des Kellers klopfe. In meiner Not taste ich nach meinem Protego-Schirm: Glänzende Violinsaiten, ich stelle mir vor, dass Mailin darauf spielt. Sie steht auf einer kleinen, erhöhten Bühne, ihr Haar schimmert im Kerzenlicht. Ich sehe ihr ernstes, konzentriertes Gesicht, ihr Lächeln, wenn sie mich unter den Zuhörern entdeckt …

»Eintreten.«

Der Vorsteher des Kellers blickt nicht auf, als ich seinen Büroraum betrete. Er hat einen großen Bogen Papier vor sich liegen und ist damit beschäftigt, mit einer winzigen, akkuraten Schrift Namen und Uhrzeiten in Spalten zu schreiben: Es ist der Einsatzplan für die Gefängniswächter, nehme ich an. Ab und zu nimmt er einen Schluck aus seiner Tasse und verzieht dabei jedes Mal das Gesicht. Die Kaffeekanne auf dem Eisenofen hinter ihm verbreitet ein bitteres, verbranntes Aroma.

Irgendwann kann ich ihm nicht länger schweigend zusehen. »Ich wünsche Ihnen einen guten Morgen, ehrenwerter Vorsteher«, sage ich nervös.

Er hebt den Blick und sieht mich lange über den Rand seiner Brille hinweg an. Blinzelt er nie? Wie Marschall Utuk scheint er auf dem Grund meiner Seele zu lesen: dass ich in Wahrheit ein Kandidat für den Keller bin.

»Die Dinge dürfen nicht durcheinandergeraten«, sagt der Vorsteher des Kellers unvermittelt. Er nimmt die Brille ab und reibt sich die Nasenflügel. »Ich bin für jede einzelne Seele hier unten verantwortlich. Alles muss seine Ordnung haben.«

Ohne das blitzende Brillengestell sind seine Augen schwarze, stechende Punkte. Als würden sie nur aus Pupillen bestehen. »Was willst du?«

Es soll ganz beiläufig herauskommen, aber meine Stimme klingt verdächtig gepresst. »Verehrter Vorsteher, im Allgemeinen habe ich oben im Haus sehr viel zu tun. Aber heute und morgen ist es zufällig etwas ruhiger, deshalb dachte ich, ich frage an, ob Sie hier unten im Keller Arbeiten für mich zu erledigen haben.«

Mit dem Gesicht des Vorstehers passierte etwas Eigenartiges. Es verzerrt sich, als würde jemand von hinten an der Kopfhaut reißen. Der Mund öffnet sich, Zunge und Zähne werden sichtbar. Zuerst denke ich an einen Anfall, doch dann merke ich, dass er lacht. Sein ganzer Körper bebt unter einem grässlichen, lautlosen Lachen.

Es dauert, bis er sich wieder beruhigt. »Niemand kommt freiwillig zu mir herunter«, sagt er und wischt sich über die Augen. »Niemand, verstehst du? Du wirst mir das erklären.«

Sein Ausbruch hat mich völlig aus der Fassung gebracht. Ich muss um eine Antwort ringen. »Ich meine es Ernst. Marschall Utuk und auch Frau Utuk sind der Ansicht, dass die Arbeit im Keller wichtiger ist als die im Saal der Puppen. Und ich will meine Pflichten im Haus möglichst gut erledigen.«

Das ist mehr als dick aufgetragen. Doch der Vorsteher sieht mich mit neuer Aufmerksamkeit an. »Du bist ehrgeizig.« Er kneift die Augen zusammen. »Willst es hier im Haus zu etwas bringen?«

»Ja, ehrenwerter Vorsteher.«

»Als Mechaniker kommst du überall hin, schnappst dies und

das auf. Scheue dich nicht, jede Auffälligkeit sofort zu melden, entweder mir oder Marschall Utuk direkt.«

»Ja, ehrenwerter Vorsteher.«

»Jetzt geh wieder. Wenn ich dich im Keller brauchen sollte, lasse ich dich holen.«

Im flackernden Licht der Leuchtröhren gehe ich den Flur entlang. An mein Ohr dringen Laute, ein Wispern, ein Schluchzen, als würde der Wind sie aus den Eingeweiden des Kellers zu mir heraufwehen. Kester! Ich bin drauf und dran, mich gegen jede Vernunft hinunterzuschleichen und nach ihm zu suchen. Doch als ich mich noch einmal umdrehe, steht der Vorsteher des Kellers unter der offenen Tür seines Büros. »Wir werden sehen, wie es mit dir weitergeht«, ruft er mir nach. »Denk daran: Ich werde dich im Auge behalten.«

Langsam steige ich die Treppen nach oben. Ich bin Kester keinen Schritt näher gekommen, stattdessen habe ich nur unnötige Aufmerksamkeit auf mich gelenkt. Wie der arme Doppelgänger im Puppenspiel verstricke ich mich immer tiefer ins Unheil.

Der erhöhte Stuhl der Erzählerin ist leer, die Probe findet heute ohne Frau Utuk statt. Aber irgendwo im Haus muss sie sein, sonst hätten die Puppenspieler Zimmerarrest.

Einige stehen abseits und studieren mit ihren Puppen einzelne Szenen ein. Die anderen sehen Marja zu: Sie führt die kleine Tänzerin, die ich an meinem ersten Tag repariert habe.

Ein Höfling hat ihr erklärt, dass ihr Tanz den melancholischen jungen König aufheitern soll. Es ist ihr allererster Auftritt bei Hofe, dementsprechend bebt sie vor Aufregung und Stolz. Dann tanzt sie – und plötzlich ist das Böse, das sich am Hof eingenistet hat wie eine schwarze Spinne, ohne Macht. Jeder, der ihr zusieht, vergisst alles andere: Es ist ihr Moment, eine kleine Unendlichkeit, auf die sie sich ihr Leben lang vorbereitet hat.

Ich verliere mich in dem Anblick. Und ich verstehe, was der blinde Gärtner mit dem Licht gemeint hat, das allein gegen die Dunkelheit bestehen kann.

Als die kleine Tänzerin ihren Auftritt beendet hat, verneigt sie sich schüchtern. »Das war wundervoll«, sagt der Doppelgänger zu ihr. Nein, Herr Rix sagt es zu Marja, er hat das Spielkreuz aus der Hand gelegt. »Du wirst von Tag zu Tag besser«, lobt er, und Marja wird rot vor Freude. »Wenn wir so weitermachen, ist mir vor den Spielen nicht bange.«

Kurze Zeit später diskutieren alle über die nächste Szene. Es geht darum, wie man den jungen König unbeschadet aus dem Orakelautomaten befreien kann, doch ich höre nur mit halbem Ohr zu. Marja steht ein wenig abseits, und ich trete an ihre Seite. »Marja?«

»Mechaniker?« Sie ist noch nicht wieder in die Realität zurückgekehrt.

»Das war toll«, sage ich. »Du bist eine echte Künstlerin.«

»Findest du?« Marja lächelt mich an und sieht plötzlich viel jünger und hübscher aus. »Du bist auch ein Künstler in dem, was du tust. Du bist sehr geschickt.«

»Danke. Darf ich dich etwas fragen?«

»Klar.«

»Ich habe gehört, dass manche der Puppenspieler Häftlinge waren.«

Schlagartig verschwindet jede Freude aus ihrem Gesicht. »Alle hier im Raum waren es, bis auf die Herrschaft«, sagt sie. »Das ist kein Geheimnis.«

»Wenn das so ist …« Na los, sag es. Kester ist dort unten. Sag es! »Meinst du, ihr könntet vielleicht noch jemanden brauchen?«

Marja presst die Lippen zusammen. »Du kennst niemanden im Keller«, sagt sie. »Hörst du? Niemanden, wenn du dich und uns nicht unglücklich machen willst.«

Jakuf, der grauhaarige und älteste der Puppenspieler, hat uns beobachtet. Jetzt tritt er zu uns. »Was steckt ihr beiden die Köpfe zusammen?«

Ich nehme allen Mut zusammen. »Ich habe Marja gerade gefragt, ob nicht noch jemand aus dem Keller zu euch stoßen könnte. Als Kulissenbauer oder als Beleuchter, was immer gebraucht wird.« Während ich rede, denke ich an Silvan, den die Angst um seinen Bruder in den Wahnsinn treibt. Ich kann ihn nicht länger warten lassen. »Bitte«, sage ich. »Es ist furchtbar wichtig.«

Marja schüttelt den Kopf. »Wer dort unten ist, ist verloren. Damit musst du dich abfinden.«

»Aber ihr seid hier oben«, widerspreche ich. »Ihr seid gerettet worden.«

»Ja, und wir verschwenden keinen Gedanken an die vielen anderen dort unten«, sagt sie. »Nicht weil wir herzlos sind, sondern weil wir sonst nicht weitermachen könnten. Genauso wird es dir ergehen, wenn du nicht damit aufhörst. Die Arbeit hier im Saal der Puppen ist das einzig Wichtige, Mechaniker. Konzentrier dich darauf, auf nichts sonst.«

»Wie kann ich das?«, frage ich. »Er ist mein Freund.«

Sie fragen mich nicht, wie ich in den fünf Wochen in Flore einen Freund finden konnte. Stattdessen sagt der grauhaarige Puppenspieler: »Wenn jemand etwas erreichen kann, dann nur die gnädige Frau Utuk selbst.«

»Es ist falsch.« Marja sieht mich an, nicht böse, nur furchtbar besorgt. »Du darfst nur an deine Arbeit hier denken, an nichts sonst. Wir brauchen dich.«

»Eben darum«, sagt der alte Puppenspieler. »Wie soll der Mechaniker seine Arbeit machen, wenn seine Gedanken im Keller sind?« Er dreht sich zu mir um. »Marja hat Recht, du bringst uns alle in Schwierigkeiten, vor allem Frau Utuk und dich selbst. Denk sehr sorgfältig nach, ob dein Freund das alles wert ist.«

»Wo ist Frau Utuk jetzt?«, frage ich.

»In ihren privaten Räumen hier oben im zweiten Stock. Geh den Korridor ganz durch, bis zur hintersten Tür. Und klopf an, bevor du eintrittst.« Er nickt mir zu. »Sag ihr, dass du sehr viele Aufgaben hast und einen Gehilfen bräuchtest. Vielleicht hast du Glück.«

»Herein!«

Als Erstes nehme ich ein intensives, sommerliches Licht wahr, als herrsche draußen vor den Fenstern nicht trostloser grauer November. Frau Utuk sitzt auf einem Stuhl mitten im Raum; das warme Licht kommt von einer starken Lampe, die sie anstrahlt. Ihr gegenüber macht sich an einem metallenen Dreibein eine zweite Frau zu schaffen. Sie trägt Pullover und Faltenrock, was sie im Land der Uniformen höchst exotisch erscheinen lässt. Und im Hintergrund beugt sich zu meiner Verblüffung Kairi über ein Tischchen und gießt Tee in Porzellantassen.

Als sie mich entdeckt, gießt sie ein wenig Tee auf die Tischplatte und wischt ihn hastig mit ihrem Kittelärmel auf. Wir begrüßen uns mit einem winzigen Lächeln, mehr wäre nicht ratsam.

Kairi ist mit ihrer Dienstherrin hier, die wiederum die Schwester von Frau Utuk ist und meiner Erinnerung nach Frau Ui heißt. So weit ist mir jetzt alles klar.

Was mich vollkommen verblüfft, ist der schwarz glänzende Apparat auf dem Metallgestell. Es ist die erste Fotokamera, die ich in Flore sehe, dem Land, in dem es keine Fotografien und keine Zeitungen gibt und Bücher lediglich in Form von bildlosen Kriegsberichten und Militärchroniken existieren. Frau Ui, die offensichtlich mit der Kamera umgehen kann, macht gerade die Einstellungen, um Frau Utuk abzulichten.

»Mechaniker«, sagt Frau Utuk, während sie starr in die Linse blickt. »Warte einen Moment, bis wir hier fertig sind.«

»Nein, so wird das nichts«, sagt ihre Schwester. Frau Ui ist kräftiger gebaut als Frau Utuk und macht einen burschikosen Eindruck. »Die Kamera ist keine Schlange, Schwester, und du bist kein Kaninchen. Deine Puppen können schauspielern, also wirst du es auch können. Komm, strahl mich an, die Leute wollen die Siegerin der Spiele auf den Fotos sehen!«

Frau Utuk seufzt halblaut und erhebt sich vom Stuhl. »Rix wird gleich da sein. Nimm ihn zuerst dran«, sagt sie zu ihrer Schwester. Und dann zu mir: »Was gibt es?«

Jetzt. Ich hole tief Luft. »Gnädige Frau Utuk, Sie wissen, dass ich im Saal der Puppen und im ganzen Haus viel zu tun habe. Daher könnte ich gut einen Gehilfen brauchen.« Das alles sprudele ich schnell heraus, damit sie mich nicht unterbrechen und fortschicken kann. »Ich denke da an einen jungen Domestiken, auch aus Parman. Er ist gerade im Keller, aber es ist *Irruma, Disgido«*, vor Aufregung finde ich nur die parmanischen Worte. »Ein Irrtum, ein Versehen. Er ist mein Freund. Er hat nichts Böses getan.«

Die beiden Schwestern wechseln einen Blick. Und das ist gut so, denn so sehen sie nicht, wie Kairis freundlich unverbindlicher Ausdruck zusammenbricht. Als sie begreift.

»Er war nur zufällig in der Nähe, an dem Nachmittag, als Pio Gaumata verhaftet wurde. Da haben sie ihn mitgenommen.« Die nächste Schreckensnachricht für Kairi. Sie ist schneeweiß geworden, und ich bete darum, dass ihr Protego-Schirm hält.

»Langsam, Mechaniker, der Reihe nach«, sagt Frau Utuk. »Du sagst, du schaffst deine Arbeit nicht mehr?«

»Nein, das will ich nicht sagen. Nur …« Ich stocke, denn jetzt stecke ich im Dilemma. Frau Utuk darf auf gar keinen Fall unzufrieden mit mir werden.

»Mit Worten hat dieser Junge es nicht gerade«, sagt Frau Ui trocken. »Hoffentlich ist er mit den Händen geschickter.«

»Ich finde, er drückt sich sehr klar aus«, sagt Herr Rix hinter mir. »Unser Mechaniker will einen armen Teufel aus dem Keller retten.«

Er wendet sich an mich: »Glaubst du nicht, dass Frau Utuk im Augenblick Besseres zu tun hat?« Trotz meiner Anspannung registriere ich, dass er sich für das Foto ein weißes Hemd angezogen hat. Dabei sieht er in der schwarzen Puppenspielertracht viel besser aus.

»Doch, natürlich. Es tut mir leid«, sage ich. »Aber mein Freund hat nur ein Leben. Ich kann nicht warten.«

»Ist er wirklich unschuldig?«

Er kann nicht ahnen, wie weitreichend seine Frage ist. »Ja.«

Herr Rix akzeptiert es ohne Nachfrage. »Wie heißt er?«

Kairi hält ihre Hände umklammert, dass ihre Knöchel weiß hervortreten. Doch sie gibt keinen Laut von sich, als ich den Namen nenne. »Kester. Mein Freund heißt Kester.«

»Und der Nachname?«

Der Schweiß bricht mir aus, als mir klar wird, dass ich den falschen Nachnamen der Zwillinge vergessen habe. »Es tut mir leid, ich weiß ihn nicht.«

»Kester ist als Name ungewöhnlich genug, um deinen Freund dort unten zu identifizieren«, sagt Herr Rix. »Aber ich verspreche dir nichts, Mechaniker.«

Ich nicke. »Ja. Ich danke Ihnen.«

Während ich zur Tür gehe, spüre ich Kairis Blick auf meinem Nacken brennen.

23

Das Haus des Waffenhändlers Ruti Util ist groß, beeindruckend und unglaublich geschmacklos.

Mit seinen Säulen und Türmen dominiert es die gesamte Straße. Ein Haus, das den Reichtum seines Besitzers ebenso hinausplärrt wie die blechernen Lautsprecher ihre Parolen.

Ein uniformierter Wächter zögert erst, als ich ihn nach Silvan frage, führt mich dann aber doch in das Vorzimmer von Ruti Util. Hier gibt es vergoldete Statuen und Wandschirme aus Pfauenfedern, an den Wänden hängen gekreuzte Schwerter. Und inmitten von allem steht Silvan in seiner grün-goldenen Samtlivree.

Als ich ihn da an der Flügeltür stehen sehe, blicke ich mich reflexhaft nach Kester um. Doch natürlich ist da nur ein Zwilling. Im ersten Moment denke ich, dass man Silvan eingepudert hat, wie einen Lakai aus früheren Zeiten. Dann erst erkenne ich, dass er leichenblass ist.

Mein Gespräch mit Herrn Rix ist jetzt zwanzig Stunden her. Ein zerborstenes Wasserrohr in der Küche hat dafür gesorgt, dass ich nicht früher aus dem Haus gekommen bin.

»Gute Nachrichten«, sage ich. Und bereue es sofort, als ich Silvans Augen aufleuchten sehe.

Ich erzähle ihm alles, dabei stelle ich die Lage so hoffnungsvoll dar, wie ich es mit meinem Gewissen vereinbaren kann. Als ich fertig bin, ist sein Gesicht wie erloschen. »Kester bleibt also im Keller.«

»Sie kümmern sich darum, Herr Rix hat es mir versprochen. Wir müssen warten. Vielleicht schon heute, spätestens morgen …«

»Ich kann nicht warten«, unterbricht er mich heftig. »Du weißt nicht, wie das ist. Ich wohne in Kesters Haut und er in meiner, und im Moment ziehen sie uns beiden die Haut ab. *Jede verdammte einzelne Minute ist unerträglich!*« Er schluchzt auf, schlägt sich mit der Faust gegen die Brust. »Drei Tage … Tamaso, was machen sie dort unten mit ihm?«

»Sie wollen herausbekommen, was er mit dem Pio zu schaffen hatte. Das muss nicht automatisch etwas Schlimmes bedeuten.« Meine Zunge fühlt sich schwer an, als ich das sage.

Durch die offene Flügeltür kommt ein Mann im Nebenraum ins Blickfeld. Ich erkenne Ruti Util an dem doppelten Hut und den beiden Windhunden, die um ihn herumscharwenzeln. Er liest in einem Buch und blickt dabei immer wieder mit einem verzückten Augenaufschlag zur Zimmerdecke. Ich habe keine Ahnung, was er da treibt.

»Er liest seine Auftragsbücher, in jeder freien Minute«, sagt Silvan. »Sie versetzen ihn in einen rauschhaften Glückszustand.«

»Er ist verrückt, oder?«

»Es ist alles nur eine Masche. In Wahrheit zieht er alle über den Tisch.«

Ruti Util und seine Windhunde verschwinden wieder hinter Regalen.

»Er hält Kester für unschuldig«, sagt Silvan. »Er denkt, er war nur zufällig am selben Ort wie Pio Gaumata.«

»Warum geht er dann nicht zu Marschall Utuk? Er hat Einfluss, er könnte Kester herausholen.«

»Für einen Domestiken rührt der mächtige Herr keinen Finger«, sagt Silvan bitter. »Er findet es spannend, was passiert ist, und er hat seinen Spaß daran, mich zu zwiebeln. Du bist ja so blass, Silvan, sagt er, deine Hände zittern. Nimm ein Stärkungsmittel.« Silvan ballt die Fäuste. »Wenn er wüsste, wie nahe dran diese Hände sind, den reichen Ruti Util mit einem doppelten Strick zu erwürgen.«

Er ist gefährlich laut geworden. »Kairi weiß Bescheid«, sage ich schnell, um ihn abzulenken.

Silvan nickt. »Mailin auch. Ich war gestern kurz bei ihr. Sie ist krank«, fügt er zerstreut hinzu. »Zu krank, um aus dem Haus zu gehen.«

Die nächste Hiobsbotschaft. Ich muss unbedingt zu ihr.

»Was ist mit Isao?«, frage ich.

»Keine Ahnung. Ich habe ihn seit Tagen nicht mehr gesehen.« Silvan zupft abwesend an seinen Ärmelrüschen, die schon sehr mitgenommen aussehen. »Ich war bei der Grotte«, sagt er plötzlich.

»Und?«

»Es waren eine Menge Leute dort, Soldaten, aber noch mehr Zivilisten. Anscheinend haben sie die Leute extra hingeschafft, damit sie den falschen Pio beschimpfen. Die Soldaten haben uns nacheinander die Treppe hinuntergeführt, wie bei einer Besichtigung.« Silvan hebt den Kopf und sieht mich an. »Wo sonst das Gitter der Grotte war, ist jetzt eine Mauer, Tamaso. So massiv wie die Grenzmauer.«

Ich beiße die Zähne zusammen. »Vielleicht ist alles ein Trick, und der Leader ist gar nicht dort drinnen.«

»Keine Ahnung«, sagt Silvan. »Aber irgendjemand ist hinter dieser Mauer. Ich habe einen Mann schreien hören.« Sein Blick flackert. »Wenn er es nicht ist, wenn er wieder alle austricksen konnte und frei herumläuft, dann muss er Kester herausholen. Er ist der Leader, es ist seine verdammte Pflicht.«

Ich mache rasch eine warnende Kopfbewegung: Ruti Util steht im Nebenraum und sieht zu uns herüber. Die Windhunde zu seinen Füßen gähnen beide gleichzeitig, wie aufs Kommando.

»Soll er glotzen«, sagt Silvan wütend. »Wenn ich noch einen Tag länger warten muss, schlage ich sein verfluchtes Büro kurz und klein. Und dann plündere ich eines seiner Waffenlager, behänge mich mit Maschinenpistolen und Handgranaten wie Captain Corona und lege euren Keller damit in Schutt und Asche. Bis ich Kester finde, und wenn ich dabei draufgehe.« Er atmet schwer, kämpft offensichtlich gegen Tränen. »Wie soll ich das nur aushalten, Tamaso? Wie nur?«

»Ich weiß es nicht«, sage ich. »Ich weiß nur, dass du nichts unternehmen darfst. Ohne Kester bist du tatsächlich wie Captain Corona: viel Aktion, wenig Hirn.«

Das bringt ihn ein wenig zum Grinsen. Für einen Moment ähnelt er wieder sich selbst. »Wenn ich im Moment unzurechnungsfähig bin, musst du eben alles machen. Geh zur Grotte von Pio Gaumata, Tamaso. Finde heraus, wer wirklich hinter der Mauer hockt. Und hol endlich Kester aus dem Keller.«

Ich habe meine Werkzeugtasche nicht dabei. Also mache ich einen Umweg über das linke Flussufer, wo ich in den Handwerkerläden auf Marschall Utuks Kosten Werkzeug einkaufe – gerade so viel, um für die Hausdame von Majorin Mo klemmende Schubläden oder undichte Wasserleitungen zu reparieren und mich dabei heimlich nach Mailin umzusehen.

Mein Plan geht nicht auf. Vor dem Haus, in dem Mailin irgendwo krank darniederliegt, steht ein Trupp Offiziere, in ihrer Mitte Majorin Mo höchstpersönlich. Hastig ziehe ich den Kopf ein und gehe vorbei. Doch zwei Häuser weiter bleibe ich jäh stehen; es ist, als würde eine Berührung mich am Nacken streicheln. Als ich mich umdrehe, steht Mailin an einem Fenster im zweiten Stock. Sie winkt mir zu, dann zeigt sie in die Richtung, wo ich den hinteren Garten des Hauses vermute.

Ich kann schlecht an Majorin Mo vorbei in ihren Garten spazieren, also mache ich einen Umweg und nähere mich dem Grundstück von hinten. Es ist nur ein kleiner Garten, allerdings ist er von einer mannshohen dichten Hecke umgeben. Als ich mich kurzerhand durchzwängen will, passiert etwas, mit dem ich nicht gerechnet habe: Ich bleibe stecken. Das Gehölz der Hecke besitzt fingerlange Dornen, ein paar klaustrophobische Minuten lang komme ich weder vor noch zurück. Ich kann mich nicht rühren, habe auch keine Chance, an das Werkzeug in meinen Taschen zu kommen. Wenn sie mich jetzt erwischen, in dieser lächerlichen, hilflosen Lage! Zentimeter für Zentimeter schiebe ich mich durch die Äste, kassiere Kratzer und Schrammen und atme dabei den würzigen Duft, den die Hecke wie zum Hohn immer stärker verströmt. Nach einem letzten gemeinen Hieb, den mir ein Dorn quer über die Wange schlägt, kann ich mich endlich losreißen und bin frei.

Mailin, die von einem der rückwärtigen Fenster des zweiten Stockwerks alles beobachtet hat, macht eine erleichterte Geste: *Puh!*

Blass sieht sie aus, wie sie dort oben steht, krank und verloren. Aber sie lächelt, jetzt öffnet sie das Fenster einen Spalt und wirft etwas zu mir herunter.

Es ist ein Papierknäuel, ein Brief an mich. Ich lese ihn im Sichtschutz einer Eibe, die zum Glück keine Dornen hat. Mailin hat die Sätze in größter Eile hinkritzeln müssen, dennoch ist ihre Schrift so rund und ordentlich, wie meine es niemals sein wird.

Lieber Tamaso! Ich kann nicht zu dir hinunterkommen, sie halten mich hier oben in Quarantäne. Es geht mir aber schon besser, mach dir keine Sorgen. Silvan war kurz hier, ich weiß, was Schlimmes passiert ist. Bitte tu alles für Kester, aber noch viel wichtiger: Pass auf dich auf! Ich liebe dich! Deine Mailin

Als ich Mailin eine Kusshand zuwerfe, strahlt sie. Plötzlich aber wird ihre Haltung wachsam, und sie winkt mich davon. *Schnell! Es kommt jemand, der dich sehen könnte!*

Geduckt husche ich zur Hecke zurück. Mithilfe des Seitenschneiders, den ich vorhin gekauft habe, schaffe ich mir ein kreisrundes Schlupfloch. Es wird den Gärtner von Majorin Mo unter Garantie vor ein Rätsel stellen.

Wieder zurück auf der Straße, höre ich ganz in der Nähe ein schrilles Lachen. Majorin Mo, unverkennbar. Wie ich diese Frau hasse! Sie hält Mailin dort oben eingesperrt, krank und einsam, als einzige Gesellschaft die Mumie ihres Sohnes.

24

Eine Kerzenflamme in einem gelb lackierten Teesieb symbolisiert die Morgensonne. In ihrem Licht stehen die fünf Gefährten auf dem Marktplatz und sehen sich um.

Der Riese kratzt sich die Stirn. »Hier ist weit und breit kein junger König. Diesmal beziehst du Prügel, Narr. Du hast uns zum letzten Mal in die Irre geschickt.«

Hinter ihnen steht still und stumm der silberne Orakelautomat. Der Narr weist auf den Hebel, der vom vielen Gebrauch der Fragenden schon ganz abgenutzt ist. »Warum fragen wir nicht das Orakel?«

»Weil wir, du dreimal gehörnter Narr, das schon ganz am Anfang hätten tun können«, knurrt der Riese. »Wozu wären wir dann bitte sehr einmal um die ganze Welt gewandert?«

Doch da ruft der Narr laut: »Junger König, seid ihr hier?« Er wirft eine Münze in den Schlitz und zieht am Hebel. Der Automatismus im Inneren der Maschine erwacht zum Leben: Rädchen greifen ineinander, es surrt und rattert. Ein Täfelchen fällt heraus, vor die Füße der Gefährten.

Der Zwerg liest vor. »Ein kluger König glaubt seinem Narren. Umso mehr solltet ihr es tun, meine lieben Dummköpfe.«

Die fünf Gefährten betrachten das Täfelchen, dann den silbernen Automaten.

»Ich bin nur ein dummes, rohes Tier«, brummt der Bär. »Aber ich weiß, was ich jetzt tun möchte. Hilfst du mir dabei, Riese?«

Drei mächtige Tatzenschläge des Bären, drei noch mächtigere Fausthiebe des Riesen, und der Automat bricht auseinander.

Aus den silbernen Trümmern rollt bewusstlos ein Mensch, ausgezehrt, schmutzig, nackt. Sein lang wucherndes Haar verdeckt sein Gesicht.

»Wieder umsonst«, sagt der Riese missmutig. »Dieser nackte Wilde ist nie und nimmer unser König.«

Der Narr lacht leise. »Zieh einen König aus – was hast du dann?«

»Das ist Majestätsbeleidigung«, knurrt der Riese. »Aber von mir aus: einen nackten König. Trotzdem einen *König*«, betont er.

Der Narr fragt weiter: »Roll den nackten König im Schmutz – was hast du dann?«

»Ja, ja, einen nackten, schmutzigen König. Aber immer noch einen König. Und das da ist *kein* König.«

Der Adler raschelt mit den Flügeln. »Ihr seid doch zu dumm«, sagt er. »Seht einfach nach, ob er ein lilienförmiges Muttermal auf der linken Pobacke hat.«

Die Gefährten blicken ihn erstaunt an.

»Nun ja«, sagt der Adler und legt den Kopf ein wenig schief. »Als unser junger König noch ein kleiner Prinz war, war er wasserscheu und wollte nie baden. Da habe ich so getan, als wäre ich eine Ente, und habe ihn damit in die Wanne gelockt. Kein Grund zu lachen!« Er hebt stolz den Schnabel. »Wollt ihr jetzt endlich nachsehen?«

Der Zwerg beugt sich bereits über den verkrümmt Daliegenden. »Er ist es«, flüstert er. »Wir haben ihn gefunden.«

»Junger König«, brüllt der Riese los. »Alles wird gut, hurra! Ihr seid frei, hört ihr?«

Der junge König reagiert nicht. Reglos liegt er da, anscheinend immer noch im Bann der Maschine. Die Szenerie scheint eingefroren.

Als ich irritiert den Kopf hebe, blicken alle Spieler mich an. Und Herr Rix sagt: »Das gehört nicht zum Stück, Mechaniker. Ich fürchte, wir brauchen deine Hilfe.«

Sie betten den jungen König vor mir auf die Tischplatte. Nackt und schmutzig liegt er da und ist dennoch so vollendet wie ein kostbares Instrument.

»Lass dir Zeit«, sagt Frau Utuk. Aber ihr besorgter Blick spricht Bände.

Ich nehme den jungen König hoch, ziehe vorsichtig an den Fäden und merke sofort, dass der Schaden bei ihm viel schlimmer ist als bei der kleinen Tänzerin. Arme und Beine hängen tot an ihm herab, der Kopf baumelt ihm vorne auf die Brust. Als ich die Schlussfolgerungen ziehe, wird mir himmelangst.

Während ich meine Tasche öffne und meine feinsten Sägen heraushole, um den hölzernen Leib zu öffnen, spricht keiner der Spieler ein Wort. Sie erinnern mich an Angehörige von Schwerverletzten, die dem Arzt die entscheidende Frage nicht zu stellen trauen: Gibt es Rettung?

Die Schäden im Inneren sind noch verheerender, als ich dachte. Das Gestänge, das noch die kleinste Bewegung der Marionette ermöglicht, ist zerbrochen und durcheinandergeworfen wie ein Mikadospiel. Das Schlimmste ist: Ich verstehe das Prinzip nicht.

Ich blicke zu Frau Utuk. »Wer hat ihn gebaut?«

»Ein genialer Puppenmacher, vor sechzig Jahren.«

»Gibt es heute noch jemanden, der eine solche Puppe herstellen kann? Der sich damit auskennt?«

Frau Utuk schüttelt den Kopf. »Du wirst es bei den Spielen sehen: Unsere Puppen sind einzigartig. Viel schöner und komplexer als alles, was florische Puppenmacher heute herstellen.«

»Es hilft nichts, Mechaniker. Du musst operieren«, sagt Herr Rix.

Stück für Stück lege ich alles Werkzeug zurecht, das ich eventuell brauchen werde, dazu Ersatzstangen in allen Längen und Stärken. Mein Tun muss den Spielern aufreizend langsam vorkommen, aber ich brauche die Zeit, um mich zu sammeln.

Dennoch, als ich anfangen will, mit der Pinzette die Stangen zu entfernen, zittern mir die Finger. So kann ich nicht arbeiten.

Hinter mir sagt Herr Rix: »Ruhig Blut. Denk an etwas Schönes.«

Ich denke an die Geige des Kartografen.

Er war ein kleiner, grauer Herr mit Hut und ohne Familie, und er hatte den langweiligsten Beruf der Welt: Mit farbigen Tinten zeichnete er Straßen, Berge, Flüsse und Grenzen in Karten ein. Aber an den Wochenenden, auf Geburtstagsfesten oder Hochzeiten verwandelte er sich in jemanden, den man in Parman *»diavol Virar«* nennt, »Teufelsgeiger«. Er spielte den Leuten zum Tanz auf und verwandelte dabei jeden Saal in ein Tollhaus, er riss selbst die Müdesten von ihren Stühlen, er stampfte und lachte und holte auf diese Weise alles nach, was er in seinem restlichen Leben versäumte.

Er nannte die Geige seine Freundin und seine Geliebte. Und wie bei einer echten Geliebten war er außer sich vor Sorge, als er sie zu uns zur Reparatur brachte. Ein betrunkener Hochzeitsgast hatte sie mehrfach gegen die Wand geschlagen. Sie war in einem grauenhaften Zustand: Der Hals war abgeknickt, der Klangkörper regelrecht zerborsten. Totalschaden.

»Ich selbst kann sie nicht reparieren«, sagte mein Vater. »Wenn Sie es wünschen, ziehe ich einen Fachmann hinzu. Aber auch dann kann ich nichts versprechen.«

Natürlich wollte der Kartograf.

»Dann kommen Sie in drei Tagen wieder. Und denken Sie in der Zwischenzeit an etwas anderes.«

Ich hielt die zerstörte Geige schon in der Hand und wartete darauf, dass mein Vater mich losschicken würde. Ich war sehr gespannt auf diesen Fachmann: In unserer Stadt gab es tatsächlich jemanden, der mehr von Musikinstrumenten verstand als mein Vater? Warum hatte ich ihn bis jetzt nicht kennengelernt?

»Du kannst hierbleiben«, sagte mein Vater. Und fügte mit einem sonderbaren Lächeln hinzu: »Der Fachmann, von dem ich gesprochen habe, bist du.«

Mir schoss das Blut in den Kopf. Es war das größte Lob, das mein Vater mir gegenüber je ausgesprochen hatte.

Mit seiner Erlaubnis schwänzte ich drei Tage lang die Schule. Am Abend des dritten Tages kam der Kartograf zurück. Er fragte nichts, stand einfach nur da und blickte meinen Vater an.

»Es tut mir leid«, sagte mein Vater. »Sie werden Ihre Geige nie mehr verkaufen können.« Er zeigte ihm den Hals und den Boden der Geige. »Sehen Sie? Überall sind Holzstückchen eingeflickt. Und hier oben dieser Spalt, wir haben ihn nicht schließen können. Die Geige ist damit wertlos.«

»Aber wer will denn verkaufen? Spielen will ich sie, sonst nichts.« Der Kartograf sah aus, als würde er gleich in Tränen ausbrechen. »Was ist mit Ihrem Fachmann? Hat er nichts ausrichten können?«

Mein Vater reichte ihm die Geige und den Bogen. »Probieren Sie es aus«, sagte er und drehte dabei das Gesicht weg. »Es tut mir leid, mehr konnten wir nicht tun.«

Der Kartograf spielte etwa eine Minute lang. Es war ein einfaches Tanzlied, eine Mazurka, die ich in meinem ganzen Leben nicht mehr vergessen werde. Es war das schönste Lied der Welt.

Am Ende ließ er die Geige sinken. »Ich weiß nicht, wie es möglich ist, aber sie klingt schöner als zuvor«, erklärte er mit einem Strahlen, so groß und rund wie der Mond. »Sagen Sie Ihrem Spezialisten, er ist ein Sohn der Götter.«

Mein Vater lachte. »Zu viel der Ehre. Er ist mein Sohn.«

Diese Geige damals war ein wunderbares Instrument. Ich habe sie geliebt. Genau wie ich jetzt den jungen König liebe. Er *muss* heil werden. Sonst war alles umsonst und der Alchemist triumphiert.

Ich weiß nicht, wie viel Zeit vergeht, während alle schweigend um mich herum warten. Die Pinzetten, die winzigen Zangen wechseln ihre Plätze, ich habe die Herrschaft vollkommen meinen Händen überlassen. Je länger dieser tranceartige Zustand dauert, desto mehr setzt sich ein Gedanke in mir fest, bis ich ihn schwer wie ein Gewicht in meinem Kopf spüre: *Es ist eine Wette.* Wenn mir die Reparatur gelingt, werden Frau Utuk und Herr Rix in meiner Schuld stehen und Kester kommt frei. Alles hängt jetzt von mir und meinen Fähigkeiten ab.

Der junge König liegt vor mir, sein Leib ist wieder geschlossen. Und ich kehre langsam in die Wirklichkeit zurück. »Wie lange habe ich gebraucht?«, frage ich in die Runde. Meine Stimme klingt schleppend.

»Fast drei Stunden«, sagt Marja und reicht mir ein Glas Wasser. So wie es aussieht, hat sich keiner der Puppenspieler von meinem Tisch wegbewegt.

Vorsichtig hebe ich den jungen König auf. »Ich denke, er ist …« Ich bringe den Satz nicht zu Ende. Etwas stimmt ganz und gar nicht, der junge König sieht alles andere als gesund und wiederhergestellt aus. Der linke Arm und das rechte Bein sind in einem unnatürlichen Winkel vom Körper abgespreizt. Vorsichtig streiche ich mit der Hand darüber, wage es aber nicht, Druck auszuüben.

»Das ist alles«, sage ich fassungslos. »Mehr kann ich nicht tun.«

Herr Rix nimmt behutsam das Führungskreuz und den jungen König aus meiner Hand. Als hätten sie sich verabredet, greifen die anderen Puppenspieler nach den Spielkreuzen der fünf Gefährten.

»Junger König«, brüllt der Riese. »Hurra, endlich haben wir dich gefunden!«

Vorsichtig richtet der junge König sich aus den Trümmern des Automaten auf, dabei hält er sich den Kopf. »Es ist schön, euch zu sehen«, sagt er zu den Gefährten. »Ich kann euch gar nicht sagen, *wie schön*. Aber musstet ihr unbedingt so fest zuschlagen?«

Der Riese und der Bär ducken sich schuldbewusst, sie versuchen, sich hinter den übrigen Gefährten zu verstecken – mit mäßigem Erfolg.

Als der junge König auf die Gefährten zugeht, lässt er den Arm steif hängen und zieht den Fuß nach. Mir ist zum Heulen zumute.

»Junger Herr, mach dir nichts draus, wenn du jetzt für immer ein Krüppel bist«, sagt der Riese tröstend. »Ich werde dich tragen, wohin du nur willst.«

»Ich trage dich«, fällt der Bär sofort ein. »Bei mir hast du es weicher.«

»Und was ist mit mir? Denk an meine starken Schwingen«, ruft der Adler.

»Ich könnte dich auch tragen, junger König«, meint der Zwerg, allerdings leiser als die anderen.

»Und du?«, fragt der junge König den Narren. »Du willst mich nicht tragen?«

»Bestimmt nicht.« Der Narr fängt an zu lachen. »Und jetzt hört endlich damit auf, den Mechaniker zu triezen.«

Da beginnt der junge König, höchst unköniglich über die Bühne zu hüpfen. Er schlenkert mit den Beinen, schüttelt seine Arme und verdreht den Kopf. Als er schließlich an den Rand der Bühne tritt und sich vor mir verneigt, tut er es in vollendeter Anmut.

»Danke«, sagt er.

»Gern geschehen«, will ich sagen, aber ich bringe kein Wort heraus.

»Die neuen Verbindungen mussten erst eingespielt werden«, sagt Herr Rix. »Das ist normal. Keine Sorge, Mechaniker, unser König ist heil und gesund. Du hast ganze Arbeit geleistet.«

Alle Puppenspieler klatschen mir Beifall, auch Frau Utuk. In diesem Augenblick bin ich einfach nur glücklich, genau wie damals, als der Kartograf seine Geige abgeholt hat.

Herr Rix nimmt mich beiseite. »Ich habe es gespürt«, sagt er leise. »Es war deine ureigene Wette, nicht wahr? Der junge König gegen deinen Freund im Keller.« Er blickt zu seiner Mutter. »Sie hat sich persönlich für ihn eingesetzt. Es tut mir leid. Sie verhören deinen Freund bereits, im Moment können wir nichts tun.«

Ich kann den Impuls nicht genau benennen, der mich weit nach Mitternacht aus dem Haus treibt. Ich weiß nur, dass ich das Geräusch, das ich in meiner dunklen Kammer höre, keinen Augenblick länger ertragen kann.

Es ist ein kaum wahrnehmbares Kratzen, ein Schaben. Wie eine Feile, die stundenlang auf Leder kratzt. Auf Leder – oder auf menschlichem Fleisch.

Kurze Zeit später laufe ich durch Heimans nächtliche Straßen. Der Boden ist verharscht; Eisregen weht mir ins Gesicht, kleine, spitze Frostnadeln, die meine Haut prickeln lassen. Während ich mich im Schatten der Mauern halte, wird mir bewusst, welch ungeheures Risiko ich eingehe. Auch wenn ich den Weg durch die rückwärtigen Terrassentüren und über die Gartenmauer genommen habe, können Marschall Utuks Wachen mich dabei beobachtet haben. Und was mache ich, wenn ich jetzt hier auf der Straße aufgegriffen werde? Tagsüber sind parmanische Dienstboten unverdächtig wie Haustiere, Hunde oder Esel, unterwegs für ihre Herren, aber wie erkläre ich einer florischen Patrouille meinen nächtlichen Ausflug?

Trotz der Kälte und des Regens fange ich an zu schwitzen. Hinter den Mauern, den schwarzen Fensteröffnungen, überall vermute ich Augen, die mich beobachten. Alles ist feindlich, die Stadt kommt mir vor wie im Würgegriff eines Monstrums. Ein Monstrum, dessen Namen für mich verschwimmen: der Alchemist. Marschall Utuk. Majorin Mo. Der Keller. Der Leader.

Ein Monstrum namens *Angst.*

Das ist es, was Frau Utuk und die Puppenspieler erzählen, in ihrem dreihundert Jahre alten Stück. Wie sich mit der Herrschaft des Alchemisten die schwarze Krake Angst einnistet, in den Städten, den Häusern, den Köpfen und Herzen der Bewohner. Die Angst ist heute in Flore noch genauso mächtig wie damals, nur die fünf Gefährten, die ihr unerschrocken die Stirn bieten, sind mir in der Wirklichkeit noch nicht begegnet.

Der Fluss ist jetzt schon so nah, dass ich ihn hören kann. Und hinter seinem gleichförmigen Rauschen nehme ich ein zweites Geräusch wahr, rhythmisch und hart: das Knirschen von Stiefeln auf dem vereisten Boden.

Ich stehe wie erstarrt, unfähig, zu entscheiden, aus welcher Richtung die Schritte kommen. Renne ich weg, laufe ich ihnen möglicherweise direkt in die Arme, also presse ich mich in einen schmalen Spalt zwischen zwei Häusern und danke den Göttern, dass es in ganz Heiman keine Wachhunde zu geben scheint. Ich habe gerade noch Zeit für die aberwitzige Überlegung, ob die Hunde alle in den Suppenkesseln der Köche gelandet sind, als ein Trupp Soldaten in der Dunkelheit vor mir auftaucht. Reglos verharre ich, halte die Luft an, damit die Dampfwolke meines Atems mich nicht verrät. Sie laufen so dicht an mir vorüber, dass ich sie am Ärmel ihrer blauen Wintermäntel zupfen könnte, die so viel dicker und wärmer sind als unsere Domestikenjacken.

Als ich mich wieder aus meinem Versteck wage, klopft mir das Herz bis zum Hals. An jeder Straßenecke kann die nächste Patrouille warten, warum kehre ich nicht um? *Ich tue es für Kester*, denke ich, während ich die Brücke überquere und die Straßen jenseits des Flusses weitergehe. Jede noch so vage Möglichkeit, ihn zu retten, lohnt das Risiko.

Erst als ich vor dem Maulbeerbaum stehe, begreife ich, was mich in Wahrheit hierhertreibt. Ich muss Bescheid wissen.

Über mir ragen die Äste schwarz und kahl in den Nachthimmel. Kein Kleidungsstück hängt mehr in ihnen, was den Baum schauerlich nackt und verletzlich wirken lässt.

Ich habe eine Laterne bei mir, die ich im Schuppen der Gärtner gefunden habe. Sie ist rund und nicht viel größer als ein Apfel; als ich sie jetzt entzünde, flackert das Licht erstaunlich hell auf, als wolle es seinen persönlichen Kampf mit der Finsternis ausfechten.

Der Treppenabgang ist noch vorhanden, doch das Lüftungsgitter im Pflaster ist mit schweren Metallplatten abgedeckt. Als ich versuche, sie zur Seite zu schieben, erweisen sie sich als unverrückbar festgeschweißt. Jetzt packt mich vollends die Angst vor dem, was ich dort unten antreffen werde.

Das Licht der Laterne tanzt als Kreis vor mir her, während ich die Stufen hinuntersteige. Auf halber Höhe bleibe ich stehen und lausche in die Dunkelheit hinab. »Hallo? Ist da jemand?« Irgendwo tropft Wasser, sonst bleibt alles still.

Dann stehe ich unten und leuchte die Mauer ab. Sie ist massiv, aus rötlichem oder braunem Stein, keine Fugen oder Spalten sind zu erkennen. Natürlich, wer verstünde mehr vom Mauerbau als die Florer? Hammer und Meißel, die ich vorsichtshalber mitgebracht habe, richten gegen diese Wand nicht mehr aus als die Spielzeug-Gummihämmer meiner kleinen Brüder.

Über meinem Kopf, in einer Höhe, dass ich mit ausgestrecktem Arm gerade noch hinreichen kann, ist eine Öffnung ausgespart. Ich halte meine Laterne nach oben, in der Hoffnung, dass ein Lichtstrahl hinter die Mauer fällt. »Leader?«

Zuerst ist da nichts. Dann höre ich einen lang gezogenen Seufzer, als sei da drinnen jemand nach langem Schlaf erwacht. Eine Stimme flüstert: »Hörst du das?«

Das Flüstern klingt schaurig, wie die körperlose Stimme eines Geistes. Eine Gänsehaut überläuft mich.

»Hörst du die Toten?«, flüstert es hinter der Mauer weiter. »Sie kommen hierher zurück und suchen nach ihren Kleidungsstücken. Doch sie können sie nicht mehr finden, und in ihrem Zorn verfluchen die Toten diesen Ort auf ewig!«

Ist das wirklich der Leader? Der Mann, der für die Florer und ihre Sorge um die Toten nur Verachtung übrig hat? Ist er in seiner Gruft wahnsinnig geworden?

»Ich bin es«, sage ich unsicher. »Tamaso.«

»Ah«, sagt die Stimme. Und dann, mit einem Geräusch, das wie Lachen oder Bellen klingt: »Siehst du, Mechaniker, mit diesen Schauergeschichten halte ich mir die vermaledeiten Florer vom Leib. Dieselben Dummköpfe, die ›Heiliger Pio, bete für uns‹ gestammelt haben, meinen jetzt, mich beschimpfen und verhöhnen zu dürfen. Aber ich weiß mich zu wehren, auch hier drinnen.«

Ich stelle die Laterne auf den Boden und durchsuche meine Tasche nach dem Bündel, das ich vorhin hastig in der Küche zusammengepackt habe. »Ich habe etwas zu essen dabei.«

»Gib es mir, schnell.«

Mit den Fingerspitzen stoße ich das verschnürte Päckchen durch die Öffnung, es passt gerade so hindurch. Dann höre ich zu, wie der Mann hinter der Mauer es hastig aufreißt. Den Geräuschen nach zu schließen verschlingt er das Brot, das Stück Fleisch und die Äpfel wie ein Tier.

»Keine Schokolade?« Er gluckst. »Ich glaube, ich muss dich wieder einmal zu Marschall Utuk schicken.«

Ist Schokolade und Essen das Einzige, was ihn interessiert? »Kester ist im Keller, Leader.«

»Ich weiß«, sagt er kauend. »Im Moment haben wir wohl so etwas wie eine Pechsträhne.«

»Sitzen Sie wirklich fest? Endgültig?« Die Frage kommt mir angesichts der Mauer lächerlich vor.

»Du glaubst, der alte Fuchs hat sich irgendwo ein Schlupfloch bewahrt?« Er lacht kurz auf. »Bei Gott, nein. Die Florer haben ganze Arbeit geleistet. Wenn du von hier fortgehst, werde ich dir eine Tüte mit meiner Scheiße mitgeben.« Er sagt es mit einer merkwürdigen Genugtuung. »Die Teufel würden mich in meinem eigenen Dreck ersticken lassen.«

»Wo ist Ihr Freund? Der Agent, der Ihren Doppelgänger gespielt hat?«

»Iduarzo? Er ist abgetaucht, genau wie meine beiden anderen Männer. Das ist die eherne Regel an der Front: Wenn einer geschnappt wird, müssen die anderen ihn fallen lassen. Das Netz ist wichtiger als der einzelne Agent.«

»Wenn Ihre Leute abgetaucht sind, wer versorgt Sie dann?«

»Isao«, sagt der Leader, »zusammen mit Mailin. Das Mädchen schmuggelt das Essen des Toten aus dem Haus, der Junge bringt es zu mir.«

»Mailin soll das nicht tun«, sage ich sofort. »Ich kann Ihnen Essen besorgen, ich verstehe mich gut mit unserem Koch.«

»Hör auf, den großen Beschützer zu spielen, Tamaso. Ihr seid alle aktive Kämpfer.«

»Mailin ist krank«, sage ich.

Er klingt unbeeindruckt. »Sie wird schon wieder.«

Auch wenn er mir in seinem Kerker leidtut, seine Kaltschnäuzigkeit macht mich wütend. »Und wie geht es jetzt weiter? Was ist mit Kester?«

Hinter mir nehme ich eine Bewegung wahr. Hastig greife ich nach der Laterne und leuchte die Grotte aus. Im schwankenden Licht steht Isao da, die Hände in den Taschen, und starrt mich wortlos an. Wie lange beobachtet er mich schon?

»Es ist Isao, kein Grund zur Aufregung«, sagt der Leader, obwohl keiner von uns ein Wort gesprochen hat. Seine phänomenale Wahrnehmung funktioniert auch noch hinter der Mauer.

»Ich sage dir, wie es weitergeht«, sagt er. »Wir ziehen den Plan durch, geradeaus und unbeirrt. Marschall Utuk wird die Große Schande auf sich nehmen müssen. Und wenn ich hier drinnen krepiere, wird das mein Vermächtnis sein. Ihr fünf werdet es ermöglichen.«

Es dauert einen Moment, bis ich kapiere. »Sie haben Kester also bereits abgeschrieben«, sage ich fassungslos.

»Bei Gott, Tamaso! Sie haben ihn dort unten in der Mangel. Du weißt, was das bedeutet.« Der Leader schweigt einen Moment. Dann sagt er: »Frag Silvan nach dem exakten Körpergewicht. Der Rest läuft wie gehabt, gleich morgen.«

»Nein«, sage ich laut. »Dieses Mal läuft es anders. Ich habe mit Frau Utuk und Herrn Rix geredet. Sie setzen sich für Kester ein.«

»Warum ist er dann noch nicht frei?«

»Sie müssen abwarten. Er wird gerade verhört.«

»Und da spielst du noch auf Zeit, Tamaso?« Ich höre, wie der Leader die Mauer entlangstreicht, als würde er eine Stelle suchen, die nachgeben könnte. »Selbst ein Teufelskerl wie Kester kann die Folter nicht ertragen. Er ist jetzt schon verloren. Wir können nur noch verhindern, dass er den Plan und damit uns alle verrät. Du musst ihm das Gift bringen!«

»Ich werde noch warten.« In diesem Moment bin ich fast dankbar für die Mauer. Wenn der Leader mir direkt gegenüberstände, würde er mich mit seinem Falkenblick in die Knie zwingen.

»Wie du willst«, sagt er. »Ich halte also einen krassen Fall von Befehlsverweigerung fest. Zum Glück gibt es noch mehr Rekruten.«

Ich drehe mich zu Isao um. »Wenn du Kester vergiftest, bringst du Silvan gleich mit um«, sage ich zu ihm. »Willst du das?«

Isao verschränkt die Arme. »Manche Brüder zählen bei dir also mehr als andere«, sagt er.

»Du würdest es tun? Du würdest Kester umbringen?«

Er antwortet mir nicht, dafür redet der Leader hinter der Mauer. »Isao ist stärker als du. Und er begreift, worum es geht. Marschall Utuk muss die Große Schande auf sich nehmen. Nur dieses Ziel zählt!« Er hustet, spuckt geräuschvoll aus. »Wenn Utuk erledigt ist, schuldet der Oberste Führer dem heiligen Pio Gaumata einen Gefallen. Das ist in Anbetracht der Umstände unsere einzige Chance, hier jemals wieder lebend herauszukommen.«

»Es ist *Ihre* einzige Chance«, sage ich hart. »Sie wollen Kester opfern, um Ihr eigenes Leben zu retten.«

»Mein Leben, ja«, faucht er. »Und ganz nebenbei auch euer Leben. Ihr fünf hängt auf Gedeih und Verderb von mir ab. Oder glaubst du, General Elias wird hier in Heiman auftauchen, euch alle bei der Hand nehmen und seine Schäfchen zurück nach Corona führen? Dann willkommen zur Märchenstunde.« Er lacht auf. »Sehen wir der Wahrheit ruhig ins Auge: Wir sind ganz auf uns gestellt – ihr und ich.«

Ich bringe die Laterne zwischen mich und Isao und beleuchte sein Gesicht. »Versuch es nicht, du hast keine Chance«, sage ich. »Ins Haus kommst du nicht, und wenn du über die Außentreppe gehst, läufst du den Wachen in die Hände. Weißt du, was dich dort unten im Keller erwartet? Die Hölle.«

Eine Zeit lang sagt niemand etwas. Nur das Pfeifen des Windes und das Knistern des Eisregens ist zu hören.

In die Stille hinein redet der Leader. »Zwanzig Jahre lang habe ich mir vorgestellt, wie es sein würde, wenn das Gitter wirklich verriegelt wäre, ich nicht mehr hinauskäme. Allein bei dem Gedanken glaubte ich zu ersticken.« Wieder streicht er die Mauer entlang, sucht nach dem lockeren Stein, den es nicht gibt. »Jetzt wäre ich glücklich über das Gitter. Was wisst ihr von der Hölle?« Einen Augenblick lang blicke ich in den Abgrund. Ich stelle mir vor, wie er nächtelang brüllt, seinen weiß gekleideten Coronergott anbrüllt, ihm zu helfen. Und nur der Widerhall der Mauer antwortet ihm.

»Lass dich bei uns nicht blicken«, sage ich zu Isao.

»Du gibst mir keine Befehle«, antwortet er kalt.

Ich bin schon halb die Treppe hinauf, da ruft der Leader mir nach: »Komm noch einmal zurück.«

Ich gehorche. »Bring deine Hände an die Öffnung.« Er drückt mir eine stinkende Papiertüte hinein. »Meine Scheiße. Wirf sie in den Fluss.«

25

Der Schnee fällt in dicken Flocken, unübersehbarer Bote des kommenden Winters. Zu Hause in Parman haben wir uns bei seinem Anblick gefreut und gehofft, dass er liegen bleibt. Die Florer hassen den Schnee und fürchten, dass er liegen bleibt. Und natürlich bleibt er liegen, gleich am ersten Tag.

»Du wirst bei uns so viel Schnee zu sehen bekommen wie noch nie in deinem Leben«, sagt Frau Lu. »Sieh zu, dass du das Glashaus fertig bekommst, bevor es richtig schlimm wird.«

»Ich werde mich beeilen, Frau Lu. Aber zuvor muss ich noch hinauf in den Saal der Puppen.«

Sie schüttelt den Kopf. »Heute findet keine Probe statt. Die gnädige Frau Utuk und Herr Rix sind beide außer Haus. Also hast du Zeit genug für das Glashaus.« Sie reicht mir eine wattierte graue Mütze, ein Luxus, den ich wohl dem Schneefall zu verdanken habe.

Voller Sorge und böser Ahnungen gehe ich hinaus in den Garten.

Mehr als drei Stunden lang lässt sich niemand blicken. Nur mit den wirbelnden Schneeflocken als Gesellschaft wuchte ich die Glasscheiben auf ihre vorgesehene Stelle und stütze sie mit der Schulter ab, während ich den störrischen Fensterkitt auftrage. Es ist Schwerstarbeit, die mich stöhnen und keuchen lässt, trotzdem hat sie ein Gutes: Ich kann nicht grübeln.

Als ich mich umdrehe, stehen plötzlich zwei Soldaten vor mir, und ich fahre zusammen. *Kester! Was hat er unter der Folter erzählt?* »Was gibt es?«

Beide sind junge Kerle, nicht viel älter als ich. Auf ihren blauen Schirmmützen sammelt sich bereits der Schnee. »Marschall Utuk hat uns abkommandiert, dir zu helfen«, sagt der eine.

Am Anfang sind sie schweigsam und mürrisch, sichtlich wenig begeistert, die Anweisungen eines Domestiken zu befolgen. Doch irgendwann haben sie sich warmgearbeitet und tauen auf. Sie fangen an, von sich zu erzählen: Von ihren ersten Kampfeinsätzen, die sie nur noch heißer auf den Krieg gemacht haben. Von den jungen Soldatinnen in den Kasernen, die ihrer Schilderung nach vor allem in einer Hinsicht mutig sind, »da findest du keine, die nicht nachts ihre Tür offen stehen lässt.« Von den Aufständischen in den eroberten Provinzen, die sie wie Hasen gejagt haben. »Abknallen, Kugel in den Kopf, Ruhe.« Je drastischer ihre Erzählungen werden, desto lauter lachen sie. Ich frage mich, wie viel Angst sie hinter ihren Sprüchen und dem Lachen verbergen.

»Du bekommst Besuch«, sagt der eine.

Als ich mich umdrehe, kommt Herr Rix durch den Garten auf uns zu. Er sieht sonderbar unwirklich aus, wie er da in seinem langen, dunklen Mantel langsam durch den Schnee hinkt. Ich denke an den Alchemisten und habe plötzlich Angst.

Die jungen Soldaten salutieren zögerlich. Herr Rix beachtet sie nicht. »Dein Freund«, sagt er zu mir. »Er wartet in deiner Kammer auf dich.«

Im ersten Moment denke ich an Isao, dann kapiere ich. Herr Rix beobachtet mein Gesicht, er scheint sich über mein allmähliches Begreifen zu amüsieren.

»Der junge König gegen deinen Freund. Damit haben wir unsere Wettschuld eingelöst«, sagt er. »Du allein bist für ihn verantwortlich. Tagsüber muss er immer an deiner Seite bleiben, in der Nacht wird er eingeschlossen, so sind die Regeln. Du kümmerst dich darum, dass er gut arbeitet und möglichst unauffällig bleibt.«

Ich muss mich beherrschen, um nicht zu lachen. Unauffällig – er redet von einem der Zwillinge! Doch in diesem Augenblick würde ich zu allem Ja sagen. Kester in Sicherheit zu wissen ist die beste Nachricht, seit Mailin mir erklärt hat, dass sie mich liebt.

»Ja«, sage ich nur. »Natürlich. Danke.«

Er liegt auf meinem Bett, noch immer in roter Sträflingskleidung, das Gesicht zur Wand gedreht. Er hat den Gestank des Kellers in meine Kammer mitgebracht.

»Jetzt ist alles gut«, sage ich. »Du bist in Sicherheit.«

»Silvan wird vor Freude im Viereck springen«, sage ich. »Er hat sich solche Sorgen gemacht. Wir haben uns alle Sorgen gemacht.«

»Kannst du mich hören, Kester?«, sage ich. »Was haben sie dir angetan?«

Ich bekomme keine Antwort von ihm. Alles, was ich sage, ist falsch.

Wenn wir Kinder zu Hause krank oder verstört waren, hat uns meine Mutter mit einer Schale heißer Suppe aufgepäppelt.

Der Koch hat immer heiße Suppe vorrätig. Als ich aus der Küche zurückkomme und die Schale näher ans Bett bringe, flüstert Kester die ersten Worte. »Weg mit dem Zeug. Das gab's dort unten.«

»Magst du etwas anderes?«

»Firrua.« *Firrua.* Früchteberg. Ein Sockel aus Mandelreis, darauf ein Berg frischer Erdbeeren, Kirschen oder Pfirsiche. Eine Leibspeise in Parman.

Ich muss lächeln. »Firrua, ich glaube, das finde ich in ganz Flore nicht. Aber ich rede mal mit dem Koch.«

Als ich mit einer spontanen Improvisation des Kochs aus Reis, Pferdemilch und Trockenfrüchten zurückkehre, ist Kester eingeschlafen. Ich lasse die Schüssel für ihn auf dem Waschtisch stehen und gehe hinunter zum Abendessen.

Wir Domestiken sind angehalten, uns zu verneigen, wenn wir am Tisch der Herrschaft vorbeikommen. Noch an keinem Abend habe ich es so gerne getan wie heute. Als ich mich wieder aufrichte, sehe ich Frau Utuk lächeln. Es ist ein seltener Anblick, der mich tief berührt. Ich merke, dass auch sie sich über Kesters Rettung freut.

In meiner Hochstimmung strahle ich alle auf der Matte an und esse für zwei.

»Das Fleisch in dem Eintopf ist Wasserratte«, sagt der junge Diener neben mir. Die anderen kichern, sie kennen meine Empfindlichkeiten.

»Na und?« Ich nehme genüsslich noch einen Löffel.

Draußen schneit es heftig. Der Wind weht den Schnee an die Terrassentüren heran, bläst ihn wirbelnd wieder fort, als habe er selbst Spaß an seinem Spiel. Ich stelle mir vor, wie der Garten unter der Schneedecke still und unbehelligt daliegt, wie das Wasser im Brunnen zu Eis erstarrt, die Äste im Frost knacken. Nur in meinem Glashaus wird der Sommer Asyl finden.

Plötzlich muss ich an die Feuerstelle hinter der Tannenhecke denken, daran, dass die Gärtner sie bestimmt auch im Winter weiterbetreiben werden. Ich stelle mir vor, wie die Flammen und der Ruß vom Schnee nur schwarze Schlacke übrig lassen. Das hässliche Bild versetzt meiner Stimmung einen Dämpfer.

Ein heftiger Windstoß befreit eine der Terrassentüren fast völlig vom Schnee. Während ich noch darauf warte, dass sich erneut die Flocken an ihr sammeln, entdecke ich im grauen Nirgendwo hinter der Scheibe einen Lichtschimmer.

Zuerst glaube ich an eine Sinnestäuschung. Aber der blasse Schimmer bleibt auch beim längeren Hinsehen, er bewegt sich hierhin und dorthin und erfüllt mich mit tiefer Unruhe.

Als ich mich von der Matte erhebe, sehen mich die anderen an. »Warum hast du es so eilig? Bestimmt wartet dein Mädchen draußen auf dich«, neckt mich der junge Diener neben mir. »Du hast vielleicht Angst, dass sie dir einfriert.«

Ein anderer Diener streckt den Kopf vor. »Ich kann mir vorstellen, dass der Mechaniker sie liebend gern wieder auftaut.«

»Was redet ihr da bloß«, sage ich ruppig. Und mit Blick auf Frau Lu: »Es schneit immer stärker. Ich will Säcke aus dem Gärtnerschuppen holen und das Glashaus damit zudecken. Der Kitt ist noch zu frisch.«

Sie nickt. »Beeil dich damit, es ist schon spät.«

»Natürlich, Frau Lu.«

Der Schnee fällt unglaublich dicht, in riesigen Flocken, es ist, als würden mich lautlose weiße Vögel umschwirren. Während ich mir meinen Weg durch den Garten bahne, versinke ich bis zu den Knien in den Schneewehen. Das einzig Gute ist, dass der Schnee meine Schritte dämpft, schließlich weiß ich nicht, was mich dort hinten im Dunkeln erwartet.

Das Licht entdecke ich erst wieder, als ich direkt davor bin. Und im nächsten Moment erkenne ich die beiden, die da vor mir am Treppenabgang stehen. Vor Erleichterung schließe ich die Augen: Ich bin noch nicht zu spät.

»Löscht das Licht, schnell! Man kann euch vom Haus aus sehen.«

Kairis erschrockenes Gesicht wird noch kurz angeleuchtet, bevor sie die Kerze der Laterne ausbläst. »Tamaso! Du bist es, oder?«

»Ja, ich bin's.« Ich trete näher an Silvan heran. »Kester ist in Sicherheit. Sie haben ihn freigelassen. Verstehst du mich?« Er starrt mich an, die Augen weit aufgerissen. Dann nickt er langsam. »Er ist frei«, wiederhole ich. »Alles ist gut.«

Kairi packt mich am Arm. »Isao«, sagt sie. Ihre Lippen sind starr vor Kälte, sie kann den Namen kaum aussprechen. »Isao. Er ist schon unten im Keller. Wir warten auf ihn.«

»Er ist die Treppe hinunter? Das ist Selbstmord, ich habe es ihm gesagt. Verdammt, warum hört er nicht auf mich?«

»Nicht hier«, sagt Kairi. »Er hat den Weg durchs Haus genommen. Falls jemand ihn anspricht, will er sich als Gehilfe des Glasers ausgeben, der wegen des Glashauses mit dir reden muss.« Sie klappert mit den Zähnen, bringt jedes Wort nur mühsam heraus. »Bis jetzt ist er nicht zurückgekommen, also hat er es wohl geschafft.«

Ich sehe Isao vor mir, wie er das Erdgeschoss durchsucht, zu allem entschlossen. Wie er schließlich die Kellertreppe hinter der Tür entdeckt und hinunterrennt. »Er ist wahnsinnig«, flüstere ich. Als ich die möglichen Schlussfolgerungen ziehe, wird mir speiübel. Egal, ob Isao Kester vergiften oder befreien will, beides kann nur in einer Katastrophe enden. »Die Wachen erwischen ihn, hundertprozentig. Dann geht alles wieder von vorne los. Was denkt sich dieser Idiot bloß?«

»Er will Kester unbedingt rausholen«, sagt Kairi. »Wir konnten es ihm nicht ausreden. Er ist bewaffnet, Tamaso. Wir haben alle drei Pistolen, aus dem Haus am Fluss. Isao hat den Schlüssel vom Leader bekommen.«

»Was machen wir jetzt bloß?« Meine Erinnerungen blitzen auf wie Wetterleuchten. Isao, der mir in der Schlafbaracke seinen geheimen Ausgang vorführt. Sein Gesicht, als Alan uns verraten hat. Ich denke an seine treue, unverbrüchliche Liebe zu seinem Bruder. An seinen hassfunkelnden Blick, als er die Glasscheibe fallen ließ. Auch wenn wir mittlerweile Feinde sind, oder gerade deshalb, habe ich eine Verpflichtung ihm gegenüber, und die Hoffnung, dass sich irgendwie doch noch etwas zum Guten wenden lässt.

Da fasse ich einen Plan, wahnwitzig, aus der schieren Verzweiflung geboren. Einen Plan, den ich dem jungen Diener beim Abendessen verdanke.

»Gib mir deine Pistole«, sage ich zu Silvan. Und zu Kairi: »Wenn ich Isao jetzt dort unten suchen gehe, kommst du mit mir?« Ich zeige auf die Treppe.

Sie sieht mich an. Ihre Locken sind voller Schnee, das Schmelzwasser rinnt ihr die Wangen hinab. »Was hast du vor?«

In aller Eile erläutere ich ihr meine Idee. Am Ende nickt sie, ohne zu zögern: »Einen Versuch ist es wert.«

»Du bist wirklich mutig«, sage ich.

»Du hast dich auch verändert«, erwidert sie. »Der Tamaso in Camp Mi hätte sich das nicht getraut.«

Ich zucke die Schultern. »Kann sein.« Die Pistole liegt schwer und eiskalt in meiner Hand. Ich habe keine Ahnung, ob ich damit umgehen kann.

»Ich gehe mit hinunter«, sagt Silvan.

»Kommt nicht in Frage«, widerspricht Kairi sofort. »Tamasos Plan kann nur mit uns beiden funktionieren. Außerdem wäre es endgültig zu viel des Guten, wenn du anstelle von Kester dort unten landest.«

Ich muss unwillkürlich lächeln. »Im Moment liegt er in meinem Bett, in meiner Kammer«, sage ich zu Silvan. »Er hat *Firrua*, oder wenigstens eine florische Fälschung davon.«

Silvan grinst, gleichzeitig drückt er meinen Arm, dass es wehtut. »Verwöhnt ihn bloß nicht zu sehr«, sagt er. »Sonst muss ich ihn mir erst wieder zurechtstutzen, wenn ich ihn wiederbekomme. Und jetzt macht schon, holt Isao da raus.« Kairi hat schon den Fuß auf der ersten Stufe.

Die Stufen sind rutschig vom Schnee, in der Dunkelheit muss ich höllisch aufpassen. In die Wand ist ein Eisengeländer eingelassen, es fühlt sich unter meinen Fingern rauh und schartig an. Ich muss daran denken, wie viele Hände sich daran festgeklammert haben, was aus den Besitzern dieser Hände geworden ist.

Kairi vor mir ist ein grauer Schemen. »Es ist wie in Camp Mi«, flüstert sie. »Wir gehen geradewegs in Trainer LeBrons Keller. Und dort unten wartet dieser Hund auf uns.«

Trainer LeBrons Keller ist das Schlimmste, was sie sich vorstellen kann. Kairi hat keine Ahnung, und doch hat sie Recht: Die Furcht fühlt sich genauso an wie damals.

Wir gehen weiter hinunter. Eine Kehre. Noch eine. Die grauenvollen Ausdünstungen des Kellers schlagen uns entgegen. Kairi verharrt einen Moment, dann geht sie entschlossen weiter. Sie hat wirklich Mut. Und es ist gut, dass sie vorangeht, so habe auch ich keine Chance umzukehren.

Gleich müssen wir unten sein, das grünliche Licht der Leuchtröhren lässt sich bereits als Schimmer ahnen. Nach einer letzten Kehre flüstert Kairi plötzlich: »Jetzt!« Sie hat das perfekte Gehör, denn den Bruchteil einer Sekunde später flammt ein gleißend helles Licht auf.

Wer immer die Lampe auf uns richtet, er sieht ein Liebespaar auf der Treppe, vertieft in intensives Küssen. Ein Liebespaar, bestehend aus dem Mechaniker des Hauses und seinem Mädchen von außerhalb. Beiden wurde es im Garten bei Eis und Schnee zu ungemütlich, deshalb sind sie die Treppe ein Stück nach unten gestiegen, ins Trockene. Naiv und arglos.

Wir küssen uns immer weiter, als würden wir, in uns versunken, das grelle Licht gar nicht wahrnehmen. Kairis Lippen sind weich und schmecken nach Lakritze. Ich weiß, dass es Kairi ist, die ich nicht liebe, nicht einmal besonders gut kenne, dennoch gefällt es mir, sie zu küssen. Es ist ein warmes, aufregendes Gefühl, in dem ich mich verlieren möchte.

Wer immer uns dabei beobachtet, er scheint es zu genießen. Mir ist bewusst, dass wir jeden Moment gefangen genommen, sogar erschossen werden können, aber Kairis warme, sinnliche Nähe lässt die Angst nicht real werden. Ich weiß nicht, was sie gerade denkt, aber vielleicht gibt es auch für sie Schlimmeres, als beim gemeinsamen Küssen zu sterben.

»Knutschen fühlt sich besser an als draußen im Schnee zu schuften, was, Glashausbauer? Hast du einen Dusel, jeder andere hätte jetzt Alarm geschlagen.«

Das Licht wird heruntergeregelt, hinter der Lampe taucht einer der jungen Soldaten auf, die mir heute nachmittag zur Hand gegangen sind. Er hält seine Pistole schussbereit in der Hand, jetzt stößt er mich spielerisch damit an. »Du hast vielleicht Nerven, dein Mädchen ausgerechnet hier unten zu vernaschen. Bist einer von den ganz Ahnungslosen, was?«

Bevor ich ihm etwas antworten kann, schiebt Kairi sich vor mich. Sie streicht sich die feuchten Haare zurück und lächelt ihn süß und herausfordernd an. Der junge Soldat verschlingt sie förmlich mit Blicken. »Was hältst du davon, dich bei uns im Wachraum ein wenig aufzuwärmen?«, fragt er sie. »Die anderen werden ihre Freude daran haben, sich mit einem hübschen Mädchen wie dir zu unterhalten.«

Kairi zögert keinen Augenblick. »Solange es beim Aufwärmen und Unterhalten bleibt – warum nicht?« sagt sie. »Du scheinst nett zu sein, und mir ist allmählich wirklich zu kalt.«

»Hallo, und was ist mit mir?«, frage ich. Kairi tut, als hätte sie mich nicht gehört, und macht einen Schritt auf den Soldaten zu.

Er grinst mich an. »Habe ich es dir nicht gesagt? Die sind alle gleich, alle scharf auf Abwechslung und Abenteuer. Dein Mädchen macht da keine Ausnahme. Du kannst ja hier draußen auf sie warten.« Als ich ein finsteres Gesicht mache, wird sein Grinsen noch breiter. Es gefällt ihm sichtlich, mich zu ärgern. »In zehn Minuten ist Patrouille, dann bekommst du sie wieder.«

Ich sehe zu, wie er Kairi die restlichen Stufen hinunterführt und mit ihr hinter einer Tür verschwindet. Alles läuft geradezu beängstigend nach Plan.

Zehn Minuten. Es bleibt mir keine Zeit, mir um Kairi Sorgen zu machen. Hastig ziehe ich meine Stiefel aus, dann renne ich lautlos nach unten, den beiden hinterher. Kurz registriere ich das helle Licht, das unter der Tür des Wachraums hervorschimmert, die Stimmen und das Hallo, mit dem Kairi gerade begrüßt wird. Die Männer an der Treppe sind abgelenkt, doch hier unten muss es noch mehr Wächter geben. Wenn ich nur wüsste, wo genau!

Meine innere Uhr tickt. *Neun Minuten.* Isao ist durch das Haus in den Keller gelangt, also kommt er von der Seite her, wo der Vorsteher des Kellers residiert. Inzwischen ist so viel Zeit vergangen, dass er praktisch überall sein kann. Im flackernden Licht renne ich die Gänge entlang, an den endlosen Reihen von Zellentüren vorbei. Auf dem Boden haben sich Pfützen gebildet, das Wasser durchnässt meine Strümpfe und spritzt mir die Beine empor. Isao ist nicht hier, nicht in diesem Stockwerk. Ich muss weiter nach unten.

Fünf Minuten. Drei Stockwerke habe ich durchsucht. Isao ist nirgendwo zu finden, die Gänge sind leer. Das ganze riesige Gefängnis könnte ein verlassener Ort sein, wären da nicht das kaum hörbare Murmeln und das Stöhnen hinter den verriegelten Türen. Abendstille in der Hölle, denke ich.

Vier Minuten. Ich renne noch ein Stockwerk tiefer. Entweder finde ich Isao in der nächsten Minute, oder ich muss umkehren. Wenn die Wächter zur Patrouille aufbrechen, muss ich draußen auf den Stufen sitzen und auf Kairi warten, als wäre nichts passiert.

Ich habe den Fuß noch auf der letzten Treppenstufe, da sehe ich ihn. Im Gang links von mir, genau wie ich hat Isao sich seiner Schuhe entledigt und bewegt sich nahezu lautlos über den nassen Boden, etwa zwanzig Meter von mir entfernt. Im Licht der Leuchtröhren könnte er ebenso gut eine Erscheinung sein, ein Engel, ein Retter für die verzweifelten Gefangenen. Aber es ist Isao, er rennt von Zellentür zu Zellentür, entriegelt die Sichtklappen und fragt flüsternd nach Kester. Den ganzen Gang entlang stehen die Klappen bereits offen. Bei dem Anblick gefriert mir das Blut in den Adern, schlagartig begreife ich, warum mich der Leader hat klopfen lassen.

»Isao!« Ist ihm nicht klar, was jeden Augenblick geschehen wird, geschehen muss? »Komm hierher zur Treppe, beeil dich!«

Als er sich zu mir umdreht, ist es wie ein Auslöser. Ein Mann fängt an, in seiner Zelle um Hilfe zu rufen, eine Frau fällt ein, hoch und schrill. Von Zelle zu Zelle pflanzt es sich fort, bis Dutzende von Gefangenen durch die geöffneten Klappen ihre Angst und Not hinausschreien. Und der Keller selbst nimmt die Schreie auf, verstärkt sie und leitet sie weiter bis in den letzten Winkel.

Isao steht da, gelähmt. Er sieht mich an wie ein Schiffbrüchiger, über den gleich die Wellen zusammenschlagen werden.

Sekunden später sind sie da. Sie kommen vom Haus her, nicht von der Gartenseite, auf Kairi ist Verlass. Sieben oder acht Soldaten, ihre Pistolen halten sie schussbereit. Isao löst sich zu spät aus seiner Erstarrung; als er seine Waffe zieht, haben sie ihn bereits umringt. Sie entreißen ihm die Pistole und schleudern sie fort von ihm. Ich sehe sie über den Boden schlittern, während vier Soldaten Isao bereits in die andere Richtung fortschleppen. Falls er schreit, geht es im Lärm der Gefangenen unter.

Die restlichen Wächter machen sich daran, die Sichtklappen zuzuschlagen und zu verriegeln. Mit jedem Krachen verschwindet eine Stimme aus dem Chor der Verzweifelten. Ich presse mich an die Wand, taste nach meiner Pistole, lasse wieder los. Es ist viel zu spät.

Die Soldaten sind wieder fort. Wie betäubt steige ich die Stufen der Treppe hinauf. Wären sie von der Gartenseite gekommen, hätten sie *mich* überrannt. Warum Isao und nicht ich? Wieder habe ich ihn im Stich gelassen. Wie oft wiederholt sich das Spiel noch?

Die Tür des Wachraums ist noch geschlossen, Kairi hat es irgendwie geschafft, die Patrouille aufzuhalten. Ich bleibe stehen und lausche: Drinnen wird gelacht, die Soldaten erzählen gerade von einer Provinzstadt im Osten, wo die Bewohner ihre Besitztümer in einem Wäldchen vergraben hatten, »Fußabdrücke hin zum Schatz, Fußabdrücke zurück, ebensogut hätten die Dummköpfe Wegweiser aufstellen können. Wir haben sie alles mit den bloßen Händen wieder ausgraben lassen.« Kairi lacht zu jedem ihrer Sprüche, aber sie klingt angestrengt, in die Enge getrieben.

Ihre Stimme reißt mich aus meiner Lethargie. Wenn ich das Spiel nicht überzeugend zu Ende spiele, stürze ich sie mit ins Verderben. Sie ist so tapfer, das hat sie nicht verdient.

Mit meinen nassen, eiskalten Füßen schlüpfe ich in meine Stiefel, dann klopfe ich an die Tür. Ein mir unbekannter Wächter öffnet mir. Stickige Wärme schlägt mir entgegen, gepaart mit dem penetranten Schweißgeruch der Männer.

Zu acht hocken sie auf zwei Holzbänken. Kairi sitzt zwischen ihnen auf dem einzigen Stuhl; sie gibt sich fröhlich, doch ihre Körperhaltung verrät ihre Anspannung. Die Männer sind viel zu nah, jeder von ihnen könnte sie anfassen, hat sie vielleicht schon angefasst. Für die Wärme sorgt ein eiserner Ofen an der Wand, ähnlich wie der im Büro des Vorstehers. Doch hier hängen die Stiefel der Männer zum Trocknen daran.

»Verzeihung, ehrenwerte Wächter«, sage ich höflich in die

Runde. Und dann zu Kairi, einigermaßen patzig: »Ist dir jetzt warm genug? Wie lange lässt du mich noch warten?«

»Mechaniker, du bist ganz rot im Gesicht«, sagt der junge Soldat, der mir heute Nachmittag beim Glashaus geholfen hat. »Kommt es von der Kälte, oder hast du dich da draußen auf deiner Treppe so geärgert?«

Seine Kollegen lachen mich aus, aber ich beachte sie nicht. »Kommst du jetzt endlich?«, frage ich Kairi.

Sie nickt und steht auf, dem Anschein nach unwillig. »Danke für eure Gastfreundschaft«, sagt sie zu den Soldaten und wirft eine Kusshand in die Runde.

»Komm morgen Abend zur Kaserne an der Gerberei«, sagt der junge Soldat zu ihr. »Da haben wir mehr Zeit für dich.«

Kairi zwinkert ihm zu. »Mal sehen.«

»Jetzt aber los, zieht eure Stiefel an«, mahnt ein anderer. »Wir sind schon zehn Minuten zu spät.«

Ich frage mich, was der Vorsteher des Kellers mit ihnen machen wird, wenn er erfährt, dass ein Eindringling gefasst wurde, während sie ihre Patrouille versäumt haben. Sie tun mir nicht leid.

Draußen massiert Kairi sich ihre Mundwinkel. Vermutlich sind sie starr vom falschen Lachen. »Was ist mit Isao?«, fragt sie.

»Lass uns zuerst hinaufgehen«, sage ich. »Du warst großartig.«

Sie folgt mir die Treppe hinauf in den Garten, wo Silvan nach wie vor die Stellung hält. Seine Haare und Wimpern sind eisverkrustet, er sieht halb erfroren aus. »Isao?«, fragt er sofort.

Ich schüttle den Kopf. »Die Wachen haben ihn geschnappt. Es waren zu viele, ich konnte nichts für ihn tun.«

»Mist«, sagt Kairi. »Alles umsonst. *Verfluchter Mist.*«

Meine Hand umklammert die nutzlose Pistole in meiner Tasche. Und plötzlich weiß ich, was ich tun muss. »Ich gehe noch einmal hinunter«, sage ich. »Jetzt gleich. Ich erkläre den Wachen, dass Isao mich gesucht hat und sich nur aus Versehen im Keller verirrt hat. Zur Not gehe ich zum Vorsteher des Kellers, er kennt mich und weiß, dass ich der Mechaniker bin. Hier«, ich gebe Kairi die Pistole, »die lasse ich besser bei euch.«

Als ich den ersten Schritt auf die Treppe zumache, packt Silvan mich von hinten an den Schultern. »Niemand geht heute Abend mehr dort hinunter«, sagt er ruhig.

Ich versuche, ihn abzuschütteln. »Das tust du nur, weil Kester in Sicherheit ist«, sage ich. »Wir können Isao nicht einfach dort unten lassen. Es ist nicht fair.«

Silvans Griff ist hart genug, um weh zu tun. »Warte bis morgen und sieh dann, was du für Isao tun kannst«, sagt er. »Du hast mich davon abgehalten, in mein Verderben zu rennen. Jetzt mache ich dasselbe mit dir.«

Die Nacht verbringe ich auf dem Fußboden meiner Kammer, in einem Schwebezustand zwischen Wachen und Schlafen. Neben mir wälzt sich Kester im Bett, er murmelt, schreit zuweilen auf. Wenn ich wegdämmere, träume ich schreckliche Dinge. Immer wieder sehe ich Isaos Bruder Raoul dabei zu, wie er mit seinen verstümmelten Händen die kleine Holzmarionette zu führen versucht. Es gelingt ihm nicht: Ständig rutscht ihm das Führungskreuz aus den Fingern. Darüber weint er bitterlich, und ich, der ich ihm zusehe, spüre die Traurigkeit wie einen harten Stein in meiner Brust.

Als Frau Lu am Morgen zum Wecken kommt, ist es wie eine Erlösung. Sie weiß Bescheid über Kester; und während sie ihm die Kammer neben meiner zuweist und ihn mit grauer Dienstkleidung und Stiefeln versorgt, merke ich, wie ihre mütterliche Geschäftigkeit auch seine Lebensgeister weckt. Er spricht nicht, aber ich spüre es an der Art, wie er Frau Lu zuhört, wie er nickt und sogar kurz lächelt. Instinktiv verbreitet er den Charme der Zwillinge, gegen den auch Frau Lu machtlos ist.

»Jetzt aber los in die Küche, zum Frühstücken«, sagt sie am Ende. »Viel Arbeit wartet auf euch.« Sie strahlt Kester an. »Ich freue mich, dass unser Mechaniker jetzt einen Gehilfen hat. Was für ein Glück, dass alles gut für dich ausgegangen ist.«

Als Frau Lu fort ist, sage ich: »Bisher war ich ihr Liebling.«

Kester lächelt. »Dann wirst du dich warm anziehen müssen, Mechaniker.«

»Warm anziehen musst du dich. Du wirst nämlich mit mir draußen im Garten arbeiten. Mach dich auf etwas gefasst: Es schneit ohne Ende.«

»Was arbeiten wir dann? Schneemänner bauen?«

Das unbeschwerte Geplänkel tut uns beiden gut, ich wünschte, wir könnten einfach so weitermachen. Doch Kester schweigt jetzt wieder; seinen Augen ist anzusehen, dass er nicht in meiner Kammer ist, sondern an einem anderen, dunklen Ort.

Über die Ereignisse von gestern Abend spreche ich nicht mit ihm. Er wird alles früh genug erfahren.

Der Bau des Ofens gestaltet sich vergleichsweise einfach. Auf ein Fundament aus schweren Eisenplatten kommt ein doppelt gemauerter Ofenkörper in Form einer Kuppel. Am Anfang versucht Kester, mir zu helfen; aber seine Kraft reicht nicht aus, die vier Tage im Keller stecken ihm noch in den Gliedern. So steht er die meiste Zeit einfach nur da und sieht mir zu. Obwohl ein schneidend scharfer Nordwind weht, weigert er sich, das Glashaus oder den Gärtnerschuppen zu betreten. Ich frage mich, wie er es wegstecken wird, wenn er heute Nacht in seiner Kammer eingesperrt wird.

Während ich die Schamottsteine auf den eisernen Sockel setze und verputze, zerbreche ich mir den Kopf darüber, wen ich um

Gnade für Isao bitten kann. Ich sehe drei Möglichkeiten: den Vorsteher des Kellers, Frau Utuk – oder Marschall Utuk selbst. Ja, ich könnte direkt in die Höhle des Löwen gehen und dem Marschall die Geschichte des Glasergehilfen auftischen, der auf der Suche nach mir irrtümlich in den Keller geraten ist. Je länger ich darüber nachdenke, desto plausibler erscheint mir die Möglichkeit.

Irgendwann sieht Kester so blass und verfroren aus, dass ich den Spachtel weglege. »Lass uns zum Aufwärmen in die Küche gehen. Wir könnten den Koch überreden, Firrua für uns zu machen.«

Kester nickt. Und plötzlich wird sein Gesicht hell, als ob es von einem Sonnenstrahl gestreift würde. Ich drehe mich um: Da steht Silvan zwischen den Büschen.

»Geh hin zu ihm«, sage ich zu Kester. »Bleibt dicht an der Mauer, damit man euch vom Haus her nicht so leicht sehen kann. Es könnte verdächtig wirken, wenn plötzlich dein Zwilling hier auftaucht.«

Ich beobachte sie, wie sie dort nebeneinander an der Mauer lehnen. Sie reden ununterbrochen, ihre Gesichter spiegeln wechselweise die Gefühle des anderen, doch sie berühren sich nicht. Tatsächlich kann ich mich nicht erinnern, wann die Zwillinge sich je berührt hätten. Wie sie da stehen, denke ich unweigerlich an die Begegnung zwischen dem jungen König und seinem Doppelgänger. Beide wohnen in derselben Haut, beide sind sich so ähnlich, wie zwei Menschen es nur sein können. Und doch wagen sie es nicht, einander anzufassen. Vielleicht aus Angst, dass man bei zu großer Nähe sich im anderen auflösen und verloren gehen könnte.

Bei dem Gedanken fühle ich mich plötzlich einsam und isoliert, als ob mir ein entscheidender Teil fehlen würde. Meine Familie, mein Zuhause, alles, was mir nahe war – es kommt mir vor, als würde mich ein Abgrund davon trennen. Selbst Mailin ist unerreichbar im Haus von Majorin Mo, wie eine von einem Drachen bewachte Prinzessin.

Egal was passiert, spätestens morgen gehe ich zu ihr.

Nach etwa zehn Minuten winkt Silvan mir zu, dann klettert er wieder über die Mauer. Kester kehrt zurück zu mir: Er wirkt ruhig und getröstet. Wir wollen gerade in die Küche gehen, da geschieht das nächste Unvorhergesehene: Quer durch den Garten kommt der blinde Gärtner auf uns zu. Es fällt ihm sichtlich schwer, sich im hohen Schnee zu orientieren, immer wieder stolpert er über eine Schneewehe, einmal stürzt er sogar. Aber er rappelt sich wieder auf und lässt nicht nach, bis er schließlich vor uns steht, das graue Bärtchen und die Augenbrauen voller Schnee.

»Guten Tag, ehrenwerter Gärtner«, sage ich. »Es kommt mir so vor, als wäre heute für dich kein guter Tag im Garten.«

Er geht nicht auf meinen müden Scherz ein. »Der Junge, der von sich sagte, er wäre der Gehilfe des Glasers …«

Mir stockt der Atem. »Ja?«

»Dieser Junge ist tot.«

Meine Kehle ist plötzlich zu trocken zum Sprechen. Ich schlucke mehrmals, bevor ich die Frage herausbringe. »Sie haben ihn umgebracht? Warum?«

»Er hat es selbst getan. Mit Gift, das er bei sich hatte.«

Als sei damit alles gesagt, dreht sich der blinde Gärtner um und geht davon. Plötzlich übermannt mich die Wut, und ich rufe ihm nach: »Ja und? Verbrennt ihr ihn jetzt, dort hinter der Hecke? Oder brennen tote Menschen im Schnee nicht so gut?«

Er bleibt stehen und wiegt sachte den Kopf. »Ich dachte, du solltest Bescheid wissen.«

Ich sehe ihm nach, wie er den Weg zurückgeht, im selben mühsamen Kampf gegen den Schnee wie zuvor.

»Wovon hat er gesprochen?« Kester klingt tief beunruhigt.

»Von Isao.« Meine Stimme will mir nicht gehorchen. »Er ist gestern Abend in den Keller hinunter, um dich zu finden. Sie haben ihn erwischt.«

Kester schweigt lange Zeit. Dann fragt er: »Warum hatte er Gift bei sich?«

»Es war ein Befehl des Leaders. Er sollte dir das Gift bringen, damit du unter der Folter nichts verraten kannst.«

Eine unausgesprochene Frage schwingt mit. Heute Morgen hat Kester sich an meiner Waschschüssel von Kopf bis Fuß gewaschen. Dabei habe ich die feuerroten Male auf seinem Bauch und den Oberschenkeln gesehen, kreuz und quer verstreut, als hätte man ihm glühende Stricknadeln in die Haut gedrückt.

»Ich bin hart im Nehmen, dank der Trainingseinheiten unserer Mutter«, sagt Kester ruhig. »Sie hat den einen von uns so lange verprügelt, bis der andere alles zugegeben hat.« Sein Gesicht zuckt leicht. »Als sie mich dort unten in der Mangel hatten, habe ich mir vorgestellt, dass Silvan da ist. Ich habe es mir so fest eingebildet, dass er am Ende ganz real mit mir in diesem stinkenden Loch war. Und dieser Mistkerl von Bruder wollte einfach nicht reden, egal, was sie mit mir gemacht haben. Also habe auch ich nicht geredet. Ehrensache.«

Er greift sich Schnee vom Dach des Glashauses, drückt ihn in der Hand zusammen. »Sie waren noch nicht weit gekommen mit mir. Das Spiel wäre noch lange weitergegangen. Isao hat es kurz und schmerzlos gemacht. Keine schlechte Entscheidung.«

»Er ist tot«, sage ich. Ich kann es aussprechen, aber nicht begreifen. *Tot.* Fort für immer. Sein Bruder wird umsonst auf ihn warten.

Kester wirft den Schnee fort. »Wir können für Isao beten«, sagt er. »Auf Parmanisch, ihm zu Ehren.«

Ich nicke. Doch dann fällt mir kein einziges parmanisches Wort ein. Mein Kopf ist wie leergefegt.

Es ist Kester, der zu sprechen anfängt. Ich erkenne ein einfaches Gebet wieder, das wir alle in der Grundschule lernen.

Theoti, beri Aculos cariti suront Omenati …

»Gute Götter, eure Augen ruhen auf uns Menschen«, sagt Kester die vertrauten Worte. »In euch werden wir geboren, in euch leben und sterben wir. Seid uns gnädig.«

Ich möchte mich von Isao verabschieden, doch ich kann nur an Pio Gaumata und seinen Betrug denken, mit dem er vorgibt, die Gestorbenen ins Jenseits zu geleiten. Es gibt keinen Trost, keine Versöhnung für Isao und für mich. Die Toten wandern allein auf ihrer Reise in das dunkle Land, unerreichbar für die Lebenden.

Als wir in die Küche kommen, rückt der Koch die Bank näher ans Feuer heran. Dann drückt er uns zwei vorbereitete Schüsseln in die Hand: Firrua. So wie er uns dabei anstrahlt, können wir gar nicht anders, als uns zu bedanken und so zu tun, als hätten wir Appetit. Während ich mit dem Löffel umrühre, sehe ich Isao vor mir, wie er das Wintergift herstellt, durch den verschneiten Wald am Fluss streift, nach den Rinden und Beeren gräbt. Anscheinend hat er alles richtig gemacht.

Beim Verlassen der Küche kommt mir ein unangenehmer Gedanke. Ich muss zum Leader, heute noch. Sonst verhungert er.

In den Verästelungen des Maulbeerbaumes liegt Schnee, sonst ist der Baum kahl wie zuvor. Plötzlich wünsche ich mir, ich könnte etwas von Isao aufhängen, einen Handschuh, ein Tuch. Aber ich habe nichts.

Ich gehe die Treppe hinunter in die Dunkelheit. Das Päckchen mit Essen steckt in meiner Tasche, aber ich habe nicht vor, es dem

Leader allzu schnell zu geben. Nicht, bevor ich ihm erzählt habe, dass Isao tot ist.

»Leader?«

Die Stimme klingt, als würde sich der Leader an die Mauer pressen. »Durst.« Mist. Daran habe ich nicht gedacht. Ich muss wohl zum Fluss zurück, aber worin transportiere ich das Wasser? »Sieh in der Nische nach«, flüstert der Leader. »Hinter dir.«

Ich gehorche und finde einen halbvollen Wasserkrug und einen Holzbecher. Ich gieße den Becher bis oben hin voll, dann schiebe ich ihn auf Zehenspitzen durch die Öffnung. Auf der anderen Seite fällt er klappernd zu Boden, und der Leader flucht lautstark.

Bei den nächsten Versuchen klappt es besser. Nach drei Bechern atmet der Leader geräuschvoll durch. »Jetzt gib mir zu essen.«

Ich lasse das Päckchen, wo es ist. »Sie haben Isao im Keller erwischt. Er hat sich selbst vergiftet.«

Er gibt ein ungeduldiges Knurren von sich. »Her mit dem Essen.«

»Sonst haben Sie nichts dazu zu sagen? Kester war schon frei, als Isao in den Keller gegangen ist. Er ist völlig umsonst gestorben.«

»Weil ihr Stümper seid, alle miteinander.«

Ich sehe Kesters Gesicht, als Frau Lu ihn vorhin in seiner Kammer eingeschlossen hat. Isaos Gesicht, seinen letzten Blick, bevor die Wachen ihn überwältigten. Der Leader bespuckt uns alle.

»Kester war vier Tage lang im Keller. Sie haben ihn gefoltert, und er hat nichts verraten. Nennen Sie das einen Stümper?«

»Reden wir von dir, Tamaso. Im Haus von Marschall Utuk bist du verantwortlich. Wenn Isao tot ist, ist es deine Schuld.«

»Nein«, sage ich. »Sie haben ihn auf eine aussichtslose Mission geschickt. Isao hat Ihnen vertraut, deshalb musste er sterben.«

Der Leader schlägt heftig gegen die Mauer. »Und was wäre gewesen, wenn Kester unter der Folter geredet hätte? Ein coronisches Agentennetz in Heiman – glaub mir, es braucht weniger Gründe, um einen neuen Krieg zwischen Flore und Corona auszulösen. Es tut mir leid um Isao, er war ein mutiger Junge. Aber sein Einsatz war unbedingt notwendig.«

Plötzlich, als würde ihn alles nichts mehr angehen, fängt er an zu summen und mit dem Becher gegen die Mauer zu klopfen, eine beschwingte Taktfolge. Als ich sie erkenne, wird mir eiskalt.

»Wie soll es jetzt weitergehen?«, frage ich laut, um sein Treiben zu stoppen.

»Wir lecken uns die Wunden und machen weiter nach Plan«, sagt der Leader. »Verstehst du mich, Tamaso? Die Große Schande für Marschall Utuk wird durchgezogen, unter allen Umständen.«

»Ja natürlich, Ihr großartiger Plan«, sage ich wütend. »Dumm ist nur, dass er nicht mehr funktionieren kann. Dem heiligen Pio Gaumata hätten die Leute geglaubt, aber der ist eingemauert und vergessen. Wer könnte jetzt Marschall Utuk bei den Spielen anklagen?«

»Bravo. Das ist die erste vernünftige Frage, die ich von dir höre. Jeden Tag zerbreche ich mir von früh bis spät den Kopf darüber. Eines der Mädchen hätte vielleicht Chancen, Mailin zum Beispiel, nicht im grauen Kittel, sondern hübsch zurechtgemacht, mit Kleid, Ohrringen, netter Frisur. Das Publikum würde ihr vielleicht lange genug zuhören.«

»Oder sie wird nach den ersten drei Sätzen erschossen.«

»Weißt du etwas Besseres?«

»Oh ja.« Ich nicke heftig, obwohl er mich nicht sehen kann. »Sie geben Ihren Plan auf, die Große Schande findet nicht statt. Wir fünf Rekruten bleiben vorerst als Domestiken in unseren Häusern. Niemand verdächtigt uns.«

»Noch nicht«, sagt der Leader fast bedächtig. »Aber das kann sich schon morgen ändern. Flore steckt voller Denunzianten.«

Ich bringe das Essenspaket an die Öffnung. »Heute habe ich Essen für Sie dabei«, sage ich. »Aber das kann sich schon morgen ändern.«

Er versteht mich sofort. So wie ich ihn verstanden habe.

»Patt«, sagt er.

Dritter Teil
Flucht

26

Seit über vier Monaten bestimmt nun der Winter das Leben in Flore, vom morgendlichen Schneeräumen durch die Hausdiener bis zum Bollern und Knacken der Kohleöfen, mit denen alle größeren Räume des Hauses beheizt werden. Der Wind fegt den Schnee in Wolken durch die Stadt, lässt die Äste der Bäume brechen und die Finger am Metall festfrieren. Allein den Fluss, die wilde, schäumende Schlagader Heimans, hat der Frost nicht in seine Gewalt gebracht.

Inmitten klirrender Kälte und endloser Schneefälle treibt im Glashaus der Jasmin. Er wächst in seinem eigenen Sommer, der aus der Wärme des Ofens und der Fürsorge der Gärtner besteht.

Fast kein Tag vergeht, ohne dass sich Folgendes abspielt:

»Der Ofen ist heiß genug«, sage ich. »Ihr braucht heute Nacht kein Holz nachzulegen.«

Die Gärtner sehen mich besorgt an: »Und wenn das Feuer ausgeht?«

»Dann speichert der Ofen noch stundenlang die Wärme. Er ist extra so gebaut.«

Die Gärtner stöhnen kollektiv auf: »Wenn es aber doch einmal schiefgeht? Dann wäre alles verloren. Du vertraust zu sehr der Technik, Mechaniker.«

Ich wechsle einen Blick mit Kester. Er zuckt die Achseln. »Lass sie doch. Hauptsache, wir können schlafen«, sagt er.

Kester. Er ist wie die Wintersonne, eine blasse, durchsichtige Erinnerung an den Zwilling, der er vor dem Keller gewesen ist. Noch immer redet und lacht er viel zu wenig, nur wenn Silvan kommt, fällt der Schatten von ihm ab. Aber Silvan muss die Stellung bei Ruti Util halten, er muss den Vorzimmer-Sekretär spielen,

Gespräche belauschen, Waffenbestellungen kopieren. Kairi unterstützt ihn, indem sie die Protokolle und Listen bei ihm abholt und in unterschiedlichen Verstecken deponiert. Dennoch bleibt es eine Mammutaufgabe für ihn allein.

Mailin kommt fast jeden Abend zu mir in den Garten, ganz offen durch die vordere Pforte. Die Wachen auf dem Balkon kennen sie inzwischen, sie grüßen sie sogar. Wie der Leader es vorhergesagt hat, werden Liebschaften zwischen Domestiken geduldet. Frau Lu sieht mich jedes Mal, wenn ich mich nach dem Abendessen hinausstehle, dann droht sie mir mit dem Finger. Doch sie wartet immer eine Viertelstunde, bevor sie von der Terrasse aus nach mir ruft: »Komm jetzt ins Haus, Mechaniker. Es ist zu kalt, du darfst nicht krank werden.«

Mailins Lippen schmecken nach Schnee. Manchmal, wenn es nicht schneit und ein funkelnder Sternenhimmel über dem stillen Garten steht, öffnen wir unsere wattierten Jacken. Wir stehen da, halten uns umarmt und spüren dabei unsere warmen Körper.

Diese Minuten mit Mailin sind die kältesten und kostbarsten meines ganzen Lebens. Sie sind wie ein Versprechen, der Grund, jede Anstrengung und jedes Risiko auf sich zu nehmen, weil es sich irgendwann lohnen wird.

»Wir sind wie die Gefährten«, sage ich zu Mailin und erzähle ihr von dem Stück. »Welcher der fünf bin ich dann?«, fragt sie.

»Der Adler«, sage ich, ohne zu zögern.

Im Haushalt von Majorin Mo halten alle Mailin für ein zartes, kränkelndes Mädchen, das niemals das ihr angewiesene zweite Stockwerk verlassen würde. Tatsächlich ist Mailin aber längst wieder gesund und viel kräftiger, als sie aussieht. Die Tatsache, dass sich keiner in die Nähe des Toten wagt, nutzt sie geschickt aus, indem sie heimlich das Haus verlässt, oft für drei Stunden oder noch länger. Sie läuft dann am Fluss entlang bis zu dem kleinen, baufälligen Haus zwischen den Felsen, unserem früheren Treffpunkt mit dem Leader. Dort holt sie sich Waffen aus den Spinden, Gewehre und Messer, und trainiert damit in den angrenzenden Wäldern, wie es uns der Waffentrainer in Camp Mi beigebracht hat. Die Gefahr, dass sie dabei erwischt wird, ist gleich null: Jetzt im tiefsten Winter ist dort draußen kein Mensch unterwegs.

Ich erinnere mich an Mailins ungewöhnliche Schusstechnik, ihren abwesenden Gesichtsausdruck, mit dem sie auch Geige spielen könnte, ihre Bewegungen, die eigentlich viel zu langsam sind, um gut zielen zu können. Und ihr Lächeln, wenn sie genau die Mitte des Astlochs oder der Pappscheibe getroffen hat.

Doch Mailin schießt nicht nur auf Bäume und selbst gebastelte Zielscheiben. Als sie mir das erste Mal davon erzählt, sehe ich sie ungläubig an. »Du tötest Tiere?«

»Einige Hasen bisher. Und zwei Fasane«, sagt sie etwas verlegen. »Es ist nur schade, dass ich sie nicht in die Küche bringen konnte.« Sie dreht ihr Gesicht nach Westen, dorthin, wo tagsüber die schneebedeckten Berge sichtbar sind, himmelhohe, weiße Wächterriesen. »Ich denke immerzu daran, dass hinter den Bergen Parman liegt. Und dass nach dem Winter ja auch wieder ein Sommer kommen muss. Ich will mich vorbereiten.«

Wie zum Beweis bringt Mailin mir am nächsten Abend das Fell eines Schneehasen mit. Dann kehrt sie zurück zum Haus von Majorin Mo und verwandelt sich wieder in das stille, gefügige Mädchen, das einem Toten zu Diensten ist. An der Innenseite des weichen Fells hängen noch Blut- und Hautfetzen; und während ich es mit einem Messer sauber schabe, erinnere ich mich an das Mädchen, das auf der Veranda von Trainer LeBrons Haus die Eichhörnchen mit Nüssen gefüttert hat. Und an den Jungen, der sie nach ihrem Lieblingsessen gefragt hat. Es kommt mir vor, als würde ich Kinder beim Spielen beobachten.

Der Leader vegetiert weiter hinter der Mauer. Wie er in seinem Loch die Kälte, den Schmutz und die Einsamkeit übersteht, weiß ich nicht. Ich will es mir auch nicht vorstellen.

Wir fünf versorgen ihn abwechselnd, im Schutz der Dunkelheit. Wann immer ich bei ihm bin, redet er pausenlos, in fiebriger Euphorie. Fieber hat er wohl tatsächlich, die Euphorie aber rührt daher, dass sein Plan, die Große Schande für Marschall Utuk, doch noch in Erfüllung gehen kann. Und ich habe den Anstoß dazu gegeben, besser gesagt Herr Rix, am Abend seiner schlimmsten Demütigung.

Das Ganze spielte sich an irgendeinem der militärischen Gedenktage ab, von denen es in Flore unzählige gibt: *Jahrestag der Schlacht bei … Niederschlagung des Aufstands bei …* Ich kann und will mir keinen davon merken. Beim Abendessen wurde auf die siegreichen Generäle getrunken, die beiden Dienstmädchen mussten öfter nachschenken als sonst und die Stimmung unter den Offizieren wurde zuerst ausgelassen und dann bösartig.

»Sagen Sie, Rix« – Majorin Mo hatte sich auf ihr bevorzugtes Opfer eingeschossen –, »die Puppen spielen eine so große Rolle hier im Haus, dabei sehe ich nie etwas von ihnen.«

Herr Rix antwortete ruhig und beherrscht. »Majorin Mo, Sie sind jederzeit in den Saal der Puppen eingeladen.«

Sie schüttelte den Kopf. »Nein, zeigen Sie uns jetzt gleich etwas, direkt hier an der Tafel. Der Anlass passt hervorragend: Sollten nicht auch Ihre Puppen unsere glorreiche Armee verherrlichen?«

Herr Rix schwieg einen Moment. Dann schob er seinen Stuhl zurück. »Wie Sie möchten.«

Als er zurückkehrte, trug er im Arm lediglich die kleine, grobe Holzmarionette.

»Ich bitte Sie, Rix«, Majorin Mo lachte spöttisch auf. »Wollen Sie die Nationalen Spiele mit einem Holzklotz gewinnen?«

Herr Rix setzte die Puppe auf den Tisch und nahm das Führungskreuz. »Was soll er tun?«, fragte er knapp.

»Er soll ein guter florischer Soldat sein«, forderte Majorin Mo. »Er soll exerzieren.« Die Offiziere an der Tafel, schon merklich angetrunken, stiegen gleich mit ein: »Salutieren soll er.« »Seine Waffe säubern.« »Durchs Unterholz robben.«

Als Herr Rix zu spielen begann, wurden sie still. Gebannt sahen sie einem kleinen, unerschrockenen Soldaten dabei zu, wie er auf der Tischplatte exerzierte, stramm salutierte, durchs Unterholz robbte, seine Waffen blank wienerte und dabei florische Kriegshymnen summte.

Jäh und ohne Vorwarnung brach auf dem Tisch um ihn herum der Krieg aus. Gläser zerbrachen, Messer klirrten, fast meinte man, den Geschützdonner zu hören. Mit unglaublicher Fingerfertigkeit ließ Herr Rix die kleine Marionette in einen Hinterhalt laufen: Die Gegner lauerten getarnt hinter den Schüsseln, Salzfässer wurden zu Bomben, Gabeln zu Bajonetten. Der kleine, tapfere Soldat hatte keine Chance: Er wurde aufgespießt, zerfetzt, zertrampelt, kreischte minutenlang in Todesqualen. Am Ende starb er einen einsamen, erbärmlichen Tod.

Herr Rix legte das Spielkreuz beiseite und fuhr sich durch die Haare. Die Anstrengung stand ihm ins Gesicht geschrieben.

»Er war ein guter florischer Soldat«, sagte er zu Majorin Mo. »So wie Sie ihn wollten.«

In die Stille hinein redete Marschall Utuk. »Jetzt zeig uns das Gegenteil«, sagte er zu seinem Sohn. »Zeig uns den Parasiten, für den dieser Soldat gestorben ist. Einen Feigling, der nie in die Nähe der Schlachtfelder kommen wird. Einen Duckmäuser, weibisch und weichlich. Einen Schwächling und Hundebespringer. Eine lebende Schande für Flore. Leg die verdammte Puppe weg, die brauchst du nicht dazu.« Der Marschall sprach leise, dennoch verstand man ihn noch im letzten Winkel des Speisesaales. »Spiel dich selbst, Puppenspieler.«

Die Hausangestellten auf ihrer Matte duckten sich, als könnte der Blitz in sie fahren, wenn sie nur hinsähen. Frau Utuk saß wie versteinert neben ihrem Mann; sie hatte die Hand an ihren Hals gelegt und schien nur noch mit größter Anstrengung atmen zu können.

»Ich warte«, sagte Marschall Utuk.

Herr Rix rührte sich nicht. Auch nicht, als Majorin Mo schrill zu lachen begann, als die anderen Offiziere am Tisch in ihr Lachen einfielen. Er stand einfach nur da und ließ sich auslachen.

»Du hast Recht, Puppenspieler«, sagte Marschall Utuk. »Wer wollte sich einen solchen *Dreck* ansehen?«

Ohne sich zu verteidigen, ohne auch nur ein einziges Wort zu erwidern, verließ Herr Rix mit der kleinen Holzpuppe den Saal. Und während auf der Dienstbotenmatte um mich herum das große Flüstern einsetzte, konnte ich nur an eines denken: wie sehr er seinen Vater hassen musste.

Am nächsten Tag klopfte ich an Herrn Rix' Tür. Es war etwa eine Stunde vor dem Abendessen, er trug noch den schwarzen Overall der Puppenspieler.

»Mechaniker. Komm herein«, sagte er, ohne zu zögern.

Er bewohnte zwei Räume, die ineinander übergingen und durch mehrere Lampen hell erleuchtet waren. Ich hatte mir vorgestellt, dass er auch in seinem privaten Umfeld von Puppen umgeben wäre, doch da waren keine. Stattdessen hingen an den Wänden großformatige Gemälde, deren Düsternis mich zuerst abstieß, dann aber faszinierte.

»Sieh dir die Bilder ruhig näher an«, sagte Herr Rix freundlich.

Es waren Wälder mit hohen Bäumen und verschlungenem Unterholz, gemalt in Grün- und Schwarztönen. Auf manchen leuchtete ein bleicher Ring zwischen den Stämmen hindurch, vielleicht war es der Mond. Die Bilder waren nicht naturalistisch, sondern auf eine seltsame Weise beängstigend und schwer fassbar. Als würde man im Traum durch einen dunklen Wald rennen.

»Man kann sich darin verlaufen, nicht wahr?«, sagte Herr Rix.

Ich nickte, ganz und gar in den Bann eines der Bilder geschlagen. Es war tatsächlich so, der Wald lockte mich in seine Tiefe, wie ein zauberisches Labyrinth. Wobei die Vorstellung mir ebenso viel Angst wie Lust einflößte: Was dort hinter den Bäumen auf mich wartete, war alles, nur nicht harmlos.

»Du bist aber nicht gekommen, um meine Bilder anzusehen.«

»Nein«, sagte ich und riss meinen Blick los. Ich war im Begriff, mein eigenes Labyrinth zu betreten, ohne die geringste Vorstellung, wie es ausgehen würde.

Ich fragte Herrn Rix, ob er mich morgen in die Stadt begleiten könnte. Nachdem ich selbst noch keine Spiele miterlebt hätte, bräuchte ich seinen Rat bei der Auswahl der nötigen Ersatzteile. Die Lüge ging mir erstaunlich glatt über die Lippen.

Ohne jedes Zögern sagte er zu. Sein Lächeln dabei war offen und aufrichtig; es rührte mich und lag mir gleichzeitig schwer auf der Seele.

Der Ladeninhaber verneigte sich tief vor Herrn Rix und strahlte, er witterte das große Geschäft. Fahrig suchte ich irgendwelche Federn, Holzschrauben und Dübel zusammen und hielt sie Herrn Rix vor die Nase. Dabei hörte ich kaum, was er dazu sagte.

Irgendwann ließ Herr Rix den verblüfften Inhaber einfach stehen und führte mich aus dem Laden. »Komm nie auf die Idee, Schauspieler zu werden«, sagte er. »Das Publikum würde dich auf offener Bühne ausbuhen. Du willst überhaupt nicht einkaufen. Worum geht es also?«

»Ich möchte Sie gerne mit jemandem zusammenbringen. Er kann Ihnen besser erklären, worum es geht. *Ya si moni Urrier*«, vor Aufregung rutschte ich ins Parmanische, »Verzeihung, ich meine, ich bin nur ein Bote.«

Herr Rix runzelte die Stirn. »Der junge König wird zum Alchemisten gelockt«, sagte er. »Du weißt, wie es ausgeht.«

Ich nahm meinen ganzen Mut zusammen. »In unserem Fall liegt die Sache anders«, sagte ich. »Der Alchemist ist Ihr Vater.«

Eine Zeit lang stand er schweigend da, die Hände in den schwarzen Lederhandschuhen aneinandergelegt. »Gut«, sagte er dann ruhig. »Gehen wir.«

Wir standen am Treppenabgang. Herr Rix betrachtete den kahlen Maulbeerbaum. »Du bist diesem Scharlatan doch nicht etwa auf den Leim gegangen?«, fragte er. »Ich will keine Offenbarungen aus der Totenwelt hören.«

Ich entzündete die kleine Laterne. »Es geht um etwas anderes. Kommen Sie bitte mit hinunter.«

In der Grotte war es kälter und feuchter denn je, an den Felswänden glitzerte das Eis. Die Kälte minderte nicht den Gestank, und Herr Rix, der nicht wie ich daran gewöhnt war, hielt sich einen Zipfel seines Mantels vors Gesicht. Im schwachen Licht der Laterne betrachtete er die Mauer. »So sieht Flores Barmherzigkeit aus«, sagte er leise.

Hinter der Mauer erwachte der Leader zum Leben. »Tamaso? Wen hast du bei dir?«

»Es ist der junge Herr Utuk, Leader. Der Puppenspieler.«

»Ah. Sieh an. Ehrenvoller Besuch. Ich kann Ihnen leider nicht die Hand schütteln. Die Umstände, wie Sie sehen.« Der Leader klang verschwommen, wie einer, der nicht ganz bei sich ist. Mein Mut sank.

Herr Rix schüttelte den Kopf. Dann sah er mich an. »Was mache ich hier?«

Ich lachte nervös auf. »Sie gehen mit mir zusammen in den Wald, in so einen wie auf Ihren Bildern. Und dort treffen Sie auf Dinge, die Sie nicht für möglich gehalten hätten.«

»Zum Beispiel auf mich«, sagte der Leader hinter der Mauer. Mit einem Mal klang er verändert, wacher, schärfer. »Einen heiligen Mann, der natürlich nie heilig war. Sondern schon immer ein coronischer Agent.«

Es erschreckte mich, wie der Leader sofort und ohne jede Deckung alles offenbarte. Aber er hatte nichts mehr zu verlieren. Und er erkannte offenbar instinktiv die Chance, die ich ihm bot.

»Das ist Unfug«, sagte Herr Rix impulsiv. »Pio Gaumata und seinen Totenkult gab es schon, als ich drei Jahre alt und noch zu Hause war. Ich weiß noch, wie die Dienstmädchen mir damit Angst machten. Wie hätten Sie zwanzig Jahre lang unentdeckt bleiben können?«

»Ja, wie nur?« Der Leader lachte leise. »Wenn Sie mir nicht glauben, fragen Sie Tamaso. Fragen Sie Ihren braven parmanischen Mechaniker, wer er wirklich ist.«

Als Herr Rix mich ansah, hob ich nur hilflos die Schultern.

»Er ist Coroner«, sagte der Leader. »Von unserem Geheimdienst als Spion in Ihr Haus eingeschleust.«

Herr Rix nahm mir die Laterne aus der Hand und leuchtete mir damit ins Gesicht. »Ist das wahr?«

»Ja.« Ich brachte es nicht über mich, seinen Blick zu erwidern. Wer war ich jetzt in seinen Augen? Ein Eindringling, der sich das Vertrauen des ganzen Haushaltes erschlichen hatte. Ein Verräter, der das Puppenspiel, *seine* großartige Kunst, für seine eigenen Zwecke missbraucht und beschmutzt hatte. Ich wartete auf Vorwürfe, Beschimpfungen, doch stattdessen fragte er mich: »Machst du das freiwillig?«

»Nein, macht er nicht. Wir haben Tamaso zusammen mit anderen Jugendlichen zwangsrekrutiert«, sagte der Leader, bevor ich reagieren konnte. »Bisher hat er sich keinem Florer anvertraut, obwohl er tausend Gelegenheiten dazu gehabt hätte. Bei der Wahl zwischen Teufel und Beelzebub sind wir Coroner anscheinend das geringere Übel.«

Zwei Nächte zuvor, unmittelbar nach Herrn Rix' Demütigung, hatte ich kaum geschlafen. Meine Gedanken waren unablässig um eine Frage gekreist: Wer ist der Alchemist? Marschall Utuk oder der Leader? Auch wenn ich beide von Herzen hasse – welcher von ihnen ist schlimmer, welcher ist der *wirklich Böse*? Eine Frage, wie sie sich ein kleiner Junge stellt, doch in der Stille und Dunkelheit meiner Kammer kam es mir vor, als sei es von ungeheurer Wichtigkeit, diese Frage zu entscheiden. Und ich tat es, in dem Moment, als ich an Herrn Rix' Tür klopfte.

»Ich denke, Tamaso hat einen guten Grund, warum er Sie zu mir bringt«, fuhr der Leader fort. »Deshalb bitte ich Sie, mir jetzt einfach zuzuhören.«

In den nächsten Minuten erzählte er Herrn Rix von den Putschplänen seines Vaters, in glasklaren, wohlstrukturierten Formulierungen. Der Mann, der hinter der Mauer schön langsam verrückt wurde und fast nur noch im Delirium stammelte, hatte sich kurzzeitig in den Agenten zurückverwandelt, den Fuchs.

»Falls Sie meine Geschichte bezweifeln«, sagte er, »wir haben überzeugende Beweise. Uns liegen die Marschbefehle vor, mit denen Ihr Vater im Frühjahr siebzigtausend Soldaten aus den Provinzen zurückbeordern wird. Sie alle sollen neu ausgerüstet werden, die Waffen dazu liegen bereits in geheimen Depots. Wir wissen auch, dass Ihr Vater dafür Gelder der Armee veruntreut und für seine eigenen Zwecke einsetzt. Wir haben seinen Briefwechsel mit etlichen hochrangigen Offizieren in der Hauptstadt, die seine Machtübernahme vorbereiten und denen er dafür große Karrieren verspricht. Und nicht zuletzt haben wir die Briefe seiner Geliebten, Majorin Mo, mit der er alle Einzelheiten bespricht und die ihn bereits jetzt mit ›mein Oberster Führer‹ tituliert.«

»Das reicht«, sagte Herr Rix. »Warum erzählen Sie mir das alles?«

Der Leader trank geräuschvoll einige Schlucke Wasser, bevor er fortfuhr. »Sie kennen Ihren Vater. Also werden Sie ermessen können, was es bedeutet, wenn er im Sommer als neuer Oberster Führer die Macht übernimmt. Zunächst werden Flore und die Provinzen unter seiner Gewaltherrschaft leiden, ein paar Jahre später dann Corona und die ganze Welt. Er wird nicht ruhen, bis alles in Flammen steht.«

»Ich kenne meinen Vater«, sagte Herr Rix ruhig. »Daher weiß ich auch, dass er Menschen, die ihm in die Quere kommen, einfach zertritt, wie Würmer oder Kakerlaken. Sagen Sie mir jetzt, was Sie von mir wollen?«

»Wir sind Marschall Utuk einen entscheidenden Schritt voraus«, erklärte der Leader. »Wir können ihn mit einem Schlag vernichten, wenn wir ihn während der Nationalen Spiele offiziell anklagen. Sie wissen, welche Strafe Ihre Militärgerichte für einen Landesverräter vorsehen.«

Herr Rix stieß seinen Atem als weiße Wolke aus. »Ich glaube, ich verstehe jetzt«, sagte er. »Die Anklage während der Spiele wäre Ihr Part gewesen. Der heilige Pio Gaumata, dem die Toten selbst die Wahrheit zuflüstern.«

»Wären Sie bereit, die Sache für mich zu übernehmen?«, fragte der Leader unumwunden.

Herr Rix lachte auf. »Sind Sie bei Trost? Glauben Sie ernsthaft, ich lasse mich von einem Staatsfeind anwerben? Ich bin kein Überläufer.«

Der Leader schwieg einen Moment. »Sie kennen mich nicht,

junger Herr Utuk«, sagte er dann. »Aber ich habe Sie seit über zwanzig Jahren im Auge. Sie sind ein denkender, fühlender Mensch, das Gegenteil Ihres Vaters und seiner Offiziere. Nicht einmal die Kadettenschule hat es geschafft, Ihnen die Seele auszutreiben. Sie können mit dem mörderischen System hier in Flore nicht einverstanden sein.«

Der Leader redete jetzt mit der sanften, bezwingenden Stimme von Pio Gaumata. Am liebsten hätte ich Herrn Rix vor ihm gewarnt – aber schließlich hatte ich ihn selbst hierhergeführt.

»Sie sind ein begnadeter Künstler, aber was wird aus Ihnen, wenn Ihr Vater das Puppenspiel in Flore verbietet? Es wird dazu kommen, seine Geliebte Majorin Mo drängt ihn dazu.«

Herr Rix hörte stumm zu. Das Licht der Laterne flackerte und ließ die Eiskristalle an der Mauer aufschimmern wie winzige, ferne Sterne.

»Wenn Sie die Pläne Ihres Vaters öffentlich aufdecken, schuldet der Oberste Führer Ihnen eine Menge«, fuhr der Leader fort. »Ich denke, das wird ein guter Zeitpunkt für Forderungen sein. Lager können geschlossen werden, Keller zugeschüttet, Menschen freikommen.«

»Und die Mauer Ihres Kerkers könnte eingerissen werden«, ergänzte Herr Rix.

»Auch das«, erwiderte der Leader ruhig. »Aber das bedeutet nichts im Vergleich zu Ihren Möglichkeiten. Mit dem richtigen Entschluss könnten Sie die Welt bewegen, nicht nur Ihre Puppen. Tatsächlich könnten Sie den nächsten großen Krieg verhindern. Vielleicht nicht für immer, aber für viele wertvolle Jahre. Durch Sie hätte Ihr Volk eine echte Chance, sich der Welt nicht länger als Barbaren, sondern als Partner zu präsentieren.«

Herr Rix gab mir die Laterne zurück. »Ich denke, ich habe Sie verstanden. Aber jetzt muss ich gehen, und der Mechaniker mit mir.«

»Leben Sie wohl«, sagte der Leader hinter der Mauer sanft. »Wir sind in Ihrer Hand.«

Auf der schneebedeckten Straße fiel Herrn Rix' Hinken viel stärker ins Gewicht als im Haus. Das langsame Tempo machte mich nervös, ich musste mich zusammenreißen, um nicht vorauszulaufen.

»Zwangsrekrutierte Jugendliche«, sagte er nachdenklich. »Kester gehört auch dazu.«

Ich nickte. »Und sein Zwillingsbruder.« Ich nickte wieder.

»Das Mädchen, das du abends im Garten triffst?«

»Auch. Und noch ein anderes Dienstmädchen bei Ihrer Tante Frau Ui.«

»Ihr seid alle Coroner? Unglaublich.«

»Wir sind in Parman aufgewachsen«, sagte ich. »Wir wussten nichts davon. Sie haben es uns erst im Ausbildungscamp gesagt, nachdem sie uns abgeholt hatten.«

»Abgeholt gegen euren Willen?«

»Ja.«

»Aber jetzt sitzt euer Leader fest. Warum bleibt ihr noch hier?«

»Wenn wir fortlaufen, bringen wir damit unsere Familien in Gefahr. Die in Parman, meine ich.«

Herr Rix zog die Brauen zusammen. »Corona, Land der Freien und der Gerechten«, sagte er sarkastisch. »Es ist wohl eine Riesensauerei, was sie da mit euch veranstalten.«

»Es ist sogar noch schlimmer. Wir waren zu sechst. Einer von uns ist bereits gestorben. Sein Name war Isao.« Es tat gut, von ihm zu reden. Ich war ihm das Andenken schuldig.

»Du sprichst von dem Jungen, der sich vor Kurzem im Keller vergiftet hat«, sagte Herr Rix. »Er war also auch einer von euch.«

»Ja.«

Er schüttelte den Kopf. »Trotzdem denkst du, ich sollte mit deinem Leader gemeinsame Sache machen.«

»Ich bin mir jetzt nicht mehr so sicher«, sagte ich ehrlich. »Haben Sie gemerkt, wie er Sie manipulieren wollte? Er versucht ständig, uns alle zu manipulieren.«

Herr Rix lächelte. »Um mich mach dir keine Sorgen«, sagte er. »Ich bin Puppenspieler. Ich merke, wenn einer versucht, an den Fäden zu ziehen.«

Mit seinem verkrüppelten Fuß rutschte er im Schnee weg. Um ein Haar wäre er gestürzt. »Sie können sich ruhig an mir festhalten«, bot ich ihm an.

Er bedankte sich und stützte sich beim Weiterlaufen auf meinen linken Arm. Jetzt, in den Nachmittagsstunden, waren mehr Menschen als sonst in den verschneiten Straßen unterwegs: Dienstmädchen, die ihre Einkäufe auf Schlitten zogen, Soldaten, die den Schnee zu militärischen Haufen fegten. Ich merkte, wie wir angestarrt wurden.

»Du tust ihnen leid«, sagte Herr Rix. »Sie halten dich für das Opfer eines perversen Hundebespringers.«

Ich schüttelte den Kopf, wusste aber nicht, was ich sagen sollte.

»Es ist wegen vorgestern Abend, nicht wahr?«, fragte er. »Deshalb hast du mich zu deinem Leader gebracht.«

»Ja.«

»Du denkst, irgendwann erhebt sich die gedemütigte Kreatur gegen ihren Peiniger.«

»Nicht so«, sagte ich verlegen.

Eine Zeit lang gingen wir schweigend weiter, immer in diesem langsamen, hinkenden Schritt. Erst in der Straße von Marschall Utuks Haus redete Herr Rix weiter.

»Was mein Vater da vorgestern Abend veranstaltet hat, war eine

Kleinigkeit«, sagte er. »Im Vergleich zu dem, was er mir angetan hat, als ich noch ein Kind war.« Er lächelte. »Ich kann nicht behaupten, dass mich das Angebot deines Leaders nicht reizen würde. Es wäre die Rolle meines Lebens, buchstäblich.«

27

Heute ist der 25. März. Heute in drei Tagen beginnen in Heiman die Nationalen Spiele.

Noch immer herrscht in den Nächten Frost, liegt der Schnee in den Gärten einen halben Meter hoch. Und doch behaupten die erfahrenen Domestiken, dass der Winter für dieses Jahr besiegt sei. Sie machen es an den Nebeln fest, die in den Morgenstunden wie Schleier über den Schneeflächen hängen, an der Mittagssonne, die sich jetzt wieder öfter zeigt. Aber nach wie vor sind die Tage kälter, als sie es in Parman je sein könnten. Bis zum Frühling scheint mir noch ein weiter Weg zu sein.

Heute vor einem Jahr haben die Coroner uns aus unseren Klassenzimmern geholt. Als Kester und ich darüber reden, merke ich, wie unterschiedlich wir denselben Vorgang erlebt haben.

»Dein Vater hat für dich gekocht? Ein Fest vorbereitet?« Kester sieht mich merkwürdig an.

»Ja. Wir waren eine richtige Familie.«

Unsere Unterhaltung findet in der Küche am heruntergebrannten Feuer statt. Kester hasst seine winzige Kammer und betritt sie erst, wenn er vor Müdigkeit schier umfällt. Der Koch wiederum lässt uns gerne hier sitzen, wenn ich dabei einen seiner Küchen-invaliden repariere. Heute ist es ein hölzerner Kasten, in dem Fische vergoren werden, »siehst du das Loch, Mechaniker? Der Kasten muss wasserdicht sein, denn die Fische werden fünfzig Tage lang in der Erde vergraben.«

»Unsere Mutter hatte die Poststelle in der Stadt«, erzählt Kester, während ich ein Stück Holz passend zufeile. Der Kasten auf meinen Knien stinkt atemberaubend nach Fisch. »Wenn wir von der Schule nach Hause kamen, mussten wir Holz hacken, Pakete austragen und parieren. Das vor allem.« Er spuckt in die Glut. »Sie wäre niemals auf die Idee gekommen, ein Fest für uns vorzubereiten. Kein Geburtstag, kein Namenstag, kein Götterfest. Nichts. Sie war einfach nur eine von den Coronern gemietete geldgierige Person.«

»Meine Mutter nicht«, sage ich. »Und mein Vater auch nicht. Jedenfalls glaube ich das nicht.« Es tut weh, darüber zu reden. Als würde eine Wunde wieder zu bluten beginnen.

»Dabei wären Silvan und ich die große Nummer bei der Abschlussfeier in der Schule gewesen«, erzählt Kester weiter. »Wir beide beherrschen ein richtig gutes Kunststück. Es hat unsere Mutter nicht die Bohne interessiert.«

Ich greife die Ablenkung dankbar auf. »Wirklich? Was könnt ihr denn?«

»Ich fürchte, das muss ein Geheimnis bleiben.« Er grinst, etwas vom alten Kester flackert in ihm auf. »Wenn ihr brav seid, zeigen wir es euch irgendwann.«

Wochenlang habe ich nicht mehr an meine Eltern und meine Brüder gedacht. Jetzt stelle ich mir vor, wie sie den Jahrestag meines Verschwindens erleben. Seit die Tage heller werden, haben sie Angst vor diesem Datum, 25. März. Am Tag selbst arbeiten sie von früh morgens bis spät in die Nacht, um nicht nachdenken zu müssen: meine Mutter an den Geschäftsbüchern, mein Vater an den Instrumenten. Meine kleinen Brüder spielen im Nebenraum, still und bedrückt. Vielleicht haben sie die Spielsachen herausgeräumt, die sie von mir geerbt haben. Vielleicht halten sie das Schweigen irgendwann nicht länger aus und fragen meinen Vater und meine Mutter nach mir und treffen sie damit mitten ins Herz …

Wenn General Elias die Wahrheit sagt und ich nur ein willkommenes Geschäft für meine Eltern war, ist meine Vorstellung ein Wunschtraum. Oder? Kann nicht auch unter solchen Umständen in den Jahren etwas wie Liebe wachsen? War ich am Ende vielleicht doch ihr großer Sohn, den sie nun schrecklich vermissen?

Ich liebe meine Familie, so sehr, dass es wehtut. Ich will nicht glauben, dass ich nur gegen Geld ihr Sohn, ihr Bruder war. Ich will es einfach nicht.

Wenn man durch Heimans Straßen geht, könnte man meinen, die Stadt bereite sich akut auf den Kriegszustand vor. Hunderte, wenn nicht Tausende von Soldaten sind im Einsatz: Ein Teil von ihnen stammt von hier, aus Marschall Utuks südlichem Kontingent, der größere Teil allerdings kommt aus dem Norden, als Vorhut des Obersten Führers, der in zwei Tagen persönlich eintreffen wird.

Ungeachtet der mörderischen Kälte haben die Soldaten innerhalb von acht Wochen ein Stadion aus dem Boden gestampft, mit Sitzplätzen für zehntausend Zuschauer, mitten in Heiman, unweit des rechten Flussufers. Häuser, die dabei im Weg standen, wurden mit Bulldozern beiseitegeschoben und plattgewalzt, die Bewohner in Behelfshütten am Stadtrand umgesiedelt. Es ist die florische Art, die Stadt auf die Spiele vorzubereiten. Zimperlich ist hier niemand.

Zum ersten Mal stehen in dem sonst so hermetisch verriegelten Heiman überall die Tore offen. Täglich treffen jetzt die Besucher der Spiele mit Bussen und Armeefahrzeugen ein. Sie werden in Kasernen, Fabrikgebäuden und Schulen einquartiert, es herrscht ein ständiges Kommen und Gehen. Auf den Pausenhöfen und Exerzierplätzen hat man Verpflegungszelte und Toilettenanlagen für Tausende von Gästen aufgebaut. Nur die Tore des Instituts für Stickerei und ein paar ähnlich hohe Tore bleiben verschlossen wie eh und je.

Die Kinder und Jugendlichen haben schulfrei. In ihren blauen Flanellmänteln bevölkern sie Heimans Straßen und wirken dabei lebhaft wie Vögel, die ihrem Käfig entkommen sind. Selbst die allgegenwärtigen Parolen der Lautsprecher kommen gegen die Betriebsamkeit und Lebensfreude in den Straßen nicht an. Die ganze Stadt wirkt verwandelt, als würden die Puppen kurzzeitig die Welt der Menschen aus den Angeln heben.

Immer wieder sehe ich Herrn Rix heimlich von der Seite an und frage mich, was er vorhat. Auch wenn er seinen Vater hasst, eine offene Anklage bedeutet eine immense Gefahr, nicht nur für ihn selbst, sondern auch für seine Mutter und das ganze Haus Utuk. Trifft er seine Vorkehrungen, damit die Große Schande nicht alle mit den Abgrund reißt?

Von außen ist ihm nichts anzumerken, er führt die Puppen mit derselben gelassenen Meisterschaft wie bisher. Auch Frau Utuk erzählt und singt die Geschichte des Doppelgängers weiter, als wäre sie die einzig wichtige Sache auf der Welt.

Wenn sie Bescheid weiß, zu wem wird sie halten? Zu ihrem Mann oder zu ihrem Sohn, dem Puppenspieler? Ich könnte es nicht sagen. Frau Utuk bleibt für mich das Rätsel, das sie von Anfang an war.

Erstaunlicherweise hat Kester ein ganz anderes Verhältnis zu ihr. Er weiß, dass sie seine Retterin ist, und verehrt sie. Die beiden sprechen oft vor oder nach den Proben miteinander, manchmal lachen sie sogar zusammen. Als der Jasmin im Glashaus die erste zartgelbe Blüte öffnet, pflückt Kester sie kurzerhand ab. Und die hellauf empörten Gärtner verkneifen sich jeden Kommentar, als Frau Utuk die Blüte beim Abendessen an ihrem Kleid trägt.

Inzwischen birst das Glashaus förmlich vor gelben Blüten, und das Haus von Marschall Utuk bebt in Erwartung des Obersten Führers.

Die beiden Gasträume sind fertig, der Fußboden poliert, die Wände frisch gestrichen. Die bestellte Badewanne wird von vier

Soldaten hereingeschleppt und steht nun auf ihren Löwenfüßen herum wie ein großes, verirrtes Tier aus einer anderen Welt.

Als die Arbeiten fertig sind, erscheint Marschall Utuk persönlich zur Inspektion. Er schreitet die Räume ab, prüft das Bett, klopft auf den Rand der Badewanne. Am Ende wendet er sich mir zu. »Was fehlt, Mechaniker?«

»Verzeihung, gnädiger Herr Utuk, ich weiß es nicht. Ein Rabe im Käfig vielleicht?«

Das entlockt ihm tatsächlich ein Schmunzeln. Seine Narbe verzerrt sich dabei, es sieht schmerzhaft aus. »Ein Portrait des Obersten Führers fehlt«, erklärt er mir. »Sag Frau Lu Bescheid, sie soll sich sofort darum kümmern.«

Ich neige den Kopf. »Ja, gnädiger Herr Utuk.« Was seine wahren Pläne betrifft, wäre eine Falltür geradewegs hinunter in den Keller wohl der passendere Einrichtungsgegenstand.

Zwei Tage später hängt das gestickte Portrait an der Wand, und ich habe prompt die Möglichkeit, das Original damit zu vergleichen. Denn bereits eine Stunde nach der Ankunft des Obersten Führers schickt Frau Lu mich zu ihm.

Ihre Wangen glänzen rot, wie eingefettet. Ich habe Frau Lu noch nie so aufgeregt erlebt. »Unser hoher Gast braucht noch etwas«, sagt sie, dabei umklammert sie fest meine Hand, als wollte sie mich beschwören. »Sein persönlicher Sekretär wird dir erklären, worum genau es sich handelt.«

Der persönliche Sekretär des Obersten Führers sitzt am Schreibpult, auf einem Stuhl, den ich letzte Woche extra neu gepolstert habe. Er ist jung und sieht ziemlich gut aus, aber er trägt dasselbe goldfarbene Brillengestell wie der Vorsteher des Kellers. Vermutlich gibt es in Flore keine große Auswahl an Modellen.

Der Sekretär erklärt mir, dass der Oberste Führer niemals ein

Bett benutze, sondern lediglich auf einem Holzbrett auf dem Fußboden nächtige. Während er mir die gewünschte Beschaffenheit des Brettes erläutert, steht der Oberste Führer am Fenster und blickt hinaus in den Garten. Flores allmächtiger Diktator ist ein ungewöhnlich großer Mann, mit einem Kreuz wie ein Balken und dem Körperbau eines Bären. Nach dem, was wir in Camp Mi über ihn gelernt haben, hat er auf seinem Weg zu Flores Spitze mehr als zwei Dutzend Konkurrenten ausgeschaltet. Entweder haben sie sich irgendwann hinter ihn gestellt oder sie sind spurlos verschwunden. Genaueres ist nicht bekannt.

Spontan denke ich, dass der kleine Marschall Utuk diesem Mann nicht gewachsen sein kann. Der Oberste Führer wirkt, als könnte ihn nichts umwerfen, weder ein Sturm noch ein Putsch noch ein Mordversuch.

»Dort hinten das Glashaus«, sagt er, ohne sich umzudrehen. »Hast du das auch gebaut?«

In der weißen Schneelandschaft des Gartens leuchtet das Glashaus voller Jasmin, als würde es die Sonne beherbergen. Es wundert mich nicht, dass es ihm auffällt.

»Ja, verehrter Oberster Führer.« Ich habe keine Ahnung, ob das die korrekte Anrede ist.

Er dreht sich um: ein Mann um die fünfzig, mit breitem, schlaffem Gesicht. Doch unter der scheinbaren Trägheit wirkt er gefährlich, so als könne er jederzeit zuschlagen. In meiner Vivid-Kategorisierung wäre er ganz klar ein Löwe.

»Du bist Parmaner?«

»Ja, verehrter Oberster Führer.«

Der Oberste Führer hat Lust auf einen Plausch und sucht sich dafür ausgerechnet mich aus. Ich müsste vor Nervosität vergehen, tatsächlich aber bleibe ich erstaunlich kaltblütig.

»Ihr seid nützliche, angenehme Hausgenossen, du und deine

Landsleute«, sagt er. »Keine andere Nation zieht derart begabte Domestiken heran. Wir in Flore hätten Bedarf für eine viel größere Anzahl von arbeitsfähigen jungen Parmanern.«

Ich sage ihm nicht, dass eine Anstellung in Flore für jeden jungen Parmaner an allerletzter Stelle rangiert, noch hinter dem Einsatz in Gefängnissen oder auf engen, schmutzigen Handelsschiffen.

»Die Zeiten ändern sich«, sagt der Oberste Führer, der offenbar in Gesichtern lesen kann. »Es wird so weit kommen, dass es *eine Ehre und ein Privileg* für jeden Parmaner sein wird, in Flore zu arbeiten.«

»Ja, Oberster Führer.« Ich verneige mich und hoffe, dass ich diese Zeiten nie erleben werde.

Am Abend im Speisesaal ist der Oberste Führer der Fixstern, um den sich die gesamte Offiziersgesellschaft dreht. Er gibt sich freundlich und jovial, lobt jedes Gericht, das auf den Tisch kommt, ja, er lässt sogar extra den Koch kommen, der strahlt und sein Glück nicht fassen kann. Mir fällt auf, wie respektvoll der Oberste Führer Frau Utuk behandelt. Er lobt ihre früheren Siege und ihre Art, im Gesang zu erzählen, »eine Kunst, Madame, die in Flore wohl mittlerweile einzigartig ist.« Anscheinend ist er ein echter Verehrer des Puppenspiels.

Marschall Utuk als Hausherr spielt heute Abend kaum eine Rolle. Die wenigen Sätze, die er zum Gespräch beiträgt, klingen glatt, höflich, fast unterwürfig. Wieder frage ich mich, ob ihm klar ist, mit welchem Gegner er es aufnehmen will.

Der erste Tag der Nationalen Spiele beginnt mit glitzerndem Frost und einem Sonnenaufgang in allen Orange- und Rottönen. Und mit Fanfaren, die aus zwanzig nagelneuen Lautsprechern über das noch leere Stadion und durch die Straßen der Stadt hallen. Gäbe es

Hunde in Heiman, sie würden unter Garantie schauerlich mitheulen.

Das neue Stadion kommt mir in seiner brutalen Nützlichkeit wie ein Spiegel florischer Gesinnung vor. Alles hier ist aus Beton: die Bühne, die Sitzbänke, die sich im Halbkreis in die Höhe ziehen, die Wege und Rampen. Einzige Unterbrechung der Monotonie sind Fahnen mit den Portraits der Puppenspieler und Glasgefäße, in denen leuchtend gelb der Jasmin blüht, traditionelles Wahrzeichen und Glücksbringer der Spiele. Was auch immer passieren mag, die Gärtner haben ihren Anteil geleistet. Sie werden zufrieden sein.

Von meinem Platz links neben der Bühne beobachte ich die Zuschauer, wie sie zuerst vereinzelt, dann immer dichter durch die Eingänge hereindrängen und das Stadion blau überfluten.

Wenn ich den fieberwirren Erklärungen des Leaders trauen kann, besteht das Publikum zur Hälfte aus der Elite des Landes: Hohe und höchste Staatsbeamte, in deren Häusern traditionell das Puppenspiel gepflegt wird, Generäle und sonstige Befehlshaber des Militärs, dazu Großgrundbesitzer und reiche Kaufleute wie Ruti Util, die es im Militärstaat Flore offiziell nicht geben darf, ohne deren Geld die Armee aber nicht existieren könnte. Die zweite Hälfte des Publikums bilden Heimans Stadtbevölkerung und die Soldaten, die entweder Marschall Utuk oder dem Obersten Führer gehorchen.

Von der ersten Stunde der Spiele an bin ich Mitglied einer Erste-Hilfe-Station für Puppen. Jede Theatergruppe hat ihren eigenen Mechaniker dabei, so sind wir zwanzig Frauen und Männer, die in einem engen Unterstand direkt neben der Bühne arbeiten. Im Gegensatz zu den Zuschauerrängen gibt es bei uns keine Wärmeöfen, aber auch wenn wir die Kälte ertragen und Ellenbogen an Ellenbogen arbeiten müssen, hat die Lage einen unschätzbaren Vorteil: Nachdem die Bühne nach allen Seiten offen ist, erlebe ich die Theaterstücke aus direkter Nähe, während ein großer Teil des tausendköpfigen Publikums nur die verzerrten Stimmen der Spieler aus den Lautsprechern und bunte, sich bewegende Punkte auf der Bühne mitbekommt.

Zentral vor der Bühne, etwa auf Höhe der fünften oder sechsten Zuschauerreihe, ist mit Kordeln eine Art Ehrenloge abgegrenzt. Dort sitzen Marschall Utuk und der Oberste Führer nebeneinander wie sehr unähnliche Brüder. Der Rest des riesigen Halbrunds verschwimmt in uniformblauem Gewimmel. Niemals zuvor habe ich eine solche Menschenmenge gesehen.

Kester ist nicht bei mir. Er bleibt für die drei Tage der Spiele in seiner Kammer eingeschlossen, die reine Folter für ihn. Frau Lu hat mir gestern Abend versprochen, so oft wie möglich nach ihm zu sehen.

Auch von den anderen ist keiner hier, natürlich nicht. Graue Dienstkleidung tragen hier im Stadion lediglich Platzanweiser, Getränkeverkäufer und die Mechaniker, aber kein einziger Zuschauer.

Schon am ersten Tag begreife ich, was für eine Sonderstellung Frau Utuks Puppenspiel einnehmen muss. Ein Großteil der Stücke besteht aus Klamauk und derbem Possenspiel: Die Puppen sind plump gebaut und tragen grellbunte Pluderhosen, sie können ihre Augen und Münder aufreißen und mit ihren großen Nasen schlenkern. Dabei kann der Klamauk ab und zu in diabolischen Witz umschlagen, etwa wenn ein sadistischer Offizier einen Trupp Soldaten drillt und sie dabei als feige Hühner beschimpft, immer wieder: »Hühner! Ihr Hühner!« In seinem Furor merkt er nicht, dass die Soldaten sich auf sein Wort hin tatsächlich in Hühner verwandeln, einer nach dem anderen. Am Ende stehen sich inmitten einer Schar gackernder Hühner der Offizier und sein allerletzter Soldat gegenüber – und es ist der Soldat, der das letzte Wort behält: »Du Wurm.«

Doch egal wie grob und schlicht gestrickt die Geschichten sind, das florische Publikum amüsiert sich bei allem prächtig. Es lacht über die Verwechslungspossen, gruselt sich wohlig bei Geistergeschichten und seufzt mit den verschmähten Liebhabern, die es gleich dutzendweise gibt. In beinahe jedem Stück kommt es irgendwann zu einer großen Keilerei, die uns Mechanikern eine Menge Arbeit in der Erste-Hilfe-Station beschert. Zerfetzte Kleider müssen blitzschnell genäht, abgebrochene Köpfe und Arme wieder angeklebt werden. Einer der Mechaniker klebt versehentlich den Kopf eines Generals verkehrt herum auf, worüber die Zuschauer in hellem Entzücken lachen.

Die Florer, die in ihrem Leben nur Funktion, Drill und Grausamkeit kennen, sind vielleicht das dankbarste Publikum der Welt. Am Abend des zweiten Tages, nach vierzehn Theaterstücken mit viel Donner und Blitz, Gepolter und Geschrei, applaudieren sie noch genauso frenetisch wie in der allerersten Stunde.

Den dritten Tag eröffnet Frau Utuk.

Als die Ansage kommt und die Fahnen mit den Portraits von Frau Utuk und Herrn Rix hochgezogen werden, beginnt mein Herz heftig zu klopfen – ganz, als müsste ich gleich selbst dort oben auf der Bühne stehen. Es hält mich nicht länger hinter meinem Arbeitstisch; hastig trete ich fünf, sechs Schritte aus dem Unterstand heraus, sodass ich jetzt von schräg unten die Bühne komplett im Blick habe.

Zum ersten Mal sehe ich das Stück ohne Unterbrechung. Zu Beginn achte ich noch auf Einzelheiten, ob die Figuren alle ohne Makel sind, ob man Frau Utuk und ihren Spielern die Aufregung anmerkt. Doch die Spieler führen ihre Puppen wie immer großartig, und den Sog von Frau Utuks Erzählstimme können nicht einmal die Lautsprecher zerstören. Schon nach kurzer Zeit ergeht es mir wie sonst im Saal der Puppen: Ich vergesse alles um mich herum und lasse mich vom Geschehen auf der Bühne davontragen.

Von Anfang an ist die Präsenz des Alchemisten überwältigend. Ein Unmensch, der keine Moral kennt und keine Skrupel, für den Menschlichkeit Schwäche und Liebe ein Schimpfwort ist. Der Schöpferkraft und Genialität besitzt, sie aber nur nutzt, um die Welt in den Abgrund zu stürzen. Und der mit all seiner teuflischen Macht unbesiegbar scheint.

Als sich auf der Gegenseite die bunte Truppe der Gefährten auf die Suche macht, lacht das florische Publikum. Doch es ist ein anderes Lachen als bisher, verhalten, irgendwie sogar respektvoll, so als spürten die Zuschauer die mächtige Kraft, die die Gefährten antreibt: die schmerzliche Liebe zu etwas Verlorenem. Vielleicht fühlen sie selbst diese Art Schmerz, wenn sie ihre kleinen Kinder in die Kadettenschulen geben müssen, wenn sie Jahre später ihre herangewachsenen Töchter und Söhne an die Front und damit oft genug in den Tod schicken.

Jezebels spektakulärer Auftritt wird mit einem kollektiven Aufstöhnen im Publikum quittiert. Dann kommt der Moment, vor dem ich insgeheim zittere. Ich halte die Luft an, als Bär und Riese gemeinsam den Orakelautomaten zerschlagen, und atme erst wieder auf, als der junge König heil aus den Trümmern aufersteht.

»Junger König! Hurra, ihr seid es!«

Der junge König berührt sein Gesicht, seine Arme, als müsse er sich davon überzeugen, noch einen Körper aus Fleisch und Blut zu besitzen.

»Ich war lange in dem Automaten gefangen. Sehr lange.« Er sagt es ruhig, dennoch schwingt in seinen Worten die grauenvolle Enge mit, das Sich-nicht-rühren-Können, der Luftmangel, die Ausweglosigkeit. Unweigerlich muss ich an den Leader hinter der Mauer denken.

»Aber jetzt haben wir dich gefunden«, strahlt der Riese. »Zum Glück haben wir nicht auf den Narren gehört, sonst würden wir noch immer durch das Gebirge irren und uns mit Riesenschlangen herumärgern, die absolut keine Ahnung von gutem Essen haben.«

»Keine Ahnung, das ist wahr«, echot der Bär.

Der Narr blickt unverwandt den jungen König an. »Wir fünf sind am Ziel angelangt«, sagt er. »Du noch nicht. Du weißt hoffentlich, dass dir das Schlimmste noch bevorsteht.«

»Hör nicht auf sein närrisches Geschwätz.« Der Riese hebt den Narren kurzerhand in die Höhe und räumt ihn wie ein Paket zur Seite. »Junger König, ich sage dir, was wir jetzt tun werden: Zuerst beschaffen wir dir ein paar schmucke Königskleider, dann gehen wir gemeinsam los und zerren den Alchemisten an seinen langen, fettigen Haaren aus dem Palast.«

»Und dann stecken wir ihn auch in so einen Automaten«, fällt der Bär ein. »Einen, der tanzen muss, wenn man eine Münze einwirft.«

»Nein, einen, der immerzu mit den Flügeln schlägt.« Der Adler macht es gleich vor.

Der junge König drückt jeden der Gefährten fest an sich. »Glaubt mir, nichts würde ich lieber tun. Mit euch zusammen müsste ich nichts und niemanden fürchten. Aber der Narr hat Recht: Den Kampf gegen den Alchemisten muss ich allein ausfechten.«

»Schade«, brummt der Bär enttäuscht. »Ich hätte ihn gerne aufgefressen. Manchmal tut so ein bitterer Happen dem Magen wohl.«

»Ich gebe dir noch einen Rat«, sagt der Narr, als der junge König sich zum Palast hinwendet. »Alles, was der Alchemist erschafft, ist dem Untergang geweiht. *Alles.* Wenn du ihn davon überzeugen kannst, hast du gewonnen.«

In einem verborgenen Zimmer des Palastes kniet der Doppelgänger vor dem Alchemisten.

»Hörst du endlich auf, dich in deiner Melancholie zu suhlen wie ein Schwein im Morast?«, knurrt der Alchemist. »Reiß dich zusammen, sonst werde ich dich zur Fröhlichkeit zwingen!«

Der Doppelgänger schüttelt müde den Kopf. »Du kannst mir nicht mehr drohen.«

»Das werden wir sehen«, faucht der Alchemist und gießt schwarzes Öl auf die Schrauben der Gelenke, bis der Doppelgänger gequält aufstöhnt. »Ich stelle ein neues Öl für dich her. Es wird sich wie ein glühender Pfeil in dein Innerstes fressen und dein Metall schön langsam zum Schmelzen bringen. Was meinst du, wie wird dir das gefallen?«

»Warum tötest du mich nicht einfach?«, fragt der Doppelgänger.

»Ich wünschte, ich könnte es«, knurrt der Alchemist. »Aber da gibt es dieses verfluchte Gleichgewicht der Kräfte, das dem Schöpfer verbietet, sein Geschöpf zu vernichten. Außerdem brauche ich dich noch, damit die Dummköpfe draußen im Land weiter an ihren König glauben können.«

Es klopft an der Tür. Der Alchemist fährt herrisch auf. »Niemand stört mich, habe ich gesagt!«

Einer der anderen Mechaniker tippt mir von hinten auf die Schulter, er möchte meine Hilfe bei einer Reparatur. Ich schüttle den Kopf. Um nichts auf der Welt könnte ich jetzt den Blick von der Bühne abwenden.

Die Tür fliegt auf. Der junge König stürmt in die Kammer.

»Du«, sagt der Alchemist hasserfüllt. »Was willst du hier?«

»Meinen Thron und mein Land«, sagt der junge König.

»Sieh dich an, Bettler.« Der Alchemist lacht spöttisch. »Dein Thron und dein Land gehören längst mir.«

»Ich werde mit dir darum kämpfen.«

»Hast du vergessen, wen du vor dir hast? Du kannst mich nicht besiegen. Doch genau besehen ist es sogar ein glücklicher Zufall, dass du gerade jetzt erscheinst.« Der Alchemist bedenkt den knienden Doppelgänger mit einem kalten Blick. »Ich gebe dir die Hälfte der Macht in Flore zurück, wenn du mir diese nutzlose Kreatur hier vernichtest.«

»Deine eigene Schöpfung?«, fragt der junge König. »Was ist das wieder für eine Teufelei?«

Der Doppelgänger hebt den Kopf. »Tu es ruhig«, sagt er. »Die Menschen im Land brauchen dich, nicht mich. Ich bin nur ein Schatten, eine Kreatur der Finsternis.« Abgrundtiefe Trauer liegt in seiner Stimme. »Ich bin kein Mensch.«

Als der junge König vor ihn hintritt, senkt der Doppelgänger ergeben den Kopf.

»Worauf wartest du? Das ist deine große Chance«, sagt der Alchemist herausfordernd. Er stößt den Doppelgänger mit dem Fuß an. »Wirf das lästige Ding zu Boden und zertrete es, Stück für Stück, bis alles Leben aus ihm gewichen ist. Na los, es ist nur Metall und ein wenig Zauberei.«

Der junge König schüttelt den Kopf. »Ich kämpfe nicht gegen dich, indem ich tue, was du willst.« Er bückt sich, hebt den Doppelgänger hoch und umarmt ihn. »In meiner Gefangenschaft habe ich so oft an dich gedacht«, sagt er. »Ich, lebendig ins Metall gezwungen, du, künstlich zum Leben gezwungen. Du bist mein Bruder, mein Spiegelbild. Niemals könnte ich dir etwas zuleide tun.«

»Dann pack dich fort, Bettler«, sagt der Alchemist verächtlich. »Hinaus in die Gosse, wo du und deinesgleichen hingehören. Mitgefühl, Sorge, Liebe, deine menschlichen Gefühle saugen dir das

Mark aus den Knochen. Du bist ein Schwächling, nichts weiter. Und deshalb werde ich immer Sieger bleiben. Immer, hörst du?«

»Sieger? Wo ist dein Sieg?«, fragt der junge König. »Du denkst, du beherrschst die Natur, du hältst dich für den Herrn über das Leben selbst, doch in Wahrheit erschaffst du nur Jammer und Wahnsinn. Du mordest für die Macht, doch sie zerrinnt dir unter den Fingern. Deine Geschöpfe hassen dich, die Menschen hassen dich. Alles, was du anfasst, verdirbt, wie von einer schrecklichen, fauligen Seuche angesteckt. Was bleibt von dir am Ende, Alchemist?«

»Das Böse«, sagt der Alchemist. »Es ist unsterblich, und damit bin auch ich unsterblich.« Hoch aufgerichtet steht er da, sein schwarzer Mantel bauscht sich um ihn wie Rauch.

Da fällt der Vorhang, wie ein Schnitt durch die Luft.

Eine längere, etwas ratlose Pause entsteht. Niemand steht auf, niemand applaudiert. Die Zuschauer blicken weiter zur Bühne, sie wissen, dass noch etwas kommen muss. Der Wind hat seit dem frühen Morgen aufgefrischt; er fährt in den Vorhang, lässt ihn bauschen und wirbeln, als wolle er sich selbst als Puppenspieler ausprobieren.

In der Ehrenloge beugt sich der Oberste Führer zu Marschall Utuk. Nach seinen Gesten zu schließen, lobt er ausführlich Frau Utuk und das Stück. Der Marschall nickt, antwortet nur knapp. Sehr aufrecht sitzt er da und lässt die Bühne nicht aus den Augen. So interessiert habe ich ihn während der Spiele bisher nicht erlebt.

Der Vorhang öffnet sich wieder. Auf der Bühne steht der Narr, allein.

Mit dem Daumen weist er auf Frau Utuk, die auf ihrem Stuhl im abgedunkelten hinteren Bereich der Bühne sitzt. »Unsere Erzählerin«, sagt er verschwörerisch. »Sie kennt jeden unserer Schritte, unsere geheimsten Gedanken, selbst wenn wir furzen, weiß sie es vor uns. Sie ist *unsere allwissende Göttin.*«

Der Narr beugt sich nach vorne über den Bühnenrand und flüstert dem tausendköpfigen Publikum zu: »Aber was jetzt gleich geschieht, weiß nicht einmal sie.«

Noch einmal fällt der Vorhang und geht gleich wieder hoch. Jetzt steht wieder der junge König vor dem Alchemisten. Im Stadion herrscht eine schwere, drückende Stille, als hätte das Publikum Angst vor dem, was gleich kommen wird.

»Ich kann und ich werde dich jetzt vernichten«, sagt der junge König zum Alchemisten. »Dabei bin ich mir nicht einmal sicher, ob ich das Richtige tue. Denn im Grunde halte ich Flore, mein geliebtes Vaterland, für rettungslos verloren. Das Böse hat sich in unsere Gesellschaft und in unsere Herzen eingebrannt wie Säure. Wir sind die Schande der Welt. Was hilft es da, wenn ich einen einzelnen Bösewicht wie dich zu Fall bringe?«

Der Alchemist steht reglos und stumm da. Jakuf, der grauhaarige Puppenspieler, führt ihn: Ich sehe sein erschrockenes Gesicht, er ist vollkommen überrumpelt.

»Andererseits«, fährt der junge König fort, »haben wir Puppenspieler eine heilige Pflicht zur Wahrheit. Wir schulden sie unseren Vorfahren, die noch Menschen waren, keine militärischen Automaten. Und wir schulden sie unseren Kindern, die wir auf grauenvolle Art und Weise um ihr Leben betrügen.«

Ich beobachte eine Gruppe Halbwüchsiger im Publikum, sie sind vielleicht elf oder zwölf Jahre alt. Mit ihren kahl geschorenen Köpfen kann ich nicht einmal sagen, ob es Jungen oder Mädchen sind. Ihre Münder stehen offen, gebannt blicken sie auf die Bühne.

Herr Rix übergibt Jakuf das Führungskreuz des jungen Königs und bedeutet ihm, nach hinten zu gehen. Jetzt steht er allein am vorderen Rand der Bühne, die Kapuze nach hinten geschlagen, die Haare zerstrubbelt, wie ich ihn so viele Male bei den Proben erlebt habe.

»So undurchdringlich das Netz des Bösen auch gesponnen scheint, an einer Stelle muss man anfangen, es zu zerreißen«, sagt er.

Wie ein Echo auf seine Worte zerreißt ein lauter Knall die Luft.

Ein Schuss, begreife ich, doch da setzt es sich schon fort, eine ganze Abfolge von Schüssen in kürzesten Abständen. Binnen weniger Sekunden ist es vorüber, nur noch der Nachhall ist zu hören.

»Was war das jetzt?«, fragt einer der Mechaniker aus dem Unterstand heraus.

Ich fahre herum zum Publikum. Der Oberste Führer beugt sich zu Marschall Utuk, genau wie vorhin im Gespräch. Doch jetzt steht sein Mund offen, auf seinem Gesicht malt sich grenzenlose Verblüffung. Es sieht fast lustig aus, wie dieser Bär von einem Mann beim schmächtigen Marschall Halt sucht, ihm dabei buchstäblich um den Hals fällt. Langsam, ganz langsam rutscht der Oberste Führer ab und kippt nach vorne, wobei sein massiger Körper Marschall Utuk förmlich unter sich begräbt. Die Rückseite seines makellosen blauen Mantels ist zerfetzt, dunkle Flecken breiten sich aus.

Ein Attentat, denke ich ungläubig, während die ersten Soldaten über die Abgrenzung der Tribüne klettern. Ausgerechnet jetzt? Alles läuft schrecklich schief.

Von hinten in den Rücken geschossen. Ich hebe den Kopf, suche die oberen Ränge ab. Da steht er: Hoch oben auf der Umfassungsmauer des Stadions, ein Schattenriss vor dem strahlend hellen Himmel. Er hat das Gewehr neben sich abgestellt und hält den Kopf schief, als lausche er auf etwas Unhörbares.

Geblendet blinzle ich. Der Attentäter ist verschwunden.

Die Soldaten haben inzwischen den Obersten Führer auf den Boden gebettet. Offiziere beugen sich über ihn, erteilen hektische

Befehle. Marschall Utuk sitzt nach wie vor auf seinem Platz, sein Mantel, seine Hände, sein Gesicht, alles ist voller Blut. Er beteiligt sich nicht an dem aufgeregten Treiben um ihn herum, seine Aufmerksamkeit gilt einzig und allein seinem Sohn auf der Bühne. Und plötzlich beginnt er zu lachen, er lacht Herrn Rix aus. Seine Narbe verzerrt sich dabei, ich muss an einen Wurm denken, der sich im Blut schlängelt, und es kommt mir vor wie ein Symbol: Alles, was der Alchemist erschafft, ist dem Untergang geweiht.

Im Stadion wächst die Unruhe der Menschen. Es klingt wie das Zischen eines Kessels, der langsam unter Druck gerät. Hinter mir fangen die anderen Mechaniker an, aufgeregt miteinander zu diskutieren. Immer wieder stößt mich einer an, will meine Meinung zum Geschehen wissen, doch ich reagiere nicht. Ich beobachte, wie Soldaten Herrn Rix brutal von der Bühne zerren und eine Pistole in den Nacken drücken. Frau Utuk ist von ihrem Stuhl aufgesprungen; sie steht da, die Arme hängen ihr an den Seiten herab, fassungslos wie eine Schauspielerin, die man in ein fremdes und absolut grauenvolles Theaterstück gestellt hat.

»Komm zum Haus am Fluss, Tamaso. Beeil dich.« Die Stimme flüstert mir direkt ins Ohr. Als ich herumfahre, sehe ich von hinten einen Mann in blauer Uniform. Ein Fremder, der schon im nächsten Moment in der Menge verschwunden ist.

Dem Domestikenreflex folgend senke ich den Kopf, während ich mich durch die Menge in Richtung der Ausgänge bewege. Mittlerweile ähnelt das Stadion einem Hexenkessel. Ich werde angerempelt und getreten, die zehntausend Menschen, die es nicht mehr auf ihren Sitzen hält, verursachen ein unglaubliches Gedränge. Es riecht nach Schweiß, nach den Ausdünstungen scharfer Gewürze.

Irgendwo fallen Schüsse, Menschen schreien. Dann hallt die Stimme einer Frau durch die Lautsprecher, schrill und triumphierend. Majorin Mo, ich erkenne sie sofort.

»Florische Bürger«, sagt sie. »Unser geliebter Oberster Führer wurde das Opfer eines feigen Mordanschlags. Es handelt sich offensichtlich um eine Verschwörung von Staatsfeinden und Anarchisten, getarnt als Puppenspieler. Soldaten, verriegelt sofort sämtliche Ausgänge. Kein Mörder darf entkommen! Verhaftet sämtliche Puppenspieler und alle, die mit ihnen in Verbindung stehen!«

Ich stehe direkt vor dem Ausgang. Als ich mich noch einmal umdrehe, sehe ich die Bewegung im Stadion, die wie eine blaue Woge zwischen den Sitzreihen ansteigt: Die Soldaten befolgen den Befehl von Majorin Mo und kommen nach oben, um die Ausgänge zu besetzen.

Dann bin ich draußen und beginne zu rennen.

28

Seit Wintereinbruch war ich nicht mehr außerhalb der Stadt. Hier am Fluss liegt der Schnee immer noch hoch und ist strahlend weiß, nicht grau und zertrampelt wie in Heimans Straßen. Ich erkenne einige frische Fußspuren: Ich bin nicht der Erste, der heute diesen Weg entlangläuft.

Neben mir rauscht der Fluss, ich höre das dumpfe Klackern der mitgewirbelten Steine am Grund. Der Klang kommt mir vor wie ein Spottlied auf alle Könige, Präsidenten, Obersten Führer oder wie sie sich im Lauf der Zeit genannt haben mögen. *Was wollt ihr*, singt das Lied des Flusses. *Ich bin die Zeit und die Ewigkeit, und ich reiße euch alle mit.*

Der Steg kommt in Sicht. Ich blicke hinüber zum anderen Ufer, auf die Felsen und das kleine Haus mit den zerbrochenen Fenstern. Es wirkt leer und verlassen, aber das hat nichts zu sagen. Der Steg kommt mir schmaler und ausgesetzter denn je zuvor. Wer dort oben läuft, ist die ideale Zielscheibe.

Als ich die Tür des Hauses öffne, sind sie alle schon da. Es ist fast wie bei unserem ersten Treffen hier am Fluss und doch ganz anders, denn diesmal kommt Mailin auf mich zu, ganz selbstverständlich umarmt und küsst sie mich. Und natürlich fehlt Kester, *und natürlich fehlt Isao*, denke ich in jähem Erschrecken. Wir dürfen ihn nicht vergessen, unter keinen Umständen.

»Weiß einer von euch, worauf wir hier warten?«, fragt Silvan.

»Jemand hat auf den Obersten Führer geschossen. Ich glaube nicht, dass er überlebt hat«, fange ich an und verstumme jäh, als ich sehe, dass Silvan ganz selbstverständlich den Arm um Kairi gelegt hat.

Sie lächelt über meinen Blick. »Auch eine Neuigkeit«, sagt sie. »Aber im Vergleich zu deiner vollkommen unwichtig.«

»Ich werd's Kester schon erklären«, sagt Silvan. »Denken wir erst einmal darüber nach, dass wir hier sitzen wie vier Kaninchen in der Falle.«

Ohne ein Wort geht Mailin zu einem der Spinde, holt ein Gewehr heraus und stellt sich damit ans Fenster.

»Jemand kommt«, sagt sie keine Minute später.

Ein einzelner Mann in blauer Uniform kommt über den Steg. Wir weichen zurück zur Wand, Mailin hält das Gewehr schussbereit. Draußen knirschen Schritte im Schnee, dann geht die Tür auf und ein Fremder kommt herein. Er mustert uns, kneift die Augen im dämmrigen Licht zusammen.

»Niemand ist euch gefolgt. Wir haben Glück«, sagt er. »Die Florer sind ausnahmsweise mit sich selbst beschäftigt.«

»Wer sind Sie?«, fragt Mailin.

Er dreht sich zu ihr und lächelt sie an. »Mein Name ist Iduarzo. Ihr erinnert euch an mich?«

»Der Doppelgänger von Pio Gaumata«, sagt Mailin und lässt das Gewehr sinken. »Wieso sind Sie hier? Der Leader hat uns erzählt, seine Agenten wären alle abgetaucht.«

»Ja, wir mussten den Kontakt zu Jehan auf das Allernötigste beschränken. Aus gutem Grund«, sagt Iduarzo. Er nimmt Mailin das Gewehr aus der Hand und stellt sich selbst damit ans Fenster. Ohne den wuchernden Bart sieht er dem Leader überhaupt nicht ähnlich: Sein Gesicht ist oval und an den Schläfen eingedellt, mit runden braunen Augen und einem weichen Mund. »Abtauchen bedeutet aber nicht, dass wir plötzlich blind und taub geworden wären. Im Gegenteil, ich glaube, wir haben ein ziemlich klares Bild von dem, was in den letzten Wochen hier in Heiman los war.«

»Wissen Sie, was heute Morgen im Stadion passiert ist?«, frage ich ihn.

»Natürlich. Ich war da, genau wie du«, sagt Iduarzo, während er Fluss und Steg im Auge behält. »Man kann wohl ohne Übertreibung sagen, dass die Sache dramatisch schiefgegangen ist. Marschall Utuk triumphiert auf ganzer Linie.«

Er dreht sich zu mir um. »Er muss gejubelt haben, als du den jungen Utuk in die Grotte hinuntergeführt hast. Der falsche Pio entpuppt sich als coronischer Agent, sein verhasster Sohn als Verräter – Doppelbingo für ihn. Ab da hatte er seinen Plan im Kasten, nehme ich an. Und die Lebenserwartung des Obersten Führers nahm dramatisch ab.«

So wie er darüber redet, können ihn die Ereignisse nicht weiter betrüben. Aber ich erschrecke zutiefst. »Sie denken, Marschall Utuk wusste von dem Treffen?«

»Ich schätze, er kann jedes einzelne Wort auswendig, das ihr dort unten gesprochen habt.« Iduarzo grinst, er scheint sich über mein erschrockenes Gesicht zu amüsieren. »Tja, es sieht ganz danach aus, als hätte Utuk dich beschatten lassen, Tamaso. Wie lange schon, wissen wir nicht, aber es kommt uns wohl nicht auf den Tag genau an, nicht wahr?«

Ich starre ihn an. Die scheinbar gute Laune, mit der er die unglaublichsten Dinge behauptet, stößt mich ab. »Warum hätte er das tun sollen? Ich bin doch nur der Mechaniker.«

»Was weiß ich«, sagt Iduarzo leichthin. »Vielleicht hat er seiner Frau misstraut. Vielleicht warst du nachts zu oft unterwegs. Vielleicht hast du ihn mit irgendeiner kleinen Geste misstrauisch gemacht. Utuk ist ein gewiefter Teufel. Niemand macht dir daraus einen Vorwurf, mein Junge.«

Marschall Utuk hätte Bescheid gewusst über jeden Schritt, den ich getan habe. Bei dem Gedanken wird mir ganz flau. Ich sehe uns in der Grotte stehen, Herrn Rix und mich, das kleine Licht der Laterne zwischen uns. Irgendwo in den Schatten verborgen lauert der Spitzel, und wir merken nichts, nicht einmal der Leader mit seiner phänomenalen Wahrnehmung. »Sind Sie sicher, dass Sie sich nicht irren?«

Iduarzo wendet sich wieder dem Fenster zu. »Du hast selbst gesehen, was gerade im Stadion passiert ist«, sagt er. »Utuk muss gewusst haben, was sein Sohn vorhatte. Er hat den Spieß kurzerhand umgedreht und die Sache zu seiner Inszenierung gemacht. Während der junge Utuk mit seinem dramatischen Finale die ganze Aufmerksamkeit auf sich gezogen hat, konnte der Attentäter in Seelenruhe seine Arbeit erledigen. Und jetzt wird der Anschlag elegant den Puppenspielern in die Schuhe geschoben.« Er schüttelt den Kopf. »Das Schlimme ist, es wird funktionieren. *Ich kann und ich werde dich jetzt vernichten*, diesen Satz des jungen Utuk wird jedes Militärgericht in Flore auf den Obersten Führer beziehen. Außer uns und dem Marschall selbst weiß niemand, dass er damit auf seinen eigenen Vater gezielt hat.«

Der Gewehrlauf stößt gegen das Fenster, als er sich erneut zu uns umdreht. »Wisst ihr, Jehan hat geahnt, dass es so kommen könnte. Er hat davon gesprochen, dass du vielleicht beschattet wirst, Tamaso. Und damit war er auf der richtigen Fährte, wie so oft. Euer Leader ist der genialste Mann, den ich kenne. Wäre er frei, wir hätten uns heute diesen Teufel Utuk geschnappt. Es ist so ein verfluchtes Pech.«

»Warten Sie«, sage ich. »Ich war so oft beim Leader, an so vielen Abenden. Warum hat er mich nicht gewarnt?«

»Auf eine bloße Vermutung hin?«, fragt Iduarzo. »Wir hatten keinen Beweis für eine Beschattung, aber wir hatten eine höchst reelle Chance, dass der Plan funktioniert und die Sache am Ende gut für uns ausgeht. Bis zuletzt habe ich darauf gehofft, dass der junge Utuk die Anklage über die Bühne bringt. Dann würde der Marschall in diesem Augenblick in seinem eigenen Keller hocken und auf die Große Schande warten. Unglücklicherweise war das Attentat ein Stück Präzisionsarbeit, auf die Sekunde genau. Utuk muss einen fähigen Killer engagiert haben.« Er sagt es mit ehrlicher Bewunderung.

»Was geschieht jetzt mit Herrn Rix?«, frage ich.

»Verrat du es mir«, antwortet Iduarzo. »Was wird der Mann, der mit einhundertprozentiger Wahrscheinlichkeit Flores neuer Oberster Führer wird, mit seinem verräterischen Sohn anstellen?«

Ich muss ständig daran denken, wie Marschall Utuk Herrn Rix ausgelacht hat. Iduarzo hat Recht: Er hatte die Fäden in der Hand. Das Ganze war seine Inszenierung.

Mit einem Mal fühle ich tiefe Trauer. Nicht um den Obersten Führer, nicht einmal um Herrn Rix, um den ich mir schreckliche Sorgen mache. Ich betrauere das Puppenspiel, das jetzt niemals mit dem jubelnden Triumph der Gefährten enden wird, die Schlussszene, die ich in den Proben über alles geliebt habe. In Wahrheit siegt der Alchemist über den jungen König, und diese Vorstellung ist unerträglich für mich.

»Es tut mir leid um den jungen Utuk. Aber wir mussten es riskieren«, sagt Iduarzo. »Es war unsere letzte Chance, den nächsten Krieg und noch weit Schlimmeres zu verhindern. Wir haben sie verpasst, und glaubt mir, auch Jehan wird einen verflucht hohen Preis dafür bezahlen.«

Jetzt endlich fällt die fröhliche Fassade von ihm ab. Er sieht müde und traurig aus. »Euer Leader hat Vorkehrungen für euch getroffen, noch bevor er wusste, wie die Sache ausgehen würde. Ihr werdet aus Heiman fortgehen, heute noch. Jehan will euch auf jeden Fall in Sicherheit wissen. Wie immer es jetzt in Heiman und in Flore weitergeht, ihr seid außen vor.«

Das sind völlig neue Töne. Wir sehen uns irritiert an. »Was ist mit Kester?«, fragt Silvan.

»Er kommt mit euch. Tamaso wird ihn holen, bevor ihr aufbrecht. Komm her, Mädchen.« Iduarzo winkt Mailin und übergibt ihr das Gewehr. »Übernimm du den Wachposten. Sollte jemand auf dem Steg auftauchen, schlag sofort Alarm.«

Während Mailin sich ans Fenster stellt, breitet Iduarzo für uns einen Plan auf dem wackeligen Tisch aus. Aus der Nähe riecht er unangenehm säuerlich, nach Schweiß und ungewaschener Kleidung.

»Ihr werdet in Richtung der Berge gehen, immer geradewegs nach Westen. Ich selbst bin den Weg vor Jahren schon gegangen, es ist zu schaffen, auch wenn dort oben noch ordentlich Schnee liegen wird. Ah, wartet.« Aus einem der Spinde holt er drei dunkle Brillen und legt sie neben die Karte. »Die helfen euch gegen die Schneeblindheit. Wir haben leider nur diese drei, ihr werdet euch damit abwechseln müssen. Trinken könnt ihr aus Bächen, es gibt jetzt mehr als genug Schmelzwasser. Bleibt das Problem mit der Verpflegung. Ihr werdet schätzungsweise zehn Tage lang unterwegs sein, dabei kommt ihr durch folgende Dörfer …« Sein Finger fährt über die Karte, während er uns die Namen nennt. »Ihr müsst sehen, dass ihr euch dort Essen besorgt. Zur Not werdet ihr eben betteln oder stehlen müssen. Unter keinen Umständen aber dürft ihr verraten, wohin ihr unterwegs seid. Niemandem, hört ihr?«

Das alles spult er schnell und mit größter Selbstverständlichkeit ab, als würde er uns einen spannenden Ausflug empfehlen. »Der letzte Tag wird der schwierigste werden. Hoch oben in den Bergen gibt es keine Dörfer mehr, ihr müsst euch allein an der Landschaft orientieren. Hier in der Karte sind alle markanten Stellen detailgetreu eingezeichnet.«

Er zeigt sie uns: Gipfel und Felswände, Scharten und Berggrate, die wir überqueren sollen. »Das Hauptproblem wird der Schnee sein, er verändert die Form der Berge. Ihr müsst ganz genau hinsehen. Das Wichtigste ist, dass ihr euch immer exakt nach Westen haltet, dann könnt ihr es in einer Tagesetappe schaffen.«

Wieder kramt er im Spind und legt einen Kompass zu den Brillen. »Euer Ziel ist eine hoch gelegene Ebene, nach Süden, Westen und Norden von nahezu senkrechten Felswänden umschlossen. Das Auffälligste ist ein Loch in der westlichen Felswand, wie ein kreisrundes Fenster. Wenn ihr das seht, seid ihr richtig. Auf der Ostseite, also dort, wo ihr über den Pass hereinkommt, gibt es in den Felsen eine Höhle, so hoch gelegen, dass ihr Eingang nicht vom Schnee versperrt wird. Dort werdet ihr Vorräte finden, Decken und Feuerholz, genügend, um eine Zeit lang durchzuhalten.«

Jäh verstummt er, als wäre jetzt alles Wichtige gesagt.

»Und was weiter?«, fragt Kairi verständnislos.

»Dort oben können unsere Leute landen, ohne von den Florern bemerkt zu werden«, sagt Iduarzo. »Die Nachricht nach Corona ist bereits unterwegs. Sie kommen mit dem Flugzeug und holen euch raus, mein Wort darauf.« Er nickt mir zu. »Jetzt brauchen wir nur noch Kester, dann habt ihr fünf es überstanden.«

»Und der Leader?«, fragt Kairi. »Wer versorgt ihn, wenn wir fort sind?«

Iduarzo schweigt einen Moment. »Niemand«, sagt er dann. »Jehan wird endgültig hinter der Mauer verrecken.«

»Sind Sie sicher?« frage ich.

»Das fragst du mich, Junge?« Iduarzo wirkt ehrlich erschüttert. »So wie die Dinge seit heute liegen, können wir nicht einmal mehr eine Maus zu ihm schicken. Jehan hat hoch gepokert und verloren. Und er weiß es.«

Heiman ist gespenstisch still, als halte die ganze Stadt den Atem an. Die Tore sind verrammelt wie eh und je, die Kinder von den Straßen verschwunden. Jede Illusion von Freiheit ist vorüber.

Was ist mit den vielen Besuchern? Halten sie sich noch im Stadion auf? Warten sie in ihren Quartieren auf ihre Abreise? Oder sind sie alle schon wieder fort?

Ich bekomme keine Antworten auf meine Fragen. In die Nähe des Stadions wage ich mich nicht, und die Lautsprecher der Stadt bleiben stumm. Ausgerechnet jetzt, da sie endlich einmal etwas wirklich Wichtiges berichten könnten.

Als ich den Platz vor dem Institut für Stickerei überquere, erwachen sie doch noch zum Leben. Zuerst pfeift es grauenvoll, dann hört man eine Stimme sagen: »Achtung! In einer Stunde tritt in der Stadt Heiman ein unbeschränktes Ausgangsverbot für Zivilisten in Kraft. Florische Bürger und ausländische Domestiken, kehrt in eure Häuser zurück und verhaltet euch ruhig.«

Die wenigen Hausdiener und Dienstmädchen, die auf der Straße unterwegs sind, hasten geduckt davon, als würden sie beschossen. Und ich fange an zu rennen.

Über die hintere Mauer klettere ich in Marschall Utuks Garten. Als ich an meinem Glashaus vorüberkomme, bleibe ich erstaunt stehen. Es ist nicht leer und ausgeräumt, wie ich erwartet hätte, stattdessen sprießen frische, grüne Pflänzchen in der Erde, eine ganze Menge davon.

»Blumen für den Sommer«, sagt eine bekannte Stimme hinter mir. »Man kann sie jetzt erst sehen, da der Jasmin geerntet ist. Das eine geht und macht Platz für das Nächste. So geht es immer weiter, ein ewiger Kreislauf.«

Ich blicke in die toten, weißen Augen des blinden Gärtners und merke, wie Wut in mir aufsteigt. Ich will nichts mehr von seinen Blumensprüchen und ewigen Weisheiten hören.

»Ja, ich weiß. Und das Gute und Schöne gewinnt immer, nicht wahr?«, sage ich ruppig.

Da streckt der blinde Gärtner die Hand nach mir aus. Zum ersten Mal berührt er mich, mit seinen alten, schwieligen Fingern streicht er über mein Gesicht, als befühle er ein Relief. Und obwohl ich am liebsten schreien und weglaufen würde, obwohl mir die Zeit in rasender Geschwindigkeit davontickt, halte ich still, eine gefühlte Ewigkeit lang. Was er da mit mir tut, fühlt sich wie Zwiesprache an, weit weg von irgendwelchen ausdrückbaren Gedanken oder Worten. Wer weiß, vielleicht kommuniziert er auf diese Art auch mit Bäumen.

Schließlich tastet er nach meiner Hand und drückt sie, fest und irgendwie endgültig. »Alles geschieht gerade im Keller«, sagt er. »Es ist ein guter Zeitpunkt für einen, der etwas Wichtiges im Haus zu erledigen hat.«

Mein erster Weg führt mich in die Küche, wie so oft.

»Kannst du mir ein Bündel Essen zusammenpacken?«, frage ich den Koch.

Er schwenkt gerade eine große Pfanne über dem Feuer. Es riecht nach Fisch und frischem Pfeffer, und mir läuft das Wasser im Mund zusammen. »Was möchtest du?«, fragt er.

»Egal. Etwas, das ich gut tragen kann. Ich brauche es für die anderen Mechaniker, bei den Spielen. Sie arbeiten alle tüchtig und haben Hunger.«

»Wie viele seid ihr?« Wenn er weiß, dass ich ihn anlüge, verbirgt er es gut. Vielleicht hat er in seiner Küche noch nichts von den Vorgängen im Stadion mitbekommen.

»Zwanzig Leute.« Das bedeutet viermal Essen für uns fünf.

»In Ordnung. Aber du musst noch ein wenig warten.« Der Koch brät den Fisch zu Ende, dann legt er ihn behutsam auf ein Reisbett. Auf dem Tisch stehen große und kleine Platten, alles ist kunstvoll garniert. Jetzt erst merke ich, dass ich in die Vorbereitung eines Festessens geplatzt bin.

Der Koch zeigt stolz auf seine Platten. »Schön, nicht wahr? Das Festmahl zu Ehren der gnädigen Frau Utuk«, erklärt er. Etwas in meinem Gesicht verunsichert ihn: »Sie wird die Spiele doch gewinnen, oder?«

»Es wird in diesem Haus ein großes Fest geben«, versichere ich ihm. »Hab keine Sorge.«

Niemand wagt es, im Haus von Marschall Utuk zu stehlen.

Ich bin der Erste. Aus den Schubläden der Wäschekammer nehme ich alle Schmuckstücke, die aus Gold sind: Ringe, Armbänder und Halsketten. Ihre Besitzer kann ich nicht mehr um Erlaubnis fragen; ich kann nur hoffen, dass sie mit der Benutzung einverstanden wären.

»Frau Lu?«

Zu meiner Überraschung finde ich sie ausgerechnet im Saal der Puppen. In all der Zeit, die ich hier oben verbracht habe, hat sie den Raum nie betreten.

»Mechaniker«, sagt sie erschrocken. »Ich glaube nicht, dass du noch weiter in diesem Haus arbeiten kannst.«

»Das weiß ich, Frau Lu.«

Sie ist dabei, alles aus den Schränken zu räumen und auf den Tischen zu verteilen: Puppen und Kostüme und Kulissen und Ersatzteile, es sieht aus wie ein riesiges Warenlager.

»Die Proben sind vorüber«, sagt sie. »Deshalb nutze ich die Gelegenheit und mache hier gründlich sauber.«

Als ich das bunte Durcheinander auf den Tischen näher betrachte, trifft es mich wie ein Schlag. Der junge König, der Alchemist, Narr, Adler, Riese, Zwerg, alle sind sie hier, sämtliche Figuren des Doppelgänger-Stückes. Jemand muss sie vom Stadion abgeholt haben.

»Die Puppenspieler können sich nicht darum kümmern«, sagt Frau Lu. »Deshalb habe ich sie alle heimbringen lassen.« Sie putzt sich die Nase, und jetzt erst merke ich, dass sie weint. »Ich bin die Hausdame und habe Ordnung zu halten. Ich schwöre dir, Mechaniker, ich finde einen guten Platz für die Puppen. Sie werden in Sicherheit sein, und ich bewahre sie auf.«

»Ja«, sage ich unglücklich.

»Wenn du willst, nimm dir ein Andenken mit«, sagt sie.

Mein erster Gedanke gilt dem Alchemisten. Da liegt er, in seinen schwarzen Mantel gehüllt, das Gesicht kalt und grausam. Wenn ich ihn jetzt mitnähme, wäre er mir ausgeliefert. Ich könnte ihn verbrennen, ihn in kleinste Bestandteile zerhacken und in den Fluss werfen. Die Vorstellung erfüllt mich mit Genugtuung; doch als ich die Hand nach ihm ausstrecken will, hält Frau Lu sie fest.

»Keine von den wertvollen Figuren«, sagt sie freundlich. »Nur eine Erinnerung.«

Ich nicke und greife stattdessen nach der kleinen, groben Holzmarionette. Meine allererste Reparatur. Die Puppe, die sich selbst von ihren Fäden befreit. Der kleine Soldat, der elend auf der Tischplatte stirbt. Es hängen mehr als genug Erinnerungen an ihr.

»Frau Lu«, sage ich. »Ich muss auch noch Kester mitnehmen.«

Sie haftet persönlich für Kester, wenn sie ihn jetzt freilässt, kann sie sich in die allergrößten Schwierigkeiten bringen. Aber natürlich weiß sie das ganz genau.

»Dann lass uns zu ihm gehen«, sagt sie ruhig. »Es wird Zeit, dass dem Jungen wieder frische Luft um die Nase weht. Das Eingesperrtsein ist ihm schwergefallen.«

Vor Kesters Kammertür findet Frau Lu mit schlafwandlerischer Sicherheit den richtigen Schlüssel an ihrem Bund der hundert Möglichkeiten.

»Der sechste Sinn der Hausdamen«, sagt sie.

Kester liegt auf seinem Bett, das Gesicht der Tür zugewandt. Seine Augen sind vor Schlaflosigkeit gerötet. In der Kammer riecht es abgestanden und appetitlich zugleich: Auf dem kleinen Tisch stehen Schälchen mit Firrua, mit Nüssen, Keksen und Schokoladenkugeln, Leckerbissen, die er nicht angerührt hat.

»Ist es vorbei?«, fragt er.

Ich nehme mir eine Schokoladenkugel und stecke sie in den Mund. »Ja«, sage ich, während ich die Süße schmecke, wie sie auch der arme Freund des Leaders geschmeckt haben muss. »Es ist vorbei. Steh auf und komm mit mir.« Ich frage mich, wie er die Sache mit Silvan und Kairi aufnehmen wird.

»Ohne die gnädige Herrschaft kann ich dir deinen Lohn nicht auszahlen, Mechaniker«, sagt Frau Lu. »Aber ich denke, das Andenken in deiner Tasche wird dich entschädigen.«

Kester und ich rennen bereits durch Heimans Außenbezirke, befeuert vom anschwellenden Heulen der Lautsprecher, das die Ausgangssperre ankündigt, da kommt mir der sechste Sinn von Frau Lu noch einmal in den Sinn. Ich bin mir sicher, dass sie nicht von der kleinen Holzmarionette gesprochen hat.

29

Um drei Uhr nachmittags brechen wir vom Haus am Fluss auf, praktisch ohne Gepäck, nur mit einer Jackentasche voller Goldschmuck und einem Bündel mit Vorräten für die nächsten zwei Tage. Mailin will noch ein Gewehr mitnehmen, doch Iduarzo erlaubt ihr nur ein kleines Messer. »Wie wollt ihr das Gewehr einer Patrouille erklären? Ihr seid harmlose Domestiken, durch die Ereignisse in Heiman so erschrocken, dass ihr kopflos davongerannt seid.«

Der verschneite Pfad zwischen Wald und Fluss ist schmal, wir können nur hintereinander laufen. Während ich in die Fußstapfen der anderen trete, mache ich mir klar, dass es noch immer derselbe Tag ist, der mit den Portraits von Frau Utuk und Herrn Rix begonnen hat, der Tag, an dem ich das Stück des Doppelgängers zum ersten Mal ohne Unterbrechung gesehen habe. Seither haben mich die Ereignisse regelrecht überrollt. Ich fühle mich leicht benommen.

Der Weg führt uns nur zu Beginn am Fluss entlang. Als der Wald in offenes Land übergeht, wenden wir uns nach Westen, in Richtung der Berge. Das Gebiet, das wir jetzt laut Iduarzo zehn Tage lang durchqueren werden, ist absolutes Niemandsland für uns. Außer Mailin hat keiner von uns den näheren Umkreis von Heiman je verlassen, und auch sie hat nur die flussnahen Wälder durchstreift. Wenn wir bisher unseren Blick nach Westen gerichtet haben, dann immer mit sehnsüchtigem Blick auf die hohen Berge, auf das imaginäre Parman, das irgendwo dahinter liegen muss.

Die Berge sehen wir auch jetzt, sie schimmern rot und golden vor der tief stehenden Sonne. Es sieht so aus, als müssten wir nur immer geradeaus auf sie zuhalten, um morgen dort zu sein. Das weiß verschneite Land lässt die Entfernungen trügerisch schrumpfen.

Mailin geht vor mir her. Man merkt ihr an, wie viel Übung sie darin hat, im Schnee unterwegs zu sein. Eine Jägerin, aufrecht und wachsam, wunderhübsch anzusehen mit ihrem braunen Haarzopf, der ihr mittlerweile bis zu den Hüften reicht. Seit fast einem Jahr bin ich jetzt in sie verliebt, doch ich habe ihre Haare noch nie offen gesehen. Plötzlich wünsche ich mir nichts sehnlicher, als diese Haare zu lösen und in ihrer weichen Fülle zu wühlen. Es ist wie ein Versprechen auf die Zukunft, auf Glück.

»Wir sind die fünf Gefährten«, sage ich übermütig. »Wovor sollten wir uns fürchten?«

»Na ja, ich wüsste da so einiges«, sagt Kester, der als Einziger das Stück kennt und weiß, wovon ich rede.

Gleich darauf merke ich, dass er gar nicht an das Theater denkt. Sein Blick hängt an Silvan und Kairi, die vor ihm gehen, genauer gesagt, an ihren verschränkten Händen.

Die Sonne geht gerade unter, Himmel und Schnee verfärben sich tintenblau, als wir das erste Dorf erreichen. Unsere Hosen sind nass bis hinauf zu den Oberschenkeln, die Füße in den Stiefeln kalt und gefühllos. Daran werden wir uns in nächster Zeit gewöhnen müssen.

Es gibt Schlimmeres als das, dennoch sehne ich mich nach einem sicheren und warmen Übernachtungsort. Mit der Hand fühle ich nach den Schmuckstücken in meiner Hosentasche, unserer Versicherung, von der die anderen noch nichts wissen.

Das Dorf ist ärmlich und gesichtslos, von der Art, wie ich sie bei meiner Ankunft auf dem Gurkenlaster hundertfach gesehen habe: Graue, flache Häuser, Schuppen mit Holzstapeln, Gemüsebeete, auf denen jetzt nur gelbliche Kohlstrünke und Winterlauch zu sehen sind. Das Dorfzentrum bildet ein trister Platz mit einem Brunnen und einer Statue des Obersten Führers, die seine Ausstrahlung eines schläfrigen Löwen erstaunlich gut wiedergibt.

Hier auf dem Platz ist etwas los. Etwa zwei Dutzend Dorfbewohner, Männer und Frauen in einheitlichen grauen Arbeitsjacken, stehen im Halbkreis um einen Mann versammelt. Seine Kleidung war früher vielleicht ebenfalls grau, jetzt besteht sie nur noch aus braunem Schmutz. In der Hand hält der Mann eine Puppe, keine Marionette, sondern ein zerfetztes Lumpenbündel, dem man weder Tier- noch Menschengestalt zuordnen kann. Der Mann lässt seinen Wechselbalg tanzen und ein Loblied auf den Obersten Führer singen, dabei hält er den Leuten seinen Bettelnapf hin. Es ist ein erbärmlicher Anblick, der Bettler ist halb erfroren und verhungert, seine Hände zittern, sein Stoppelbart glitzert vor Eiskristallen. Eine Frau wirft etwas in seinen Napf; er küsst ihr einen Zipfel ihrer Jacke dafür, worauf die Umstehenden lachen und die Frau ihn wegstößt und wütend beschimpft.

Habe ich gerade das Schicksal von Herrn Rix gesehen? Nein, ihm werden sie mit Sicherheit viel Schlimmeres antun.

»Wollen wir hier nach Quartier fragen? Oder erst im nächsten Dorf?«, fragt Kairi.

»Wir gehen weiter«, sagt Kester auffallend schroff. Er stapft voraus, ohne sich umzudrehen, und wir anderen folgen. Ich sehe, wie Silvan die Augenbrauen hebt.

Eine halbe Stunde später erreichen wir die nächste Ansiedlung. Diesmal ist es kein Dorf, sondern lediglich ein Gehöft mit einer Scheune und einem lang gestreckten Stallgebäude.

Auf einer abgezäunten Weide stehen zwei magere Pferde, daneben ein Pflug und ein Karren. Das ganze Bild wirkt wie eingefroren; nur der Rauch bewegt sich, er steigt aus dem Kamin des Bauernhauses in den dunkelblauen Abendhimmel.

Silvan haucht auf seine kalten Finger. »Also dann los«, sagt er. »Was wollen wir den Leuten eigentlich erzählen?«

»Je einfacher unsere Geschichte ist, desto besser«, sagt Kairi.

Silvan schiebt sie sanft in Richtung Eingangstür. »Geh du vor. Dir glauben sie alles.«

Auf Kairis Klopfen hin erscheinen ein Mann und eine Frau unter der Tür, zwei schmächtige Bauersleute mit runzeligen Gesichtern und den Körpern von Kindern. Der Mann beleuchtet uns mit einer apfelgroßen Laterne von der Art, wie ich sie beim Leader benutzt habe.

Kairi grüßt sehr höflich, dann weist sie auf unsere kleine Gruppe und sagt: »Wir kommen aus Heiman, ehrenwerte Fremde. Haben Sie gehört, was dort bei den Nationalen Spielen passiert ist?«

Die Bauersleute werfen Blicke auf den verbeulten Lautsprecher hinter dem Zaun. »Wir haben hier keinen Strom«, sagt die Frau. »Noch nie gehabt. Wir wissen von nichts. Was wollt ihr?«

»In Heiman gab es Unruhen«, erklärt Kairi. »Es wurde geschossen. Vor Schreck sind wir davongelaufen, ich und meine Freunde.«

Als die Bauersleute zu uns spähen, nicken und lächeln wir alle wie auf Kommando. Doch ihr Misstrauen scheint nur noch größer zu werden.

»Könnten wir vielleicht die Nacht über in Ihrer Scheune bleiben?«, fragt Kairi.

Die Frau sieht ihren Mann an, sie scheint auf seine Entscheidung zu warten. »Wir bezahlen auch dafür«, sage ich. Als ich meine Hand öffne und einen goldenen Ring darin zeige, weichen die Bauersleute erschrocken zurück.

»Geht weiter«, sagt die Frau. »Wir haben hier keinen Platz für euch.« Der Mann nickt dazu.

Die Pferde stehen vollkommen bewegungslos, als wir an ihnen vorübergehen. »Ich glaube, die schlafen im Stehen«, sagt Silvan. »Vielleicht sollten wir das auch schon mal langsam einüben. Wo hast du den Schmuck her, Tamaso?«

»Aus Marschall Utuks Haus.«

»Gestohlen?«

Ich zucke die Schultern. »Mitgenommen.«

Silvan pfeift durch die Zähne. »Und wir beide haben Ruti Util nicht einmal einen Hosenknopf geklaut«, sagt er zu Kester. »Sind wir nicht ganz schön dämlich, Bruder?«

Kester gibt ihm keine Antwort.

Gerade als es endgültig Nacht und damit zu dunkel zum Weitergehen wird, erreichen wir das nächste Dorf. Wir haben keine Zeit mehr, wählerisch zu sein, gleich beim allerersten Haus klopfen wir an. Der alte Mann, der öffnet, hört kommentarlos zu, als Kairi von den Unruhen in Heiman erzählt. Als ich ihm den Goldring anbiete, schüttelt er heftig den Kopf. Aber dann führt er uns doch über den Hof und öffnet die Tür zu einem Verschlag.

»Im Morgengrauen seid ihr wieder fort«, sagt er noch.

Wir teilen den Verschlag und einige Brocken unseres Abendessens mit einer Ziege, die ihr Glück gar nicht fassen kann. Wir können uns in trockenem Stroh ausstrecken. Den Rest besorgt die Müdigkeit.

Kurz vor dem Einschlafen flüstere ich noch mit Kester. »Alles in Ordnung?«

Zuerst denke ich, er ist eingeschlafen. Dann höre ich seine Stimme. »Ich bin noch immer in meiner Kammer, ganz allein.«

Am vierten Tag sind die Berge nicht näher gerückt.

Paradoxerweise macht der beginnende Frühling uns unterwegs das Leben schwer. Auf den Hängen und weiten Feldern gleißt der Schnee unbarmherzig unter der Sonne. Wir wechseln die Schneebrillen stündlich durch, doch die Zeit ohne wird für jeden von uns zur tränenreichen Qual. Laufen wir durch den Wald, können sich die Augen erholen, doch dafür tropft das Schmelzwasser stetig von den Bäumen und der Schnee bleibt klobig und zentimeterdick an unseren Stiefeln kleben. Der lange Winter ist endgültig vorbei, wie es die Domestiken in Marschall Utuks Haus prophezeit haben.

Ein größeres Problem bekommen wir, als uns am dritten Tag der Proviant ausgeht. Unterschlupf in irgendeinem Stall finden wir immer, aber niemand ist bereit, uns Essen zu geben. Es ist wie verhext: Bieten wir Gold an, reagieren die Bauern in panischem Erschrecken. Wenn wir uns aufs Betteln verlegen, jagen sie uns vom Hof.

Am Abend des vierten Tages klopfen wir todmüde und ausgehungert an eine Tür. Sie gehört zu einem niedrigen, strohgedeckten Haus, das als einziges im Dorf eine brennende Lampe im Fenster stehen hat. Wir nehmen es als gutes Zeichen.

Die Tür geht auf und Kairi spult ihre Erzählung von den Unruhen in Heiman und unserer Flucht ab, inzwischen schon ziemlich routiniert und mit spannenden Einzelheiten, die so nie stattgefunden haben.

»Und wohin wollt ihr jetzt gehen?«, fragt der Mann, der uns geöffnet hat.

Es ist das erste Mal, dass sich ein Dorfbewohner für unsere Geschichte interessiert. Kairi ist nicht darauf gefasst; sie muss sich erst besinnen, bevor sie sagt: »Erst einmal möglichst weit weg. Unsere Herrschaften waren in die Unruhen verwickelt, da haben wir Domestiken keine Chance.«

Der Mann denkt über ihre Antwort nach. Dann tritt er von der Tür zurück. »Kommt zuerst einmal herein und wärmt euch auf.«

In der niedrigen Stube gibt es kaum Möbel, nur eine umlaufende Holzbank und einen schmutzigen Teppich vor einem eisernen Ofen, in dem ein Feuer prasselt. Dennoch: Im Vergleich zu den Ställen und Verschlägen der letzten Nächte ist es unendlich komfortabel. Bei dem Gedanken wird mir klar, wie wir riechen müssen, doch der Bauer lässt sich nichts anmerken. Er ist noch nicht alt, dennoch sind seine Haare bereits grau und seine Augen eingesunken und trüb. Früher war er bestimmt ein kräftiger, großer Mann, jetzt aber sind seine Beine krumm und sein Rücken gebeugt. Man sieht ihm die zentnerschweren Getreide- und Heuballen förmlich an, die er im Laufe der Jahre geschleppt hat.

»Setzt euch am besten auf den Teppich, nah ans Feuer«, sagt er freundlich.

Während wir unsere müden, nassen Beine ausstrecken, macht er sich im Nebenraum zu schaffen. Durch die angelehnte Tür zieht ein Geruch nach gebratenen Zwiebeln herein, und plötzlich können wir nicht mehr stillsitzen.

»Er wird uns nichts abgeben«, sage ich warnend. »Wir wärmen uns auf und schlafen dann im Stall.«

»Ja«, sagt Silvan. »Und morgen verhungern wir.«

»Geh zu ihm und biete ihm dein Gold an«, sagt Mailin. »Er ist irgendwie anders als die anderen Bauern.«

Der Bauer macht sich an einer rußigen Kochstelle zu schaffen. Am gemauerten Abzug über dem Feuer hängen Messer, eine Holzkelle, ein Bündel Zwiebeln. Als ich zu ihm trete, blickt er auf.

»Ich wollte fragen, ob Sie uns dafür etwas Essen verkaufen könnten.«

Er wirft einen kurzen Blick auf die goldene Kette in meiner Hand. »Ich kann euch nichts verkaufen, dafür habe ich selbst nicht genug«, sagt er und wendet sich wieder seiner Pfanne zu.

Ich kann den Blick nicht abwenden. Der Mann brät Zwiebeln und Kohl an, sogar Speckstreifen sind dabei. Auf einem Brett daneben liegt ein halber Leib Brot. Mir wird ganz flau vor Hunger.

»Es reicht aber gerade, dass ich euch fünf zum Essen einladen kann«, sagt der Bauer. Und jetzt lächelt er.

Er besitzt nur einen einzigen Essteller, deshalb teilt er das Essen direkt in unsere Hände aus, wie die Priester in Parman die Götterkuchen. Es ist nicht viel für jeden: zwei Löffel Zwiebel-Kohl-Gemisch auf einer Scheibe Brot. Dennoch fühle ich mich hinterher wie neu geboren.

Nach dem Essen holt der Mann einen blechernen Krug herbei. Er trinkt daraus, dann reicht er ihn an mich weiter. Vorsichtig schnuppere ich daran: kein scharfer Geist wie bei Herrn Rix, trotzdem ein alkoholisches Getränk, keine Frage.

»Das gehört zur florischen Gastfreundschaft«, erklärt der Bauer.

Um ihn nicht zu kränken, nehme ich einen Schluck. Das Getränk schmeckt erstaunlich gut, kühl, aromatisch und etwas bitter.

»Ich mache den Wein aus Löwenzahn. Deshalb schmeckt er nach Sommer«, sagt der Mann und lacht. »Es ist schön, ihn in Gesellschaft zu trinken.«

»Warum sind Sie ganz allein?«, fragt Kairi.

»Früher hatte ich eine Frau und fünf Kinder.« Der Bauer blickt mit zusammengekniffenen Augen auf den Ofen, hinter dessen Tür das Feuer bollert. »Die Frau ist tot, die Kinder sind alle bei der Armee. Drei Mädchen, zwei Jungen. Keiner von ihnen ist bisher gefallen, immerhin. Aber ein Kind hätten sie mir lassen sollen. Die Arbeit ist zu schwer für mich allein.«

Mailin reicht ihm den Krug zurück. Er trinkt noch einen Schluck.

»Überall ist es dasselbe«, fährt er fort. »Die Armee holt die Kinder, sobald sie sieben sind. Dann sind sie fort, und man fragt sich, wozu man sie bekommen hat.« Er wirft einen raschen Blick Richtung Tür, als könnte dort jemand stehen und zuhören. »Deshalb sehe ich gerne junge Leute wie euch«, erklärt er. »Trinkt ihr meinen Wein, den meine Kinder nie probieren können.«

Bis der Krug leer ist, erzählt er uns noch von der mühseligen Ernte, die zur Hälfte von der Armee beschlagnahmt wird, und danach, schon etwas betrunken, von den Verstecken, mit denen die Bauern die Soldaten austricksen. »In den Kamin schauen sie nie. Auch nicht in den Schweinekoben.«

Bald darauf geht er zu Bett. »Ich schlafe oben in der Dachkammer«, sagt er. »Legt ihr euch hier auf den Teppich, dicht an den Ofen. Wärmt euch und ruht euch aus.«

»Der Wein war gut«, sagt Silvan schläfrig. Er liegt neben Kairi und spielt mit ihren Haaren. Kester auf seiner anderen Seite dreht ihm den Rücken zu und starrt auf den Ofen. »Hoffentlich ist er kein Spitzel.«

Mailin kuschelt sich an mich. »Selbst wenn. Bis die Soldaten durch den Schnee hierherkommen, sind wir hier längst fort.«

Durch die Wärme und den Wein ist mein Schlaf tief und schwarz wie ein Brunnen. Doch nach einiger Zeit dringt etwas in mein Bewusstsein, zieht mich gegen meinen Willen nach oben, hinauf zum Wachsein.

Ich liege da und lausche. Jemand schreit vor dem Fenster herum, betrunkene Dörfler, denke ich im ersten Moment, bis ich die Stimmen von Kester und Silvan erkenne. Ihre Jacken und Hosen hängen am Balken über dem Ofen. Sie müssen halbnackt dort draußen in der kalten Nacht stehen.

»Soll ich zurückgehen?«, brüllt Kester auf Parmanisch. »Soll ich mich wieder in die Kammer sperren lassen, oder gleich in den Keller? Das wäre dir doch am liebsten, oder?«

»Komm wieder zu Verstand, Bruder. Ich habe *ein Mädchen*, das ist alles.«

»Oh nein«, flüstert Kairi im dunklen Raum.

»Woher weißt du überhaupt, dass sie dich meint? Wenn sie *dich* geschnappt hätten und ich mich um sie gekümmert hätte, dann wäre sie jetzt *mein* Mädchen.«

»Frag Kairi. Sie wird dir sagen, was für einen Blödsinn du daherredest.«

»Sag mir, dass ich dich in Ruhe lassen soll. Sag mir, dass ich dir die Luft zum Atmen nehme. Na los!« Kester klingt wütend und gleichzeitig tief verstört. »Ich habe die Folter nur durchgestanden, weil ich dich hatte. Und jetzt? Was soll ich jetzt machen?« Er kreischt. »Du Verräter! Du Hundsfott!«

»Halt bloß den Mund«, faucht Silvan. Auch er klingt jetzt fuchsteufelswild. »Wir sind Brüder, kein altes Ehepaar. Such dir einfach auch ein Mädchen und lass mich zufrieden!«

»Kannst du zählen? Wir sind zu *fünft*, Idiot. Ich darf dir und Tamaso noch tagelang, vielleicht sogar wochenlang zusehen, bis irgendwann dieses Flugzeug kommt. Falls es überhaupt je kommt!«

Über uns wird ein Fenster aufgestoßen. Die Stimme des florischen Bauern ist zu hören. »Entweder tragt ihr es mit den Fäusten aus oder ihr geht wieder schlafen. Aber hört auf, auf meinem Hof herumzubrüllen. Wollt ihr eine Patrouille anlocken?«

Sie kommen herein und bringen einen Schwall eiskalter Luft mit. Während Kester sich ohne ein Wort niederlegt, schürt Silvan den Ofen nach. Sein Gesicht ist im Schein der Flammen bleich und erschüttert.

Als wir alle still daliegen und ich fast wieder eingeschlafen bin, höre ich im Knistern des Feuers Kairis Stimme. »Denkt eigentlich irgendjemand noch an den armen Isao?«

Beim Aufbruch am nächsten Morgen sieht der Bauer uns der Reihe nach an. »Ich will nicht wissen, worum es da heute Nacht ging«, sagt er. »Auch nicht, woher ihr das Gold habt. Aber ich will euch einen Rat geben.«

»Nie wieder Wein«, sagt Silvan. Kester steht neben ihm und blickt finster zu Boden.

Der Bauer lächelt spärlich. »Werft das Gold so schnell wie möglich weg, bevor es euch in Schwierigkeiten bringt. Niemand in den Dörfern wird euch dafür Essen verkaufen. Die Armee lässt regelmäßig unsere Höfe durchsuchen, was glaubt ihr, passiert, wenn sie bei uns Bauern goldenen Schmuck finden?«

»Wir sind noch eine Zeit lang unterwegs«, sage ich. »Wir brauchen Proviant. Dringend.«

»Da habt ihr ein Problem.« Der Bauer zuckt die Schultern. »Betteln bringt euch nichts. Die Bauern hassen Nichtstuer, die ihnen die leere Hand hinhalten. Und solange der Schnee noch nicht geschmolzen ist, gibt es keine Arbeit für euch. Vielleicht könnt ihr Gauklerstücke auf dem Marktplatz zeigen, so etwas mögen die einfachen Leute auf dem Land. Ihr seid jung, lasst euch etwas einfallen.«

»Ich weiß nicht. Erinnert ihr euch an den armen Kerl auf dem Marktplatz? Der in dem ersten Dorf?«, fragt Mailin wenig überzeugt.

»Immerhin hat eine Frau ihm etwas gegeben«, sage ich.

Fünf Stunden Wegstrecke liegen zwischen uns und dem Bauern mit dem Löwenzahnwein. Jetzt hocken wir auf einem nassen Holzstapel im Wald und sind hungrig genug, um über seinen Vorschlag ernsthaft nachzudenken.

Ich ziehe die kleine Holzmarionette aus der Jackentasche.

»Was ist das?«, fragt Mailin.

»Mein Beitrag zu unserer Vorstellung«, erkläre ich. Ich entwirre die Fäden, dann lasse ich die Marionette auf dem Baumstamm auf und ab laufen und sich verneigen, simple Kniffe, die ich mir in den vielen Probestunden abgeschaut habe.

»Das ist gar nicht so schlecht«, sagt Kairi. »Wir Mädchen könnten singen, und du improvisierst dazu eine Art Tanz.«

Sie und Mailin singen ein parmanisches Tanzlied und klatschen dazu in die Hände. Im Takt dazu lasse ich die Puppe springen und die Beine schleudern. Wir probieren es eine Zeit lang, bis wir einigermaßen zufrieden sind.

»Jetzt zu euch. Was könnt ihr?«, sagt Kairi zu den Zwillingen. Den ganzen Tag sind die beiden Brüder in düsterem Schweigen gelaufen und wir haben uns nicht getraut, sie anzusprechen. Aber Kairi war noch nie fürs Versteckspiel.

Silvan auch nicht. Er tritt zu Kairi und küsst sie mitten auf den Mund. Dann dreht er sich zu Kester um. »So, Bruder, das ist die Tatsache. Und jetzt? Willst du weiter schmollen? Sollen Tamaso und die Mädchen uns durchfüttern? Oder wollen wir ihnen zeigen, was wir können?«

Die Brüder starren sich eine Zeit lang an. Plötzlich bücken sie sich gleichzeitig und formen Bälle aus dem Schnee: Kester vier, Silvan drei. Sie lassen sich Zeit dabei und machen die Bälle gnadenlos hart.

»Was habt ihr vor?«, frage ich beunruhigt. Die beiden beachten mich nicht.

»Bist du bereit, Bruder?«, fragt Silvan.

»Natürlich«, sagt Kester gelassen.

Dann jonglieren sie. Gemeinsam, mit sieben Schneebällen gleichzeitig. Sie werfen sich die Bälle zu, lassen sie abwechselnd kreisen oder in einer Kaskade aufsteigen, wie Luftblasen im Wasser. Ihre Hände und Körper bewegen sich dabei vollkommen synchron, es ist fantastisch, ihnen zuzusehen. Doch nach einer halben Minute bricht Kester jäh das Kunststück ab, indem er die Bälle auffängt und nacheinander scharf auf seinen Bruder abfeuert.

Silvan wehrt sich nicht. »Normalerweise«, sagt er, während er sich den Schnee aus dem Gesicht und den Haaren rubbelt, »und damit meine ich, wenn wir nicht gerade auf den Tod zerstritten sind, können wir das auch länger. Wir haben Jahre unseres Lebens mit Üben zugebracht.«

Die Schneebälle haben feuerrote Abdrücke auf seiner Stirn und den Wangen hinterlassen. Es sieht aus, als hätte Kester ihn geschlagen.

Im nächsten Dorf absolvieren wir zum ersten Mal unseren Auftritt. Kairi und Mailin sind singend und klatschend die Straße entlanggezogen und haben so die Dorfbewohner, Männer und Frauen, zum Marktplatz gelockt. Jetzt lasse ich die kleine Holzmarionette zum Lied der Mädchen tanzen. Was ich zustande bringe, ähnelt eher den ruckartigen Bewegungen eines Hampelmanns als einem Tanz. Beschämt denke ich an Herrn Rix und fürchte schon, dass die Leute einfach wieder fortgehen werden. Doch das tun sie nicht; sie bleiben weiter stehen und sehen zu, wie Kester und Silvan zu jonglieren beginnen, als hätten sie von klein auf nie etwas anderes getan.

Ihr Auftritt dauert naturgemäß nur wenige Minuten, so lange, bis der Schnee schmilzt. Doch der Wirbel der weißen Bälle, im Zentrum die beiden Jungen, die einander vollkommen gleichen und vollkommen eins in der Bewegung sind, wie ein Wesen, das nur zufällig aus zwei Leibern besteht, ist ein Anblick, den die Dorfbewohner mit offenem Mund bestaunen.

30

Es bleibt weiterhin sonnig und windig, jeder neue Tag scheint eine Wiederholung des vorhergehenden. Den Großteil des Tages trägt uns der vereiste Untergrund, in den warmen Mittagsstunden allerdings versinken wir bis zu den Knien im weichen Schnee. Was bei Regenwetter passieren wird, will ich mir nicht ausmalen.

Die Berge sind jetzt deutlich näher gerückt.

Selbst in den abgelegensten Gebirgsdörfern stehen die Lautsprecher, dabei kann es hier oben niemals Strom gegeben haben. Allein ihre stumme Anwesenheit strahlt eine Autorität aus, vor der sich die Dorfbewohner ducken. Sie haben alle vom Obersten Führer gehört, aber wenn sie von ihm sprechen, dann wie von einem Gott, der in Flores ferner Hauptstadt wie auf einem unerreichbaren Berggipfel residiert. Ich glaube nicht, dass sie sich einen Menschen aus Fleisch und Blut vorstellen.

Am Anfang stehen sie mit verschlossenen, fast feindseligen Gesichtern da. Doch bei den Sprüngen meiner kleinen Marionette und den Jonglierkünsten der Zwillingen lachen sie wie die Kinder. Fast keiner hat mehr Zähne im Mund, auch die Jüngeren unter ihnen nicht. Nach Ende der Vorstellung gehen sie in ihre Häuser und holen von ihren Vorräten: Brot, schrumpelige Äpfel und Rüben, harte Kuchen aus einer Sorte Beeren, die nur hier oben wächst. Sie erzählen uns, wie schlimm es für sie ist, wenn ihre Kinder mit sieben weggeholt werden, »dann, wenn sie endlich arbeiten könnten«.

Noch immer sprechen die Zwillinge nicht miteinander, aber irgendwie scheint sie das gemeinsame Jonglieren versöhnlich zu stimmen, vor allem Kester. Er sieht genau hin, wenn Silvan den

Arm um Kairi legt, dabei wirkt er wie einer, der über Nacht an seinem Spiegelbild radikale Veränderungen festgestellt hat und jetzt tapfer versucht, sich daran zu gewöhnen.

Jetzt, da die lebenswichtigen Dinge erst einmal geregelt scheinen, stehlen sich unterwegs andere Gedanken in meinen Kopf. Bilder, Erinnerungen, keine davon sind mir willkommen.

Der Keller. Die Gänge im grünen flackernden Licht. Die Türen in endloser Reihe. Irgendwie weiß ich, dass Frau Utuk nicht dort unten ist. Aber Herr Rix.

Der Gedanke an ihn ist die reine Qual. Er hat so viel gewagt und alles verloren.

Vielleicht ist er schon tot. Hoffentlich ist er schon tot.

Hätte ich ihn nicht mit dem Leader zusammengebracht, wäre alles anders gekommen. Warum habe ich nie daran gedacht, dass Marschall Utuk mich beobachten lassen könnte? Ich war mir meiner Tarnung allzu sicher. Ein großer Fehler.

Vor mir läuft Kester, ich trete in seine Fußspuren, in einer stumpfen, stupiden Vorwärtsbewegung. Es ist meine Stunde ohne Brille, die Helligkeit des Schneefeldes sticht in meine Augen wie mit Nadeln. Der Himmel darüber scheint schwarz zu sein.

Der Leader. Er hat geahnt, dass Marschall Utuk mich beschatten ließ, trotzdem hat er Herrn Rix ins offene Messer laufen lassen. Ich bin mir sicher, dass er keinen Gedanken an ihn verschwendet hat: Die Große Schande für Marschall Utuk war das Ziel seiner Existenz, ein Ziel, das ihn so viele Jahre in der Grotte hat ausharren lassen. Der Attentäter hat ihm dazwischengefunkt, genau in der richtigen Sekunde.

Plötzlich bleibt mir die Luft weg. Ich bleibe bei einer Tanne stehen, tu so, als müsste ich pinkeln. Die anderen laufen weiter.

Dem Leader muss klar gewesen sein, dass Marschall Utuk, wenn er mich wirklich beschatten ließ und über alles Bescheid wusste, mit der Anklage *nach* dem Stück rechnen würde, in einem dramatischen Finale, so wie es ein Vollblut-Theaterspieler wie Herr Rix selbstverständlich planen würde.

Aber dem Leader sind die Puppen, das Stück und sein Ausgang vollkommen egal. Folglich hätte er Herrn Rix zu überreden versucht, die Anklage früher auszusprechen, um seinen Vater zu überrumpeln, am besten mitten im Stück, oder noch besser gleich zu Beginn. Der Leader, wie ich ihn kenne, hätte Himmel und Hölle dafür in Bewegung gesetzt.

Mit dem Finger streiche ich über die Rinde der Tanne, über die Rinnsale von Schmelzwasser, die wieder zu Eis erstarrt sind. Getaut, wieder gefroren, ein Aggregatzustand irgendwo dazwischen.

Tatsächlich hat der Leader nur ein einziges Mal mit Herrn Rix gesprochen, an dem bewussten Abend in der Grotte. In so vielen Nächten danach bin ich bei ihm gewesen, habe ihm Essen und Wasser gebracht. Immer wieder hat er mich bohrend nach meiner Meinung gefragt, ob Herr Rix die Anklage wohl wagen wird. Aber er hat nie mehr ein weiteres Treffen gefordert oder Herrn Rix auch nur eine Botschaft ausrichten lassen.

Der Attentäter. Ein schwarzer Schatten auf der Mauer, aufgetaucht aus dem Nichts, in der einzig möglichen Sekunde.

Es passt alles nicht zusammen. Irgendetwas stimmt nicht.

»Ich habe den Attentäter gesehen. Auf der Mauer des Stadions.«

Die Nachricht löst bei den anderen nicht die Aufregung aus, mit der ich gerechnet habe. Sie sitzen alle still da und starren wie hypnotisiert in die Flammen.

Unser letztes Nachtquartier vor dem endgültigen Aufstieg in die Berge ist ein leerer Schweinestall. Es stinkt heftig hier drinnen, aber der Bauer hat ein Bündel Holzscheite gebracht und uns erlaubt, in der Schweinekuhle ein Feuer zu schüren. Der bittere Holzkohlegeruch überlagert den Gestank.

Wir sollten längst schlafen, aber jeder von uns will den tröstlichen Schein und die Wärme so lange wie möglich auskosten. Also legen wir Scheit um Scheit nach.

Kairi und Silvan, Mailin und ich sind ohne Worte übereingekommen, dass wir Abstand halten, um Kester nicht zu quälen. Doch in der Nacht wache ich regelmäßig auf und wünsche Kester auf den Mond dafür. Und natürlich weiß er das.

»Wie sah er aus?«, fragt Mailin.

»Ich konnte ihn nicht genau sehen. Er stand auf der Mauer, das Gewehr noch in der Hand, direkt vor der Sonne. Er hielt den Kopf irgendwie schräg.« *Als würde er auf etwas lauschen.*

»Würdest du ihn wiedererkennen?«

Die schwarze Silhouette. Es könnte jeder gewesen sein. »Nein, ich glaube nicht. Vielleicht das Gewehr. Es hatte ein Zielfernrohr, und der hintere Schaft war gebogen, wie ein S oder ein Z. Der Lauf muss matt gewesen sein, sonst hätte sich die Sonne darin gespiegelt.«

»Scharf beobachtet, Rekrut. Trainer LeBron wäre stolz auf dich«, sagt Kairi spöttisch.

»Es hatte einen doppelten Lauf, nicht wahr?«, sagt Silvan. Er klingt plötzlich hellwach.

»Kann sein. Ich weiß es nicht sicher.«

»Aber ich«, sagt Silvan. »Es ist eigentlich ein Jagdgewehr. Großes Kaliber, für Hirsche und Wölfe, extrem präzise und treffsicher. Ruti Util nennt es seine Hausmarke, das Beste, was er zu bieten hat, und dementsprechend teuer.«

»Hat er es an Marschall Utuk verkauft?«, frage ich.

Silvan überlegt. »Nicht in der Zeit, die wir bei ihm waren«, sagt er. »Er hat das Gewehr ein paar Mal in die Hauptstadt verkauft.

Und dann an diese merkwürdige Frau …« Er sieht seinen Bruder an. »Erinnerst du dich an sie?«

Kester schüttelt mürrisch den Kopf.

»Nein, tut mir leid«, sagt Silvan und fährt sich durch die Haare. »Das war nach deiner Verhaftung. Ruti Util kannte sie nicht, aber seine Zweifel verflogen im Nu, als sie das Geld vor ihn hinblätterte. Sie war eine Zivilistin, trug Kleid und Mantel. Bevor sie ging, wickelte sie das Gewehr in eine kleine, rote Strickjacke.«

»Nicht sehr fachgerecht«, meint Kairi.

Silvan nickt. »Ich habe mich gefragt, was sie mit der Waffe vorhat. Sie sah überhaupt nicht aus, als könnte sie damit umgehen. Natürlich kann sie das Gewehr für irgendjemanden gekauft haben.«

»Was glaubt ihr: Könnte Ruti Util mit dem Attentäter unter einer Decke stecken?«, frage ich.

»Nie im Leben«, sagt Silvan überzeugt. »Dazu bräuchte er ein Rückgrat. Ruti Util ist nur ein feiger, schlaffer Geldsack.«

Er beugt sich nach vorne und schiebt ein glimmendes Scheit tiefer in die Flammen. Die Glut des Feuers wirft einen roten Schein an die Wand.

»Ich habe vielleicht auch etwas zu erzählen«, beginnt Mailin mit ihrem gewohnten Ernst. »Es gab da diesen einen Abend. Normalerweise war Majorin Mo nie zu Hause, doch an dem Abend kam sie hoch in den zweiten Stock. Ich habe mich direkt hinter dem Sessel des Toten versteckt, weil ich wusste, dass sie freiwillig nie in seine Nähe kommen würde. Und so war es dann auch: Sie blieb vorne an der Tür stehen und unterhielt sich mit ihrem Sohn. Sie erzählte ihm, dass er jetzt bestimmt schon Offizier wäre, wie viele Feinde er schon getötet und wie viele Sterne er erworben hätte. Es waren lauter Schmeicheleien, fast eine Art Beschwörung. Aber am Ende hat sie etwas ganz Merkwürdiges gesagt: ›Nur deinen Leichtsinn habe ich gehasst. Du wolltest immer lachen und dich amüsieren. Ein Einsatz an der Front schien mir die richtige Kur dagegen. Nun, ich habe Recht behalten, du lachst nicht mehr. Aber weißt du was? Jetzt kommt es nicht mehr darauf an, und deshalb schicke ich dir bald jemanden, über den du dich richtig gut amüsieren kannst.«

»Das hast du dir alles wörtlich gemerkt?«, fragt Kairi beeindruckt.

Mailin nickt nachdenklich. »Sie tat mir leid in dem Moment, obwohl sie so ein Biest ist.«

Ich werfe einen Blick zurück auf das graue Bauernhaus und den windschiefen Stallanbau, in dem wir die Nacht verbracht haben. Es ist das letzte Haus, das letzte Dorf. Wir sind dort angekommen, wo nur noch Adler, Dohlen und Schneehabichte leben, keine Menschen mehr.

Von hier aus ist es laut Iduarzo noch ein ganzer Tag Fußmarsch hinauf zum Landeplatz und zur Höhle, wo es Decken und Vorräte gibt und wir auf die Coroner warten sollen. Ab jetzt müssen wir uns auf den Plan und den Kompass verlassen; alles hängt davon ab, dass wir die Höhle vor Anbruch der Dunkelheit finden.

Mailin beugt sich über die Karte. »Dort oben, seht ihr die Scharte? Dort müssen wir durch.«

Wenn ich den Kopf in den Nacken lege, kann ich hoch oben im Gipfelkamm, immer wieder verdeckt von Wolkenfetzen, die Lücke zwischen zwei schneeweißen Zacken erkennen, auf die Mailin zeigt. Der Morgenwind fegt über die hohen und steilen Hänge und wirbelt glitzernde Schneeschleier auf. Ich frage mich, ob man wirklich dort hinaufkommt.

»Die Scharte ist nur der Anfang«, sagt Mailin leicht verzagt. »Ich denke, wir sollten uns beeilen.«

Ein kleiner Trampelpfad führt vom Bauernhaus hinauf zu

einem Holzlegeplatz. Dort steht der Bauer und packt Scheite in einen Korb. Als er uns sieht, runzelt er die Stirn. »Wo wollt ihr hin? Ihr lauft in die falsche Richtung. Dort oben gibt es nichts mehr, nur noch Gefahr. *Lauene*.«

»*Lauene*«, wiederholt Kairi. »Was ist das?«

Der Bauer greift nach dem nächsten Scheit. »Lauwarmer Schnee«, erklärt er.

»Besser als kalter Schnee«, sagt Silvan und grinst.

Als der Bauer merkt, dass wir ungeachtet seiner Warnung weiter hangaufwärts steigen wollen, weicht er zurück. »Dann seid ihr keine Menschen«, sagt er. »Ihr seid Berggeister. Ihr wollt mit *Lauene* in unser Dorf fahren.« Er spreizt die Hände zu einer abwehrenden Geste. »Fort von hier, Geister! Kehrt in die Berge zurück und lasst uns Menschen in Frieden leben!«

Mit seinem Korb voller Holz läuft er zum Haus zurück und schlägt die Tür fest hinter sich zu. Wir blicken uns an.

»Unser Glück, dass er den Proviant für heute schon gestern Abend herausgerückt hat«, meint Silvan trocken.

Der Aufstieg über die steilen Hänge wird für uns zu einer harten Kraft- und Geduldsprobe. Durch die Sonneneinstrahlung ist der Schnee weich und schmierig und bietet unseren Tritten keinen Halt. »Zwei Schritt vor, einer zurück. Ebenso gut könnten wir auf Seife hochsteigen«, sagt Kairi entnervt. Sie und Silvan tragen im Augenblick keine Schneebrillen und sind dem Hang noch schutzloser ausgeliefert.

Am Anfang vertreiben wir uns die Zeit, indem wir raten, was der Bauer mit dem rätselhaften *Lauene* gemeint haben könnte. Silvan tippt auf ein sechs Meter hohes Schneemonster, das auf einem Floß aus Baumstämmen zu Tal fährt. Doch schon bald sparen wir uns den Atem und kämpfen uns stumm nach oben. In der ungeheuren Stille ringsum ist nur noch unser Keuchen zu hören. Ich spüre, wie mir der Schweiß in Strömen den Rücken hinunterläuft.

Wir steigen höher und höher, und allmählich verändert sich die Landschaft um uns herum. Wo die verschneiten Hänge zuvor weit und offen waren, sind wir jetzt von Bäumen und von riesigen Felsblöcken umgeben, die wie von Giganten durcheinandergewürfelt wirken. Unser Weg dazwischen ist gewunden und oft so eng, dass wir mit ausgestreckten Armen die Felswände zu beiden Seiten berühren können. Von den Vorsprüngen hängen Eiszapfen herab, die wir im Vorbeigehen abbrechen und lutschen. Hierher dringt kaum ein Sonnenstrahl; der Schnee unter unseren Füßen ist verharscht und klingt wie zersplitterndes Glas.

Nach einem Bachlauf, dessen Wasser unter dicken Eisplatten unsichtbar rinnt und gluckst, sehen wir uns jäh einer Wand aus hochgetürmten Felsen gegenüber, insgesamt vielleicht zwanzig Meter hoch und so steil, dass sich kein Schnee daran halten kann.

Silvan wischt sich den Schweiß von der Stirn: »Hat dieser Iduarzo nicht von einem Spaziergang gesprochen? Sollen wir uns einen anderen Weg nach oben suchen?«

»Es gibt keinen anderen, fürchte ich«, sagt Mailin. Sie zieht die Karte heraus. »Die Felswand ist eingezeichnet und der Weg führt direkt darüber. Also wird es irgendwie zu schaffen sein.«

Tatsächlich entpuppt sich die Kletterei als verhältnismäßig leichte Übung. Es gibt genügend Spalten, in die man greifen, Vorsprünge, auf die man die Füße stellen kann. Nur die Kälte des Steins schmerzt an den Händen.

Wir sind schon fast oben angelangt, als ich es höre: Ein dumpfes *Wumm*, als hätte über uns jemand eine schwere Stahlplatte in den Schnee fallen lassen. Ich lausche nach oben, aber alles ist wieder still. Nur dieses eine Geräusch – und dazu ein Gefühl, als würde der

Felsen unter meinen Händen plötzlich leicht vibrieren. Täusche ich mich?

»Was ist los?«, fragt Silvan von unten. Im gleichen Augenblick schreit Kairi erschrocken auf. »Da!«

Es bricht über uns herein, mit einem merkwürdigen gurgelnden Zischen, wie ich es nie zuvor gehört habe, mit meterhohen Schneewolken, die im Nu die Sonne verdunkeln und uns die Luft zum Atmen nehmen. Es kommt nicht direkt von oben, sondern schräg von der Seite, und dieser Umstand rettet uns das Leben. Festgeklammert an den Felsen keuchen wir, ringen nach Luft und klappern mit den Zähnen, während sich direkt neben uns eine mörderische Walze aus Schnee, Felsbrocken und Baumstämmen ihren Weg nach unten bahnt. Sie zischt nicht länger, sondern grollt und dröhnt, die ganze Welt scheint unter ihrem Aufprall zu beben. *Lauene*, denke ich, das Schneemonster saust auf seinem Floß nach unten. Ein absurdes Lachen kitzelt mich.

Ich weiß nicht, wie lange es dauert. Als es vorüber ist, verharren wir noch minutenlang im Fels. Bis sich die Starre allmählich aus unseren Gliedern löst und wir weiterklettern können.

Wir stehen auf dem Absatz über der Felswand. Alle fünf sind wir vom Schneestaub weiß gepudert wie Gespenster. »Berggeister«, sagt Kairi. Sie versucht zu lächeln, doch der Schreck steht ihr noch ins Gesicht geschrieben.

Eine Zeitlang stehen wir einfach nur da, starren nach unten und versuchen zu begreifen, was wir sehen.

Dort, wo wir gerade noch gelaufen sind, wo Felsen und Bäume und ein begehbarer Pfad waren, türmt sich jetzt ein gigantisches Hügelgrab aus Eisbrocken und Schnee auf, mit meterbreiten Klüften und Spalten, aus denen Felsen und abgebrochene Baumstämme ragen.

»Wenn das der *Lauene* ist, kann ich den Bauern irgendwie verstehen«, sagt Silvan. »Wenigstens müssen wir uns keine Gedanken mehr um die Richtung machen. Ich hoffe nur, keiner von euch hat etwas in Heiman vergessen.«

Lauene – es gibt keine parmanische Übersetzung dafür. Weil es in Parman weder Berge noch meterhohen Schnee gibt. Trotzdem werden wir dieses Wort nie wieder vergessen.

»Ein Tag nach Trainer LeBrons Geschmack, oder?«

»Ich wünschte, er könnte ihn erleben.«

»Ich auch.«

»Mailin, wie viele Hänge müssen wir noch hinauf?«

»Fünf. Dann sind wir da.«

»Warum schwindelst du nicht, uns zuliebe?«

»Mailin schwindelt nie. Das solltest du langsam wissen.«

Wir lernen viel an diesem Tag. Etwa, welch unglaubliches Gewicht Schneeklumpen an den Füßen entwickeln können. Oder wie es sich anfühlt, bis zur Brust in einem Schneeloch zu versinken und sich dann wieder hinausarbeiten zu müssen. Wie man vollkommen am Ende sein und trotzdem weiterlaufen kann, in einem besinnungslosen Antrieb, stumpf wie eine Ameise.

Während wir uns weiter aufwärts quälen, erscheinen immer mehr Berggipfel vor uns, schneeweiß vor dem dunkelblauen Himmel, geradezu überirdisch schön.

Kein *Lauene* begegnet uns mehr. Stattdessen sehen wir ein Hirschrudel, das langsam durch den verschneiten Wald zieht.

Wir essen die harten Brotkanten des Bauern, trinken literweise Wasser aus den eiskalten Gebirgsbächen, bis uns die Zähne wehtun.

Regelmäßig kontrolliert Mailin die Karte, dabei wird sie immer schweigsamer. Bis sie um etwa vier Uhr nachmittags hörbar aufatmet.

»Ab jetzt gibt es keine Kletterei mehr.« Sie lächelt mich an, ja, sie strahlt förmlich. »Ich glaube, wir können es schaffen.«

Der Weg führt uns über einen lang gestreckten Grat, dabei bleiben wir immer annähernd auf derselben Höhe. Rechts und links geht es steil in die Tiefe, doch der Grat selbst ist schätzungsweise einen halben Meter breit und bequem zu begehen. Ich laufe hinter Mailin, und auch wenn mir sämtliche Knochen im Leib wehtun, spüre ich, wie ein Teil meiner Kräfte zurückkehrt. Wir haben das Schlimmste hinter uns, was soll jetzt noch passieren?

Und dann passiert es doch, genau hier, so kurz vor dem Ziel: Silvan strauchelt im Schnee, verliert den Halt und rutscht über die Kante des Grats in die Tiefe.

Sein erschrockenes Aufkeuchen alarmiert mich: Als ich herumfahre, sehe ich gerade noch Kester im Hechtsprung nach Silvans ausgestreckten Händen fassen. Er erwischt seinen Bruder an den Fingern, dabei rammt er die Füße fest in den Schnee, um nicht selbst mit hinabgezogen zu werden.

»Alles gut, Bruder«, sagt er zwischen zusammengebissenen Zähnen. »Jetzt hoch auf die Knie.«

Silvan versucht es, doch der Schnee unter ihm gerät ins Rutschen, und er findet keinen Halt. Kesters Gesicht ist dunkelrot verfärbt, die Adern auf seinen Händen treten dick hervor, während er Silvans Finger eisern festhält.

In diesem Moment sind wir anderen bei ihm. Kairi kniet sich mit ihrem ganzen Gewicht auf Kesters Beine, Mailin und ich umklammern je einen seiner Füße. »Wir haben dich!«

»Gut«, sagt Kester, die Gelassenheit selbst. »Jetzt, Bruder, geh hoch auf deine Knie und komm zu uns nach oben.«

Silvan fängt auf Parmanisch an zu fluchen. »*Diavol, Damnateri rahat, ceruado*«, er schreit und flucht grauenhaft, arbeitet sich zentimeterweise aufwärts, rutscht aber immer wieder zurück. »Jetzt pack meine Handgelenke«, redet Kester in sein Fluchen hinein. »Komm, mach schon.«

Silvan stöhnt vor Anstrengung, schafft es aber nicht, seine Finger aus Kesters Griff zu lösen. »Ich kann dich nicht an den Fingerspitzen hochziehen«, sagt Kester ruhig. »*Nimm meine Handgelenke.*«

Ich umklammere mit aller Kraft Kesters Fuß und blicke dabei nach oben, in den tiefblauen Himmel. Die Zeit dehnt sich, nur das trockene Keuchen der Zwillinge ist zu hören, minutenlang, so scheint es mir.

»Verdammt!« Mit einem Aufschrei, der von den Hängen widerhallt, lässt Silvan los. Und im selben Augenblick, da er frei und zum Absturz verurteilt ist, drückt er sich auf den Knien nach oben ab und bekommt Kesters Unterarme zu fassen. Der Rest ist ein Kinderspiel, wenngleich für Silvan ein ziemlich unangenehmes: Während Kester ihn sichert, ziehen wir ihn an allem, woran man ihn nur packen kann, Arme, Haare, Ohren, Jacke, Hose, Stück für Stück nach oben.

Erschöpft kauern die Zwillinge nebeneinander auf dem Grat. Doch schon nach wenigen Augenblicken stehen sie wieder auf.

»Halb so wild«, sagt Silvan. Er ist bleich und zittert leicht. »Ich hätte die Rutschpartie nach unten gemacht, ich wäre auch wieder raufgekommen.«

»Mit gebrochenem Hals, du Dummkopf«, sagt Kester. »War dir der *Lauene* noch nicht spannend genug?« Auch er ist blass und zittert, die perfekte Kopie seines Bruders.

Sie stehen einander gegenüber, noch die kleinste Geste des einen ein Spiegel des anderen, der junge König und sein Doppelgänger. In diesem Moment bekomme ich eine Ahnung davon, was die Einheit, um die ich die Zwillinge oft glühend beneidet habe, auch bedeutet: sich qualvoll voneinander lösen zu müssen, um dann ein Leben lang den anderen zu vermissen.

Ganz plötzlich umarmen sie sich, kurz und heftig – sie, die sich sonst nie berühren. Und die Grimasse, als sie ihre maltrátierten Armmuskeln bewegen, ist ebenfalls identisch.

»Ich weiß noch eine Katastrophe, die uns heute zustoßen wird«, sagt Silvan vergnügt, als wäre er nicht vor gerade mal einer knappen halben Stunde einem Sturz in dreihundert Meter Tiefe entronnen. »Erinnert ihr euch an die Küche in Camp Mi?«

»Nur im äußersten Notfall«, antworte ich.

»Was war dort das wichtigste Werkzeug? Nicht etwa Messer oder Pfannen, auch nicht Siebe und Reiben, sondern …«

»… der Dosenöffner«, sagt Kester, der die Ideen seines Bruders jetzt offenbar wieder telepathisch empfängt.

»Exakt, Bruder. Und jetzt stellt euch vor: Diese Höhle ist voller Essen in Dosen, und es gibt keinen Dosenöffner.«

»Dann wird Tamaso eben einen Dosenöffner konstruieren.«

»Wir hätten vielleicht auch Zündhölzer mitnehmen sollen. Und eine Laterne.«

»Zu spät.«

»Es wird alles dort geben, Licht und Feuer, rosa Wurst und süßes Brot und natürlich auch einen Dosenöffner.«

»Und Comic-Hefte von Captain Corona.«

»Wir können übrigens Parmanisch reden. Keine Menschenseele hört uns.«

Neben uns hat der Wind den Schnee zu riesigen Kaskaden aufgetürmt. Auf dem höchsten Ast einer verkrüppelten Kiefer schaukelt eine Dohle, die einzige Zeugin unserer Gespräche hier oben.

Wir erkennen den Ort sofort.

Auf drei Seiten, jeweils nach Norden, Westen und Süden, rahmen senkrechte Felswände eine verschneite Fläche ein. Es sieht aus wie ein riesiger Saal, von der Natur geschaffen. Nur im Osten, dort, wo wir jetzt stehen, führt ein Hang wie eine steile Rampe zur Ebene hinab, der einzig mögliche Zugang.

Ich starre auf das kreisrunde Fenster in der westlichen Felswand, auf die intensive Abendbläue des Himmels darüber. Iduarzo hat die Wahrheit gesagt. Wer immer hier oben landet, wird niemals entdeckt. Wir haben es geschafft.

»Die Höhle muss irgendwo unter uns sein«, sagt Mailin und lehnt sich müde an mich. »Unser letzter Abstieg.«

Wir taumeln und schlittern mehr den steilen Hang hinunter, als dass wir kontrolliert absteigen. Es ist halsbrecherischer Leichtsinn, aber wir sind viel zu erschöpft und euphorisch, um noch Angst zu empfinden.

Dann taucht sie vor uns im Schnee auf, ein sternförmiges schwarzes Loch: die Höhle, unser Zufluchtsort. Als wir in ihrem Eingang stehen, dämmert es bereits.

Mailin wirft noch einen Blick über die Ebene, deren Schnee sich grau färbt. »Kann ein Flugzeug hier überhaupt landen, ohne zu versinken?«

»Wir werden es erleben«, sage ich.

Im schwindenden Tageslicht sehen wir uns in der Höhle um. Sie hat die Form eines Stollens, ist schätzungsweise sechs Meter tief und drei Meter hoch und breit. Die Wände sind mit graugrünen Flechten überwuchert, an der Decke oben bilden Spinnweben dichte, wattige Geflechte.

»Wir brauchen wohl keinen Dosenöffner«, sagt Kairi.

Die Höhle ist vollkommen leer. Nur eine befestigte Feuerstelle im vorderen Bereich weist darauf hin, dass es einmal anders gewesen ist. Zwischen den Steinen ist die Asche zu grauem Puder zerfallen.

Kester bückt sich und hebt etwas auf: Halb vermoderte Fetzen, die vielleicht irgendwann einmal eine Decke gewesen sind.

Keine Vorräte, keine Decken, kein Feuer. Nichts von den Dingen, von denen Iduarzo gesprochen hat. Noch während wir jeden Winkel durchsuchen und zu begreifen versuchen, was das alles für uns bedeutet, wird es in der Höhle dunkel.

»Was ist das?«, flüstert Kester.

Wir hören es alle: ein Fauchen und Heulen, als wäre in einem verborgenen Gang eine Bestie erwacht, bereit, auf Jagd zu gehen.

»Der Wind«, sagt Mailin.

Jetzt kann ich ihn auch spüren, einen eisigen Luftzug aus dem hinteren Bereich der Höhle. Der Berg selbst scheint uns seine Kälte entgegenzuatmen.

»Wie kann in einer verdammten Höhle der Wind wehen?«, fragt Kester.

»Was glaubst du, warum manche Höhlen Windloch heißen?«, sagt Mailin müde. »Der Wind pfeift durch irgendwelche Luftschächte, deshalb klingt es so gruselig.«

Durch meine Träume geistert Isao. Ich sehe ihm zu, wie er in einem parmanischen Götterhain vor den Statuen steht, eine weiß gekleidete Gestalt unter hohen Zedern. Er legt eine gelbe Jasminblüte nieder, dann geht er davon. Ich folge ihm, und als er den Hain durch ein Tor verlässt, spähe ich ihm nach. Da läuft er, einsam und unendlich fern, in eine erstarrte Landschaft mit schneebedeckten Bergen.

Ich erwache und zittere an allen Gliedern. Der Wind zerrt mit eisigen Fingern an mir; benommen suche ich in der Dunkelheit nach Schutz, suche die anderen. Ich weiß nicht, an wen ich mich klammere, doch ich spüre, wie sich wieder Arme um mich legen. Am Ende liegen wir ineinander verschlungen da und spenden uns all den Trost und die Wärme, die zwischen fünf Körpern entstehen kann.

Als wir am nächsten Morgen die Höhle noch einmal gründlich durchsuchen, findet Mailin in einem Felsspalt ein Gewehr und fünfzehn Schuss Munition.

Sie zögert nicht lange. Nachdem sie die Waffe sorgfältig mit Schnee und Flechten gereinigt hat, nimmt sie sich eine der Schneebrillen und geht los.

»Ich kann mit dir kommen«, sage ich.

Sie schüttelt den Kopf. »Ich jage besser allein. So bin ich es gewohnt.«

Wir warten am Höhleneingang auf ihre Rückkehr. Es ist so still hier oben, dass jedes Geräusch übermächtig erscheint. Ein Vogel flattert auf, ein Fuchs bellt. In der Ferne ertönt ein Heulen, das schrecklich einsam klingt. Ein Wolf?

Etwa eine Stunde später kehrt Mailin zurück. Sie bringt einen Hasen.

»Ein einziger nur.« Sie weint fast vor Wut. »Ich habe einmal danebengeschossen. Eine Patrone einfach vergeudet.«

Ich betrachte den schlaffen Hasen in ihrer Hand. Sein Fell ist weiß, verfärbt sich aber schon ins Bräunliche, Zeichen des kommenden Frühlings.

»Wenn ich nur hundert Schuss hätte«, sagt Mailin, als sie ihm den Balg abzieht. »Unter dem Haufen Felle könnten wir uns nachts warm halten.«

»Unsere gute Mutter pflegte zu sagen: Wenn man richtig hungrig ist, schmeckt alles«, sagt Silvan. Wir sitzen im Kreis um die kalte Feuerstelle; er hält den rohen Hasenlauf in der Hand, seine Lippen glänzen rot vom Blut. »Ich wünschte mir, sie könnte hiervon probieren.«

»Am besten saugen wir auch die Knochen aus«, sagt Mailin ruhig. »Wer weiß, wann ich wieder etwas erwische.«

Jeder Bissen schmeckt bitter und metallisch, ihn hinunterzuschlucken kostet mich größte Überwindung. Die Vorstellung, in der Höhle bei Kälte und rohem Fleisch eine ungewisse Zeit ausharren zu müssen, ist deprimierend.

»Wir können immer noch zurückgehen«, sagt Kairi.

Ich schüttle den Kopf. »Nach Heiman? Wohl kaum. Und auch sonst nirgendwohin. Marschall Utuk ist jetzt der Oberste Führer.«

»Vielleicht auch nicht«, sagt Kairi nachdenklich. »Es gibt eine Menge Florer, die ihn hassen, meine Dienstherrin Frau Ui zum Beispiel. In unser Haus sind immer wieder Besucher aus dem Norden gekommen. Sie haben mit Frau Ui über Marschall Utuks Pläne gesprochen, dass er die Hälfte der jetzigen Bauern in die Armee holen und die Abgaben der übrigen verdoppeln will. Das Essen soll für alle rationiert werden, außer für die Offiziere. Sämtliche Zivilisten, die im Moment noch geduldet werden, will er ins Arbeitslager stecken; sie sollen Stahl kochen und Waffen herstellen, alles für die Armee. Und die Schwachen und Behinderten werden gleich umgebracht.«

»Das wäre dann wie im Puppenspiel. Der Alchemist hat die Florer genau auf diese Weise drangsaliert, schon vor dreihundert Jahren«, sage ich.

»Aber jetzt reden wir von der Wirklichkeit«, betont Kairi. »Wer weiß, wenn es zu schlimm wird, gibt es vielleicht Aufstände. Vielleicht wehren sich die Menschen.«

»Das glaube ich nicht«, sage ich, in Gedanken immer noch beim Alchemisten. »Die Angst der Florer sitzt viel zu tief. Ich kenne nur einen, der mutig genug war, gegen Marschall Utuk anzutreten. Und der zahlt jetzt den Preis dafür.« Ich starre auf den blutig abgenagten Hasenknochen in meiner Hand. »Es tut mir so leid um Herrn Rix.«

31

Ich sitze zusammen mit Mailin vor der Höhle und sehe den Adlern zu, die den Himmel kreisend durchschneiden. Dabei stelle ich mir die geometrischen Formen vor, die sie am Himmel hinterlassen: Kreise, natürlich, aber auch Ellipsen und Spiralen. Am besten gefällt mir die Vorstellung, wie sie sich immer weiter in den Himmel hochschrauben. Ich wünschte, sie könnten für immer dort oben bleiben und müssten niemals mehr zur Erde zurückkehren.

»Siehst du die Melodie in ihren Bewegungen?« Mailin summt sie mir vor: eine Abfolge von Tönen, die sie in Variationen immer neu wiederholt. Es hat etwas Hypnotisches.

»Nein, ich kann keine Musik sehen. Ich bin nur der Instrumentenbauer. Aber ich höre dir so gerne zu.«

Sie summt weiter und ich schließe die Augen. Kairi und die Zwillinge sitzen einen Steinwurf weit weg auf einem kleinen Felsplateau. Auch sie halten die Augen geschlossen, keiner von ihnen redet. Mittags ist die Sonne unsere wohltätige Heilerin, das Gegenteil der eisigen schwarzen Nacht in der Höhle. Ohne die Sonne wären wir schon tot, denke ich.

Gestern Nachmittag hat Mailin ihre letzte Munition abgefeuert. Der Hase liegt hinten in der Höhle, mit Steinen vor Dohlen und Ratten geschützt. Ich weiß nicht, ob wir uns noch aufraffen werden, ihn zu essen. Nach jedem rohen Hasen quälen uns Übelkeit und heftige Bauchkrämpfe. Wenn wir nichts essen und nur Wasser trinken, werden wir zwar schneller schwach, aber wir fühlen uns besser.

Vor fünf oder sechs Tagen wäre es vielleicht noch möglich gewesen, nach Heiman zurückzukehren. Wir hätten das Risiko eingehen müssen, über das Schneegrab des *Lauene* abzusteigen oder uns in der Wildnis einen anderen Abstieg ohne Weg und Plan zu suchen. Auch wenn es nahezu aussichtlos gewesen wäre, wir hätten es immerhin versuchen können.

Wir haben uns gemeinsam dagegen entschieden, haben stattdessen auf die Coroner und die versprochene Rettung gesetzt. Jetzt ist es endgültig zu spät, keiner von uns kann den mühseligen Abstieg zum letzten Dorf mehr bewältigen. Und unsere Hoffnung schwindet.

»Also«, sagt Kester plötzlich. »Ich bleibe jetzt zwei Stunden lang hier draußen. Die Höhle ist frei, ihr müsst euch nur absprechen.«

Silvan öffnet die Augen. »Wovon redest du, Bruder?«

»Macht schon«, sagt Kester mürrisch. »Wahrscheinlich ist es das erste und letzte Mal in eurem Leben. Und ich habe die Nase gestrichen voll davon, der Klotz an eurem Bein zu sein.«

Er wendet sich ab und lässt uns vier sitzen, sprachlos und vor Verlegenheit rot im Gesicht. Silvan grinst ein wenig, er will etwas sagen, doch da steht Mailin auf. »Komm«, sagt sie und streckt mit ernstem Gesicht ihre Hand nach mir aus.

Wenn die Sonne am Abend hinter der westlichen Felswand untergeht, versinkt das Schneefeld in stumpfer Düsternis. Aber es dauert nur zehn Minuten, bis die Sonne auf geradezu magische Weise noch einmal aufscheint: Durch das runde Felsloch wirft sie einen Kreis von Licht, in dem der Schnee zu brennen scheint.

In diesem Kreis und in dieser Minute möchte ich sterben, wenn es so weit ist.

Wir legen uns zum Schlafen, fünf Körper eng umschlungen, wie an jedem Abend. Der Hase liegt noch immer in der Ecke unter seinem Steingrab.

»Wie war es, Bruder?«, fragt Kester. »Ich will wissen, was ich versäumt habe.«

Im Dunkeln merke ich, wie Kairi die Luft anhält.

Silvans Antwort kommt vollkommen gelassen. »Ich erzähle es dir morgen.«

Nach einer Pause sagt Kairi: »Ich auch.«

Mailin schweigt, aber ich kann spüren, dass sie lächelt. Etwas nervös frage ich mich, was sie zu erzählen hätte.

»Machst du dein Haar für mich auf?«

Das Gefühl, als wir die Jacken auszogen und ihr Haar mich einhüllte. Ihr warmer, sanfter Mädchenkörper in meinen Armen. Ihr ernster Blick, über den ich lachen musste. Meine Mailin, ernst und gewissenhaft auch beim Zärtlichsein …

Wir haben nicht das miteinander getan, was Kester sich vorgestellt hat. Es wäre zu hastig gewesen, zu heftig. Trotzdem war es eine Stunde reinen Glücks für mich, Kesters Geschenk.

Ich habe die Warnung des Bauern in den Wind geschlagen und den Schmuck nicht weggeworfen. Als Mailin heute Nachmittag nackt und wunderhübsch auf ihrer vollkommen verdreckten und zerrissenen Jacke lag, holte ich eine zarte, goldene Kette für sie heraus, die schönste von allen.

Sie schüttelte den Kopf. »Sie gehört uns nicht.«

Daraufhin erzählte ich ihr, auf welche Weise der Schmuck in Marschall Utuks Haus gekommen ist. »Wer die Ärmste auch war, Mädchen oder Frau, ich bin sicher, sie würde sich freuen, dass du sie trägst.«

Mailin sah die Kette in meiner Hand an. »Immer sind es die Toten«, sagte sie. »Wohin wir auch gehen, sie sind schon da.«

Sie trägt die Halskette jetzt doch, und ich freue mich darüber. Ich spüre das Atmen der anderen in der Dunkelheit, die Wärme ihrer Körper. Ich glaube, nein, ich weiß, dass im Moment keiner von uns unglücklich ist. Heute jedenfalls nicht; wie es sein wird, wenn wir wirklich sterben müssen, kann ich mir jetzt noch nicht vorstellen.

In einigen Tagen werde ich es wissen.

Wir schlafen noch, als im Morgengrauen die Welt einstürzt.

Draußen grollt und donnert es, als würden *Lauene* gleich dutzendweise über uns kommen. Die Angst, in der Höhle lebendig begraben zu werden, weckt unsere Lebensgeister: Wir stürzen zum Eingang und sehen gerade noch, wie ein Flugzeug gleich einem riesigen Raubvogel herabsinkt und mit einem letzten Aufheulen der Motoren sanft auf das Schneefeld aufsetzt.

Silvan reibt sich die Augen. »Irre«, sagt er. »Das war Präzisionsarbeit.«

Jetzt, da alles wieder still ist, wirkt das Flugzeug wie eine fantastische Erscheinung im Morgenlicht. Aber es ist real, besteht aus Metall und Technik. Unter einem Rohr, das ich für die Abgasanlage halte, ist der Schnee zu rußigen Eisklumpen geschmolzen, die Fenster sind durch den hochspritzenden Schneematsch vollkommen verdreckt. Während ich mir alles ansehe, verwandle ich mich in *TAMSO*, den kleinen Jungen, der in der ersten Klasse von Flugzeugen geschwärmt hat. Prompt finde ich auch dieses verbeulte und schmutzige Exemplar einfach nur *wunderschön.*

Die Luke des Flugzeugs geht auf, eine Treppe wird auf den Schnee hinuntergeschoben. Im Gänsemarsch steigen sechs Männer herab. Sie tragen blaue gesteppte Jacken, die leicht und wunderbar warm aussehen. Ich versuche, mir das Gefühl dieser Jacken auf meiner Haut vorzustellen. Sie tragen auch Schals dazu, fünf von ihnen sind blau, der sechste ist leuchtend gelb und auf eine

Weise umgeschlungen, die mir vertraut ist und eine unerklärlich niedergeschlagene Stimmung in mir auslöst.

»Achtung! Dort oben an der Höhle ist jemand!«

Die sechs Männer haben Pistolen, die sie jetzt auf uns richten. Mit erstaunlicher Geschwindigkeit kommen sie näher, spezielle Vorrichtungen an ihren Stiefeln erlauben es ihnen, leichtfüßig über den Schnee zu gleiten. Ich kann ihre Stimmen hören, ihre Eigenart, die Wörter zu dehnen. Es sind Coroner.

»Um Gottes willen, nein. Keine Waffen. Ich kenne sie.«

Aus irgendeiner verrückten Laune des Schicksals, wie es sich selbst der Narr im Puppenspiel nicht besser hätte ausdenken können, steht Alan vor uns, mit seinem gelben Schal so hübsch und makellos anzusehen wie immer. Alan, unser Idol in Camp Mi. Alan, der Verräter.

»Es sind unsere Rekruten aus dem Mimikry-Projekt«, erklärt Alan den anderen Männern. So wie sie uns mit offenem Mund anstarren, kann ich mir vorstellen, welches Bild wir abgeben: fünf Wilde vor einer Höhle, verwahrlost, verhungert.

»Kester und Silvan, ich fasse es nicht«, sagt Alan. »Wie ich das Debattieren mit euch vermisst habe.« Er spricht die Zwillinge an, offenbar rechnet er mit dem gewohnten Schlagabtausch. Doch die beiden sehen ihn nur an, abwartend, lauernd.

»Ihr fünf steht da wie vom Himmel gefallen.« Alan schüttelt den Kopf und lacht verunsichert. »Was treibt ihr nur hier oben? Der Stützpunkt wird seit über einem Jahr nicht mehr benutzt. Euer Leader hätte es wissen müssen.« Er dreht sich zu seinen Leuten. »Kann es sein, dass er nicht Bescheid wusste?«

»Aber ihr seid doch hier«, sagt Kairi.

»Wir sind notgelandet«, sagt Alan zerstreut. Noch einmal, als gäbe es nichts Wichtigeres zu klären, fragt er die anderen: »Wurde die Stillegung vielleicht nicht nach Heiman weitergemeldet?«

Ein älterer Offizier zuckt die Achseln. »Wie es aussieht, wusste ihr Leader nichts davon«, sagt er. »Weitaus interessanter ist die Frage, was wir jetzt mit ihnen machen sollen.«

Wie sie uns ansehen, erinnern sie mich an Leute, die ungewollt über eine Gruppe Findelkinder stolpern. Wir sind ein Hindernis, mit dem sie nicht gerechnet haben.

»Ihr müsstet zu sechst sein«, sagt Alan nach einer irritierten Pause. »Wo ist Isaac?« Er erinnert sich nicht einmal an seinen Namen.

»Du weißt es nicht?«, frage ich ihn. »Isao ist tot. Er wurde von den Florern gefangengenommen und hat sich selbst getötet.«

»Nein, davon wussten wir nichts«, sagt Alan. »Das tut mir wirklich leid. Isao war ein feiner Kerl.« Er klingt ehrlich, aber ich weiß, was für ein durchtriebener Schauspieler er ist.

»Ihr wisst, dass unser Leader eingemauert wurde?«

Alan nickt. »Es kamen sporadisch Nachrichten durch, aber zu wenige, um sich ein klares Bild zu machen. Ist er noch am Leben?«

»Als wir aufgebrochen sind, war er es noch. Das ist jetzt«, ich muss nachrechnen, »vierundzwanzig Tage her.«

Während die anderen fünf Offiziere damit beginnen, das Flugzeug auszuladen, erzählt uns Alan, dass seine Männer und er hierher ausweichen mussten, nachdem der aktive Landeplatz durch einen Bergsturz verschüttet war. Er liegt fünfzig Meilen entfernt von hier, das bedeutet, wir wären hier oben verloren gewesen.

Immer wieder schüttelt Alan den Kopf. »Was für ein unglaublicher Zufall.« Er erzählt uns weiter, dass man ihn als Anführer eines Aufklärungstrupps hierhergeschickt hat und seine Männer Kämpfer aus einer coronischen Eliteeinheit sind, dabei nennt er den Namen der Einheit, irgendetwas mit Adlern. Unwillkürlich blicke ich zum Himmel und denke an unsere Adler und die Musik ihrer Bewegungen.

»Wir haben vollkommen widersprüchliche Meldungen, was zurzeit in Flore passiert. Deshalb müssen wir uns vor Ort ein Bild machen.«

Alans Augen blitzen vor Tatendrang, er wirkt so begeistert wie in Camp Mi, als er uns seine Musik vorgespielt und dabei über die grenzenlose Freiheit geredet hat. »Das hier ist mein erstes großes Kommando. Drückt mir die Daumen, dass ich einen guten Job mache.«

In diesem Moment tritt der ältere Offizier mit einer Kiste zu uns. Der Blick, mit dem er uns mustert, ist ein völlig anderer als der von Alan. Er wirkt, als hätte er schon sehr viel erlebt und gesehen.

»Wie lange wartet ihr schon hier?«, fragt er.

»Vierzehn Tage.«

»Und da habt ihr keinen Hunger?«

Wir wechseln Blicke. »Eigentlich nicht.«

Während ich zusehe, wie Alan und der ältere Offizier aus ihrer Proviantkiste eine Mahlzeit für uns richten, denke ich über Menschen und ihre Essensgewohnheiten nach. Scharf und würzig bei den Florern, fettig und weich bei den Coronern. Bestimmt hat das etwas zu bedeuten, aber plötzlich kann ich keinen einzigen Gedanken mehr daran verschwenden. Weiches Brot, rosa Wurstscheiben und Schokoladenkekse sorgen dafür, dass ich nur noch aus Mund und Magen bestehe.

»Langsam«, mahnt der ältere Offizier scharf.

Silvan kaut und schluckt im Rekordtempo. »Alles leicht verdaulich«, murmelt er. »Wartet nur, bis ihr die florische Kost kennenlernt.«

Viel zu früh macht der Offizier die Kiste wieder zu. »Ihr bereut es sonst. Später gibt es mehr.«

»Also«, sagt Alan und lenkt unsere Blicke von der Kiste ab. »Jetzt informiert uns über alles, was bis zu eurem Aufbruch in Heiman geschehen ist.«

»Meint ihr, wir schaffen es, euren Leader herauszuholen?«, fragt Alan.

Fast eine Stunde lang haben er und seine Leute uns konzentriert zugehört, während wir von Kellern und Grotten erzählt haben, von Puppenspielern und Waffenhändlern – und von Toten, immer wieder von Toten. Banales und Grauenvolles unmittelbar nebeneinander, und die ganze Zeit über musste ich an das Bild in Herrn Rix' Zimmer denken, an den Wald, der kein Wald ist und hinter dessen Bäumen der Schrecken lauert. Dieses Bild ist für mich das Sinnbild für Flore.

»Nur wenn ihr es schafft, mitten in Heiman unauffällig eine Bombe hochgehen zu lassen«, sagt Kester.

»Die Bombe müsste allerdings so stark sein, dass sie auch den Leader in Stücke reißen würde«, ergänze ich. »Die Florer verstehen etwas von Mauerbau.«

Alan sieht uns kopfschüttelnd an. »Ihr fünf seid nicht wiederzuerkennen.«

»In den letzten vier Wochen war die Verpflegung nicht gerade üppig«, sagt Silvan.

»Das meine ich nicht.« Alan blickt von einem zum anderen. »Ihr wirkt so unerschrocken, so, entschuldigt bitte, *abgebrüht.* Du zum Beispiel, Tamaso. Du hast dich völlig verändert. Ehrlich, bei einem Streit hätte ich Angst vor dir.«

Ich zucke die Schultern. »Wolltet ihr uns nicht genau so haben? Du kannst General Elias gratulieren.«

»Oder du, Mailin«, sagt Alan. »Dein Gesicht, deine Augen, so wild … Wo ist das Mädchen mit dem süßen, schüchternen Lächeln geblieben?«

Ihre Hand ist vom Hasenblut braun verkrustet, als sie sich eine Haarsträhne hinters Ohr streicht, eine Geste, die ich lange nicht mehr bei ihr gesehen habe. »Du hast es gehört. Im zweiten Stockwerk eines florischen Hauses, bei einem Toten«, sagt sie hart.

Die Offiziere hinter Alan bewegen sich unruhig, sie geben ihm zu verstehen, dass sie aufbrechen wollen. Immer wieder werfen sie uns Blicke zu. Eine nervöse Spannung liegt in der Luft.

Ich sehe uns mit Alans Augen. Um mit den ausgeruhten, durchtrainierten Männern zurück nach Heiman zu gehen, sind wir viel zu schwach. Und natürlich werden sie nicht wegen uns nach Corona zurückfliegen, ihre Mission ist tausendmal wichtiger als unser Schicksal.

»Was passiert jetzt mit uns?«, fragt Kairi geradeheraus.

Alan lächelt sie an, als sei sie noch immer das hübsche, freundliche Mädchen in Camp Mi und nicht ein Geschöpf, das aussieht, als würde es unter Wölfen leben.

»Ihr bleibt hier und wartet«, sagt er. »Ein Flugzeug wird kommen und euch abholen.«

Silvan fängt an zu lachen. »Schon wieder? Hatten wir das nicht gerade?«

Alan führt uns zur Flugzeugluke und zeigt auf die Ausrüstung, die die Offiziere soeben in ihre Rucksäcke verstauen. »Fünfzehn Kilo Gepäck für jeden ist das Limit«, erklärt er. »Wir haben nur lebensnotwendige Dinge dabei. Zum Beispiel die hier.«

Als er eine Plane zurückschlägt, beginnen Tauben in einem ovalen Behältnis nervös zu flattern und zu gurren.

»Brieftauben«, sagt Alan. »Sobald wir sie freilassen, fliegen sie nach Hause. Das heißt in ihrem Fall, zum Stützpunkt der Luftwaffe, von dem aus wir gestartet sind. Wir werden drei von ihnen losschicken, um das Rettungsflugzeug für euch anzufordern.«

Ich blicke auf die Felswände. »Was ist mit den Adlern und Bussarden? Es gibt hier jede Menge von ihnen.«

»Mindestens eine wird durchkommen«, sagt Alan mit Gewissheit.

Im Käfig sind schätzungsweise ein Dutzend Tauben. »Warum nur drei?«

»Corona muss Bescheid wissen, was derzeit in Flore geschieht«, mischt sich der ältere Offizier ein. »Unsere Mission ist extrem wichtig. Ich würde nur eine Taube für euch losschicken, aber er ist der Boss.« Mit einer Kopfbewegung weist er auf Alan, der uns anlächelt. »Wir sind schließlich gute alte Freunde«, sagt er.

Die Brieftauben tragen winzige Köcher auf ihrem Rücken, in die die Nachricht gesteckt wird. Wir sehen zu, wie Alan das dünne Seidenpapier beschriftet.

Aus einem Impuls heraus sage ich: »Ich will lesen, was du da schreibst.«

»Meine Güte, Tamaso. Ich fordere eure Rettung an«, sagt er, ohne aufzublicken.

»Zeig es mir.«

Jetzt sieht er mir in die Augen. »Du traust mir noch immer nicht über den Weg.«

»Nein.«

Alan überlegt kurz. Dann rollt er die beiden Zettel noch einmal auf und reicht sie mir.

Es ist eine Bitte um eine Rettungsmission. Für fünf Mimikry-Rekruten, dazu die Koordinaten des aufgelassenen Flugplatzes. Dann folgt noch ein Zusatz:

Vorsicht. Traumatisiert, vielleicht gefährlich.
Gehirnwäsche – umgepolt?

Als ich ihn laut vorlese, schüttelt der ältere Offizier den Kopf. »Die fünf haben vielleicht viel erlebt«, sagt er zu Alan. »Aber gefährlich? Umgepolt? Nein.«

Alans Augen blitzen auf, einen Moment lang wirkt er wie ein gemaßregelter Junge, der gleich mit dem Fuß aufstampfen will. Dann reißt er sich zusammen. »In Ordnung, du hast die Erfahrung«, sagt er zu dem Älteren. »Es ist wahrscheinlich, weil ich sie von früher kenne. Ich hätte nicht geglaubt, was der Einsatz an der Front ausmachen kann.«

Er schreibt die Nachricht noch einmal, diesmal ohne Zusatz.

Die Tauben werden aus ihrem Behältnis geholt und flattern auf. Solange wir sie vor dem blauen Himmel sehen können, werden sie nicht von Raubvögeln geschlagen. Immerhin ein kleines Hoffnungszeichen.

Alan und seine Männer lassen uns Vorräte für vierzehn Tage da, Decken und für Mailin hundert Schuss Munition. Kein Licht und nur eine einzige Packung Zündhölzer.

»Mehr geht nicht«, erklärt Alan. »Wir werden in Heiman hauptsächlich im Dunkeln agieren müssen, dafür brauchen wir jede Taschenlampe und jedes Zündholz.«

Alle sechs sind sie hochbepackt. Mit ihren Schneebrillen und den Schneegleitern unter ihren Stiefeln sehen sie absolut professionell aus.

»Ich schätze, so schafft ihr es auch über den *Lauene*«, sagt Silvan.

»Was soll das sein?« fragt Alan. Wir versuchen, den Coronern einen Eindruck von den zischenden, grollenden Schneemassen zu vermitteln, die alles unter sich begraben haben.

»Lauwarmer Schnee«, sagt der ältere Offizier, als wir fertig sind.

Silvan nickt. »Stimmt, so hat es der florische Bauer auch genannt.«

»Wenn ihr da lebend rausgekommen seid, hattet ihr verdammtes Glück«, sagt der Offizier. Er lässt sich von Mailin die genaue Lage auf der Karte zeigen.

»Uns hält nichts auf, keine Sorge«, sagt Alan. »In fünf Tagen werden wir in Heiman sein. Was euren Leader und seine drei Agenten angeht, so werden wir tun, was wir können.«

Kümmert euch um Herrn Rix und die anderen Puppenspieler, möchte ich sagen. Um Frau Lu, den Koch, die Gärtner. Die vielen Florer, die mir etwas bedeuten. *Gehirnwäsche, umgepolt.* Aus Coronersicht hat Alan vermutlich Recht.

Kester nickt Alan zu. Sein Gesicht ist blass und sehr ernst. »Ich wünsche euch Glück«, sagt er. »Ihr werdet es brauchen.«

Alan weiß nichts von den Folterspuren auf seinem Körper, nichts von seinen wiederkehrenden Albträumen. Er lächelt Kester siegessicher an. »Wir gehen jedem Risiko aus dem Weg, das verspreche ich dir«, sagt er. »Aber es müsste mit dem Teufel zugehen, wenn eine schnelle, gut ausgerüstete Truppe wie wir nichts ausrichten könnte.«

Zum Abschied klopft er auf seinen gelben Schal: »Denkt daran, Freunde: Die Zukunft trägt leuchtende Farben!«

Wir sehen zu, wie die sechs Männer anscheinend mühelos den Schneehang erklimmen. Oben auf dem Sattel drehen sie sich noch einmal um und winken. Dann sind sie fort wie ein Spuk.

Nur ihr Flugzeug bleibt zurück, die Luke sorgfältig mit Ketten und Schlössern verriegelt. Irgendwie sieht es traurig aus, wie ein verlassener Kerkerhäftling.

Silvan lächelt mir zu. »Vielleicht hatte Alan Angst, du würdest es schaffen, den Motor anzulassen.«

»Dann könnten wir davonfliegen«, sagt Kairi. »Direkt durch das runde Fenster und ab nach Parman. Schön wär's.«

In dieser Nacht schlägt das Wetter um, zum ersten Mal seit unserer Flucht aus Heiman. Wir liegen in der Höhle, und obwohl die neuen Decken uns wunderbar wärmen, halten wir uns gegenseitig fest wie in den Nächten zuvor und lauschen dem Sturmwind, der die Felswände suchend entlangstreift und heulend in unsere Höhle einfällt. Er kann uns nichts mehr antun, und dieses Gefühl ist herrlich.

Am Morgen sitzen wir in der Nähe des Eingangs, die Decken über die Schultern gezogen. Draußen heult und faucht der Sturm, heftiger Regen weht wie ein grauer Vorhang herab und trommelt gegen die blecherne Hülle des Flugzeugs.

»Drückt die Daumen, dass die Tauben wetterfest sind«, sagt Silvan.

Zwölf Tage lang stürmt und regnet es ohne Unterbrechung. Auf der Ebene verwandelt sich der Schnee in eine Suppe aus Eis. Längst steht das Flugzeug in einem See, auf dessen graue Wasserfläche unablässig der Regen prasselt.

Niemand kann bei diesem Wetter ein Flugzeug hierherfliegen, um uns zu retten. Niemand kann wissen, ob die Tauben den Weg nach Corona schaffen. Es ist uns merkwürdig egal.

Wir müssen im Moment nicht mehr frieren, nicht mehr hungern. Die Tage sind friedlich und ereignislos.

Mailin baut ihr Gewehr auseinander und wieder zusammen, bis sie den Vorgang blind beherrscht. Außerdem kämmen sich die Mädchen mit Kämmen, die ich aus den Hasenknochen geschnitzt habe. Und sie schneiden uns Jungen die Haare, mit der Schere, die Alan uns zurückgelassen hat. Er, der saubere Coroner, war erschüttert von unseren Haaren und Fingernägeln.

Wir erwarten nichts mehr. Fürchten nichts mehr.

Ich übe stundenlang mit der kleinen Holzmarionette. Je flinker und geschmeidiger sie sich unter meinen Händen bewegt, desto klarer erkenne ich die Kluft zwischen mir und Herrn Rix, dessen

Meisterschaft ich auch nach zehntausend Stunden Üben niemals erreichen werde.

»Ich bin überhaupt kein Künstler«, sage ich etwas frustriert zu Mailin. »Mein ganzes Leben werde ich immer nur Mechaniker sein.«

»Weil du ganz bist«, sagt sie ernsthaft. »Deine Seele ist fest mit dir und deinen Händen verwachsen. Künstler sind immer gespalten, sie müssen ihre Seele abgeben können, an ein Musikinstrument oder an ein Bild oder an eine Puppe, egal.«

»Hmm«, sage ich und schaue mir meine beseelten schmutzigen Hände an.

Für ein kleines Rätselspiel reicht meine Kunst allerdings aus. »Wer ist das?«, frage ich Mailin und lasse die Puppe hingebungsvoll fiedeln.

»Jemand, der Geige spielt«, sagt sie. »Ich vielleicht?«

»Ja. Gut.« Das Spiel macht mir Spaß. Ich lasse mein Männchen auf steifbeinige Altmännerweise laufen und eine imaginäre Stirnkappe zurechtrücken.

Mailin lacht. »General Elias. Das war einfach.«

Der Kopf ruckt hierhin und dorthin. Die Puppe gibt ein bösartiges Zischeln von sich.

»Majorin Mo«, sagt Mailin, ohne zu zögern.

»Sehr gut. Das war schwierig.«

»Du hast sie gut getroffen.«

Ich lasse das Führungskreuz sinken. »Ich habe darüber nachgedacht, was sie zu ihrem toten Sohn gesagt hat«, sage ich. »Über den Spaßmacher, den sie ihm schicken will. Sie hat Herrn Rix gemeint. Sie wusste, dass er sterben würde.«

»Sie bildet sich ein, dass auch noch die Toten im Jenseits nach ihrer Pfeife tanzen.« Mailin schüttelt den Kopf. »Sie ist verrückt.«

»Verrückt und bösartig, das ist sie. Aber jetzt schau, noch ein Rätsel.«

Diesmal lasse ich die Marionette sehr aufrecht dastehen, wachsam und gespannt, den Kopf leicht schräg.

Mailin sagt genau, was ich erwarte. »Der Leader.«

Das Flugzeug steht mitten im See, vom tagelangen Regen so sauber und glänzend, wie es vermutlich seit seinem Jungfernflug nicht mehr gewesen ist.

»Ob es noch fliegen kann?«, überlegt Silvan.

»Ich denke schon«, sage ich. »Noch sind die Triebwerke nicht im Wasser.«

»Triebwerke. Noch nie davon gehört«, sagt Silvan. »Wieso kennst du dich mit Flugzeugen aus? Ich dachte, du baust Musikinstrumente.«

»Ich mag Flugzeuge. Schon seit ich klein war.«

»Dann wird es ja eine große Sache für dich, wenn sie uns wirklich mit einem Flugzeug holen kommen.«

»Ich schaue sie mir gerne an. Ob ich auch gerne fliege, weiß ich noch nicht.«

»Wenn das Wetter nicht besser wird, kommt Alan mit seiner Truppe vielleicht noch vor dem Rettungsflugzeug zurück.«

»Egal. Hauptsache, wir müssen nicht wieder rohe Hasen essen.«

In der Nacht wachen wir auf, alle gleichzeitig, und lauschen hinaus in die Dunkelheit, auf das Geräusch, das uns geweckt hat. Nichts. Die Stille um uns scheint zu dröhnen.

»Der Regen«, sagt Kairi. »Er hat aufgehört.«

Mailin blickt auf das Felsloch, das nach zwölf Tagen zum ersten Mal wieder sichtbar ist, auf den blauen Himmel dahinter, der mit seinem Leuchten den Frühling verspricht. Dohlen lassen sich mit gellenden Rufen in den Wind fallen und segeln über die Ebene ohne einen einzigen Flügelschlag. Alles scheint im frischen, klaren Licht näher gerückt.

»Wir könnten dort hindurchklettern und uns nach Parman durchschlagen«, sagt sie. »Jetzt wäre es machbar. Was schätzt ihr, wie lange würden wir brauchen?«

Eine Zeit lang macht es uns Spaß, uns die lange Wanderung nach Parman auszumalen. Die Zwillinge beschließen, statt mit Schneebällen mit Hasenköpfen zu jonglieren. Mailin würde als Meisterschützin auftreten und Kairi Äpfel und Hasenköpfe vom Kopf schießen. Ich würde Musikinstrumente herstellen, aus Glascherben und Dosendeckeln, alten Schnürsenkeln und Apfelkernen, »alles möglich, klar.« Wir würden uns immer neue Rezeptvariationen für rohen Hasen ausdenken.

»Wir kämen durch«, versichern wir uns immer wieder. Doch unser unbeschwertes Herumalbern endet in dem Augenblick, da wir wirklich in Parman ankommen, vor unserem jeweiligen Zuhause. Ich stelle mir vor, wie meine beiden kleinen Brüder vor Schreck zusammenfahren würden, wenn ich durch die Tür käme: ein abgerissener Fremder mit wildem, flackerndem Blick.

»Sie würden schon auf uns warten«, sagt Kairi, dabei lässt sie offen, ob sie die Florer oder die Coroner meint. »Sie würden unsere Familien in Angst und Schrecken versetzen. Lasst uns mit dem Quatsch aufhören.«

Es ist vermutlich das kleinste Flugzeug, das für Coronas Luftwaffe fliegt, und hat gerade mal Platz für den Piloten und seine Ausrüstung.

Es kommt angeschwirrt wie ein übergroßes Insekt. Seine Winzigkeit hat einen riesigen Vorteil: Wäre es größer, hätte es niemals neben dem ersten Flugzeug landen können. So stehen sie jetzt beide nebeneinander wie der Riese und der Zwerg.

Als der Pilot uns im Höhleneingang entdeckt, formt er die Hände zum Trichter und ruft: »Kommt herunter zu mir! Kein Gepäck!«

Wir klettern die Felsen hinab und waten knietief durch Wasser und Schneematsch zu ihm hinüber. Er entdeckt sofort die Ausbeulung in meiner Tasche. »Kein Gepäck, und erst recht kein Souvenir aus Feindesland. Was es auch ist, es bleibt da.«

Ich setze die kleine Holzmarionette auf einen Eisbrocken zwischen den beiden Flugzeugen. Der kleine, tapfere Soldat in der Eishölle. Vielleicht wird er ja von Alan und seinen Männern gerettet.

Fliegen ist unglaublich, grandios, *atemberaubend.* Zwischen Mailins Kopf und Kesters Schulter kann ich ein Stück vom Himmel sehen, und dazu die Welt tief unter uns, ein Teppich aus grünen und braunen Flicken. Das kleine Flugzeug wird wie ein leichter Vogel vom Wind hin und her geweht, und wie ein Vogel sucht es sich unbeirrt seinen Weg durch die Turbulenzen. Ich beobachte fasziniert, wie der Pilot ruhig und sicher den Steuerknüppel hält und dabei noch Zeit findet, sich aus einer Schachtel mit Bonbons zu bedienen.

Wir sitzen hinter ihm zusammengekauert in der Frachtkabine. Die anderen vier atmen stoßweise; sie umklammern ihre Knie und halten die Augen geschlossen.

»Und, Tamaso«, fragt Silvan schwach. »Wie findest du das Fliegen?«

»*Fantastisch*«, sage ich euphorisch. Anscheinend kann mich nichts erschüttern, solange es nur mit Flugzeugen zu tun hat.

Der Pilot dreht sich zu uns um. »In drei Stunden sind wir da«, sagt er fröhlich. »Mögt ihr Bonbons?«

32

Überall Decken und Wände, abgestandene Luft, dazu das milchige künstliche Licht der Coroner: Ich habe mich noch nicht daran gewöhnt, wieder in geschlossenen Räumen zu leben.

Stattdessen träume ich jede Nacht vom unendlichen Himmel über Flores Bergen. Wenn ich aus dem Schlaf hochschrecke, was häufig vorkommt, vermisse ich die Nähe der anderen, die ihrerseits ebenfalls unruhige Nächte haben. *Teddybären-Entzug* nennt es Silvan.

Sie haben uns auf dem Stützpunkt der coronischen Luftwaffe einquartiert, auf dem wir vor sechs Tagen mit unserem kleinen Flugzeug gelandet sind. Camp Mi ist zu unserer Erleichterung zurzeit nicht in Betrieb. Erst wenn sie in zwei Jahren die nächste Generation von Rekruten aus Parman holen, Jungen und Mädchen, die jetzt noch arglos in ihren Familien leben, wird auch das Camp wieder aus dem Wüstenschlaf geweckt werden. Die Coroner wollen Projekt Mimikry unbeirrt fortsetzen, und es sieht ganz danach aus, als würde unsere Rückkehr der Sache noch Auftrieb geben.

Die Stimmung auf dem Stützpunkt und in ganz Corona ist großartig. Grund für die allgemeine Euphorie ist ausgerechnet Marschall Utuk, besser gesagt, die Tatsache, dass er sich anscheinend gründlich verrechnet hat. Statt ihm kampflos die Position des Obersten Führers zu überlassen, stellten seine Gegner im Norden Flores binnen weniger Tage ein beachtliches Heer auf und versperrten ihm den Weg in die Hauptstadt. Der Bürgerkrieg Norden gegen Süden breitet sich nun im ganzen Land aus wie ein Flächenbrand; und während Flore dadurch entscheidend geschwächt ist, will das coronische Militär schon im nächsten Monat mit der Rückeroberung zweier florischer Provinzen beginnen.

Obwohl wir außer einer gewissen Zähigkeit, mit der wir überlebt haben, nicht viel Heldenhaftes vorzuweisen haben, sind die Coroner wild entschlossen, uns als ihre erfolgreichen Mimikry-Rekruten zu feiern. Beinahe jeden Abend gibt es uns zu Ehren einen Empfang auf dem Stützpunkt. Wir treffen eine Menge Coroner mit beeindruckenden Titeln: Gouverneure und Generäle, Diplomaten und Direktoren, die offenbar nichts spannender und wichtiger finden, als uns die Hände zu schütteln.

»Die Welt bekommt ein neues Antlitz«, sagen sie zu uns. »Sie wird unter Coronas Führung besser und freier werden. Und ihr fünf habt Anteil daran. Ist das nicht *großartig*?«

Ein paar bekannte Gesichter sind unter den Gästen. General Elias. Trainer LeBron. Unsere Eltern-Doppelgänger.

Bei Trainer LeBron spüren wir am deutlichsten, wie sehr sich die Dinge verändert haben. Als wir vor ihm stehen, fixiert er uns schweigend und wartet darauf, dass wir uns ducken. Die Kraftprobe dehnt sich minutenlang aus. Am Ende ist es LeBron, der als Erster einknickt. »Gratulation, Wiesel.« Er salutiert spöttisch. »Jetzt wärt ihr Rekruten, mit denen sich etwas anfangen ließe.« Seiner Stimme hört man an, dass er getrunken hat.

»Gruß an Ihren Hund«, sagt Kairi kalt, bevor wir ihn endgültig stehenlassen.

General Elias dröhnt unter seiner weißen Schirmmütze hervor, die Stimmen unserer Doppelgänger-Eltern überschlagen sich vor Verlegenheit und falschem Entzücken. Sie könnten alle auf dem Grund des Meeres reden und dabei Luftblasen absondern. Es interessiert uns nicht.

Auf jedem Empfang hängt ein umkränztes Schild: *Unseren fünf tapferen jungen Heimkehrern.*

Die Farbe auf den Schildern glänzt noch frisch. Bevor die einzige überlebende von Alans drei Brieftauben durchnässt und buchstäblich zu Tode erschöpft am Stützpunkt eintraf, waren die Coroner davon überzeugt, dass wir alle sechs im ehrenhaften Einsatz gefallen sind.

»Fünf von euch sind zurückgekehrt«, sagen sie. »Ist das nicht *großartig*?«

Vom Schicksal der übrigen vierzehn Mimikry-Rekruten, die mit uns nach Flore geschickt worden sind, erfahren wir vorerst nichts. Ebensowenig ist von den weißen Häusern am See oder unserer Zukunft die Rede. »Ankunft« und »seelische Stabilisierung« steht für uns offiziell auf dem Programm. Jeder von uns hat einen eigenen Psycho-Betreuer, schon um sicherzustellen, dass man uns in Flore nicht doch umgedreht hat und sich hinter den tapferen Heimkehrern in Wahrheit eine Bande von Doppelspionen verbirgt.

Die Tage vergehen in einem seltsamen Schwebezustand. In den freien Stunden spaziere ich mit Mailin über das Fluggelände, inzwischen kenne ich jedes Flugzeug mit Namen und Nummer.

Rings um den Stützpunkt gibt es Birkenwälder, sandige Dünen und verwunschene Moorteiche. Niemand hält uns auf, wenn wir das Gelände verlassen, aber ein Soldat folgt uns regelmäßig. Sie behalten uns im Auge. Wir sind nicht frei, noch lange nicht.

Am siebten Tag taucht Captain Radoff auf, rotblond, rotwangig, hünenhaft, ein typischer Coroner. Er lädt uns fünf in seinen braunen Armeewagen und tut sehr geheimnisvoll, was unser Ziel angeht. Abgesehen davon ist er bemerkenswert gut informiert. Auf der langen Fahrt erfahren wir von ihm, was sich nach unserer Flucht in Heiman abgespielt hat.

»Die Unruhen begannen praktisch direkt nach dem Attentat. Egal, wie viele Offiziere Marschall Utuk auf seine Seite gebracht hatte, es gab noch genügend andere, die wegen des Attentats verdammt wütend waren. Und die dachten nicht daran, vor Utuk zu kuschen. Endgültig explosiv wurde die Lage, als ein großer Teil von Heimans Stadtbevölkerung zu den Rebellen überlief. Auslöser war wohl die Wut darüber, dass Utuk die unschuldigen Puppenspieler ohne Ausnahme hinrichten ließ. Es kam zu Straßenkämpfen, die ersten Häuser brannten, dann geriet die Sache ganz und gar außer Kontrolle. Mittlerweile dürfte von Heiman nicht mehr viel übrig sein.«

Wie rasch überblendete Aufnahmen eines Fotoapparats tauchen einzelne Erinnerungen in mir auf. Mein Arbeitstisch im Saal der Puppen. Das Glashaus, gelb leuchtend im Schnee. Die kaputten Schätze des Kochs, die in ihrer Ecke umsonst auf mich gewartet haben. Die Puppen in ihrer Kiste, der kostbarste Schatz überhaupt. Alles zerstört und verbrannt. Und Herr Rix und Marja und die anderen Puppenspieler, alle, alle sind tot, und noch viele andere dazu.

Ich bemerke die abwesenden Gesichter der anderen. Jeder von uns hat jetzt seine eigenen Bilder im Kopf. Wenn Captain Radoffs Geschichte in ihrer Ungeheuerlichkeit stimmt, ist Heiman eine Totenstadt.

Der Captain redet weiter. »Von Heiman ausgehend hat sich die Sache zu einem echten Bürgerkrieg ausgeweitet. Es ist, als hätte einer eine Lunte quer durch Flore gelegt und angezündet. Utuk hat sich in Lajore verschanzt, hundert Kilometer nördlich von Heiman, und wartet auf seine Truppenverstärkung aus den Provinzen.« Er schnaubt zufrieden. »Wenn wir Glück haben, kann er lange warten.«

»Wie können Sie über alles so genau Bescheid wissen?« Irgendwie habe ich Alans Brieftauben vor Augen, wie sie eine nach der anderen mit Neuigkeiten in ihren kleinen Köchern eintreffen.

Aber Captain Radoff redet nicht von Tauben. »Für die Geschehnisse in Heiman haben wir einen Augenzeugen. Er hat bis zuletzt dort ausgeharrt. Beim Versuch, coronische Landsleute zu retten, hat er selbst einen Arm verloren.«

»Warten Sie.« Ich beuge mich vor. »Nur ein Augenzeuge? Was ist mit dem Aufklärungstrupp aus dem Flugzeug?«

Captain Radoffs Blick begegnet mir im Rückspiegel. »Sie sind alle umgekommen«, sagt er und räuspert sich. »Gefallen im Feindesland, auf dem Feld der Ehre.«

Kester lacht ungläubig auf. »Alan ist tot, und wir haben überlebt? Das ist verkehrte Welt, oder?«

Eine Zeit lang sagt niemand etwas. *So viele Tote*, denke ich. Und Corona jubelt, jubelt über Flores Schwäche.

»Es waren noch coronische Agenten in Heiman«, sagt Mailin. »Wissen Sie, was aus ihnen geworden ist?«

Doch da biegt Captain Radoff ab und steuert den Wagen eine baumbestandene Auffahrt hinauf. »Wir sind da«, sagt er. »Alle eure Fragen könnt ihr jetzt General Moysen direkt stellen. Er ist der einzige Überlebende aus Heiman.«

Der Ort, vor dem er uns auslädt, ist ein Park. Inmitten von Bäumen und blühenden Büschen steht ein gigantischer Quader von Haus, hell, scharfkantig, mit riesigen Fensterflächen. Ein Haus, das in Flore wie vom Himmel gefallen wirken würde.

Der Mann, der das Portal öffnet, trägt Uniform und stellt sich als Sekretär von General Moysen vor. Er sieht unsere Blicke, als wir das Haus über glänzende Marmorflure betreten.

»General Moysen ist natürlich ein Held«, sagt er lächelnd. »Und Corona weiß, was seinen Helden gebührt. Er ist ein wunderbarer Mann, aber das wisst ihr ja.«

Er geht uns voraus, seine Schritte klacken auf dem Marmor. »General Moysen«, sagt Kester leise. »Habt ihr auch das Gefühl, dass hier irgendetwas nicht stimmt?«

Auf unserem Weg durch das Haus treffen wir auf Angestellte, die mit sanft surrenden Geräten Räume und Treppen reinigen.

Alles hier ist überdimensioniert und von blendender Sauberkeit.

Vor einer Glastür nimmt uns der Sekretär beiseite. »Ihr müsst wissen, dass General Moysen durch den langen, schweren Einsatz in Flore gesundheitliche Beeinträchtigungen davongetragen hat.« Mit einem vertraulichen Zwinkern fügt er hinzu: »Er weiß noch nicht, dass ihr überlebt habt. Es soll eine großartige Überraschung für ihn werden. Er braucht gute Neuigkeiten, um wieder ganz gesund zu werden.«

General Moysen erwartet uns im wunderschönen Innenhof seines Hauses. Ich sehe ihn vor der hell beschienenen Hauswand sitzen, der leere Ärmel seiner weißen Uniform liegt locker auf seinem Oberschenkel. Den Kopf hält er leicht schräg, als belausche er die Gespräche seiner Angestellten im Hausinneren. Gut möglich, dass er tatsächlich jedes Wort versteht. Sein Gehör ist scharf genug.

»Besuch, Herr General«, sagt der Sekretär beflissen.

Als er uns erblickt, wird sein Gesicht so weiß wie seine Uniform. Sonst zeigt er keine Reaktion.

Der Sekretär zieht sich diskret zurück. Wir sind allein.

»Jehan Moysen«, sagt Silvan nach einem Moment der Sprachlosigkeit. »Ist das jetzt Ihr richtiger Name?«

»Für euch General Moysen«, sagt er kalt. »Ihr seid immer noch Mimikry-Rekruten.«

»Seit wann sind Sie General?«, fragt Kairi.

»Seit meiner Rückkehr nach Corona. Beförderung ehrenhalber.«

Ich starre ihn an. *Zwei Mauern.* Die seiner Grotte und die Grenzmauer. Kein Mensch kann aus eigener Kraft zwei florische Mauern überwinden. Auch nicht der Leader.

»Wollt ihr mir nicht danken?«, sagt der General, der in Flore unser Leader war. »Ihr verdankt mir eure Rettung.«

»Weil Sie uns zu einem verlassenen Stützpunkt am Ende der Welt geschickt haben?«, fragt Kester.

»Ich hatte keine Ahnung, dass er aufgegeben war. Angeblich hätte ein Informant uns schon vor einem Jahr die Nachricht bringen sollen, doch er kam nie in Heiman an.« Der Leader lehnt sich zurück, dabei stützt er sich mit seiner verbliebenen linken Hand auf die Stuhllehne. »Wenn ich euch nicht fortgeschickt hätte, wärt ihr jetzt tot. Alle fünf«, sagt er. »So wie meine Männer. So wie dieser arme dumme Junge mit seiner Elitetruppe, den sie zur Aufklärung geschickt haben.«

»Warum mussten sie alle sterben?«, fragt Mailin.

Er lacht trocken auf. »Ihr habt keine Ahnung, was sich in Heiman abgespielt hat.«

»Aufstände«, sagt Silvan. »Brände. Chaos. Wir haben es gerade gehört.«

»Ihr wart nicht dort«, sagt der Leader heiser. »Ihr habt keine Ahnung, wovon ihr redet. Marschall Utuk war nicht auf Widerstand gefasst, er wurde halb irrsinnig vor Wut. Wer während der Ausgangssperre erwischt wurde, landete mit aufgeschlitzter Kehle im Fluss, bis das Wasser vom Blut der Toten rot schäumte. Die Soldaten des Marschalls trieben die Aufständischen in Lagerhäusern zusammen und zündeten sie an. In ganz Heiman roch es wie in einer Garküche, und die Schreie der Verdammten hallten durch die Straßen. Es war die Hölle auf Erden, wie sie nur ein wahrhaftiger Teufel wie Utuk inszenieren kann.«

Er unterbricht sich und starrt uns durchdringend an, wie um die Wirkung seiner Worte zu überprüfen. Sein blasses Gesicht hat sich gerötet.

»Dennoch«, redet er weiter. »Hunderte von Toten, bestialische Gräueltaten, es hat ihm alles nichts genutzt. Die überlebenden Rebellen zogen sich aus der Stadt zurück und versteckten sich in den Wäldern am Fluss. Dort wurde es schwierig und zeitaufwendig, sie zu fangen. Und dann, am zehnten Tag, hieß es auf einmal, eine Armee aus dem Norden rücke gegen Marschall Utuk an.«

»Wie haben Sie hinter der Mauer davon erfahren?«, fragt Mailin.

»Da war ich längst frei«, sagt der Leader abwesend. »Vier Tage lang habe ich den Schüssen und Schreien gelauscht und habe den Geruch von brennendem Menschenfleisch gerochen, dabei bin ich vor Durst und Hunger fast krepiert. Niemand kam zu meiner Grotte, ich war von allen Menschen vergessen. Am fünften Tag haben sie dann den ganzen Platz und den Maulbeerbaum in die Luft gejagt; bis heute weiß ich nicht, ob es Marschall Utuks Leute oder die Rebellen waren. Der Irrwitz der Geschichte will es, dass ausgerechnet die Mauer mich gerettet hat. Sie hat die Detonation abgefangen; als es vorbei war, klaffte ein Spalt, breit genug, um bequem hinauszusteigen.« Er verzieht die schmalen Lippen. »Wer weiß, vielleicht waren es die Toten, die ihre Hand über mich hielten.«

»Wie war es?«, fragt Kairi.

»Wie war was?«

»Zum ersten Mal wieder Licht zu sehen und frische Luft zu atmen.«

»Ich hatte keine Zeit, darauf zu achten«, antwortet der Leader kurz angebunden. »Ich musste mein nacktes Leben retten. Und meine Männer suchen.« Gedankenlos will er sich den Arm kratzen und zuckt zurück, als er auf den leeren Jackenärmel trifft. »Am Abend habe ich sie dann gefunden. Sie hatten sich die ganze Zeit über in dem kleinen Haus am Fluss verstecken können; doch an diesem Tag hatten Marschall Utuks Soldaten sie entdeckt. Ein paar Stunden lang haben sie die Stellung noch gehalten, dann war es vorbei. Als ich sie fand, lebte als einziger Iduarzo noch. Er lag hilflos am Boden und röchelte, sie hatten ihm das Rückgrat durchschossen. Er hat um den Tod gebettelt, aber die verfluchten Florer hatten sämtliche Gewehre und Messer mitgenommen. Also bin ich in den Wald und habe das Wintergift hergestellt. Iduarzo starb einen gnädigen Tod in meinen Armen.«

Wintergift. Eibenrinde, Giftwacholder, Farnwurzel, Buchsbaumblätter. Für das Sammeln und Zerstampfen muss er Stunden gebraucht haben.

»Sie waren krank und schwach. Wie haben Sie das geschafft?«, frage ich.

»Iduarzo war mein bester Freund«, sagt der Leader nur.

Eine Zeit lang schweigt er, in seine eigenen Gedanken versunken. Dann nimmt er den Faden wieder auf. »Danach hätte ich fliehen können. Auch wenn Heimans Ausgänge von Utuks Soldaten bewacht wurden, ich kannte genügend Tunnel und Schleichwege. Aber genau da musste dieser unglückselige Aufklärungstrupp in der Stadt auftauchen. Der Junge mit dem gelben Schal und den Tauben im Gepäck, der Musterschüler von General Elias, der unbedingt ein Held werden wollte.«

Hinter ihm läuft eine Eidechse die sonnenwarme Wand hinauf; instinktiv dreht er den Kopf nach ihr. »Bei Gott, sie waren selbst für halbblinde Florer als Coroner zu erkennen. Ich habe diesen Jungen gewarnt, habe ihm gesagt, er soll mit seinen Männern auf der Stelle dorthin zurückgehen, wo er hergekommen ist. Bürgerkrieg in Flore ist nichts für Anfänger. Aber dieser dumme Junge …«

»Alan«, unterbreche ich ihn. »Sein Name war Alan.«

Der Leader zuckt die Schultern. »Dieser Alan hätte genügend Informationen von mir bekommen, um Hunderte von Tauben loszuschicken. Aber nein, das genügte ihm nicht: Er wollte sich unbedingt selbst ein Bild machen. Dazu hatte er sich in den Kopf gesetzt, direkt mit den Anführern der Rebellen zu reden. Als ob man mit diesen florischen Teufeln reden könnte wie mit zivilisierten Menschen.«

»Und dann?«

»Schließlich haben sie irgendeinen Handlanger aufgetrieben, der bereit war, sie in den Wald zu bringen, zu einem Versteck der Rebellen«, sagt er. »Ich hatte keine Ruhe und bin ihren Spuren nachgegangen. Und dann habe ich sie tatsächlich gefunden, zehn Kilometer flussabwärts, im tiefsten Dickicht.« Wieder will er mit der linken Hand nach dem leeren Ärmel tasten, hält aber noch rechtzeitig inne und legt seine Hand auf die Stuhllehne zurück. »Um sie herum standen zwei Dutzend schwer bewaffnete ehemalige Offiziere des Obersten Führers, die nichts mehr zu verlieren hatten und wilden Hunden glichen. Als ich ankam, lagen der Junge und seine fünf Begleiter schon entwaffnet auf dem Boden, jeder mit einer Gewehrmündung am Hinterkopf.«

Alan. Ich denke an seine Freundin, die er heiraten wollte. Seinen roten Wagen, auf den er so stolz war. Sein Versprechen dort oben auf dem Berg: Wir halten uns im Dunkeln. Wir gehen kein Risiko ein. Derselbe Alan hatte, kaum in Heiman angekommen, nichts Besseres zu tun, als blind in die Falle zu rennen. Ja, er war ehrgeizig. Aber dumm war er nicht.

»Ich habe meine Deckung aufgegeben und um ihr Leben verhandelt«, erzählt der Leader weiter. »Dabei habe ich diesen Florern das Blaue vom Himmel versprochen: Dass die Coroner sie im Kampf gegen Marschall Utuk unterstützen und unbegrenzt mit Waffen versorgen würden. Ich habe ihnen sogar erzählt, dass ich mich als Pio Gaumata um ihre Toten kümmere, besonders um die vielen getöteten Rebellen. Und das alles nur, um den Hals dieser ahnungslosen Dummköpfe zu retten.« Er schüttelt den Kopf. »Was weiß ich, was mich in dem Augenblick geritten hat.«

»Menschlichkeit«, sagt Kairi leise.

Der Leader hört sie. »Dann werde ich euch jetzt von der Menschlichkeit der Florer erzählen«, sagt er. »Sie fesselten mich an einen Baum und ließen mich dabei zusehen, wie sie die Männer des Trupps erschossen, einen nach dem anderen, als Letzten den Jungen. Als sie mit ihnen fertig waren, kamen sie zu mir und stießen mir ein Gewehr vor die Brust. ›Sag, heiliger Mann: Wenn unsere Toten zu dir kommen, berührst du sie da? Antworte!‹

Ich dachte fieberhaft nach. Ja oder nein – welche Antwort wollten sie hören? Es war wie das Werfen einer Münze.

Schließlich entschied ich mich. ›Ja.‹ Ich hoffte, dass die Autorität der Toten mich retten würde.

Sie sahen sich an. ›Mit welcher Hand?‹

›Mit der rechten.‹

›Kannst du mit ihr die Toten herbeirufen?‹

›Ja.‹

Daraufhin warfen sie das Gewehr fort und brachten stattdessen eine Axt zum Vorschein. Sie schlugen mir den rechten Arm auf der Höhe des Ellenbogens ab. ›Das wirst du nie wieder tun.‹ Dann verschwanden sie im Wald. Diese verfluchten, abergläubischen Schweine.«

Lange Zeit sagt niemand von uns etwas. Schließlich frage ich: »Wie haben Sie das überlebt?«

»Ein Waldarbeiter hat mich gefunden und die Blutung gestillt. Er hat mich mit in seine Hütte genommen. Sechs Tage später konnte ich fliehen, zuerst aus Heiman, dann außer Landes.«

»Aber wie?«, frage ich noch einmal.

Er wirft mir einen schnellen, scharfen Blick zu, als wäre ich ihm mit meinen Fragen unendlich lästig.

»Ich bin jetzt sehr müde«, sagt er. »Die Erinnerungen quälen mich.«

Hinter uns hüstelt jemand leise und diskret. Der Sekretär hat den Innenhof betreten.

Auf der Heimfahrt ist der Himmel ebenso heiter und wolkengetupft wie am Morgen, der Wagen riecht noch immer nach dem Leder der Sitze und Captain Radoff plaudert mit uns fröhlich wie mit alten Bekannten. Trotzdem kommt es mir vor, als wäre die Welt eine andere geworden, jetzt, da ausgerechnet der Leader als Einziger mit uns nach Corona zurückgekehrt ist und alle anderen tot sind. Eine Art trüber Firnis scheint sich über alles gelegt zu haben.

Irgendwann sagt Silvan: »Spätestens als sie ihn fragten, mit welcher Hand er die Toten berührt, hätte er misstrauisch werden sollen.«

»Da war es doch schon zu spät«, meint Kairi. »Hätte er nichts gesagt, hätten sie ihm vielleicht beide Arme genommen.«

»Das wäre Pech gewesen. Stell dir vor, er muss sich am Kopf kratzen.«

Captain Radoff grunzt missbilligend. »Etwas mehr Respekt«, mahnt er. »Ihr redet von einem nationalen Helden. General Moysen wird seinen verlorenen Arm in massivem Gold von uns ersetzt bekommen, verlasst euch darauf.«

Ich sitze hinter seinem Fahrersitz, blicke auf seinen rasierten Nacken und kann nur eines denken: Der Mann, der mich zu seinem Freund in den Keller geschickt hat, statt selbst hinunterzugehen, dieser Mann wäre Alan niemals in den Wald gefolgt. Und schon gar nicht hätte er sich zu erkennen gegeben. Der Fuchs geht nicht freiwillig in die Falle.

Die Brieftauben sitzen zu Hunderten auf einer vergitterten Terasse. Sie trippeln auf den Stangen hin und her, rucken mit den Köpfen und gurren, flattern auf – die Voliere ist angefüllt mit permanenter Unruhe und Bewegung. Doch trotz der Enge wirken die Tauben zufrieden und ganz und gar in ihre Taubenangelegenheiten vertieft. Vielleicht sind sie glücklich, wenn sie hier sein können und nicht Tausende von Kilometern über Land fliegen müssen. Ich frage mich, welche von ihnen unsere Lebensretterin ist. Vielleicht die schwarze dort oben in der linken Ecke, die besonders mager und zerrupft aussieht.

Der Boden der Voliere ist bedeckt mit Taubenkot, ein wirres Kritzelmuster in Weiß, Grau und Schwarz. Ein Code, den niemand entschlüsseln kann.

Heute Nacht habe ich an die Decke gestarrt und ein anderes Muster gesehen. Rot und Schwarz, ein Kaleidoskop, ständig wechselnd: Rot, der Fluss, der blutig über die Felsen schäumt. Rot, das Blut, das aus dem Arm des Leaders quillt. Schwarz, die Asche, zu der die Rebellen verbrannt wurden. Rot, die Kleider der Häftlinge im Keller. Schwarz, der Mantel des Alchemisten. Schwarz, der Overall von Herrn Rix. Schwarz, die Silhouette des Attentäters auf der Mauer.

In der Nacht bin ich in der Flut der Bilder fast ertrunken. Jetzt im hellen Morgenlicht muss ich es schaffen, das Muster zu ordnen. Hinter all dem Rot und Schwarz verbirgt sich etwas ungeheuer Wichtiges. Es ist wie damals, als ich die Geige des Kartografen repariert habe und zwischendurch beinahe verzweifelt bin. Alles, was mir fehlte, war ein winziges Holzstück, praktisch nur ein Splitter. Doch ohne dieses Teil an der richtigen Stelle wäre die Geige für immer ein misstönender Holzkasten geblieben.

Genauso ist es jetzt. Ein kleines Teil fehlt noch im Muster. Ich bin ganz kurz davor. *Denk nach! Ordne, dann siehst du es!*

In unmittelbarer Nähe startet ein Flugzeug. Die Motoren dröhnen auf, bringen die Luft zum Vibrieren. Unbeeindruckt davon gehen die Tauben in der Voliere weiter ihren Geschäften nach, vielleicht sind sie längst taub vom Fluglärm.

Ich beobachte meinen Schatten auf der Wand hinter den Tauben. Wenn ich mich hoch aufrichte und den Kopf ein wenig schief lege, fehlt nur noch das Gewehr.

Das Gewehr. Eine verzweifelte Frau, die es kaufte und in eine kleine rote Jacke einwickelte. Rot – eine Kinderjacke.

Vielleicht waren es die Toten, die ihre Hand über mich hielten.

Ich starre die Tauben an. Das fehlende Teil rastet ein, und ich sehe alles klar und deutlich vor mir.

Am nächsten Tag bitte ich um ein weiteres Treffen mit dem Leader. Vier Tage vergehen, bis es mir bewilligt wird.

»Willst du wirklich allein dorthin?«, fragt Mailin, als ich ins Auto steige.

»Du gehst lieber allein jagen«, sage ich. »Ich auch.«

Obwohl ein kräftiger Wind weht und leichter Nieselregen fällt, empfängt mich der Leader wie beim letzten Mal im Innenhof.

»Sie haben ein schönes Haus, ehrenwerter General«, sage ich. »Mögen Sie es nicht?«

»Selbst wenn die Mauern jetzt mir gehören, nehmen sie mir die Luft zum Atmen«, antwortet er. »Ich will so oft wie möglich den Himmel sehen.«

Das ist für einen, der so viele Monate lang eingemauert leben musste, absolut verständlich. Wenn nicht alles erstunken und erlogen wäre.

»Du bist nicht hier, um mit mir über mein Haus zu reden. Was willst du?«, fragt er mich.

»Die Frau, die die Waffe für Sie gekauft hat.« Ich atme tief durch, zwinge mich zur Ruhe. Jedes Wort muss jetzt stimmen. »Die Waffe für das Attentat, meine ich. Sie hat Sie als Pio Gaumata verehrt, habe ich Recht?«

Der Leader starrt mich aus seinen wasserhellen Augen an, ohne zu blinzeln. »Tamaso«, sagt er. »Du warst schon immer der schlechteste der Rekruten. Der Feigling und Quertreiber. Wovon zum Teufel redest du?«

»Von der roten Kinderjacke, in die das Gewehr gewickelt war. Die Frau hatte ein kleines Mädchen zu betrauern, stimmt's? Sie hat das Gewehr gekauft, mit dem Sie den Obersten Führer erschossen haben. Auf diese Weise konnte keine Verbindung zu Marschall Utuk hergestellt werden.«

Ich hole tief Luft und rede gleich weiter, damit er mich nicht unterbricht. »Es gab keine Bombe, die die Mauer zerstört hat. Wie denn auch? Eine solche Bombe hätten Sie nicht überlebt. Sie waren nie wirklich eingemauert. Als man Sie vor dem Laden des Uhrmachers gefangen genommen hat, hat Marschall Utuk Sie vor die Wahl gestellt. Entweder verrotten Sie hinter der Mauer – oder Sie machen mit ihm gemeinsame Sache.«

Der Leader presst die Lippen zusammen. »Utuk ist mein Todfeind. Hast du das vergessen?«

»Nein. Aber ich kann begreifen, dass Sie nicht hinter der Mauer verrecken wollten. Ich nehme an, Marschall Utuk hat Ihnen einen Ihrer Schleichwege offen gelassen. Und er hat Ihnen seine Bedingungen dafür gestellt.«

»Hör auf damit, Tamaso«, sagt der Leader leise und drohend. »Du bringst dich in Teufels Küche.«

Ich rede weiter, solange ich den Mut dazu habe. »Alles, was bei den Nationalen Spielen passiert ist, war zwischen Ihnen und Marschall Utuk abgekartet. Herr Rix durfte die Anklage gegen seinen Vater nie aussprechen, dafür haben Sie gesorgt. Selbst Majorin Mo wusste Bescheid. Sie hat ihrem toten Sohn einen Spaßmacher im Jenseits versprochen, und sie meinte damit Herrn Rix. Sie wusste schon vorher, dass er sterben würde.«

Seine Augen verengen sich. Darauf ist er nicht gefasst. »Wen interessiert der Aberglaube der Florer?«, sagt er unwirsch.

»Der Aberglaube hat Sie immerhin einen Arm gekostet«, erwidere ich. »Aber wahrscheinlich haben Sie diese Geschichte auch nur erfunden.«

»Dann sieh jetzt her, du kleiner Idiot«, faucht er und hebt den verstümmelten Arm. »Ist das hier eine Lüge? Wagst du es, dich darüber lustig zu machen?«

»Nur Sie wissen, was wirklich in Heiman passiert ist«, sage ich. »Sie und die vielen Toten. Ich denke, Sie wussten auch über die Stilllegung des Landeplatzes Bescheid. Ihre Männer vielleicht nicht, aber Sie schon. Sie wollten, dass wir dort oben umkommen.«

»Jetzt reicht es«, sagt der Leader grob. »Verschwinde und komm nicht mehr hierher. Trittst du mir noch einmal unter die Augen, lasse ich dich in ein Heim für Geisteskranke einweisen.« Er verzieht die Lippen zu einem hässlichen Grinsen. »Es ist tragisch, aber während der Strapazen der Flucht hat Tamaso Kabun, einer der tapferen kleinen Mimikry-Rekruten, leider den Verstand verloren.«

»Mailin und die anderen wissen Bescheid«, entgegne ich. »Glauben Sie nicht, dass sie uns irgendwann gemeinsam präsentieren werden? Die fünf tapferen Mimikry-Rekruten und ihr phänomenaler Leader? Haben Sie keine Angst, dass wir dann die Wahrheit in aller Öffentlichkeit erzählen werden?«

»Oh nein«, sagt er. »*Ich* erzähle die Wahrheit. Alles, was sie hier in Corona über die Ereignisse in Heiman wissen, stammt von mir.«

Er neigt sich nach vorne, flüstert jetzt fast. »Euer Wort gegen meines: Was glaubst du, Tamaso, wem werden sie glauben? Euch Wieseln oder dem Kriegshelden General Moysen?«

»Ihnen«, sage ich ruhig.

Er lehnt sich zurück und lächelt dünn. »Dann verschwinde jetzt.«

»Ich gehe, wenn Sie mir noch eine Frage beantworten. Warum musste Isao sterben?«

Erst als er danach greift, entdecke ich den Klingelzug, mit dem er wohl nach seinem Sekretär rufen kann. So schnell ich kann, rede ich weiter: »Sie waren nie eingesperrt, hatten immer alles unter Kontrolle. Sie mussten wissen, dass Kester schon am Nachmittag freigekommen war. Warum haben Sie Isao trotzdem in den Keller geschickt?«

Er klingelt, laut und ausdauernd.

»Er hat Sie gesehen«, schreie ich in das Klingeln hinein. »Isao hat Sie außerhalb der Grotte erwischt. Er hätte Ihre Pläne durchkreuzen können, deshalb durfte er nicht am Leben bleiben. Sie haben ihn mit voller Absicht in den Tod geschickt.«

Wir frühstücken wie jeden Morgen im großen Speisesaal, dort, wo auch alle Mitarbeiter des Luftwaffen-Stützpunktes ihre Mahlzeiten einnehmen. Es ist ein hoher, luftiger Raum, mit stilisierten Corona-Kronen an den Wänden. Die gesamte nördliche Wand ist verglast und gibt so einen prachtvollen Blick auf die Flugzeuge frei.

»Was meint ihr?«, fragt Kester. »Ist General Moysen, Coronas großer Nationalheld, heute Nacht im Schutz von Nebel und Dunkelheit außer Landes geflohen?«

Seit einigen Tagen ist Kester auffallend verwandelt. Jede Düsternis ist von ihm abgefallen, er ist praktisch wieder der Zwilling von früher, und Silvan ist anzumerken, wie froh er darüber ist.

»Bestimmt nicht«, sage ich. »Ich denke eher, er tut alles dafür, dass wir wieder nach Flore geschickt werden.« Ich will ganz locker klingen, doch in Wahrheit spreche ich nur meine Befürchtung aus. Wer weiß, wozu der Leader, in die Enge getrieben, fähig ist?

»Solange wir noch überall herumgereicht werden und die Coroner uns die Hände schütteln wollen, kann er uns nichts tun«, meint Silvan.

»Stimmt«, sagt Kester. »Aufpassen müssen wir erst in ein paar Wochen oder Monaten, wenn es plötzlich im Gebüsch neben uns raschelt. Oh, *hallo!*«, sagt er plötzlich in völlig verändertem Tonfall.

Eine der Flugzeugtechnikerinnen ist an unseren Tisch getreten. Sie ist die jüngste und quirligste im Team der Techniker, mit einem wilden blonden Haarschopf, den sie bei der Arbeit kurzerhand mit bunten Kabelbindern bändigt. Regelmäßig winkt und lächelt sie uns zu, wenn wir an einer ihrer Maschinen vorbeikommen. Doch erst jetzt, aus der Nähe, erkenne ich, dass sie Kairi ähnelt wie eine Schwester, bis auf die Haarfarbe natürlich. Ich sehe, wie Kester sie ansieht, und weiß Bescheid; und es wundert mich überhaupt nicht, als die Technikerin sich vorbeugt und Kester ungeniert mitten auf den Mund küsst.

»So, damit ist es wohl klar: Es gibt eine mehr in eurem Leben«, sagt sie vergnügt zu Silvan. »Dein Bruder hat mir alles von eurer großen Wanderung erzählt. Auch von dieser Höhle im Gebirge. Und ich kann dir versichern, dass ihr jetzt quitt seid. In jeder Hinsicht.« Das Lächeln, das sie Kester zuwirft, lässt keinen Zweifel zu, wovon sie redet.

Die beiden Brüder werfen sich einen kurzen Blick zu. Dann starren sie in einer einzigen synchronen Geste aus dem Fenster, beide erkennbar rot geworden.

»Zwillinge.« Die blonde Flugzeugtechnikerin zwinkert Kairi zu. »Wir werden uns wohl ab und zu treffen müssen und Gemeinsamkeiten austauschen.«

Kairi grinst zurück. »Klar«, sagt sie.

»Kein heimlicher Zusammenschluss hinter unseren Rücken«, sagt Kester schwach.

Silvan starrt noch immer wie hypnotisiert aus dem Fenster. »Ein neuer Flieger ist gelandet«, sagt er.

Erst denke ich, dass er nur von seiner Verlegenheit ablenken will. Aber dann blicke ich selbst nach draußen, und die Luft bleibt mir weg. »Das ist das Flugzeug von Alan und seinen Leuten.«

Silvan kneift die Augen zusammen. »Bist du ganz sicher?«

»Hundertprozentig.«

Wir rennen zum Büro des diensthabenden Offiziers. Heute ist es Captain Amber, die einzige Frau unter den vier Kommandeuren des Stützpunktes.

»Die Nordstern, Nummer 833 XV«, sage ich. Wie oft habe den Schriftzug vom Höhleneingang aus gelesen. »Wer ist heute damit gekommen?«

Sie weiß sofort, wovon ich rede. »Der Offizier Alan Magano«, sagt sie.

»Alan?«, fragt Mailin fassungslos. »Er ist tot.«

Captain Amber lächelt. »So gut wie«, sagt sie. »Aber zum Fliegen hat es noch gereicht. Er ist ein Teufelskerl.«

33

Es wohnt sich gut in den weißen Häusern, mit hohen Fenstern und Decken, luftig und angenehm. Auch wenn der See manchmal streng riecht und die Rasenmäher der Gärtner wie keuchende Asthmatiker klingen.

Mailin wohnt direkt neben mir, genauer gesagt wohnen wir abwechselnd bei mir und bei ihr. Wobei mir Mailins Haus viel gemütlicher vorkommt als mein eigenes, mit Teppichen und bunten Lampen und weichen, runden Sitzkissen. Sie hat eine Naturbegabung für Dinge, die das Leben irgendwie erfreulicher machen: Gleich in den ersten Tagen hat sie große Bäume in die eintönigen grünen Wiesen pflanzen lassen, Rotbuchen, Tannen und Zedern, die an unsere Heine in Parman erinnern. In den Zweigen tummeln sich die Eichhörnchen und wie in Camp Mi füttert Mailin sie mit Nüssen aus Schokoriegeln.

Vierzehn der zwanzig Häuser sind besetzt. Außer uns sind noch acht andere der Mimikry-Rekruten zurückgekehrt, das entspricht ziemlich genau dem Prozentsatz, wie Trainer LeBron ihn vorhergesagt hat. Zachary ist unter ihnen; Sinay dagegen, das Mädchen mit dem perfekten Gedächtnis und dem unheilbaren Liebeskummer, ist tot, gefallen in den ersten Tagen des florischen Bürgerkriegs. Die genauen Umstände erfahren wir nicht, doch ich wünsche mir, dass Sinay General Elias regelmäßig in seinen Träumen heimsucht und ihm bis ins kleinste Detail das Sterben der sieben gefallenen Mimikry-Rekruten schildert. Niemand könnte das besser als sie.

Wir haben bei den coronischen Militärs durchgesetzt, dass Raoul anstelle seines Bruders Isao in eines der Häuser einziehen kann. Er ist heilfroh darüber; das Behindertenheim steckt ihm noch in den

Knochen, und er begegnet uns mit rührender Dankbarkeit. Ich kann Raoul gut leiden, er ist ein netter, tatkräftiger Kerl, der gerne für uns kocht und uns alle als seine Freunde ansieht. Trotzdem – oder gerade deshalb – schäme ich mich ihm gegenüber. Ich war Isaos Feind, und, was noch tausendmal schlimmer ist, ich habe ihn nicht gerettet.

Als ich mir irgendwann ein Herz nehme und Raoul davon erzähle, hört er mir schweigend zu. Dann sagt er: »Isao wollte wegen mir aus dem Camp fliehen. Dadurch seid ihr zu Feinden geworden. Also bin ich der Grund für eure Feindschaft.«

Ich schüttle den Kopf. »Isao war fest davon überzeugt, dass ich ihn verraten habe. In Camp Mi hat er mir damit Unrecht getan, da war Alan der Verräter. Aber später dann, in Marschall Utuks Keller, habe ich ihn wirklich verraten. Ich habe zugesehen, wie die Wachen ihn festgenommen haben, und habe mich feige in meinem Versteck geduckt. Isao hat gewusst, dass ich da bin, Raoul, er hat mich angesehen, aber er hat mich nicht verraten. Ich habe überlebt, und er ist tot ...« Ich spüre, wie sich etwas in meiner Kehle ansammelt, und schlucke es hastig weg.

»Heul ruhig«, sagt Raoul. »Es hilft. Ich heul oft.« Er stößt mich leicht mit dem Knie an, seine Art des Schulterklopfens. »Mein kleiner Bruder konnte stur wie ein Esel sein«, sagt er freundlich. »Dafür kannst du nichts. Und du kannst auch nichts dafür, dass er sterben musste. Glaub mir.«

Der Leader wohnt nicht mehr in seinem luxuriösen Haus im Park. Er ist auch nicht länger General; sie haben ihm sämtliche Titel und Ehren genommen, bevor er dauerhaft in einem Sanatorium für unehrenhaft entlassene Offiziere untergebracht wurde, wie es im offiziellen Sprachgebrauch heißt. Das Sanatorium ist umgeben von hohen Mauern, wieder einmal. Mauern scheinen die traurige Konstante im Leben des Leaders zu sein.

Freiheit, Titel und Ansehen hat ihn sein Versuch gekostet, Alan im Hospital zu ermorden.

Um ein Haar hätte er Erfolg gehabt. Er trat als Arzt auf, und wie immer war seine Tarnung perfekt, vom Mundschutz bis zum Emblem des Hospitals am weißen Mantel. Seinen fehlenden Unterarm hatte er durch eine Holzprothese ersetzt; niemandem fiel auf, dass der angebliche Arzt seine rechte Hand nicht bewegen konnte. Er schaffte es ohne Probleme bis in Alans Zimmer; dort nahm er ein Kissen und drückte es auf das Gesicht des Schlafenden.

Zuvor hatte er penibel überprüft, dass die Flure und das Krankenzimmer menschenleer waren. Den Spiegel, der neben Alans Bett an der Wand hing, nahm er als selbstverständlich hin. Er warf sogar noch einen Blick hinein und fuhr sich durch die Haare, bevor er sich über Alan beugte.

Jeder von uns Rekruten aus Camp Mi hätte ihm sagen können, dass dieser Spiegel ein Fenster war, durch das der Patient Tag und Nacht beobachtet werden konnte – eine relativ neue Erfindung, auf die die Coroner sehr stolz waren. Auch Alan hätte es gewusst, vermutlich wusste es jedes Kind auf der Straße. Nur nicht der Leader, der zwanzig Jahre lang in Flore gelebt hatte, wo Spiegel immer nur Spiegel waren.

Ich sah Alan zum ersten Mal vor dem Militärgericht wieder, das die Rolle des Leaders in Heiman untersuchen sollte und vor dem wir beide als Zeugen geladen waren.

Sein Anblick war ein Schock für mich. Wir lächelten uns zur Begrüßung zu, Alan offen und herzlich, ich verkrampft und tödlich verlegen. Die ganze Zeit über bemühte ich mich, ihn nicht anzustarren, was natürlich eine besonders intensive Form des Starrens ist.

Jetzt, nach all den Wochen, in denen ich mich an sein Gesicht gewöhnen konnte, sehe ich die Narben der Schnitte oft gar nicht mehr. Alan hat mir erzählt, dass seine Verlobte trotz allem zu ihm steht. Es ist ihr egal, ob sein Gesicht glatt oder zerschnitten ist. Ich hoffe für ihn, dass sie ihn nicht irgendwann doch verrät.

Der Leader auf seinem Stuhl vor dem Richtertisch starrte Alan ebenfalls an. Nicht mitfühlend oder reuevoll, stattdessen gierig und voll unterdrückter Wut: ein Jäger, der seine Beute schon sicher hatte und jetzt selbst in der Falle saß. Seine Haare waren kurz geschoren, statt der weißen Generalsuniform trug er eine blaue Häftlingsjacke und sah damit exakt wieder so aus wie eine seiner Tarnexistenzen in Flore.

Die Vorsitzende Richterin, eine kräftige, sommersprossige Coronerin um die fünfzig, hielt sich nicht mit langen Vorreden auf. Sie wandte sich direkt an Alan. »Berichten Sie.«

Als Alan zu reden begann, merkte ich, wie krank er noch war, wie zerstört. Immer wieder verstummte er und blickte zu Boden, um sich wieder zu sammeln. Die Aussage schien ihn seine ganze Kraft zu kosten. Von dem lässigen jungen Offizier, dessen Zukunft nur leuchtende Farben trug, war nicht mehr viel übrig.

Alan erzählte vom Auftrag seines Aufklärungstrupps, von der gelungenen Landung in den Bergen und seiner Fassungslosigkeit, uns dort oben anzutreffen.

»Der Stützpunkt war seit einem Jahr aufgelassen. Man hatte die jungen Rekruten in den sicheren Tod geschickt. Wobei ich dort oben noch dachte, es handle sich um einen Fehler, um ein tragisches Versehen. Aber so war es nicht.«

Er berichtete weiter von seiner Ankunft in Heiman fünf Tage später. »Kein Florer hatte uns unterwegs gesehen. Alles lief nach Plan. Wir waren mehr als euphorisch, einen erfahrenen coronischen Agenten in Heiman anzutreffen, der uns seine Hilfe versprach.« Er drehte sich zum Leader und sah ihm offen ins Gesicht. »Ihn. Jehan Moysen.«

Der Leader erwiderte seinen Blick nicht. Stattdessen zog er ein Taschentuch aus der Jackentasche und begann, es geschickt mit der linken Hand zusammenzufalten. So wie es aussah, übte er regelmäßig.

»Wäre ich an Ihrer Stelle, Angeklagter Moysen, würde ich dem Zeugen allerhöchste Beachtung schenken«, sagte die Richterin trocken. Sie wandte sich wieder an Alan. »Wenn Jehan Moysen Ihnen Hilfe versprach, warum mussten Ihre Männer sterben? Warum wurden Sie selbst schwer verletzt?«

»Er hat uns nicht geholfen«, antwortete Alan. »Stattdessen hat er uns an Marschall Utuk verkauft. Keine zwei Stunden nach unserer Ankunft in Heiman wurden wir aus dem Lagerschuppen geholt, in dem wir uns versteckt hielten, und zu Marschall Utuks Haus geschleppt.«

Ich sah die Szene vor mir: Alan und seine fünf Offiziere, wie sie in roter Häftlingskleidung die Kellertreppe hinuntergestoßen wurden.

Aber ich täuschte mich. »Das Gefängnis im Keller war überfüllt«, erzählte Alan. »Also haben die Soldaten hinten im Garten Pfähle in den Boden getrieben und uns daran festgebunden.«

»Wo im Garten?«, fragte die Richterin.

Alan schloss die Augen, versuchte sich zu erinnern. »Da war ein Abgang in den Keller, dahinter ein steinerner Brunnen. Neben dem Brunnen haben sie die Pfähle eingeschlagen.«

Die Richterin sah mich an, und ich nickte. »Ich kenne die Stelle.«

Alan schwieg minutenlang. Das Weitersprechen fiel ihm sichtlich schwer. Der Leader faltete weiter akribisch sein Taschentuch, als wäre er lediglich ein gelangweilter Zuhörer.

»Die Soldaten fingen an, uns zu schlagen«, sagte Alan schließlich. »Mit Knüppeln, mit Stöcken, mit Stahlruten, was sie gerade zur Hand hatten. Sie wollten die Koordinaten unseres Landeplatzes wissen, unsere Flugroute, unsere militärischen Auftraggeber. Und wir hingen an den Pfählen und haben geheult und gewimmert und alles gesagt, was sie wollten. Wie die letzten dreckigen Feiglinge.« Er atmete jetzt heftig, in seinen Augen standen Tränen.

»Wir können jederzeit eine Pause machen«, sagte die Richterin freundlich.

Alan straffte sich. »Nein. Es geht hier schließlich um ihn.« Er deutete auf den Leader. »Die ganze Zeit über stand dieser Mann neben Marschall Utuk und sah zu. Er sah zu, wie sie uns mit Messern die Gesichter zerschnitten, wie sie uns am Ende niederschossen. Er sah zu, wie meine Leute an ihren Pfählen starben. Aber ich bin nicht gestorben«, wandte er sich triumphierend an den Leader. »Nicht in diesem Garten und auch nicht im Hospital. Du hast dich verrechnet.«

»Meinen Glückwunsch«, sagte der Leader kalt. Es waren seine ersten Worte hier im Saal.

»Als die Schüsse vorüber waren, spürte ich glühende Hitze und heftige Schmerzen in beiden Schultern und in den Beinen«, erzählte Alan weiter. »Aber ich war bei Bewusstsein, und ich hörte jedes Wort, das Marschall Utuk und Jehan Moysen miteinander sprachen:

›Das waren jetzt schon wieder sechs, Coroner. Mit deinen drei Spießgesellen und den fünf falschen Parmanern sind es insgesamt vierzehn. Allmählich bekommen wir hier in Heiman ein echtes Problem mit coronischen Ratten.‹

›Marschall Utuk, ich bin sicher, dass wir jetzt alle erwischt haben. Im Moment hält sich in Heiman kein Coroner auf, dafür lege ich meine rechte Hand ins Feuer.‹

Auf seinem Stuhl war der Leader nach vorne gerückt, er lauschte

Alans Worten mit größter Konzentration. Seine linke Hand knetete abwesend seinen leeren Ärmel, das Taschentuch war zu Boden gefallen.

Alan drehte sich zu mir. »Ich habe gerade gesagt, dass wir unter der Folter alles verraten haben. Das ist zum Glück nicht die ganze Wahrheit. Wir haben ihnen nicht gesagt, dass wir euch fünf dort oben lebendig angetroffen haben.«

Ich blickte in sein armes, zerschnittenes Gesicht. »Dann habt ihr uns damit das Leben gerettet«, sagte ich.

»Was geschah weiter dort im Garten?«, fragte die Richterin behutsam.

»Irgendwann waren alle fort, die Soldaten, Marschall Utuk und Jehan Moysen. Ich hing noch immer an dem Pfahl, meine Augen waren zugeschwollen, ich konnte nichts sehen. Jemand sprach zu mir, es war die Stimme eines alten Mannes. ›Komm mit‹, sagte er. ›Es gibt eine Zuflucht.‹

Ich spürte, wie er meine Fesseln durchschnitt. Anscheinend benutzte er ein stumpfes Messer, denn er brauchte sehr lange dafür.

»Was ist mit meinen Leuten?«, fragte ich ihn.

›Du kannst ihnen nicht mehr helfen.‹

Der Ort, an den er mich brachte, war ganz in der Nähe. Es roch nach Erde. Pflanzen waren um mich, eine sanfte, kühlende Berührung. Mein Retter versorgte mich noch mit Essen und Wasser, dann war ich allein.

Nach zwei Tagen kehrte meine Sehkraft allmählich zurück. Ich lag in einer Art Glashaus, umgeben von wucherndem Grün. Es gab dort sogar einen hübschen, kleinen Ofen für die Blumen, das Verrückteste, was ich je gesehen habe.«

Alan drehte sich zu mir. »Hast du das Glashaus und den Ofen gebaut?«

Ich konnte nur nicken.

»Zwischen den Pflanzen verborgen beobachtete ich, wie die Rebellen drei Tage später das Haus stürmten. Eine Menge Schüsse fielen, die Fenster wurden zertrümmert, aus den Öffnungen quoll Rauch. Ich sah, wie Marschall Utuk mit seinen Gefolgsleuten durch den Garten floh. Jehan Moysen war unter ihnen, und sein rechter Arm war nur noch ein bandagierter Stumpf.«

Die Richterin schob ihre Brille nach oben und warf dem Leader einen scharfen Blick zu. Doch sie konzentrierte sich weiterhin auf Alan. »Sie waren schwer verletzt. Erzählen Sie uns, wie Sie es zum Flugzeug geschafft haben.«

»Zwei Wochen lang hielt ich mich in dem Gewächshaus versteckt. Jeden Morgen stand frisches Essen und Wasser vor der Tür, dabei habe ich nie mitbekommen, wann und wie es jemand hingestellt hat.« Alan lächelte. »Das Essen grenzte an Körperverletzung, so scharf war es. Aber es hat mich am Leben gehalten und mir neue Kraft gegeben. Am Anfang hatte ich große Angst, dass die Projektile in meinem Körper steckengeblieben sein könnten. Nun, dem war nicht so, sonst stünde ich jetzt nicht hier.«

»Sie sagten, Marschall Utuk war längst geflohen. War das Haus denn noch bewohnt?«

Alan nickte. »Von Rebellen, ja. Einige Hausangestellte waren auch noch da, ich erkannte sie an ihrer grauen, sackartigen Dienstkleidung. Und einmal sah ich eine schöne Frau in einem gelben Kleid, an einem Fenster im zweiten Stock.«

Frau Utuk. War sie zu den Rebellen übergelaufen? Aber dann hätte Marschall Utuk sie kaum am Leben gelassen. Hielt sie die Stellung im Haus, von den Rebellen geduldet, und wartete auf seine Rückkehr? Ich wusste es nicht, so wie ich überhaupt nichts von ihr wusste. Im Grunde kannte und liebte ich nur ihre hypnotische Erzählstimme.

Alan redete weiter. »An einem Morgen fand ich dann ein ganzes

Paket voller Essen, sorgsam verpackt und verschnürt. Es war eine klare Botschaft an mich: Mach dich auf den Weg! Also beschloss ich, dem Wink zu folgen. Das Laufen tat höllisch weh und ging nur langsam, aber es ging. Als ich den Garten verließ, stand da abseits des Weges ein alter Gärtner mit seiner Schubkarre. Er sagte nichts, tat nichts, blickte mich nicht an. Aber ich glaube, er war mein Lebensretter.«

»Das war er«, sagte ich leise.

»Ich bin dann stur nach Westen gelaufen, immer in Richtung der Berge«, erzählte Alan. »Der Schnee war weggeschmolzen, die Wege einigermaßen abgetrocknet, das war mein Glück.« Er sah mich an. »Die ganze Zeit über dachte ich an euch fünf und betete darum, dass ich euch dort oben nicht mehr antreffen würde. Nach zwanzig Tagen hatte ich es dann geschafft.«

Zwanzig Tage. Für den Hinweg nach Heiman hatten er und seine Männer fünf Tage gebraucht. Wie viele Qualen und einsamer Überlebenskampf mochten sich hinter Alans schlichter Schilderung verbergen?

Alan lächelte mir zu. »Es ist zwar jetzt nicht der richtige Moment, aber ich glaube, der hier gehört dir.« Er fasste in seine Tasche und brachte die kleine Marionette zum Vorschein. Sie war ramponiert und rettungslos verheddert, das Holz an etlichen Stellen aufgequollen.

»Du kannst ihn bestimmt reparieren«, sagte Alan. »Der Kleine ist zäh. So zäh wie wir.«

Die Richterin wandte sich an den Leader. »Angeklagter Moysen, würden Sie uns erzählen, was mit Ihrem Arm passiert ist?«

Er lachte kurz und hart auf. »Was wird passiert sein? Ich habe meine rechte Hand dafür ins Feuer gelegt, dass kein Coroner mehr in der Stadt ist. Und plötzlich ist einer der Pfähle leer und der

Gefangene verschwunden. Glauben Sie, ein Teufel wie Marschall Utuk lässt sich die Gelegenheit entgehen, eine solche Redewendung in die Realität umzusetzen?«

Ich beobachtete entsetzt, wie die Erinnerung seinen ganzen Körper durchlief. Seine Füße zuckten im verzweifelten Versuch, fortzulaufen. Sein Kopf ruckte, seine Augen waren weit aufgerissen, sein Mund öffnete sich, als wollte er schreien. Es war gespenstisch. Zum ersten Mal überhaupt war ich mir absolut sicher, dass der Leader die Wahrheit sagte.

Die Richterin sah aus, als würde ihr gleich schlecht. »Ist das die Wahrheit, General Moysen? Sie mussten Ihre Hand tatsächlich ins Feuer legen?«

»Es ist wahr«, sagte der Leader barsch. »Wer einen Pakt mit dem Teufel schließt, spielt nach den Regeln der Hölle. Ich hatte gehofft, Utuk standhalten zu können, hatte mir eingeredet, ihn irgendwann unter Kontrolle zu bekommen, so wie ich mein Leben lang jeden anderen Menschen kontrollieren konnte. Aber Marschall Utuk ist *der leibhaftige Teufel.* Ich habe in ihm meinen Meister gefunden.« Er lachte trocken auf. »Nichts, worauf ich stolz wäre.«

»Warum hat er Sie nach Corona zurückkehren lassen?«, fragte die Richterin.

»Er war überzeugt davon, dass er mich dauerhaft umgedreht hat. Ich sollte in seinem Auftrag Zersetzungsarbeit leisten.«

»Und hatte er Recht?«, fragte die Richterin eindringlich. »Nehmen wir an, Offizier Alan Magano wäre nicht zurückgekehrt, hätten Sie dann in Ihrem eigenen Land für den florischen Feind gearbeitet? Als Doppelagent? Sie, ein hochdekorierter General?«

Der Leader starrte an die Wand, auf etwas, das nur er sehen konnte. »Natürlich«, sagte er ruhig.

Als die Vorsitzende Richterin das Ergebnis der Untersuchung verkündete, tat sie es kurz und ohne Umschweife, so wie sie die gesamte Untersuchung geleitet hatte.

»Im Dienst wurde Agent Jehan Moysen zum Verräter. Er hat die drei Agenten seines Netzes und fünf Offiziere eines coronischen Aufklärungskommandos an den florischen Feind ausgeliefert, damit trägt er die Schuld an ihrer Ermordung. Weitere fünf junge Coroner hat er in den sicheren Tod geschickt. Sie haben nur durch einen glücklichen Zufall überlebt.«

Die Richterin wandte sich an den Leader. »Sie haben acht tote Coroner auf dem Gewissen. Dazu kommen noch die Mordversuche an Alan Magano und an den fünf jungen Rekruten. Wollen Sie sich dazu äußern?« Eine Spur Mitgefühl schwang in ihren Worten mit.

Als Antwort spuckte der Leader vor dem Richtertisch aus. Dann deutete er auf Alan. »Ihm will ich etwas sagen. Ich will ihm eine Lehre für sein Leben mitgeben.«

Die Richterin wirkte misstrauisch. Aber sie nickte. »Einverstanden.«

Alan fest im Blick, lehnte der Leader sich zurück. »In meiner Grotte … frag Tamaso, wie es war in dieser Grotte«, mit der Linken wies er herrisch auf mich, »habe ich meinem Land zwanzig Jahre lang treu gedient. Ich habe Flore mehr geschadet als sämtliche coronischen Armeen zusammen, denn ich saß mitten im Herzen des Feindes. Aber dann, nach zwanzig Jahren, passiert es: eine kleine Unberechenbarkeit, nicht vorhersehbar, nicht einmal für den genialsten Geist. Ein Uhrmacher erkennt mich, ein abergläubischer Einfaltspinsel, der vermutlich ein Räderwerk statt eines Hirns hatte. Ihn habe ich übrigens auch umbringen lassen, nur für die Akten«, sagte er wie nebenbei zur Richterin, bevor er sich wieder Alan zuwandte. »Wie gesagt, ein winziger Fehler in einer sonst tadellosen Karriere. Was ich anschließend getan habe, wofür man mich jetzt verurteilt, war purer menschlicher Überlebensinstinkt. Da draußen an der Front gibt es nur eine Regel: Hilf dir selbst, wenn du nicht elend zugrunde gehen willst.«

Alan war von seinem Stuhl aufgestanden. Die Schnitte zeichneten sich fast schwarz in seinem blassen Gesicht ab. »Niemand hat Sie dazu gezwungen, zum Verräter zu werden«, sagte er heiser. »Sie sind eine Schande für unser Land.«

»Bla, bla und nochmals bla«, sagte der Leader. »Mach du erst einmal deine Erfahrungen, Bürschchen. Hol für all die Saubermänner und weißen Ritter die heißen Kohlen aus dem Feuer, so wie ich es mein Leben lang getan habe. Auch du wirst irgendwann einen Fehler machen, und dann erfährst du, was du deinem Land wert bist, das dir so viel zu verdanken hat: nicht mehr als ein Stück Dreck.«

Der Leader stand von seinem Stuhl auf und gab von sich aus den Wachen ein Zeichen, ihn hinauszuführen. Schon fast an der Tür drehte er sich noch einmal zu Alan um.

»Ich gebe dir noch einen Rat«, sagte er. »Zieh ab jetzt immer eine Maske über deine entstellte Visage, sonst laufen dir die Mädchen schreiend davon.«

Mailin und ich haben unsere weißen Häuser auf unbestimmte Zeit verlassen. Um die Eichhörnchen müssen wir uns keine Sorgen machen: Kairi und die Zwillinge haben versprochen, sich um sie zu kümmern und sie zur Not mit Rechen und Forken gegen die Gärtner zu verteidigen.

»Ihr werdet schon sehen: Bis ihr wiederkommt, haben wir sämtliche dieser Rasenmäher rausgeekelt und hier einen Dschungel angelegt«, sagt Kester. »Dann beginnt ein neues Leben in Freiheit und Abenteuer.«

Ich habe mein Haus gegen ein bescheidenes Zimmer auf dem Flugzeugstützpunkt eingetauscht. Dort werde ich unter meiner neuen Chefin Captain Amber zum Flugzeugmechaniker ausgebildet.

Von klein auf mochte ich Flugzeuge. Aber ich hätte es mir nicht träumen lassen, wie unglaublich befriedigend es ist, einen stotternden, altersschwachen Flugzeugmotor wieder auf Vordermann zu bringen. Mechanikerarbeit ist hier auf dem Stützpunkt immer die Arbeit einer ganzen Mannschaft: Wir können stundenlang über Motorrisse und Korrosionsschäden diskutieren, über Vergaservereisung und defekte Steigmesser. Und wenn dann am Ende die Maschine, vorher ein fluglahmes Wrack, federleicht vom Boden abhebt und der Pilot winkend eine Schleife dreht, fallen wir uns jubelnd in die Arme.

»Das hier ist schon etwas anderes als Geigen und Puppenspiel«, schreit mir Kesters Mechanikerfreundin über den laufenden Motor hinweg zu. »Hast du keine Angst, dass du dein Talent vergeudest?«

Ich will mir die Haare aus der Stirn streichen, doch meine Arme sind bis zum Ellenbogen hinauf mit Öl verschmiert. Mein ganzer Körper vibriert im Dröhnen des Motors.

»Nein«, brülle ich zurück. »Das hier ist das Größte überhaupt. Das hier ist Freiheit.«

Da strahlt sie mich an und nickt. »Genauso ist es.«

Mailin wird im Militärhospital, in dem Alan wochenlang gesund gepflegt wurde, zur Ärztin ausgebildet. Alan hat sich für sie eingesetzt und ich weiß, dass sie in den sterilen weißen Krankenzimmern, inmitten von Spritzen, Verbänden und Arzneien, ebenso glücklich ist wie ich in unserem düsteren, nach Öl und Benzin stinkenden Hangar.

Der Stützpunkt und das Hospital liegen fast achtzig Kilometer voneinander entfernt, was mir am Anfang schlaflose Nächte bereitet hat. Bis ich mein Problem meiner Chefin Captain Amber gegenüber erwähnt habe – und sie nur lachte.

»Jeder unserer Mechaniker muss im ersten Vierteljahr den Pilotenschein machen. Und wenn du ihn erst hast, kannst du dir jede einsitzige Maschine schnappen, die hier gerade herumsteht.«

Inzwischen fliege ich an meinen freien Tagen regelmäßig zu Mailin. Aber egal, wie oft ich fliege, die Magie bleibt immer dieselbe wie auf meinem allerersten Alleinflug. Ich fliege unbeschwert wie ein Vogel auf den Horizont zu, und so wie ich Herr über das Flugzeug bin, bin ich zum ersten Mal auch Herr über mein eigenes Leben. Die Welt erscheint mir grenzenlos; und selbst wenn es nur eine Illusion ist, befeuert von der Euphorie des Fliegens, fühle ich mich großartig dabei.

Ab und zu fliege ich nicht selbst, sondern hocke zusammengekauert hinten im Gepäckraum, während Kesters blonde Freundin mit mir zu den weißen Häusern fliegt.

Sie ist wissbegierig und fragt mich viel. Nach unserem Einsatz in Flore, nach Kesters Gefangenschaft, natürlich kennt sie die Narben auf seinem Körper. Aber auch nach Parman, unserer Herkunft und unseren Eltern.

»Hasst du jetzt deine Eltern in Parman?«, fragt sie und dreht den Kopf leicht zu mir, während ihre kräftige Mechanikerhand den Steuerknüppel hält.

»Hassen? Nein. Sie sind und bleiben meine richtigen Eltern.«

»Aber sie haben dich gegen Geld großgezogen.«

Sie sagt es ganz locker und löst damit eine Flut von schmerzhaften Gefühlen in mir aus. »Ich versuche, nicht darüber nachzudenken«, sage ich lahm.

»Hm. Ich weiß nicht, ob das funktioniert. Du wirst sie irgendwann wiedersehen, spätestens dann musst du sie zur Rede stellen.«

Sie blickt kurz nach vorne und prüft den wolkenlosen Himmel, dann dreht sie sich wieder zu mir. Ihr Haarschopf wippt hin und her. »Wenn Kester und Silvan ihre parmanischen Eltern treffen würden, ich glaube, sie würden ihnen ins Gesicht spucken. Ich finde, ihr habt jedes Recht, wütend zu sein.«

»Bei mir ist das anders«, sage ich nur.

Wie ein Echo auf dieses Gespräch erreicht uns ein paar Tage später eine Botschaft von General Elias. Er hat erwirkt, dass wir Rekruten Anfang September für eine Woche nach Parman reisen dürfen, als Belohnung für unseren heldenhaften Einsatz in Flore. »Schließlich haben eure Ersatzfamilien in Parman ebenfalls Anteil am Erfolg von Projekt Mimikry. Ihr dürft euch also auf ein rundherum fröhliches Wiedersehen freuen.«

Es trifft uns vollkommen unvorbereitet.

»Das ist pure Propaganda«, sagt Kester. »General Elias will zeigen, dass er uns nach Parman lassen kann und wir trotzdem freiwillig wieder zurückkommen. Es geht um das nächste Projekt Mimikry, er muss die Gelder dafür heranschaffen, hundertprozentig.«

Kairi nickt. »Sie benutzen uns. Wieder einmal.«

Wir sitzen an einem Lagerfeuer am See, alle Rekruten, die überlebt haben, zusammen mit Raoul. Er hat Fischpasteten und Reiskroketten für uns alle gemacht, dazu Firrua mit verschwenderisch vielen Himbeeren, die ich aus den Wäldern rings um den Luftwaffenstützpunkt mitgebracht habe.

Ein warmer Wind streicht über das Wasser und lässt Wellen an das Ufer plätschern. Ich drehe mich um: Unsere Häuser und die Bäume zeichnen sich dunkel vor dem Augusthimmel ab.

Silvan legt neue Stöcke ins Feuer. »Natürlich kommen wir zurück«, sagt er. Sein Gesicht wird von der aufflammenden Glut beleuchtet. »Wir hatten es nie so gut wie hier.«

»Heißt das, ihr fahrt?«, frage ich.

»Klar«, sagt er gelassen. »Endlich die Möglichkeit abzurechnen. Glaubst du, wir lassen uns das entgehen?«

»Abrechnen mit den Eltern.« Raoul schüttelt den Kopf. »Das will doch keiner, oder?«

Wir reden noch lange in dieser Nacht, doch am Ende bleibt es Raouls schlichte Frage, die mich umtreibt, die uns alle umtreibt.

Wie ich es auch drehe und wende: Mein Besuch zu Hause wird zwangläufig eine Art Abrechnung mit meinen Eltern werden.

Sechzehn Jahre, in denen sie mir verschwiegen haben, dass ich nicht ihr echter Sohn bin.

Sechzehn Jahre, in denen ich *ihr echter Sohn war.*

Aus diesem Dilemma werden wir einen Weg finden müssen.

In meiner Erinnerung kommt mir unser Laden, der einmal meine Welt und meine Zukunft war, staubig und beengt vor. Es wird merkwürdig sein, in die Welt der Geigen und Flöten und Notenblätter zurückzukehren, wo es nach Holz und Leim riecht und die Zeit stillsteht.

Werden sie sehr enttäuscht darüber sein, dass ich nicht mehr Musikinstrumente, sondern Flugzeuge bauen will?

Ich schüttle den Kopf. Da ist es wieder, das Dilemma. Sie wussten ja immer, dass ich den Laden niemals übernehmen würde. Nur ich war ahnungslos.

Dann denke ich daran, wie ich Mailin meinen Eltern vorstellen werde, und alle meine Befürchtungen zerstieben plötzlich zu Nichts.

Mein Vater wird seine Gerührtheit hinter einem Räuspern und einer schiefen kleinen Verneigung verbergen. Dabei wird er dieses kleine Funkeln im Blick haben, das er auch bei hübschen jungen Kundinnen im Laden bekommt. Und natürlich ist er davon überzeugt, dass niemand etwas merkt.

Meine Mutter wird zuerst etwas reserviert sein. Aber spätestens beim zweiten Treffen wird sie Mailin etwas Hübsches aus einem der Läden in der Geschäftsstraße mitbringen und sie in den Arm nehmen. Und meine Brüder werden sie mit ihren Spielsachen verfolgen wie kleine Hunde. Obwohl … es sind zwei Jahre vergangen, sie sind nicht mehr die kleinen Brüder aus meiner Erinnerung.

Ich werde sie alle wiedersehen. Die Freude darüber lässt meine Zweifel und Befürchtungen schmelzen wie alten, schmutzigen Schnee.

Eines weiß ich jedenfalls genau: Ich will das Fest nachholen. Meine Eltern hatten es *für mich* vorbereitet, daran habe ich nicht den geringsten Zweifel. Offenbar hatten sie nicht damit gerechnet, dass die Coroner mich am letzten Schultag abholen könnten. Vielleicht hatten sie den ganzen Handel nach sechzehn Jahren einfach verdrängt, wie man einen schlechten Traum verdrängt. Wir werden darüber reden müssen, wie über so viel anderes.

»Was werden deine Eltern zu mir sagen?«, frage ich Mailin.

Sie lächelt und küsst mich. »Meine Eltern haben zusammen vier linke Hände. In unserem Haus gibt es eine Menge kaputter Dinge«, sagt sie. »Also mach dir keine Gedanken: Du wirst ihre Herzen im Sturm erobern.«

Ich fliege in die nächste größere Stadt und kaufe Geschenke: coronische Kleidung und Schmuck, coronisches Geschirr. Alles ist viel bunter und glänzender als in Parman, und als ich meine Einkäufe am Abend auf dem Tisch zusammenstelle, beschleichen mich Zweifel, ob meine Familie sich wirklich darüber freuen wird.

Ganz sicher bin ich mir bei den Geschenken für meine Brüder, die Captain Amber mir gibt: zwei winzige Modellflugzeuge, gerade mal eine Handspanne lang, die man mit einem Schlüssel aufziehen kann und die tatsächlich mehrere Hundert Meter weit schwirren, ehe sie ziemlich unsanft landen.

»Bring deinen kleinen Stiefbrüdern nur gleich bei, wie man sie repariert«, sagt Captain Amber lächelnd.

In der Nacht vor unserer Abreise nach Parman habe ich einen Traum.

In diesem Traum gehe ich Treppen nach oben. Eine Tür steht halb offen: Ich sehe Kostüme an den Wänden hängen, schimmernd und bunt, mit Glassplittern und Vogelfedern besetzt, winzigkleine für Däumlinge und meterhohe für Riesen.

Es ist der Vorraum zum Saal der Puppen.

Meine Finger beginnen zu prickeln. Sie erinnern sich an die komplizierten Reparaturen, die verästelten Stangen, die feinen Holzglieder. Plötzlich fällt mir ein, dass ich jetzt eine viel gröbere Arbeit an Flugzeugmotoren leiste. Mit dem unangenehmen Gefühl, ein Verräter zu sein, trete ich durch die Flügeltüren in den Saal der Puppen.

Nein. Als ich mich umsehe, bemerke ich meinen Irrtum: Es ist ein anderer Saal. Die Wände sind mit schwarzem Stoff bespannt, vor den Fenstern blähen sich hauchzarte schwarze Schleier. Dennoch ist es ein Saal voller Puppen: Auf vertraute Weise räkeln sie sich auf Sofas, sitzen sehr aufrecht auf Fensterbänken, hängen an ihren Führungskreuzen, die täuschend echten Augen klar und schön auf mich gerichtet.

Herr Rix ist da. Er sitzt auf dem Sofa, den Zinnhumpen in der Hand. Als er mich erkennt, lächelt er. »Mechaniker. Nimm einen Schluck vom Geist der Puppen.«

»Geist der Puppen?«, wiederhole ich erschrocken. »Sind Sie tot, Herr Rix?« Ich suche nach Spuren dessen, was man ihm angetan hat. Doch wie er dasitzt, sieht er aus wie immer: Blass, ein bisschen dicklich, mit verstrubbelten Haaren.

»Tot?« Er blickt nachdenklich, als müsse er sich erst darauf besinnen. »Nein, ich glaube nicht. Aber das Puppenspiel ist schwieriger geworden.«

Ich sehe mir die Puppen im Saal genauer an: Die Fäden werden von Knoten zusammengehalten, Hände oder Füße fehlen, manche Figuren sind kopflos.

»Haben Sie Werkzeug hier?«, frage ich. »Ich kann alles in Ordnung bringen. Es wird nicht so lange dauern.«

Herr Rix sieht mich an. Er hat riesige dunkle Augen, warum sind sie mir noch niemals aufgefallen? »Das ist an diesem Ort leider nicht möglich«, sagt er. »Ich muss mit dem arbeiten, was vorhanden ist.«

Er beugt sich zu mir. »Ich verrate dir das große Geheimnis der Puppenspieler. Das Wichtige ist es, das Herz der Puppe zu finden.« In seinem Atem rieche ich das süße Aroma des Sommergiftes, wie wir es in Camp Mi herzustellen gelernt haben: Stechapfel, Bilsenkraut, Tollkirsche. »Wenn du das Herz bewegst, folgen die Glieder ganz von selbst.«

Er stellt seinen Humpen zur Seite. Dann steht er auf und nimmt den jungen König zur Hand. Ich erschrecke: Jemand hat der Puppe die Augen herausgerissen. Ihr Körper ist der Länge nach aufgeschlitzt, Hände und Füße brutal zerstampft.

Jetzt weiß ich das Entsetzliche. »Das alles haben sie in Wirklichkeit Ihnen angetan«, sage ich mit belegter Stimme.

»Kopf hoch, Mechaniker«, sagt Herr Rix heiter. »An diesem Ort hier ist das alles nicht mehr wichtig.«

Er senkt seine Stimme, als vertraue er mir etwas im Geheimen an. »Das hier ist nur der erste Saal, musst du wissen.« Ich folge seinem Blick zu einer weiteren Flügeltür. Sie ist nur angelehnt, helles Licht schimmert durch den Spalt. »Es gibt viele Säle, und noch viel mehr Puppen. Und es gibt großartige Puppenspieler.«

»Solche wie Sie«, sage ich.

Mit Daumen und Zeigefinger reibt Herr Rix sich die Augen. »Wir proben hier Tag und Nacht«, sagt er. »Wenn wir nur hart genug arbeiten, werden wir es schaffen. Es ist ein Kampf, Mechaniker. Aber wir halten durch, hab keine Sorge.«

Er wirkt so müde. »Vielleicht sollten Sie sich ausruhen, Herr Rix«, sage ich.

»Nein. Dafür ist später Zeit«, sagt er. »Ich will dir etwas zeigen.«

Plötzlich hält er sie in den Händen, alle fünf auf einmal: den Riesen, den Bären, den Adler, den Zwerg und den Narren. Mir wird ganz warm vor Freude. Ich habe sie so sehr zu lieben gelernt.

Herr Rix bewegt die Hände, um sie zu führen, aber nichts geschieht. Die Puppen bleiben starr, sie zucken nicht einmal. Ich blicke auf die verhedderten Schnüre, die verdrehten Glieder.

Herr Rix legt die Führungskreuze beiseite. »Wie gesagt, das Puppenspiel ist schwierig geworden«, sagt er.

Ich will etwas sagen, finde keine Worte. Er tut mir so leid.

Da geschieht es. Der Riese hebt den Zwerg ganz kurz in die Höhe. Der Adler flattert auf, eine winzige, wirbelnde Bewegung, bevor er wieder erstarrt. Der Bär stampft einmal mit den Hinterpfoten, und der Narr lupft seine Kappe. Die Puppen fangen an, sich von selbst zu bewegen, behutsam, gleichsam wie auf Zehenspitzen, als trauten sie selbst der ganzen Sache noch nicht.

Herr Rix sieht ihnen versonnen zu. »Wenn du das Herz bewegst, folgen die Glieder ganz von selbst«, sagt er. »Das ist das ganze Geheimnis. Wir müssen nur Geduld haben. Aber natürlich«, er lächelt fein, »sind wir hier die besten Puppenspieler der Welt. Und deshalb werden wir den Alchemisten besiegen, das verspreche ich dir.«

Ich sehe ihm nach, wie er den Saal durch die nächste Doppeltür verlässt: langsam und den Fuß nachziehend, ein dunkler, plumper Umriss vor dem strahlenden Licht.

Lilli Thal arbeitete nach dem Abitur als Krankenpflegerin, studierte anschließend mittelalterliche Geschichte, gründete eine Familie, studierte im Zweitstudium Information und Multimedia, programmierte Computer und schreibt seit dem Jahr 2000 Geschichten. Für ihr Debüt *Kommissar Pillermeier* wurde sie mit dem »Martin« für den besten Kinderkrimi des Jahres 2002 ausgezeichnet. Ihr historischer Abenteuerroman *Mimus* wurde 2004 für den Deutschen Jugendliteraturpreis nominiert und sowohl mit dem »Harzburger Eselsohr« als auch mit dem Preis der jungen Jury Wien ausgezeichnet. *Joran Nordwind*, die Abenteuer eines übermütigen jungen Bläulingsfalters, stand auf der Liste der besten 7 (Deutschlandfunk/Focus) und wurde begeistert von Presse und Lesern aufgenommen.

Die kleine Holzmarionette, die sich in Kapitel 14 heldenhaft von ihren eigenen Fäden befreit, hat ihr reales Vorbild in einer Performance des französischen Puppenspielers Philippe Genty (*Le Pierrot*, www.philippegenty.com). Genauso meisterhaft habe ich mir Herrn Rix' Puppenspiel vorgestellt; ich bedanke mich für die Inspiration.

1. Auflage 2015

Umschlaggestaltung: init.büro für gestaltung, Bad Oeynhausen
Umschlagfotos: © thinkstock (Figuren)
Satz: Fotosatz Amann, Memmingen
Druck und Bindung: GGP Media GmbH, Pößneck
Printed in Germany

www.gerstenberg-verlag.de

ISBN 978-3-8369-5801-1